D1135991

RAINBOW SIX

1.

Avec *Octobre rouge*, *Tempête rouge*, *Jeux de guerre*, *Le Cardinal du Kremlin*, *Danger immédiat*, *La Somme de toutes les peurs*, *Sans aucun remords*, *Dette d'honneur*, *Sur ordre* et les séries *Op'Center* et *Net Force*, Tom Clancy est aujourd'hui le plus célèbre des auteurs de best-sellers américains, l'inventeur d'un nouveau genre : le thriller technologique.

TOM CLANCY

Rainbow Six

1.

ROMAN TRADUIT DE L'AMÉRICAIN PAR JEAN BONNEFOY

ALBIN MICHEL

Titre original :

RAINBOW SIX
Publié par G.P. Putnam's Sons, New York.

Ceci est une œuvre de fiction. Les personnages et les situations décrits dans ce livre sont purement imaginaires. Toute ressemblance avec des personnages ou des événements existant ou ayant existé ne serait que pure coïncidence.

© Rubicon, Inc. 1998.
© Éditions Albin Michel S.A., 1999, pour la traduction française.

Pour Alexandra Maria
Lux mea mundi

Il n'y a nul contrat entre les lions et les hommes, et nulle concorde entre les loups et les agneaux.

HOMÈRE

PROLOGUE

Préparatifs

John Clark avait passé plus de temps en avion que la plupart des pilotes licenciés, il connaissait les statistiques aussi bien qu'eux. Il n'empêche qu'il appréciait modérément l'idée de franchir l'océan avec un biréacteur. Pour lui, le nombre idéal de moteurs, c'était quatre : la défaillance de l'un ne représentait qu'une perte de vingt-cinq pour cent de la puissance disponible, alors qu'avec ce Boeing 777 d'United, c'était la moitié. Certes, la présence à bord de son épouse, de sa fille et de son gendre le rendait sans doute un rien plus nerveux que d'habitude. Non, faux. Il n'était pas du tout nerveux, pas à l'idée de voler en tout cas. Non, c'était juste un vague... un vague quoi ? Dans le fauteuil voisin, Sandy était plongée dans le polar qu'elle avait commencé la veille, alors que pour sa part, il essayait en vain de se concentrer sur le dernier numéro de l'*Economist*, tout en se demandant ce qui lui donnait ce sentiment de froid dans le dos. Il se mit à parcourir du regard la cabine, guettant un signe de danger, puis se ravisa

11

soudain. Il ne discernait rien d'anormal et ne voulait surtout pas passer pour un passager nerveux aux yeux de l'équipage. Alors, il sirota son verre de vin blanc, haussa les épaules et revint à son article qui expliquait à quel point le nouveau monde était paisible.

C'est ça, grimaça-t-il. Certes, il devait bien admettre que la situation était infiniment meilleure que celle qu'il avait pu connaître durant presque toute sa vie. Quitter à la nage un submersible pour récupérer quelqu'un sur une plage russe, survoler Téhéran pour réaliser une mission qui ne serait guère du goût des Iraniens, ou patauger dans une rivière fétide du Nord-Viêt-nam pour sauver un aviateur abattu... tout cela, c'était du passé. Un de ces quatre, Bob Holtzman finirait par le convaincre de rédiger ses Mémoires. Seul problème : qui y croirait ? Du reste, est-ce que la CIA l'autoriserait à révéler tout cela, sinon peut-être sur son lit de mort ? De ce côté, il n'était pas pressé, surtout maintenant, avec un petit-fils en route... Merde. Il grimaça à nouveau, préférant ne pas poursuivre dans cette voie. Patsy avait dû le concevoir durant la nuit de noces et Ding semblait encore plus rayonnant qu'elle. John se retourna vers la classe affaires — le rideau de séparation n'était pas encore tendu — et il les aperçut, main dans la main, tandis que les hôtesses récitaient leur laïus sur les procédures de sécurité. *Si l'avion doit amerrir à quatre cents nœuds, mettez les mains sous votre fauteuil pour récupérer le gilet de sauvetage et gonflez-le en tirant sur...* Il connaissait la chanson. Les gilets jaune vif faciliteraient sans doute la tâche des secours pour localiser le site du crash, c'était à peu près leur seule utilité.

Clark parcourut de nouveau la cabine du regard.

Toujours ce frisson le long de la nuque. Pourquoi ? L'hôtesse continuait son service, le débarrassant de son verre de vin alors que l'appareil entamait son roulage vers la piste d'envol. Elle fit un dernier arrêt près d'Alistair, sur le côté gauche de la cabine des premières. Clark croisa le regard de l'Anglais alors qu'il redressait son siège. Lui aussi paraissait mal à l'aise. Étrange, non ? Ni l'un ni l'autre n'avait pourtant la réputation d'être nerveux.

Alistair Stanley avait été commandant dans le Special Air Service, les commandos britanniques aéroportés, avant d'être définitivement versé dans le Secret Intelligence Service, les services secrets britanniques. Son poste équivalait en gros à celui de John : c'était à lui qu'on faisait appel pour régler les situations quand les braves petits gars de la division opérationnelle se mettaient à avoir des états d'âme. Al et John avaient décroché la timbale huit ans plus tôt, en Roumanie, et l'Américain était ravi de collaborer de nouveau avec lui dans un cadre plus régulier, même s'ils étaient l'un et l'autre trop vieux désormais pour aller s'éclater sur le terrain. Pour John, les tâches administratives ne correspondaient pas franchement à sa vision du travail, mais il devait bien admettre qu'il n'avait plus vingt ans... ni même trente ou quarante. Un peu âgé pour galoper dans les ruelles et escalader les murs... C'est ce que lui avait dit son gendre, pas plus tard que la semaine précédente dans son bureau de Langley, sur un ton plus respectueux que d'habitude, tâchant de faire valoir la logique de son argumentation au futur grand-père de son premier enfant. Pourtant, merde, se dit Clark, il était plutôt remarquable qu'il soit encore en vie pour s'inquiéter de devenir vieux... non, pas vieux : *plus* vieux. Sans parler que lui tombait désormais sur le dos le poste respectable de directeur de la nouvelle agence. *Directeur*... Un terme poli pour dire rayé des cadres d'active. Mais on ne disait pas non au président des États-Unis, surtout s'il se trouvait être en plus votre ami.

Les moteurs vrombirent et l'appareil s'ébranla. John éprouva la sensation habituelle d'écrasement contre le dossier du siège, comme à bord d'une voiture de sport qui démarre en trombe au feu vert, mais avec encore plus d'intensité. Sandy, qui pourtant ne voyageait presque jamais, ne leva même pas le nez de son bouquin. Fallait-il qu'il soit bon, même si pour sa part il ne lisait jamais de romans policiers. Il n'arrivait jamais à résoudre l'intrigue et il se faisait l'effet d'être un imbécile alors que, dans sa vie professionnelle, il avait réussi plus d'une fois à dénouer l'écheveau de mystères réels. Une petite voix dans sa tête lui murmura *Pivote* et il sentit le plancher s'élever sous ses pieds. L'appareil pointa le nez vers le ciel, les roues du train se rétractèrent dans leur logement. Aussitôt, ses voisins abaissèrent leur siège pour essayer de dormir un peu en attendant leur arrivée à Heathrow. John les imita, mais sans le baisser autant : il voulait dîner d'abord.

« Nous voilà partis, chéri, observa Sandy, quittant une seconde son livre.

— J'espère que tu te plairas en Angleterre.

— J'ai encore trois livres de cuisine à parcourir, une fois que j'aurai résolu ce mystère. »

John sourit. « Qui est l'assassin ?

— Pas trop sûre encore... Sans doute l'épouse de la victime.

— Mouais. Au prix où sont les avocats, ça coûte moins cher qu'un divorce. »

Sandy étouffa un rire et se replongea dans son bouquin tandis qu'hôtesses et stewards quittaient leurs sièges pour servir à nouveau les apéritifs. Clark termina l'*Economist* et attaqua *Sports Illustrated*. Zut, il allait manquer la fin de la saison de foot, alors qu'il avait toujours essayé de la suivre, même en mission. Les Bears faisaient une belle remontée — leur joueur vedette, George Halas, amicalement surnommé Papa Bear, « Papa Ours », avait été l'idole de son enfance... il avait même envisagé un moment de devenir joueur professionnel. Il était plutôt bon ailier dans l'équipe du lycée, et plus tard, l'université d'Indiana s'était intéressée à lui (également pour ses qualités de nageur). Puis il avait décidé d'abandonner ses études supérieures pour s'engager dans la marine, comme son père avant lui, même si Clark était devenu un SEAL, un plongeur-commando, plutôt que matelot sur un bâtiment.

« Monsieur Clark ? » L'hôtesse lui passa le menu du dîner. « Madame Clark ? »

C'était un des avantages de la première classe : le personnel de bord faisait comme si vous aviez un nom. John avait eu droit à un surclassement automatique — il avait accumulé un joli pécule de bons kilométriques, et dorénavant, il choisissait de préférence British Airways, qui bénéficiait d'un accord privilégié avec le gouvernement britannique.

Le menu semblait délicieux, comme souvent à bord des long-courriers, et la carte des vins était à la hauteur... mais il décida de s'en tenir à une bouteille d'eau minérale. Il grommela un vague merci, se cala contre le dossier, remonta ses manches. Ces satanés avions lui paraissaient toujours surchauffés.

Le commandant de bord vint bientôt en ligne,

interrompant tous les films diffusés sur les écrans individuels. Il leur annonça qu'ils allaient emprunter une route par le sud, pour tirer parti des jet-streams. Puis le commandant Will Garnet précisa que cela réduirait en outre de quarante minutes le temps de vol pour rallier l'aéroport de Londres. Il omit bien sûr d'ajouter que cela occasionnerait également quelques secousses. C'est que les compagnies aériennes cherchaient à réduire leur consommation de kérosène et ces quarante-cinq minutes de vol économisées lui vaudraient sans aucun doute une bonne note dans son dossier...

Sensations habituelles : l'appareil appuya légèrement sur la droite pour s'engager au-dessus de l'Atlantique à la hauteur de Seal Isle City dans le New Jersey, et franchir six mille deux cents kilomètres d'océan avant de survoler de nouveau la terre ferme, quelque part au-dessus de la côte irlandaise, qu'ils devraient aborder dans environ cinq heures et demie. Au moins le commandant de bord leur épargna-t-il le laïus de guide touristique — *nous volons actuellement à quarante mille pieds, ce qui représente près de douze kilomètres de chute si les ailes se détachaient et...* On servait maintenant le dîner. Il en allait de même à l'arrière, en classe touriste, avec les chariots portant plats et boissons qui bloquaient les travées.

Cela commença sur l'aile gauche de la cabine. L'homme était correctement vêtu — en veston ; c'est ce qui attira l'attention de John : la plupart des passagers le retiraient en s'asseyant mais lui...

... C'était un Browning automatique, dont la finition noir mat révélait une arme militaire à Clark et, moins d'une seconde après, à Alistair Stanley. Un instant plus tard, deux autres hommes apparurent du côté droit, s'approchant dans la travée, tout près du siège de Clark.

« Et merde », souffla-t-il juste assez fort pour être entendu de Sandy. Elle se retourna pour regarder, mais avant qu'elle ait pu dire ou faire quoi que ce soit, il lui avait saisi la main. Cela suffit à la faire taire, mais pas en revanche à empêcher la femme dans la travée opposée de se mettre à crier — enfin, presque. Sa voisine lui couvrit la bouche de sa main et réussit en partie à étouffer le bruit. L'hôtesse considéra les deux hommes postés devant elle avec un regard incrédule. Une telle chose ne s'était plus produite depuis des années. Comment pouvait-elle arriver maintenant ?

Clark se posait à peu près la même question, aussitôt suivie d'une autre : pourquoi bon Dieu avait-il fourré son arme de protection dans le sac de voyage rangé au-dessus de sa tête ? Quel intérêt, pauvre cloche, à emporter une arme à bord d'un avion si tu ne peux pas mettre la main dessus ? Une gaffe digne du dernier des débutants ! Il n'eut qu'à regarder sur sa gauche pour lire la même expression sur les traits d'Alistair. Deux des meilleurs professionnels du métier, avec leur flingue rangé à moins d'un mètre — mais il aurait aussi bien pu être dans la soute.

« John...

— Relax, Sandy », répondit doucement son mari. Plus facile à dire qu'à faire, il le savait.

John se cala contre le dossier, sans bouger la tête, mais tourné vers la cabine, les yeux en alerte. Ils étaient trois. Le premier, sans doute le chef, poussait une hôtesse vers l'avant de la cabine, pour lui faire ouvrir la porte du poste de pilotage. John les regarda y pénétrer tous les deux avant de refermer la porte sur eux. Bien, donc le commandant William Garnet saurait maintenant de quoi il retournait. Encore une chance qu'il soit un pro, entraîné à dire *oui, monsieur... non, monsieur... bien entendu, monsieur* à quiconque se pointait avec une arme. Avec un peu de chance, il avait servi dans l'aviation ou la marine, et saurait donc éviter toute réaction stupide, du genre « jouons les héros ». Sa mission serait de poser l'appareil, quelque part, n'importe où, parce qu'il était bougrement plus difficile de tuer trois cents personnes dans un avion immobilisé au sol, roues bloquées.

Trois... le premier dans le poste de pilotage. Il allait y rester pour tenir en respect le personnel navigant et transmettre ses exigences par radio. Les deux autres dans la cabine de première, postés à l'avant pour embrasser du regard les deux travées de l'appareil.

« Mesdames et messieurs, c'est le commandant de bord qui vous parle. J'ai laissé allumé le signal *Attachez vos ceintures*. Nous traversons une zone de turbulences. Veuillez rester à vos places pour le moment. Je serai à vous de nouveau d'ici quelques minutes. Merci de votre attention. »

Bien, se dit John, en interceptant le regard d'Alistair. Le commandant avait une voix détendue, et les pirates ne faisaient pas de bêtises — pour l'instant. Sans doute les passagers à l'arrière ne s'étaient-ils encore aperçus de rien. Bien, également. Les gens pouvaient paniquer... enfin, pas obligatoirement, mais mieux valait pour tout le monde que personne ne se doute qu'il y avait matière à paniquer.

Trois pirates de l'air. Seulement trois ? Et s'il y avait

un quatrième larron en soutien, déguisé en passager ?
Ce serait celui qui contrôlerait la bombe — s'il y avait
une bombe ; or, une bombe était l'hypothèse la pire.
Une balle de pistolet pouvait perforer la carlingue et
contraindre à une descente rapide — avec à la clé, le
remplissage de quelques sacs à dégueulis et sans doute
quelques frocs souillés... mais personne n'en mour-
rait. En revanche, une bombe avait toutes les chances
de tuer tout le monde... il n'y avait pas photo, estima
Clark, et s'il avait atteint cet âge respectable, c'était en
évitant de prendre des risques inutiles. Mieux valait
peut-être laisser l'appareil gagner la destination choi-
sie par ces trois salopards, et laisser les négociations
s'engager ; d'ici là, les gens sauraient qu'ils avaient
trois compagnons de voyage très spéciaux. L'info n'allait pas tarder à se répandre. Les pirates devaient avoir
à présent utilisé la fréquence radio de la compagnie
pour transmettre la mauvaise nouvelle du jour, et le
directeur de la sécurité d'United Airlines — Clark le
connaissait : c'était Peter Fleming, un ancien sous-
directeur adjoint du FBI — allait appeler son
ancienne boîte et mettre en branle le grand cirque :
la CIA serait également avisée, ainsi que les Affaires
étrangères, le HRT, Hostage Rescue Team, la cellule
de récupération d'otages du FBI basée à Quantico,
sans oublier la Force Delta de Little Willie Byron, à
Fort Bragg. Pete transmettrait en même temps la liste
des passagers, avec trois noms cernés de rouge, et cela
ne manquerait pas de rendre Willie un brin nerveux,
tandis que les troupes basées à Langley et dans la capitale fédérale commenceraient à s'interroger sur l'existence d'une fuite éventuelle... John écarta l'hypothèse.
Pour l'heure, ce n'était qu'un incident aléatoire qui

allait déclencher les opérations au PC logé dans le vieil immeuble du QG de Langley. Sans aucun doute.

Il était temps de bouger imperceptiblement. Clark tourna la tête avec une lenteur extrême, vers Domingo Chavez, assis sept mètres derrière lui. Dès qu'il eut établi le contact visuel, il se gratta le bout du nez, comme pris d'une démangeaison. Chavez fit de même... et Ding n'avait pas quitté son veston. Il était plus habitué que lui au temps chaud... sans doute avait-il un peu frais dans l'avion. À la bonne heure. Il devait avoir sur lui son Beretta calibre 45... probable... Ding préférait malgré tout le ranger au creux des reins, ce qui était plutôt bizarre pour un type harnaché dans un siège d'avion. Cela dit, Chavez savait de quoi il retournait, et il avait eu le bon sens de ne rien faire... pour le moment. Comment Ding allait-il réagir alors que sa jeune femme enceinte était assise à côté de lui ? Domingo savait garder un calme olympien en situation de stress, Clark ne pouvait pas demander mieux, mais sous son flegme apparent, il demeurait un Latin, dont les passions étaient loin d'être négligeables — même John Clark, avec toute son expérience, voyait chez les autres les faiblesses qui pour lui étaient parfaitement naturelles. Lui aussi avait son épouse assise à côté de lui, et Sandy était terrorisée, alors qu'elle n'était pas censée s'inquiéter pour sa propre sécurité... après tout, c'était le boulot de son mari d'y veiller...

L'un des pirates était en train d'éplucher la liste des passagers. Bien : John n'allait pas tarder à savoir s'il y avait eu ou non une fuite. Mais même si c'était le cas, il ne pouvait rien y faire. Pas encore. Pas avant de savoir ce qui se passait. Parfois, il suffisait de rester assis à prendre son mal en patience et...

Le type posté devant la travée de gauche s'ébranla et, après avoir parcouru cinq mètres, il toisa la femme assise près du hublot, juste à côté d'Alistair.

« Qui êtes-vous ? » demanda-t-il en castillan.

La femme répondit mais John ne saisit pas le nom. C'était un patronyme espagnol, et à six mètres de distance, il ne put l'identifier avec certitude, d'autant que la femme avait répondu d'une voix douce, polie... cultivée, estima-t-il. L'épouse d'un diplomate, peut-être ? Alistair s'était calé contre le dossier de son siège et dévisageait de ses grands yeux bleus le type au revolver, en essayant un peu trop délibérément de ne pas avoir l'air effrayé.

Un cri jaillit de l'arrière de la carlingue : « Une arme, c'est une arme ! » s'écria soudain un passager.

Merde, se dit John. À présent, tout le monde allait être au courant. Le pirate de la travée de droite frappa à la porte du cockpit et passa la tête dans la cabine pour annoncer la bonne nouvelle.

« Mesdames et messieurs..., intervint alors le commandant de bord. Ici, le commandant Garnet... J'ai... hum... reçu ordre de vous annoncer que nous dévions de notre plan de vol... nous... hum... avons des invités à bord qui m'ont demandé de voler vers Lajes aux Açores. Ils disent qu'ils ne veulent aucun mal à qui que ce soit, mais qu'ils sont armés, et le second Renford et moi allons scrupuleusement suivre leurs instructions. Gardez votre calme, je vous prie, restez assis, et tâchez simplement de vous maîtriser. Je vous recontacte ultérieurement. » Bonne nouvelle. Il avait dû servir dans l'armée ; son ton était glacé comme de l'air liquide. Parfait.

Lajes aux Açores, réfléchit Clark. Une ancienne base navale de la marine américaine... encore en service ? Peut-être maintenue en activité uniquement à l'intention des vols transocéaniques — pour servir d'escale et de point de ravitaillement ? En tout cas, le type de droite avait parlé en espagnol, et on lui avait répondu dans la même langue. Donc, sûrement pas des terroristes du Moyen-Orient. Hispanisants... des Basques ? Ils étaient toujours actifs en Espagne. Et la femme, qui était-ce ? Clark regarda autour de lui. Tous les passagers l'imitaient à présent, il ne courait aucun risque à le faire. La cinquantaine, plutôt bien conservée. L'ambassadeur d'Espagne à Washington était marié. Pouvait-il s'agir de son épouse ?

Le terroriste qui la surveillait se tourna vers le siège voisin. « Qui êtes-vous ? demanda-t-il.

— Alistair Stanley », répondit l'intéressé. Inutile de mentir, Clark le savait. Ils voyageaient à découvert. Personne n'était au courant de l'existence de leur agence. Ils ne l'avaient même pas encore mise en route. Et merde, songea Clark. « Je suis anglais, ajouta Alistair d'une voix tremblante. Mon passeport est dans mon sac, là-haut dans le... » Il tendit le bras et l'autre lui rabattit la main d'un coup de crosse.

Pas mal joué, estima John, même si ça n'avait pas marché. Il aurait pu récupérer son sac, exhiber le passeport et se retrouver ainsi avec son arme sur les genoux. Pas de veine que le pirate l'ait cru. C'était le problème avec les accents. Mais Alistair était à la hauteur. Les trois loups ne savaient pas que le troupeau de moutons dissimulait trois chiens de berger. Et trois gros.

À l'heure qu'il était, Willie était sûrement déjà au

téléphone. La Force Delta avait toujours une équipe sur le pied de guerre et nul doute qu'ils étaient maintenant en train de s'apprêter à un éventuel déploiement. Le colonel Byron prendrait leur tête. C'était le genre de Little Willie. Il avait un agent entouré d'une équipe pour assurer le suivi à la base tandis qu'il dirigeait les opérations depuis le front. Tout un tas de mécanismes devaient s'être mis en branle désormais. John et ses amis n'avaient qu'une chose à faire : rester assis bien tranquilles... aussi longtemps que les pirates gardaient leur calme.

Nouvel échange en espagnol du côté gauche. « Où est ton mari ? » demanda le pirate, l'air excédé. Logique, estima John. Les ambassadeurs constituaient une cible idéale. Mais leurs épouses aussi. Celle-ci avait l'air trop chic pour être la femme d'un simple diplomate, et Washington était un poste envié. Le type devait être un homme important, sans doute issu de l'aristocratie. L'Espagne avait encore des nobles. Une cible de choix, d'autant plus intéressante pour faire pression sur le gouvernement ibérique.

La mission a foiré, songea-t-il aussitôt. C'est lui qu'ils voulaient, pas elle, et ils risquaient de le prendre mal. Mal renseignés, les mecs, constata Clark en voyant la colère se peindre sur leur visage. Même à moi, c'est des trucs qui m'arrivent. Ouais, songea-t-il *in petto*, à peu près la moitié du temps. Les deux qu'ils voyaient étaient en train de discuter... à voix basse, mais leurs mimiques étaient éloquentes. Ils étaient en rogne. Donc, il y avait trois (ou plus ?) terroristes furieux et armés, à bord d'un biréacteur survolant de nuit l'Atlantique Nord. Ça aurait pu être pire. Enfin presque. Par exemple, ils auraient pu porter des blousons bourrés de plastic avec des détonateurs.

Ils n'avaient pas loin de trente ans, estima Clark. Assez âgés pour avoir la compétence technique, mais trop jeunes encore pour pouvoir se passer de la supervision d'un adulte. Peu d'expérience du terrain, et pas assez de jugeote. Ils pensaient tout savoir, se croyaient vraiment malins. C'était le problème avec la mort. Les soldats entraînés la connaissaient de plus près que les terroristes. Ces trois types voudraient réussir leur coup sans avoir à l'envisager. Peut-être s'agissait-il d'éléments incontrôlés ? Jusqu'à plus ample informé, les séparatistes basques ne s'en étaient jamais pris à des ressortissants étrangers. En tout cas, jamais à des Américains ; or, ils étaient à bord d'un avion de ligne américain — autant dire qu'ils venaient de franchir la ligne jaune. Des éléments incontrôlés ? Sans doute. Mauvaise nouvelle.

Dans ce genre de situation, on préférait avoir un minimum de prévisibilité. Même le terrorisme avait ses règles. On pouvait presque parler de liturgie, de rituels que chacun devait accomplir avant que la situation ne dégénère salement, ce qui laissait aux bons une chance de discuter avec les méchants. De dénicher un négociateur pour entamer le dialogue avec eux — *allons, les gars, laissez partir les femmes et les enfants, d'accord ? Ce n'est pas grand-chose, et de toute façon, ça la foutrait mal pour vous et votre groupe devant les télés du monde entier, pas vrai ?* Les amener à céder peu à peu. Puis libérer les vieux — qui irait tabasser pépé et mémé ? Ensuite, leur faire apporter de la nourriture, peut-être agrémentée d'un doigt de Valium, pendant que les groupes d'intervention commenceraient à truffer l'avion de micros et de lentilles miniatures dont les câbles à fibres optiques étaient reliés à des caméras.

Les idiots, songea Clark. Leur numéro ne pouvait pas marcher. C'était presque aussi nul que d'enlever un gamin pour réclamer une rançon. Les flics savaient trop bien pister ces crétins, et Little Willie était à coup sûr en train d'embarquer en ce moment même à bord d'un cargo de l'Air Force à la BA de Pope. S'ils se posaient pour de bon à Lajes, le déploiement n'allait pas tarder, et la seule variable serait le nombre de gars qui y laisseraient leur peau avant que les méchants ne mordent la poussière. Clark avait eu l'occasion de collaborer avec les hommes du colonel Byron. S'ils montaient à bord de l'avion, trois personnes au moins en redescendraient les pieds devant. Seul problème : combien d'autres leur tiendraient compagnie ? Tirer dans la carlingue d'un avion, c'était à peu près l'équivalent d'une fusillade dans une école primaire, en plus bondé.

À l'avant, ils continuaient de discuter, sans guère prêter attention à ce qui se déroulait ailleurs dans la cabine. Dans un sens, c'était logique. Les choses importantes se passaient dans le cockpit, mais mieux valait garder l'œil sur le reste de l'habitacle. On ne savait jamais qui pouvait être à bord. Les agents fédéraux chargés de prévenir les détournements d'avion avaient disparu depuis longtemps, mais les flics prenaient toujours l'avion, eux, et certains étaient armés... enfin, peut-être pas sur un vol international, mais aucun terroriste ne faisait de vieux os en jouant les idiots. C'était déjà difficile de survivre quand on était malin. Des amateurs. Incontrôlés. Mal renseignés. Furieux et frustrés. Ça s'annonçait de plus en plus mal. L'un des deux serra le poing et se mit à le brandir au monde entier qui semblait s'être ligué à bord contre lui.

Bravo, songea John. Il se retourna dans son siège, intercepta de nouveau le regard de Ding et lui adressa un signe de dénégation presque imperceptible. Domingo répondit par un haussement de sourcils. Il connaissait la musique.

C'était comme si l'air venait de changer, et pas en mieux. L'un des pirates retourna dans le poste de pilotage et y demeura plusieurs minutes, tandis que John et Alistair continuaient d'observer son compagnon resté à surveiller la cabine du côté gauche. Au bout de deux minutes, il changea de côté, comme pris d'une crampe, et se mit à regarder vers le fond, la tête penchée en avant comme pour réduire la distance, fixant l'extrémité de la cabine, l'expression partagée entre forfanterie et impuissance. Puis, presque aussi vite, il retourna côté bâbord, ne s'arrêtant que pour lorgner la cabine du poste de pilotage, l'air renfrogné.

Donc, ils ne sont que trois, conclut John, alors que le numéro deux ressortait du cockpit. Numéro 3 semblait lui aussi à cran. Rien que Numéro 3 ? John s'interrogea. Réfléchis bien. Si oui, ce sont vraiment des amateurs. Ce genre de numéro pouvait être amusant dans un autre contexte, mais pas à neuf cents à l'heure et à onze mille mètres au-dessus de l'Atlantique. S'ils arrivaient à se maîtriser et laisser leur pilote poser au sol la grosse bête, peut-être qu'ils auraient un éclair de bon sens. Mais ils semblaient mal partis pour rester cools.

Au lieu de reprendre son poste pour surveiller la travée de droite, Numéro 2 rejoignit Numéro 3 pour échanger avec lui des murmures d'une voix rauque. S'il n'en comprit pas le contenu, Clark en saisit l'essentiel. C'est au moment où Numéro 2 indiqua la porte de la cabine que la situation empira salement...

... Personne n'est vraiment le chef, décida John. C'était le bouquet, trois électrons libres, armés, à bord d'un putain de long-courrier. Il était temps de commencer à s'inquiéter. La peur n'était pas un sentiment étranger à Clark. Il avait connu trop de situations délicates pour cela, mais à peu près une fois sur deux, il avait eu un minimum de contrôle sur la situation — ou à tout le moins, sur ses propres actions : par exemple, la possibilité de fuir, ce qui, il le découvrait à présent, était bougrement rassurant. Il ferma les yeux et inspira un grand coup.

Numéro 2 descendit vers l'arrière pour considérer la femme assise à côté d'Alistair. Il resta plusieurs secondes à la fixer sans rien dire, puis il observa son voisin, qui baissa les yeux, l'air soumis.

« Oui ? dit enfin l'Anglais, avec son accent le plus british.

— T'es qui, toi ? demanda Numéro 2.

— Je l'ai dit à votre ami, mon vieux : Alistair Stanley. J'ai mon passeport dans mon sac de voyage, si vous voulez le voir. » Le ton avait cette pointe de fragilité suggérant l'homme effrayé qui se contrôle avec peine.

« C'est ça. Montre-le-moi !

— Tout de suite, monsieur. » Avec un geste plein de lenteur et d'élégance, l'ancien commandant du SAS déboucla sa ceinture, se leva, ouvrit le porte-bagages et en sortit son sac de voyage noir. « Vous permettez ? » Numéro 2 acquiesça en silence.

Alistair ouvrit le zip de la poche latérale et sortit

le passeport qu'il tendit avant de se rasseoir, agrippant de ses mains tremblantes le sac posé sur ses genoux.

Numéro 2 examina le passeport avant de le lâcher sur le sac du Britannique. John le vit s'adresser en espagnol à la femme de la place 4A. « Où est ton mari ? » crut-il deviner. La femme répondit du même ton cultivé qu'auparavant, et Numéro 2 fila aussitôt discuter de nouveau avec son complice. Alistair laissa échapper un gros soupir et parcourut des yeux la cabine, comme pour se rassurer, finissant par intercepter le regard de John. Ses mains et ses traits demeuraient immobiles, pourtant John savait qu'il était en train de réfléchir. Al n'était pas non plus ravi de la situation, et plus important, il avait vu de près deux des trois terroristes, droit dans les yeux. John devait en tenir compte. Alistair Stanley, son cadet de quelques années, était inquiet, lui aussi. L'agent leva la main comme pour lisser ses cheveux, et du bout des doigts, il se tapota le crâne au-dessus de l'oreille, à deux reprises. Ça risquait d'être pire que ce qu'il avait redouté.

Clark avança la main, afin de la dissimuler aux deux pirates à l'avant de la cabine, et tendit trois doigts. Al hocha imperceptiblement la tête et se détourna quelques secondes. Le temps pour John d'assimiler le message. Il lui confirmait qu'ils n'étaient bien que trois. John hocha la tête, satisfait.

Il aurait nettement mieux valu qu'ils soient futés, ces terroristes, mais les plus futés ne se lançaient plus dans ce genre d'aventure. Il y avait tout bonnement trop de risques, comme les Israéliens l'avaient démontré en Ouganda et les Allemands en Somalie. Vous n'étiez en sécurité qu'aussi longtemps que l'appareil était en vol, et il ne pouvait y rester éternellement. Or, dès l'atterrissage, l'ensemble du monde civilisé pouvait se liguer pour vous écraser avec la vitesse de l'éclair et la puissance d'une tornade... Et le vrai problème était qu'on trouvait bien peu de volontaires prêts à mourir avant trente ans. Or, ceux-là utilisaient des bombes. Donc, les terroristes futés agissaient autrement. Ce qui les rendait d'autant plus dangereux. Même s'ils restaient toutefois prévisibles. Ils ne tuaient pas les gens pour le plaisir, et ils évitaient d'être frustrés dès le début des opérations parce qu'ils préparaient leur attaque initiale avec soin.

Ces trois-là étaient des crétins. Ils avaient agi sur la base de renseignements erronés, n'avaient pas infiltré des éléments sur place pour leur fournir des infos de dernière minute, les avertir que leur cible n'avait pas embarqué sur ce vol, de sorte qu'ils se retrouvaient embringués dans cette mission ratée d'avance, avec comme perspective la mort ou la prison à vie... pour rien. La seule bonne nouvelle — façon de parler ! — était qu'ils seraient emprisonnés en Amérique.

Même s'ils n'avaient pas plus envie de finir leurs jours dans une cage d'acier que de mourir dans les prochaines heures, ils n'allaient pas tarder à se rendre compte qu'ils n'avaient pas d'autre alternative. Et que leurs armes de poing restaient leur seul argument, et qu'ils avaient donc tout intérêt à en user pour parvenir à leurs fins...

... et que pour John Clark, le choix était d'attendre ou non qu'on en vienne là...

Non. Il n'était pas question de rester planté là à attendre qu'ils commencent à tuer des gens.

D'accord. Clark observa les deux pirates pendant une minute encore, leur façon de se lancer des coups d'œil tout en essayant de surveiller les deux travées, tandis qu'il réfléchissait sur la conduite à tenir. Avec les imbéciles comme avec les petits futés, les plans les plus simples étaient en général les meilleurs.

Il fallut encore cinq minutes à Numéro 2 pour qu'il se décide à discuter de nouveau avec Numéro 3. À ce moment, John se tourna juste assez pour entrevoir Ding, tout en se passant le bout du doigt sur la lèvre supérieure, comme pour caresser une moustache inexistante. Chavez pencha la tête, l'air de dire : « T'es sûr ? » mais il comprit le signal. Il défit sa ceinture, passa la main gauche dans son dos et récupéra son pistolet sous le regard inquiet de sa jeune épouse. Domingo lui tapota la main droite pour la rassurer, tout en dissimulant le Beretta sous une serviette, puis, l'œil impassible, il attendit que son supérieur prenne l'initiative.

« Toi ! lança Numéro 2.

— Oui ? répondit Clark, regardant obstinément devant lui.

— Tu bouges pas ! » Son anglais était correct. Il faut dire que l'enseignement des langues en Europe était bon.

« Euh... écoutez, j'ai pas mal bu et... enfin, vous voyez ce que je veux dire ? *Por favor*, ajouta John timidement.

— Non ! Tu restes dans ton fauteuil !

— Eh ? Qu'est-ce que vous allez faire ? Descendre un type qu'a envie d'aller pisser ? Je sais pas quel est votre problème, les gars, mais, bon, faut que j'y aille. D'accord ? S'il vous plaît. »

Numéro 2 et Numéro 3 échangèrent un regard

désabusé qui ne fit que confirmer une dernière fois leur statut de pirates amateurs. Bouclées dans leur fauteuil à l'avant de la cabine, les deux hôtesses paraissaient très inquiètes mais elles ne bronchèrent pas. John précipita les choses en débouclant sa ceinture avant de faire mine de se lever.

Numéro 2 se précipita vers lui, l'arme au poing, s'arrêtant juste avant d'enfoncer le canon dans le torse de John. Sandy avait les yeux écarquillés. Elle n'avait jamais eu l'occasion de voir son mari prendre le moindre risque, mais elle savait aussi que ce n'était pas l'homme qui dormait auprès d'elle depuis un quart de siècle — et si ce n'était pas lui, ce ne pouvait être que l'autre Clark, celui dont elle avait entendu parler sans l'avoir jamais vu.

« Bon, écoutez, j'y vais, je vide ma vessie et je reviens, d'accord ? Enfin merde, vous voulez me regarder ? ajouta-t-il d'une voix faussement pâteuse après le seul demi-verre de vin qu'il avait bu au terminal. Bon, ben, d'accord, mais soyez sympas, je voudrais pas mouiller mon froc, d'accord ? »

Ce qui emporta la décision, ce fut sa carrure : Clark mesurait près d'un mètre quatre-vingt-dix, et ses avant-bras, visibles sous les manches retroussées, exhibaient leurs muscles. Numéro 2 lui rendait dix centimètres et quinze kilos, mais il était armé, et forcer les gens plus grands que vous à vous obéir est toujours un plaisir pour les brutes. C'est pourquoi Numéro 2 l'agrippa par le bras gauche, le fit pivoter et le poussa sans ménagement vers la porte des lavabos au fond à droite. John obtempéra, les mains au-dessus de la tête.

« Eh, *gracias, amigo*, OK ? » Il ouvrit la porte. Toujours aussi malin, Numéro 2 le laissa même la refermer. De son côté, John fit ce pour quoi il avait demandé la permission, se lava les mains, puis se regarda brièvement dans la glace.

Alors, Serpent, toujours en forme ? se demanda-t-il sans reprendre haleine.

Eh bien, c'est ce qu'on va voir.

John fit coulisser le loquet et rouvrit la porte-accordéon, exhibant un visage soulagé et docile.

« Eh... euh, merci, vous savez...

— Retourne t'asseoir !

— Attendez, laissez-moi vous servir une tasse de café, OK, je... » John fit un pas vers l'arrière, et Numéro 2 fut assez bête pour le suivre afin de le surveiller, avant de lui poser la main sur l'épaule et le forcer à se retourner.

« *Buenas noches* », murmura Ding, moins de trois mètres derrière lui, son pistolet braqué sur la tempe de Numéro 2. Celui-ci entrevit du coin de l'œil un reflet bleu acier qui devait être celui d'une arme : cet instant de distraction tombait à pic. La main droite de John s'éleva, son avant-bras pivota et du revers du poing il cueillit le terroriste à la tempe droite. Le coup suffit à l'assommer.

« T'as chargé avec quoi ?

— Balles à faible vélocité, murmura Ding. On est en avion, *mano*, rappela-t-il à son patron.

— Fais comme si de rien n'était », commanda John, d'une voix calme. Ding acquiesça.

« Miguel ! » lança Numéro 3.

Clark se porta sur la gauche, s'arrêtant en cours de route pour prendre une tasse de café au distributeur, avec la soucoupe et la petite cuillère. Puis il reparut dans la travée de gauche et remonta vers l'avant de la cabine.

« Il m'a dit de vous apporter ça. Merci encore de m'avoir permis d'aller aux toilettes, dit John d'une voix tremblante mais reconnaissante. Tenez, voici votre café, m'sieur...

— Miguel ! répéta Numéro 3.

— Il est parti par là. Tenez, votre café... Je suis censé me rasseoir, non, n'est-ce pas ? » John fit quelques pas et s'immobilisa, avec l'espoir que cet amateur continuerait d'agir comme un manche.

Ce qu'il fit en venant vers lui. John prit un air docile, tenant tasse et soucoupe d'une main tremblante, et à l'instant précis où Numéro 3 arrivait à sa hauteur, cherchant toujours des yeux son collègue, Clark les laissa échapper et se baissa aussitôt pour les ramasser, à peu près un demi-pas derrière le siège d'Alistair. Numéro 3 l'imita machinalement. Ce devait être sa dernière erreur de la soirée.

La main de John s'empara du pistolet de l'homme et le retourna vers l'abdomen de son propriétaire. Le coup aurait pu partir mais le Browning Hi-Power d'Alistair s'écrasa à cet instant sur la nuque du pirate, et Numéro 3 s'effondra comme une poupée de chiffon.

« Toujours aussi impatient, grommela Stanley. Mais bougrement bien joué, malgré tout. » Puis il se retourna vers l'hôtesse la plus proche et claqua des doigts. Elle quitta son siège d'un bond, courant presque vers eux. « Une corde, de la ficelle, n'importe quoi pour les ligoter, vite ! »

John récupéra le pistolet et ôta aussitôt le chargeur, puis il manœuvra le mécanisme pour éjecter la balle engagée. Deux secondes plus tard, il avait démonté l'arme et jeté les pièces aux pieds de la compagne de voyage d'Alistair, qui contemplait la scène, ses yeux noisette écarquillés.

« Police de l'air, m'dame. Je vous en prie, détendez-vous », expliqua Clark.

Peu après, Ding réapparut, traînant Numéro 2 derrière lui. L'hôtesse de l'air revint avec un rouleau de ficelle.

« Ding, le poste de pilotage ! commanda John.

— À vos ordres, monsieur C. » Tenant son Beretta à deux mains, Chavez se dirigea vers la porte du cockpit. Au sol, Clark s'occupait du paquet-cadeau. Ses doigts retrouvèrent les nœuds de marin comme trente ans plus tôt. Incroyable, songea-t-il en les serrant le plus possible. Et si les mains de l'autre viraient au noir, tant pis.

« Il en reste un, John, souffla Stanley.

— Toi, tu gardes l'œil sur nos deux potes.

— Avec plaisir. Mais surtout fais gaffe, il y a plein de matos électronique, là-devant.

— Tu m'étonnes. »

John se dirigea vers le poste de pilotage, toujours désarmé. Son cadet était resté posté devant la porte, le pistolet levé, toujours tenu à deux mains, les yeux fixant le battant.

« Comment on procède, Domingo ?

— Oh, je repensais à la salade verte et au veau... sans parler que la carte des vins est plutôt sympa. C'est pas vraiment l'endroit pour entamer une fusillade, John. Invitons-le plutôt à retourner en cabine. »

Tactiquement, ça se tenait. Numéro 1 ferait face à l'arrière et, si le coup partait, la balle avait peu de risques d'endommager la cellule, même si les passagers de la première rangée allaient sans doute apprécier modérément. John fila récupérer tasse et soucoupe.

« Vous ! » Clark fit signe à l'autre hôtesse. « Appelez l'équipage et dites au pilote d'avertir notre ami que Miguel le demande à l'arrière. Puis restez où vous êtes. Dès que la porte s'ouvre, s'il vous demande quoi que ce soit, montrez-moi du doigt. D'accord ? »

Elle était mignonne, la quarantaine, plutôt sûre d'elle. Elle obéit scrupuleusement, décrocha le téléphone et transmit le message.

Quelques secondes plus tard, la porte s'ouvrit et Numéro 1 passa la tête. L'hôtesse était la seule personne dans son champ visuel. Elle indiqua John.

« Du café ? »

La question ne fit qu'ajouter à sa perplexité. Il fit un pas en direction du malabar qui tenait la tasse. Son pistolet était braqué vers le sol.

« Coucou ! » fit Ding sur sa gauche, plaquant le canon du pistolet contre sa nuque.

Nouvel instant de confusion. Il n'était tout bonnement pas préparé. Numéro 1 hésita, sa main n'avait même pas encore esquissé un mouvement.

« Lâche ton arme ! dit Chavez.

— Tu ferais mieux d'obéir, précisa John, dans un espagnol des plus scolaires. Ou mon ami te tuera. »

Les yeux du pirate scrutèrent machinalement la cabine, recherchant ses collègues, mais ils demeuraient invisibles. Sa confusion redoubla. John fit un pas vers lui, puis récupéra l'arme dans sa main inerte. Il la glissa à sa ceinture, puis coucha l'homme à terre pour le ligoter, tandis que le pistolet de Ding restait braqué contre la nuque du terroriste. À l'arrière, Stanley faisait de même avec ses deux prisonniers.

« Deux chargeurs... c'est tout. » John héla le chef steward, qui arriva avec la ficelle.

« Les imbéciles », siffla Chavez en espagnol. Puis il regarda son patron. « John, tu crois pas que c'était peut-être un rien précipité ?

— Non. » Puis il se releva et entra dans le poste de pilotage. « Commandant ?

— Bon sang, qui êtes-vous ? » L'équipage n'avait rien vu ou entendu de ce qui se passait en cabine.

« Où se trouve le terrain militaire le plus proche ?

— Gander, RCAF », répondit aussitôt Renford, le copilote. Une base de la Royal Canadian Air Force.

« Eh bien, on file là-bas. Commandant, l'appareil est de nouveau à vous. Nous avons ligoté les trois zigues.

— Qui êtes-vous ? » redemanda Will Garnet, avec insistance. Il était encore sous tension.

« Juste un gars désireux de rendre service », répondit John, sans broncher. Cette fois, le message passa. Garnet était un ancien aviateur. « Je peux me servir de votre radio ? »

Le commandant indiqua de la tête le strapontin latéral, et lui montra le maniement de l'appareil.

« Ici vol United 121, un-deux-un, annonça Clark. Qui est en fréquence, à vous ?

— Ici l'agent spécial Carney, du FBI. Qui êtes-vous ?

— Carney, appelez le directeur, et dites-lui que Rainbow Six est en ligne. Situation maîtrisée. Aucune perte. Nous mettons le cap sur Gander, et nous aurons besoin de la police montée. À vous.

— Rainbow[1] ?

— Affirmatif, agent Carney. Je répète, nous maîtrisons la situation. Les trois pirates de l'air sont arrêtés. J'attends d'avoir votre directeur.

— Bien monsieur », répondit une voix fort surprise.

Baissant les yeux, Clark constata que ses mains tremblaient, maintenant que tout était fini. Ma foi, ça lui était déjà arrivé une fois ou deux. L'appareil vira sur la gauche, tandis que le pilote parlait à la radio, appelant sans doute Gander.

« Un-deux-un, un-deux-un, c'est à nouveau l'agent Carney.

— Carney, ici Rainbow. » Clark marqua un temps. « Commandant, la liaison radio est-elle sûre ?

— Elle est cryptée, oui. »

John se maudit presque de violer la discipline de transmission radio. « Bien, Carney. Tenez-moi au courant.

— Ne quittez pas, je vous passe le directeur. » Il y eut un déclic, puis un bref crépitement. « John ? demanda une nouvelle voix.

— Oui, Dan.

— Que se passe-t-il ?

— Trois bonshommes, s'exprimant en espagnol, pas vraiment des lumières. On les a interceptés.

— Vivants ?

— Affirmatif. J'ai dit au pilote de mettre le cap sur la base RCAF de Gander. Nous devons arriver dans...

— Neuf-zéro minutes, précisa le copilote.

— Une heure et demie, répéta John. Il faudrait

---

1. Arc-en-ciel (N.d.T.).

demander à la police montée d'être sur place pour récupérer nos enfants terribles et prévenir Andrews. On aura besoin d'un transport pour Londres. »

Il n'avait pas à expliquer pourquoi : au lieu d'un vol commercial de routine emportant trois agents et leurs épouses, leurs identités étaient désormais démasquées, et il était certainement inutile qu'ils traînent plus longtemps à bord pour que chacun les dévisage — la plupart des passagers voudraient simplement leur payer un coup à boire, mais ce n'était pas une bonne idée. Tous les efforts accomplis pour que Rainbow soit à la fois opérationnel et secret venaient d'être mis à mal par trois crétins. Espagnols ou autres : ça, ce serait à la police montée canadienne de le découvrir avant de les refiler au FBI.

« Entendu, John, je m'en charge. J'appelle René et je lui demande d'organiser tout ça. Vous avez besoin d'autre chose ?

— Ouais. Envoyez-moi quelques heures de sommeil, c'est possible ?

— Tout ce que tu voudras, vieux », répondit le directeur du FBI en étouffant un rire, avant de couper la communication. Clark ôta le casque et le raccrocha.

« Bon sang, mais qui êtes-vous ? » s'obstina le commandant de bord. L'explication initiale ne l'avait pas vraiment satisfait.

« Monsieur, mes amis et moi sommes des membres de la police de l'air qui se trouvaient par hasard être à bord. Est-ce que cela vous suffit comme explication ?

— Je suppose, répondit Garnet. Ravi que vous ayez réussi. Le type avec nous en cabine avait l'air

un rien déjanté, si vous voyez ce que je veux dire...
On a comme qui dirait passé un sale quart d'heure. »

Clark acquiesça avec un air entendu. « Ouais, moi
aussi. »

Ils faisaient cela depuis un bout de temps. Les
fourgons bleu pastel — il y en avait quatre — circu-
laient dans toute l'agglomération de New York pour
récupérer les sans-abri et les regrouper dans les
centres d'accueil gérés par l'association. Cette action
menée avec discrétion avait eu droit à un reportage
au JT local un an auparavant, et valu à l'association
quelques douzaines de lettres de soutien avant de
retomber dans l'anonymat, comme trop souvent en
pareil cas. Il était bientôt minuit et avec l'arrivée de
l'automne, les fourgons étaient de sortie pour ramasser les SDF dans tout le centre et le bas de Manhattan. Ils procédaient autrement que naguère la
police ; les malheureux qu'ils secouraient n'étaient
pas embarqués de force : les bénévoles de l'association leur demandaient poliment s'ils voulaient un lit
propre pour la nuit, gratis, et sans les complications
religieuses des autres « œuvres charitables », selon
l'expression consacrée. Ceux qui déclinaient l'offre
se voyaient offrir des couvertures, dons des employés
qui étaient en ce moment chez eux à dormir ou
regarder la télé — la participation au programme
était volontaire pour le personnel également —, des
couvertures usagées mais néanmoins chaudes, et
imperméabilisées. Certains sans-abri préféraient dormir dehors, jugeant que c'était une forme de liberté.
La plupart acceptaient la proposition. Même les
ivrognes appréciaient un bon lit et une douche, et

pour l'heure, ils étaient déjà dix, et le fourgon avait fait le plein pour cette tournée. On les avait aidés à monter, s'asseoir et boucler leur ceinture de sécurité.

Aucun d'eux ne se douta qu'il s'agissait du *cinquième* des quatre fourgons à opérer dans le bas de Manhattan, même s'ils remarquèrent une légère différence sitôt qu'il s'ébranla. L'employé assis à l'avant se retourna pour leur tendre des bouteilles de Gallo, un bourgogne californien bon marché, mais toujours meilleur que la piquette qui faisait leur ordinaire, auquel on avait toutefois ajouté un petit quelque chose...

Le temps qu'ils parviennent à leur destination, tous étaient endormis ou à tout le moins hébétés. Ceux encore en état de bouger furent aidés à embarquer dans un autre camion, puis harnachés sur des paillasses où ils s'endormirent aussitôt. Quatre hommes se chargèrent de porter les autres et de les attacher. Cette tâche accomplie, le premier fourgon partit au nettoyage — à la vapeur, pour garantir que le moindre résidu serait stérilisé et chassé de l'habitacle. Le second camion se dirigea vers le nord de la ville par la voie sur berge ouest, emprunta la rampe hélicoïdale d'accès au pont George-Washington et franchit l'Hudson. De là, il poursuivit sa route vers le nord, traversant momentanément l'angle nord-est de l'État du New Jersey avant de retrouver celui de New York.

Il s'avéra que le colonel William Little Byron était déjà dans les airs, à bord d'un KC-10 de l'US Air Force, suivant une route presque identique à la leur, juste une heure derrière le vol 121 d'United. Et comme le Boeing 777, il dévia vers le nord pour rallier Gander. L'ancienne base dut tirer du lit un minimum de personnel pour accueillir les deux jumbo-jets, mais c'était bien la moindre des choses.

Les trois pirates de l'air étaient ligotés, les yeux bandés, sur le plancher juste devant la première rangée de fauteuils de première que John, Ding et Alistair avaient réquisitionnés. On servit des boissons chaudes. Les autres passagers se tenaient à l'écart, à l'arrière de la carlingue.

« J'admire assez la méthode des Éthiopiens dans ce genre de situation, observa Stanley en buvant une gorgée de thé.

— Comment cela ? s'enquit Chavez, d'une voix lasse.

— Il y a quelques années, ils ont eu une tentative de détournement à bord d'un avion de la compagnie nationale. Il se trouvait que des agents de la sécurité étaient à bord. Ils eurent tôt fait de maîtriser la situation. Ils ont alors ligoté leurs prisonniers sur les sièges de première, leur ont enveloppé le cou d'une serviette pour protéger les coussins, et leur ont froidement tranché la gorge. Et devinez quoi...

— Pigé », observa Ding. Plus personne ne s'était avisé de déranger cette compagnie aérienne. « Simple, mais efficace.

— Tout à fait. » Il reposa sa tasse. « J'espère toutefois que ce genre de chose ne se reproduira pas trop souvent. »

Les trois agents virent les feux de la piste défiler derrière les hublots, juste avant que les roues du 777 ne touchent le tarmac de Gander. Il y eut une série de vivats assourdis et quelques applaudissements épars venant de l'arrière. Le long-courrier ralentit et tourna pour venir s'immobiliser tout près des installations militaires. La porte avant droite fut ouverte, et un pont-élévateur approché, avec lenteur et précaution.

John, Ding et Alistair débouclèrent leur ceinture et se dirigèrent vers la porte, sans quitter de l'œil les trois pirates de l'air. Le premier homme à monter à bord était un officier de la RCAF portant baudrier et fourragère blanche, suivi de trois hommes en civil qui devaient être des flics.

« Vous êtes M. Clark ? demanda l'officier.

— C'est exact, répondit John. Voilà vos trois... suspects, je crois que c'est le terme exact », observa-t-il avec un sourire las. Les flics s'avancèrent pour les prendre en charge.

« Un autre appareil est en route, il sera là dans une heure, leur annonça l'officier canadien.

— Merci. » Tous trois allèrent récupérer leur bagage à main, et pour deux d'entre eux, leur épouse. Patsy s'était assoupie et il fallut la réveiller. Sandy s'était replongée dans son polar. Deux minutes plus tard, tous les cinq étaient sur la piste et se dirigeaient d'un pas traînant vers l'une des voitures de l'aviation canadienne. Dès que le convoi démarra, l'appareil s'ébranla pour rejoindre l'aérogare afin que les passagers puissent descendre et se détendre, le temps que le 777 soit approvisionné et ravitaillé.

« Comment fait-on pour rallier l'Angleterre ? s'inquiéta Ding, une fois qu'il eut couché sa femme dans la salle de briefing inutilisée.

— Votre aviation envoie un VC-20. Il y aura des employés à Heathrow pour récupérer vos bagages de soute. Un certain colonel Byron vient se charger de vos trois prisonniers, expliqua le chef des policiers.

— Tenez, voici leurs armes. » Stanley lui tendit trois sacs en papier où il avait rangé les pistolets démontés. « Des Browning M-1935, finition militaire. Pas de balles explosives. C'étaient de sacrés amateurs. Basques, j'ai l'impression. Il semble qu'ils voulaient s'en prendre à l'ambassadeur d'Espagne à Washington. Son épouse avait le siège voisin du mien. La Señora Constanza de Monterosa — de la célèbre famille de viticulteurs. Ils mettent en bouteille de somptueux rosés ainsi que des madères. Je crois que vous allez découvrir qu'ils ont agi de leur propre chef.

— Et vous, qui êtes-vous au juste ? » demanda le flic. Clark se chargea de l'éclairer.

« On ne peut pas vous répondre. Vous réexpédiez directement les pirates ?

— Ottawa nous a donné ordre de le faire, aux termes du traité sur la piraterie aérienne. Écoutez, il faut que j'aie quelque chose à fournir à la presse.

— Dites-leur que trois policiers américains se trouvaient par hasard à bord et ont aidé à maîtriser ces idiots, suggéra Clark.

— Ouais, c'est pas faux, admit Chavez avec un sourire. C'est ma première interpellation, John... Merde, j'ai même oublié de leur lire leurs droits. » Il était tellement crevé qu'il trouva ça follement drôle.

Ils étaient d'une saleté répugnante, comme put le constater le comité d'accueil. Ce n'était pas particulièrement surprenant. Pas plus que le fait qu'ils puaient à cent mètres à la ronde. Pour ça, on aviserait plus tard. Les paillasses furent transférées du camion à l'intérieur du bâtiment, seize kilomètres à l'ouest de Binghamton, dans la région vallonnée du centre de l'État de New York. Une fois dans la salle de nettoyage, tous les dix reçurent en pleine figure une giclée d'un flacon assez semblable à ceux contenant du produit à vitres. Ils y passèrent un par un. Puis la moitié d'entre eux reçut une injection au bras. Les deux groupes de cinq s'étaient vu doter de bracelets d'acier, numérotés de un à dix. Ceux portant un numéro pair eurent droit à la piqûre. Pas les autres, les numéros impairs, qui devaient servir de groupe témoin. Cette tâche accomplie, les dix sanslogis furent transférés dans un dortoir pour cuver leur vin et leurs médicaments. Le camion qui les avait transportés était déjà reparti, vers l'ouest, retrouver ses tâches habituelles, dans l'Illinois. Le chauffeur n'avait même pas su ce qu'il faisait, à part conduire.

1

Mémorandum

Le VC-20B manquait pour le moins de confort — la nourriture se résumait à des sandwiches, arrosés d'une vinasse indéfinissable — mais les sièges étaient confortables et le vol suffisamment régulier pour que chacun des passagers dorme jusqu'au moment où le train et les volets sortirent à l'approche de Northholt, un terrain de la RAF, situé juste à l'ouest de Londres. Alors que le G-IV de l'US Air Force roulait vers les bâtiments, John remarqua leur âge.

« Une base de Spitfire datant de la bataille d'Angleterre, précisa Stanley en s'étirant dans son fauteuil. Mais on en autorise l'accès aux jets privés.

— Alors, on risque de l'utiliser pas mal à l'avenir, observa Ding en se frottant les yeux, en manque de café. Quelle heure est-il ?

— Un peu plus de huit heures, heure locale... et temps universel, n'est-ce pas ?

— Tout à fait », confirma Alistair avec un grognement ensommeillé.

À cet instant précis, la pluie se mit à tomber,

comme pour les accueillir dans les règles sur le sol britannique. Ils avaient cent mètres à parcourir pour rejoindre le bâtiment d'accueil, où un fonctionnaire des douanes tamponna leurs passeports et leur souhaita la bienvenue dans son pays avant de retourner à son thé matinal et son journal.

Trois voitures les attendaient dehors, trois limousines Daimler noires, qui quittèrent la base pour filer d'abord vers l'ouest, puis vers le sud, en direction d'Hereford. Preuve qu'il était désormais un bureaucrate civil, nota Clark, assis dans le véhicule de tête. Sinon, on leur aurait fourni des hélicoptères. Mais les îles Britanniques n'étaient pas totalement dépourvues des attraits de la civilisation. Ils firent halte devant un McDonald's au bord de la route, pour se gaver d'Egg-McMuffins et de café. Sandy protesta devant la charge de cholestérol. Elle réprimandait John depuis des mois sur ce sujet. Puis elle se remémora la nuit précédente.

« John ?

— Oui, chérie ?

— Qui était-ce ?

— Qui ça ? Les types dans l'avion ? » Il la regarda et elle acquiesça. « Je ne sais pas trop... Sans doute des séparatistes basques. Il semble qu'ils en voulaient à l'ambassadeur d'Espagne, mais ils ont merdé dans les grandes largeurs. Il n'était pas à bord, il n'y avait que sa femme.

— Ils avaient l'intention de détourner l'avion ?

— Ouais, pas de doute là-dessus.

— Tu trouves pas ça effrayant ? »

John acquiesça, pensif. « Oui, tout à fait. Enfin, ça l'aurait été encore plus s'ils avaient été compétents, mais ce n'était pas le cas. » Il sourit intérieurement. *Bon sang... réussir à se tromper de vol !* Mais ce n'était pas le moment d'en rire, pas avec son épouse assise auprès de lui — et du mauvais côté de la route, un fait qui l'amenait à surveiller la chaussée non sans une certaine inquiétude. Ça le mettait mal à l'aise de se retrouver sur le côté gauche de celle-ci, à foncer à près de... combien ? cent vingt à l'heure ? *Merde.* Ils ne connaissaient pas les limitations de vitesse dans ce pays ?

« Que va-t-il leur arriver ? s'entêta Sandy.

— Il y a un traité international. Les Canadiens vont les réexpédier aux États-Unis pour être jugés — devant la Cour fédérale. Ils seront jugés, condamnés et emprisonnés pour piraterie aérienne. Ils risquent de passer un bout de temps derrière les barreaux. » Et ils pourraient s'estimer heureux, s'abstint d'ajouter Clark. Dans certains pays, c'était la peine de mort.

« Cela fait longtemps que ce n'était pas arrivé.

— Ouaip », admit son mari. Il fallait être un bel abruti pour détourner un avion, mais apparemment, les abrutis n'étaient pas encore une espèce en voie de disparition. Raison pour laquelle il était le Six [1] d'une organisation baptisée Rainbow.

Il y a du bon et du moins bon. Le mémorandum qu'il avait rédigé commençait comme d'habitude : à mille lieues de la langue de bois bureaucratique — c'était un idiom que Clark n'avait jamais réussi à maîtriser, malgré ses trente années de service dans la CIA.

---

1. Six : dans le jargon militaire américain, désigne le chef d'une unité *(N.d.T.)*.

Avec la disparition de l'Union soviétique et des autres États-nations professant des politiques opposées aux intérêts américains et occidentaux, l'éventualité d'une confrontation internationale majeure est à son plus bas niveau historique. Ceci, manifestement, constitue la meilleure des bonnes nouvelles.

Mais dans le même temps, nous devons affronter le fait qu'un grand nombre de terroristes internationaux parfaitement expérimentés et entraînés continuent d'arpenter la planète, sans compter qu'un certain nombre de pays, tout en n'ayant aucun désir d'entrer en confrontation directe avec les États-Unis ou d'autres nations occidentales, pourraient néanmoins avoir envie d'exploiter ces quelques « électrons libres » terroristes pour des objectifs politiques plus limités.

En toute hypothèse, ce problème a toutes chances de s'amplifier, puisque, dans la situation géopolitique antérieure, les grandes nations avaient su instaurer des bornes strictes pour contenir les activités terroristes — mises en pratique par l'application d'un accès contrôlé aux armes, moyens financiers, sites d'entraînement et de repli.

Il semble probable que la situation politique actuelle va inverser l'« entente » dont profitaient jusqu'ici les grandes nations. Le prix du soutien logistique, de la fourniture d'armes, de sites d'entraînement et de repli pourrait bien être un regain de l'activité terroriste, sans la pureté idéologique auparavant exigée par les États-nations finançant cette activité.

La solution la plus évidente à ce problème sans

aucun doute appelé à s'aggraver sera l'instauration d'une nouvelle cellule antiterroriste internationale. Je propose de baptiser celle-ci du nom de code Rainbow, « Arc-en-ciel ». Je propose en outre que cette organisation soit basée au Royaume-Uni. Les raisons en sont simples :

— Le Royaume-Uni abrite et gère actuellement le Special Air Service, la première — en termes d'expérience — agence mondiale spécialisée dans les opérations particulières.

— Londres est la ville du monde la mieux desservie par la voie des airs — sans compter que le SAS jouit de relations étroites avec British Airways.

— L'environnement juridique est particulièrement avantageux, grâce aux restrictions sur la presse permises par la législation britannique, contrairement à la législation américaine.

— Les « relations privilégiées » établies de tout temps entre les divers services de renseignements américains et britanniques.

Pour toutes ces raisons, la cellule d'opérations spéciales proposée serait composée d'éléments recrutés parmi les agences des États-Unis, du Royaume-Uni et de divers membres de l'OTAN, avec le soutien total des services de renseignements nationaux, coordonnés sur le site...

Et c'est ainsi qu'il avait vendu le projet, se remémora Clark avec l'esquisse d'un sourire. Ça l'avait aidé d'avoir le soutien d'Ed et Mary Pat Foley au Bureau Ovale, sans oublier le général Mickey Moore et quelques autres personnalités de choix. La nouvelle agence était plus noire que noire, son financement assuré du côté américain directement par l'exécutif, via le ministère de l'Intérieur et le service des projets spéciaux du Pentagone, sans le moindre lien avec le milieu du renseignement. Moins de cent personnes à Washington étaient au courant de l'existence de Rainbow. Il aurait mieux valu qu'il y en ait encore moins, mais c'était le mieux qu'on pouvait sans doute espérer.

L'organigramme hiérarchique était pour le moins baroque. C'était inévitable. Difficile d'ébranler l'influence britannique : une bonne moitié du personnel d'active était composé d'Anglais, presque tous des bleus des services de renseignements britanniques, mais Clark restait néanmoins le patron. Ce qui constituait une concession majeure de la part de leurs hôtes, John en était conscient. Alistair Stanley serait son second, et John n'y voyait aucune objection. Stanley était un dur et, mieux encore, l'un des agents spéciaux les plus doués qu'il ait rencontrés : il savait quand il fallait faire monter les enchères, quand se coucher et quand jouer ses atouts. Le seul hic dans l'affaire était que lui, Clark, se retrouvait désormais libéré du service actif, et pis que tout, ramené au rôle de rond-de-cuir. Il se retrouverait confiné dans un bureau avec ses deux secrétaires, au lieu d'aller avec ses hommes sur le terrain. Enfin, il devait bien l'admettre, cela devait arriver tôt ou tard, non ?

Merde ! Même s'il n'allait pas avec ses hommes sur le terrain, il pourrait toujours jouer avec eux. Obligé, ne serait-ce que pour leur prouver qu'il était digne de les commander. Il se dit qu'il serait pour eux un *colonel*, pas un général. Il resterait le plus possible avec ses hommes, à courir, tirer, discuter des problèmes.

En attendant, je suis plus ou moins capitaine, se disait dans le même temps Ding, assis dans la voiture suivante et contemplant avec intérêt le paysage. Il n'avait jusqu'ici que survolé l'Angleterre, lors d'escales à Heathrow ou Gatwick, et jamais vu de près le pays, aussi verdoyant qu'une carte postale d'Irlande. Il serait sous les ordres de John, « monsieur C. », et dirigerait l'un des détachements d'intervention, ce qui faisait de lui *ipso facto* l'équivalent d'un capitaine, tout compte fait le meilleur grade qui puisse exister dans l'armée de terre : assez élevé pour être respecté par vos sous-offs, mais assez bas pour ne pas se retrouver coincé avec les galonnés et pouvoir encore jouer avec la troupe.

Il vit que Patsy somnolait à côté de lui. La grossesse influait sur elle et souvent de manière imprévisible : par moments, elle débordait d'activité, d'autres fois au contraire, elle sombrait dans un état végétatif. Enfin, elle portait en elle un nouveau petit Chavez et tout était donc parfait — mieux que ça, même. C'était un miracle. Presque aussi grand que celui qui l'amenait ici à redevenir ce pour quoi il avait été formé à l'origine — un soldat. Presque un agent autonome, libre d'agir à sa guise. L'inconvénient était qu'il se retrouvait sous l'autorité de plusieurs gouvernements — et d'une tripotée de fonctionnaires qui parlaient tout un tas de langues. Mais on n'y pouvait rien et il s'était porté volontaire pour rester avec monsieur C. Il fallait bien quelqu'un pour veiller sur le patron, non ?

L'incident dans l'avion l'avait passablement surpris. Monsieur C. n'avait pas son arme sous la main

— merde, se décarcasser pour décrocher l'autorisation d'avoir une arme à bord d'un avion de ligne (sans doute l'un des trucs les plus difficiles à obtenir) et aller la planquer au fond d'un sac hors de portée ! *Santa Maria !* Même John Clark se faisait vieux. Ce devait être sa première erreur en mission depuis un sacré bail, qu'il avait tenté de dissimuler en allant jouer les cow-boys lors de la capture des pirates. Cela dit, l'action avait été rondement menée. Nette et sans bavure. Mais avec trop de précipitation, estima Ding, bien trop de précipitation.

Il tenait la main de Patsy. Elle dormait beaucoup ces derniers temps. Le petit bonhomme lui pompait toutes ses forces. Ding se pencha pour effleurer sa joue d'un baiser furtif pour ne pas la réveiller. Il surprit le regard du chauffeur dans le rétro et le dévisagea, impénétrable. Le type était-il juste taxi ou faisait-il partie de l'équipe ? Il ne tarderait pas à le savoir.

Les mesures de sécurité étaient plus strictes qu'il ne l'aurait imaginé. Pour le moment, le QG de Rainbow était installé à Hereford, au quartier général du 22e régiment de SAS de l'armée britannique. En fait, elles étaient même encore plus strictes qu'au premier abord, car rien ne ressemblait plus à une sentinelle en arme qu'une autre sentinelle en arme : de loin, on ne pouvait faire la différence entre un simple vigile et un expert entraîné. À en juger de plus près, Ding estima que ces gars appartenaient à la dernière catégorie. C'était le regard qui était différent, et le type qui lorgna l'intérieur de sa voiture eut droit à un hochement de tête approbateur, auquel il répondit consciencieusement de manière identique avant de leur faire signe de passer.

La base ressemblait à toutes les autres — les panneaux indicateurs différaient de ceux d'une base américaine, de même que l'orthographe de certains termes, mais les bâtiments étaient entourés de pelouses tondues avec soin, et l'ensemble avait simplement cet aspect mieux tenu que chez les civils.

Sa voiture s'arrêta dans le secteur réservé aux officiers, près d'une maison modeste mais pimpante, pourvue d'un garage pour la voiture que Ding et Patsy n'avaient pas encore. Il nota que la limousine de John allait se garer deux rues plus loin devant une maison plus vaste — ma foi, les colonels avaient un niveau de vie supérieur aux capitaines et, dans l'un et l'autre cas, le loyer était sans concurrence. Ding ouvrit la portière, réussit à s'extraire de l'habitacle et se dirigea vers le coffre — la malle, comme on disait ici — pour récupérer leurs valises. C'est alors qu'il connut la première surprise de la journée.

« Commandant Chavez ? s'enquit une voix.

— Euh, ouais ? fit Ding en se retournant. *Commandant ?*

— Caporal Weldon. Je suis votre ordonnance. » Le caporal était bien plus grand que Ding avec son malheureux mètre soixante-sept, et bien plus frais. L'homme passa en trombe devant l'officier dont il avait la garde pour sortir ses bagages du coffre, ne laissant à Chavez d'autre choix que de marmonner : « Merci, caporal.

— Suivez-moi, mon commandant. » Ding et Patsy obéirent docilement.

Trois cents mètres plus loin, c'était à peu près le même scénario pour John et Sandy, même si leurs ordonnances étaient un sergent et un caporal, ce dernier de sexe féminin, blonde et jolie, avec ce teint pâle typiquement british. En entrant dans la cuisine, Sandy eut au premier abord l'impression que les frigos anglais étaient minuscules et que faire la cuisine ici allait tenir du numéro de contorsionniste. Elle mit un peu de temps à comprendre — conséquence du décalage horaire — que sa présence serait soumise dans cette pièce au bon vouloir du caporal Anne Fairway. La maison n'était pas aussi vaste que celle qu'ils habitaient en Virginie, mais elle leur suffirait amplement.

« Où se trouve l'hôpital du secteur ?

— À six kilomètres environ, m'dame. » On n'avait pas encore averti Fairway que Sandy Clark était infirmière spécialisée et qu'on lui avait trouvé un poste aux urgences de l'hôpital.

John examina son bureau. L'élément de mobilier le plus impressionnant était un bar — bien pourvu en whiskies écossais et en gins, comme il put le constater. Il faudrait qu'il trouve le moyen de dénicher des bourbons convenables. L'ordinateur était là également, un modèle durci, sans aucun doute, pour garantir que personne n'intercepterait ce qu'il taperait ou lirait à l'écran, depuis un parking à quelques centaines de mètres de là. Certes, parvenir aussi près tiendrait déjà de l'exploit : les sentinelles du périmètre l'avaient frappé par leur compétence. Alors que les deux ordonnances rangeaient leurs effets dans les penderies, John fila sous la douche. Pour lui, c'était déjà une journée de travail. Vingt minutes plus tard, en costume rayé bleu, chemise blanche et cravate à rayures, il se présentait à la porte où une voiture officielle l'attendait pour le conduire au bâtiment de son quartier général.

« Amuse-toi bien, chou, lui dit Sandy avec un baiser.

— Tu parles !

— Bonjour, *Sir* », dit le chauffeur. Clark lui serra la main et apprit qu'il s'appelait Ivor Rogers, et qu'il était sergent. La bosse contre sa hanche droite révélait qu'il appartenait sans doute à la police militaire. Bigre, les Anglais ne plaisantaient pas avec la sécurité. Mais, d'un autre côté, on était dans l'antre du SAS, sans doute pas l'unité préférée des terroristes au Royaume-Uni ou ailleurs. Et les vrais professionnels, ceux qui étaient vraiment dangereux, étaient gens prudents et scrupuleux. Exactement comme moi, se dit John Clark.

« Il faudra faire preuve de prudence. D'une prudence extrême à chaque étape du processus. » Cela n'avait pas de quoi les surprendre, n'est-ce pas ? Le point positif c'est qu'ils savaient de quoi il parlait. La plupart étaient des scientifiques et beaucoup étaient déjà habitués à manipuler des substances dangereuses, de niveau trois ou plus, de sorte que la prudence leur était coutumière. Voilà, décida-t-il, qui était excellent. Tout comme il était excellent qu'ils aient saisi la réelle importance de la tâche en cours. Une quête sacrée, estimaient-ils tous, et à juste titre. Après tout, il s'agissait de la vie humaine, de sa disparition, et certains ne comprenaient pas et ne comprendraient jamais. Enfin, c'était prévisible, puisque c'est eux qui le paieraient de leur vie. Dommage pour eux, mais on n'y pouvait rien.

La réunion s'acheva sur ces derniers mots, plus tard que d'habitude, et l'assistance quitta la salle pour gagner le parking où certains (des idiots selon lui) enfourcheraient leur vélo pour rentrer chez eux dormir quelques heures, avant de revenir travailler, toujours à vélo, comme de Vrais Croyants. Même s'ils n'avaient pas vraiment le sens pratique (mais après tout, ils acceptaient de prendre l'avion pour les déplacements importants, non ?). Enfin, le mouvement était assez vaste pour accueillir diverses opinions. L'important était de susciter un esprit collectif. Il sortit à son tour pour rejoindre son véhicule personnel, un solide Hummer, la version civile du HMMWV, l'imposant véhicule tout-terrain léger qui avait succédé à la Jeep dans les forces armées. Il alluma la radio, entendit *Les Pins de Rome* de Respighi, et constata une fois encore qu'il allait regretter NPR et ses programmes de musique classique. Enfin, certaines concessions étaient inévitables.

Douché, rasé, vêtu d'un costume Brooks Brothers et d'une cravate Armani achetés l'avant-veille, Clark quitta sa résidence officielle et monta dans la voiture de fonction dont le chauffeur l'attendait debout pour lui tenir la porte ouverte. Les Anglais étaient décidément très portés sur les symboles hiérarchiques, et John se demanda combien de temps il allait tenir avant d'y prendre goût.

Il s'avéra que son bureau était situé à moins de trois kilomètres de chez lui, dans un bâtiment bas d'un étage, entouré d'une nuée d'ouvriers. Un autre soldat était en faction à la porte, le pistolet rangé dans un étui de toile blanche. Il se mit au garde-àvous et salua dès que Clark fut à moins de trois mètres de lui.

« Bonjour, *Sir* ! »

John fut tellement surpris qu'il retourna le salut, comme s'il montait sur la passerelle d'un bateau. « Bonjour, soldat », répondit-il, presque avec timidité, en s'avisant qu'il devrait apprendre le nom de ce petit gars. Il réussit à ouvrir la porte lui-même pour découvrir Stanley à l'intérieur. L'Anglais quitta des yeux le document qu'il lisait pour lui sourire.

« Le bâtiment ne sera pas fini avant une dizaine de jours, John. Il était désaffecté depuis plusieurs années et passablement décrépit, j'en ai peur. Cela ne fait que six semaines qu'ils sont dessus. Viens, que je te montre ton bureau. »

Une fois encore, Clark suivit docilement, tournant à droite pour rejoindre, au bout du couloir, le dernier bureau — qui se révéla entièrement terminé.

« La construction date de 1947 », expliqua Alistair en ouvrant la porte. John vit à l'intérieur deux secrétaires, toutes deux la trentaine bien entamée, et disposant sans doute l'une et l'autre d'une habilitation supérieure à la sienne. Elles s'appelaient Alice Foorgate et Helen Montgomery. Elle se levèrent à l'entrée du patron et se présentèrent avec des sourires charmants et chaleureux. Le bureau de Stanley, adjacent à celui de Clark, était meublé d'un vaste plan de travail, d'un fauteuil confortable, et d'un ordinateur assez semblable à celui dont il disposait à son bureau de la CIA. Ici aussi, la machine était durcie pour éviter tout espionnage électronique. John nota également un bar, dans le coin du fond, à droite, à l'évidence une coutume britannique.

Il inspira un grand coup avant d'essayer le fauteuil

pivotant, et décida d'abord de se débarrasser de son veston. S'asseoir en gardant son costume n'avait jamais été sa tasse de thé. C'était une attitude de « costard-cravate », et jouer les « costard-cravate » n'avait jamais été son idéal de vie. Il fit signe à Alistair de prendre le siège devant le bureau.

« Bien. Où en sommes-nous ?

— Les deux détachements sont déjà constitués. Chavez aura le premier. L'autre sera commandé par Peter Covington — il vient tout juste d'avoir sa majorité. Le père était colonel au 22e, il y a déjà quelques années. Retraité avec le grade de général de brigade. Un type merveilleux... Dix hommes par détachement, comme convenu. Pas de problème du côté du personnel technique. On a un Israélien qui s'en charge, David Peled... Ça m'a même surpris qu'ils nous laissent en disposer. C'est un vrai sorcier de l'électronique et des systèmes de surveillance.

— Et qui ne manquera pas de rendre compte quotidiennement à Avi ben Jakob », observa John.

Un sourire. « Bien entendu. » Aucun service ne se faisait d'illusions sur la loyauté ultime des hommes détachés auprès de Rainbow. Mais s'ils n'avaient pas su manifester cette loyauté, quelle confiance aurait-on pu leur accorder ? « David travaille épisodiquement avec le SAS depuis bientôt dix ans. Un type assez incroyable, il a ses entrées dans toutes les boîtes d'électronique, de San Jose à Taiwan.

— Et les tireurs ?

— Le haut du panier, John. Dignes des meilleurs types avec qui j'ai travaillé. » Ce qui n'était pas rien.

« Renseignements ?

— L'élite. Le chef de cette section est Bill Tawney, à la section Six[1] depuis trente ans, épaulé par le Dr Paul Bellow — diplômé de l'université de Temple, Philadelphie, où il enseignait, jusqu'à ce qu'il soit détaché par votre FBI. Une intelligence rare. Un vrai télépathe, il a bourlingué partout. Tes copains l'ont prêté aux Italiens lors de l'affaire Aldo Moro[2], mais il a refusé une mission en Argentine l'année suivante. L'homme a des principes, apparemment. Son avion arrive demain. »

À cet instant, Mme Foorgate entra avec un plateau — thé pour Stanley, café pour Clark. « La réunion du personnel débute dans dix minutes, *Sir* », indiqua-t-elle à John.

« Merci, Alice. » *Sir*. Il faudrait qu'il s'y habitue. Encore un signe qu'il était passé de l'autre côté de la barrière. Bigre. Il attendit que la porte isolante se soit refermée pour poser la question suivante : « Al, quel est au juste mon statut, ici ?

— Officier général. De brigade, à tout le moins, voire de division. Il semble pour ma part que je sois colonel... chef d'état-major, vois-tu », répondit Alistair en buvant une gorgée de thé. Il poursuivit, sur le ton du bon sens : « John, tu sais bien qu'il faut un minimum de protocole.

— Al, tu me connais... tu sais ce que je suis vraiment... enfin, ce que j'étais ?

— Tu étais, si je ne me trompe, maître principal de manœuvre dans la marine, décoré de la Navy

---

1. Le « Six » ou MI6 *(Military Intelligence Section Six)* : service britannique de renseignements extérieurs. Le « Cinq » ou MI5 *(Military Intelligence Section Five)* étant chargé pour sa part de la sécurité intérieure et du contre-espionnage *(N.d.T.)*.
2. Le chef de la démocratie chrétienne, enlevé puis assassiné par les Brigades rouges en 1978 *(N.d.T.)*.

Cross avec étoile d'argent et palme. Étoile de bronze avec trois citations et trois médailles pour blessure au combat. Tout cela avant que l'Agence ne t'engage et ne t'accorde pas moins de quatre étoiles au titre du renseignement, cita Stanley, tout cela de mémoire. Général de brigade, c'est bien le moins qu'on puisse faire pour toi, vieille branche. Le sauvetage de Koga et l'extraction de Daryei, c'était du sacré beau boulot, au cas où personne ne se serait avisé de te le dire. On n'est pas totalement ignorant sur ton compte... quant à ton jeune Chavez — ce garçon a un potentiel énorme, s'il est aussi bon qu'on me l'a laissé entendre. Et il a tout intérêt à être à la hauteur : son groupe est composé de vrais cadors. »

« *Yo*, Ding ! » lança une voix familière. Chavez regarda sur sa gauche, sincèrement surpris.

« Oso ! Vieille crapule ! Merde, qu'est-ce que tu fous ici ? » Les deux hommes s'étreignirent.

« Je commençais à me faire chier chez les Rangers, alors je suis monté à Fort Bragg, m'engager pour une période dans la Force Delta, et puis cette affectation est arrivée et j'ai sauté dessus. C'est toi qui commandes la deuxième équipe ? s'enquit le sergent-chef Julio Vega.

— Plus ou moins, répondit Ding en serrant vigoureusement la main de son vieux pote et compagnon d'armes. Dis donc, t'as pas perdu un gramme, mec... *Jesucristo*, Oso, tu bouffes les haltères, maintenant ?

— Faut garder la forme, chef », répondit un homme capable de faire une centaine de pompes matinales sans la moindre goutte de sueur. Sa vareuse exhibait un insigne de fantassin de combat, assorti du « cornet de glace » argenté de para breveté. « Toi aussi, t'as l'air en pleine forme, mec, tu cours toujours, hein ?

— Ben, disons qu'être à même de prendre la fuite, c'est une capacité que je préfère entretenir, si tu vois ce que je veux dire...

— Compris cinq sur cinq. » Vega rigola. « Allez, viens, que je te présente à tes hommes. On a de sacrés gars, Ding. »

Le groupe Deux de Rainbow avait son bâtiment propre, de plain-pied, en briques, plutôt spacieux, avec un bureau pour chaque homme, plus une secrétaire commune. Katherine Moony était jeune et suffisamment jolie, nota Ding, pour attirer l'attention d'un éventuel célibataire. Le groupe Deux était exclusivement composé de sous-officiers, quatre Américains, deux Anglais, un Allemand et un Français. Un coup d'œil lui suffit pour constater qu'ils étaient tous en parfaite forme physique — au point de le faire aussitôt douter de sa condition personnelle. Il allait devoir les commander, et cela voulait dire être aussi bon, voire meilleur qu'eux à tous les niveaux.

Le sergent Louis Loiselle était le premier de la rangée. Petit, brun, c'était un ancien para détaché à la DGSE quelques années auparavant. Loiselle était un officier polyvalent, l'indispensable touche-à-tout, bon dans tous les domaines mais sans spécialité propre — comme ses camarades, expert en armes et, à en croire son dossier, tireur d'élite au fusil et au pistolet. Il arborait un sourire ouvert et détendu, révélant une grande confiance en soi.

Venait ensuite le Feldwebel Dieter Weber. Para lui aussi, issu de l'école de Bürgerführer, l'équivalent des chasseurs alpins dans l'armée allemande, l'une des plus dures qui soient au point de vue entraînement physique. Ça se voyait. Weber était spécialisé dans les communications et la surveillance. Blond, le teint pâle, on aurait pu l'imaginer sur une affiche de recrutement des SS soixante ans plus tôt. Ding constata aussitôt qu'il maîtrisait l'anglais encore mieux que lui. Au point de pouvoir se faire passer sans peine pour un Américain... ou un Britannique. Weber avait été détaché à Rainbow par le GSG-9 allemand, une cellule issue des anciens gardes-frontière de République fédérale, spécialisée dans l'action antiterroriste.

« Mon commandant, on a beaucoup entendu parler de vous », lança Weber du haut de son mètre quatre-vingt-sept. Un peu grand, estima Ding. Une cible trop visible. Sa poignée de main était vigoureuse, à l'allemande, avec un bref mouvement vertical, sec et ferme. Des yeux bleus intéressants, froids comme glace, interrogatifs. Le genre de regard qu'on retrouvait en général derrière le viseur d'un fusil. Weber était l'un des deux tireurs d'élite du groupe.

Le sergent-chef Homer Johnston était le second. Montagnard de l'Idaho, il avait abattu son premier chevreuil à l'âge de neuf ans. Weber et lui rivalisaient amicalement. De taille et de carrure moyennes, Johnston était à l'évidence plus porté sur la course à pied que sur les pompes avec son mètre quatre-vingts pour soixante-quinze kilos. Il avait débuté au sein de la 101e division aéroportée basée à Fort Campbell, Kentucky, avant de faire carrière dans le renseignement de l'armée. « Ravi de faire votre connaissance, mon commandant. » C'était un ancien Béret vert, membre de la Force Delta, comme l'ami de Chavez, Oso Vega.

Les flingues, comme les appelait Ding, les types qui pénétraient dans les bâtiments pour finir le travail, étaient américains et britanniques. Steve Lincoln, Paddy Connolly, Scotty McTyler et Eddie Price venaient du SAS. De fait, se souvint-il, Delta, SAS, GSG-9 et autres formations d'élite pratiquaient si souvent des exercices communs que cela frôlait l'inceste. Tous étaient plus grands que le « commandant » Chavez. Tous étaient des durs. Tous étaient intelligents, ce qui ne manqua pas de susciter en lui l'impression un rien déprimante que, malgré son expérience sur le terrain, il allait devoir mériter le respect de son unité et cela, le plus vite possible.

« Qui est l'aîné, ici ?

— C'est moi, mon commandant », dit Price. Âgé de quarante et un ans, c'était un ancien sergent au 22e régiment du SAS, entre-temps bombardé adjudant. Comme le reste de la bande, il portait une tenue anonyme, même si toutes étaient identiques, sans galon ni insigne.

« Parfait, Price, est-ce qu'on a fait notre séance d'entraînement aujourd'hui ?

— Non, mon commandant, on vous attendait pour nous donner la mesure », répondit l'adjudant Price, avec un sourire 10 % poli, 90 % défi.

Chavez lui rendit son sourire. « Mouais, ma foi, je suis un rien courbaturé, après la traversée en avion, mais peut-être qu'on trouvera moyen d'y remédier. Je me change où ? » Il espérait que ses huit kilomètres de course quotidienne depuis les quinze derniers jours se révéleraient suffisants — et c'était vrai qu'il se sentait plutôt crevé après ce vol.

« Suivez-moi, mon commandant. »

« Je m'appelle Clark, et j'imagine que je suis le patron, ici, commença Clark, assis au bout de la table de conférence. Vous connaissez tous notre mission, et vous avez tous été volontaires pour participer à Rainbow. Des questions ? »

Cela les surprit. À la bonne heure. Certains continuèrent à le fixer sans un mot. La plupart baissèrent le nez sur le calepin posé devant eux.

« D'accord, pour répondre aux plus évidentes, notre doctrine opérationnelle devrait être un tantinet différente de celle des organismes dont vous êtes issus. Nous allons l'établir au cours de la formation, qui commence demain. Nous sommes censés être opérationnels immédiatement, les avertit John. Ce qui veut dire que le téléphone pourrait sonner dans une minute, et que nous devrons réagir aussitôt. En sommes-nous capables ?

— Non, répondit Alistair, au nom des autres responsables. C'est irréaliste, John. J'estime qu'il nous faut trois semaines.

— Je le comprends bien — mais le monde réel n'est pas aussi accommodant qu'on l'aimerait. Tout ce qui est indispensable... faites-le, et vite. Je commencerai les simulations lundi prochain. Vous savez, je ne suis pas chiant dans le boulot. J'ai été sur le terrain, je sais comment ça se passe. Je n'exige pas la perfection, mais ce que j'exige en revanche, c'est qu'on tende toujours vers celle-ci. Si on merde une mission, cela signifie que des gens qui méritaient de vivre ne survivront pas. Cela arrivera. Vous le savez. Moi aussi. Ce qu'on va essayer, en revanche, c'est d'éviter autant que possible les erreurs, et on tirera les leçons de toutes celles qu'on aura commises. L'univers de la lutte antiterroriste est darwinien : les plus bêtes sont déjà morts, et ceux en face qui doivent nous inquiéter, ce sont ceux qui ont engrangé pas mal de leçons. C'est notre cas aussi, et sans doute avons-nous une longueur d'avance, du point de vue tactique, mais cette avance, il faut se décarcasser pour la conserver. On se décarcassera.

« Bon, poursuivit-il. Section renseignements : qu'est-ce qui est prêt et qu'est-ce qui ne l'est pas ? »

Bill Tawney avait son âge, à un ou deux ans près, estima John. Les yeux marron, le crâne légèrement dégarni, une pipe éteinte au bec. Issu du « Six », le renseignement extérieur britannique, c'était un ancien espion revenu au pays après dix ans de travail sur le terrain, de l'autre côté du Rideau de fer.

« Nos réseaux de transmissions sont installés et opérationnels. Nous avons des personnels de liaison dans tous les services amis, que ce soit ici ou dans les autres capitales.

— Quelle est leur valeur ?

— Correcte », admit Tawney. John se demanda dans quelle mesure il fallait mettre cela sur le compte d'une litote toute britannique. L'une de ses tâches primordiales, sans doute la plus subtile, serait de décoder le langage des membres de son groupe, une tâche particulièrement ardue du fait des différences culturelles et linguistiques. De prime abord, Tawney avait tout d'un vrai pro, avec son regard calme et posé. Son dossier précisait qu'il avait travaillé directement avec le SAS ces cinq dernières années. Au vu des résultats du service sur le terrain, il n'avait pas dû souvent leur fournir des tuyaux percés... Parfait.

« David ? » Le suivant, l'Israélien David Peled, était le chef de sa section technique. On l'aurait cru sorti d'une toile du Greco — le genre prêtre dominicain du XVIe siècle, grand, décharné, les joues creuses, le cheveu brun taillé ras, une espèce de ferveur dans le regard. Il faut dire qu'il avait travaillé un bout de temps pour Avi ben Jakob, que Clark connaissait suffisamment pour savoir qu'il l'avait détaché ici à deux titres : d'abord, pour servir à un poste de responsabilité dans Rainbow, ce qui gagnerait alliés et prestige au service dont il était issu, le Mossad, mais aussi pour en apprendre le plus possible et répercuter l'information à son chef.

« Je suis en train de monter une bonne équipe, annonça David en reposant sa tasse de thé. J'ai besoin de trois à cinq semaines pour réunir le matériel nécessaire.

— Trop long », répondit aussitôt Clark.

David hocha la tête. « Pas moyen de faire autrement. La majeure partie de notre électronique est constituée de matériel du commerce, mais certains éléments doivent être fabriqués sur mesure. Toutes les commandes sont déjà passées, en priorité absolue, auprès des fournisseurs habituels... TRW, IDI, Matra-Marconi, inutile de vous faire la liste. Mais ils ne peuvent pas accomplir de miracles, même pour nous. Trois à cinq semaines, pour certains articles cruciaux.

— Le SAS désire nous procurer tout ce qu'il y a de mieux, l'assura Stanley, depuis l'autre bout de la table.

— Rien que pour l'entraînement ? demanda

Clark, ennuyé de n'avoir pas déjà découvert la réponse à cette question.

— Peut-être. »

Ding interrompit la course au bout de cinq kilomètres, parcourus en vingt minutes. Un bon temps, estima-t-il, un rien essoufflé, jusqu'à ce qu'il se retourne et découvre les dix hommes de son groupe, frais comme des gardons, un ou deux échangeant même des sourires entendus avec leurs copains, au spectacle de leur mauviette de nouveau chef.

Merde.

La course s'était achevée au stand de tir, où armes et cibles les attendaient déjà. Chavez y avait déjà procédé à ses changements personnels. Fan de toujours du Beretta, il avait décidé que ses hommes utiliseraient le récent calibre 45 comme arme de protection personnelle, en complément de la mitraillette Heckler & Koch MP-10, la nouvelle version du vénérable MP-5, chemisée pour accepter les cartouches de 10 mm Smith & Wesson mises au point dans les années quatre-vingt pour le FBI. Sans un mot, Ding prit son arme, coiffa le casque protecteur et se mit à tirer sur les silhouettes disposées à cinq mètres. *Et voilà.* Il vit les huit trous dans la tête. Mais Dieter Weber, qui le suivait, avait groupé tous ses coups dans le même trou déchiqueté, et Paddy Connolly avait réussi à faire ce qui ressemblait à un seul trou, pas si déchiqueté que ça, de moins de vingt-cinq millimètres de diamètre, pile entre les deux yeux de la cible, sans les toucher. Comme beaucoup de tireurs américains, Chavez avait toujours cru les Européens ignares au maniement du pistolet. À l'évidence, l'entraînement rectifiait le tir.

Pour suivre, ses hommes prirent leur H&K, une arme avec laquelle à peu près n'importe qui pouvait briller, grâce à son superbe viseur dioptrique. Ding passa derrière ses hommes, les regardant tirer sur les plaques d'acier escamotables, de la forme et de la taille d'une tête humaine. Montées sur des charnières à air comprimé, elles se rabattaient instantanément avec un *clang* métallique. Ding parvint au bout de la file, derrière le sergent-chef Vega, qui se retourna vers lui, son chargeur vide.

« J't'avais dit que c'étaient des bons, Ding.

— Ils sont ici depuis longtemps ?

— Oh, une petite semaine. Au fait, chef, on avait l'habitude de courir huit kilomètres, ajouta Julio avec un sourire. Tu te souviens de notre camp d'entraînement, dans le Colorado ? »

Mais le plus important, songea Ding, c'était leur capacité à tirer juste malgré la course, qui était censée épuiser physiquement et simuler le stress d'une situation de combat réel. Pourtant, ces salauds restaient aussi impassibles que des statues de bronze. Ancien chef d'escouade dans la 7e division d'infanterie légère, il avait été jadis l'un des soldats les plus efficaces, les plus solides, les plus en forme de l'armée de son pays, ce qui lui avait valu d'être sélectionné par John Clark pour travailler à la CIA — et c'est à ce titre qu'il avait accompli un certain nombre de missions délicates sur le terrain. Cela faisait un sacré bail que Domingo Chavez ne s'était plus senti à la hauteur de la tâche. Or, à présent, il entendait une petite voix le mettre en garde.

« Lequel est le plus endurci ?

— Weber, répondit Vega. J'ai entendu certains trucs à propos de son école militaire en Allemagne. Ma foi, si c'est vrai, *mano*, ce Dieter n'est pas entièrement humain. Bon au combat à main nue, bon au pistolet, excellent au fusil, et je crois bien qu'il serait capable de rattraper un chevreuil à la course, s'il le fallait, avant de le déchiqueter de ses mains... » Chavez dut se remémorer qu'être qualifié de « bon » au combat par un gars diplômé à la fois de l'école des Rangers et de celle des opérations spéciales à Fort Bragg n'était pas pareil que de recevoir le même compliment du premier pilier de bar venu. Julio était un vrai dur à cuire, lui aussi.

« Le plus malin ?

— Connolly. Tous ces gars du SAS sont des cadors. Nous autres Américains, il va falloir qu'on rattrape notre retard. Mais on y arrivera, lui assura Vega. Te fais pas de bile, Ding. Toi aussi, tu seras au niveau, d'ici une semaine ou deux. Comme dans le temps, au Colorado. »

Chavez n'avait pas vraiment envie qu'on lui rappelle cette mission. Il avait perdu trop de copains dans les montagnes de Colombie[1], à faire un boulot que leur pays n'avait jamais reconnu. Regarder ses hommes finir leurs tirs d'entraînement lui en apprit beaucoup sur eux. Si l'un d'eux avait mis une seule balle à côté de la cible, il ne l'avait pas vu. Chaque homme avait précisément cent projectiles à tirer, la dotation quotidienne habituelle pour des soldats qui tiraient cinq cents fois par semaine d'entraînement de routine, par opposition à l'entraînement intensif. Celui-ci débuterait le lendemain.

------

1. Cf. *Danger immédiat*, Albin Michel, 1990, Le Livre de Poche n° 7597.

« Parfait, conclut John. Nous aurons une réunion d'état-major tous les matins à huit heures quinze, pour régler les questions d'intendance, et une réunion plus officielle tous les vendredis après-midi. Messieurs, si vous avez besoin de moi, j'ai un téléphone à côté de ma douche. À présent, je veux sortir inspecter les tireurs. Autre chose ? Non. Bien. La séance est levée. » Chacun se leva et sortit d'un pas traînant. Stanley resta dans la salle.

« Ça s'est bien passé, observa Alistair en se versant une nouvelle tasse de thé. Surtout pour un gars pas habitué à la vie de bureau.

— Ça se remarque, hein ? demanda Clark avec un sourire.

— Tout peut s'apprendre, John.

— J'espère bien.

— Quand a lieu l'entraînement matinal, dans le coin ?

— Six heures quarante-cinq. Tu comptes aller transpirer avec les petits gars ?

— Je compte essayer, en tout cas.

— T'es trop vieux, John. Certains de ces garçons courent des marathons pour se distraire, et t'es quand même plus près des soixante que des cinquante.

— Al, je ne peux pas commander ces gens sans essayer, tu le sais très bien.

— Certes », admit Stanley.

Ils se réveillèrent tard, les uns après les autres sur un intervalle d'une heure. La plupart s'éternisèrent au lit, certains se traînèrent jusqu'à la salle de bains, où ils trouvèrent de l'aspirine et du paracétamol pour soigner leur migraine, ainsi qu'une douche, qui n'en attira que la moitié. Ils furent surpris de découvrir dans la pièce voisine un buffet de petit déjeuner, avec de pleines assiettées d'œufs brouillés, de crêpes, de saucisses et de bacon. Certains se souvenaient même de l'usage des serviettes, purent noter ceux qui les surveillaient sur écran.

Ils rencontrèrent leur ravisseur après avoir petit-déjeuné. Celui-ci leur proposa à tous des vêtements propres, après qu'ils se furent décrassés.

« On est où, ici ? » demanda celui connu du personnel sous le numéro quatre. Sûr qu'il ne s'agissait pas d'une des œuvres charitables du Bowery qu'il connaissait.

« Ma société entreprend une étude, expliqua leur hôte, le bas du visage caché sous un masque hermétique. Vous allez tous y participer. Vous resterez un certain temps en notre compagnie. Durant cette période, vous disposerez de lits propres, de vêtements neufs, vous serez bien nourris, bien soignés et... (il fit coulisser un panneau dans le mur) vous pourrez boire tout ce que vous voudrez. » Dans une alcôve que les invités avaient réussi à ne pas encore remarquer, trois rayons présentaient toutes les formes de bières, vins et spiritueux qu'on pouvait s'acheter au liquoriste du coin, avec verres, mixer, eau et glaçons.

« Vous voulez dire qu'on peut pas s'en aller ? demanda le numéro sept.

— Nous préférerions vous voir rester », répondit leur hôte, pour le moins évasif. Il indiqua le bar, les yeux rieurs au-dessus du masque. « Quelqu'un est partant pour un petit verre matinal ? »

Il se trouva qu'il n'était pas trop tôt pour eux.

Ryes et bourbons de luxe en firent les frais. La drogue ajoutée à l'alcool était indécelable, et tous les invités retournèrent bientôt se coucher. Une télé était posée près de chaque lit. Deux autres décidèrent d'aller aux douches. Trois allèrent même jusqu'à se raser, émergeant de la salle de bains avec une allure presque humaine. Pour le moment.

Dans la salle de contrôle, à l'autre bout du bâtiment, le Dr Barbara Archer manipulait les diverses caméras pour zoomer sur chaque « invité ».

« Tous correspondent en gros au profil, observat-elle. Leur bilan sanguin devrait être catastrophique.

— Ça, pas de doute, Barb, acquiesça le Dr Killgore. Le numéro trois semble particulièrement mal en point. Tu penses qu'on pourrait le retaper un peu avant de...

— Je crois qu'on devrait essayer, répondit sa collègue. On ne peut pas trop jouer sur les critères de test, non ?

— Certes, et ce serait mauvais pour le moral si on en laissait un crever trop vite, poursuivit Killgore.

— Quel chef-d'œuvre que l'homme, ricana Archer en citant Shakespeare.

— Enfin, pas tous, Barb. » Rire. « Je suis quand même surpris qu'ils n'aient pas réussi à ramasser une femme ou deux pour le groupe.

— Pas moi », répondit sa collègue féministe, au grand amusement du cynique Killgore. Mais il n'y avait pas de quoi s'énerver pour ça. Il détourna les yeux de la batterie de moniteurs et saisit la note de service rédigée par le siège. Leurs invités devaient être traités... en invités de marque, nourris, blanchis, et l'on devait leur fournir toutes les boissons qu'ils pouvaient absorber dans la limite de leurs fonctions corporelles. L'épidémiologiste trouvait du reste un rien préoccupant que tous leurs cobayes soient des clochards alcooliques sérieusement affaiblis. L'avantage était que personne ne les regretterait, pas même ceux qui auraient pu passer pour leurs amis. Bien peu avaient une famille encore capable de savoir où les chercher. Moins encore quelqu'un qui s'étonne de ne pas les retrouver. Et aucun, estima Killgore, n'avait le moindre ami ou parent susceptible d'avertir les autorités de cette disparition mystérieuse — et quand bien même ce serait le cas, la police municipale de New York réagirait-elle ? Sans doute pas.

Non, tous leurs invités avaient été éliminés par leur société, sans doute pas de manière aussi agressive qu'Hitler avec ses juifs, même si c'était peut-être plus justifié, estimaient Archer et Killgore. Oui, quel chef-d'œuvre que l'homme... Ces exemplaires de l'espèce divine autoproclamée étaient moins utiles que les animaux de laboratoire qu'ils remplaçaient désormais. Et ils étaient bien moins attrayants aux yeux d'Archer, qui avait toujours eu un faible pour les lapins et même les rats. Killgore trouvait cela amusant. Il n'avait pas d'attirance particulière pour les uns ou les autres, en tout cas pas en tant qu'animaux individuels. C'était l'espèce en bloc qui impotait, non ? Et quant à leurs invités, eh bien, ils constituaient même pas un bon exemple de ces souhommes inutiles à l'espèce. Killgore était utile, lui. Archer, également, nonobstant ses opinions politico-sexuelles tordues. Cela posé, Killgore revint à ses notes et sa paperasse. Demain, ils procéderaient aux examens médicaux. Ce serait amusant, pas de doute.

2

Mise en train

Les deux premières semaines commencèrent plutôt bien. Chavez courait à présent huit kilomètres sans difficulté, effectuait le nombre de pompes réglementaires avec ses hommes et tirait mieux, enfin, aussi bien, que la moitié d'entre eux, mais toujours pas aussi bien que Connolly ou l'Américain Hank Patterson. Ces deux gars devaient être nés avec un pistolet dans leur berceau, estima Ding après avoir tiré trois cents balles par jour pour tenter de les égaler. Peut-être qu'un armurier pourrait lui bidouiller son arme. Le régiment du SAS en avait un à poste fixe, un type qui aurait pu donner des leçons à Samuel Colt lui-même, à ce qu'il avait entendu dire. Peut-être qu'il suffirait de l'alléger et d'adoucir la détente. Mais c'était son orgueil blessé qui parlait. Les pistolets n'étaient après tout que secondaires, comme armes. Avec leur H&K MP-10, chaque homme pouvait loger trois balles en rafale dans une tête à cinquante mètres de distance, en même pas un clin d'œil. Ces types étaient redoutables, c'étaient les meilleurs soldats qu'il ait jamais rencontrés — et même les meilleurs à sa connaissance, dut reconnaître Ding en s'asseyant à son bureau pour se taper la corvée de paperasse. Il bougonna. Franchement, qui pouvait aimer le travail administratif ?

Ils passaient tous un temps fou derrière leur bureau à lire, en général des comptes rendus d'enquête

— quel terroriste était censé se trouver quelque part, selon telle ou telle agence de renseignements, service de police ou informateur âpre au gain. En fait, les données qu'on leur déversait étaient quasiment inutilisables, mais comme c'étaient les meilleures dont ils disposaient, elles continuaient de se déverser malgré tout, histoire de rompre la monotonie. Dans le lot, il y avait des photos des derniers terroristes internationaux encore en vie. Carlos le Chacal, aujourd'hui quinquagénaire, et désormais incarcéré en France en régime de sécurité renforcé, était celui qu'ils auraient tous rêvé d'avoir. Ses photos d'archives étaient traitées sur ordinateur pour simuler son âge actuel, puis comparées aux clichés réels pris par les Français. Chaque membre de l'équipe mit du temps à les mémoriser tous, parce que par une nuit sombre, dans quelque coin perdu, un éclair de lumière pouvait révéler un de ces visages, et qu'à ce moment, vous n'auriez pas une éternité pour décider s'il fallait ou non loger deux balles dans la tête en question — car si vous aviez la chance de coffrer un autre Ilitch Ramirez Sanchez, vous n'aviez pas envie de la laisser passer. D'autant qu'ensuite, continua de gamberger Ding, vous ne pourriez plus payer un pot à un collègue où que ce soit sur la planète, tant vous seriez devenu célèbre. Non, le pire dans toute cette histoire, c'est que cette pile de merde entassée sur son bureau était tout sauf une pile de merde. Si jamais ils coffraient un jour le nouveau Carlos, ce serait justement parce qu'un flic de quartier, quelque part à São Paulo (Brésil) ou à Petaouchnok (Bosnie orientale), serait allé vérifier sur place le tuyau d'un informateur et qu'il aurait fait le rapprochement avec les piles de tracts distribués dans tous les commissariats de la planète. À partir de là, ce serait son expérience de la rue qui lui dicterait la conduite à tenir : arrêter le salaud sur-le-champ ou bien, si la situation paraissait trop tendue, rendre compte à son supérieur. Auquel cas, une unité spéciale du genre de celle de Ding se déploierait tranquillement pour interpeller le salopard, avec ou sans casse... à la grande surprise de son éventuelle épouse et de ses enfants, ignorant le passé de papa... et ensuite, cela ferait des éditions spéciales sur CNN...

C'était bien tout le problème du travail de bureau : on avait vite fait de fantasmer. Le « commandant » Chavez consulta sa montre et se leva pour rejoindre ses hommes, après avoir refilé le tas de boue à Mlle Moony.

Il faillit demander s'ils étaient prêts, mais ils devaient l'être, parce que le seul autre à s'en enquérir était déjà près de la porte. Sans traîner, il se débarrassa de son pistolet et de son ceinturon. L'étape suivante était aux vestiaires pour récupérer treillis noir mat et gilet pare-balles.

Le groupe Deux était au complet. La plupart s'étaient harnachés quelques minutes plus tôt en prévision de l'exercice du jour. Tous étaient détendus, souriaient et plaisantaient. Quand tout le monde fut prêt, ils passèrent dans la salle d'armes retirer leur SMG. Chaque homme passa la double courroie au-dessus de la tête, puis vérifia le remplissage du chargeur, le fit coulisser dans l'orifice idoine sous la culasse, enfin manœuvra celle-ci en position de sécurité avant de manipuler l'arme pour s'assurer qu'elle était bien réglée selon les spécifications propres à chaque tireur.

Les exercices avaient paru interminables, tout au moins sur ce délai limité de deux semaines. Il y avait six scénarios de base, qui tous pouvaient être joués dans divers environnements. Celui qu'ils détestaient le plus était situé dans la carlingue d'un avion de ligne. Le seul point positif était dans ce cas que le confinement limitait la marge de manœuvre des méchants. Pour le reste, il n'y avait que des inconvénients : des hordes de civils sur la ligne de tir, de bonnes planques pour les malfrats, sans parler que si l'un d'eux avait une bombe sur lui (ils le prétendaient presque toujours), il lui suffirait d'avoir les couilles pour tirer sur le cordon ou fermer l'interrupteur ; pour peu que le salopard ait un minimum de compétence, tout le monde à bord serait cuit. Par chance, rares étaient ceux à choisir ce genre de mort. Mais Ding et ses hommes ne pouvaient compter là-dessus : la plupart du temps, les terroristes semblaient plus redouter la capture que la mort — alors, vous aviez intérêt à tirer vite et bien, et surtout à intervenir en moins de deux avec vos grenades à concussion, armes essentielles pour neutraliser les salauds, afin d'avoir pour cible des têtes immobiles, en espérant qu'aucun des civils que vous étiez venu sauver n'aurait l'idée de se relever au beau milieu du stand de tir qu'était soudain devenu ce fuselage de Boeing ou d'Airbus.

« Groupe Deux, paré ? demanda Chavez.

— Oui, mon commandant ! » répondirent-ils en chœur.

Sur ces mots, Ding sortit le premier, menant la course sur les huit cents mètres jusqu'au stand de tir, à toute blinde, pas au rythme de trottinement rapide des exercices quotidiens. Johnston et Weber étaient déjà sur place, aux angles opposés de la structure rectangulaire.

« De commandement à Fusil Deux-Deux, dit Ding dans le micro incorporé dans son casque. Du nouveau ?

— Négatif. Deux-Six. Rien à signaler, annonça Weber.

— Fusil Deux-Un ?

— Six, répondit Johnston, j'ai vu bouger un rideau, mais c'est tout. Les instruments révèlent de quatre à six voix à l'intérieur, s'exprimant en anglais. Rien d'autre à signaler.

— Bien compris. » Le reste de son groupe était planqué derrière un camion. Ding jeta un dernier coup d'œil à la disposition intérieure des lieux. Pour ce raid, ils avaient reçu des indications sommaires. Ses tireurs connaissaient suffisamment bien l'intérieur de la structure pour la visualiser les yeux fermés. Aussi fit-il signe sans plus tarder à ses hommes de passer à l'action.

Paddy Connolly prit la tête et fonça vers la porte. Parvenu devant, il lâcha son H&K, le laissant pendre par sa courroie pour récupérer un cordon de plastic dans le sac accroché sur le devant de son gilet pare-balles. Il colla l'explosif au chambranle, enfonça un détonateur dans l'angle supérieur droit. Une seconde plus tard, il recula de trois mètres, la commande du détonateur dans sa main gauche levée, la droite étreignant la poignée de son SMG tenu braqué vers le ciel.

Parfait, songea Ding. C'est le moment. « Allons-y ! » cria-t-il à ses hommes.

Alors que les premiers débouchaient de l'abri du camion, Connolly pressa le bouton, et l'encadrement de la porte se désintégra, envoyant le battant voler à l'intérieur. Le premier tireur — le sergent Mike Pierce — suivit moins d'une seconde après, pour disparaître dans le trou fumant, Chavez sur ses talons.

Dedans, il faisait noir, la seule lumière provenant de la porte défoncée. Pierce scruta la pièce, constata qu'elle était vide, et alla se poster contre l'embrasure de la pièce suivante. Ding y pénétra le premier, menant ses hommes...

... et ils étaient là, quatre cibles et quatre otages...

Chavez leva son MP-10 à silencieux et tira deux balles dans la tête de la cible la plus à gauche. Il vit les balles faire mouche, en plein dans le mille, pile entre les yeux peints en bleu, puis repassa sur la droite et constata que Steve Lincoln avait eu son homme, comme prévu. Moins d'une seconde après, les plafonniers s'allumèrent. Tout était fini, temps écoulé depuis la détonation du plastic : sept secondes. Le délai imparti pour cet exercice était de huit. Ding remit le cran de sûreté.

« Bon Dieu de merde, John ! » s'exclama-t-il.

Le commandant de Rainbow souriait en contemplant la cible de gauche, à cinquante centimètres de lui, avec ses deux trous parfaitement centrés pour assurer une mort instantanée. Il ne portait même pas de gilet pare-balles. Pas plus que Stanley, à l'autre bout, cherchant lui aussi à plastronner, alors que Mmes Foorgate et Montgomery étaient assises sur des chaises au milieu. La présence des deux femmes surprit Chavez jusqu'à ce qu'il se rappelle qu'elles faisaient aussi partie du groupe, et qu'elles brûlaient sans doute elles aussi de prouver qu'elles avaient leur place auprès des garçons. Il ne pouvait qu'admirer leur cran, sinon leur bon sens.

« Sept secondes. Ça ira, j'imagine. Cinq, ça serait mieux », observa John, mais les dimensions du bâtiment déterminaient en grande partie la vitesse à laquelle le groupe pouvait couvrir la distance. Il traversa la pièce, inspectant toutes les cibles. Celle de McTyler ne présentait qu'un seul trou, mais sa forme irrégulière prouvait qu'il avait tiré ses deux balles de la même façon que lors des exercices. N'importe lequel de ces hommes aurait sans problème gagné sa place au 3e SOG, le groupe d'opérations spéciales de Clark, et tous étaient largement aussi bons que lui en ce temps-là. Cela dit, les méthodes d'entraînement avaient sacrément progressé depuis son service au Viêt-nam, pas vrai ? Il aida Helen Montgomery à se remettre debout. Elle semblait juste un peu ébranlée. Rien d'étonnant. Se retrouver du mauvais côté du fusil n'était pas précisément une tâche de secrétaire.

« Ça ira ? s'enquit John.

— Oh, tout à fait, merci. C'était même plutôt excitant. C'est ma première fois, vous comprenez.

— Moi, c'est la troisième, nota Alice Foorgate en se levant. Ça l'est toujours autant », ajouta-t-elle avec un sourire.

Idem pour moi, songea Clark. Si confiant qu'il ait été en Ding et ses hommes, il lui suffisait de fixer le bout du canon d'une mitraillette légère et d'en voir jaillir les éclairs pour sentir son sang ne faire qu'un tour. Et oublier le gilet pare-balles n'avait peut-être pas été si malin, même s'il justifiait ce choix en se disant que rien ne devait l'entraver pour mieux traquer d'éventuelles erreurs. Il n'en avait vu aucune, du reste. Ils étaient tous sacrément bons.

« Excellent », commenta Stanley, depuis l'autre bout de l'estrade. Il pointa le doigt. « Vous... euh...

— Patterson, mon colonel, dit le sergent. Je sais. J'ai un peu trébuché en entrant. » Il se retourna pour constater qu'un fragment du chambranle de la porte était allé se coincer en travers de l'entrée de la seconde pièce, et qu'il avait failli buter dessus.

« Beau rétablissement, sergent Patterson. Je constate que ça n'a pas affecté votre capacité de tir.

— Non, mon colonel », admit Patterson, en retenant un sourire.

Le chef de groupe s'avança vers Clark.

« Considérez que nous sommes entièrement opérationnels, monsieur C., lança Chavez avec un sourire confiant. Pouvez dire à l'adversaire qu'il a intérêt à surveiller ses miches. Comment s'est comporté le groupe Un ?

— Deux dixièmes de seconde plus rapide », répondit John, pas mécontent de le voir accuser légèrement le coup. « Et au fait, merci quand même !

— De quoi ?

— De n'avoir pas bousillé ton beau-père ! » John lui flanqua une claque sur l'épaule et l'accompagna dehors.

« OK, les gars, dit Ding à son groupe, on laisse la police digérer tout ça et on retourne à la base pour la séance d'autocritique. » Pas moins de six caméras de télévision avaient enregistré la mission. Stanley allait l'éplucher image par image. Suivaient quelques pintes au mess des sous-offs du régiment. Les Anglais, Ding avait pu le constater au cours des deux semaines précédentes, ne rigolaient pas, question bière, et Scotty McTyler était aussi bon aux fléchettes qu'Homer Johnston au fusil. C'était plus ou moins une atteinte au protocole que Ding, prétendu commandant, aille trinquer avec ses hommes, tous sous-officiers. Il avait écarté l'objection en expliquant qu'il n'était lui-même qu'un simple sergent-chef avant de disparaître dans les rouages de la CIA, et il ne manquait pas de les régaler de récits sur son passé chez les Ninjas — des récits que les autres écoutaient avec un mélange de respect et d'amusement. Si bonne qu'ait pu être la 7ᵉ division d'infanterie, elle ne l'avait quand même pas été à ce point... Même Domingo Chavez devait bien l'admettre après quelques pintes de John Courage.

« OK, Al, qu'est-ce que t'en penses ? » demanda John. Le bar de son bureau était ouvert. Il avait servi un single malt écossais à Stanley tandis qu'il sirotait un bourbon Wild Turkey.

« Des petits gars ? » Il haussa les épaules. « Du point de vue technique, ils sont compétents. Pour l'adresse au tir, c'est à peu près parfait, la forme physique est excellente. Ils réagissent bien aux obstacles comme à l'inattendu, et, ma foi, ils ne nous ont pas tués avec des balles perdues, pas vrai ?

— Mais ?... insista Clark, l'air intrigué.

— Mais on ne peut pas juger tant qu'on ne sera pas en conditions réelles. Oui, d'accord, ils sont aussi bons que les SAS, mais évidemment, les meilleurs parmi eux sont d'anciens SAS... »

L'éternel pessimisme du Vieux Monde, songea John Clark. C'était le problème avec les Européens. Aucun optimisme, avec cette manie de chercher les trucs qui clochent plutôt que ceux qui marchent.

« Chavez ?

— Un type superbe, admit Stanley. Presque aussi bon que Peter Covington.

— Affirmatif », admit Clark, négligeant l'affront à son gendre impliqué par ce *presque*. Mais Covington était à Hereford depuis sept ans. Deux mois encore et Ding serait au même niveau. Il n'en était déjà plus très loin. Il était déjà au même nombre d'heures de sommeil que ses camarades britanniques, et sous peu, il mangerait la même chose qu'eux au petit déjeuner. Dans l'ensemble, se dit John, il avait les gars qu'il fallait, parfaitement affûtés. Dorénavant, tout ce qu'il lui restait à faire, c'était les maintenir à ce niveau. À force d'entraînement. Encore et encore.

Aucun des deux hommes ne se doutait que ça avait déjà commencé pour de bon.

« Eh bien, Dimitri ?

— Oui ? répondit Dimitri Arkadeïevitch Popov, en faisant tournoyer sa vodka dans son verre.

— On commence où et comment ? » demanda l'homme.

Ils s'étaient rencontrés par hasard, pensaient-ils l'un et l'autre, quoique pour des raisons différentes. Cela s'était passé à Paris, à la terrasse d'un café, à deux tables voisines, quand il avait noté que l'autre était russe et voulait lui poser quelques questions simples sur le commerce dans son pays. Popov, ancien agent du KGB, rayé des cadres et désormais à l'affût d'une opportunité pour entrer dans le monde du capitalisme, avait promptement décidé que cet Américain était plein aux as, et donc digne d'être caressé dans le sens du poil. Aussi n'avait-il pas hésité à répondre à ses questions, amenant son interlocuteur à en déduire rapidement son ancienne activité ; son don pour les langues (Popov parlait couramment l'anglais, le français et le tchèque) avait été un indice révélateur, tout comme sa parfaite connaissance de la capitale fédérale. Popov n'était manifestement pas un diplomate, il était trop franc dans ses opinions — chose qui l'avait empêché dans l'ex-KGB de dépasser le grade de colonel —, alors qu'il avait toujours estimé mériter les étoiles de général. Comme de juste, de fil en aiguille, ils avaient échangé leurs cartes de visite, puis il y avait eu un voyage en Amérique, en première classe sur Air France, au titre de consultant en sécurité, puis une série de rencontres orientées avec une subtilité qui devait surprendre plus le Russe que l'Américain. Popov avait impressionné son vis-à-vis par sa connaissance de nombreux détails sur les questions de sécurité urbaine à l'étranger, avant que leur discussion ne dévie peu à peu vers un domaine d'expertise entièrement différent.

« Comment savez-vous tout cela ? » lui avait demandé l'Américain dans son bureau de New York.

Après trois doubles vodkas, l'autre avait répondu avec un large sourire : « Mais je connais tous ces gens, bien sûr. Allons, vous devez savoir ce que je faisais avant de quitter le service de mon pays.

— Vous auriez travaillé avec des terroristes ? » avait-il demandé, surpris, ruminant déjà cet élément d'information.

Popov crut nécessaire de resituer les faits dans leur contexte idéologique : « Vous devez vous rappeler que pour nous, il n'y avait pas de terroristes. Il s'agissait de compagnons de route, partageant la même foi dans la paix mondiale et le marxisme-léninisme, de frères d'armes dans la lutte pour libérer l'humanité — et, à dire vrai, de crétins bien utiles, tout prêts à sacrifier leur vie en échange d'un minimum de soutien logistique.

— Vraiment ? insista l'Américain, encore surpris. Je les aurais crus motivés par quelque chose d'important...

— Oh, mais ils le sont, lui assura Popov. Seulement, les idéalistes sont des imbéciles, pas vrai ?

— Certains, admit l'Américain, faisant signe à son hôte de poursuivre.

— Ils gobent toute la rhétorique, toutes les promesses. Vous ne voyez donc pas ? Moi aussi, j'ai été membre du Parti. J'ai prononcé les phrases, ânonné les réponses du catéchisme, assisté aux réunions de cellule, réglé ma cotisation. J'ai fait tout ce qu'il fallait faire, mais en réalité, j'étais membre du KGB. Je voyageais à l'étranger. Je pouvais voir à quoi ressemblait la vie en Occident. Je préférais de loin les déplacements à l'étranger pour raisons, hum, d'"affaires", que rester travailler au 2, place Dzerjinski. On mangeait mieux, on s'habillait mieux, tout était mieux. Contrairement à tous ces jeunes benêts, je connaissais la vérité, conclut-il en levant son verre à moitié vide.

— Bien. Alors, que sont-ils devenus ?

— Ils se planquent, répondit Popov. La plupart. Certains ont réussi à décrocher un job — sans doute un petit boulot, j'imagine, malgré la formation universitaire que la plupart ont reçue...

— Je me demande... » Le regard somnolent trahissait la légère ébriété de son interlocuteur, si habilement simulée que Popov se demanda s'il jouait la comédie ou non.

« Quoi donc ?

— Si on pourrait encore les contacter...

— Très certainement, pour peu qu'on ait une bonne raison. Mes contacts... (il se tapota la tempe) hmm, disons que ce genre de chose ne s'évapore pas. » Où voulait-il en venir ?

« Eh bien, Dimitri, voyez-vous, même les chiens de combat ont leurs usages, et de temps à autre, ma foi... (sourire faussement embarrassé)... vous comprenez... »

En cet instant, Popov se demanda si tous les films disaient vrai. Les cadres commerciaux américains complotaient-ils pour de bon l'assassinat de leurs rivaux en affaires ? Ça paraissait tellement insensé... mais peut-être que les films n'étaient pas entièrement dénués de fondement...

« Dites-moi, poursuivit l'Américain, avez-vous réellement travaillé avec ces gens... je veux dire, organisé certaines de leurs actions ?

— Organisé ? Non, répondit le Russe avec un hochement de tête. Je leur ai fourni de l'aide, oui, sous l'égide de mon gouvernement. Le plus souvent, je faisais plus ou moins office de courrier. » Rien d'une mission de prestige ; il s'agissait en gros de livrer des messages bien particuliers à ces jeunes pervers, mais c'était un boulot qu'il avait décroché grâce à sa science du terrain et surtout sa capacité à raisonner avec pratiquement n'importe qui sur n'importe quel sujet, car ces contacts étaient particulièrement délicats à gérer une fois qu'ils avaient une idée en tête. Popov avait été un barbouze, pour reprendre le terme en usage à l'Ouest, un agent traitant de valeur,

86

qui n'avait jamais, pour autant qu'il sache, été identifié par les services de contre-espionnage occidentaux. Sinon, son entrée en Amérique par l'aéroport international Kennedy ne se serait pas effectuée avec une telle facilité.

« Bref, vous savez comment contacter ces individus, donc ?

— Tout à fait, confirma Popov.

— Excellent. » L'Américain se leva. « Bien, et maintenant, si nous dînions ? »

À la fin du repas, Popov était engagé comme consultant particulier à cent mille dollars par an et se demandait où le mènerait ce nouvel emploi, sans trop s'en inquiéter, du reste. Cent mille dollars, ça faisait un sacré paquet de fric pour un homme qui avait des goûts de luxe et cherchait le moyen de les assouvir.

Dix mois avaient passé, et la vodka était toujours aussi bonne, au fond de son verre avec deux glaçons. « Où et comment... ? » murmura Popov. Ça l'amusait, maintenant qu'il avait les réponses à ces deux questions. La vie était si bizarre, avec ses méandres, les endroits où ils vous menaient. Après tout, il était encore à Paris cet après-midi, à tuer le temps en attendant son rendez-vous avec un ex-« collègue » de la DGSE. « Pour ce qui est du moment, c'est donc décidé ?

— Oui. Vous avez la date, Dimitri.

— Je sais qui voir, et qui appeler pour organiser la rencontre.

— Elle doit avoir lieu en face à face ? » demanda l'Américain, assez stupidement, estima Popov.

Rire discret. « Ah, mon bon ami, évidemment, en

face à face. Ce n'est pas le genre de détail qui se règle par fax.

— Il y a un risque.

— Minime, seulement minime. La rencontre se tiendra en lieu sûr. Personne ne me prendra en photo, et ils ne me connaissent que par un mot de passe et un nom de code... et par l'argent, bien sûr.

— Combien ? »

Haussement d'épaules. « Oh, disons cinq cent mille dollars ? En liquide, dollars, deutsche marks, francs suisses... selon la préférence de... notre ami », ajouta-t-il pour que les choses soient claires.

L'hôte griffonna un petit mot et lui tendit le papier. « Vous en aurez besoin pour retirer la somme. » C'était le feu vert. La morale était une notion éminemment variable, au gré des cultures, des expériences et des principes individuels. Dans le cas de Dimitri, le milieu familial lui avait transmis quelques règles de base, ses expériences visaient à les mettre en pratique ; quant à son principe essentiel, c'était de gagner sa vie...

« Vous êtes conscient que tout cela me fait courir un certain danger et, comme vous le savez, mon salaire...

— Votre salaire vient de doubler, Dimitri. »

Sourire. « Excellent. » Un bon début. Même dans la mafia russe, l'avancement n'était pas aussi rapide.

Trois fois par semaine, ils s'entraînaient à la descente en filin d'une plate-forme, située à vingt mètres du sol. Une fois par semaine à peu près, ils s'exerçaient en situation réelle, à partir d'un hélicoptère de l'armée britannique. Chavez n'appréciait pas trop. Le stage parachutiste était l'une des rares choses qu'il avait évitées durant son service militaire — ce qui était plutôt bizarre, à la réflexion. Il avait fait un stage chez les Rangers, mais pour une raison quelconque, Fort Benning ne l'avait pas attiré.

Ce truc-là était presque aussi bien — ou presque aussi épouvantable. Il avait les pieds posés sur les patins tandis que l'hélico approchait du site de largage. Ses mains gantées tenaient le filin, long de trente mètres, pour pallier toute erreur d'estimation du pilote. Personne ne se fiait trop aux pilotes, même si votre vie était bien souvent entre leurs mains, mais celui-ci semblait connaître son affaire. Un tantinet cow-boy — la dernière phase de l'insertion leur fit raser quelques arbres, et le feuillage de leur cime caressa l'uniforme de Ding, certes en douceur, mais dans sa situation, tout contact était franchement inopportun. Le pilote redressa le nez de l'appareil dans un spectaculaire freinage dynamique. Chavez raidit les jambes et dès que le nez redescendit, d'une détente, il se libéra des patins et sauta dans le vide. Le plus délicat était d'interrompre la descente au tout dernier moment... puis de se laisser tomber assez vite pour ne pas se présenter comme une cible ballottante... et voilà, ses pieds touchaient le sol. Il libéra la corde, empoigna son H&K à deux mains et se dirigea vers l'objectif, après avoir survécu à son quatorzième déploiement au filin, le troisième d'un hélico.

Il y avait décidément un aspect terriblement ludique dans ce boulot, se dit-il tout en courant. Il était à nouveau un soldat de terrain, une activité qu'il avait appris à aimer et dont ses tâches à la CIA l'avaient bien souvent privé. Chavez était un homme qui aimait transpirer, qui prenait plaisir à l'effort physique, et plus que tout, qui aimait se retrouver avec ceux qui partageaient ses goûts. C'était dur. C'était dangereux : tous les membres du groupe avaient eu un pépin au cours du mois écoulé — excepté Weber, qui semblait en acier trempé — et tôt ou tard, disaient les statistiques, l'un d'eux connaîtrait une blessure grave, sans doute une jambe fracturée à la suite d'un largage. La Force Delta à Fort Bragg disposait rarement d'une équipe à cent pour cent opérationnelle, par suite des accidents et des blessures à l'entraînement. Mais c'était la dureté de l'entraînement qui rendait le combat facile. Telle était en tout cas la devise de toutes les armées du globe. C'était exagéré, mais pas tant que ça.

Regardant derrière lui depuis sa cachette, Chavez vit que le reste du groupe Deux était descendu et se mettait en place — même Vega, ce qui était assez remarquable : avec sa corpulence, Chavez redoutait toujours qu'Oso se pète les chevilles. Weber et Johnston se juchaient déjà sur leur perchoir désigné, chacun équipé de son fusil à lunette modifiée maison. Les radios de casque étaient en service, émettant le sifflement de leur système de cryptage numérique. Ainsi, chaque membre du groupe pouvait suivre ce que disaient les autres. Ding se retourna et vit que chacun avait gagné sa position attitrée, et n'attendait plus que son prochain ordre de mouvement...

La salle de transmissions était située à l'étage du bâtiment dont les travaux étaient achevés de la veille. Elle était équipée de la batterie habituelle de télex reliés aux diverses agences de presse internationales, ainsi que de plusieurs récepteurs de télévision réglés sur CNN, CNBC, Sky News, NTV et diverses autres chaînes d'infos par satellite. Toutes ces sources étaient surveillées par des agents vacataires, sous la supervision d'un officier de renseignements de carrière. Celui de garde en ce moment appartenait à la NSA, l'Agence américaine pour la sécurité nationale. C'était un commandant d'aviation qui préférait ne pas porter l'uniforme, même si la tenue civile n'arrivait pas à masquer son origine nationale ou la nature de son entraînement.

Le commandant Sam Bennett s'était acclimaté à l'environnement. Son épouse et son fils n'étaient pas enthousiasmés par les programmes locaux de télévision, mais ils trouvaient le climat agréable et il y avait aux environs plusieurs parcours de golf corrects accessibles d'un saut en voiture. Il faisait cinq kilomètres de jogging chaque matin, histoire de faire connaître à ces bouffeurs d'anguilles qu'il n'était pas une totale mauviette, et il comptait bien se mettre à tirer le faisan d'ici quelques semaines. À part ça, le boulot était plutôt cool. Le général Clark — apparemment, c'était son titre officiel — avait l'air d'un type bien. Il aimait les choses claires et nettes, ce qui était tout à fait du goût de Bennett. Pas le genre à gueuler non plus. Bennett avait eu l'occasion de bosser pour un certain nombre de ces spécimens durant ses douze années de service. Et Bill Tawney, le patron britannique de la section renseignements, était sans doute l'un des meilleurs auxquels Bennett ait jamais eu affaire : calme, posé, réfléchi, intelligent. Ces dernières semaines, Bennett avait partagé quelques bières avec lui, tout en causant boutique au mess des officiers de la base d'Hereford.

Mais ce type de boulot était en général chiant les trois quarts du temps. Il avait bossé au service de surveillance, au sous-sol de la NSA, une vaste pièce basse de plafond, meublée de rangées de boxes équipés de mini-téléviseurs et d'imprimantes dont le bourdonnement continu avait de quoi rendre fou durant les longues nuits de garde à surveiller l'ensemble de cette putain de planète. Au moins les Rosbifs ne voyaient-ils pas l'intérêt de vous mettre en cage. Il pouvait circuler à sa guise. Dans l'ensemble, le personnel était assez jeune. Seul Tawney dépassait la cinquantaine, ce qui n'était pas non plus pour lui déplaire.

« Mon commandant ! lança une voix depuis l'un des téléscripteurs. On a une prise d'otages en Suisse !

— Qui l'annonce ? s'enquit Bennett en accourant.

— L'AFP. Dans une banque, une putain de banque », précisa le caporal, alors que Bennett était maintenant assez près pour lire le communiqué de l'Agence France-Presse — ce qui lui faisait une belle jambe, puisqu'il ne parlait pas le français. Le caporal, si, qui le lui traduisit au vol. Bennett décrocha un téléphone et enfonça un bouton.

« Monsieur Tawney, nous avons un incident à Berne ; un nombre non précisé de criminels occupent le siège de la Banque commerciale de Berne. Plusieurs civils sont pris au piège à l'intérieur.

— Quoi d'autre, commandant ?

— Rien pour l'instant. À l'évidence, la police est déjà sur place.

— Très bien, merci, commandant Bennett. » Tawney raccrocha et ouvrit un tiroir de son bureau, d'où il sortit un calepin bien particulier. Il l'ouvrit.

Ah... oui, il connaissait ce numéro. Il appela l'ambassade britannique à Genève. « M. Gordon, je vous prie...

— Gordon, fit une voix quelques secondes plus tard.

— Dennis, c'est Bill Tawney.

— Bill ! Ça faisait un bail ! Que puis-je faire pour vous ?

— Banque commerciale de Berne. Il semble y avoir une prise d'otages. Je veux que vous m'évaluiez la situation. J'attends votre rapport.

— Quels sont nos intérêts, Bill ? s'enquit l'homme.

— Nous nous sommes... entendus avec le gouvernement helvétique. Si leur police n'est pas en mesure de maîtriser la situation, nous pourrions leur fournir une assistance technique. Qui, à l'ambassade, assure la liaison avec la police locale ?

— Tony Armitage, un ancien de Scotland Yard. Un spécialiste de la délinquance financière...

— Prenez-le avec vous, ordonna Tawney. Rappelez-moi immédiatement dès que vous avez quelque chose. » Il donna son numéro.

« Très bien. De toute façon, l'après-midi était tranquille à Genève. Ça va prendre quelques heures. »

Et sans doute déboucher sur rien, ils le savaient l'un et l'autre. « Je ne bouge pas d'ici. Merci, Dennis. » Sur ce, Tawney quitta le bureau et remonta à l'étage regarder la télé.

Derrière le bâtiment du QG de Rainbow, quatre imposantes paraboles étaient orientées vers des satellites géostationnaires de télédiffusion. Il ne fallut pas longtemps pour trouver le répéteur et le satellite retransmettant les programmes de la télévision suisse. Même pour un petit pays, il était en effet plus aisé d'assurer les liaisons ainsi plutôt que par câble coaxial. Bientôt, ils avaient intercepté le faisceau émis par une station locale. Une seule caméra était installée pour l'instant. Elle montrait la façade d'un bâtiment officiel — les Suisses tendaient à donner à leurs banques l'aspect de forteresses urbaines, avec une touche nettement germanique pour en rajouter dans le côté solide et intimidant. Le son diffusait l'échange entre le reporter et la régie. Un interprète était là pour traduire le dialogue.

« Non. Aucune idée. La police ne nous a pas encore parlé », marmonnait ce dernier d'une voix monocorde. Puis une autre voix se fit entendre. « Le cameraman, précisa l'interprète. On dirait... il se passe quelque... »

La caméra fit un zoom avant, pour cadrer une silhouette, celle d'un homme portant une sorte de cagoule.

« C'est quoi, cette arme ? demanda Bennett.

— Tchèque, modèle 58, dit aussitôt Tawney. Enfin, on dirait. Le cadreur est un as.

— "Qu'est-ce qu'il a dit ?" demande la régie au journaliste », poursuivit l'interprète, qui regardait à peine l'image télévisée. « "J'en sais rien, rien pu entendre avec tout ce boucan. Il a crié quelque chose, ch'sais pas quoi." Oh, bien : "Combien de personnes ?" "Pas sûr, le *Wachtmeister* dit plus de vingt à l'intérieur, employés et clients. Dehors, il n'y a que moi et mon cadreur, et juste une quinzaine de policiers visibles." "J'imagine que des renforts sont en route." Réponse de la régie. » Puis plus rien. L'image s'interrompit également. Des bruits sur le canal son révélèrent que le cadreur changeait de position, ce qui fut confirmé par le retour de l'image, une minute plus tard, prise sous un autre angle.

« Que se passe-t-il, Bill ? » Tawney et Bennett se retournèrent pour découvrir Clark derrière eux. « J'étais venu te causer mais ta secrétaire m'a prévenu qu'il y avait une crise en cours.

— Ça se pourrait bien, répondit le chef de la section renseignements. J'ai demandé au poste du MI6 à Genève de m'envoyer deux hommes sur place évaluer la situation. Nous avons un accord de fait avec le gouvernement suisse, au cas où ils décideraient de le faire valoir. Bennett, ces images sont déjà diffusées ? »

Signe de dénégation. « Non, monsieur. Pour le moment, ils les gardent sous le coude.

— Bien. Quel est le groupe actuellement en alerte, John ?

— Le Deux, Chavez et Price. Ils viennent de finir une petite séance d'entraînement. Combien de temps à ton avis avant qu'on déclare l'alerte ?

— On pourrait tout de suite », répondit Bill, même si ce n'était sans doute qu'un banal braquage de banque qui avait mal tourné. Ils en avaient aussi en Suisse, pas vrai ?

Clark sortit de sa poche un mini-radioémetteur et l'enclencha. « Chavez ? Ici, Clark. Price et toi, présentez-vous au PC coms. Tout de suite.

— On arrive, Six. »

« Je me demande de quoi il s'agit », observa Ding en se tournant vers son adjudant. Eddie Price, avait-il pu constater au cours des trois dernières semaines, était un soldat modèle : calme, intelligent, posé, avec de l'expérience à revendre.

« Eh bien, j'espère qu'on va pas tarder à le savoir, mon commandant », répondit-il. Il savait que les officiers adoraient bavarder. Il en eut la preuve aussitôt.

« Ça fait combien de temps que vous servez sous les drapeaux, Eddie ?

— Près de trente ans, mon commandant. Je me suis engagé comme cadet — à quinze piges, vous voyez. Chez les paras, poursuivit-il, histoire d'éviter la prochaine question. À vingt-quatre, je suis passé au SAS. Je l'ai plus quitté.

— Eh bien, adjudant, je suis content de vous avoir avec moi, dit Chavez, en montant en voiture pour rallier le QG.

— Merci, mon commandant. » Un type chouette, ce Chavez, peut-être même un bon chef, même si cela restait à voir. Lui aussi aurait pu lui poser des questions, mais non, c'était un truc qui ne se faisait pas. Malgré ses qualités, Price n'était pas très au fait des mœurs en vigueur dans l'armée américaine.

T'aurais dû être passé officier depuis longtemps, Eddie, s'abstint d'ajouter Ding. En Amérique, on l'aurait déjà arraché à son unité et, qu'il le veuille ou non, inscrit à l'école d'officiers, sans doute avec en prime une bourse universitaire payée par l'armée. Autres cultures, autres mœurs. Enfin, ça lui donnait un bougre de bon adjudant sur qui compter. Dix minutes plus tard, il se garait dans le parking derrière le bâtiment et y pénétrait, en suivant les flèches indiquant le PC communications.

« Eh, monsieur C., qu'est-ce qui se passe ?

— Domingo, il se pourrait bien qu'on ait du boulot pour toi et tes hommes. À Berne, en Suisse. Un braquage de banque qui a mal tourné, avec prise d'otages. On n'en sait pas plus pour l'instant. » Clark leur indiqua les écrans de télé. Chavez et Price approchèrent des sièges tournants et s'installèrent.

En tous les cas, ça faisait toujours un excellent exercice d'alerte. La mécanique bien huilée se mettait déjà en branle. Au rez-de-chaussée, on avait réservé des billets sur pas moins de quatre vols au départ de Gatwick pour la Suisse, et deux hélicoptères se dirigeaient vers Hereford pour transporter à l'aéroport le commando avec tout son équipement. British Airways avait reçu instruction d'accepter une cargaison scellée — une inspection avant un vol international aurait foutu la pagaille. Si l'alerte devait se prolonger, les membres du groupe Deux passeraient des vêtements civils, avec costume et cravate. Clark estimait que là, on en faisait un peu trop. Faire passer des soldats pour des banquiers, ça n'avait rien d'évident...

« Il se passe pas grand-chose, pour l'instant, observa Tawney. Sam, tu peux nous rembobiner les bandes ?

— Oui, monsieur. » Le commandant Bennett pianota sur sa télécommande.

« Oui. Tchèque 58, confirma Price aussitôt. On n'a pas leurs visages ?

— Négatif. C'est tout ce qu'on a sur les sujets, répondit Bennett.

— Drôle d'arme, pour des voleurs », nota l'adjudant. Chavez tourna la tête. Encore une différence entre son pays et l'Europe. Ici, les braqueurs n'utilisaient pas de fusils d'assaut.

« C'est bien ce que je pensais, observa Tawney.

— Une arme de terroriste ? demanda Chavez à son second.

— Oui, mon commandant. Les Tchèques en ont refilé des caisses. Une arme très compacte, vous voyez. À peine plus de soixante centimètres de long. Elle est fabriquée par Uhersky Broad. Elle tire des cartouches de calibre 7.62/39 soviétiques. Entièrement automatique, avec sélecteur de mode de tir. Plutôt bizarre comme choix, pour un bandit suisse, insista encore Price.

— Pourquoi ? demanda Clark.

— Ils en font de bien meilleures sur place, mon général. Pour leur défense territoriale — tous les citoyens-soldats en ont dans leur penderie, vous voyez. Ça devrait pas être bien sorcier d'en piquer quelques-unes. »

Le bâtiment se mit à vibrer à cause des hélicoptères se posant à proximité. Clark consulta sa montre et hocha la tête, approbateur.

« Qu'est-ce qu'on a sur les abords ? s'enquit Chavez.

— On travaille dessus, vieux, répondit Tawney. Pour l'instant, rien de plus que l'image TV. »

Les écrans montraient une rue ordinaire, vide de toute circulation car la police en avait barré l'accès et détourné les lignes d'autobus. Deux rangées d'immeubles banals en pierre de taille. Chavez se tourna vers Price dont les yeux étaient rivés sur les images qu'ils interceptaient — il y en avait deux, à présent, car une autre chaîne helvétique venait d'envoyer une équipe sur place. L'interprète continuait de traduire les dialogues des cadreurs et des journalistes avec leurs régies respectives. Ils étaient peu loquaces. Échangeant surtout des banalités comme on aurait pu en entendre dans n'importe quel immeuble de bureaux. L'une ou l'autre caméra saisissait à l'occasion le frémissement d'un rideau derrière une fenêtre, guère plus.

« La police est sans doute en train d'établir une liaison téléphonique avec nos amis, pour parlementer, les raisonner, le scénario habituel », expliqua Price, conscient d'être ici celui qui avait le plus d'expérience dans ce domaine. Ils connaissaient la théorie, mais la théorie ne suffisait pas toujours. « On devrait savoir d'ici une demi-heure si c'est ou non une mission pour nous.

— Quel est le niveau des flics helvétiques ? demanda Chavez.

— Tout à fait correct, mon commandant, répondit Price, mais ils n'ont pas une grande pratique des situations de prises d'otages délicates...

— D'où notre arrangement avec eux, observa Tawney.

— Tout à fait, monsieur. » Price se carra dans son siège, plongea la main dans sa poche, en sortit une pipe. « Pas d'objections ? »

Clark fit non de la tête. « Pas de problème, adjudant. Qu'entendez-vous par situations "délicates" ?

— Celles où on a affaire à des criminels endurcis, des terroristes. » Price haussa les épaules. « Des types assez stupides pour mettre leur vie en jeu. Ceux qui tuent des otages pour montrer leur résolution. » *Ceux qu'on traque et qu'on tue*, n'eut-il pas besoin d'ajouter.

C'était terriblement frustrant de rester planté là à ne rien faire, estima John Clark, surtout pour Bill Tawney. Mais faute d'informations, il était difficile de pontifier. Tous les yeux étaient rivés sur les écrans, qui ne montraient pas grand-chose, et Clark se surprit à regretter les discours creux qu'on demandait aux reporters télé de débiter, histoire de meubler le silence. Le seul détail intéressant fut quand ils annoncèrent que lorsqu'ils avaient tenté de parler aux flics locaux, ceux-ci avaient refusé de dire quoi que ce soit, sinon qu'ils essayaient d'établir le contact avec les terroristes, sans succès jusqu'ici. Ce devait être un mensonge, mais la police était censée mentir aux médias et au public dans ce genre d'affaires — parce que les plus tarés des terroristes auraient une télé sous la main et un complice pour la surveiller. On pouvait apprendre des tas de choses en regardant la télé. Sinon, pourquoi Clark et les responsables du groupe seraient-ils rivés dessus eux aussi ?

Le protocole en la matière était à la fois simple et complexe. Rainbow avait un accord tacite avec le gouvernement helvétique. Si la police locale ne pouvait pas gérer la crise, elle la répercutait à l'échelon cantonal qui, à son tour, devait décider ou non de la transmettre à l'échelon supérieur, celui du gouvernement fédéral, dont les ministres pouvaient alors décider d'avertir Rainbow. Tout ce mécanisme avait été instauré depuis plusieurs mois déjà, dans le cadre de la mise en œuvre de l'agence dirigée aujourd'hui par Clark. L'« appel à l'aide » devait transiter par le Foreign Office, le ministère britannique des Affaires étrangères, à Whitehall, sur les rives de la Tamise, en plein centre de Londres. Tout cela paraissait à

John inutilement bureaucratique et compliqué, mais c'était inévitable, et il devait s'estimer heureux qu'il n'y ait pas encore un ou deux échelons supplémentaires. Une fois le coup de fil passé, ça devait se dérouler un peu mieux, du moins au sens administratif. Mais jusqu'à cet appel, les Suisses resteraient bouche cousue.

Au bout d'une heure devant la télé, Chavez descendit pour mettre le groupe Deux en état d'alerte. Il constata que ses hommes prenaient la chose avec calme, préparant le peu d'équipement qui pouvait nécessiter une dernière mise au point. Les images télévisées étaient retransmises en fenêtre sur leurs ordinateurs de bureau et chaque homme s'était installé dans son fauteuil tournant pour les observer tranquillement, tandis que leur chef remontait au PC coms et que les hélicoptères attendaient, turbine au ralenti, sur le terrain devant le bâtiment du groupe Deux. Le groupe Un avait été mis également en état d'alerte, au cas où les hélicos emmenant le Deux à Gatwick s'écraseraient. Les procédures avaient été mûrement réfléchies dans tous les détails — hormis, songea John, par les terroristes.

Sur l'écran, les policiers commençaient à grouiller, certains en position de tir, la plupart immobiles, se contentant d'observer la scène. Entraînés ou pas, ils n'étaient pas vraiment prêts pour une situation de ce genre et les Suisses — même s'ils avaient envisagé un tel événement, comme tout un chacun dans le monde civilisé — semblaient ne pas le prendre plus au sérieux que, mettons, des flics de Boulder, Colorado. Un tel événement ne s'était encore jamais produit à Berne, et par conséquent, il ne faisait pas encore partie de la culture de la maison poulaga locale. C'était une réalité trop crue pour être négligée. Les policiers allemands — pas moins compétents que d'autres — avaient totalement foiré le sauvetage des otages de Fürstenfeldbrück, non pas parce qu'ils étaient mauvais, mais parce que c'était la première fois. Résultat, plusieurs athlètes israéliens n'étaient jamais revenus des JO de Munich en 1972. Le monde entier en avait tiré la leçon, mais eux, qu'en avaient-il retenu, au juste ? C'était la question que se posaient Clark et tous les autres.

Durant une demi-heure encore, les écrans ne montrèrent toujours guère plus qu'une rue vide. Et puis, le responsable de la police s'avança à découvert, un téléphone mobile à la main. Son attitude, placide au début, changea bientôt, tandis qu'il plaquait le combiné à son oreille, légèrement penché. Sa main libre se leva, dans un geste apaisant, comme s'il dialoguait en tête à tête avec son interlocuteur.

« Il y a quelque chose qui cloche », observa le Dr Paul Bellow, ce qui surprit modérément les autres, surtout Eddie Price, assis tendu sur sa chaise, mais qui s'abstint de parler et se contentait de tirer sur sa pipe. Négocier avec des individus tels que ceux qui contrôlaient la banque était un art, et visiblement, ce commissaire de police avait encore à apprendre. Mauvaise nouvelle, estima l'adjudant, pour les clients de l'établissement.

« "C'était pas un coup de feu ?" traduisit l'interprète, reprenant la question d'un des journalistes sur place.

— Oh, merde », observa doucement Chavez. La tension venait de monter d'un cran.

Moins d'une minute plus tard, l'une des portes vitrées de l'établissement s'ouvrit et un homme en civil sortit un cadavre sur le trottoir. Un homme, semblait-il, mais sa tête, quand les deux caméras zoomèrent sur la scène depuis deux angles différents, n'était plus qu'une masse sanguinolente. Le civil traîna le corps jusqu'à l'extérieur et s'immobilisa au moment de le déposer.

Bouge, sur ta droite, pensa Chavez, de toutes ses forces. Comme s'il avait pu transmettre ses pensées, l'homme désarmé vêtu d'un pardessus gris demeura quelques secondes interdit, les yeux baissés, avant de se glisser — furtivement, aurait-on dit — sur sa droite.

« "On entend quelqu'un crier à l'intérieur" », traduisit l'interprète.

Mais d'où que soit venu ce cri, il n'eut pas le résultat escompté : le civil plongea sur sa droite, loin des doubles portes vitrées et surtout, sous le niveau de la devanture vitrée de la banque. Il était à présent allongé sur le trottoir, protégé par un mètre de granit, invisible depuis l'intérieur de l'établissement.

« Bien joué, observa tranquillement Tawney. À présent, on va voir si la police arrive à te dégager de là. »

Une des caméras passa sur le chef de la police, qui s'était aventuré au milieu de la rue, son téléphone à la main, et qui, avec des signes frénétiques, intimait au civil de rester couché. Était-ce courage ou insouciance, ils n'auraient su dire, mais le flic rejoignit lentement à reculons le barrage de voitures de police — détail étonnant : sans se faire tirer dessus par les agresseurs. La caméra revint sur le civil évadé. Des policiers s'étaient rapprochés du pignon de l'immeuble et lui faisaient signe de s'avancer vers eux en rampant. Les flics en uniforme avaient sorti leurs mitraillettes. Leur attitude traduisait la tension et la frustration. On entrevit le visage d'un des hommes contemplant le corps étendu sur le trottoir : ses traits étaient éloquents.

« Monsieur Tawney, un appel pour vous sur la quatre », annonça la standardiste dans l'interphone. Le chef du renseignement se dirigea vers le téléphone, pressa une touche.

« Tawney... ah, oui, Dennis...

— J'ignore qui ils sont, mais ils viennent de descendre un type.

— Oui, je sais, on vient de le voir. On intercepte le faisceau TV. » Ce qui signifiait que le voyage de Gordon à Berne était du temps perdu — mais non, sûrement pas, n'est-ce pas ? « Ce fameux Armitage est avec vous ?

— Oui, Bill, il s'apprête à discuter avec leurs forces de l'ordre.

— Excellent. Passez-le-moi. »

Comme par hasard, une caméra montra un homme en civil qui s'approchait du responsable de la police sur les lieux. Il exhiba sa carte, s'entretint brièvement avec le chef de la police et s'éloigna avant de disparaître au coin de la rue.

« Tony Armitage à l'appareil, à qui ai-je l'honn...

— Bill Tawney.

— Enfin, si vous connaissez Dennis, j'imagine que vous devez être de la section Six... Que puis-je pour vous, monsieur ?

— Que vous a dit le chef de la police ? » Tawney pressa la touche ampli du téléphone.

« Il est largement dépassé par les événements. Il repasse le bébé au niveau cantonal pour avoir des instructions.

— Monsieur C. ? lança Chavez de son siège.

— Dis aux hélicos de se préparer à décoller, Ding. Vous filez sur Gatwick. On vous donnera vos instructions là-bas.

— À vos ordres, monsieur C. Groupe Deux en mouvement. »

Chavez dévala l'escalier, Price sur les talons, puis il bondit dans sa voiture qui les ramena au bâtiment du groupe Deux en moins de trois minutes.

« Les mecs, si vous regardez la télé, vous êtes au courant de ce qui se passe. Tout le monde en selle, on prend l'hélico pour Gatwick. » Ils filaient déjà vers la porte quand un courageux flic helvétique réussit à récupérer le civil. La télé montra les policiers l'enfourner dans une voiture qui démarra sur les chapeaux de roues. Une fois encore, l'attitude des forces de l'ordre était éloquente : jusqu'ici plutôt désœuvrés, les hommes avaient nettement changé d'attitude. La plupart étaient tapis derrière leurs voitures et tripotaient nerveusement leurs armes, tendus mais sans trop savoir ce qu'ils devaient faire.

« Ça y est, ça va passer en direct, annonça Bennett. Sky News doit avoir l'image d'une seconde à l'autre.

— J'imagine que c'est logique, dit Clark. Où est Stanley ?

— Il est à Gatwick, maintenant », dit Tawney. Clark acquiesça. Stanley devait commander le déploiement opérationnel du groupe Deux. Le Dr Paul Bellow était également parti. Il accompagnerait Chavez dans l'hélico. Sa mission serait de conseiller les deux hommes sur les aspects psychologiques de la situation tactique.

Ils n'avaient plus rien à faire désormais que

commander du café et des sandwiches. C'est ce que fit Clark, en prenant un siège pour s'installer devant les écrans.

3

Crétins et calibres

Après un trajet de vingt-cinq minutes pile, l'hélicoptère déposa le groupe Deux et son barda dans le secteur d'aviation générale de l'aéroport international. Deux fourgons les y attendaient. Chavez regarda ses hommes embarquer leur matériel dans le premier qui se dirigea aussitôt vers le terminal de British Airways. Là, plusieurs flics attendaient déjà pour superviser le transfert du chargement de l'utilitaire dans un conteneur de soute — qu'il faudrait débarquer en premier dès leur atterrissage à Berne.

Mais tout d'abord, ils devaient attendre le feu vert pour la mission. Chavez sortit son téléphone mobile, le déplia, composa le premier numéro en mémoire.

« Clark, dit la voix, sitôt enclenché le logiciel de cryptage.

— Ding à l'appareil, John. Pas de coup de fil de Whitehall ?

— On attend toujours, Domingo. Ça ne devrait plus tarder. Le canton a prévenu l'échelon supérieur. L'affaire est actuellement aux mains du ministre de la Justice.

— Eh bien, il faudrait dire à ce digne responsable

que l'embarquement de ce vol est dans deux minutes et que le suivant est dans une heure et demie... À moins qu'on veuille nous faire voyager sur Swissair. Ils en ont un dans quarante minutes, et un autre dans une heure et quart.

— J'entends bien, Ding. Mais il faut qu'on patiente. »

Chavez jura en espagnol. Il le savait. On ne lui demandait pas d'apprécier. « Bien compris, Six. Groupe Deux en attente sur la rampe à Gatwick.

— Bien compris, groupe Deux, Rainbow Six, terminé. »

Chavez referma le téléphone et le glissa dans sa poche de chemise. Il se tourna vers ses hommes et leur cria pour couvrir le fracas des réacteurs : « On reste sur place à attendre le signal. » Les hommes acquiescèrent, aussi pressés d'en découdre que leur chef, mais aussi impuissants que lui à précipiter les choses. Les membres britanniques du groupe étaient déjà passés par là et ils semblaient mieux le prendre que les Américains et les autres.

« Bill, dis à Whitehall que nous avons vingt minutes pour les faire décoller, après quoi, ça nous reporte d'une heure. »

Tawney acquiesça et se dirigea vers un téléphone dans l'angle de la salle pour appeler son contact aux Affaires étrangères. De là, le message fut transmis à l'ambassadeur britannique à Genève, qui avait appris entre-temps que le SAS proposait une mission spéciale d'assistance d'ordre technique. Cas atypique où le ministre suisse des Affaires étrangères en savait plus que celui qui lui faisait l'offre. Mais, détail à noter, la réponse revint en moins d'un quart d'heure : « *Ja.* »

« Nous avons le feu vert pour la mission, John, annonça un Tawney pas peu surpris.

— Parfait. » Clark ouvrit son téléphone, pressa la touche mémoire numéro deux.

« Chavez ? répondit une voix presque couverte par le bruit de fond.

— On a le feu vert. Répétez.

— De groupe Deux, bien copié : feu vert pour la mission. Groupe Deux en action.

— Affirmatif. Bonne chance, Domingo.

— Merci, monsieur C. »

Chavez se tourna vers ses hommes et fit des allers-retours de l'avant-bras, geste compris dans toutes les armées du monde pour signifier : on se grouille ! Tous montèrent dans le second fourgon pour rejoindre la piste de décollage de Gatwick. Le véhicule s'immobilisa devant la porte de soute de leur vol. Chavez fit signe à un flic d'approcher, tout en confiant à Eddie Price le soin de superviser le chargement de la cargaison spéciale à bord du Boeing 757. Cela fait, le fourgon avança encore de cinquante mètres jusqu'au pied de la passerelle d'embarquement. Le groupe Deux descendit et escalada les marches. Au sommet, la porte du sas était tenue ouverte par un autre agent de police. Ensuite, ils purent tranquillement gagner leur avion et tendre leur billet aux hôtesses qui les guidèrent vers leurs fauteuils de première.

Le dernier à embarquer était Tim Noonan, leur sorcier de la technologie. Loin de l'image du technobinoclard chétif, Noonan avait joué arrière dans l'équipe de Stanford avant d'intégrer le FBI, et il s'était empressé de suivre l'entraînement au tir de l'unité, juste pour se tenir en forme. Un mètre quatre-vingts pour quatre-vingt-quinze kilos, il était plus baraqué que la plupart des tireurs d'élite de Ding, mais (et il était le premier à l'admettre) sans avoir leur précision. Malgré tout, il se débrouillait plutôt pas mal au pistolet et au MP-10, et il progressait de jour en jour.

Le Dr Bellow s'installa dans son siège près de la fenêtre avec un bouquin sorti de son sac de voyage. Un traité sur les sociopathes rédigé par un de ses anciens professeurs à Harvard. Le reste des hommes s'était tranquillement installé pour feuilleter les magazines fournis par la compagnie. Chavez regarda autour de lui et ne releva pas la moindre tension chez eux, à sa grande surprise, et à sa légère honte vu son propre état d'excitation. Le commandant de bord fit les annonces habituelles et le Boeing s'écarta du terminal avant de rouler pour rejoindre la piste. Cinq minutes plus tard, ils décollaient. Le groupe Deux était en route pour sa première mission.

« Ils ont décollé, annonça Tawney. La compagnie escompte un vol sans histoires et une arrivée dans... une heure, quinze minutes.

— Bien », fit Clark. La retransmission télévisée avait pris son régime de croisière. Les deux chaînes suisses diffusaient désormais en continu, un direct entrelardé des commentaires des envoyés spéciaux. C'était à peu près aussi passionnant que les reportages précédant un match de foot, même si on voyait en ce moment un porte-parole de la police s'adresser à la presse. Non, on ne savait pas qui était à l'intérieur. Oui, on lui avait parlé. Oui, des négociations étaient en cours. Non, on ne pouvait pas vraiment en dire plus. Et oui, on tiendrait la presse au courant des développements.

Mon cul, oui, songea John. Le même reportage était repris par Sky News, et bientôt, CNN, LCI et Fox Network diffusèrent des flashes, avec bien évidemment des images montrant la première victime et l'évasion de l'otage qui avait traîné le corps à l'extérieur.

« Sale affaire, John », observa Tawney en dégustant son thé.

Clark acquiesça. « Toujours. »

Peter Covington arriva sur ces entrefaites, piqua un siège et l'approcha de ses deux supérieurs. Son visage demeurait impassible, même si, estima Clark, il devait être agacé que ce ne soit pas son groupe qui soit parti. Mais la rotation des équipes était réglée comme du papier à musique, et il n'était pas question d'y toucher.

« Des idées, Peter ?

— Ce sont pas vraiment des lumières. Ils ont tué ce pauvre type un peu tôt, vous trouvez pas ?

— Continuez », dit John, histoire de leur rappeler qu'il débarquait dans ce domaine.

« Quand on tue un otage, on franchit une très grosse ligne jaune, mon général. Une fois le pas sauté, il n'est plus évident de faire marche arrière, n'est-ce pas ?

— Donc, on essaie de l'éviter ?

— Moi, c'est ce que je ferais. Ça rend d'autant plus délicat pour le camp opposé de faire des conces-

110

sions ; or, on a bougrement besoin de concessions si on veut s'échapper... à moins de détenir une information que l'adversaire ignore. Peu probable dans un cas comme celui-ci.

— Ils vont demander un moyen de s'échapper... un hélicoptère ?

— Sans doute, admit Covington. Direction un aéroport, avec un vol commercial à leur disposition, équipage international... mais pour quelle destination, bon sang ? La Libye, peut-être, mais les Libyens les accueilleront-ils ? Sinon, où ? La Russie ? Je n'y crois pas trop. La vallée de la Bekaa, au Liban, ça reste possible, mais aucun appareil commercial ne va se poser là-bas. Non, leur seule attitude sensée, jusqu'ici, ç'a été de dissimuler leur identité à la police. Qu'est-ce que vous pariez que l'otage qui s'est échappé n'aura même pas aperçu leur visage ? » Covington hocha la tête.

« Ce ne sont pas des amateurs, objecta Clark. Leurs armes trahissent un minimum d'entraînement et de professionnalisme. »

Cela lui valut un hochement de tête approbateur. « Vrai, mon général, n'empêche, y sont pas terriblement malins. Je serais pas surpris outre mesure d'apprendre qu'ils ont même piqué de l'argent, comme de vulgaires braqueurs. Des terroristes entraînés, peut-être, mais pas des bons. »

Et c'était quoi, un « bon » terroriste ? se demanda John. Sans aucun doute un terme du métier qui lui restait encore à apprendre.

Le vol BA toucha la piste avec deux minutes d'avance, puis roula vers la porte de débarquement.

Ding avait passé tout le vol à discuter avec le Dr Bellow. L'aspect psychologique de cette affaire était marqué d'une case vide dans son calepin personnel, un vide qu'il aurait intérêt à remplir au plus vite. Or, ce n'était pas une affaire de troufion : la psychologie était la plupart du temps gérée à l'échelon de l'état-major, les généraux se chargeant de deviner les manœuvres de l'adversaire. Ici, on était au niveau du peloton, mais avec toutes sortes d'éléments nouveaux intéressants, estima Ding en se débarrassant de sa ceinture avant même que l'avion se soit immobilisé. Malgré tout, on en revenait toujours à l'essentiel : de l'acier dans la cible.

Chavez se leva, s'étira, puis se dirigea vers la porte arrière, le visage désormais résolu. Et il descendit la passerelle, entre deux civils qui le prenaient sans doute pour un homme d'affaires, avec son costard-cravate. Peut-être qu'il s'en achèterait un plus chouette à Londres, songea-t-il rêveusement en quittant la piste, histoire de peaufiner leur couverture lors des déplacements. Il avisa un type aux allures de chauffeur qui les attendait dans le hall avec un panonceau portant le nom idoine. Chavez s'avança vers lui.

« Vous nous attendez ?

— Oui, monsieur. Vous venez avec moi ? »

Le groupe Deux le suivit dans une coursive anonyme pour pénétrer dans ce qui ressemblait à une salle de conférences, munie d'une porte à l'autre bout. À l'intérieur, ils découvrirent un policier en uniforme, un officier à en juger par les galons sur sa vareuse bleue.

« Vous êtes...

— Chavez. » Ding tendit la main. « Domingo Chavez.

— Espagnol ? parut s'étonner le flic.

— Américain. Et vous, monsieur ?

— Roebling, Marius Roebling, répondit l'homme tandis qu'on refermait la porte sur le dernier membre du commando. Suivez-moi, je vous prie. » Roebling ouvrit la porte du fond, qui débouchait dehors sur quelques marches. Une minute après, ils étaient dans un minibus qui quittait l'aérogare pour s'engager sur l'autoroute. Ding se retourna et découvrit un camion derrière eux, sans aucun doute chargé de leur matériel.

« Bien, que pouvez-vous me dire ?

— Rien de neuf depuis le premier meurtre. On dialogue avec eux au téléphone. Aucun nom, aucune identité. Ils ont exigé un moyen de transport jusqu'à cet aéroport, et un avion pour quitter le pays, sans préciser jusqu'ici de destination.

— D'accord, que vous a révélé l'otage échappé ?

— Ils sont quatre, ils parlent allemand ; d'après lui, ce serait leur langue maternelle... Ils ont des armes, du matériel tchèque, et il semble qu'ils n'aient pas d'états d'âme pour en faire usage.

— Effectivement. Combien de temps pour aller là-bas ? Ça laisse de la marge à mes hommes pour s'équiper ? »

Roebling acquiesça. « Tout est réglé, commandant Chavez.

— Merci, monsieur.

— Puis-je m'entretenir avec l'otage qui est sorti ? demanda le Dr Bellow.

— J'ai ordre de vous offrir une coopération totale — dans les limites du raisonnable, bien sûr. »

Chavez se demanda ce qu'il sous-entendait par là, mais décida qu'il le saurait bien assez tôt. Il ne pouvait pas reprocher à son interlocuteur d'être mécontent de voir un commando d'étrangers débarquer dans son pays pour y faire la police. Mais ces types étaient des pros, en tout cas, c'est ce qu'avait dit son gouvernement. Ding se rendit soudain compte que la crédibilité de Rainbow reposait dorénavant sur ses épaules. Il était hors de question de se montrer indigne de son beau-père, son équipe, son pays. Il se retourna vers ses hommes. Eddie Price, comme s'il avait deviné ses pensées, leva discrètement le pouce. *Enfin, ça en fait au moins un qui juge que nous sommes prêts.* Ce n'était pas la même chose sur le terrain, une leçon qu'il avait apprise dans les jungles et les montagnes de Colombie, des années plus tôt : plus vous approchiez de la ligne de feu, plus la différence s'accroissait. Là-bas, sur le terrain, il n'y avait pas de contrôle laser pour vous indiquer qui avait été tué. C'était du vrai sang bien rouge qui vous l'annonçait. Mais ses gars avaient l'entraînement et l'expérience, en particulier l'adjudant Edward Price. Sa seule tâche était de les mener au combat.

Il y avait un établissement scolaire à deux pas de la banque. Le minibus et le camion se garèrent devant, et le groupe Deux alla s'installer dans le gymnase, déjà gardé par une dizaine de flics en uniforme. Les hommes se changèrent dans les vestiaires avant de regagner la salle où Roebling leur fournit de quoi compléter leur tenue : des chandails, noirs comme leurs tenues de combat, frappés de chaque

114

côté de l'inscription POLIZEI en lettres dorées, au lieu du jaune fluo habituel. Une spécificité suisse ? songea Chavez, mais il n'était pas d'humeur à sourire.

« Merci », dit-il simplement. C'était un habile subterfuge. Une fois en tenue, ils remontèrent dans le minibus pour terminer le trajet. Le véhicule les déposa à l'angle de la banque, hors de vue des terroristes et des caméras de télévision. Les tireurs d'élite, Johnston et Weber, furent conduits à leurs postes, le premier en surplomb de l'arrière de l'établissement, l'autre de biais, sur la façade. Les deux hommes s'installèrent, déployèrent le bipied sous le canon de leur arme et commencèrent à balayer leur cible.

Chaque tireur avait son fusil attitré. Pour Weber, c'était un Walther WA 2000, chemisé pour les cartouches calibre 300 Winchester Magnum. Celui de Johnston était un modèle spécifique, chemisé pour les 7 mm Remington Magnum, légèrement plus petites mais plus rapides. Les deux tireurs d'élite entreprirent aussitôt de définir la portée de leur objectif, puis l'introduisirent dans la lunette de visée, avant de s'allonger à plat ventre sur le tapis de mousse qu'ils avaient pris soin d'apporter. Dans l'immédiat, leur mission était d'observer, recueillir de l'information et en rendre compte.

Le Dr Bellow se sentait tout drôle dans son uniforme noir, avec gilet pare-balles et chandail POLIZEI, mais ça contribuerait à l'empêcher d'être éventuellement reconnu par un collègue médecin qui regarderait ce reportage à la télé. Noonan, dans la même tenue, alluma son ordinateur portable, un Apple Powerbook, et se mit à étudier les plans de l'immeuble. Les flics locaux avaient été redoutablement efficaces, lui permettant de disposer d'une version électronique complète du bâtiment. Mis à part les combinaisons des coffres, songea-t-il avec un sourire. Puis il déploya une antenne fouet et transmit les documents visuels aux trois autres ordinateurs apportés par l'équipe.

Chavez, Price et Bellow abordèrent le responsable de la police suisse. On échangea des poignées de main. Price introduisit dans son ordinateur un cédérom contenant les photos de tous les terroristes connus et identifiés sur la planète.

L'homme qui avait traîné dehors le corps de la victime était un certain Hans Richter, un homme d'affaires allemand, résidant à Bonn, et disposant d'un compte dans cet établissement pour son entreprise établie en Suisse.

« Est-ce que vous avez vu leurs visages ? demanda Price.

— Oui », fit-il en hochant nerveusement la tête. Il faut dire qu'Herr Richter avait eu une journée difficile. Price sélectionna plusieurs terroristes allemands connus et fit défiler leurs photos.

« *Ja, ja*, celui-ci. C'est leur chef.

— Vous êtes tout à fait sûr ?

— Oui, absolument.

— Ernst Model, ancien du groupe Baader-Meinhof, disparu en 1989, lieu de résidence inconnu. » Price fit défiler la fiche. « Soupçonné d'avoir participé à quatre opérations jusqu'ici. Des échecs sanglants. A failli être capturé à Hambourg, en 1987, a tué deux policiers en prenant la fuite. Formé par les communistes, la dernière fois qu'on l'aurait vu, ce serait au Liban, mais les indices semblent des plus minces. Sa spécialité était l'enlèvement. Bien. » Price passa à la fiche suivante.

« Celui-là... peut-être...

— Erwin Guttenach, également ancien de la bande à Baader, repéré pour la dernière fois en 1992, à Cologne. A dévalisé une banque, a également à son actif enlèvements et meurtres... ah, oui, c'est le type qui a enlevé et tué un membre du conseil d'administration de BMW, en 1986. Il a gardé la rançon... quatre millions de deutsche marks... Goulu, mon salaud ! » ajouta Price.

Bellow se retourna, réfléchissant à toute vitesse. « Que vous a-t-il dit, déjà, au téléphone ?

— On a la bande, répondit le flic.

— Excellent ! Mais il me faudra un interprète.

— Doc, donnez-moi un profil d'Ernst Model, aussi vite que possible. » Chavez se tourna. « Noonan, est-ce qu'on peut avoir des images de l'intérieur de la banque ?

— Sans problème, répondit le technicien.

— Roebling ?

— Oui, mon commandant ?

— Les équipes de télévision vont-elles coopérer ? Nous devons faire l'hypothèse que les sujets à l'intérieur ont un récepteur à leur disposition.

— Elles coopéreront, lui assura le commissaire.

— Parfait, les gars, on y va », ordonna Chavez. Noonan ouvrit son sac à malices. Bellow disparut derrière le coin avec Herr Richter et un autre flic suisse pour jouer les interprètes. Chavez et Price se retrouvèrent seuls.

« Eddie, j'ai oublié quelque chose ?

— Non, mon commandant, répondit l'adjudant Price.

— Parfait. *Primo* : mon nom est Ding. *Secundo*, tu as plus d'expérience que moi en la matière. Si tu as quelque chose à dire, je veux l'entendre *tout de suite*, vu ? On n'est pas dans un putain de carré des officiers. J'ai besoin que tu fasses travailler ta cervelle, Eddie.

— Très bien, mon comm... Ding. » Price réussit à sourire. Son chef se débrouillait plutôt pas mal. « Jusqu'ici, tout baigne. Les sujets sont contenus, le périmètre est correct. On a besoin des plans du bâtiment et d'informations sur ce qui se passe à l'intérieur... ça, c'est le boulot de Noonan, et le gars a l'air compétent. On a également besoin d'avoir une idée de ce que pense l'adversaire... ça, c'est le boulot du Dr Bellow, et il est excellent. Quel est le plan prévu si l'adversaire se met à tirer à tout va ?

— Deux flash-bang[1] à l'entrée, quatre autres à l'intérieur, et on déboule.

— Nos gilets pare-balles...

— N'arrêteront pas une balle russe de 7.62, je sais. Personne n'a dit que ce serait une promenade de santé, Eddie. Quand on en saura un peu plus, on pourra définir un vrai plan d'attaque. » Chavez lui donna une claque sur l'épaule. « Allez, en route, Eddie.

— Oui, chef. » Price alla rejoindre le reste de l'équipe.

---

1. Terme d'argot militaire qualifiant les grenades à concussion ou détonantes aveuglantes : il s'agit de grenades offensives incapacitantes comprenant une charge de phosphore ou de magnésium (pour aveugler) complétée d'une poudre détonante (pour assourdir et provoquer un effet de choc). Selon les armes et les services qui les utilisent, elles ont plusieurs noms : « phosphorescentes » (pour les commandos de la marine et pour l'armée en général), « fulgurantes » pour les forces d'intervention civile (SWAT, GIGN, GILO ou RAID) *(N.d.T.)*.

Popov ignorait que la police helvétique possédât un groupe antiterroriste aussi bien formé. Sous ses yeux, leur chef vint se poster accroupi face à l'entrée de la banque, tandis qu'un autre, son second sans doute, se dirigeait vers l'angle avec le reste de la troupe. Ils discutaient avec l'otage échappé — quelqu'un l'avait planqué hors de vue. Oui, ces policiers suisses étaient fort bien entraînés et équipés. Des H&K, apparemment. Le matériel habituel. Pour sa part, Dimitri Arkadeïevitch Popov se tenait mêlé à la foule des badauds. Sa première évaluation de Model et des trois autres membres de son commando était confirmée : le QI de l'Allemand dépassait à peine la température ambiante — il avait tenu à entamer une discussion sur le marxisme-léninisme avec son visiteur ! L'imbécile... Sans même avoir l'excuse de la jeunesse. C'est qu'il avait la quarantaine bien tassée, maintenant, il avait passé l'âge des emballements idéologiques. D'un autre côté, il n'était pas dénué d'esprit pratique : Ernst avait exigé de voir l'argent — l'équivalent de six cent mille dollars en deutsche marks. Popov sourit, en se souvenant de l'endroit où il était planqué. Il était peu probable qu'Ernst en voie la couleur, à présent. Tuer l'otage aussi vite... c'était idiot, mais assez prévisible. Il était du genre à vouloir montrer sa résolution et sa pureté idéologique, comme si ça pouvait intéresser quelqu'un, de nos jours ! Popov grommela et s'alluma un cigare, adossé à une autre banque, pour observer l'exercice, le chapeau rabattu et le col remonté — en apparence contre les assauts de la fraîcheur vespérale, mais surtout pour dissimuler son visage. On n'était jamais trop prudent — détail négligé par Ernst Model et ses trois *Kameraden*.

Le Dr Bellow termina son examen de la retranscription des conversations téléphoniques et des éléments en leur possession sur les terroristes. Ernst Model était un sociopathe aux penchants affirmés pour la violence. Soupçonné d'être l'auteur de sept meurtres, et le complice de plusieurs autres. Guttenach : de la même espèce, mais en moins intelligent, et enfin deux autres, inconnus. Richter, l'otage échappé, leur avait dit — ce n'était pas vraiment une surprise — que Model avait tué la première victime de ses propres mains, l'abattant d'une balle dans la nuque à bout portant, avant d'ordonner à Richter de la traîner dehors. Donc, aussi bien le meurtre que la preuve de sa perpétration à l'intention de la police s'avéraient deux actes irréfléchis... tout cela indiquait un profil inquiétant. Bellow enclencha sa radio.

« Chavez, de Bellow.

— Ouais, doc, ici Ding.

— J'ai un profil préliminaire des sujets.

— Allez-y... Les autres, vous écoutez ? » Suivit aussitôt une cacophonie de réponses superposées : « Ouais, Ding », « Bien copié », « Affirmatif, chef », « *Ja* » et ainsi de suite... « OK, doc, racontez-nous ça, ordonna Chavez.

— Pour commencer, ce n'est pas une opération mûrement planifiée. Ça correspond au profil du leader présumé, Ernst Model, un Allemand de quarante et un ans, ancien membre du groupe Baader-Meinhof. Tendances impulsives, prompt à recourir à la violence lorsqu'il est acculé ou nerveux. S'il menace de tuer quelqu'un, nous devons considérer qu'il ne plaisante pas. Son état mental actuel est très dangereux, j'insiste : très dangereux. Il sait qu'il a raté son coup. Que ses chances de succès sont infimes. Ses otages restent son seul atout, et il est tout à fait prêt à les sacrifier. Bref, il ne faut pas s'attendre à un syndrome de Stockholm [1], l'individu est trop sociopathe pour cela. N'espérons pas trop non plus de tentatives de négociations. Je juge au contraire fort probable qu'il faille intervenir *manu militari* ce soir ou demain.

— Autre chose ?

— Pas pour l'instant, répondit le Dr Bellow. Je vais continuer d'examiner l'évolution de la situation avec la police locale. »

Noonan avait pris son temps pour choisir le matériel adéquat, et il rampait à présent au pied de l'immeuble, juste sous les fenêtres. À chaque fois, il relevait la tête avec précaution, pour voir si l'on distinguait quoi que ce soit derrière les stores tirés. La seconde fenêtre fut la bonne et aussitôt, il fixa contre la vitre un minuscule système de visée. Il s'agissait d'un objectif, ayant la forme approximative d'une tête de cobra, mais d'à peine quelques millimètres de diamètre, relié par fibre optique à une caméra de télévision cachée dans son sac noir, au coin du bâtiment. Il en plaça un autre à l'angle inférieur de la porte vitrée, avant de repartir en rampant à reculons, lentement et laborieusement, jusqu'à ce qu'il puisse se redresser sans risque. Alors seulement il se releva et rejoignit l'autre angle du bâtiment, où il refit la même chose sur l'autre façade. Là, il parvint

---

1. Désigne, lors de certaines prises d'otages, la tendance des victimes à sympathiser avec leur agresseur, voire à prendre sa défense ou à minimiser sa responsabilité *a posteriori* (N.d.T.).

à disposer trois mouchards, un contre la porte, et deux autres sur des fenêtres dont les stores étaient un rien trop courts. Il fixa également des micros pour recueillir le moindre bruit audible. Les larges baies vitrées devaient constituer une excellente caisse de résonance, même si cela s'appliquait aussi bien aux sons issus de l'intérieur qu'aux bruits parasites venus de la rue.

Dans l'intervalle, les journalistes de la télé suisse s'entretenaient avec le chef de la police, lequel s'employait à les convaincre que ces terroristes ne plaisantaient pas — suivant en cela la leçon du Dr Bellow : parler d'eux avec respect. Ils devaient sans doute regarder la télé, et flatter leur amour-propre servait à point nommé les objectifs du commando. En tout cas, cela contribuait à les distraire des préparatifs de Noonan à l'extérieur.

« OK », annonça le technicien depuis son poste dans une rue latérale. Tous les capteurs étaient opérationnels. Ils ne révélaient pas grand-chose. La taille des lentilles limitait la définition, malgré les logiciels de traitement d'image chargés sur son ordinateur. « J'aperçois un tireur... un autre. » Ils étaient placés à moins de dix mètres de l'entrée. Le reste des occupants visibles étaient assis sur le sol de marbre blanc, au centre de la salle, pour être mieux surveillés. « Le gars parlait de quatre hommes, c'est ça ?

— Affirmatif, confirma Chavez. Mais pas du nombre d'otages — du moins, pas le chiffre exact.

— D'accord... j'ai un des terroristes, je crois, derrière les guichets... hmmph, on dirait qu'il vérifie les tiroirs-caisses... ah, je vois comme un sac... Vous pensez qu'ils ont visité les coffres ? »

Chavez se retourna : « Eddie ?

— L'appât du gain, acquiesça Price. Ma foi, pourquoi pas ? C'est une banque, après tout.

— D'accord. » Noonan pianota sur son ordinateur. « J'ai les plans du bâtiment, voilà la disposition des lieux.

— Les caisses... la salle des coffres... les toilettes... » Le doigt de Price parcourut l'écran. « L'issue de secours. Ça me paraît assez clair. L'accès aux étages supérieurs ?

— Ici, indiqua Noonan. En fait, à l'extérieur de la banque proprement dite, mais le sous-sol est accessible depuis l'agence... il y a un escalier et une sortie séparée donnant sur la ruelle à l'arrière.

— Matériaux du plafond ? s'enquit Chavez.

— Hourdis de dalles de béton vibré entre poutrelles métalliques, quarante centimètres d'épaisseur. Une solidité à toute épreuve. Idem pour les murs et le sol. Ce bâtiment a été construit pour durer. » Bref, pas question de se frayer un passage à l'explosif par le sol, les murs ou le plafond.

« En résumé, on peut entrer par l'une des deux portes, point final. Et cela nous place le quatrième terroriste devant la porte du fond. » Chavez enclencha sa radio. « De Chavez à Fusil Deux-Deux.

— *Ja*. Ici Weber.

— Des fenêtres à l'arrière, quelque chose sur la porte, un œilleton, un judas, Dieter ?

— Négatif. C'est apparemment une porte en acier massif, aucune saillie visible », répondit le tireur d'élite, balayant de nouveau la cible avec sa lunette de visée, sans y découvrir rien d'autre qu'une plaque d'acier lisse.

« OK, Eddie, on fait sauter la porte de derrière au

plastic, trois hommes s'introduisent. Une seconde après, on fait sauter les portes vitrées de l'entrée, on balance des grenades et on entre pendant qu'ils sont aveuglés. Deux groupes de deux par l'avant. Toi et moi, on prend à gauche. Louis et George, à droite.

— Est-ce qu'ils ont des gilets pare-balles ? demanda Price.

— Herr Richter n'a rien remarqué de semblable, répondit Noonan, et de mon côté, je ne vois rien — mais ils n'ont pas non plus de casque, n'est-ce pas ? » Les cibles ne seraient pas à plus de dix mètres, c'est-à-dire rien du tout pour les fusils H&K.

« Exact. » Price hocha la tête. « Qui mène l'assaut par-derrière ?

— Scottie, je pense. Paddy se charge des explosifs. » Connolly était leur spécialiste en la matière, les deux hommes le savaient. Chavez nota par-devers lui un point crucial : bien préciser les attributions au sein du groupe. Jusqu'ici, il avait rangé tous les hommes dans le même tiroir. Il faudrait y remédier dès leur retour à Hereford.

« Vega ?

— Oso est en soutien, mais je ne crois pas qu'il nous sera bien utile ce coup-ci. » Julio Vega était devenu leur mitrailleur attitré, équipé d'une M-60 de 7.62 à visée laser pour les choses sérieuses, mais la mitrailleuse ne leur était guère utile pour l'instant — à moins vraiment que la situation devienne catastrophique.

« Noonan, envoyez tout ça à Scotty.

— D'accord. » Faisant virevolter le pointeur sur l'écran, il se mit à transmettre les données aux divers ordinateurs du groupe.

« La seule question maintenant, c'est : quand ? »
Ding consulta sa montre. « Doc ?

— Oui, commandant ? »

Bellow s'était occupé d'Herr Richter. Trois petits
verres d'alcool l'avaient bien calmé. Même son
anglais s'était amélioré nettement. Bellow lui faisait
récapituler les événements pour la sixième fois
consécutive quand Chavez et Price réapparurent.

« Il a les yeux bleus, bleus comme de la glace.
Oui, comme de la glace, répétait Richter. Ce n'est
pas un homme comme les autres. On devrait l'enfer-
mer dans une cage, comme les fauves du Tiergar-
ten. » L'homme d'affaires ne put réprimer un
frisson.

« A-t-il un accent ? demanda Price.

— Mélangé. Ça tient à la fois de l'accent d'Hambourg, mais avec une pointe de bavarois. Tous les
autres ont l'accent bavarois.

— Un détail qui sera utile au Bundeskriminalamt, Ding », observa Price. Le BKA était l'équivalent allemand du FBI, la police fédérale. « Et si on
demandait à la police suisse de chercher aux alentours un véhicule allemand immatriculé dans une
ville de Bavière ? Au cas où ils auraient un chauffeur
en faction.

— Bonne idée. » Chavez retourna en hâte auprès
des flics suisses. Le commissaire saisit aussitôt sa
radio. Sans doute un coup pour rien, mais on ne le
saurait qu'après avoir essayé. Il leur avait bien fallu
un moyen de transport quelconque. Encore un truc
à vérifier plus tard.

Roebling arriva derrière lui, le téléphone mobile à la main. « C'est le moment de leur reparler.

— Ouaip, Tim, lança Chavez dans sa radio. Ramène-toi au point de ralliement. »

Noonan fut là en moins d'une minute. Chavez lui indiqua le téléphone de Roebling. Noonan le saisit, en démonta le dos, et fixa sur le circuit intégré une minuscule plaquette d'où pendait un mince fil. Puis il sortit un autre portable de sa poche revolver et le tendit à Chavez. « Tenez. Vous pourrez entendre tout ce qu'ils racontent.

— Rien de nouveau à l'intérieur ?

— Ils continuent de tourner en rond. Un tantinet plus agités, peut-être. J'en ai vu se parler en tête à tête, il y a quelques minutes. À leurs gestes, ils n'avaient pas l'air trop ravis par la tournure des événements.

— Bien compris. Tout le monde est prêt à l'assaut ?

— Qu'est-ce que ça donne, côté audio ? »

Le technicien secoua la tête. « Trop de bruit de fond. Le chauffage de l'immeuble est très très bruyant... ce doit être le brûleur à mazout... nos micros captent les vibrations. On n'a pas grand-chose d'exploitable, Ding.

— Tant pis, tu nous tiens au courant.

— Sans problème. » Noonan retourna après de son équipement.

« Eddie ?

— Si je devais faire un pronostic, je dirais qu'on a intérêt à déclencher l'assaut avant l'aube. Notre copain ne va pas tarder à perdre les pédales.

— Doc ?

« — C'est probable », confirma Bellow, prenant note de l'expérience pratique de l'adjudant.

Chavez fronça légèrement les sourcils. Malgré son entraînement, il n'était pas si pressé d'intervenir. Il avait vu les images de l'intérieur de la banque. Il devait y avoir entre vingt et trente personnes dans l'agence, tenues en respect par trois individus équipés d'armes automatiques. Si jamais l'un d'eux pétait les plombs et se mettait à jouer de la gâchette, une bonne partie de ces gens ne rentreraient jamais chez eux retrouver leur femme et leurs enfants. On appelait ça la responsabilité du commandement, et même si ce n'était pas la première fois que Chavez y était confronté, ça n'allégeait pas le fardeau pour autant — parce que le prix de l'échec était toujours aussi lourd.

« Chavez ! » C'était le Dr Bellow.

« Ouais, doc. » Chavez s'approcha, Price sur les talons.

« Model commence à se montrer agressif. Il annonce qu'il tuera un otage dans trente minutes si on ne lui fournit pas une voiture pour rejoindre un hélicoptère posé à quelques rues d'ici, et rallier ensuite l'aéroport. Après cela, il tue un otage tous les quarts d'heure. Il ajoute qu'il lui en reste assez pour tenir un bon bout de temps. Il est en train d'énoncer la liste des plus importants. Un professeur de chirurgie à la faculté de médecine de Berne, un policier en congé, un grand avocat... bref, il ne plaisante pas, Ding. Trente minutes... ça lui fait descendre le premier à huit heures trente.

— Que répondent les flics ?

— Ce que je leur ai dicté : ça prend du temps pour régler tout ça, qu'il libère un ou deux otages pour montrer sa bonne volonté — mais c'est précisément ce qui a justifié cette chronologie. L'ami Ernst commence à pédaler dans la semoule.

— Est-il sérieux ? insista Chavez, histoire d'avoir une confirmation.

— Ouais, tout ce qu'il y a de plus sérieux. Il est en train de perdre les pédales, de craquer devant la tournure que prennent les événements. Il ne rigole absolument pas quand il parle de tuer quelqu'un... Il est dans la situation d'un enfant gâté qui découvre au matin de Noël qu'il n'y a rien pour lui au pied du sapin. Il n'y a aucune influence stabilisatrice pour l'aider à s'en sortir. Il se sent complètement isolé.

— Super... » Ding prit sa radio. Pas vraiment surpris que la décision vienne en définitive d'être prise par un autre. « Les gars... ici Chavez. Tenez-vous prêts. Je répète : tenez-vous prêts. »

Il avait été formé à ce qui se préparait. Une ruse envisageable était de procurer le véhicule — trop exigu pour contenir tous les otages, avec la possibilité d'abattre au fusil les terroristes lors de leur évasion. Mais il n'avait que deux tireurs d'élite et leurs balles avaient une telle puissance qu'avec leur énergie cinétique résiduelle, elles risquaient de toucher deux ou trois innocents, même après avoir transpercé le crâne d'un terroriste. Idem avec le SMG ou le pistolet. Quatre terroristes, c'était un peu trop pour ce genre de scénario. Non, il devait faire pénétrer son équipe, alors que les otages étaient encore assis par terre, sous la ligne de tir. Ces salopards n'avaient même pas la présence d'esprit de réclamer des vivres — auxquels on aurait pu ajouter de la drogue — ou, au contraire, avaient-ils encore assez de jugeote pour connaître le truc de la pizza au Valium ?

Cela prit quelques minutes. Chavez et Price rampèrent vers la porte depuis la gauche. Louis Loiselle et George Tomlinson firent de même depuis l'autre côté. Derrière, Paddy Connolly fixa deux épaisseurs de plastic au chambranle de la porte, introduisit le détonateur et s'écarta, tandis que Scotty McTyler et Hank Patterson se tenaient prêts à foncer.

« Groupe arrière en place, leader, annonça Scotty à la radio.

— Bien compris. Groupe avant en place, répondit calmement Chavez.

— OK, Ding (c'était la voix de Noonan), la caméra un montre un type brandissant un fusil et tournant autour des otages assis par terre. Je parierais que c'est notre ami Ernst. Un autre est derrière lui, un troisième est du côté droit, près du deuxième comptoir en bois. Une seconde... il parle au téléphone... vu, il cause aux flics, il leur dit qu'il s'apprête à sélectionner l'otage à flinguer. Il compte leur donner son nom avant. Sympa de sa part, conclut Noonan.

— OK, les gars, tout va se passer comme à l'exercice, lança Ding à ses troupes. À partir de maintenant, tir autorisé. Tenez-vous prêts. » Levant les yeux, il vit Loiselle et Tomlinson échanger un regard et un signe. Louis allait passer en tête, suivi de George. Idem avec Chavez, qui laisserait Price ouvrir la marche.

« Ding, il vient de s'emparer d'un type, il le fait se relever... il a repris le téléphone, ils s'apprêtent à descendre en premier le médecin, le Pr Mario Donatello. Bien... j'ai toute la scène sur la deux, l'otage est debout. Je crois que c'est le moment de passer à l'action, conclut Noonan.

— Tout le monde est prêt ? Équipe arrière, confirmez.

— Équipe arrière, prête », répondit Connolly. Chavez regarda Loiselle et Tomlinson. Tous deux firent un bref signe de tête avant d'empoigner leur MP-10.

« De Chavez à tout le monde, on est prêts à foncer. Attention. Attention. Paddy, vas-y ! » lança-t-il d'une voix forte. Il n'avait plus qu'à se préparer à la détonation.

Cette seconde parut s'éterniser, et puis la masse du bâtiment fit écran. Ils l'entendirent malgré tout, un craquement métallique qui ébranla tout le quartier. Price et Loiselle avaient placé leurs grenades à concussion contre le montant inférieur en laiton de la porte vitrée et ils appuyèrent sur le bouton dès qu'ils entendirent la première explosion. Aussitôt, les panneaux vitrés explosèrent en un millier d'éclats, une bonne partie pénétra dans le hall de granit et de marbre, précédant un éclair blanc aveuglant puis une détonation de fin du monde. Price, déjà posté au coin de l'entrée, se précipita par l'ouverture, Chavez sur les talons, et ils obliquèrent à gauche, sitôt entrés.

Ernst Model était devant eux, le canon de son arme braqué contre la nuque du Pr Donatello. Il s'était retourné pour regarder le fond de la salle au moment de la première explosion et, comme prévu, la seconde, avec son bruit assourdissant et son éclair de magnésium aveuglant, le désorienta. Le médecin prisonnier réagit lui aussi, en échappant à son ravisseur, les mains plaquées sur la tête, laissant ainsi par bonheur le champ libre aux assaillants. Price avait déjà épaulé son MP-10 et pressait la détente, expédiant sa rafale de trois balles en plein milieu du visage d'Ernst Model.

Juste derrière lui, Chavez aligna un autre agresseur, en train de secouer la tête comme pour retrouver ses esprits. Debout, il lui tournait le dos, mais il tenait toujours son arme, et les règles étaient strictes : Chavez le descendit lui aussi de deux balles dans la tête. Entre le silencieux intégré au canon et l'effet assourdissant des grenades, il entendit à peine le coup de feu. Chavez orienta son arme sur la droite pour constater dans son viseur que le troisième terroriste était déjà terrassé, une mare de sang jaillissant de ce qui avait été une tête moins de deux secondes auparavant.

« Dégagé ! s'écria Chavez.

— Dégagé ! Dégagé ! Dégagé ! » répétèrent les autres en écho. Loiselle fonça vers l'arrière du bâtiment, Tomlinson sur ses talons. Avant qu'ils aient tourné le coin, les silhouettes vêtues de noir de McTyler et Patterson apparurent, levant aussitôt leurs armes au plafond en s'écriant : « Dégagé ! »

Chavez s'approcha des guichets sur la gauche, franchit d'un bond la barrière, jeta un œil de l'autre côté. Pas d'autre agresseur. « Dégagé ici aussi ! La voie est libre ! »

L'un des otages fit mine de se relever, mais il fut aussitôt repoussé à terre par George Tomlinson. On les fouilla un par un, tandis que d'autres membres du commando les tenaient en respect — à ce stade, impossible de savoir qui était qui. Dans l'intervalle, plusieurs flics suisses avaient investi la banque. Les otages fouillés furent conduits vers la sortie, tel un troupeau hébété et groggy, encore sous le choc de ce qui venait d'arriver — certains légèrement blessés par l'explosion et les éclats de verre, saignaient même de la tête ou des oreilles.

Loiselle et Tomlinson récupérèrent les armes, les vidèrent, les passèrent à l'épaule. Ce n'est qu'à cet instant qu'ils commencèrent progressivement à se détendre.

« Comment ça s'est passé, avec la porte de derrière ? demanda Ding en se tournant vers Paddy Connolly.

— Venez voir plutôt », suggéra l'ancien SAS, précédant Ding dans la pièce du fond. C'était un vrai massacre. Peut-être le sujet avait-il plaqué l'oreille contre le battant. Cela semblait la seule explication logique au fait que le cadavre qui était allé s'aplatir contre une cloison intérieure semblait apparemment dépourvu de tête et n'avait plus qu'une épaule. La main restante continuait d'agripper le fusil tchèque M-58. La double couche de plastic avait peut-être été un peu trop puissante... mais Ding ne pouvait en juger *a posteriori*. Il fallait bien ça contre une porte en acier à l'encadrement robuste.

« OK, Paddy, bien joué.

— Merci, mon commandant. » Avec le sourire du professionnel qui a fait du bon boulot.

Dehors, des acclamations saluèrent la sortie des otages. Et voilà, se dit Popov, les terroristes qu'il avait recrutés étaient désormais des imbéciles morts. Pas vraiment de quoi être surpris. L'unité antiterroriste de la police suisse avait bien fait son boulot, comme on pouvait s'y attendre de la part de policiers helvétiques. L'un d'eux sortit et alluma une pipe — c'est bien eux, ça ! songea Popov. Sans doute que le bougre pratiquait également l'alpinisme pour se maintenir en forme... Peut-être était-ce le chef du commando. Un otage aborda Price.

« *Danke schön, danke schön !* » C'était le directeur de la banque.

« *Bitte sehr, Herr Direktor* », répondit Eddie Price, ce qui faisait à peu près le tour de ses notions d'allemand. Il lui fit signe de rejoindre les autres otages auprès des policiers bernois. S'ils avaient d'abord besoin d'une chose, ce serait certainement d'aller aux toilettes, estima Chavez en sortant.

« On s'est débrouillés comment, Eddie ?

— Plutôt bien, je dirais. » Il tira sur sa pipe. « Pas très compliqué, entre nous. Pour choisir une telle banque et se comporter comme ils l'ont fait, fallait vraiment que ce soit des andouilles... » Il secoua la tête, tira de nouveau sur sa pipe.

« Les gars de l'IRA étaient d'une autre trempe. Connards d'Allemands. »

Sur ce commentaire, Ding sortit son téléphone mobile et pressa une touche mémoire.

« Clark.

— Chavez. Vous avez suivi à la télé, monsieur C. ?

— Je me repasse la bande, Domingo.

— On les a eus tous les quatre. Aucun otage blessé, en dehors de celui qu'ils ont flingué au début de la journée. Pas de blessés chez nous. Bon, alors, on fait quoi maintenant ?

— Vous rentrez rendre compte, les enfants. De Six, terminé.

— Excellent boulot », commenta Peter Covington. La télé montra les hommes en train de ramasser leur matériel pendant encore une trentaine de minutes, puis on les vit disparaître au coin du bâtiment. « Votre Chavez semble connaître son affaire... et c'est encore mieux que leur premier test ait été relativement facile. Ça les mettra en confiance. »

Ils contemplèrent l'image informatisée que Noonan leur avait transmise par son téléphone cellulaire. Covington avait prévu le déroulement de l'assaut, et il avait vu juste.

« Y a-t-il une tradition locale en pareille occasion ? s'enquit John, enfin détendu et immensément soulagé de constater qu'ils n'avaient à déplorer aucune perte.

— On les invite au club boire quelques pintes, évidemment », répondit Covington, surpris que l'Américain ne soit pas au courant.

Au volant de sa voiture, Popov tentait de naviguer dans les rues de Berne avant que les véhicules de la police ne bloquent la circulation en regagnant leurs quartiers. À gauche... deux feux rouges... à droite... traverser la place et... là ! Excellent, il y avait même une place libre. Il abandonna l'Audi de location dans la rue, juste en face de la planque discrète établie par Model. Forcer la serrure fut un jeu d'enfant. Puis en haut, côté cour ; là aussi, la serrure céda sans difficulté.

« *Wer sind Sie ?* — qui êtes-vous ? demanda une voix.

— Dimitri, répondit Popov avec franchise, une main dans sa poche de pardessus. Tu as regardé la télé ?

— Oui, qu'est-ce qui s'est passé ? demanda la voix, en allemand, sur un ton manifestement abattu.

— Peu importe, à présent. Il est temps de partir, mon jeune ami.

— Mais les copains...

— Sont morts, et tu ne peux plus les aider. » Il entrevit le garçon dans le noir : la vingtaine, ami dévoué de l'autre imbécile, feu Ernst Model. Une relation homosexuelle, peut-être ? « Allez, ramasse tes affaires. Il faut qu'on parte, et en vitesse. » Il avisa alors la valise de cuir noir bourrée de deutsche marks. Le gamin — quel était son nom, déjà, Fabian quelque chose ? — lui tourna le dos pour aller prendre sa parka. Ce fut son dernier geste. Le pistolet avec silencieux du Russe jaillit et tira deux coups successifs — le deuxième assez inutile à cette distance de trois mètres. S'étant assuré du décès de sa victime, Popov récupéra la valise, l'ouvrit pour en vérifier le contenu, puis ressortit, traversa la rue, remonta dans l'Audi et regagna son hôtel dans le centre. Il avait à midi un vol pour New York. Mais auparavant, il devait ouvrir un compte dans la banque adéquate.

Les hommes restèrent silencieux au retour. Ils avaient réussi à intercepter le dernier vol pour Londres — Heathrow au lieu de Gatwick. Chavez s'autorisa un verre de vin blanc, tout comme le Dr Bellow assis près de lui.

« Alors, qu'est-ce que vous en pensez, doc ?

— Si vous me donniez plutôt votre avis, monsieur Chavez ? répondit Bellow.

— Pour ma part, j'ai évacué le stress. Je n'ai pas

eu la tremblote, ce coup-ci, avoua Ding, plutôt surpris de constater que sa main restait ferme.

— La tremblote, comme vous dites, est un symptôme parfaitement normal, dû au relâchement de l'énergie accumulée par le stress. Le corps a du mal à l'évacuer et à retrouver son état normal. Mais l'entraînement atténue cela. L'alcool aussi..., observa le toubib, en dégustant son vin d'Alsace.

— À votre avis, on aurait pu agir autrement ?

— Je ne pense pas. Peut-être qu'en intervenant plus tôt, on aurait pu éviter, ou du moins reporter, l'assassinat du premier otage, mais on ne maîtrise jamais entièrement ce genre de situation. » Il haussa les épaules. « Non, ce qui m'intrigue dans cette affaire, c'est la motivation des terroristes.

— Comment cela ?

— Ils ont agi de manière idéologique mais leurs exigences ne l'étaient en rien. Je crois savoir qu'ils en avaient profité pour dévaliser la banque.

— Correct. » Loiselle et lui avaient remarqué un sac en jute sur le sol de la banque. Rempli de billets, dix ou douze kilos... Ça lui faisait drôle de compter l'argent ainsi, mais il n'avait pas d'autre moyen d'évaluation. Les enquêteurs suisses ne manqueraient pas de faire le décompte. Le suivi de l'affaire était un travail de renseignement, supervisé par Bill Tawney. « Donc... ils n'auraient été que de vulgaires braqueurs ?

— Pas sûr. » Bellow finit son verre, le tendit à l'hôtesse pour lui faire signe de le remplir. « Au premier abord, ça n'a pas l'air de tenir debout, mais ça s'est déjà vu dans des situations analogues. Model n'était pas un très bon terroriste. Trop d'épate, et rien derrière. L'opération était mal préparée, mal exécutée.

— C'était quand même un salaud...

— Un sociopathe — plus proche d'un criminel que d'un terroriste. Ces derniers — les bons, s'entend — ont en général un peu plus de jugeote.

— Merde, c'est quoi, pour vous, un bon terroriste ?

— Un homme d'affaires dont le métier est de tuer des gens pour défendre une opinion politique... c'est assez proche de la publicité. Ils servent un but qui les dépasse — selon leur point de vue, tout du moins. Ils croient en quelque chose, mais pas comme les gosses au catéchisme, plutôt comme des adultes responsables qui suivraient des études religieuses. J'avoue que la métaphore est hardie, mais c'est la meilleure qui me vienne à l'esprit... Dure journée, monsieur Chavez », conclut le Dr Bellow, tandis que l'hôtesse remplissait son verre.

Ding regarda sa montre. « Vous l'avez dit, toubib. » Et ce que Bellow n'eut pas à ajouter, c'est qu'ils avaient surtout besoin de sommeil. Chavez appuya sur le bouton de l'accoudoir pour abaisser le dossier. Deux minutes plus tard, il sombrait dans les bras de Morphée.

4

RAA

Chavez et une bonne partie de ses hommes ouvrirent l'œil quand les roues touchèrent la piste d'Heathrow. Le roulage jusqu'à la porte de débarquement parut durer une éternité, puis ils furent accueillis à la descente d'avion par la police qui les escorta jusqu'aux hélicoptères qui devaient les ramener à Hereford. En traversant l'aérogare, Chavez avisa le titre d'un quotidien populaire du soir, annonçant que la police helvétique avait réglé une prise d'otages à la Banque commerciale de Berne. Quelque part, c'était un peu frustrant de voir attribuer à d'autres le crédit de leur réussite, mais c'était justement la raison d'être de Rainbow, se rappelat-il, et sans doute auraient-ils droit à une aimable lettre de remerciements du gouvernement helvétique — lettre qui finirait dans le placard aux dossiers confidentiels. Les deux hélicos militaires se posèrent sur l'aire d'atterrissage, où des camionnettes attendaient pour les reconduire à leur bâtiment. Il était maintenant onze heures du soir, et tous étaient crevés après une journée qui avait débuté par l'entraînement habituel pour s'achever sur le stress d'une mission réelle.

Pourtant, ce n'était pas encore le moment de se coucher : en entrant dans leurs quartiers, ils découvrirent les sièges tournants disposés en cercle devant une télé à rétroprojecteur. Clark, Stanley et Covington étaient là. L'heure était venue du « rapport après action », le RAA.

« Très bien, les gars, commença Clark, sitôt qu'ils furent installés. Vous avez fait du bon boulot. Tous les méchants sont éliminés, avec zéro perte dans notre camp au cours de l'action. Bien. Les critiques, maintenant ? »

Paddy Connolly se leva. « J'ai utilisé trop d'explosifs pour la porte de service. Si un otage s'était trouvé juste derrière, il aurait été tué, avoua honnêtement le sergent. J'ai supposé l'encadrement plus robuste qu'il n'était en réalité. » Puis il haussa les épaules. « Je ne vois pas trop comment corriger ça. »

John réfléchit à la question. Connolly lui faisait une crise d'excès de scrupules, preuve évidente que c'était un type bien. Il acquiesça, passa l'éponge. « Moi non plus. Quoi d'autre ? »

Tomlinson prit la parole, sans se lever. « Mon général, il faut qu'on trouve un meilleur moyen de s'accoutumer aux grenades à concussion. J'étais pas mal sonné en franchissant la porte. Encore heureux que Louis ait tiré le premier en arrivant à l'intérieur. J'suis pas sûr que j'y serais arrivé.

— Résultats, à l'intérieur ?

— Très positifs sur les sujets... Celui que j'ai pu voir était déjà HS, précisa Tomlinson.

— Aurait-on pu le capturer vivant ? demanda Clark, par acquit de conscience.

— *Négatif, mon général* », répondit aussitôt une voix ferme, en français. C'était le sergent Louis Loiselle. « Il avait un fusil à la main, pointé dans la direction des otages. » Il n'était pas question de suggérer de le désarmer en tirant dessus. L'hypothèse était que le terroriste disposait d'une arme de remplacement, celle-ci étant bien souvent une grenade à fragmentation. Les trois balles de Loiselle dans la tête de la cible correspondaient exactement à la politique de Rainbow.

« Entendu. Louis, vous avez plutôt mieux supporté les grenades à concussion... Vous étiez pourtant plus près que George.

— Vous savez, répondit le Français avec un sourire, j'ai une femme qui crie tout le temps... Non, en fait, reprit-il quand les rires se furent éteints, j'ai plaqué la main sur une oreille, penché la tête et relevé l'épaule pour protéger l'autre, et j'ai fermé les yeux. Et puis, ajouta-t-il, c'est moi qui contrôlais la détonation. » Contrairement à Tomlinson et aux autres, il avait pu anticiper le bruit et l'éclair. Un avantage minime en apparence, mais décisif.

« D'autres problèmes durant la pénétration ?

— La routine, dit Price. Plein d'éclats de verre... ça gêne la marche... peut-être qu'on pourrait envisager d'équiper nos bottes de semelles plus tendres ? En prime, on ferait moins de bruit. »

Clark acquiesça, vit que Stanley en prenait note.

« Des problèmes pour tirer ?

— Négatif. » C'était Chavez. « L'intérieur était éclairé, on n'a donc pas eu besoin de lunettes à amplification. Les adversaires étaient plantés là comme de jolies cibles. Non, aucune difficulté. » Price et Loiselle acquiescèrent à l'unisson.

« Les tireurs d'élite ? demanda Clark.

— J'y voyais que dalle depuis mon perchoir, nota Johnston.

— De même pour moi, renchérit Weber, dans un anglais impeccable.

— Ding, t'as envoyé Price le premier. Pourquoi ? » La question venait de Stanley.

« Eddie est meilleur tireur, et il a plus d'expé-

140

rience. Je lui fais un peu plus confiance qu'à moi-même... pour l'instant, ajouta-t-il. Dans l'ensemble, la mission était plutôt simple : tout le monde disposait du plan des lieux, et l'accès était aisé. J'ai divisé l'objectif en trois zones de responsabilité. J'en avais deux directement visibles. Dans la troisième ne devait se trouver qu'un seul sujet... une supposition de ma part, mais étayée par un faisceau d'informations. Nous devions intervenir au plus vite parce que le sujet principal, Model, s'apprêtait à tuer un otage. Je ne voyais pas l'intérêt de le laisser faire, conclut Chavez.

— Quelqu'un a une objection ? demanda John à la cantonade.

— Il arrivera sans doute qu'il faille laisser un terroriste abattre un otage, intervint sobrement le Dr Bellow. Ce ne sera pas agréable, mais cela pourra s'avérer nécessaire.

— Vu, doc. D'autres observations ?

— John, il faut qu'on suive l'enquête de police sur ces sujets. S'agissait-il de terroristes ou de voleurs ? On n'en sait rien. Je crois qu'on devrait en avoir le cœur net... Par ailleurs, nous n'avons pas eu à mener de négociations. Dans ce cas précis, ça n'avait sans doute pas d'importance, mais à l'avenir, sûrement que si. On aura besoin de davantage d'interprètes. Question langues, je ne suis pas à la hauteur, et j'ai besoin d'un linguiste qui sache saisir les moindres nuances de langage... » Clark vit Stanley en prendre également note. Puis il consulta sa montre.

« Parfait. On repassera les bandes demain matin. Pour l'instant, bon boulot, les mecs. Rompez. »

Le groupe Deux ressortit dans la nuit déjà envahie

par la brume. Plusieurs lorgnèrent vers le mess des sous-offs mais aucun ne prit cette direction. Chavez s'en retourna chez lui. En ouvrant la porte, il découvrit Patsy assise devant la télé.

« Salut, chou.

— Tu vas bien ? » demanda sa femme.

Chavez réussit à sourire, leva les mains, tourna sur lui-même. « Comme tu peux le constater... pas un trou, pas une égratignure.

— C'était toi, à la télé... chez les Suisses, je veux dire ?

— Tu sais que je suis censé rester bouche cousue.

— Ding, je sais ce que fait papa depuis que j'ai douze ans, lui fit remarquer le Dr Patricia Chavez. Les histoires d'agent secret, tout ça, exactement comme toi. »

À quoi bon dissimuler, n'est-ce pas ? « Ma foi, Patsy... ouais, c'était moi et mes hommes.

— C'était qui, ces types, je veux dire, les autres ?

— Peut-être des terroristes, peut-être des braqueurs de banque... On n'en sait rien », avoua Chavez en ôtant sa chemise tout en se dirigeant vers la chambre.

Patsy l'y suivit. « À la télé, ils disaient qu'ils ont tous été tués.

— Ouaip. » Il enleva son pantalon, l'accrocha dans la penderie. « Pas le choix. Ils s'apprêtaient à descendre un otage quand on a lancé l'assaut. Alors... il a bien fallu les en empêcher.

— Je ne suis pas sûre de trop apprécier. »

Il leva les yeux. « Moi, sûrement pas. Tu te souviens de ce type, quand tu faisais ta médecine... Celui que vous aviez dû amputer d'une jambe ? T'avais pas aimé non plus, hein ?

— Non, pas du tout. » C'était un accident de la circulation, et la jambe était irrécupérable.

« C'est la vie, Patsy. On n'aime pas tout ce qu'on est obligé de faire. » Sur ces bonnes paroles, Chavez s'assit au bord du lit, jeta ses chaussettes dans la panière à linge. *Les histoires d'agent secret... normalement, je devrais demander une vodka Martini, au shaker, pas à la cuillère, sauf que dans les films, jamais on ne voit les héros aller au lit juste pour dormir, pas vrai ? Mais franchement, qui aurait envie de baiser après avoir tué quelqu'un ?* Il étouffa un rire ironique en s'étendant sur les couvertures. *Bond. James Bond. Tu l'as dit, bouffi.* Sitôt qu'il eut fermé les yeux, l'image de la banque lui revint en mémoire, et il revécut l'instant où il épaulait son MP-10, alignait le viseur sur... merde, lequel c'était, déjà ? — Guttenach, non ? Il se rendit compte qu'il n'avait même pas vérifié. Voir la tête en plein dans son réticule et aussitôt presser la détente, aussi mécaniquement qu'on remonte sa braguette après avoir pissé... *Pouf, pouf, pouf.* Aussi vite que ça, sans plus de bruit, avec le silencieux, et *paf !* un inconnu se retrouvait aussi refroidi qu'un poisson à l'étal. Ses trois potes et lui n'avaient pas eu la moindre chance... pas la moindre.

Mais le type qu'ils avaient assassiné un peu plus tôt n'avait pas eu la moindre chance non plus, se remémora Chavez. Un pauvre gars dont la seule déveine avait été de se trouver dans cette banque ce jour-là, pour y faire un dépôt, parler à son conseiller, voire simplement retirer du liquide avant d'aller chez le coiffeur... *Garde plutôt ta sympathie pour lui.*

Et le chirurgien que Model s'apprêtait à tuer était sans doute chez lui en ce moment, auprès des siens, sans doute à moitié éméché, ou sous tranquillisants, sans doute encore tremblant de sa mésaventure, et envisageant déjà sans doute d'aller voir un psy de ses amis pour qu'il l'aide à évacuer le stress à retardement. Sans doute enfin qu'il se sentait vachement minable. Mais pour sentir quoi que ce soit, encore fallait-il être en vie, et c'était bougrement mieux que de savoir que, quelque part dans une maison de la banlieue de Berne, une femme et des gosses pleuraient toutes les larmes de leur corps en se demandant pourquoi papa n'était plus là.

Ouais, il avait ôté une vie, mais il en avait sauvé une autre. Il se repassa la scène sous ce nouvel éclairage : il voyait à présent la première balle toucher le connard juste devant l'oreille, certain dès cet instant qu'il était mort, avant même que les deux autres ne l'atteignent, dans un rayon de moins de cinq centimètres, pour lui pulvériser la cervelle et l'envoyer gicler à trois mètres de là ; il revoyait le corps s'affaler comme un sac de noix ; revoyait comment son arme avait touché le sol, le canon relevé ; par chance, le coup n'était pas parti, et les balles dans la tête n'avaient pas déclenché de crispation spasmodique des doigts sur la détente, pour tirer par-delà la mort... un risque tout à fait réel, comme il l'avait appris durant sa formation. Malgré tout, l'ensemble le laissait insatisfait. Mieux valait les interpeller vivants et les cuisiner pour leur tirer les vers du nez, savoir pourquoi ils se comportaient ainsi. C'est de cette façon qu'on pouvait en tirer des trucs exploitables la fois suivante... ou peut-être, tout simplement, des éléments pour traquer quelqu'un d'autre, le salopard qui avait donné les ordres, par exemple, et lui farcir le cul de balles de dix millimètres.

La mission n'avait pas été parfaite, Chavez

devait bien l'admettre, mais déclenchée pour sauver une vie, elle avait atteint cet objectif. Et, décida-t-il, il faudrait s'en contenter pour l'heure. Un instant après, il sentit bouger le matelas, quand son épouse vint s'allonger contre lui. Il lui prit la main, qu'elle posa aussitôt sur son ventre. Ainsi donc, le petit Chavez faisait encore des siennes. Et ça, estima Ding, ça méritait un baiser. Il se tourna vers elle.

Popov était dans son lit, lui aussi, après avoir descendu quatre vodkas cul sec tout en regardant les infos à la télé suisse, suivies d'un éditorial louant l'efficacité de la police locale. Jusqu'ici, les journalistes s'étaient abstenus de donner l'identité des voleurs — tel était en effet le qualificatif adopté, au grand dépit de Popov, même si, réflexion faite, il ne savait pas pourquoi. Il avait prouvé son sérieux à son employeur... et empoché dans l'affaire une somme rondelette. Encore deux ou trois exploits de cette nature, et il pourrait mener une existence royale en Russie, ou princière dans quantité d'autres pays... Il pourrait dorénavant connaître le luxe qu'il avait si souvent contemplé et envié quand il était un agent traitant de l'ex-KGB et qu'il se demandait comment diable sa patrie parviendrait à vaincre des nations qui dépensaient des milliards en futilités, en plus d'autres milliards en matériel militaire, les uns comme les autres de qualité infiniment supérieure à tout ce qu'on produisait dans son propre pays... sinon, pourquoi lui aurait-on si souvent donné pour mission de découvrir leurs secrets techniques ? Car telle avait été son activité dans les dernières années de la guerre froide, alors qu'il en connaissait déjà le vainqueur et le perdant.

Malgré tout, jamais il n'avait envisagé de déserter. Quel intérêt de trahir son pays contre une prime dérisoire et un emploi ordinaire à l'Ouest ? La liberté ? C'était le terme qu'on prétendait encore révérer en Occident. Mais à quoi bon pouvoir se balader librement quand on n'avait pas une voiture correcte pour ça ? Ou un bon hôtel où dormir une fois parvenu à destination ? Ou de quoi s'acheter l'alcool et la nourriture indispensables pour jouir pleinement de la vie ? Non, son premier voyage à l'Ouest au titre d'agent « illégal » sans couverture diplomatique avait été à Londres, où il avait passé le plus clair de son temps à compter les voitures de luxe, et ces taxis noirs si pratiques pour se déplacer quand on avait la flemme de marcher — ses principaux déplacements s'étaient faits en métro, le fameux *tube*, pratique, anonyme, et surtout bon marché. Mais « bon marché » était une qualité pour laquelle il avait peu d'affection. Car le capitalisme avait au contraire cette vertu singulière de récompenser ceux qui avaient choisi les parents corrects, ou qui avaient été chanceux en affaires. Les récompenser par un luxe, des avantages et un confort dont même les tsars n'auraient pu rêver. Et c'était bien tout cela que Popov avait instantanément désiré comme un fou, en se demandant aussitôt comment il pourrait jamais en disposer... Une chouette et belle voiture — une Mercedes ou rien —, un appartement vaste et luxueux, situé près des bons restaurants, et de l'argent pour voyager dans des contrées où le sable était chaud et le ciel très bleu, l'idéal pour attirer les femmes auprès de lui, comme avait dû le faire un

Henry Ford, il n'en doutait pas. Quel intérêt de posséder un tel pouvoir sans le désir d'en profiter ?

Eh bien, songea-t-il, il était plus près que jamais de réaliser son rêve. Tout ce qu'il avait à faire, c'était monter deux ou trois autres coups comme celui de Berne. Si son employeur voulait dépenser son fric à recruter des imbéciles... eh bien, c'était son problème, le fric et les imbéciles, ce n'était pas ce qui manquait. Et Dimitri Arkadeïevitch n'était pas un imbécile, lui. Sur cette réflexion satisfaite, il prit la télécommande et éteignit le poste. Demain, passage à la banque pour déposer l'argent, puis un taxi direction l'aéroport et son vol pour New York sur Swissair. En première classe. Bien entendu.

« Eh bien, Al ? » demanda Clark en sirotant une pinte de brune anglaise. Ils étaient assis dans une stalle dans le fond.

« Ton Chavez est à la hauteur de sa réputation. Pas bête de sa part d'avoir laissé Price mener le jeu. Ça prouve qu'il ne se laisse pas conduire par son amour-propre. Une telle attitude chez un jeune officier, ça me plaît bien... Son timing était impec. Sa répartition des forces sur le terrain, idéale, et il a tiré en plein dans le mille. Non, il est à la hauteur. Ses hommes aussi. Et on a eu la veine que la première sortie se révèle facile. Ce Model était tout sauf une lumière.

— Un vrai salopard, quand même. »

Stanley acquiesça. « Absolument. Comme bon nombre de terroristes allemands. On devrait pas tarder à recevoir une petite lettre sympa du BKA.

— Des leçons à tirer ?

147

— Le Dr Bellow a été le meilleur. On a besoin de plus d'interprètes, et de meilleure qualité, si on veut le faire participer aux négociations. Je m'y mets dès demain. Century House devrait pouvoir nous fournir des éléments de valeur. Oh, et oui, ce jeune Noonan...

— Un ajout de dernière minute. Il était technicien auprès du FBI, ils se sont servis de lui dans leur unité de récupération d'otages, pour assurer le soutien technique. C'est un agent assermenté, il sait tirer, a une certaine expérience de terrain, expliqua Clark. Un type très complet, bien utile à l'équipe.

— Excellente idée, ses mouchards vidéo. J'ai déjà visionné les bandes. Pas mal du tout. Dans l'ensemble, John, vingt sur vingt pour le groupe Deux, conclut Stanley en levant sa chope de John Courage.

— Je suis content moi aussi de voir que tout a marché, Al.

— Jusqu'à la prochaine... »

Long soupir de Clark. « Mouais. » L'essentiel de leur succès, Clark en était conscient, revenait aux Britanniques. Il avait utilisé leur soutien logistique, et c'étaient des Anglais qui avaient en fait assuré l'assaut — aux deux tiers. Loiselle était en tout point aussi bon que le prétendaient les Français. Ce lascar était capable de tirer comme Davy Crockett, les doigts dans le nez, et il était à peu près aussi émotif qu'un bloc de granit. Il faut dire que les Français savaient ce qu'était le terrorisme et, dans le temps, Clark avait eu l'occasion de bosser avec eux sur le terrain. Bref, cette mission pouvait être considérée comme un succès. Rainbow avait reçu le baptême du feu.

La bonne société de Cincinnatus possédait sur Massachusetts Avenue un vaste hôtel particulier souvent utilisé pour les dîners semi-officiels si importants dans le milieu mondain de Washington, en permettant aux personnages influents de se retrouver et se serrer les coudes en échangeant des banalités autour d'un verre. Le nouveau président y avait certes mis le holà avec ses méthodes de gouvernement pour le moins... excentriques, mais dans le fond, personne ne changeait vraiment dans cette ville, et la nouvelle génération de parlementaires avait besoin, elle aussi, de s'initier aux rouages de la vraie vie à Washington. Laquelle n'était pas foncièrement différente de celle d'autres cités d'Amérique, bien entendu ; et pour bon nombre d'entre eux, les réunions dans cette ancienne résidence d'une célébrité n'étaient jamais qu'une variante des dîners au country-club où l'on apprend les règles de conduite dans la bonne société et les coulisses du pouvoir.

Carol Brightling faisait partie de cette nouvelle élite. Divorcée depuis dix ans et jamais remariée, elle était titulaire de pas moins de trois doctorats : Harvard, CalTech et l'université d'Illinois, soit une palette couvrant les deux côtes et trois États importants, ce qui n'était pas un mince exploit dans la capitale fédérale et lui assurait l'attention immédiate, sinon l'affection obligée de six sénateurs et d'autant de députés, tous chefs de groupes politiques ou membres de commissions.

« Vous êtes au courant des nouvelles ?... lui demanda le nouveau sénateur de l'Illinois, un verre de vin blanc à la main.

— Comment cela ?

— En Suisse. Une attaque contre une banque.

Des terroristes ou des braqueurs. Superbement contrée par les policiers helvétiques.

— Ah, les mecs et leurs flingues..., observa Brightling, avec dédain.

— Ça passe bien à la télé.

— Le football aussi, nota la jeune femme, avec un petit sourire méchant.

— Exact. Dites donc, pourquoi le président ne soutient-il pas votre initiative contre le réchauffement planétaire ? lança-t-il soudain, cherchant à la désarçonner.

— Ma foi, ce n'est pas qu'il ne soutient pas mon initiative. Le président estime que nous avons besoin d'un complément de données scientifiques sur cette question.

— Et pas vous ?

— Honnêtement, non. Je crois qu'on a toutes les données voulues. Tous les chiffres recueillis sont éloquents. Mais le président n'est pas vraiment convaincu et ça le gêne aux entournures de prendre des mesures susceptibles d'affecter l'économie tant qu'il n'est pas personnellement sûr de leur bien-fondé. » *Bref, il va falloir que je continue de le travailler au corps*, s'abstint-elle d'ajouter.

« Ça vous satisfait ?

— Je comprends son point de vue », répondit la conseillère scientifique, ce qui surprit son interlocuteur. Ainsi donc, jugea le sénateur, tous les collaborateurs de la Maison-Blanche serreraient les coudes derrière le président. Carol Brightling avait été l'invitée surprise de l'équipe gouvernementale, car d'une sensibilité politique bien différente de celle du président, même si dans la communauté scientifique on avait toujours respecté ses opinions écologistes. Le geste avait été habile, sans aucun doute machiné par le secrétaire général de la Maison-Blanche. Arnold van Damm était sans doute le plus fin politicien de la capitale et sa manœuvre avait assuré au chef de l'exécutif le soutien (mitigé) d'un mouvement écologiste, désormais devenu une force politique non négligeable.

« Est-ce que cela ne vous chagrine pas que le président se balade en ce moment dans le Dakota du Sud pour massacrer des oies sauvages ? demanda le sénateur avec un petit rire, alors qu'un garçon lui resservait à boire.

— L'Homo sapiens est un prédateur, rétorqua Brightling, en parcourant la salle du regard.

— Les hommes, seulement ? »

Sourire. « Oui. Les femmes sont bien plus pacifiques.

— Oh, mais n'est-ce pas votre ex-mari, là-bas dans le coin ? demanda le sénateur, surpris de voir ses traits s'altérer.

— Oui. » La voix était neutre, dépourvue d'émotion, et elle détourna rapidement le regard. Elle l'avait repéré, ça lui suffisait. L'un comme l'autre connaissaient les règles : interdit de s'approcher à moins de dix mètres, pas de contact visuel prolongé, et certainement pas un mot échangé.

« J'ai eu le nez creux d'investir dans Horizon Corporation, il y a deux ans... depuis, j'ai fait plusieurs fois la culbute.

— Oui, John s'est lui-même ramassé un joli paquet. »

Et tout ça, bien après leur divorce, donc, elle n'en a pas tiré un fifrelin. Sans doute pas le sujet de conversation idéal, songea aussitôt le sénateur. Il faisait ses premières armes en politique et ne savait guère manier la langue de bois.

« Oui, ça lui a plutôt bien profité de détourner la science comme il le fait.

— Vous n'approuvez pas ?

— Restructurer l'ADN des plantes et des animaux ? Non. La nature a su évoluer sans notre assistance pendant deux milliards d'années au bas mot. Je doute qu'elle ait besoin de notre aide.

— Il y aurait certaines choses que l'homme ne serait pas censé savoir ? » demanda le sénateur en étouffant un rire. Sa profession l'appelait à signer des contrats, creuser le sol et bâtir des trucs propres à faire tiquer Dame Nature, même si, estimait le Dr Brightling, sa perception des problèmes d'environnement avait été infléchie par son amour soudain pour Washington et son désir de graviter dans les sphères du pouvoir. On appelait cela la fièvre du Potomac, une affection hautement contagieuse et sans remède connu.

« Le problème, sénateur Hawking, est que la nature est à la fois complexe et subtile. Quand nous la modifions, nous ne pouvons pas toujours prédire les ramifications induites par ces changements. On appelle cela la loi des conséquences inopportunes, une loi qui ne doit pas vous être inconnue au Congrès ?

— Vous voulez dire...

— Je veux dire que la raison de l'existence d'une loi fédérale sur l'environnement, loi instaurant l'obligation légale de procéder à des études d'impact, est qu'il est bien plus facile de bousiller les choses que de les remettre en état. Dans le cas de l'ADN recombinant, il nous est bien plus facile de modifier le code génétique que d'évaluer les effets que ces changements pourront provoquer dans un siècle. Ce genre de pouvoir est de ceux qu'il ne conviendrait d'exercer qu'avec les plus extrêmes précautions. Apparemment, cela ne semble pas évident pour tout le monde. »

Certes, on ne pouvait en disconvenir, dut concéder le sénateur, de bonne grâce. Brightling devait exposer son point de vue devant sa commission dans une semaine. Était-ce là l'élément qui avait brisé le mariage de John et Carol Brightling ? Quelle tristesse. Sur cette observation, le sénateur s'excusa et prit congé pour rejoindre son épouse.

« Rien de nouveau de ce point de vue. » Le Dr John Brightling avait obtenu son doctorat en biologie moléculaire à l'université de Virginie, tout comme son doctorat en médecine. « Tout a commencé avec le mouvement des luddites, au XIXe siècle. Ces ouvriers anglais qui, pour protester contre le chômage induit par la révolution industrielle, en particulier dans les filatures, s'étaient mis à saboter l'outil de travail [1]... Eh bien, ces révoltés avaient vu juste.

---

1. Leur nom venait de Ludtlam, un gamin qui, selon la légende, aurait détruit le métier à tisser de son père. En souvenir, ils se mirent à signer leurs tracts « General Ludd », « King Ludd », ou « Ned Ludd ». Né dans les filatures de Nottingham en 1811, ce mouvement précurseur de la révolte des canuts, vingt ans plus tard à Lyon, devait rapidement gagner toute l'industrie textile du Yorkshire et du Lancashire. Le gouvernement britannique réprima durement la révolte des luddites : quatorze d'entre eux furent pendus à York en janvier 1813. Malgré quelques troubles sporadiques jusqu'en 1816, le mouvement ne tarda pas à s'éteindre *(N.d.T.)*.

Ce modèle économique avait atteint ses limites. Mais celui qui l'a remplacé était plus favorable au consommateur, et c'est pour cela qu'on l'appelle le *progrès* ! » Qui se serait étonné que John Brightling, milliardaire en passe de devenir le numéro deux au palmarès des grandes fortunes, tienne sa cour devant une petite foule d'admirateurs ?

« Mais la complexité..., voulut objecter une de ses auditrices.

— Intervient chaque jour... chaque seconde, en fait. De même pour les choses que nous essayons de conquérir. Le cancer, par exemple. Non, tenez, madame, êtes-vous prête à mettre un terme à nos recherches si elles débouchent sur un remède au cancer du sein ? Une maladie qui frappe cinq pour cent de la population mondiale. Le cancer est une maladie génétique, j'insiste sur ce terme. La clé consiste à le guérir en intervenant au niveau du génome humain. Et cette clé, ma société a bien l'intention de la trouver ! Pareil pour le vieillissement. L'équipe de Salk à La Jolla a découvert le gène programmant la mort cellulaire il y a moins de quinze ans. Si nous parvenons à trouver le moyen de l'inhiber, l'immortalité de l'homme est à portée de main. Madame, est-ce que la perspective de vivre éternellement dans un corps de vingt-cinq ans vous attire ?

— Mais que faites-vous de la surpopulation ? » Une objection que la parlementaire souleva avec moins de vivacité que la précédente. La perspective envisagée était trop vaste, trop surprenante, pour autoriser une réplique immédiate.

« Chaque chose en son temps. L'invention du DDT a tué d'énormes quantités d'insectes piqueurs, et effectivement, elle a permis un accroissement de la population mondiale. Bien, nous nous retrouvons un peu plus nombreux aujourd'hui, mais qui voudrait réimplanter les moustiques anophèles ? La malaria est-elle une méthode raisonnable de régulation démographique ? Personne ici ne voudrait voir revenir la guerre, n'est-ce pas ? Et pourtant, on y avait recours jadis pour assurer la régulation démographique. On a surmonté cette phase, non ? Bon sang, les solutions pour y parvenir sont connues : ça s'appelle le contrôle des naissances, et les pays avancés savent déjà le pratiquer, et les pays sous-développés en sont également capables, à la condition expresse d'avoir une bonne raison de le mettre en œuvre. Cela pourrait prendre à peu près une génération, estima John Brightling, l'air songeur, mais y a-t-il quelqu'un ici qui ne voudrait pas retrouver ses vingt-cinq ans — sans pour autant perdre toute l'expérience acquise en cours de route, bien entendu... je ne sais pas pour vous, mais moi, ça m'attirerait bougrement ! » poursuivit-il avec un grand sourire. Avec ses salaires faramineux et ses promesses de participation au capital, sa société avait réuni une incroyable brochette de talents pour rechercher ce gène bien précis. Les profits recueillis par son exploitation ultérieure seraient d'une envergure presque incalculable, d'autant qu'aux États-Unis les brevets étaient valables dix-sept ans. L'immortalité de l'homme, le nouveau Saint Graal de la communauté médicale... et pour la première fois, c'était un domaine qui justifiait une étude sérieuse, pas un sujet de mauvais roman de science-fiction.

« Vous pensez que c'est à votre portée ? » s'enquit une autre parlementaire — députée de San Francisco. Les femmes de tous horizons se trouvaient attirées par cet homme. Le pouvoir, la fortune, la prestance, les bonnes manières rendaient cette attirance inévitable.

John Brightling lui adressa un large sourire. « Reposez-moi la question dans cinq ans. Nous connaissons le gène : nous devons apprendre à l'inhiber. Il nous reste encore quantité de problèmes de recherche fondamentale à résoudre, et nous comptons bien en chemin faire un certain nombre de découvertes utiles. C'est un peu comme de partir autour du monde avec Magellan : on ne sait pas trop ce qu'on va trouver en route, mais nul ne doute que ce sera passionnant. » Personne n'osa relever que Magellan n'était jamais revenu de ce fameux voyage.

« Et rentable ? remarqua le nouveau sénateur du Wyoming.

— C'est la règle dans notre société, non ? On paie les gens à faire un travail utile. Ce champ de recherche a-t-il une utilité suffisante ?

— Si vous réussissez, je suppose, oui. » Ce sénateur était lui-même médecin, un généraliste qui connaissait les bases mais était largement dépassé par tout l'aspect science fondamentale. Le concept, l'objectif d'Horizon Corporation avait de quoi couper le souffle, mais il aurait été le dernier à parier contre eux. Ils avaient déjà à leur actif la mise au point de médicaments contre le cancer et d'antibiotiques de synthèse ; ils étaient devenus le premier laboratoire privé au sein du programme « Génome humain », ce projet international visant à décoder les briques de la vie humaine. Avec son espèce de génie, John Brightling n'avait eu aucun mal à attirer ses semblables dans son entreprise. Il avait plus de charisme que beaucoup d'hommes politiques et, contrairement à ces derniers, devait bien admettre le sénateur, son sens du spectacle n'était pas bâti sur du vent. On avait naguère dit de lui qu'il avait « l'étoffe des héros ». Et c'est vrai qu'avec sa gueule de vedette de cinéma, son éternel sourire, ses indubitables capacités d'écoute et son esprit incroyablement analytique, le Dr John Brightling semblait avoir un don divin. Il était capable de mettre en valeur ses interlocuteurs, quels qu'ils soient — et ce type savait réellement enseigner, communiquer son savoir à tous ceux qui l'entouraient. Sachant être simple pour l'homme de la rue, et se montrer extrêmement pointu avec les spécialistes dans son domaine, au sommet duquel il régnait sans partage. Certes, il avait quelques pairs : Pat Reily à l'hôpital d'Harvard, Massachusetts. Aaron Bernstein, au centre Johns-Hopkins de Baltimore. Jacques Élisé, à l'Institut Pasteur. Peut-être Paul Ging, au CHU de Berkeley. Mais c'était tout. Quel formidable clinicien Brightling aurait-il pu faire, songea le sénateur, mais non, il était trop bon pour perdre son temps à soigner des grippes...

L'un de ses seuls échecs avait été son mariage. Il faut dire que Carol Brightling était loin d'être une idiote, elle aussi, mais ses goûts la portaient plus vers la politique que vers la science, et peut-être que son amour-propre, si vaste qu'il puisse être (comme chacun dans la capitale avait pu le constater), avait dû s'incliner devant la supériorité intellectuelle de son ex-époux. *Il n'y a de place en ville que pour un de nous deux*, songea le médecin du Wyoming en étouffant un sourire. On le constatait tous les jours dans la réalité, pas seulement dans les vieux westerns. Et

Brightling, John, semblait à cet égard mieux s'en sortir que Brightling, Carol. Au bras du premier, on notait la présence d'une superbe rousse qui buvait toutes ses paroles, alors que la dernière était venue seule et s'en retournerait de même dans son appartement de Georgetown. Enfin, se dit le sénateur, c'est la vie.

L'immortalité... Bigre, ça faisait un sacré bail, songea le médecin-sénateur en allant rejoindre son épouse. On allait servir le dîner. La volaille devait être vulcanisée à point.

Le Valium aidait un peu. Ce n'était pas vraiment du Valium, Killgore le savait. On utilisait ce terme, devenu générique, pour toute une panoplie de sédatifs légers, et celui-ci avait été synthétisé par Smith-Kline, sous un autre nom commercial, avec l'avantage supplémentaire qu'il se mariait bien avec l'alcool. Pour des SDF aussi querelleurs et attachés à leur territoire que des chiens errants, ce groupe de dix était d'un calme remarquable. L'abondance de gnôle y contribuait largement. Le bourbon de luxe semblait avoir particulièrement la cote. Servi dans des gobelets bon marché, avec des glaçons et divers sodas pour ceux qui n'appréciaient pas de le boire sec, ce qui était le cas de presque tous, s'étonna Killgore.

Les examens médicaux s'étaient déroulés sans problème. Tous étaient des malades en fausse bonne santé, la vigueur apparente cachant tout un éventail de troubles physiologiques allant du diabète à la cirrhose. L'un des sujets souffrait d'un cancer de la prostate avancé — son PSA[1] dépassait largement la normale — mais c'était sans influence sur les résultats de l'expérimentation en cours. Un autre était séropositif mais n'avait pas encore déclenché la maladie, et là non plus, ça n'influerait pas sur les résultats. Sans doute s'était-il contaminé en s'injectant de la drogue, mais bizarrement, l'alcool semblait lui suffire pour être tranquille. Intéressant.

La présence de Killgore n'était pas indispensable, et cela troublait sa conscience de les observer autant, mais d'un autre côté, c'étaient ses rats de laboratoire, qu'il était censé surveiller, et c'est donc ce qu'il faisait, derrière la glace sans tain, en même temps qu'il effectuait son travail administratif tout en écoutant du Bach sur son Discman. Ils étaient — ou se prétendaient — des anciens combattants du Viêt-nam. Ils avaient tué leur lot d'Asiatiques — de « faces-decitron », comme ils avaient dit dans l'entretien —, avant de craquer et finir réduits à l'état de clochards. La société les qualifiait habituellement de « sans domicile fixe », un terme plus digne que celui de « clodo », en usage naguère. En tout cas, aux yeux de Killgore, ils ne faisaient pas honneur à l'espèce humaine. Pourtant, le Projet avait réussi à les changer quelque peu. Désormais, tous prenaient régulièrement des douches, ils s'habillaient proprement, regardaient la télé. Certains lisaient même de temps en temps — Killgore avait néanmoins estimé que leur fournir des bouquins, même à bas prix, était un monumental gâchis de temps et d'argent. Mais tous

---

1. *Prostatic Specific Antigen* : antigène dont le dosage dans le sang permet de déceler l'apparition d'un cancer de la prostate (la normale est inférieure à 4 μg/ml) *(N.d.T.)*.

continuaient à boire, et l'imprégnation alcoolique les cantonnait à cinq ou six heures de pleine conscience par jour. Le Valium finissait de les abrutir, limitant les risques d'altercations à régler par son personnel de sécurité.

Deux hommes étaient de garde en permanence dans la pièce voisine, surveillant eux aussi le groupe de dix. Des micros encastrés au plafond leur permettaient d'écouter leurs conversations incohérentes. L'un d'eux semblait être une autorité en matière de base-ball et ne cessait de parler de ses joueurs favoris à qui voulait bien l'entendre. Tous semblaient à tel point polarisés sur le sexe que Killgore se demanda s'il ne devrait pas envoyer ses hommes retourner leur chercher quelques SDF de sexe féminin pour le bien de l'expérience — il faudrait qu'il s'en ouvre à Barb Archer ; après tout, ils avaient besoin de savoir si le sexe du sujet avait un effet sur les résultats. Il faudrait bien qu'elle l'accepte, que ça lui plaise ou non... Du reste, on ne risquait pas de voir naître une quelconque solidarité féministe avec les sujets. C'était impensable, même de la part des *féminazis* qui s'étaient jointes à ses recherches. Quant à elle, son idéologie était trop pure pour ça. Killgore se retourna en entendant frapper à la porte.

« Eh, toubib... » C'était Benny, un des gars de la sécurité.

« Alors, comment ça se passe ?

— Je commence à m'endormir, répondit Benjamin Farmer. Nos garçons sont sages comme des images.

— Ouais, ça m'étonne pas. » C'était ridiculement facile. La plupart devaient être poussés au cul pour sortir faire leur heure de promenade dans la

160

cour, tous les après-midi. Mais il fallait les maintenir en forme — à savoir, simuler la quantité d'exercice qu'ils effectuaient en temps normal chaque jour à Manhattan, leur morne parcours titubant d'un trottoir à l'autre.

« Bon sang, toubib, j'aurais jamais cru qu'on puisse écluser des quantités pareilles ! J'veux dire, j'ai dû ramener une caisse pleine de JD, ce matin, et il n'en reste plus que deux bouteilles.

— C'est celui qu'ils préfèrent ? » Il n'y avait pas prêté d'attention particulière.

« Faut croire. Moi aussi, j'ai un faible pour le Jack Daniel's, mais avec deux verres, le lundi soir en regardant Télé-Foot, c'est ma dose. Même l'eau, j'arrive pas à en écluser autant que nos garçons le whisky du Kentucky. » Cela fit marrer l'ex-marine chargé de l'équipe de nuit. Un brave type, ce Farmer. Au refuge de la compagnie, il s'occupait à merveille des bêtes blessées. C'était également lui qui avait pris l'habitude d'appeler les sujets « nos garçons ». Le terme avait été adopté par les autres vigiles, avant de se répandre dans le reste du personnel.

Killgore étouffa un rire. Il fallait bien les appeler d'une manière ou d'une autre, et l'expression « rats de laboratoire » eût manqué de respect. Après tout, c'étaient des êtres humains, d'une manière ou d'une autre, ce qui les rendait d'autant plus précieux dans le cadre de l'expérimentation. Il se retourna et vit l'un d'eux — le numéro six — se resservir un verre, regagner son lit et s'étendre pour regarder vaguement la télé avant de sombrer. Il se demanda de quoi pouvait rêver le pauvre bougre. Car certains rêvaient, et parlaient même tout haut en dormant.

Un sujet d'étude pour un psychiatre, peut-être, ou un spécialiste du sommeil. En tout cas, tous sans exception ronflaient — à tel point que lorsqu'ils étaient tous couchés, le dortoir vibrait comme un dépôt de locomotives à vapeur.

Tchouc-tchouc..., songea Killgore en terminant de remplir ses fiches de laboratoire. Dix minutes encore, et il pourrait rentrer chez lui. Trop tard pour coucher les gamins. Tant pis. Enfin, le jour venu, ils s'éveilleraient pour découvrir un jour nouveau et un nouveau monde, et ne serait-ce pas là un merveilleux présent à leur offrir, malgré les rigueurs du prix à payer ? Hmmph, se dit le médecin, je me boirais bien un petit coup moi aussi.

« L'avenir n'a jamais été aussi radieux », lança John Brightling à l'auditoire, son comportement rendu encore plus charismatique après deux verres de chardonnay californien. « Les sciences de la vie repoussent des frontières dont nous ignorions jusqu'à l'existence il y a encore quinze ans. Un siècle de recherche fondamentale est sur le point de porter ses fruits au moment même où je vous parle. Nous bâtissons sur l'œuvre de Pasteur, Ehrlich, Salk, Sabin et bien d'autres. Si nous voyons si loin aujourd'hui, c'est parce que nous sommes juchés sur les épaules de géants.

« Certes, l'ascension fut rude, poursuivit John Brightling, mais le sommet est en vue, et je vous garantis que nous l'aurons atteint dans les toutes prochaines années.

— Beau parleur, confia Liz Murray à son mari.

— Certes, lui murmura Dan Murray, directeur

du FBI. Et aussi grand cerveau. Jimmy Hicks dit qu'il est le meilleur du monde.

— C'est quoi au juste, ses ambitions ?

— Devenir Dieu, il l'a laissé entendre.

— Alors, il faut qu'il se laisse pousser la barbe. »

Le directeur Murray faillit éclater de rire, mais la vibration de son téléphone mobile lui rendit son sérieux. Il quitta discrètement son siège pour gagner le vaste hall en marbre de l'édifice. Dès qu'il eut déplié l'appareil, il fallut une quinzaine de secondes pour que le système de cryptage se synchronise avec le central qui l'appelait — preuve que l'appel émanait du QG du FBI.

« Murray...

— Monsieur le directeur, ici Gordon Sinclair, au service de veille. Jusqu'ici, les Suisses n'ont pas réussi à identifier les deux autres. Les empreintes ont été transmises au BKA, pour qu'ils puissent chercher de leur côté. » Mais s'ils n'avaient pas été fichés à un moment ou un autre, ils feraient chou blanc et il faudrait encore du temps pour identifier les deux complices de Model.

« Le bilan n'a pas changé ?

— Non, les quatre terroristes ont bien été neutralisés. Tous les otages libérés sont sains et saufs. Ils devraient être chez eux à l'heure qu'il est. Oh... Tim Noonan a participé à l'opération, comme responsable de l'électronique pour l'un des groupes d'intervention.

— Donc, Rainbow fonctionne, hein ?

— Ce coup-ci, oui, monsieur le directeur.

— Assurez-vous qu'ils nous transmettent bien le compte rendu du déroulement de l'opération.

— Entendu, monsieur. Je leur ai déjà envoyé un e-mail. »

Moins de trente personnes au Bureau connaissaient l'existence de Rainbow, même si un certain nombre se doutaient de quelque chose. Surtout parmi le groupe de récupération d'otages, où l'on avait relevé que Tim Noonan, agent de troisième génération, semblait s'être volatilisé...

« Comment se passe votre dîner ?

— Je préfère le snack. La nourriture est plus équilibrée. Autre chose ?

— L'affaire de La Nouvelle-Orléans devrait être bientôt réglée. Trois ou quatre jours encore, estime Billy Betz. À part ça, rien d'important.

— Merci, Gordy. » Murray pressa la touche fin et rempocha le téléphone avant de regagner la salle à manger, après avoir adressé un petit signe de connivence aux deux gorilles chargés de sa protection. Trente secondes plus tard, il se coulait à sa place, accompagné du crissement assourdi de l'étui de son Smith & Wesson automatique contre le bois du siège.

« Un problème ? s'enquit son épouse.

— Non. La routine. »

L'affaire éclata moins de quarante minutes après que Brightling eut terminé son allocution et reçu sa distinction honorifique. Il put à nouveau tenir sa cour, au milieu d'un groupe plus restreint, toutefois, tout en se portant discrètement vers la sortie et sa voiture qui l'attendait dehors. Il n'était qu'à cinq minutes de l'hôtel Hay-Adams, situé à la hauteur de la Maison-Blanche, de l'autre côté de Lafayette Park. Il y occupait une suite d'angle au dernier étage, et le personnel avait songé à laisser près du lit, dans un seau à glace, une bouteille de la cuvée maison, car son amie l'avait accompagné. Quel dommage, songea John Brightling en débouchant la bouteille de vin blanc. Cela faisait partie des choses qu'il regretterait. Vraiment. Mais sa décision était prise depuis longtemps — alors même qu'il ignorait, en lançant ce projet, s'il réussirait un jour. À présent qu'il en avait l'intime conviction, tout ce qu'il allait perdre se révélait en définitive bien moins précieux que ce qu'il allait gagner. Et en attendant, s'avisa-t-il en contemplant Jessica, incroyablement belle et pâle, il avait droit à un joli lot de consolation.

Il en allait différemment pour le Dr Carol Brightling. Malgré son poste à l'aile ouest de la Maison-Blanche, c'est au volant de sa voiture personnelle, sans même un garde du corps, qu'elle rejoignit son appartement dans une rue donnant sur Wisconsin Avenue, à Georgetown, où l'attendait son seul compagnon : un chat bariolé baptisé Jiggs, qui, lui au moins, l'attendait, et l'accueillit en se frottant contre ses bas sitôt qu'elle eut refermé la porte, ronronnant pour manifester son plaisir de la voir arriver. Il la suivit dans la chambre, la regarda se changer avec ce regard à la fois intéressé et détaché propre à tous les chats, sachant très bien ce qui allait suivre. Vêtue seulement d'un peignoir court, Carol Brightling se rendit dans la cuisine, ouvrit un placard, sortit un paquet de croquettes, et se pencha pour lui en donner une. Puis elle se servit un verre d'eau glacée au distributeur encastré dans la porte du frigo, pour faire passer deux aspirines. Après tout, l'idée venait d'elle. Elle ne le savait que trop bien. Mais même après toutes ces années, c'était toujours aussi dur que la première fois. Elle avait renoncé à tant d'autres choses. Elle avait décroché le boulot dont elle avait toujours rêvé — cela l'avait du reste légèrement surprise, mais elle avait obtenu le poste recherché et jouait désormais un rôle dans la prise de décision sur des questions fondamentales pour elle. Des choix politiques essentiels sur des sujets essentiels. Mais cela en valait-il la peine ?

Assurément oui ! Elle se le répéta et c'est vrai qu'elle y croyait, même si le prix à payer était souvent bien trop dur. Elle se pencha pour prendre Jiggs, le tenant blotti dans ses bras, comme l'enfant qu'elle n'avait jamais eu, avant de regagner la chambre où, cette nuit encore, il serait le seul à partager son lit. Enfin, un chat était bien plus fidèle que n'importe quel homme. Elle l'avait appris au fil des ans. En quelques secondes, le peignoir était jeté sur la chaise près du lit, et elle était sous les couvertures, Jiggs au-dessus, couché entre ses jambes. Elle espérait que le sommeil viendrait un peu plus vite ce soir que les autres jours. Mais elle savait bien que non, car son esprit ne cessait de songer à ce qui devait se passer dans un autre lit, à moins de cinq kilomètres de là.

5

Ramifications

L'entraînement physique quotidien commençait à six heures trente et s'achevait par une course de huit kilomètres, calculée pour durer précisément quarante minutes. Ce matin, elle se termina au bout de trente-huit, et Chavez se demanda si ce n'était pas la réussite de la mission qui leur avait donné des ailes. Si oui, fallait-il ou non s'en féliciter ? Tuer ses semblables n'était pas censé vous ragaillardir. Une pensée profonde pour un petit matin anglais embrumé.

À l'issue du parcours, tous étaient en nage, mais après une bonne douche brûlante, il n'y paraîtrait plus. Bizarrement, l'hygiène était un peu plus compliquée pour ses hommes que pour des militaires en uniforme. Presque tous portaient les cheveux plus longs que ne l'autorisaient leurs armes respectives, afin de passer plus aisément pour des hommes d'affaires rassis, peut-être un rien miteux, quand ils se mettaient en costard-cravate pour prendre l'avion en première. C'était Ding qui était taillé le plus ras, car à la CIA, il avait essayé de garder la même apparence que lorsqu'il était sergent-chef chez les Ninjas. Il faudrait patienter encore un mois pour qu'il ait la même chevelure broussailleuse que les autres. Il bougonna à cette perspective, puis sortit de la douche. Privilège du chef, il avait droit à sa cabine privée, et il prit le temps de s'admirer dans la glace. Pour Domingo Chavez, son corps avait toujours été un objet de fierté. Ouais, l'exercice si rude la première semaine avait porté ses fruits. Il n'avait guère été plus affûté à la sortie de l'école de Rangers à Fort Benning — et il avait quel âge, à l'époque ? Vingt et un ans... une jeune recrue et l'un des plus petits gabarits de sa classe. C'était un léger sujet d'agacement pour lui que Patsy le dépasse de deux centimètres — cette grande bringue, tout le portrait de sa mère ! Mais son épouse portait toujours des talons plats, ce qui limitait les dégâts — et personne ne se serait avisé de le taquiner à ce sujet. Comme son chef, Ding n'était pas un homme avec qui l'on badinait. Surtout ce matin, jugea-t-il en s'essuyant. Il avait flingué un type la veille au soir, un acte presque aussi rapide et machinal que celui de remonter sa braguette. Pas de pot, Herr Guttenach.

De retour chez lui, il découvrit Patsy déjà vêtue de sa blouse médicale. En ce moment, elle était de garde en gynécologie-obstétrique et devait réaliser, ou plutôt participer à une césarienne, ce matin même à l'hôpital local où elle terminait l'équivalent de son année d'internat. Ensuite, elle assurerait une garde en pédiatrie, ce qui tombait à pic, estimaient les deux époux. Elle avait déjà posé sur la table son bacon et ses œufs. Les jaunes, ici, étaient plus brillants. Il se demanda si les Anglais nourrissaient différemment leurs poules.

« J'aimerais bien que tu aies une alimentation plus équilibrée », lui serina de nouveau Patsy.

Domingo rit, ouvrit son quotidien du matin, le *Daily Telegraph*. « Chérie, mon taux de cholestérol est d'un gramme trois, mon pouls au repos de cinquante-six. Je suis une machine à tuer parfaitement opérationnelle, docteur !

— Oui, mais dans dix ans ? rétorqua le Dr Patricia Chavez, sans se démonter.

— J'aurai passé dix visites médicales dans l'intervalle, et j'aurai adapté mon mode de vie aux résultats qu'elles donneront », répondit du tac au tac Domingo Chavez, titulaire d'une maîtrise de sciences économiques (option relations internationales), tout en beurrant ses tartines. Le pain, dans ce pays, il avait pu le constater au cours des six semaines écoulées, était tout bonnement fabuleux. Pourquoi les gens crachaient-ils sur la cuisine britannique ? « Bon sang, Patsy, regarde plutôt ton père. Le bougre a encore une sacrée pêche. » Même s'il n'avait pas couru ce matin — et même au meilleur de sa forme, il avait du mal à terminer les huit bornes au rythme imposé par le groupe Deux. Enfin, il avait largement dépassé les cinquante ans. Sa précision de tir, en revanche, n'avait guère souffert. John avait tout fait pour qu'il n'y ait aucun doute à ce sujet. Il restait l'un des meilleurs *pistoleros* que Chavez ait connu, et meilleur encore au fusil à lunette. Il était au niveau de Weber et Johnston jusqu'à une portée de quatre cents mètres. Bref, nonobstant le costard-cravate exigé par la fonction, Rainbow Six était de ceux à qui il valait mieux ne pas se frotter.

Le quotidien faisait sa une sur les événements de la veille à Berne. Ding la parcourut rapidement et découvrit que l'essentiel était exact. Remarquable. Le correspondant local du *Telegraph* devait avoir de bons contacts avec la police... qu'il créditait de l'opération. C'était de bonne guerre, puisque Rainbow était censé rester dans l'ombre. Le ministère de la Défense ne faisait aucun commentaire sur un éventuel soutien du SAS à la police helvétique. C'était un peu faible. Un non catégorique eût été préférable... mais dans ce cas, un *no comment* lors d'une opération ultérieure risquerait aussitôt d'être compris comme un « oui ». Alors, bon, ça se justifiait sans doute. Il n'était pas encore accoutumé aux finesses de la politique — en tout cas, pas à ce niveau instinctif. Affronter les médias l'effrayait plus encore qu'affronter des armes chargées... on l'avait formé pour la seconde hypothèse, pas pour la première. Il fit une autre grimace en se rendant compte que, contrairement à la CIA, Rainbow ne disposait pas d'un bureau de presse. Sans doute parce que, dans ce domaine, il valait mieux se passer de toute publicité...

Mais déjà Patsy avait enfilé sa veste et se dirigeait vers la porte. Ding se précipita pour lui faire la bise et la regarda monter dans la voiture, en souhaitant qu'elle ait mieux réussi que lui à se faire à la conduite à gauche. Ça continuait à le rendre nerveux et il devait mobiliser toute son attention. Le pire était ce levier de vitesses au plancher, du mauvais côté. Encore une chance qu'ils n'aient pas eu l'idée tordue d'inverser aussi les pédales ! Ça le rendait un tantinet schizophrène de conduire de la main gauche et du pied droit. Mais le pire, c'était ces ronds-points que les Britanniques semblaient affectionner de préférence aux échangeurs. Ding n'arrêtait pas de vouloir prendre à droite en les abordant. Ce serait une bien bête façon de se faire tuer. Dix minutes plus tard, vêtu de sa tenue de jour, Chavez regagna le bâtiment du groupe Deux pour la deuxième séance d'exercices.

170

Popov glissa son passeport dans sa poche de pardessus. Le banquier suisse n'avait même pas cillé en avisant la sacoche remplie de billets. Une machine remarquable les avait comptés, agitant ses petits doigts mécaniques comme un joueur bat les cartes, vérifiant même au passage le montant et les numéros. Il avait suffi de trois quarts d'heure en tout et pour tout pour régler toutes les formalités. Le numéro du compte était son ancien matricule au KGB, et désormais, glissée dans son passeport, il y avait la carte professionnelle du banquier, avec son adresse Internet pour effectuer des transferts électroniques — ils étaient convenus d'une phrase de code qui était inscrite dans son dossier. Le sujet de l'épopée ratée de Model la veille n'avait pas été abordé. Popov comptait bien lire les reportages dessus dans l'*International Herald Tribune*, qu'il ne manquerait pas de se procurer à l'aérogare.

Son passeport était américain. La société s'était arrangée pour lui obtenir le statut de résident étranger, dans l'attente d'une prochaine naturalisation, ce qui ne manquait pas de l'amuser, vu qu'il détenait toujours son passeport de la fédération de Russie, plus deux autres, un allemand et un britannique, souvenirs de sa carrière antérieure — avec des noms différents mais la même photo —, qui pourraient lui servir en temps utile. Ces trois-là étaient planqués dans son sac de voyage, dans une poche secrète que seule une fouille scrupuleuse permettrait de découvrir, et encore, à condition qu'on eût averti les douaniers qu'il y avait quelque chose de louche chez ce voyageur en transit.

Deux heures avant le départ de son vol, il rendit son Audi de location, et se rendit en bus à l'aérogare internationale, passa le traditionnel parcours du combattant des procédures d'enregistrement et se dirigea enfin vers la salle d'embarquement des premières pour y prendre un café et des croissants.

Bill Henriksen était un vrai accro de l'information. Dès le réveil, toujours aux aurores, il alluma aussitôt sa télé sur CNN, zappant de temps en temps sur Fox News, et commença sa séance quotidienne de home-trainer tout en parcourant la presse matinale. La une du *New York Times* rapportait les événements de Berne, tout comme le bulletin de la Fox. Bizarrement, CNN en parlait mais ne montrait pas grand-chose, au contraire de Fox qui reprenait les images de la télévision suisse, ce qui lui permit d'observer en détail les quelques images de l'intervention. Un jeu d'enfant, estima Henriksen : des grenades au magnésium contre les portes de devant — l'éclair et la détonation avaient fait sursauter le cadreur et légèrement dévier la caméra, comme toujours quand ils se tiennent si près —, puis les tireurs étaient entrés dans la foulée. Aucun bruit de fusillade à l'intérieur : ils utilisaient des armes à silencieux. En cinq secondes, tout était terminé. Donc, les Suisses avaient une force d'intervention parfaitement entraînée. Ce n'était pas vraiment une surprise, même s'il en ignorait jusqu'ici l'existence. Quelques minutes plus tard, un des types ressortit et alluma une pipe. Sans doute le chef du commando, en tout cas il avait du style, estima Henriksen, avec un coup d'œil au compteur du home-trainer. Les membres de la force d'intervention portaient la même tenue que leurs homologues partout ailleurs : des treillis anthracite, avec le traditionnel gilet pare-balles en Kevlar. Des flics en uniforme entrèrent dans l'établissement récupérer les otages après un délai convenable. Bref, du travail vite fait bien fait — une autre façon de dire que les criminels et/ou terroristes (les journalistes ne semblaient pas bien fixés) n'étaient pas très malins. Mais enfin, on ne leur demandait pas de l'être... Il faudrait quand même qu'ils en dénichent de moins tocards la prochaine fois, s'ils voulaient que leur manœuvre réussisse. Le téléphone n'allait pas tarder à sonner, il en était certain, le conviant à venir faire un bref commentaire à la télé. Chiant, mais indispensable.

Cela se produisit alors qu'il était sous la douche. Il avait depuis longtemps fait installer un poste juste derrière la porte.

« Oui ?

— Monsieur Henriksen ?

— Ouais, qui est à l'appareil ? » La voix ne lui était pas familière.

« Bob Smith, de Fox News, New York. Avez-vous vu le reportage sur l'incident en Suisse ?

— Ouais, à vrai dire, il se trouve que je viens de le regarder sur votre chaîne.

— Est-ce que vous pourriez éventuellement venir nous commenter l'événement à l'antenne ?

— Quand ça ? demanda Henriksen, connaissant d'avance la réponse, et sa réaction à celle-ci.

— Juste après le journal de huit heures, si c'est possible. »

Il prit même la peine de consulter sa montre, geste machinal inutile que personne ne vit. « Ouais, c'est jouable. Combien de temps vous me laissez, ce coup-ci ?

— Dans les quatre minutes, à peu près.

— OK, je suis aux studios d'ici une petite heure.

— Merci beaucoup, monsieur. Le vigile à l'entrée sera prévenu.

— Parfait. Eh bien, à dans une heure. » Le gamin devait être un nouveau dans la boîte, estima Henriksen, pour ignorer qu'il était un commentateur appointé de la chaîne — sinon, pourquoi son nom serait-il sur leur agenda ? — et que tous les vigiles le connaissaient de vue. Le temps de boire un espresso, de manger un petit pain, et il montait dans sa Porsche 911 pour traverser le pont George-Washington et gagner Manhattan.

Le Dr Carol Brightling se réveilla, caressa Jiggs sur le dessus de la tête et se dirigea vers la douche. Dix minutes plus tard, une serviette nouée autour des cheveux, elle ouvrit sa porte et récupéra les journaux du matin. La machine à café avait déjà rempli ses deux tasses de Folger's spécial Colombie, et elle sortit du frigo le Tupperware rempli de tranches de pastèque. Puis elle alluma la radio pour écouter l'édition matinale de *Tout bien considéré*, entamant ainsi son panorama quotidien des nouvelles. Son boulot à la Maison-Blanche consistait pour l'essentiel à lire et s'informer... et aujourd'hui, elle avait rendez-vous avec ce rigolo du ministère de l'Énergie qui persistait à croire qu'il était important de fabriquer des bombes H, ce contre quoi elle ne manquerait pas de mettre en garde le président, un avis dont il refuserait sans doute de tenir compte.

Pourquoi bon Dieu s'était-elle laissé embringuer dans ce gouvernement ? La réponse était simple et évidente : la politique. Le président avait vaillamment tenté de ne pas se laisser piéger par celle-ci dans les dix-huit premiers mois de son mandat. Or elle était une femme, alors que l'équipe de conseillers présidentiels était presque exclusivement formée d'hommes, ce qui avait suscité pas mal de commentaires dans les médias ou ailleurs, d'où la stupéfaction d'un président encore bien candide ; cela n'avait pas manqué d'accroître l'ironie de la presse en lui procurant de nouvelles armes, qui s'étaient en définitive révélées efficaces, d'une certaine façon. Le résultat était qu'elle s'était vu offrir le poste, qu'elle avait accepté, avec ce bureau dans l'ancien bâtiment de l'exécutif, et non pas dans la Maison-Blanche proprement dite, assorti d'une secrétaire et d'un assistant, sans oublier un emplacement de parking pour sa vaillante Honda économe en essence — la seule et unique voiture japonaise du ministère, mais personne n'avait fait la moindre remarque, bien entendu, puisqu'elle était une femme, et qu'en matière de mœurs politiques à Washington, elle avait certainement avalé plus de couleuvres que le président n'en avalerait jamais. C'était incroyable, à y repenser, même si elle n'avait pas été prise en traître : il était de notoriété publique que le nouveau président apprenait vite. En revanche, il n'écoutait guère, du moins quand c'était elle qui parlait.

Les médias n'en tenaient pas rigueur au chef de l'exécutif. La leçon à retenir était qu'il ne fallait jamais se fier aux médias. Faute d'avoir une opinion personnelle, les journalistes publiaient bêtement tout ce qu'on leur racontait, de sorte qu'elle devait faire passer ses messages officieusement, en privé, sous le sceau du secret, ou bien simplement, de manière décontractée, auprès de toutes sortes de reporters. Certains — les spécialistes de la rubrique environnement — comprenaient au moins ce qu'elle racontait, et on pouvait en gros leur faire confiance pour rapporter convenablement ses propos, même s'ils ne pouvaient s'empêcher d'y incorporer les conneries pseudo-scientifiques du clan adverse — *certes, votre position est courageuse, mais les données scientifiques ne sont pas encore suffisamment établies et les modèles informatiques sont loin d'être assez précis pour justifier de telles mesures...* répétait à l'envi l'adversaire. Conséquence, l'opinion (s'il fallait en croire les sondages) restait dubitative, voire s'était en partie retournée. Le président était tout sauf un président écologiste, mais ce salaud tirait son épingle du jeu — se servant dans le même temps de Carol Brightling comme alibi, voire comme paravent pour se dédouaner ! Elle était affligée... enfin, elle l'aurait été en d'autres circonstances. Mais d'un autre côté, elle était parvenue à ses fins, songea-t-elle en agrafant sa jupe avant d'enfiler sa veste de tailleur : elle était conseillère particulière du président des États-Unis. Ce qui voulait dire qu'elle le voyait deux fois par semaine. Qu'il était bien forcé de lire les prises de position et les avis politiques qu'elle lui soumettait. Et surtout qu'elle était en contact avec les leaders d'opinion des médias, et qu'elle avait les mains libres pour mener à bonne fin ses projets personnels... dans des limites raisonnables.

Mais c'était elle qui avait dû en payer le prix. Elle, comme toujours, songea Carol en grattant Jiggs derrière les oreilles avant de se diriger vers la porte. Le chat allait passer la journée à vaquer à ses occupations — à savoir sans doute lézarder au soleil sur l'appui de la fenêtre, en attendant le retour de sa maîtresse et ses croquettes Friskies. L'idée l'effleura — ce n'était pas la première fois — de s'arrêter en chemin chez un marchand d'animaux pour lui offrir une souris vivante, pour qu'il joue avec et la mange. Un processus fascinant à observer, le prédateur et la proie... jouant chacun son rôle, selon l'ordre des choses ; comme il en avait toujours été depuis des temps immémoriaux, jusqu'à ces deux derniers siècles... Jusqu'à ce que l'homme se mette à tout bouleverser, estima-t-elle en s'installant au volant. Elle contempla la chaussée pavée — de vrais pavés taillés, dans ce quartier préservé de Georgetown : les rails de tram étaient encore là —, comme les maisons de brique qui s'étendaient là où se dressait sans doute jadis une forêt superbe. C'était pis sur l'autre rive, où seule l'île Theodore-Roosevelt était encore dans son état virginal — et encore, en faisant abstraction du fracas des avions à réaction. Une minute après avoir démarré, elle était dans la rue M et contournait le rond-point pour s'engager sur Pennsylvania Avenue. Elle était en avance sur les embouteillages du matin, comme d'habitude, et parcourut sans encombre les quinze cents mètres d'avenue rectiligne avant de tourner à droite pour se garer à son emplacement habituel — ils n'étaient pas réservés de manière nominative mais chacun avait sa place attitrée, la sienne était à quarante mètres de l'entrée Ouest. Étant de la maison, elle n'avait pas à se soumettre au contrôle par les chiens policiers. Le Service secret utilisait des malinois, ces bergers belges à l'intelligence et au flair développés, pour détecter les voitures piégées. Son laissez-passer officiel lui ouvrit accès au complexe, puis elle gagna le premier étage du bâtiment Ouest et entra dans son bureau. Ce n'était guère plus qu'un placard, mais un peu plus vaste que ceux de sa secrétaire et de son assistant. Sur le bureau, elle trouva la revue de presse matinale des extraits de quotidiens nationaux censés intéresser ceux qui travaillaient dans son ministère, ainsi que les exemplaires de ses magazines scientifiques habituels : *Science Weekly*, *Science* et aujourd'hui *Scientific American*, plus un certain nombre de revues médicales. Les publications écologistes arriveraient dans deux jours. Elle n'était pas encore assise que Margot Evans, sa secrétaire, entra avec le dossier confidentiel sur la politique d'armements nucléaires, qu'elle devait étudier avant de donner au président un avis qu'il s'empresserait de refuser. Le plus gênant, bien sûr, était qu'elle allait devoir réfléchir à la façon de rédiger les conclusions circonstanciées que le président ne daignerait pas examiner avant de les rejeter. Mais elle ne pouvait lui offrir un prétexte pour accepter (officiellement à son grand regret) sa démission : à ce niveau de responsabilité, rares étaient ceux qui demandaient à partir pour raison de convenance personnelle, même si les médias locaux connaissaient la chanson et n'étaient pas dupes. Pourquoi, dans ce cas, ne pas faire un pas de plus et recommander la fermeture du réacteur polluant d'Hartford, dans l'État de Washington ? Le seul réacteur de conception analogue à ceux de Tchernobyl — moins destiné à fournir de l'électricité qu'à produire du plutonium 239, pour la fabrication d'engins nucléaires —, le pire gadget qui soit sorti de l'esprit belliqueux du mâle. De nouveaux problèmes avaient surgi à Hartford : on avait décelé des fissures dans les réservoirs de stockage, juste avant que les fuites ne risquent de polluer la nappe phréatique, mais elles constituaient néanmoins une menace pour l'environnement et elles étaient coûteuses à réparer. Le composé chimique contenu dans ces réservoirs était épouvantablement corrosif, d'une toxicité mortelle et bien entendu terriblement radioactif... et le président qui ne voulait même pas entendre le moindre avis sensé sur la question !

Ses objections à la poursuite du fonctionnement de cette centrale étaient scientifiquement motivées — même Red Lowell s'avouait inquiet, mais il voulait malgré tout en construire une autre sur le même modèle ! Même un tel président ne pourrait soutenir un projet pareil !

Sur cette réflexion encourageante, elle se servit une tasse de café et entreprit la lecture de sa revue de presse, tout en réfléchissant à la meilleure façon d'exposer ses funestes recommandations au chef de l'exécutif.

« Eh bien, monsieur Henriksen, qui étaient-ils ? attaqua l'animateur de la tranche matinale.

— Nous n'en savons pas grand-chose, en dehors du nom du chef présumé, un certain Ernst Model. Model a fait jadis partie du groupe Baader-Meinhof, le fameux groupuscule gauchiste allemand, auteur d'actions terroristes dans les années soixante-dix et quatre-vingt. Il avait disparu de la circulation depuis une dizaine d'années. Il sera intéressant de savoir au juste où il s'était planqué.

— Avez-vous vu un dossier sur lui durant la période où vous collaboriez à la cellule de récupération d'otages du FBI ? »

Petit sourire pour accompagner la réponse laconique : « Oh, oui. Je connais ce visage, mais le dossier de M. Model sera dorénavant versé aux archives.

— Bien, mais était-ce un incident terroriste ou un banal braquage de banque ?

— Difficile à dire d'après les communiqués de presse, mais je n'éliminerais pas entièrement le vol comme motif de l'agression. L'un des éléments qu'oublient les gens quand on parle de terroristes, c'est qu'ils sont obligés de manger, eux aussi, et que pour ça, il faut bien de l'argent. On a de nombreux précédents de prétendus militants politiques qui ont commis des délits dans le seul but de financer leur activité. Rien qu'ici en Amérique, le CSA — *the Covenant, the Sword and the Arm of Lord*, comme ils s'appelaient eux-mêmes : « le pacte, l'épée et le bras du Seigneur » — dévalisait des banques pour se financer. En Allemagne, la bande à Baader recourait aux enlèvements pour extorquer des fonds aux entreprises et aux familles des victimes.

— Bref, pour vous, ce sont de vulgaires criminels ? »

Signe d'acquiescement, le visage sérieux. « Le terrorisme est un crime. Cela reste le mot d'ordre du FBI, pour autant que je sache. Et les quatre individus tués hier en Suisse étaient des criminels. Malheureusement pour eux, la police helvétique a réuni et formé ce qui semble être une excellente unité de professionnels de la lutte antiterroriste.

— Comment jugez-vous leur intervention ?

— Très bonne. Le reportage télévisé ne révèle

aucune erreur. Tous les otages ont été sauvés, et les criminels tués. C'est dans l'ordre des choses pour ce genre d'incident. Dans l'abstrait, on préférerait dans la mesure du possible interpeller les criminels vivants, mais ce n'est pas toujours réalisable — la vie des otages a une priorité absolue dans un cas tel que celui-ci.

— Mais les terroristes, n'ont-ils pas des droits...

— Dans le principe, oui, ils ont effectivement les mêmes droits que tout autre criminel. C'est ce que nous enseignons également au FBI et le mieux que puisse faire un représentant des forces de l'ordre dans une situation analogue est de les arrêter, les déférer devant un juge et un jury, pour les faire condamner, mais n'oubliez pas d'un autre côté que les otages sont des victimes innocentes, et que leur vie est mise en danger par les actes des criminels. Par conséquent, on essaie par tous les moyens de les amener à se rendre — on cherche réellement à les désarmer si l'on peut.

« Mais, bien souvent, poursuivit Henriksen, on ne peut pas se permettre ce luxe. D'après ce que j'ai pu voir de l'incident à la télévision, les policiers helvétiques n'ont pas employé d'autre méthode que celle qu'on nous enseignait à Quantico. Ne recourir à la force brute que si nécessaire — mais s'il le faut, ne pas hésiter.

— Mais qui décide de cette nécessité ?

— Cette décision revient au responsable sur place, en fonction de son entraînement, de son expérience et de son expertise. » *Ensuite*, s'abstint d'ajouter Henriksen, *les connards dans ton genre vont démonter son action pendant les quinze jours qui suivent.*

« Votre société entraîne les forces de police locale aux techniques d'opérations antiterroristes ?

— Oui, tout à fait. Nous avons dans nos rangs quantité d'anciens de la cellule de récupération d'otages du FBI, de la Force Delta et autres organisations dites spéciales, et l'opération que viennent de mener les policiers suisses pourrait tout à fait nous servir de modèle », précisa Henriksen — parce que sa société était internationale, et qu'elle formait également des forces de police étrangères, et que se montrer sympa à l'égard des Suisses ne pouvait pas faire de mal.

« Eh bien, monsieur Henriksen, encore merci de vous être joint à nous ce matin. C'était William Henriksen, expert en terrorisme, directeur général de Global Security, Inc., cabinet de conseil international. Il est vingt-quatre, dans six minutes le journal. » Henriksen garda un visage impassible, très professionnel, cinq secondes encore après l'extinction du témoin rouge de la caméra la plus proche. Au siège de sa société, ils avaient déjà enregistré son interview pour l'ajouter aux nombreuses interventions du même ordre. GSI était connue pratiquement dans le monde entier, et leur vidéo de présentation incluait une sélection d'extraits analogues. Le chef de plateau le reconduisit au maquillage, avant de le raccompagner jusqu'à sa voiture, à la porte des studios.

Tout s'était bien passé, estima-t-il, en récapitulant mentalement. Il faudrait qu'il découvre qui avait entraîné les Suisses, et il se promit de demander à l'un de ses contacts d'enquêter là-dessus. S'il s'agissait d'une boîte privée, c'étaient de redoutables concurrents, même s'il était plus probable qu'il s'agissait de l'armée helvétique — voire d'une formation militaire déguisée en policiers — avec l'assistance éventuelle d'Allemands du GSG-9. Un ou deux coups de fil devraient apporter la réponse.

L'Airbus A-340 de Popov se posa à JFK International à l'heure précise — de ce côté, on pouvait toujours se fier à la précision suisse. Sans doute avaient-ils chronométré de même le déroulement des opérations de la veille. Son siège de première était situé près de la porte, ce qui lui permit d'être le troisième à descendre, récupérer ses bagages et subir l'épreuve du passage à la douane américaine. Les États-Unis, il l'avait appris depuis longtemps, étaient le pays le plus difficile d'accès pour un étranger — même si son bagage réduit et son absence d'objets à déclarer lui facilitaient relativement la tâche cette fois-ci. Les douaniers étaient dans un bon jour et l'orientèrent sans autre embarras vers la station de taxis. Là, il convainquit un Pakistanais de le conduire au centre-ville, pour un tarif toujours aussi exorbitant — à croire que les chauffeurs étaient en cheville avec les douaniers. Mais il avait droit aux notes de frais et, de toute manière, il avait désormais les moyens de se passer de reçus, non ? L'idée le fit sourire tandis qu'il contemplait le flot de la circulation, de plus en plus dense à l'approche de Manhattan.

Le chauffeur le déposa devant son immeuble — le loyer de l'appartement était réglé par son employeur, ce qui entrait pour eux dans les charges déductibles ; Popov s'initiait aux arcanes de la législation fiscale américaine. Il consacra plusieurs minutes à trier son linge sale et à ranger dans la penderie ses vêtements propres avant de redescendre et demander au portier de lui héler un taxi. Un quart d'heure de trajet et il avait rejoint son bureau.

« Alors, comment ça s'est passé ? » s'enquit son patron. On entendait en bruit de fond un curieux bourdonnement, conçu pour brouiller d'éventuels dispositifs d'écoute installés par la concurrence. La parano de l'espionnage industriel tenait une place essentielle dans l'entreprise de son interlocuteur, et les défenses mises en œuvre valaient bien celles instaurées jadis par le KGB. Dire que Popov avait cru en ce temps-là que seuls les gouvernements disposaient du meilleur de la technique. En tout cas, sûrement pas en Amérique.

« Tout s'est passé en gros comme je m'y attendais : c'étaient des imbéciles — assez amateurs, malgré la formation qu'on a pu leur inculquer dans les années quatre-vingt. Je leur avais dit qu'ils étaient libres de braquer la banque pour masquer le but véritable de leur mission...

— Qui était ?

— De se faire tuer, répondit sans hésiter Dimitri Arkadeïevitch. Si du moins j'ai bien interprété vos intentions, monsieur. » Sa réponse fit naître chez son interlocuteur un sourire inhabituel. Il se promit de vérifier la santé boursière de la banque. L'objectif réel de cette « mission » aurait-il été d'entamer la réputation de l'établissement ? Cela paraissait improbable, mais même s'il n'avait pas réellement besoin de savoir pourquoi il agissait de la sorte, sa curiosité naturelle avait été piquée. Cet homme le traitait en mercenaire, et bien que Popov fût conscient de n'être désormais plus rien d'autre depuis qu'il avait quitté le service de son pays, cela égratignait quelque peu son reste de conscience professionnelle. « Aurez-vous besoin de nouveaux services identiques ?

— Qu'est devenu l'argent ? » insista son patron.

Il hasarda une réponse : « Je suis certain que les Suisses trouveront à en faire bon usage. » Son banquier, certainement. « Vous ne vous attendiez pas à ce que je le récupère ? »

Le patron hocha la tête. « Non, non, pas vraiment. De toute façon, la somme était négligeable. »

Popov crut bon d'acquiescer d'un air entendu. *Une somme négligeable ?* Aucun agent stipendié par l'Union soviétique n'avait jamais reçu un tel montant d'un coup — le KGB s'était toujours montré radin, nonobstant l'importance de l'information recueillie — et jamais le KGB n'aurait considéré avec une telle négligence la disparition d'une somme pareille. Le moindre rouble devait être justifié, sinon les gratte-papier du 2, place Dzerjinski avaient tôt fait de faire tomber les foudres sur le malheureux agent coupable d'un tel laxisme ! L'autre question pour lui était de savoir comment l'argent avait été blanchi. En Amérique, si vous déposiez ou retiriez rien que dix mille malheureux dollars en espèces, la banque était tenue de le signaler par écrit. C'était censé compliquer la tâche des trafiquants de drogue, mais apparemment, ils semblaient s'en être accommodés. Les autres pays avaient-ils des règlements analogues ? Popov l'ignorait. Pour la Suisse, il était sûr que non, mais une telle quantité de billets ne se matérialisait pas *ex nihilo* dans un coffre de banque. D'une façon ou de l'autre, son patron avait réussi à contourner la question, et de belle manière... Ernst Model avait peut-être été un amateur, mais cet homme, sûrement pas. Un point à garder à l'esprit, se dit l'ancien espion, en inscrivant mentalement l'avertissement en grosses lettres rouges.

Un ange passa dans la pièce. Puis : « Oui, j'aurai besoin d'une autre opération.

— Laquelle, au juste ? » demanda Popov. La réponse fut immédiate. « Ah. » Un signe de tête. Son interlocuteur avait même recouru au terme exact : *opération*. Vraiment étrange. Dimitri se demanda s'il ne serait pas bien avisé de fouiller dans le passé de son employeur, pour en savoir un peu plus à son sujet. Après tout, sa propre vie était désormais entre ses mains — l'inverse était vrai, bien sûr, mais l'existence de son vis-à-vis n'était pas sa préoccupation immédiate. Aurait-il des difficultés ? Pour qui possédait un ordinateur et un modem, ce n'était plus vraiment un problème... à condition d'avoir le temps. Pour l'heure, c'était manifeste, il n'avait qu'une nuit à passer chez lui avant de repartir à l'autre bout du monde. Enfin, c'était toujours un bon remède contre le décalage horaire.

Ils ressemblaient à des robots, nota Chavez en passant un œil derrière l'angle généré par le programme. Les otages aussi, mais dans ce cas précis, les otages étaient des enfants générés par le simulateur, des petites filles en robe rayée ou en survêtement rouge et blanc — ce n'était pas très net. À l'évidence, il s'agissait d'un effet psychologique intégré aux paramètres par l'auteur de ce programme baptisé SWAT 6.3.2, par référence aux *Special Wea-*

pons and Tactics, les unités spéciales d'intervention de la police. C'était une petite entreprise de Californie qui l'avait produit pour la Force Delta, suite à un appel d'offres du ministère de la Défense supervisé par la Rand Corporation.

Il revenait cher à utiliser, surtout à cause de sa tenue interactive. D'un poids identique à sa tenue de mission — grâce à des plaques de lest cousues dans le tissu —, elle était truffée, jusqu'au bout des gants, de fils de cuivre et de capteurs qui renseignaient l'ordinateur — un vieux Cray YMP — sur ses moindres mouvements et, en fonction de ceux-ci, projetaient une image artificielle dans ses lunettes équipées d'écrans. Le Dr Bellow commentait l'action, jouant alternativement les rôles de chef des méchants et de conseiller des bons dans la simulation en cours. Ding tourna la tête et vit Eddie Price juste derrière lui, tandis qu'Hank Patterson et Steve Lincoln étaient de l'autre côté, à l'autre angle simulé — silhouettes robotiques portant des numéros pour les identifier.

Chavez leva et rabaissa le bras droit à trois reprises, pour demander des grenades, puis jeta une dernière fois un coup d'œil au coin...

... installé devant son moniteur, Clark vit le trait noir s'inscrire sur l'angle blanc, puis il pressa la touche sept sur son clavier...

... le méchant numéro quatre braqua son arme sur le groupe d'écolières...

« Steve ! Maintenant ! » ordonna Chavez.

Lincoln dégoupilla la grenade à concussion. Le simulateur reproduisait ces engins destinés à aveugler et désorienter par une explosion assourdissante, suffisamment intense pour toucher les mécanismes d'équilibre de l'oreille interne. Le bruit (pas aussi intense qu'en réalité) lui parvint par ses écouteurs, en même temps que l'éclair saturait les capteurs de ses lunettes de réalité virtuelle. Cela réussit malgré tout à le faire sursauter.

L'écho n'en était pas encore retombé que Chavez plongea dans la pièce, l'arme levée, fonçant sur le terroriste numéro un, censé être le chef du commando. Là, le programme était pris en défaut, estima Ding. Les Européens de son groupe ne tiraient pas de la même façon que leurs collègues américains. Ils portaient l'arme en avant, brandissant le H&K au bout de sa double dragonne, avant de tirer. Chavez et les Américains tendaient au contraire à la plaquer contre l'épaule. Ding tira sa première salve en même temps qu'il se jetait au sol mais l'ordinateur n'enregistrait pas toujours le coup au but — ce qui avait le don de l'irriter. Il ne ratait jamais sa cible, comme avait pu s'en apercevoir un certain Guttenach en se retrouvant à l'improviste devant saint Pierre. Chavez fit une roulade, lâcha une nouvelle rafale, fit pivoter le MP-10 pour aligner une autre cible. Ses écouteurs reproduisaient, trop fort, la détonation de l'arme (pour une raison inconnue, cette version du programme n'intégrait pas les armes à silencieux). Sur sa droite, Steve Lincoln et Hank Patterson étaient entrés et tiraient sur les six terroristes. Leurs rafales saccadées résonnaient à ses oreilles et, dans ses lunettes de réalité virtuelle, les têtes explosaient en formant des nuages rouges tout à fait réjouissants...

... mais voilà que le méchant numéro cinq, au lieu de tirer sur les sauveteurs, se mit à abattre les otages, jusqu'à ce qu'au moins trois des tireurs de Rainbow l'abattent simultanément...

« ... Dégagé ! » s'écria Chavez en se relevant d'un bond pour s'approcher des agresseurs simulés. L'un d'eux, bien que touché à la tête, était encore en vie. Ding écarta son arme d'un coup de pied et, dans l'intervalle, l'ombre du numéro quatre avait cessé de bouger.

« Dégagé ! Dégagé ! crièrent les autres membres du groupe.

— Exercice terminé », leur annonça Clark dans l'interphone. Ding et ses hommes ôtèrent leurs lunettes de réalité virtuelle pour se retrouver dans une salle vaste comme deux terrains de basket, et aussi vide qu'un gymnase de lycée à minuit. Il fallait du temps pour s'y accoutumer. La simulation évoquait l'investissement d'une école primaire par des terroristes — à l'évidence une école de filles, pour renforcer l'impact psychologique.

« Combien de pertes ? demanda Chavez en s'adressant au plafond.

— Six tuées, trois blessées, d'après l'ordinateur, répondit Clark en entrant dans la salle.

— Qu'est-ce qui a déconné ? » Ding avait l'impression de connaître la réponse.

« Je t'ai pris à passer la tête au coin pour regarder, fils, répondit Rainbow Six. C'est ça qui a alerté les méchants.

— Merde... En situation réelle, j'aurais utilisé le truc du miroir, ôté ce putain de casque en Kevlar, mais le programme ne le permet pas. Les grenades auraient fait leur effet sans problème.

— Peut-être... N'empêche que ton score ce coup-ci est un B moins.

— Mince alors ! Merci, monsieur C., râla le chef du groupe Deux. J'imagine aussi que tu vas me dire qu'on a tiré à côté.

— Toi, oui, d'après la machine.

— Bordel de merde, John ! Ce programme n'est pas foutu de simuler un tir de précision, et je refuse de laisser mes gars s'entraîner à faire plaisir à une machine au lieu de s'entraîner à loger leurs balles dans une cible !

— On se calme, Domingo. Je sais que tes hommes savent tirer. D'accord, suis-moi, on va se repasser la séquence.

— Chavez, pourquoi êtes-vous entré par là ? attaqua Stanley dès que tout le monde fut assis.

— Cette porte est plus large et donne une meilleure latitude de tir...

— Pour les deux camps, observa Stanley.

— C'est comme ça aussi sur le champ de bataille, rétorqua Ding. Mais quand on a l'avantage de la surprise et de la vitesse, cela compte également. J'avais placé mon équipe de soutien près de la porte de derrière, mais la configuration du bâtiment ne leur a pas permis de participer à l'assaut. Noonan avait installé ses mouchards. On surveillait parfaitement l'adversaire, et j'ai calculé le moment de l'assaut pour les coincer tous dans le gymnase...

— Avec six tireurs face aux otages.

— C'était toujours mieux que d'avoir à les chercher dans tout le bâtiment. Un des adversaires aurait toujours pu balancer une grenade et tuer un bon nombre de gamines. Non, monsieur, j'ai bien pensé à entrer par l'arrière, voire par les deux côtés à la fois, mais les distances et le temps impartis ne me semblaient pas le permettre. Diriez-vous que j'ai eu tort, monsieur ?

— Dans ce cas précis, oui. »

Mon cul, songea Chavez. « Bien. Montrez-moi votre version. »

C'était autant une affaire de style personnel que de savoir qui avait raison ou tort ; du reste, Ding ne l'ignorait pas, Alistair Stanley y était passé lui aussi et connaissait parfaitement la question. C'est pourquoi il regarda et écouta avec attention. Il nota que Clark faisait de même.

« Ça ne me plaît pas, commenta Noonan après que Stanley eut achevé sa présentation. Il est trop facile de placer une sirène d'alarme sur le bouton de la porte. Ce genre de gadget coûte trois fois rien. On peut s'en procurer dans n'importe quelle boutique d'aéroport. Les gens en placent à la porte de leur chambre d'hôtel pour décourager d'éventuels intrus. On a eu l'exemple au FBI d'un sujet qui en avait utilisé une... il a bien failli faire capoter notre mission, mais les grenades lancées par la fenêtre du dehors ont réussi à couvrir le bruit de la sirène...

— Et si jamais vos détecteurs ne nous avaient pas donné la position exacte de tous les sujets ?

— Mais ils l'ont donnée, monsieur, rétorqua Noonan. On a eu tout le temps de les repérer. » En fait, le programme tournait avec une compression temporelle d'un facteur dix, mais c'était un artifice normal. « Ce simulateur est impeccable pour planifier un assaut, mais il se plante légèrement pour le reste. J'estime pour ma part qu'on s'est bien débrouillés. » Sa conclusion indiquait en outre que Noonan voulait être considéré comme un membre à part entière du groupe Deux, et non leur simple conseiller technique, jugea Ding. Tim avait passé pas mal de temps au stand de tir, et il était désormais au niveau de ses camarades. Mais il est vrai qu'il avait travaillé dans la cellule antiterroriste de Gus Werner au FBI. Il avait les qualifications pour passer en équipe première. On avait cité le nom de Werner pour prendre la tête de Rainbow. Mais également celui de Stanley.

« Bien, reprit Clark, on repasse la bande. »

Désagréable surprise, selon l'ordinateur, le terroriste numéro deux avait pris une balle dans la tête et pivoté en gardant le doigt pressé sur la détente de son AK-74, et l'une des balles avait proprement transpercé le crâne de Chavez. Ding était mort, d'après l'ordinateur Cray, parce que la balle virtuelle était passée sous la visière de son casque en Kevlar pour lui traverser le cerveau. L'impact de cette nouvelle sur Chavez fut surprenant. Même s'il s'agissait d'un événement aléatoire généré par la machine, il n'en était pas moins réel, parce que ce genre d'imprévu existait dans la réalité. Ils avaient déjà envisagé de munir leurs casques de visières en Lexan. Mais outre qu'elles n'arrêteraient peut-être pas toutes les balles, ils avaient écarté l'idée à cause de la distorsion visuelle qu'elles entraîneraient, gênant la précision du tir... peut-être qu'ils devraient réévaluer la question, estima Chavez. La conclusion de l'ordinateur était simple : si c'était possible, alors ça pouvait arriver, auquel cas, tôt ou tard, ça arriverait, et l'un des membres de l'équipe devrait un jour se rendre au domicile d'un de ses compagnons pour annoncer à son épouse qu'elle était veuve. À cause d'un événement aléatoire... d'un coup de malchance. Dur d'annoncer ça à une femme qui vient de perdre son mari.

Cause du décès : la malchance. Chavez réprima un frisson. Comment Patsy prendrait-elle la nouvelle ? Puis il préféra penser à autre chose. C'était extrêmement peu probable. Statistiquement, à peu près autant que d'être touché par la foudre sur un terrain de golf, ou de mourir dans un accident d'avion ; après tout, la vie était synonyme de risque, et en gros le seul moyen d'éviter les risques était d'être mort. Il se tourna vers Eddie Price.

« Les dés, ça ne pardonne pas, observa l'adjudant, avec un sourire désabusé. Mais j'ai réussi à descendre le mec qui t'a tué, Ding.

— Merci, Eddie. Je me sens déjà nettement mieux. Tâche de tirer plus vite, la prochaine fois !

— J'y mettrai un point d'honneur, mon commandant », promit Price.

Stanley avait noté leur échange : « Allez, faut pas t'en faire, Ding. Ça aurait pu être pire. Jusqu'à plus ample informé, personne n'a encore été blessé par un électron. »

Et on est censé tirer une leçon de ces exercices... Ding se demanda ce que leur apprendrait celui-ci. Qu'il arrivait des merdes ? Effectivement, ça donnait à réfléchir et, de toute façon, le groupe Deux était désormais en réserve, c'était au groupe Un de Peter Covington d'être en état d'alerte. Demain, ils reprendraient les séances au stand, en s'entraînant peut-être à tirer plus vite. Restait que la marge de progression était infime et que vouloir à tout prix faire du forcing risquait d'aboutir au résultat inverse de celui recherché. Ding se faisait l'effet d'être le sélectionneur d'une très bonne équipe de foot. Tous les joueurs étaient excellents, ils s'entraînaient dur... sans vraiment toucher à la perfection. Mais dans quelle mesure pouvait-on y remédier ? Et dans quelle mesure n'était-ce pas la simple conséquence du fait que l'autre camp jouait pour gagner, lui aussi ? Leur première mission avait été par trop facile. Model et sa bande avaient tout fait pour se faire dessouder. Ce ne serait pas toujours aussi simple.

6

Vrais Croyants

Le problème était la tolérance à l'environnement. Ils savaient que la souche préparée avait l'efficacité voulue. Elle était simplement trop délicate. Exposée à l'air, elle mourait bien trop facilement. Ils ne savaient pas bien pourquoi. Ce pouvait être une question de température, d'humidité ou d'excès d'oxygène, et cette incertitude avait été fort gênante jusqu'à ce qu'un membre de l'équipe trouve une solution. Ils avaient recouru au génie génétique pour greffer des gènes du cancer dans l'organisme. Plus précisément, ils utilisaient le matériel génétique du cancer du côlon, l'une des souches les plus résistantes qui soient, et les résultats avaient été remarquables. Le nouvel organisme n'était qu'un tiers de micron plus grand mais s'avérait d'une résistance bien supérieure. Ils en avaient la preuve sur le moniteur du microscope électronique. Les minuscules particules virales avaient été exposées pendant dix heures à l'atmosphère et à la température ambiantes avant d'être réintroduites dans le milieu de culture et déjà, constata la technicienne, elles avaient repris leur activité, utilisant leur ARN pour se multiplier après s'être nourries, se répliquant en millions de nouveaux brins minuscules avec un seul objectif : dévorer des tissus. En l'occurrence, du tissu rénal, mais le tissu du foie était aussi vulnérable. La technicienne (diplômée de la faculté de médecine de Yale) consigna les résultats de l'expérience puis, comme c'était son projet, elle baptisa la souche. Elle bénit le cours de théologie comparative qu'elle avait suivi vingt ans plus tôt. Il n'était pas question de lui donner n'importe quel nom.

Shiva, pensa-t-elle aussitôt. Oui, la divinité la plus complexe et la plus intéressante du panthéon hindou. Tour à tour destructeur et restaurateur, maîtrisant le poison destiné à détruire l'humanité et l'un des époux de Kali, la déesse de la mort. Shiva. *Excellent*. La technicienne acheva la rédaction de son compte rendu, sans oublier sa suggestion de nom pour l'organisme. Il y aurait encore un test à effectuer, encore un obstacle technologique à franchir avant de passer à l'exécution. L'exécution... un terme approprié au projet. Une exécution pour le moins à grande échelle.

Pour sa dernière tâche, elle prit un échantillon de Shiva, enfermé dans un récipient hermétique en inox, sortit de son labo et parcourut cent mètres de couloir pour en gagner un autre.

« Salut, Maggie, dit le chef de labo à son entrée. T'as quelque chose pour moi ?

— Salut, Steve. » Elle lui tendit le récipient. « Le voilà.

— Comment va-t-on l'appeler ? » Steve prit le conteneur, le posa sur la paillasse.

« Shiva, je pense.

— Plutôt menaçant, comme nom, observa Steve avec un sourire.

— Oh, mais il l'est », lui promit Maggie. Steve était également médecin, diplômé de l'université Duke, et le spécialiste maison des vaccins. Pour ce projet, il avait dû interrompre ses travaux sur le sida qui commençaient à se révéler prometteurs.

« Donc, les gènes du cancer du côlon ont donné les résultats que t'escomptais ?

— Dix heures à l'air libre, bonne tolérance aux UV. Même si rien n'est sûr pour l'exposition directe au soleil.

— Il nous suffit qu'il résiste deux heures », lui rappela Steve. Et même une seule serait amplement suffisante, tous deux le savaient. « Et le système de dispersion ?

— Il faudra encore le tester, admit-elle, mais ce ne sera pas un problème. » Là aussi, tous deux savaient que c'était vrai. L'organisme devrait sans difficulté tolérer le passage par les buses du système de nébulisation — du reste, on le vérifierait dans une des grandes chambres de confinement. Il eût été bien entendu préférable de procéder au test en plein air, mais si Shiva se révélait aussi résistant que semblait le penser Maggie, mieux valait ne pas courir le risque.

« Bon, très bien. Merci, Maggie. » Steve lui tourna le dos et introduisit le conteneur dans une des boîtes à gants pour l'ouvrir, afin de commencer à travailler sur le vaccin. Le plus gros du travail était déjà fait. La souche utilisée était bien connue et le

196

gouvernement avait financé les travaux de la société après la grande terreur de l'année précédente[1]. Steve était connu dans le monde entier comme l'un des meilleurs spécialistes de la fabrication et la réplication d'anticorps destinés à stimuler le système immunitaire d'un individu. Il regrettait vaguement l'interruption de ses travaux sur le sida. Il estimait avoir découvert fortuitement une méthode permettant d'engendrer des anticorps à large spectre pour combattre ce vicieux petit virus HIV — un progrès de vingt pour cent, à vue de nez, sans compter l'avantage supplémentaire d'être l'instigateur d'une nouvelle percée scientifique, le genre de truc à assurer votre célébrité... et, qui sait, décrocher un Nobel au bout d'une dizaine d'années. Mais dans dix ans, ça n'aurait plus d'importance, pas vrai ?

Non, plus guère, admit le scientifique.

Il se tourna pour regarder par la triple épaisseur de vitre du labo. Le crépuscule était magnifique. Bientôt, les créatures nocturnes allaient sortir. Les chauves-souris chasseraient les insectes. Les chouettes, les souris et les campagnols. Les chats quitteraient leurs maisons pour rôder en quête de proies. Il avait une paire de jumelles infrarouges qu'il utilisait souvent pour observer les animaux dans cette tâche finalement pas si différente de la sienne. Mais en attendant, il reporta son attention sur la paillasse, fit coulisser le clavier de l'ordinateur et tapa quelques annotations pour son nouveau projet. Bon nombre de ses collègues utilisaient pour cela des calepins mais le Projet n'autorisait que l'ordinateur pour l'ar-

---

1. Cf. *Sur ordre*, Albin Michel, 1997. Le Livre de Poche n°s 17066 et 17067.

chivage des comptes rendus d'observation, et toutes les notes étaient cryptées. Si ça pouvait faire plaisir à Bill Gates, alors il n'y voyait pas d'objection. Les méthodes les plus simples n'étaient pas toujours les meilleures. N'était-ce pas du reste la raison de sa présence ici, au sein de ce projet nouvellement baptisé Shiva ?

Ils avaient besoin de types armés, mais ils n'étaient pas évidents à trouver, du moins pas les types valables, avec la bonne mentalité... et la tâche était rendue d'autant plus difficile par les activités gouvernementales visant des objectifs identiques, quoique divergents. Enfin, ça leur évitait toujours de recruter les cinglés notoires.

« Putain, c'est pas mal chouette, comme coin », observa Mark.

Ricanement de son hôte. « Il y a une nouvelle baraque, juste de l'autre côté de cette crête. Les jours sans vent, j'peux même apercevoir la fumée de leur cheminée. »

Cela fit rire Mark. « Vous parlez d'un voisinage... C'est votre côté Daniel Boone, hein ? »

Foster prit un air faussement penaud. « Ouais, enfin, ça fait huit bons kilomètres d'ici.

— Mais vous savez, je ne vous donne pas tort. Imaginez à quoi ressemblait la région avant l'arrivée de l'homme blanc. Pas de voies carrossables, juste les berges de la rivière et les pistes de gibier... la chasse devait être bigrement spectaculaire.

— Ouais, on avait pas trop d'efforts à faire pour se trouver à bouffer. » Foster tendit la main vers le dessus de cheminée. Le mur de la cabane était recouvert de trophées de chasse, pas tous autorisés, mais ici, dans les monts Bitterroot, au fin fond du Montana, il n'y avait pas des masses de gardes-chasse, et Foster avait tendance à rester terré dans son coin.

« C'est notre droit acquis.

— Sans doute, admit Foster. Et qui mérite d'être défendu.

— Jusqu'à quel point ? » s'enquit Mark, tout en contemplant les trophées. La peau d'ours l'impressionnait tout particulièrement — même si elle ne devait pas être plus légale que le reste.

Foster resservit du bourbon à son invité. « Je sais pas comment c'est là-bas, dans l'Est, mais par ici... quand on se bat, on se bat. Jusqu'au bout, mon gars. Un pruneau pile entre les deux phares, ça vous calme en général un brin l'adversaire.

— Ouais, mais ensuite, faut voir à se débarrasser du corps », nota finement Mark en sirotant son verre. L'homme n'achetait que de la mauvaise gnôle. Sans doute n'avait-il pas les moyens de se payer du bon whisky.

La remarque fit rire son hôte. « Jamais vu une tracto-pelle ? Et vous auriez pas entendu parler d'un joli feu de joie ? »

On racontait en effet dans la région que Foster avait tué un garde forestier. Résultat : la police locale se méfiait de lui ; quant aux motards, ils l'alignaient dès qu'il dépassait d'un kilomètre/heure la limitation de vitesse. Mais si on avait bien retrouvé la voiture du garde — carbonisée, à quarante kilomètres de là —, le corps avait disparu et l'affaire en était restée là. Il n'y avait pas des masses de gens dans le secteur pour venir témoigner, même quand ils venaient d'emménager à huit kilomètres d'ici. Mark sirota son bourbon et se cala dans son siège en cuir. « C'est chouette de faire partie de la nature, non ?

— Oui, m'sieur. Tout à fait. Par moments, j'me dis que je comprends plus ou moins les Indiens, voyez-vous.

— Vous en connaissez ?

— Oh, bien sûr. Charlie Grayson... Un Nez-Percé, il est guide de chasse... c'est lui qui m'a refilé mon cheval. Je fais ça aussi de temps en temps... histoire de ramasser du blé, convoyer des chevaux vers les prairies... rencontrer les éleveurs. Sans parler qu'il y a de sacrés troupeaux de wapitis...

— Et les ours ?

— Y en a pas mal, confirma Foster. Surtout des bruns. Mais aussi quelques grizzlis.

— Vous les chassez comment ? À l'arc ? »

L'autre hocha la tête, réjoui. « J'admire peut-être les Indiens, mais j'en suis pas un. Non, ça dépend du gibier et de l'endroit. En général, j'utilise une Winchester .300 à culasse mobile, mais en sous-bois, ce serait plutôt un fusil semi-automatique à balles. Rien de tel que de faire de jolis trous quand il le faut, pas vrai ?

— Chargement manuel ?

— Bien sûr. Faut quand même avoir du respect pour le gibier, histoire de pas fâcher les dieux de la montagne. »

Mark nota que Foster avait lancé cette dernière remarque avec un petit sourire en coin, comme de juste. Dans tout homme civilisé, il y a un païen qui sommeille, prêt à croire aux dieux de la montagne, et à apaiser les esprits du gibier mort. Et c'était bien ce qu'il faisait, malgré sa formation technique.

« À part ça, vous faites quoi, Mark ?

— De la biologie moléculaire. J'ai un doctorat, en fait.

— En quoi ça consiste ?

— Oh, en gros, trouver les secrets de la vie. Par exemple, comprendre pourquoi l'ours a l'odorat aussi développé, mentit-il. C'est parfois intéressant, mais ma vraie vie, c'est de venir dans des endroits comme ici, pour chasser, rencontrer des gens qui comprennent vraiment le gibier, bien mieux que moi. Des gens comme vous, conclut Mark en levant son verre. Et vous ?

— Ah, ma foi, je suis retraité, aujourd'hui. J'ai eu le temps de faire ma pelote. Vous devinerez jamais : géologue pour une compagnie pétrolière !

— Vous bossiez où ?

— Oh, j'ai parcouru toute la planète. J'avais le flair pour ça, et les pétroliers me payaient grassement... Mais j'ai dû finir par lâcher. J'en étais arrivé au point... vous voyez, vous volez beaucoup, vous aussi ?

— J'me balade, confirma Mark avec un signe de tête.

— La merde brune.

— Hein ?

— Allons, vous l'avez vue vous aussi, recouvrant cette satanée planète. Aux alentours de trente mille pieds, cette couche de merde brune. Des hydrocarbures complexes, en majorité des rejets d'avions de ligne. Un jour, je revenais de Paris — un vol en correspondance de Brunei, j'étais passé du mauvais côté parce que je voulais faire étape en Europe pour retrouver une amie... Bref, je me retrouve dans ce putain de 747, au-dessus de l'Atlantique, à quatre heures de vol de toute terre habitée, voyez le topo ?

En première, près du hublot, je sirote mon verre, je mate dehors et qu'est-ce que je vois ? De la merde... cette putain de merde brune. C'est à ce moment que j'ai compris ma responsabilité là-dedans, que je contribuais à saloper toute cette putain d'atmosphère.

« Bref, poursuivit Foster, c'est de là que date ma... conversion, j'imagine qu'on peut dire ça. J'ai donné ma démission une semaine après, j'ai fourgué mes actions, empoché un demi-million et acheté ce coin. Alors, maintenant, je chasse et je pêche, à l'automne je fais un peu le guide, je lis beaucoup, j'ai écrit un petit bouquin sur les conséquences des produits pétroliers sur l'environnement, et c'est à peu près tout. »

Bien entendu, c'était le livre qui avait attiré l'attention de Mark. L'anecdote de la merde brune était évoquée dans la préface. Foster était un croyant, mais pas un allumé. Chez lui, il y avait l'électricité et le téléphone. Mark apercevait le boîtier-tour de son ordinateur posé sous le bureau. Une bête de course de chez Gateway. Il avait même la télé par satellite, sans oublier l'incontournable pick-up Chevrolet avec le râtelier à fusils contre la vitre arrière de la cabine... et une tracto-pelle à moteur diesel. Donc, il croyait peut-être, mais ça ne lui avait pas trop obscurci les méninges. Parfait, jugea Mark. Il était déjà bien assez fou comme ça... Liquider le garde forestier en était la preuve.

Foster rendit à son hôte son regard amical. Il avait déjà rencontré des types dans son genre quand il bossait chez Exxon. Un costard-cravate, mais plutôt débrouillard, prêt à mettre les mains dans le cambouis, s'il le fallait. La biologie moléculaire. On n'enseignait pas cette matière à l'École des mines du Colorado, mais Foster était abonné à *Science News* et il savait de quoi il retournait. Un type qui tripotait la vie... mais paradoxe, qui savait aussi ce qu'était un cerf ou un wapiti... Le monde était décidément bien complexe. Juste à cet instant, son visiteur avisa le bloc de Plexi posé sur la table basse. Mark le saisit.

« Qu'est-ce que c'est ? »

Sourire de Foster derrière son verre. « À quoi ça ressemble, selon vous ?

— Eh bien, soit c'est de la pyrite de fer, soit...

— Pas du fer. Je connais ma minéralogie, chef...

— De l'or ? ? ? D'où vient-il ?

— Je l'ai trouvé dans mon torrent, à peu près à trois cents mètres là-bas. » Il tendit le bras.

« C'est une pépite de belle taille.

— Cinq onces et demie. Cent cinquante-cinq grammes, pas loin de deux mille dollars. Vous savez, des gens — des colons blancs — exploitaient ce ranch depuis plus d'un siècle, eh bien, aucun n'avait remarqué ça dans le torrent. Un de ces quatre, il faudra que je repère d'où ça part, voir si c'est un bon filon. Ça devrait, c'est du quartz, là, en bas de la plus grosse pépite. Les gisements où l'on trouve à la fois du quartz et de l'or sont souvent riches, ça tient à la façon dont l'ensemble remonte de l'écorce terrestre. Le coin est très volcanique, c'est plein de sources thermales, rappela-t-il à son hôte. On a même droit à des séismes, de temps en temps.

— Alors, comme ça, vous pourriez avoir votre mine d'or personnelle ? »

L'autre rit. « Ouaip, c'est farce, non ? J'ai payé le droit d'exploitation pour des pâturages — pas bien cher, d'ailleurs, à cause du terrain vallonné : le dernier à faire de l'élevage dans le coin râlait que son bétail perdait tous les kilos de fourrage qu'il broutait à aller le chercher en haut des collines...

— Riche, le filon ? »

L'autre haussa les épaules. « Pas facile à dire, mais j'ai montré ça à d'anciens copains de fac... ma foi, certains seraient prêts à investir dix ou vingt millions pour prospecter. Comme j'vous ai dit, c'est du quartz. Pas mal de gens miseraient gros là-dessus. L'or est peut-être sous-évalué sur le marché, mais si on peut l'extraire presque pur... merde, ça vaut quand même plus que du charbon, pas vrai ?

— Dans ce cas, pourquoi ne pas... ?

— Pas'que j'en ai pas besoin, voilà pourquoi. Et puis, c'est dégueulasse à traiter. Encore pire que les forages pétroliers. Ça encore, on arrive à le nettoyer, mais une mine... pas question. C'est définitif. Les fronts de taille défigurent le paysage à tout jamais. L'arsenic pollue les nappes phréatiques et met une éternité à se diluer. De toute façon, c'est jamais que deux bouts de caillou dans du plastique, alors, si jamais j'ai besoin de fric, ma foi, je sais ce qui me reste à faire.

— Vous scrutez souvent le fond du torrent ?

— Quand j'y descends pêcher... la truite brune, vous voyez ? » Il montra du doigt une belle pièce accrochée au mur de rondins. « Une fois sur trois ou quatre, à peu près, je trouve une nouvelle pépite. En fait, j'ai l'impression que le gisement n'a été mis au jour que récemment, sinon il y a beau temps que des types l'auraient repéré. Merde, je devrais peut-être essayer de voir d'où il part, mais je risquerais juste d'être tenté. Quel intérêt ? conclut Foster. Je pourrais avoir un moment de faiblesse et enfreindre mes principes. Et puis, y risque pas de s'envoler, pas vrai ?

— Non, sans doute, grommela Mark. Vous en avez d'autres, du même genre ?

— Bien sûr. » Foster se leva, ouvrit un tiroir de secrétaire, prit une bourse en cuir, la lança. Mark l'intercepta, surpris par son poids, pas loin de cinq kilos. Il en défit le cordon et en sortit une pépite. De la taille d'un demi-dollar, mi-or, mi-quartz, d'autant plus belle qu'elle était imparfaite.

« Z'êtes marié ? s'enquit Foster.

— Ouais. Une femme et deux gosses.

— Eh ben, gardez-la. Faites-en un pendentif, donnez-lui pour son anniversaire ou sa fête...

— Je ne peux pas accepter, il y en a au bas mot pour deux mille dollars. »

Foster agita la main. « Merde, ça fait que du fouillis dans mon bureau. Vaut-y pas mieux qu'elle fasse le bonheur de quelqu'un ? Et puis, vous comprenez, vous, Mark. Je crois que vous comprenez vraiment. »

Ouaip, se dit Mark, c'était une recrue. « Et si je vous disais qu'il existe un moyen de faire disparaître la merde brune... ? »

Regard intrigué de son interlocuteur. « Par exemple un micro-organisme ou autre qui pourrait l'absorber ? »

Mark le regarda dans les yeux. « Non, pas exactement... » Que pouvait-il lui dire au juste, pour le moment ? Il allait devoir redoubler de prudence. Ce n'était que leur première rencontre.

« Trouver l'avion, c'est votre affaire. Pour la destination, on devrait pouvoir vous filer un coup de main, assura Popov.

— Laquelle ? insista son hôte.

— La clé du problème est de passer inaperçu des radars de contrôle aérien, mais aussi que le vol soit suffisamment long pour déjouer toute velléité de poursuite par des chasseurs. Dès lors, si vous pouvez vous poser en pays ami et disposer d'une équipe d'entretien une fois arrivé à destination, repeindre l'appareil n'a rien de bien compliqué. On pourra toujours le détruire ensuite, voire le désosser pour revendre les pièces importantes, les moteurs, par exemple. Ils peuvent aisément disparaître sur le marché noir international, il suffit de changer les plaques du constructeur, expliqua Popov. Ce ne sera pas la première fois, vous vous en doutez. Mais les services de police et de renseignements occidentaux évitent de le clamer sur les toits.

— La planète est truffée de stations radar, objecta son interlocuteur.

— Certes, admit Popov, mais les contrôleurs civils ne voient pas les appareils. Leurs radars voient les signaux renvoyés par leurs transpondeurs. Seuls les radars militaires détectent le signal des appareils proprement dits, et quel pays d'Afrique possède un réseau de défense aérienne digne de ce nom ? En outre, l'ajout d'un simple brouilleur à la radio de bord permet de réduire encore les possibilités de détection. Non, votre évasion ne sera pas un problème, mon ami, si du moins vous parvenez à rallier un aéroport international. Et c'est cela le plus délicat. Une fois disparu au-dessus de l'Afrique... à vous de sélectionner votre pays de destination. En fonction de sa pureté idéologique ou des avantages financiers. Au choix. Je serais vous, je m'attacherais à l'idéologie », conclut Popov. L'Afrique n'était peut-être pas encore le paradis du droit et de l'intégrité, mais elle avait des centaines d'aéroports capables d'assurer l'entretien d'un avion de ligne.

« Pas de veine pour Ernst, nota l'hôte, d'une voix calme.

— Ernst était un imbécile ! rétorqua son amie avec un geste de colère. Il aurait dû braquer une banque plus petite. En plein centre de Berne ! Monsieur recherchait un geste d'éclat », ricana Petra Dortmund. Jusqu'à aujourd'hui, Popov ne la connaissait que de réputation. Elle avait dû être jolie, et même belle, mais à présent, avec ses cheveux naguère blonds teints en brun, son visage mince à la mine sévère, ses joues creuses, ses yeux bordés de cernes noirs, elle était presque méconnaissable ; ce qui expliquait pourquoi les polices européennes n'avaient pas encore réussi à les intercepter, elle et son amant de toujours, Hans Fürchtner.

Pour Fürchtner, c'était l'inverse : il avait pris une bonne trentaine de kilos, rasé son épaisse toison brune — à moins qu'il ne soit devenu chauve — et sa barbe avait disparu. Il ressemblait désormais à un banquier, gras et sûr de lui ; plus rien de commun avec le militant communiste sérieux, motivé, passionné des années soixante-dix et quatre-vingt — en apparence du moins. Tous deux habitaient une belle propriété, sur les contreforts des Alpes, au sud de Munich. Leurs rares voisins les prenaient pour des artistes : l'un et l'autre s'étaient mis à peindre. Ils vendaient même parfois quelques œuvres dans de petites galeries, ce qui suffisait à les nourrir, faute d'assurer leur train de vie.

Ils avaient dû regretter les planques d'ex-RDA et de Tchécoslovaquie, estima Dimitri Arkadeïevitch. Quand il suffisait, dès la descente d'avion, de se laisser conduire en voiture dans un appartement confortable, sinon luxueux, d'aller faire ses emplettes dans des boutiques « spéciales » réservées à l'élite du Parti, et d'attendre les visites régulières d'agents de renseignements sérieux et discrets chargés de les informer en prévision de leur prochaine mission. Fürchtner et Dortmund avaient quelques jolis succès à leur actif, dont l'un des moindres n'avait pas été l'enlèvement et l'interrogatoire d'un sergent américain affecté au tir d'obus nucléaires — mission qui leur avait été assignée par le GRU soviétique. Les résultats avaient été fructueux, car le sergent était un expert des systèmes de sécurité de tir U.S. Le corps avait été retrouvé par la suite et le décès attribué à un malencontreux accident de la circulation sur les routes enneigées du sud de la Bavière. C'est en tout cas ce que pensait le GRU, d'après les rapports de ses agents infiltrés dans le haut commandement de l'OTAN.

« Bien, que voulez-vous savoir ? demanda-t-elle.

— Les codes d'accès électroniques au réseau boursier international.

— Alors vous aussi, vous passez au vulgaire brigandage ? lança Hans avant même que Petra ne lui lance un sourire de mépris.

— Un brigand bien singulier, mon patron. Si nous devons restaurer une alternative socialiste et surtout progressiste au capitalisme, nous devons à la fois financer le mouvement et instiller une certaine

défiance dans le système nerveux capitaliste, non ? »
Popov marqua un temps. « Vous me connaissez.
Vous savez où j'ai travaillé. Pensez-vous que j'aie
oublié ma patrie ? Pensez-vous que j'aie renoncé à
mes croyances ? Mon père s'est battu à Stalingrad et
à Koursk. Se faire repousser, subir la défaite, il a
connu tout cela, sans pour autant renoncer, jamais !
poursuivit le Russe avec véhémence. Pourquoi
croyez-vous que je risque ma vie ici ? Les contre-
révolutionnaires installés à Moscou ne verraient pas
ma mission d'un trop bon œil... mais ils ne sont plus
la seule force politique de notre mère patrie !

— Ah, ah, observa Petra Dortmund, redevenue
soudain sérieuse. Vous pensez donc que tout n'est
pas perdu ?

— Avez-vous cru un jour que la marche en avant
de l'humanité se déroulerait sans heurts ? C'est vrai,
nous avons dévié de notre route. J'ai pu constater
moi-même au KGB la corruption des élites. C'est
cela qui nous a vaincus... pas l'Occident ! J'étais
jeune capitaine quand j'ai vu la fille de Brejnev piller
le palais d'Hiver pour sa réception de mariage.
Comme si elle était la grande-duchesse Anastasia !
C'était ma fonction au KGB d'apprendre les leçons
de l'Ouest, leurs plans et leurs secrets, mais notre
nomenklatura n'a appris d'eux qu'une seule chose :
la corruption. Eh bien, on a su en tirer la leçon, mes
amis. Qu'on soit communiste ou non. Qu'on ait la
foi ou non. Qu'on agisse en accord avec ces
croyances ou non.

— Vous nous demandez de renoncer à beaucoup, remarqua Hans Fürchtner.

— Vous serez justement récompensé. Mon
financier...

— Qui est-ce ? intervint Petra.

— Cela, vous n'êtes pas censés le savoir, répondit tranquillement Popov. Vous croyez avoir pris des risques ? Et moi, alors ? Quant à mon financier, non, pas question de révéler son identité. La sécurité de l'opération est primordiale. Vous devriez le savoir », leur rappela-t-il. Sans surprise. Ils prirent plutôt bien la petite réprimande. Ces deux crétins étaient de vrais croyants, à l'image d'Ernst Model, même s'ils étaient un peu plus intelligents et infiniment plus vicieux, comme l'avait appris à ses dépens cet infortuné sergent américain, en regardant sans doute, incrédule, les yeux bleus toujours aussi adorables de Petra Dortmund alors qu'elle lui fracassait les membres à coups de marteau.

« Bref, Iossif Andreïevitch », reprit Hans — ils connaissaient Popov par l'un de ses noms d'emprunt, en l'occurrence I.A. Serov. « Quand voulez-vous que nous passions à l'action ?

— Dès que possible. Je vous rappellerai dans une semaine, pour voir si vous l'acceptez toujours et si...

— Nous l'acceptons, lui assura Petra. Nous devons maintenant mettre au point notre plan...

— Dans ce cas, je vous rappelle la semaine prochaine pour le connaître. J'aurai pour ma part besoin de quatre jours pour lancer l'opération. Souci supplémentaire, la mission dépend de la présence ou non d'un porte-avions américain en Méditerranée. Il se peut qu'elle soit suspendue s'il croise en Méditerranée occidentale car dans ce cas, leurs escadrilles pourraient repérer votre appareil. Or nous voulons voir réussir notre mission, mes amis. »

Sur quoi, ils passèrent à la négociation du prix. Cela ne fut pas difficile. Hans et Petra connaissaient

Popov depuis longtemps et lui faisaient personnellement confiance pour assurer la livraison.

Dix minutes plus tard, Popov leur serrait la main et prenait congé, pour filer, au volant cette fois d'une BMW de location, vers la frontière autrichienne. La route, excellente, était dégagée, le paysage superbe, et Dimitri Arkadeïevitch en profita pour s'interroger de nouveau sur ses hôtes. Les seuls éléments de vérité qu'il leur avait dévoilés étaient que son père était effectivement un ancien combattant des batailles de Stalingrad et de Koursk, qui avait confié à son fils ses souvenirs de commandant de char durant la Grande Guerre patriotique. Il y avait un trait bizarre chez les Allemands, un enseignement tiré de son expérience professionnelle dans les rangs du Comité de sécurité de l'État. Donnez-leur un homme à cheval, et ils le suivront jusqu'à la mort. Comme si les Allemands avaient toujours besoin d'avoir un modèle ou d'un exemple à suivre. Un comportement étrange. Mais qui le servait à merveille, ainsi que son patron, et puis, si ces Allemands avaient envie de suivre un cheval rouge — rouge et mort, nota Popov avec un demi-sourire —, eh bien, tant pis pour eux. Les seuls innocents dans cette affaire seraient les banquiers qu'ils chercheraient à enlever. Mais eux au moins ne seraient pas soumis à la torture, comme ce sergent américain. Popov doutait qu'Hans et Petra aillent aussi loin, même s'il ignorait encore presque tout des capacités de la police et de l'armée autrichiennes. Mais ce n'était sans doute que partie remise.

C'était paradoxal, comme organisation. À présent le groupe Un était en état d'alerte, prêt à tout instant à décoller d'Hereford, tandis que le Deux, celui de Chavez, demeurait en réserve, mais c'était ce dernier qui pratiquait les exercices complexes alors que le premier se contentait d'un petit décrassage matinal et d'un entraînement de routine au stand de tir. Techniquement, ce qu'ils redoutaient le plus, c'était un accident à l'entraînement : un homme blessé ou invalide, et tout l'équilibre opérationnel de l'équipe aurait été compromis à un moment crucial.

Le chef mécanicien Miguel Chin appartenait au groupe de Peter Covington. Ancien membre des commandos de la marine américaine, il avait été emprunté au groupe Six des SEAL basés à Norfolk pour être versé à Rainbow. De mère hispanique et de père émigré chinois, il avait, tout comme Chavez, grandi dans les quartiers est de Los Angeles. Ding le vit fumer un cigare devant le bâtiment du groupe Un et s'approcha.

« Eh, chef, lança-t-il.

— Second maître, rectifia Chin. L'équivalent d'un sergent dans l'armée de terre, mon commandant.

— Moi, c'est Ding, *'mano*.

— Mike. » Chin tendit la main. Son visage demeurait indéchiffrable. Comme Oso Vega, c'était un pousseur de fonte, et il avait la réputation d'avoir roulé sa bosse. Il était expert en toutes sortes d'armes et sa poigne trahissait en outre qu'il ne devait pas non plus être manchot au combat à mains nues.

« Ça peut nuire gravement à la santé, nota Chavez.

— Notre gagne-pain aussi, Ding. Quel coin de

L.A. ? » Ding le lui dit. « Non, sans blague ? Merde, j'ai grandi à quatre cents mètres de là. T'appartenais aux Banditos.

— Arrête ! Me dis pas que... »

Le second maître opina. « Chez les Piscadores, jusqu'à ce que ça me passe. C'est un juge qui m'a suggéré de m'enrôler plutôt que de finir en taule, alors j'ai tenté le coup chez les Marines, mais ils ont pas voulu de moi... c'te bande de gonzesses ! commenta le sous-off en recrachant un bout de tabac. Alors, direction les Grands Lacs, où je suis devenu mécano... et puis, j'ai entendu parler des SEAL, et... ma foi, y a pire, comme vie, pas vrai ? Et toi, tu viens de l'Agence, j'ai appris...

— J'ai débuté seconde classe... Et puis, il y a eu une petite virée en Amérique du Sud qui a merdé complètement, mais c'est là que j'ai rencontré notre chef... c'est comme qui dirait lui qui m'a recruté. J'ai jamais eu à le regretter.

— L'Agence t'a envoyé à la fac ?

— George Mason, je viens de décrocher ma maîtrise. Relations internationales, confirma Chavez avec un signe de tête. Et toi ?

— Ouais, ça se voit, j'imagine... Psycho. Juste une licence. Old Dominion University. Le toubib du groupe. Bellow. Une sacrée pointure, ce mec. Un vrai télépathe. J'ai trois bouquins de lui, chez moi.

— Covington, il est comment pour bosser ?

— Réglo. Il connaît la musique. Il sait écouter. Le genre plutôt réfléchi... Pas à dire, on forme une bonne équipe, mais comme d'hab, on a pas des masses de trucs à faire. J'ai bien aimé votre raid à la banque, Chavez. Clair, net et sans bavure. » Chin souffla la fumée vers le ciel.

« Eh bien, merci, second maître.

— Chavez ! » Peter Covington venait de sortir sur ces entrefaites. « Alors, on essaie de me piquer mon second ?

— On vient de s'apercevoir qu'on a grandi à deux pâtés de maisons de distance, Peter.

— Pas possible ! Incroyable...

— Au fait, chef, indiqua Chin, Harry s'est fait une légère entorse à la cheville, ce matin. Rien de grave, il est en train de se gaver d'aspirine. Il s'est donné un coup, il y a quinze jours, en descendant au filin de l'hélico », ajouta-t-il à l'intention de Chavez.

Toujours ces putains d'accidents à l'entraînement, s'abstint d'ajouter le sous-off. C'était le problème dans ce genre de boulot, tous en étaient conscients. Les membres de Rainbow avaient été sélectionnés pour quantité de raisons, entre autres pour leur esprit de compétition exacerbé. Chacun se considérait comme le rival de tous les autres, et chacun forçait en permanence au-delà de ses limites. Cela expliquait blessures et accidents à l'entraînement — et le miracle était qu'ils n'aient pas encore dû expédier un des hommes à l'hôpital de la base. Mais cela arriverait tôt ou tard. Et réprimer cet aspect de leur personnalité leur était aussi impossible qu'arrêter de respirer. Des athlètes olympiques n'auraient pas été entraînés avec plus de soin. Vous étiez au sommet de la forme ou vous ne valiez rien. Tant et si bien que chacun de ces hommes pouvait courir le quinze cents mètres à trente ou quarante secondes du record du monde, et en rangers, pas en chaussures à pointes. C'était logique : une demi-seconde de plus et ce pouvait être la mort... pis encore, non pas la mort d'un des leurs, mais celle d'un innocent, d'un otage, d'une personne qu'ils avaient juré de protéger et sauver. Mais l'ironie de la chose était que le groupe de permanence était interdit d'entraînement par peur d'un accident, de sorte que les capacités des hommes se dégradaient progressivement avec le temps — en l'occurrence, deux semaines d'état d'alerte. Trois jours encore pour le groupe Un de Covington et, Chavez le savait, ce serait son tour.

« J'ai cru comprendre que t'appréciais pas trop le programme d'exercices, reprit Chin.

— Pas tant que ça, non. Il est parfait, question organisation des mouvements et tout ça, mais pas terrible au niveau de l'intervention.

— On l'utilise depuis des années, observa Covington. On l'a sacrément amélioré.

— Je préfère les cibles vivantes et les tenues laser », s'entêta Chavez. Il faisait allusion au système longtemps utilisé par l'armée américaine, où chaque soldat était équipé de récepteurs laser pour valider les tirs.

« Pas aussi efficace pour le tir de près, nota Peter.

— Oh, on l'utilise jamais dans ce contexte, dut admettre Ding. Mais en pratique, de près, l'affaire est entendue : nos gars ne ratent pas beaucoup de cibles.

— Certes », concéda Covington. Au même instant, ils entendirent claquer un fusil. Les tireurs d'élite de Rainbow étaient en train de s'entraîner, pour décider qui groupait le mieux ses tirs. Pour l'heure, c'était Homer Johnston, le Fusil Deux-Un de Ding, avec trois millimètres de moins que Sam Houston, son homologue chez Covington, le tout à cinq cents mètres — distance à laquelle chacun pouvait loger dix balles de suite à l'intérieur d'un rayon de cinq centimètres, soit une taille bien moindre que la tête de la cible que les hommes s'entraînaient à pulvériser avec leurs balles à charge creuse. En bref, deux tirs manqués pour chacun par semaine d'entraînement, c'était une performance remarquable, et ces échecs s'expliquaient en général parce qu'ils avaient trébuché sur quelque chose. Le problème était que leur mission n'était pas de tirer. Elle était de se rapprocher suffisamment — plus encore, de prendre une décision parfaitement coordonnée afin d'intervenir pour neutraliser les sujets, et pour ça, ils devaient le plus souvent s'appuyer sur le Dr Paul Bellow. La partie tir sur cible, qu'ils pratiquaient quotidiennement, était certes la plus dure, nerveusement, mais d'un point de vue technique et opérationnel, c'était sans conteste la plus facile. Cela pouvait paraître pervers, mais leur activité aussi.

« Des menaces à l'horizon ? s'enquit Covington.

— J'allais justement aux nouvelles, mais j'en doute, Peter. » Ceux qui envisageaient encore un mauvais coup quelque part en Europe avaient sans doute vu à la télé l'assaut de la banque suisse et cela devait avoir quelque peu refroidi leurs ardeurs, estimaient les deux chefs d'escouade.

« Très bien, Ding. J'ai encore de la paperasse à finir », conclut Covington en retournant à l'intérieur. À ce signal, Chin jeta son cigare dans le bac à sable et fit de même.

Chavez repartit vers le bâtiment du QG, répondant au salut du planton à l'entrée. Ces Anglais avaient quand même une drôle de façon de saluer, songea-t-il en passant. À l'intérieur, il trouva le commandant Bennett derrière son bureau.

« Eh, Sam !

216

— Bonjour, Ding. Un café ? » L'officier de l'Air Force brandit sa chope.

« Non merci. Du nouveau quelque part ? »

Signe de dénégation. « Journée peinarde. Même du côté de la criminalité ordinaire. »

Les principales sources qu'exploitait Bennett étaient les téléscripteurs des grandes agences de presse européennes. Pour tous ceux qui s'intéressaient au crime, l'expérience démontrait que l'information parvenait bien plus vite par ce biais que par les canaux officiels qui en général transmettaient leurs messages par fax sécurisés depuis les ambassades américaines ou britanniques dans les diverses capitales d'Europe. Les téléscripteurs étant calmes, Bennett en profita pour mettre à jour sa liste informatique des terroristes répertoriés, faisant alterner les photos et les descriptifs de ce qu'on savait d'eux avec certitude (en général pas grand-chose), et de ce qu'on suspectait (à savoir guère plus).

« C'est qui ? Et c'est quoi, ce truc ? demanda Ding en indiquant l'ordinateur.

— Notre nouveau jouet. Ça vient du FBI. À partir d'une photo, le programme vieillit les traits du sujet. Celle-ci, c'est Petra Dortmund. On n'a que deux clichés d'elle, l'un et l'autre datent de près de quinze ans. Alors, je la vieillis d'une durée équivalente. Je joue également avec la couleur des yeux... Avantage avec les nanas : elles ont pas de barbe, rigola Bennett. Et elles sont en général trop vaniteuses pour se planquer sous les kilos en trop, comme notre ami Carlos. Celle-ci, par exemple, mate un peu ses yeux...

— Pas le genre de fille que j'irais draguer dans un bar, observa Chavez.

— Sans doute pas non plus une affaire au lit, Domingo, nota Clark, derrière son dos. Impressionnant, ton truc, Sam.

— N'est-ce pas ? Et on vient de l'installer ce matin. Noonan me l'a récupéré auprès des services techniques du QG. Ils l'avaient inventé pour contribuer à l'identification des enfants victimes d'enlèvement, plusieurs années après leur disparition. Avec d'assez bons résultats. Et puis, quelqu'un s'est avisé que si ça marchait si bien avec des enfants devenus grands, pourquoi ne pas essayer avec ces grands enfants que sont les truands ? Blague à part, c'est grâce à ce système qu'ils ont repéré l'un des rois du braquage de banques au début de cette année. Toujours est-il que c'est à peu près à ça que Fräulein von Dortmund doit ressembler aujourd'hui.

— Et quel est le nom de son petit copain ?

— Herr Fürchtner. » Bennett fit glisser sa souris pour faire apparaître la bobine de l'intéressé. « Seigneur, ça doit remonter à ses photos de lycée ! » Puis il parcourut le commentaire accompagnant le cliché. « Bon, il a un faible pour la bière... on va donc lui rajouter sept-huit kilos... Une moustache... de la barbe... » En trois secondes, l'image s'était métamorphosée. Bientôt, ils avaient quatre nouvelles photos de l'individu.

« Ces deux-là devraient coller à peu près, nota Chavez en se remémorant son propre dossier sur le couple. À supposer qu'ils soient toujours ensemble. » Une idée lui vint alors à l'esprit. Il alla voir le Dr Bellow dans son bureau.

« Eh, toubib... »

Bellow leva les yeux de son ordinateur. « Bonjour, Ding ! Que puis-je faire pour vous ?

218

— On était en train d'examiner les photos de deux de nos terroristes, Petra Dortmund et Hans Fürchtner. Et j'aurais une question à vous poser...

— Allez-y.

— Quelle est la probabilité que deux individus dans leur genre vivent longtemps en couple ? »

Bellow plissa les paupières, puis il se cala contre son dossier. « Excellente question... ces deux-là... j'ai fait l'évaluation à partir de leurs dossiers en cours... Ils sont probablement encore ensemble. Leur idéologie est sans doute un facteur de cohésion, un élément important de leur attachement mutuel. C'est avant tout leurs convictions qui les ont réunis, et dans un sens psychologique, ils ont prononcé leurs vœux de mariage quand ils ont décidé de les mettre en pratique... en passant à l'action terroriste. Autant que je me souvienne, on les soupçonne, entre autres, d'avoir enlevé et tué un militaire, et c'est là le genre d'acte propre à créer un lien interpersonnel très puissant.

— Mais la plupart de ces individus selon vous sont des sociopathes, objecta Ding. Or les sociopathes ne...

— Vous avez lu mes livres ? demanda Bellow avec un sourire. En particulier celui où j'envisage la fusion entre deux êtres qu'engendre leur mariage ?

— Oui. Et le rapport ?

— Le rapport, c'est qu'avec eux, une telle expression est à prendre au pied de la lettre. Ce sont effectivement des sociopathes, mais l'idéologie offre à leur déviance une éthique — et c'est cela, le point important. Car dès lors, partager la même idéologie les unit et leurs tendances sociopathes fusionnent. Dans le cas de ces deux-là, je ne serais même pas surpris d'apprendre qu'ils ont officialisé ce mariage, mais peut-être pas devant monsieur le curé, ajouta-t-il avec un sourire.

— Un mariage stable... et des enfants ? »

Bellow acquiesça. « Ce serait fort possible. L'avortement demeure illégal en Allemagne — en tout cas, dans l'ex-RFA, il me semble. Auraient-ils choisi d'avoir des enfants... ? Oui, c'est une bonne question... il va falloir que j'y réfléchisse.

— Je dois absolument mieux connaître ces individus. Leur façon de penser, de voir le monde, ce genre de chose. »

Souriant de nouveau, Bellow se leva pour aller à sa bibliothèque, prendre un de ses ouvrages et le lancer à Chavez. « Essayez ça, pour commencer. C'est le texte d'un de mes cours à l'académie du FBI... c'est celui qui m'a valu d'être appelé ici il y a quelques années pour former les SAS. Je crois que c'est ce qui m'a amené dans ce métier...

— Merci, toubib. » Chavez soupesa le bouquin avant de regagner la porte. Son titre : *La Perspective de l'enragé ou ce que les terroristes ont dans la tête*. Ça ne pourrait pas faire de mal de les comprendre un petit peu mieux, même si pour sa part, le mieux que les terroristes pouvaient avoir dans la tête, c'était douze grammes de plomb de dix millimètres propulsés à haute vitesse.

Popov ne pouvait pas leur donner de numéro de téléphone. C'eût été indigne d'un pro. Même un téléphone mobile assorti d'un abonnement bidon pouvait fournir à la police une trace écrite ou — risque encore plus mortel aujourd'hui —

une trace électronique exploitable, ce qui eût été pour le moins gênant. De sorte que c'était lui qui les appelait chez eux, à intervalles réguliers. Ils ne savaient jamais d'où, même s'il existait divers moyens pour remonter à la source d'un appel à longue distance.

« J'ai l'argent. Êtes-vous préparés ?

— Hans est déjà sur place, il supervise les derniers préparatifs, répondit Petra. J'estime qu'on sera prêts dans quarante-huit heures. Et de votre côté ?

— Tout est paré. Je vous rappelle dans deux jours », conclut-il avant de couper brusquement. Il sortit de la cabine d'un des terminaux de l'aéroport Charles-de-Gaulle et se dirigea vers la station de taxis, avec à la main sa mallette, bien garnie de billets de cent deutsche marks. Vivement le passage à l'euro, se surprit-il à penser. Ce sera plus simple que de devoir passer son temps à changer de devises...

7

Finance

Il n'était pas si fréquent pour un Européen de travailler depuis chez lui, mais c'était pourtant le cas pour Erwin Ostermann, installé dans un ancien château de cette baronnie située à trente kilomètres de Vienne. Il aimait bien ce *Schloss*, authentique palais qui contribuait à renforcer sa stature dans le monde de la finance. C'était une demeure de six mille mètres carrés répartis en trois niveaux, perdue dans un domaine de plusieurs milliers d'hectares, dont une bonne partie au flanc d'une montagne suffisamment pentue pour lui permettre d'avoir sa piste de ski personnelle. L'été, il laissait les fermiers des alentours y mener paître leurs moutons et leurs chèvres... moins pour singer les pratiques des hobereaux d'antan que pour garder son herbe à une hauteur raisonnable. Du reste, n'était-ce pas autrement plus démocratique ainsi ? Cela lui permettait en outre de bénéficier d'une réduction sur les impôts levés par le gouvernement de gauche et, surtout, ça faisait bien.

Sa voiture personnelle était une limousine Mercedes — en fait il en avait deux. Mais il avait également une Porsche pour les jours où il se sentait assez hardi pour prendre le volant et descendre boire et dîner dans l'excellente auberge du village voisin. Ostermann était grand, un mètre quatre-vingt-six ; c'était un homme à l'ample chevelure grise et à la silhouette altière, parfaitement mise en valeur quand il chevauchait un de ses pur-sang arabes — on n'habitait pas une telle demeure sans élever ses chevaux, évidemment ; ou quand il présidait une réunion d'affaires, en complet griffé d'un tailleur anglais ou italien.

Il avait choisi pour travailler de s'installer au premier étage, dans la spacieuse bibliothèque du propriétaire originel des lieux et de huit de ses descendants, mais aujourd'hui, la pièce était illuminée par l'éclat d'une multitude de moniteurs reliés aux grandes places financières de la planète, alignés sur le buffet derrière son bureau.

Après un petit déjeuner léger, il monta travailler.

Trois domestiques, un homme et deux femmes, étaient chargés de l'approvisionner en café, en pâtisseries et en informations... La pièce était assez vaste pour accueillir une vingtaine de personnes. Les murs aux boiseries de noyer étaient recouverts de rayonnages garnis de livres transmis avec le château et dont Ostermann n'avait jamais pris la peine d'examiner les titres. Il lisait des articles financiers plutôt que des œuvres littéraires, et à ses moments perdus préférait regarder des films dans sa salle de projection privée — aménagée au sous-sol dans une ancienne cave à vins. Dans l'ensemble, c'était un homme qui vivait une existence confortable et discrète dans la plus confortable et discrète des résidences.

En s'asseyant à son bureau, il découvrit la liste de ses rendez-vous de la journée. Trois banquiers et deux commerçants comme lui : les premiers venaient discuter de prêts pour une nouvelle affaire qu'il finançait, et les derniers s'enquérir de ses conseils sur les tendances financières. Cela renforçait chez lui un amour-propre déjà bien assis, qu'on vienne ainsi le consulter sur de tels sujets, et il se faisait toujours une joie de recevoir toutes sortes d'hôtes.

Popov descendit de l'avion et emprunta la passerelle seul, un homme d'affaires parmi d'autres, tenant à la main son attaché-case muni d'une serrure à combinaison et vide de tout objet métallique ; il ne s'agissait pas qu'un douanier muni d'un magnétomètre lui demande de l'ouvrir, révélant ainsi les liasses de billets qu'il contenait — les terroristes

223

avaient réellement ruiné l'agrément des voyages en avion, se dit l'ancien agent du KGB. Que quelqu'un s'avise de perfectionner un peu plus les scanners des douanes, au point qu'on puisse compter l'argent contenu dans les bagages à main, et ce serait un nouveau coup porté aux déplacements d'affaires de quantité de gens, lui le premier. Mais d'un autre côté, il détestait les voyages en train.

Leur manège était parfaitement rodé. Hans était à l'emplacement prévu, assis en train de lire le *Spiegel*, vêtu comme convenu d'un blouson de cuir marron, et il avisa Dimitri Arkadeïevitch, son attaché-case dans la main gauche, qui arrivait d'un bon pas avec les autres voyageurs. Fürchtner termina son café et se leva pour le suivre, à vingt mètres de distance, un rien décalé sur la gauche, pour sortir par une autre porte et gagner le parking souterrain par un accès différent. Popov tourna discrètement la tête et repéra Hans au premier coup d'œil, notant sa façon d'évoluer. Il savait que Fürchtner devait être sur ses gardes. Les types comme lui tombaient avant tout à la suite d'une trahison, et même s'il connaissait Dimitri et lui faisait confiance, on n'était justement trahi que par un fidèle, c'était le b-a-ba de l'action clandestine. Et même s'il connaissait Popov de vue et de réputation, il ne pouvait pas déchiffrer ses pensées — ce qui, en l'occurrence, servait Popov à merveille. Il se permit un petit sourire en descendant au parking, où il prit à gauche, s'arrêta, faisant mine d'être perdu (prétexte à regarder autour de lui pour vérifier qu'il était bien suivi), avant de se repérer et de poursuivre sa route. Il s'avéra que Fürchtner avait garé sa voiture — une Golf bleue — dans un coin tout au fond du premier niveau.

« *Grüss Gott*, souffla-t-il en s'installant à l'avant droite.

— *Good morning*, Herr Popov », répondit Fürchtner dans un anglais presque dépourvu d'accent. Très américain, le style : il avait dû regarder beaucoup de séries télévisées, estima Dimitri.

Le Russe prit la mallette, composa le code chiffré de la serrure à combinaison, leva le couvercle et la déposa sur les genoux de l'Allemand. « Vérifiez. Tout est en ordre.

— Encombrant..., observa l'autre.

— C'est une somme conséquente », admit Popov.

L'ombre d'un soupçon traversa le regard de Fürchtner. Cela surprit le Russe, jusqu'à ce qu'il comprenne. Le KGB n'avait jamais été prodigue à l'égard de ses agents, alors que dans cet attaché-case il y avait de quoi permettre à deux personnes de vivre plusieurs années à l'aise dans pas mal de pays africains. Hans venait à l'instant de s'en rendre compte et si, quelque part, il était ravi de mettre la main sur une telle somme, la partie réfléchie de son cerveau était en train de se demander d'où tout cet argent avait pu sortir. Mieux valait ne pas attendre la question, estima Dimitri.

« Ah oui, fit-il sans se démonter. Comme vous le savez, bon nombre de mes collègues ont ouvertement viré capitalistes afin de pouvoir survivre dans le nouveau climat politique de mon pays. Mais nous demeurons l'épée et le bouclier du Parti, mon jeune ami. De ce côté, rien n'a changé. Il est ironique, je vous l'accorde, que nous soyons désormais mieux à même de dédommager nos amis pour leurs services. Mais c'est en définitive moins coûteux que d'entretenir les planques dont vous avez pu bénéficier naguère. Pour ma part, je trouve ça amusant. Toujours est-il que ceci représente votre paiement d'avance, en liquide, du montant spécifié.

— *Danke.* » Hans Fürchtner reluqua les dix centimètres d'épaisseur de la mallette. Puis il la soupesa. « C'est lourd...

— Certes, reconnut Dimitri Arkadeïevitch. Mais ne vous plaignez pas. J'aurais pu vous régler en lingots d'or », ironisa-t-il pour détendre l'atmosphère avant de décider de jouer sa carte : « Trop lourd pour poursuivre la mission ?

— Ça complique effectivement la tâche, Iossif Andreïevitch.

— Eh bien, je peux toujours vous garder l'argent et vous recontacter pour vous le livrer, une fois votre mission achevée. Libre à vous, mais je ne vous le recommanderais pas.

— Et pourquoi donc ?

— Pour être franc, ça me rend nerveux de me trimbaler avec autant de liquide. À l'Ouest... enfin, imaginez qu'on me dévalise. Cet argent est quand même sous ma responsabilité », ajouta-t-il, théâtral.

Fürchtner trouva ça farce. « Ici, en Autriche ? Vous faire dévaliser en pleine rue ? Mon ami, ces moutons capitalistes marchent à la baguette.

— D'ailleurs, je ne sais même pas quelle est votre destination, et je n'ai du reste aucun besoin de la connaître — pour l'instant, du moins.

— La République centrafricaine, telle est notre destination finale. Nous y avons un ami diplômé de l'université Patrice-Lumumba, dans les années soixante. Il fait du négoce d'armes pour les éléments progressistes. Il nous hébergera un moment, jusqu'à ce que Petra et moi on ait trouvé un logement convenable. »

Il fallait être très courageux ou très sot pour se rendre dans un tel pays, estima Popov. L'ex-empire de Centrafrique avait été jadis dirigé par un ancien capitaine de l'armée française, le maréchal Jean Bedel Bokassa qui s'était autoproclamé empereur sous le nom de « Bokassa Iᵉʳ » avant d'être renversé par un coup d'État. Le pays qu'il avait mis en coupe réglée était un petit producteur de diamants, plutôt moins mal loti que ses voisins d'Afrique centrale. Cela dit, rien ne garantissait qu'Hans et Petra y parviennent un jour.

« Enfin, mon ami, c'est votre décision », conclut Popov en donnant une petite tape sur la mallette toujours posée dans le giron d'Hans Fürchtner.

L'Allemand resta une trentaine de secondes abîmé dans sa contemplation. « J'ai déjà vu la couleur de l'argent », conclut-il, à l'extrême satisfaction de son hôte. Fürchtner prit une liasse de mille marks qu'il feuilleta comme un paquet de cartes avant de la reposer sur la pile. Puis il griffonna un message qu'il déposa dans la mallette. « Voilà le nom. Nous serons avec lui à partir de... demain, tard, j'imagine. Tout est prêt de votre côté ?

— Le porte-avions américain est en Méditerranée orientale. La Libye laissera passer votre appareil sans problème, mais interdira tout survol par d'éventuels appareils de l'OTAN lancés à vos trousses. Au contraire, leur aviation assurera votre couverture et vous perdra "par suite de conditions météo défavorables". Je vous conseillerais de ne pas recourir à la violence plus que nécessaire. Les médias et la diplomatie ont plus de poids maintenant qu'autrefois. »

Hans se voulut rassurant : « On a déjà soigneusement étudié la question. »

Popov était dubitatif. Mais il aurait été surpris qu'ils réussissent même à embarquer dans un avion, sans parler de rejoindre l'Afrique. Le problème avec les « missions » telles que celle-ci, c'était qu'on avait beau les préparer dans le moindre détail, ce genre de chaîne n'avait jamais que la solidité du plus faible de ses maillons, et celle-ci était bien trop souvent déterminée par des tiers, ou bien par le hasard, ce qui ne valait pas mieux. Hans et Petra croyaient en leur philosophie politique, et pareils à ces zélotes du temps jadis, aveuglés par la foi religieuse au point de prendre les risques les plus insensés, ils s'imaginaient avoir réussi à planifier cette « mission » avec leurs moyens limités (en bref : leur aptitude à recourir à la violence, la belle affaire !), et confondaient espoir et objectifs, croyance et connaissance. Ils étaient prêts à tolérer le risque aléatoire, pourtant l'un de leurs pires ennemis, n'y voyant qu'un élément neutre, quand un vrai pro aurait tout fait pour l'éliminer totalement.

Et c'est pourquoi leur confiance les aveuglait ; du moins leur mettait-elle des œillères qui les empêchaient de voir objectivement ce monde qu'ils dédaignaient, refusant de s'y adapter. Toutefois, pour Popov, l'essentiel dans l'attitude des deux Allemands, c'était qu'ils étaient disposés à lui confier leur argent. Et Dimitri Arkadeïevitch s'était, quant à lui, fort bien adapté à cette nouvelle donne.

« En êtes-vous bien sûr, mon jeune ami ?

— *Ja*, tout à fait sûr. » Fürchtner referma l'attaché-case contenant l'argent, la reverrouilla, puis la reposa sur les genoux de Popov. Le Russe en accepta la responsabilité avec la gravité qui s'imposait.

« *J'y veillerai avec le plus grand soin.* » *Jusqu'à mon compte en banque à Berne.* Puis il tendit la main : « Eh bien, bonne chance... et je vous en conjure, soyez prudents.

— *Danke.* Nous vous obtiendrons l'information que vous désirez.

— Mon employeur en a un besoin urgent, Hans. Nous comptons sur vous. » Dimitri descendit de voiture et rejoignit à pied l'aérogare pour prendre un taxi et regagner son hôtel. Il se demanda quand Hans et Petra allaient passer à l'action. Aujourd'hui ? Et montrer une telle précipitation ? Non, estima-t-il. Pour eux, c'était une marque de professionnalisme. Les jeunes crétins.

Le sergent-chef Homer Johnston démonta son fusil et leva le canon pour en examiner l'alésage. Les dix coups l'avaient légèrement sali, mais il n'y avait aucune marque d'usure à l'entrée de la chambre. Normal, tant qu'il n'aurait pas tiré un bon millier de coups, or il n'en était pour l'instant qu'à cinq cent quarante. Malgré tout, d'ici une semaine, il aurait intérêt à vérifier avec un instrument de mesure, parce que la cartouche de 7 mm Remington Magnum chauffait beaucoup lorsqu'on la tirait, et l'âme des canons appréciait peu cette température excessive. Dans quelques mois, il faudrait qu'il le remplace, exercice pénible et délicat même pour un armurier expérimenté comme lui. La difficulté était dans l'adaptation du canon et de la culasse, et le rodage des pièces qui exigerait de tirer une bonne cinquantaine de coups à distance déterminée pour s'assurer que l'arme avait retrouvé la précision voulue. Mais ça, on verrait plus tard. Johnston vaporisa un peu de silicone sur le tampon de nettoyage avant de le faire passer dans le canon, d'arrière en avant. Le tampon ressortit noirci. Il l'ôta de l'écouvillon, le remplaça par un neuf, et recommença six fois de suite, jusqu'à ce que le dernier tampon soit impeccable. Un dernier passage sécha l'âme du canon, même si le liquide nettoyant y laissait une mince couche de silicone — de guère plus d'une molécule d'épaisseur, suffisante toutefois pour protéger l'acier de la corrosion sans altérer les tolérances micrométriques de l'ajustage. Satisfait de son travail, Johnston replaça la culasse, la referma sur une chambre vide, puis il pressa la détente pour rabattre le chien et ne pas laisser le ressort sous tension.

Il aimait cette arme même si, contrairement à son habitude, il ne lui avait pas donné de nom. Fabriquée par les mêmes techniciens à qui l'on devait les armes des tireurs d'élite du Service secret américain, c'était un 7 mm Remington Magnum, doté d'une culasse Remington, d'un canon Hart série spéciale, avec viseur télescopique 10x Leupold Gold Ring, le tout assorti à une crosse moche en Kevlar — une crosse en bois aurait été plus chouette, mais le bois, matériau vivant, finissait par se voiler, alors que le Kevlar était un matériau inerte, insensible aux outrages du temps. Johnston venait d'ailleurs de prouver une fois encore que son fusil pouvait tirer avec une précision inférieure à un quart de minute d'angle ou, si l'on préfère, qu'il pouvait transpercer une pièce de vingt centimes à une distance de cent mètres. Il faudrait au moins concevoir un viseur laser, pour réussir (peut-être) à accroître la précision de ce bijou fait main. Car, à mille mètres, loger trois balles coup sur coup dans un rayon de dix centimètres exigeait un peu plus qu'un fusil : cela exigeait de savoir évaluer la vitesse et la direction du vent pour compenser la dérive ; de savoir maîtriser son souffle et la pression de son doigt sur la double détente réglée à deux livres et demie. Son opération de nettoyage achevée, Johnston prit le fusil et alla le ranger à sa place au râtelier dans l'armoire climatisée, avant de retourner examiner la cible posée sur son bureau.

Il avait tiré trois coups à quarante mètres, trois à cinquante, deux à soixante-dix et les deux derniers à quatre-vingt-dix. Les dix étaient logés dans la tête de la silhouette découpée : sur une cible humaine, chaque coup aurait été fatal. Il ne tirait que des cartouches chargées par ses soins : des balles Sierra de 11,34 grammes à pointe creuse et ailettes, propulsées par 4 grammes de poudre IMR 435 sans fumée : telle semblait la combinaison idéale pour ce genre de fusil, le projectile mettant 1,7 seconde pour atteindre une cible à cent mètres. Une éternité, estimait le sergent Johnston, surtout contre une cible mouvante, mais on n'y pouvait rien...

Une main vint se poser sur son épaule. « Homer, dit une voix familière.

— Ouais, Dieter », répondit Johnston, sans quitter des yeux la cible. Pas à dire, il maîtrisait à fond son sujet. Dommage que la chasse ne soit pas encore ouverte.

« Tu m'as surpassé aujourd'hui. T'avais le vent pour toi. » C'était l'excuse favorite de Weber. Il s'y connaissait plutôt pas mal en armes, pour un Européen, mais les armes, ça restait un truc d'Américains, point final.

« C'est ce que j'arrête pas de te dire, ce mécanisme semi-automatique, ça influe sur la précision. » Les deux balles de Weber à quatre-vingt-dix mètres étaient tangentes. Elles auraient neutralisé la cible mais sans la tuer, même si elles comptaient pour des coups au but. Johnston était le meilleur fusil de Rainbow, il estimait même qu'il devait surpasser Houston d'un demi-poil de chatte, dans ses bons jours...

« Oui, mais moi, j'aime bien tirer mon second coup plus vite que toi », rétorqua Weber, ce qui mit fin à la discussion. Les soldats étaient aussi fidèles à leur arme qu'à leur religion. L'Allemand était effectivement bien meilleur en cadence de tir avec son méchant Walther, mais cette arme n'avait pas la précision que donnait une culasse mobile, et elle tirait en outre des cartouches moins rapides. Les deux tireurs d'élite en avaient déjà discuté autour de pas mal de chopes de bière, sans que jamais aucun parvienne à convaincre l'autre.

Toujours est-il que Weber tapota son étui de revolver. « Ça te dit, Homer ?

— Ouaip. Pourquoi pas ? » Johnston se leva. Les armes de poing n'étaient pas destinées au travail sérieux, mais pour se distraire, c'était le pied, et ici, les balles étaient gratuites.

Sur le chemin du stand de tir, ils croisèrent Chavez, Price et les autres, qui revenaient avec leur MP-10, et plaisantaient entre eux. Tout le monde semblait de fort belle humeur.

« *Ach*, renifla Weber. N'importe qui peut tirer à cinq mètres !

— Salut, Dave, lança Homer en avisant le maître de tir. Tu veux bien nous installer des Q ?

232

— Tout de suite, sergent Johnston », répondit Dave Woods, en saisissant deux cibles à l'américaine, baptisées « cibles Q » à cause de la lettre Q inscrite au milieu, à l'emplacement approximatif du cœur. Puis il s'en prit une troisième pour lui. Ce sous-officier à la moustache exubérante, sergent dans la police militaire de l'armée britannique, s'avérait être une redoutable gâchette au Browning 9 mm. Les cibles filèrent au bout de leur rail de dix mètres et pivotèrent de quatre-vingt-dix degrés, tandis que les trois sergents coiffaient leur casque protecteur. Woods était officiellement instructeur de tir au pistolet, mais vu la qualité des recrues d'Hereford, il n'avait pas grand-chose à faire, aussi tirait-il pas loin de mille coups par semaine, histoire de se perfectionner. On savait qu'il tirait avec les hommes de Rainbow et ne dédaignait pas de leur lancer des défis amicaux, qui, au grand dam de ces tireurs d'élite, se terminaient presque toujours par des matches nuls. Woods était un traditionaliste qui tenait son pistolet d'une main, comme Weber, tandis que Johnston préférait la posture à deux mains. Les cibles pivotèrent à l'improviste, et trois pistolets se levèrent aussitôt pour répliquer.

La demeure d'Erwin Ostermann était vraiment superbe, se répéta pour la dixième fois Hans Fürcht-ner, exemple parfait d'arrogance pour un tel ennemi de classe. D'après leurs enquêtes, l'actuel proprié-taire du château n'avait pas le sang bleu, mais nul doute qu'il devait se considérer comme un aristo-crate. Pour l'instant, se dit Hans en s'engageant dans l'allée gravillonnée de deux kilomètres longeant les jardins impeccablement entretenus et les bosquets taillés avec une précision géométrique par des cohortes de jardiniers pour l'heure invisibles. Arrivé au pied du palais, il arrêta la Mercedes de location et prit à droite, comme s'il cherchait un endroit où se garer. Passant sur l'arrière de l'édifice, il avisa le Sikorsky S-76B qu'ils devaient utiliser par la suite, posé sur son hélipad en asphalte délimité par un cercle jaune. Bien. Fürchtner termina de faire le tour de l'édifice pour revenir se garer devant, à une cinquantaine de mètres de la porte principale.

« Tu es prête, Petra ?

— *Ja* », répondit celle-ci, d'une voix sèche, tendue. Cela faisait des années qu'ils n'avaient plus effectué d'action, et la réalité immédiate de celle-ci était bien différente de la phase de préparatifs, cette semaine passée à examiner cartes et diagrammes. Il demeurait encore des éléments sur lesquels ils avaient des doutes, par exemple le nombre exact de domestiques dans le bâtiment. Ils se dirigeaient vers la porte d'entrée quand une fourgonnette de livraison arriva en même temps qu'eux. Les portières s'ouvrirent et deux hommes descendirent du véhicule, les bras chargés de deux gros cartons allongés. L'un d'eux fit signe à Hans et Petra de gravir les marches de pierre, ce qu'ils firent. Hans appuya sur la sonnette. Peu après, la porte s'ouvrit.

« *Guten Tag*, dit Hans. Nous avons rendez-vous avec Herr Ostermann.

— Votre nom ?

— Bauer, dit Fürchtner. Hans Bauer.

— On livre des fleurs, expliqua l'un des deux autres.

— Entrez, je vous prie. Je vais prévenir Herr

234

Ostermann, répondit celui qui devait être le majordome.

— *Danke* », répondit Fürchtner, en s'effaçant pour laisser passer Petra. Les livreurs fermaient la marche. Le majordome referma la porte ouvragée, puis il se dirigea vers un téléphone. Il le décrocha, approcha la main d'une touche, suspendit son geste.

« Et si tu nous conduisais à l'étage ? » lui lança Petra. Un pistolet était apparu dans sa main, pointé droit sur son visage.

« Qu'est-ce que c'est que ça ?

— Ça, répondit Petra Dortmund avec un sourire enjôleur, c'est mon rendez-vous. » Elle exhiba un pistolet automatique Walther P-38.

Le majordome avala péniblement sa salive en voyant les livreurs ouvrir leurs cartons et révéler des pistolets-mitrailleurs qu'ils entreprirent de charger sous ses yeux. Puis l'un des hommes retourna ouvrir la porte et agita le bras. Quelques secondes plus tard, deux autres jeunes types faisaient leur entrée, armés identiquement.

Fürchtner les ignora et fit quelques pas pour examiner les lieux. Ils se trouvaient dans un vaste hall de quatre mètres de plafond, aux murs couverts de tableaux. Fin Renaissance, des œuvres de petits maîtres, pour la plupart des scènes d'intérieur dans des cadres dorés, presque plus impressionnants que les toiles elles-mêmes. Le sol était de marbre blanc à losanges noirs. Le mobilier, aux dorures abondantes, apparemment de style français. Mais plus important, aucun autre domestique n'était visible, même si l'on entendait le bruit d'un aspirateur à l'étage. Fürchtner fit signe aux deux derniers arrivants, leur indiquant l'aile ouest. La cuisine était par là, avec sans aucun doute du personnel à maîtriser.

« Où est Herr Ostermann ? demanda ensuite Petra.

— Il n'est pas ici, il est... »

Aussitôt, le canon du Walther descendit contre sa bouche. « On a vu sa voiture et son hélico. Alors, tu réponds.

— ... dans la bibliothèque, à l'étage.

— *Gut*. Conduis-nous. » Pour la première fois, le majordome la fixa droit dans les yeux. Il les trouva bien plus intimidants que le pistolet. Il hocha la tête et se tourna vers l'escalier principal.

Celui-ci était également couvert de dorures, et tapissé d'une épaisse moquette rouge retenue par des barres en cuivre. Il décrivait une courbe élégante sur la droite pour rejoindre l'étage. Ostermann était un homme aisé, l'archétype du capitaliste qui avait fait fortune en investissant dans nombre d'industries, diversifiant ses avoirs, tirant des ficelles. Pour Petra Dortmund, il était pareil à une araignée, tapie ici au centre de sa toile. Mais ils avaient décidé d'investir la place et l'araignée n'allait pas tarder à apprendre qu'elle n'était pas la seule à tisser des toiles et tendre des pièges.

Elle découvrit de nouvelles toiles accrochées dans la cage d'escalier, bien plus grandes que toutes celles qu'elle avait pu peindre ; des portraits masculins, sans doute de ceux qui avaient fait construire cet imposant édifice et qui avaient vécu dans ce symbole du lucre et de l'exploitation... elle haïssait déjà son propriétaire qui vivait dans une telle opulence, étalant aux yeux de tous sa richesse, tandis qu'il bâtissait sa fortune sur le dos des travailleurs. Accroché au sommet de l'escalier, un immense portrait à l'huile de l'empereur François-Joseph, le dernier de sa lignée corrompue, mort quelques années à peine avant les Romanov d'encore plus sinistre mémoire. Le majordome, ce laquais du mal, prit à droite pour les conduire par un large couloir vers une pièce sans fenêtre. Trois personnes s'y trouvaient, plutôt bien mises ; un homme et deux femmes, penchés sur des ordinateurs.

« Voici Herr Bauer, annonça le majordome, d'une voix tremblante. Il désirerait voir Herr Ostermann.

— Vous avez rendez-vous ? s'enquit le secrétaire particulier.

— Vous allez nous faire entrer, et *tout de suite* », rétorqua Petra. Puis elle exhiba son arme et les trois occupants de l'antichambre se figèrent pour dévisager les intrus, les traits livides et bouche bée.

Bien que vieille de plusieurs siècles, la demeure d'Ostermann n'était pas complètement tournée vers le passé. Le secrétaire particulier du maître des lieux s'appelait Gerhardt Dengler. Sous le rebord de son bureau, il y avait un signal d'alarme. Il l'enfonça tout en continuant de fixer les visiteurs. L'interrupteur était relié au système d'alarme centralisé du château et, par ligne téléphonique, à une société de surveillance. À vingt kilomètres de là, les employés réagirent au signal sonore et visuel, prévenant aussitôt la Staatspolizei. Puis l'un d'eux rappela le château pour avoir confirmation.

« Puis-je répondre ? » demanda Gerhardt. Il s'était adressé à Petra qui lui semblait la responsable. Il obtint un signe d'assentiment et décrocha.

« Bureau d'Herr Ostermann... »

« Traudl à l'appareil, répondit la secrétaire de la société de surveillance.

— *Guten Tag, Traudl. Hier ist Gerhardt.* Vous appelez pour la jument ? » C'était la phrase prévue pour les situations graves, dite « code coercition ».

« Oui, quand doit-elle mettre bas ? enchaîna la secrétaire, afin de protéger son interlocuteur à l'autre bout du fil, au cas où l'on écouterait leur conversation.

— Il reste encore quelques semaines. On vous préviendra en temps voulu, répondit brusquement Dengler, sans cesser de fixer Petra et son arme.

— *Danke, Gerhardt. Wiederseh'n.* » Puis elle raccrocha et fit signe à son supérieur.

« C'est au sujet des chevaux, crut-il bon d'expliquer à Petra. Nous avons une jument pleine et...

— Silence ! » le coupa doucement Petra, tout en faisant signe à Hans de s'approcher de la double porte du bureau d'Ostermann. *Jusqu'ici, tout baigne.* C'était même assez farce. Juste derrière ces portes, Ostermann poursuivait ses activités comme si de rien n'était, alors que c'était loin d'être le cas. Il était temps désormais qu'il s'en aperçoive. Elle appela d'un geste le secrétaire particulier. « Votre nom... ?

— Dengler, répondit l'intéressé. Gerhardt Dengler.

— Eh bien, faites-nous entrer, Herr Dengler », suggéra-t-elle d'une drôle de petite voix enfantine.

Gerhardt quitta son bureau et s'approcha lentement des portes, tête basse, le port rigide, avec une démarche d'automate. Les armes avaient cet effet sur les gens, Dortmund et Fürchtner le savaient. Le secrétaire tourna les boutons et poussa les battants, révélant la pièce de travail d'Ostermann.

Son bureau était immense, doré comme tout le reste ici, trônant au milieu d'un vaste tapis de laine rouge. Erwin Ostermann leur tournait le dos. La tête penchée, il examinait un écran d'ordinateur.

« Herr Ostermann ?

— Oui, Gerhardt ? répondit le maître des lieux d'une voix égale, et faute de réponse, il fit tourner son fauteuil pivotant. Que se passe-t-il ? » lança-t-il, écarquillant ses yeux bleus en découvrant les visiteurs. Son ébahissement s'accrut lorsqu'il aperçut leurs armes. « Qui...

— Nous sommes les chefs de la Fraction ouvrière rouge, l'informa Fürchtner. Et vous êtes notre prisonnier.

— Mais... c'est quoi, cette histoire ?

— Vous allez nous accompagner. Si vous vous comportez raisonnablement, il ne vous arrivera rien. Sinon, vous et les autres serez tués. Est-ce clair ? » demanda Petra. Pour mieux asseoir ses propos, elle pointa de nouveau son arme contre la tempe de Dengler.

Ce qui suivit aurait pu être l'œuvre d'un cinéaste hollywoodien. Ostermann tourna la tête de gauche à droite, cherchant quelque chose, une aide, sans doute, inaccessible pour l'instant. Puis il se retourna vers Hans et Petra, avec un rictus à la fois scandalisé et incrédule. Pareille chose ne pouvait lui arriver. Pas à lui. Pas ici, dans son propre bureau. Puis se lut sur ses traits un refus outré d'admettre la vérité et enfin, au bout du compte... la peur. Le tout avait duré cinq ou six secondes. C'était toujours pareil. Elle avait déjà assisté à ce phénomène et elle se rendit compte qu'elle avait oublié combien il était agréable à contempler. Ostermann serra les poings sur le tapis de cuir de son bureau, puis son corps se détendit en réalisant la vanité de ce geste. D'ici peu, il allait se mettre à trembler. Tout dépendrait de son courage. Petra doutait qu'il en ait beaucoup. Même assis, il paraissait grand ; élancé, presque royal, avec sa chemise blanche au col amidonné et sa cravate à rayures. Le complet était visiblement coûteux, en soie d'Italie, sans doute, d'une coupe parfaite. Sous le bureau, il devait certainement porter des souliers sur mesure, cirés par un domestique. Derrière lui, Petra apercevait des lignes de données qui continuaient de défiler sur les écrans des ordinateurs. Herr Ostermann était au centre de sa toile et, moins d'une minute plus tôt, il était parfaitement détendu, se sentant invincible, maître de son destin, manipulant des fonds d'un bout à l'autre de la planète, accroissant sa fortune. Eh bien, il allait devoir se calmer un peu — et sans doute définitivement, même si Petra n'avait pas l'intention de l'en informer avant l'ultime seconde, pour mieux encore profiter du choc et de la terreur visibles sur ses traits majestueux, juste avant que son regard ne devienne vitreux.

Elle avait oublié l'effet que ça faisait, ce plaisir indicible du pouvoir qu'on détient. Comment avait-elle pu tenir si longtemps sans l'exercer ?

La première voiture de police à parvenir sur les lieux se trouvait à moins de cinq kilomètres lorsqu'elle avait capté l'appel radio. Faire demi-tour pour foncer vers le château n'avait pris que trois minutes ; à présent, elle était garée derrière un arbre, presque invisible du bâtiment.

« J'aperçois une voiture et une fourgonnette de livraison, indiqua le policier à son chef de station. Rien ne bouge. On ne voit rien d'autre pour le moment.

— Très bien, répondit son supérieur, un capitaine. Ne prenez aucune initiative et signalez-moi aussitôt le moindre changement. Je serai là dans quelques minutes.

— Bien compris. *Ende.* »

Le capitaine reposa le micro. Il conduisait lui-même son Audi de patrouille. Il avait rencontré une fois Ostermann, lors d'une cérémonie officielle à Vienne. Juste une poignée de main et quelques mots de politesse, mais il savait à quoi il ressemblait et connaissait sa réputation d'homme fortuné, plein de civisme, fidèle amateur d'opéra... et au fait, n'était-ce pas lui le bienfaiteur de l'hôpital pour enfants ? Mais oui, c'était même la raison de cette réception à l'hôtel de ville. Ostermann était veuf, sa femme était morte d'un cancer des ovaires cinq ans plus tôt. On disait aujourd'hui qu'il avait une nouvelle passion : Ursel von Prinze, une brune superbe issue d'une vieille famille. C'était le côté bizarre du personnage. Il vivait en aristocrate mais il était d'origine modeste. Un père cheminot... mécanicien aux chemins de fer d'État. Oui, c'était cela. C'est pourquoi certaines vieilles familles de la noblesse le regardaient de haut ; alors, il s'était acheté une respectabilité avec ses œuvres de charité et sa loge à l'opéra. Malgré la splendeur de sa résidence, il avait un train de vie relativement modeste. Pas le genre à jeter l'argent par les fenêtres. Non, c'était un homme tranquille, discret et digne, et qui plus est, d'une grande intelligence, en tout cas, c'est ce qu'on disait. Mais en attendant, s'il fallait en croire sa société de surveillance, il avait des intrus chez lui. Après un dernier virage, le capitaine Willi Altmark aperçut le *Schloss*. Bien qu'étant passé devant un nombre incalculable de fois, il devait se remémorer la disposition des lieux. Une bâtisse imposante... Peut-être quatre cents mètres de pelouse dégagée entre le bâtiment et les arbres les plus proches. Pas bon. Approcher discrètement allait s'avérer une tâche presque impossible. Il gara son Audi à proximité de la voiture de police et descendit, muni de jumelles.

« Capitaine, le salua le premier agent en l'apercevant.

— Vous avez vu quelque chose ?

— Pas le moindre mouvement. Même pas un rideau. »

Altmark passa une minute à scruter le bâtiment aux jumelles, avant de prendre le micro de sa radio pour demander à toutes les unités en mouvement de converger en silence et lentement, afin de ne pas alerter les criminels à l'intérieur. Puis il reçut un appel de son supérieur, lui demandant son avis sur la situation.

« Ça pourrait bien être un boulot pour les militaires, répondit le capitaine Altmark. Pour le moment, nous sommes dans le noir. J'aperçois juste une voiture et une camionnette. Rien d'autre. Pas de jardiniers dehors. Rien. Mais je n'ai de vue que sous un angle du corps de logis principal. D'ici, l'arrière reste invisible. Je vais faire établir un périmètre dès que les renforts arriveront.

— *Ja*. Assurez-vous que personne à l'intérieur ne puisse nous voir, crut bon d'insister le commissaire.

— Bien entendu. »

À l'intérieur, Ostermann devait encore quitter son siège. Il prit le temps de fermer les yeux et de remercier le ciel que sa compagne ait pris le jet privé pour se rendre à Londres faire les magasins et retrouver des amis anglais. Il avait espéré la rejoindre le lendemain, et à présent, il en venait à se demander s'il reverrait jamais sa fiancée. Par deux fois, il avait été contacté par des consultants en sécurité — une boîte autrichienne et une britannique. Les uns et les autres lui avaient fait tout un laïus sur le danger qu'il y avait à exhiber une telle richesse, en ajoutant que moyennant une somme modeste (moins de cinq cent mille livres par an), il pourrait grandement améliorer sa sécurité personnelle. Le Britannique lui avait expliqué que ses agents étaient tous des anciens des SAS ; l'Autrichien pour sa part recrutait des Allemands ayant appartenu au GSG-9. Mais il n'avait alors pas vu la nécessité d'employer des commandos armés jusqu'aux dents pour l'encadrer en permanence comme un chef d'État. À l'instar de tous ceux qui négociaient en Bourse, échangeaient actions, obligations et devises, il avait eu sa part d'occasions manquées, mais celle-ci...

« Que voulez-vous de moi ?

— Vos codes d'accès personnels au réseau boursier international », lui dit Fürchtner. Il fut surpris devant le regard perplexe d'Ostermann.

« Comment cela ?

— Les codes d'accès informatiques qui vous permettent de tout savoir de l'évolution des marchés.

— Mais ces informations sont déjà du domaine public. Tout le monde peut y avoir accès, objecta Ostermann.

— Mais bien sûr. C'est pour cela que tout le monde possède une maison comme celle-ci, ironisa Petra avec un sourire mauvais.

— Herr Ostermann, reprit Fürchtner sur un ton faussement patient. Nous savons qu'il existe un réseau spécial réservé aux initiés comme vous, grâce auquel vous pouvez tirer parti de conditions préférentielles sur le marché. Vous nous prenez pour des imbéciles ? »

La peur qui déforma les traits du négociant amusa ses deux hôtes. Eh oui, ils savaient ce qu'ils n'étaient pas censés savoir, et il savait qu'ils avaient les moyens de le contraindre à leur fournir cette information. Il l'avait compris, cela sautait aux yeux.

Oh, mon Dieu, ils sont convaincus que j'ai accès à une chose qui n'existe pas, et jamais je ne pourrai les persuader du contraire.

« Nous savons comment vous opérez, vous et vos semblables, lui assura Petra, confirmant aussitôt ses craintes. Comment vous autres capitalistes, vous partagez l'information et manipulez vos marchés prétendument libres afin de mieux vous remplir les poches. Eh bien, cette information, tu vas la partager avec nous... ou tu mourras, en même temps que tes laquais. » Elle brandit son pistolet en direction de la porte.

« Je vois », fit Ostermann, le visage aussi blanc que sa chemise Turnbull et Asser. Il jeta un œil vers l'antichambre. Il entrevit Gerhardt Dengler, les mains à plat sur son bureau. N'y avait-il pas un système d'alarme à proximité ? Il n'arrivait plus à se souvenir, tant il avait l'esprit accaparé par l'avalanche de données qui venait si brutalement d'interrompre le déroulement de sa journée.

La première tâche des policiers fut de vérifier les numéros d'immatriculation des deux véhicules garés devant la maison. La voiture avait été louée. Les plaques de la camionnette avaient été volées deux jours auparavant. Une équipe d'inspecteurs allait se rendre aussitôt à l'agence de location de voitures pour essayer d'en savoir plus. Puis on entreprit de contacter l'un des associés d'Herr Ostermann. La police avait besoin de savoir combien d'employés et de domestiques pouvaient se trouver dans le bâtiment en même temps que le propriétaire. Le capitaine Altmark estima que le tout allait prendre une petite heure. Il avait désormais reçu trois nouvelles voitures de police en renfort. L'une d'elles contourna la propriété pour aller se garer derrière et permettre aux deux agents de s'approcher à pied par l'arrière. Vingt minutes après être arrivé sur les lieux, il avait établi un périmètre. La première information qu'ils avaient obtenue était qu'Ostermann possédait un hélicoptère. Il était posé derrière la maison ; c'était un Sikorsky S-76B, une machine américaine capable d'emporter jusqu'à treize passagers et deux hommes d'équipage : cela lui donnait le nombre maximal d'otages et de terroristes susceptibles de les emmener. L'aire d'atterrissage était à deux cents mètres des bâtiments. Altmark se concentra là-dessus. Les criminels allaient sans aucun doute vouloir utiliser l'hélico pour s'échapper. Malheureusement, l'aire d'atterrissage était à plus de trois cents mètres du rideau d'arbres. Ce qui voulait dire qu'ils auraient besoin de tireurs d'élite sacrément affûtés. Mais il en avait sous la main.

Peu après qu'il eut obtenu ces renseignements sur l'hélicoptère, l'un de ses subordonnés réussit à en localiser l'équipage : l'un des pilotes était chez lui, l'autre à l'aéroport international de Schwechat, travaillant avec un représentant du constructeur sur une modification technique de l'appareil. Bien, se dit Willi Altmark, au moins, l'hélico est bloqué au sol pour l'instant. Mais dans l'intervalle, la nouvelle de l'attaque d'un commando contre la maison d'Erwin Ostermann était parvenue dans les hautes sphères gouvernementales, et il reçut un appel radio fort surprenant, transmis par le chef de la Staatspolizei.

Ils eurent l'avion de justesse — il faut dire qu'on ne l'avait pas retardé pour eux. Chavez boucla sa ceinture alors que le 737 s'écartait de la passerelle d'embarquement, et il parcourut le rapport préliminaire avec Eddie Price. Dès qu'ils eurent décollé, Price coupla son ordinateur portatif au système téléphonique de l'appareil. Aussitôt, un diagramme apparut sur son écran, intitulé *Schloss Ostermann*.

« Bon, alors c'est qui ce type ? s'enquit Chavez.

— Ça vient, mon commandant. Un financier, apparemment, plutôt fortuné, ami du Premier ministre de son pays. J'imagine qu'en ce qui nous concerne, ça explique pas mal de choses.

— Ouais », admit Chavez. *Deux à la file pour le groupe Deux.*

Un peu plus d'une heure de vol jusqu'à Vienne, songea-t-il aussitôt après en regardant sa montre. Ce genre d'incident est fortuit, mais deux actions terroristes aussi rapprochées ? Bien sûr, on ne pouvait pas parler de règle tacite en la matière, et de toute façon, ces types-là l'auraient violée... Mais l'heure n'était plus aux spéculations. Tout en examinant les infos qui parvenaient sur le portable de Price, Chavez se mit à réfléchir aux moyens d'aborder cette nouvelle crise. Derrière lui, installés en classe économique, ses hommes occupaient leur temps plongés dans des livres de poche, sans trop discuter de la mission à venir, puisqu'ils n'en savaient rien, hormis leur destination.

« Ça nous fait un sacré périmètre à couvrir, observa Price au bout de quelques minutes.

— Des renseignements sur l'opposition ? » s'enquit Ding, en s'étonnant aussitôt d'avoir adopté le jargon britannique. *Opposition ?* En Amérique, on disait *les sales gueules.*

« Aucun. Ni sur leur identité ni sur leur nombre.

— Super », grommela le chef du groupe Deux, en continuant de mater de biais l'écran.

Les lignes téléphoniques étaient interceptées. Altmark y avait veillé dès le début. Les appels entrants recevaient un signal occupé, quant à ceux vers l'extérieur, ils seraient enregistrés au central téléphonique — mais pour l'heure, il n'y en avait eu aucun. Tous les criminels devaient donc être sur place, s'ils pouvaient se passer d'aide extérieure. Cela pouvait vouloir dire également qu'ils utilisaient des téléphones mobiles, bien sûr, or les policiers n'étaient pas équipés pour intercepter ce genre de communications, même si le capitaine Altmark avait fait également bloquer les trois numéros de portable ouverts au nom d'Ostermann.

C'étaient désormais trente agents de la Staatspolizei qui étaient sur place, délimitant un périmètre de sécurité infranchissable, avec le soutien d'un blindé léger dissimulé derrière les arbres. Les policiers avaient empêché une fourgonnette de livraison de livrer le courrier exprès du soir, mais aucun autre véhicule n'avait tenté d'accéder au domaine. Pour un homme fortuné comme lui, Ostermann vivait effectivement une existence tranquille et discrète, estima le capitaine. Il s'était attendu à un défilé permanent de véhicules.

« Hans ?

— Oui, Petra ?

— Il n'y a pas eu un coup de téléphone. On est déjà ici depuis un bout de temps, et pas une seule fois le téléphone n'a sonné.

— L'essentiel de mon travail se fait par modem », expliqua Ostermann, qui avait lui aussi relevé cette anomalie. Gerhardt avait-il réussi à prévenir l'extérieur ? Si oui, fallait-il s'en féliciter ? Impossible de savoir. Ostermann avait souvent raillé la brutalité des mœurs dans son métier, les dangers qui guettaient en permanence, chacun de ses concurrents étant prêt à le dépouiller à la première occasion... mais aucun n'avait osé menacer sa vie, encore moins pointer un pistolet chargé sur lui ou l'un de ses employés. Mobilisant ce qui lui restait d'objectivité, Ostermann admit qu'il s'agissait là d'un aspect aussi dangereux qu'inédit de l'existence, qu'il n'avait encore jamais sérieusement envisagé, dont il ne savait pas grand-chose et contre lequel il n'avait aucun moyen de défense. Son seul talent utilisable à l'heure présente était son aptitude à déchiffrer les visages et les esprits cachés derrière ; bien qu'il n'ait jamais encore croisé d'individus comparables, même de loin, au couple présent dans son bureau, ce qu'il en devinait suffisait à l'emplir d'une terreur indicible. L'homme et plus encore la femme étaient prêts à le tuer sans le moindre scrupule, sans plus d'émotion que lui-même lorsqu'il raflait un million de dollars en bons du Trésor. Ignoraient-ils la valeur de sa vie ? Ignoraient-ils que...

Bien sûr qu'ils l'ignoraient, comprit soudain Erwin Ostermann. Ils l'ignoraient et ils s'en fichaient. Pis encore, ce qu'ils croyaient savoir était faux, et il allait avoir toutes les peines du monde à les en convaincre.

Et puis, enfin, un téléphone sonna. La femme lui fit signe de répondre.

« Ostermann à l'appareil », dit-il en décrochant. Son visiteur masculin fit de même sur un autre poste.

« Herr Ostermann, ici le capitaine Wilhelm Altmark de la Staatspolizei. Je crois savoir que vous avez des visiteurs...

— Oui, c'est exact, capitaine.

— Pouvez-vous me les passer, je vous prie ? » Ostermann se contenta de lancer un regard éloquent à Hans Fürchtner.

« Eh bien, vous avez pris votre temps, Altmark,

répondit Hans. Dites-moi, comment avez-vous fini par trouver ?

— Est-ce que je vous demande de dévoiler vos petits secrets ? répondit le capitaine sans se démonter. Ce que j'aimerais savoir, toutefois, c'est qui vous êtes et ce que vous voulez.

— Je suis le commandant Wolfgang, de la Fraction ouvrière rouge.

— Et que demandez-vous ?

— Nous demandons la libération de plusieurs de nos amis incarcérés dans diverses prisons et leur transport à Schwechat International. Nous exigeons la mise à disposition d'un appareil d'une autonomie supérieure à cinq mille kilomètres, avec un équipage international, pour une destination que nous ne révélerons qu'après avoir embarqué. Si ces exigences ne sont pas remplies d'ici minuit, nous commencerons à abattre certains de nos... de nos hôtes au Schloss Ostermann.

— Je vois. Avez-vous une liste des prisonniers dont vous exigez la libération ? »

Hans couvrit d'une main le micro et tendit l'autre. « Petra, la liste ! » Elle s'approcha, la lui donna. Aucun des deux n'escomptait réellement de coopération des autorités, mais cela faisait partie du jeu, et il fallait en suivre les règles. Ils avaient décidé en cours de route qu'ils seraient certainement amenés à liquider au moins un otage, et sans doute deux, avant d'obtenir un moyen de rallier l'aéroport. L'homme, ce Gerhardt Dengler, serait tué le premier, estimait Hans, puis une des deux secrétaires. Ni lui ni Petra n'avaient réellement envie de tuer l'un des domestiques car c'étaient d'authentiques travailleurs, pas des laquais du capitalisme comme le personnel de bureau. « Oui, voici la liste, capitaine Altmark... »

« Très bien, dit Price, nous avons une liste des personnes que nos amis nous demandent de libérer. » Il fit pivoter son ordinateur pour la montrer à Chavez.

« Les suspects habituels. Est-ce que ça nous révèle quelque chose, Eddie ? »

Price secoua la tête. « Sans doute pas. Ce sont des noms qu'on peut trouver dans le journal.

— Alors, quelle est leur motivation ?

— Le Dr Bellow nous expliquera qu'ils n'ont pas le choix, que c'est le moyen de manifester leur solidarité avec leurs compatriotes, quand en fait ce ne sont que des sociopathes qui ne s'intéressent qu'à eux-mêmes. » Price haussa les épaules. « Le cricket a ses règles. Eh bien, le terrorisme aussi, et... » À cet instant, le commandant de bord interrompit la révélation pour leur demander de redresser leur siège et de rabattre leur tablette en prévision de l'atterrissage.

« Ça va être à nous de jouer, Eddie...

— Ouaip, Ding.

— Alors, cette histoire de solidarité, c'est du pipeau ? demanda Chavez en tapotant l'écran.

— Il y a de grandes chances, oui. » Sur ces bonnes paroles, Price coupa le modem, sauvegarda les fichiers, éteignit le portable. Douze rangs derrière, Tim Noonan fit de même. Tous les membres du groupe Deux se préparèrent à assumer de nouveau leur rôle de composition alors que le 737 de British Airways arrondissait sa trajectoire pour se poser à Vienne. Quelqu'un avait passé un coup de fil : le moyen-courrier roula rapidement vers sa porte d'arrivée et, par le hublot, Chavez aperçut un fourgon à bagages entouré de policiers garé à proximité du terminal.

L'événement n'avait rien de secret. Dans la tour, un contrôleur aérien nota l'arrivée du vol, après avoir relevé quelques minutes plus tôt que le vol Sabena prévu dans le créneau précédant l'appareil britannique avait reçu sans raison apparente l'ordre de refaire un parcours d'attente, tandis qu'un policier de très haut rang se trouvait dans la tour de contrôle et semblait manifester un intérêt tout particulier pour le vol British Airways. Par ailleurs, un second train de chariots à bagages, tout à fait superflu, s'était approché du terminal A-4, suivi de près par deux voitures de police. Que se passait-il ? se demanda le contrôleur. Il n'était pas bien sorcier d'essayer d'en savoir plus. Il n'avait qu'à prendre sa paire de jumelles Zeiss.

L'hôtesse n'avait pas reçu d'instructions spécifiques pour faire descendre les hommes du groupe Deux en priorité, mais elle se doutait bien qu'il y avait anguille sous roche. Ils étaient arrivés sans être inscrits sur son manifeste informatisé, et ils se montraient plus polis que la majorité des voyageurs d'affaires. Leur aspect n'avait rien de remarquable, sinon qu'ils étaient dans une forme physique peu commune, et que tous étaient arrivés groupés, avant de gagner leurs sièges comme un seul homme. Mais elle avait son boulot à faire et elle ouvrit la porte pour découvrir un policier en uniforme qui attendait derrière. Il ne sourit ni ne dit mot quand elle s'effaça pour laisser descendre les passagers qui attendaient dans la coursive. Trois des passagers des premières s'arrêtèrent, sitôt passé la porte, pour conférer avec le policier, puis ils empruntèrent l'escalier de service qui permettait de gagner directement la piste. En grand amateur de romans d'espionnage, elle se dit que ça valait le coup de voir quels autres passagers allaient les suivre. Ils étaient treize en tout, dont tous les voyageurs de dernière minute. Elle examina leurs visages — la plupart lui adressèrent un petit sourire en partant. Plutôt beaux garçons, mais surtout des traits virils, respirant la confiance, avec autre chose aussi, une espèce de réserve, de prudence.

« *Au revoir, madame* », dit le dernier, jaugeant sa silhouette au passage avec un sourire enjôleur, très français.

« Bon Dieu, Louis, observa une voix américaine alors qu'ils s'éclipsaient par la porte latérale. Tu ne t'arrêtes jamais, hein ?

— C'est peut-être un crime d'admirer une jolie femme, George ? rétorqua Loiselle avec un clin d'œil.

— J'imagine que non. Peut-être qu'on la retrouvera sur le vol de retour », concéda le sergent Tomlinson. Elle était effectivement mignonne, mais Tomlinson était marié et il avait quatre enfants. Loiselle, lui, ne s'arrêtait jamais. Les Français devaient avoir ça dans le sang, jugea l'Américain. Au bas de la passerelle, le reste de l'équipe attendait déjà. Noonan et Steve Lincoln supervisaient le transfert des bagages.

Trois minutes plus tard, le groupe Deux avait

embarqué dans deux camionnettes qui quittaient la piste, escortées par la police. Dans la tour, le contrôleur aérien n'en avait pas perdu une miette. Il faut dire que son frère tenait la rubrique criminelle dans un quotidien local. Le flic qui était monté dans la tour repartit sans même un merci aux contrôleurs.

Vingt minutes plus tard, les fourgons s'arrêtaient au pied de la façade du Schloss Ostermann.

« Bonsoir, je suis le commandant Chavez. Et voici le Dr Bellow et le sergent-chef Price, poursuivit Ding, surpris de se voir saluer par un...

— Capitaine Wilhelm Altmark, se présenta le policier autrichien.

— Quelle est la situation ?

— Nous savons qu'il y a au moins deux criminels à l'intérieur, plus sans doute, mais leur nombre n'est pas déterminé. Vous êtes au courant de leurs exigences ?

— Un avion pour une destination inconnue, c'est tout ce que je sais. Dernier délai : minuit ?

— C'est cela, pas de changement depuis une heure.

— Autre chose. Comment doit-on les acheminer à l'aéroport ?

— Herr Ostermann a un hélicoptère privé et une aire d'atterrissage à deux cents mètres derrière la maison.

— L'équipage ?

— Nous les avons sous la main. » Altmark pointa le doigt. « Nos amis n'ont pas encore demandé l'hélico mais il semble que ce soit la méthode la plus probable pour effectuer le transfert.

— Qui leur a parlé ? » C'était le Dr Bellow.

« Moi, répondit Altmark.

— Bien, il faut qu'on parle, capitaine. »

Chavez se dirigea vers un fourgon où il pourrait se changer avec le reste de ses hommes. Pour la mission de cette nuit — le soleil venait de se coucher — ils avaient troqué le survêtement noir contre une tenue mouchetée vert. Les armes furent distribuées, chargées, puis placées sur le cran de sûreté. Dix minutes plus tard, les hommes étaient ressortis et gagnaient la lisière des arbres ; tous examinaient le bâtiment aux jumelles.

« J'espère qu'on est du bon côté, observa Homer Johnston. Il y a une tripotée de fenêtres...

— *Ja*, admit le tireur d'élite allemand.

— Vous nous voulez où, chef ? demanda Homer en se tournant vers Chavez.

— De l'autre côté, de part et d'autre, et en position de tir croisé sur l'hélipad. Exécution... et dès que vous êtes en position, vous me le confirmez par radio. Vous connaissez la musique.

— Dès qu'on voit quelque chose, on vous le signale, *Herr Kommandant* », confirma Weber. Les deux tireurs d'élite récupérèrent leurs armes dans leur étui verrouillé et se rendirent près de l'endroit où étaient garées les voitures de la police autrichienne.

« A-t-on un plan des bâtiments ? demanda Chavez. Avec la disposition des pièces ?

— *Ach, ja*, ici. » Altmark le conduisit à sa voiture. Des plans d'architecture étaient étalés sur le capot. « Tenez, voyez vous-même : quarante-six pièces, sans compter les sous-sols.

— Bon Dieu, s'exclama aussitôt l'Américain. Parce qu'il y en a plusieurs ?

— Trois. Deux sous l'aile ouest — une cave à vins et un cellier. Celui de l'aile orientale est inoccupé. Et les accès sans doute condamnés. Pas de sous-sol sous la partie centrale. Le *Schloss* a été édifié à la fin du XVIIIe siècle. Les murs extérieurs et une partie des murs intérieurs sont en pierre massive.

— Merde, un vrai château fort, observa Ding.

— C'est le sens du mot *Schloss, Herr Kommandant*, nota Altmark.

— Doc ? »

Bellow les avait rejoints. « D'après ce que m'a dit le capitaine Altmark, le ton des échanges est resté jusqu'ici très pragmatique. Pas de menace hystérique. Ils ont fixé l'heure limite à minuit pour le transfert à l'aéroport, sinon, disent-ils, ils vont commencer à tuer des otages. Ils s'expriment en allemand et n'ont pas l'accent autrichien, c'est bien cela, capitaine ? »

Altmark acquiesça. « *Ja*, ce sont des Allemands. Nous n'avons qu'un seul nom, Herr Wolfgang... ce qui correspond plutôt à un prénom, or nous n'avons aucun criminel connu sous ce nom ou ce pseudonyme. Il a également précisé qu'ils appartenaient à la Fraction ouvrière rouge, mais cette organisation terroriste est inconnue de nos services. »

De Rainbow également. « Bref, on sait pas grand-chose, nota Chavez.

— Effectivement, Ding. Bien, poursuivit le psychiatre, qu'est-ce qu'on peut en déduire ? Qu'ils ont bien l'intention de s'en tirer vivants. Et donc, que ce sont des clients sérieux. S'ils profèrent une menace quelconque, ils chercheront à la mettre à exécution.

Ils n'ont encore tué personne, et cela veut dire également qu'ils ne sont pas idiots. Jusqu'ici, ils n'ont pas émis d'autres exigences. Mais ça ne devrait plus tarder, à présent...

— Comment le savez-vous ? » s'étonna Altmark. Ce mutisme prolongé des terroristes l'avait effectivement surpris.

« Dès que la nuit sera tombée, ils s'adresseront de nouveau à nous. Vous avez remarqué qu'ils se sont abstenus d'allumer la moindre lumière à l'intérieur ?

— Effectivement, et vous en déduisez ?

— J'en déduis qu'ils considèrent que la nuit est leur alliée, et donc qu'ils vont essayer d'en tirer profit. Et n'oublions pas le délai butoir de minuit. Plus la nuit s'avance, plus on s'en approche.

— Mais ce soir, c'est la pleine lune, objecta Price. Et le ciel est relativement dégagé.

— Ouais, nota Ding, embêté, en levant les yeux. Capitaine, vous avez des projecteurs pour nous ?

— Les pompiers en ont.

— Pouvez-vous leur demander de les apporter ici ?

— *Ja... Herr Doktor ?*

— Oui ?

— Ils ont averti que si on ne répondait pas à leurs exigences avant minuit, ils commenceraient à tuer des otages. Pensez-vous...

— Oui, capitaine, nous devons prendre cette menace au sérieux. Comme je l'ai expliqué, ces individus ne sont pas des rigolos, ils sont bien entraînés, parfaitement disciplinés. On peut en tirer avantage.

— Comment cela ?

— En leur accordant ce qu'ils désirent, pour leur laisser penser qu'ils maîtrisent la situation... jusqu'à ce que le moment soit venu pour nous de reprendre la main. Ainsi, on nourrit leur orgueil et leur amour-propre aussi longtemps que possible, et puis on arrête au moment que nous aurons jugé opportun. »

Le personnel d'Ostermann rassasiait l'appétit des terroristes en même temps qu'il confortait leur amour-propre. Des sandwiches avaient été préparés, sous la supervision de Fürchtner, puis servis par des domestiques absolument terrorisés. Comme on pouvait s'y attendre, les employés d'Ostermann n'avaient guère d'appétit, contrairement à leurs hôtes.

Tout s'était bien passé jusqu'ici, estimaient Hans et Petra. Ils tenaient sous bonne garde leur principal otage ; ses laquais étaient désormais regroupés dans la même pièce et pouvaient disposer de la salle de bains particulière d'Ostermann — un accès indispensable aux otages, qu'il eût été ridicule de leur refuser. Inutile de les priver de leur dignité et de les réduire au désespoir. Les individus désespérés tendaient à faire des bêtises, et pour Hans et Petra, il était indispensable qu'ils puissent contrôler le moindre de leurs actes.

Gerhardt Dengler était assis dans le siège réservé aux visiteurs, devant le bureau de son employeur. Il savait qu'il avait réussi à faire réagir la police et, comme son patron, il se demandait à présent si c'était une bonne ou une mauvaise chose. D'ici deux ans, il avait prévu de voler de ses propres ailes, sans doute avec la bénédiction d'Ostermann. Il avait beaucoup appris sous son égide, comme un aide de camp apprend sous les ordres de son supérieur.

Même s'il avait plus de chances de monter en grade plus rapidement qu'un militaire. Dans le fond, que devait-il à cet homme ? Que réclamait de lui cette situation ? Après tout, Dengler n'était guère mieux armé qu'Herr Ostermann pour y faire face, mais il était plus jeune, en meilleure forme...

L'une des secrétaires pleurait en silence, des larmes de peur et de rage à voir sa vie confortable ainsi bouleversée. Quelle mouche avait piqué cette femme et cet homme, pour qu'ils se croient autorisés à envahir l'existence de gens comme tout le monde et à les menacer de mort ? Et qu'y pouvait-elle ? Rien... Elle savait s'acquitter des tâches de routine, traiter des monceaux de paperasse, gérer les fonds d'Herr Ostermann avec un tel métier qu'elle était sans doute la secrétaire la mieux payée du pays — car Herr Ostermann était un patron généreux, toujours un mot aimable pour son personnel. Il les avait aidés, elle et son mari — il était maçon —, il les avait conseillés dans leurs investissements, à tel point qu'ils ne tarderaient pas à être millionnaires eux aussi. Elle travaillait pour Ostermann depuis bien avant la disparition de sa première épouse, elle l'avait suivi dans son calvaire, sans pouvoir l'aider à supporter cette terrible douleur, et par la suite, elle s'était réjouie de sa rencontre avec Ursel von Prinze, qui avait permis à Herr Ostermann de retrouver le sourire...

Qui étaient ces gens qui les regardaient comme s'ils étaient de vulgaires objets, l'arme à la main... ? On aurait pu se croire dans un film, sauf que c'étaient elle, Gerhardt et les autres qui leur donnaient la réplique. Pas question de s'échapper vers la cuisine pour aller chercher de la bière et des bretzels.

Ils seraient forcés de vivre le drame jusqu'à son terme. Et c'est pourquoi elle pleurait silencieusement devant sa propre impuissance et devant le mépris de Petra Dortmund.

Homer Johnston avait passé une tenue de campagne bien particulière : il s'agissait en fait d'une salopette spéciale formée d'un lacis complexe de chiffons cousus en quinconce de manière à le faire passer pour un bosquet, un tas de feuilles ou de compost, bref, tout sauf un homme avec un fusil. Le fusil était monté sur son bipied, les protège-lentilles du viseur télescopique étaient rabattus. Il avait choisi un point favorable, à l'est de l'hélipad, qui lui permettait de balayer toute la distance entre l'hélicoptère et la maison. Son télémètre laser indiquait qu'il se trouvait à deux cent seize mètres d'une porte à l'arrière des bâtiments et à cent quarante-sept mètres de la portière avant gauche de l'hélico. Il s'était allongé sur un coin d'herbe sèche, sur la pelouse magnifique, dans l'ombre grandissante de la bordure d'arbres, et l'air lui apportait une odeur de chevaux qui lui rappelait son enfance dans les plaines du Nord-Ouest américain. Parfait. Du pouce, il releva son radio émetteur.

« Leader, de Fusil Deux-Un.

— Fusil Deux-Un, ici Leader.

— En position et paré. Aucun mouvement visible dans la maison.

— Fusil Deux-Deux, en position et paré, idem pour moi, aucun mouvement », annonça le sergent Weber, à deux cent cinquante-six mètres de Johnston. Johnston se tourna pour repérer la position de

Dieter. Son homologue allemand avait fait un choix judicieux.

« *Achtung !* » lança une voix dans son dos. Johnston se retourna et vit un policier autrichien qui approchait, presque à quatre pattes dans l'herbe. « *Hier*, tenez », dit l'homme en lui tendant plusieurs photos avant de battre prestement en retraite. Johnston les examina. Bien, des clichés des otages... mais pas un des méchants. Enfin, ça lui dirait toujours sur qui *ne pas* tirer. Lâchant le fusil, il prit ses jumelles militaires et entreprit de balayer lentement le bâtiment, de gauche à droite, puis de droite à gauche. « Dieter ? » Ils étaient en liaison radio directe.

« Oui, Homer ?

— Ils t'ont refilé les photos ?

— Oui, je les ai.

— Toujours pas de lumière à l'intérieur...

— *Ja*, nos amis sont prudents.

— Je pense que d'ici une demi-heure, il faudra passer aux NVG[1].

— Je confirme, Homer. »

Johnston grommela et se retourna pour vérifier dans son sac qu'il emportait toujours avec son étui à fusil et son flingue à dix mille dollars. Puis il reprit son examen des bâtiments, procédant avec un soin méticuleux, comme on essaie de repérer la piste d'un daim dans la montagne... une pensée revigorante pour un homme comme lui, grand chasseur devant l'Éternel... le goût de la venaison, cuite sur un bon feu de camp... arrosée de café chauffé dans le gros pot de tôle émaillée bleue... et les discussions après

---

1. *Night Vision Goggles* : lunettes équipées d'amplificateurs électroniques sensibles aux infrarouges, permettant la vision de nuit *(N.d.T.)*.

une partie de chasse réussie... Eh bien, pas question de manger ce que tu tires ce coup-ci, Homer, se dit le sergent en reprenant son inspection patiente. Il tâtonna dans sa poche, à la recherche d'un morceau de viande séchée.

Eddie Price alluma sa pipe. Posté du côté opposé de la demeure, il l'examina. Pas aussi grande que le palais de Kensington, mais sûrement plus jolie. Cette réflexion lui rappela une de ses inquiétudes ; c'était un sujet qu'ils avaient évoqué durant son service au SAS. Si jamais un jour des terroristes — de l'IRA provisoire, par exemple — décidaient d'attaquer l'une des résidences de la Couronne, ou le palais de Westminster. Le SAS avait parcouru tous les bâtiments en question, à un moment ou à un autre, histoire d'apprécier la disposition des lieux, d'en évaluer les systèmes de sécurité avec les problèmes afférents — surtout après cet incident dans les années quatre-vingt, quand l'autre cinglé avait réussi à s'introduire au palais de Buckingham, parvenant même jusqu'à la chambre à coucher de la reine ! Il en avait encore la chair de poule !

Il interrompit cette brève rêverie. Il devait avant tout s'occuper du Schloss Ostermann, se rappela-t-il en reprenant son examen des plans.

« Un vrai cauchemar, l'aménagement intérieur, Ding, finit-il par conclure.

— Ouaip. Que des planchers en bois, concerts de craquements assurés, et un tas de recoins pour se planquer et nous canarder. Pour bien faire, il nous faudrait un hélico. » Seulement, ils n'en avaient pas. Une question à aborder avec Clark. On n'avait pas encore pensé à tout. On allait trop vite, sur trop de choses à la fois. Du reste, il s'agissait moins d'avoir un hélicoptère que des équipages rompus au pilotage de machines variées, car lorsqu'ils se déployaient sur le terrain, ils ne pouvaient savoir à l'avance quel type d'appareil utilisait le pays d'accueil. Chavez se retourna : « Doc ? »

Bellow s'approcha : « Oui, Ding ?

— Je commence à me demander si on ne pourrait pas les laisser sortir, gagner l'hélico derrière la maison, pour les coincer dehors plutôt que de tenter un assaut.

— Un peu tôt pour ça, non ? »

Chavez acquiesça. « Ouais, c'est vrai, mais on n'a pas envie de perdre un otage et, passé minuit, vous l'avez dit vous-même, ce n'est pas une menace à prendre à la légère.

— On peut essayer de gagner du temps. C'est mon boulot, par téléphone.

— Je sais bien, mais si nous devons agir, je veux que ce soit à la faveur de l'obscurité. Donc, cette nuit. Je ne peux pas tabler sur le succès de vos négociations téléphoniques pour les amener à se rendre... à moins que vous ayez une autre idée ? »

Bellow dut admettre qu'il n'avait aucune certitude. Il ne pouvait même pas garantir qu'il parviendrait à les convaincre de différer leur ultimatum.

« Autre point, il faut qu'on voie si on peut piéger le bâtiment.

— Je suis là, dit Noonan. Mais ça va pas être de la tarte.

— Est-ce que c'est faisable ?

— Je peux sans doute m'approcher sans être vu, mais il y a plus de cent fenêtres et je me demande comment je pourrai atteindre celles du premier et du second. À moins de me faire larguer d'un hélico et de redescendre par le toit... » Autrement dit, il faudrait contraindre les équipes de télé (qui n'allaient pas manquer de déferler comme des vautours sur du bétail malade) à détourner leurs caméras, au risque d'alerter les terroristes quand ils verraient les journalistes cesser de filmer leur principal sujet d'intérêt. Et comment pourraient-ils ne pas remarquer un hélico en vol stationnaire à dix mètres au-dessus du toit, d'autant qu'ils pouvaient y avoir posté un des leurs en sentinelle ?

« Ça commence à devenir compliqué, observa Chavez, placide.

— En tout cas, il fait assez noir et froid pour que les viseurs infrarouges soient opérationnels, nota Noonan, obligeamment.

— Bien. » Chavez prit le micro. « Du Leader à l'Équipe. Passez en thermiques. Je répète, basculez sur les thermiques. » Puis il se retourna : « Quoi de neuf, côté téléphones mobiles ? »

Noonan ne put que hausser les épaules, résigné. Il y avait à présent pas loin de trois cents badauds agglutinés à l'extérieur de la propriété, tenus à distance par un cordon de police. Mais la plupart avaient une excellente vue sur le bâtiment et le domaine, et il suffisait que dans le lot les terroristes aient un complice muni d'un téléphone mobile pour que ce dernier les contacte et leur raconte tout ce qui se passe. Le miracle des communications modernes était à double tranchant : il y avait plusieurs centaines de fréquences attribuées à la téléphonie mobile, et les scanners permettant de les couvrir toutes ne faisaient pas partie de l'équipement de base de Rainbow. À leur connaissance, aucun terroriste ou groupe criminel n'avait encore recouru à cette technique, mais il ne fallait pas non plus espérer qu'ils restent éternellement attardés. Chavez embrassa du regard le château et se répéta qu'ils allaient devoir forcer les méchants à sortir pour opérer dans les meilleures conditions. Le problème, c'est qu'il ignorait à combien d'adversaires ils allaient avoir affaire, et il n'avait aucun moyen de le savoir sans équiper le bâtiment de capteurs pour recueillir un complément d'informations — une tâche qui s'avérait pour le moins délicate.

« Tim, notez pour notre retour qu'il faudra s'occuper du problème des téléphones mobiles et des talkies-walkies à l'extérieur de l'objectif. Capitaine Altmark !

— Oui, commandant Chavez ?

— Vos projos, ils sont arrivés ?

— À l'instant, *ja*, trois batteries. » Altmark tendit le doigt. Price et Chavez allèrent vérifier sur place. Ils découvrirent trois camions équipés de mâts télescopiques tout à fait analogues aux pylônes d'éclairage des stades. Destinés à aider les pompiers dans leurs interventions, une fois dressés, ils étaient alimentés par des groupes électrogènes. Chavez indiqua au policier autrichien où il désirait que soient disposés les projecteurs, puis il regagna le point de ralliement de son équipe.

Les lunettes thermiques jouaient sur les écarts de température pour former des images. Avec le soir, la fraîcheur tombait rapidement, en même temps que refroidissaient les murs de pierre du château. Déjà, les fenêtres ressortaient par contraste, car le bâtiment était chauffé, et toutes ces ouvertures aux huisseries à l'ancienne étaient mal isolées, malgré les épaisses tentures accrochées derrière. Dieter Weber fut le premier à repérer une cible.

« Leader pour Fusil Deux-Deux. J'ai une cible thermique au premier étage, quatrième fenêtre en partant de l'ouest, qui jette un œil dehors derrière les rideaux.

— Bien compris. Celui-ci est dans la cuisine. » La voix était celle d'Hank Patterson, penché au-dessus des plans. « Ce sera le numéro un. Peux-tu m'en dire plus, Dieter ?

— Négatif. Juste une silhouette, répondit le tireur d'élite allemand. Non, attends... grand, sans doute un homme.

— Ici Pierce, j'en ai un, rez-de-chaussée, côté est, seconde fenêtre à partir du mur est.

— Capitaine Altmark ?

— *Ja* ?

— Pouvez-vous appeler le bureau d'Ostermann, je vous prie ? Il faut qu'on vérifie s'il s'y trouve. » Parce que si c'était le cas, il devrait avoir un ou deux terroristes avec lui.

« Bureau d'Ostermann, répondit une voix de femme.

— Ici le capitaine Altmark. Qui est à l'appareil ?

— Le commandant Gertrude, de la Fraction ouvrière rouge.

— Excusez-moi, j'escomptais avoir le commandant Wolfgang.

— Un instant, dit Petra.

266

— *Hier ist Wolfgang.*

— *Hier ist Altmark.* Ça fait un bout de temps qu'on n'avait plus de nouvelles.

— Vous avez du nouveau pour nous ?

— Rien de neuf, mais nous avons en revanche une requête, *Herr Kommandant.*

— Oui, laquelle ?

— Nous voudrions un signe de bonne volonté », dit Altmark. Bellow écoutait lui aussi, un interprète à ses côtés. « Nous vous demandons de libérer deux de vos otages, choisis dans le personnel, par exemple.

— *Was für ?* Pour vous aider à nous identifier ? »

« Leader, ici Lincoln. J'ai une cible, fenêtre à l'angle nord-ouest, grand, sans doute de sexe masculin.

— Ça nous en fait trois, plus deux », observa Chavez, tandis que Patterson posait une gommette circulaire jaune sur la section correspondante du plan.

Pendant ce temps, la femme qui avait répondu au téléphone était toujours en ligne. « Il vous reste trois heures avant qu'on vous expédie un otage, *mort.* Vous avez encore d'autres requêtes ? Nous exigeons toujours un pilote pour l'hélicoptère d'Herr Oster-mann, avant minuit, et un avion de ligne pour nous attendre à l'aéroport. Autrement, nous tuerons un premier otage pour prouver notre détermination, et puis d'autres ensuite, à intervalles réguliers. Est-ce bien compris ?

— Croyez-moi, nous ne mettons pas en doute

votre détermination, lui assura Altmark. Nous sommes en ce moment à la recherche de l'équipage, et nous avons entamé des pourparlers avec Austrian Airlines pour l'avion. Mais ces démarches prennent du temps, vous le savez.

— C'est ce que vous dites toujours, tous autant que vous êtes. Nous vous avons dit ce que *nous* voulions. Si vous ne vous pliez pas à ces exigences, alors c'est vous qui aurez du sang sur les mains. *Ende* », termina la voix, mettant fin à la communication.

La froideur du ton à l'autre bout du fil, la brusque interruption de la conversation surprirent le capitaine Altmark et le mirent mal à l'aise. Il leva les yeux vers le Dr Bellow en reposant le combiné : « *Herr Doktor ?*

— C'est la femme la plus dangereuse. Ils sont tous les deux rusés. Il ne fait aucun doute qu'ils ont mûrement réfléchi leur coup et surtout qu'ils tueront un otage pour prouver qu'ils ne plaisantent pas. »

« Un couple, expliquait Price au téléphone. Des Allemands. Âge... aux alentours de la quarantaine. Peut-être plus. Bougrement sérieux, ajouta-t-il pour Bill Tawney.

— Merci, Eddie, ne quittez pas... » Price entendit des doigts pianoter sur un clavier.

« D'accord, vieux, j'ai trois paires de candidats possibles. Je vous les transmets.

— Merci, monsieur. » Price rouvrit son portable. « Ding ?

— Ouais ?

— Les renseignements arrivent.

— On a recensé au moins cinq terroristes à l'intérieur, chef », indiqua Patterson. Ses doigts coururent sur les pages des plans. « Ils n'ont pas le temps de se balader. On en a localisé trois en bas, là, là et là. Et deux autres à l'étage, ici et là. La disposition est logique. Ils sont sans doute également équipés de radioémetteurs portatifs. Le bâtiment est trop vaste pour qu'ils puissent communiquer de vive voix. »

Dès qu'il eut entendu ces indications, Noonan se précipita vers son matériel d'interception. Si leurs amis se servaient de ce genre d'appareil, les gammes de fréquence étaient parfaitement connues — elles étaient mêmes définies par des accords internationaux. Et il était peu probable qu'ils utilisent du matériel militaire, et sans doute n'était-il pas non plus crypté. En quelques secondes, il avait lancé son scanner piloté par ordinateur et mis en œuvre une batterie d'antennes qui lui permettraient de localiser par triangulation l'origine des signaux à l'intérieur. Le résultat s'afficherait à l'écran de son portable, superposé à un plan du château. Trois hommes en fer de lance, c'était le chiffre le plus probable, estima Noonan, même si le fourgon garé devant le bâtiment pouvait en contenir plus. Combien étaient-ils en tout ? Deux plus trois ? quatre ? cinq ? En tout cas, ils avaient tous prévu de s'échapper, et l'hélicoptère n'était pas si vaste. Ça limitait l'effectif du commando à sept individus tout au plus. Une supposition... or, ils ne pouvaient pas tabler sur des suppositions — enfin, il ne valait mieux pas — mais c'était toujours un point de départ. Tant d'hypothèses à faire... Et s'ils n'utilisaient pas de radios portatives ?

S'ils avaient opté pour des téléphones mobiles ? Et si, et si... Il fallait bien partir de quelque part, réunir le maximum de renseignements, et puis passer à l'action. Le problème avec ce genre d'individus était qu'ils décidaient toujours du rythme des opérations. Nonobstant leur stupidité et leurs mobiles criminels — pour Noonan c'était une faiblesse —, il n'en restait pas moins que c'étaient eux qui menaient la danse. Leur groupe pouvait en altérer légèrement le rythme à force de persuasion (c'était la tâche du Dr Bellow), au bout du compte, les méchants étaient les seuls prêts à recourir au meurtre et c'était une carte qui faisait du bruit quand on l'abattait sur la table. Il y avait dix otages à l'intérieur : Ostermann, ses trois principaux assistants, et six domestiques. Chacun avait une vie, une famille, l'espoir de sauvegarder l'une et l'autre. Le boulot du groupe Deux était de tout faire pour cela. Toutefois, les méchants contrôlaient encore trop d'éléments, ce qui n'était pas du tout du goût de l'agent spécial du FBI. Comme souvent déjà, il regrettait de ne pas être à la place d'un des tireurs d'élite et de ne pouvoir, le moment venu, participer à l'intervention. Mais, malgré ses qualités physiques et son habileté aux armes, il était plus à l'aise avec les aspects techniques de la mission. C'était son domaine d'expertise personnel, et il était plus utile à la mission en restant derrière ses instruments. Même s'il n'était pas obligé d'aimer ça.

« Alors, où en est-on, Ding ?

— Ça ne s'annonce pas trop bien, monsieur C. » Chavez se retourna pour embrasser de nouveau le bâtiment du regard. « L'approche est très difficile, le bâtiment étant au milieu d'un large espace dégagé, ce qui complique le travail de collecte de renseignements tactiques. Nous avons deux sujets primaires certains et trois sujets secondaires probables, qui semblent professionnels et motivés. J'envisageais l'éventualité de les laisser sortir pour rejoindre l'hélicoptère et les neutraliser à ce moment. Les tireurs d'élite sont en place. Mais vu le nombre de sujets, ça risque de ne pas être joli-joli, John. »

Clark considéra les fenêtres de son poste de commandement. Il était en liaison permanente avec tous les membres du groupe Deux, et recevait également un rapport de leurs écrans. Comme la fois précédente, Peter Covington était à ses côtés. « Autant se retrouver devant un putain de château fort », avait déjà observé l'officier britannique. Il avait également noté la nécessité d'intégrer des pilotes d'hélicoptère à titre permanent dans l'équipe.

« Encore un truc, reprit Chavez. Noonan dit qu'on aura besoin d'appareils de brouillage pour les maniaques du téléphone mobile. On a des centaines de badauds aux alentours, et n'importe qui, avec ce genre de joujou, peut contacter nos amis à l'intérieur et leur raconter tout ce qu'on fait. Impossible de l'éviter sans matériel de brouillage. Ça aussi, faudra le noter, monsieur C.

— C'est noté, Domingo, répondit Clark avec un coup d'œil à David Peled, son responsable de la technique.

— Je peux régler cette histoire d'ici quelques jours », promit Peled à son patron. Le Mossad disposait de l'équipement voulu. Tout comme sans doute plusieurs services américains. Il serait vite fixé.

David jugea que pour un ancien flic, Noonan était loin d'être mauvais.

« OK, Ding, tu as le feu vert pour agir à ta guise. Bonne chance, mon garçon.

— Waouh ! merci, p'pa ! lui fut-il répondu avec ironie. Groupe Deux, terminé. » Chavez coupa la communication, reposa le micro sur le boîtier. « Price !

— Oui, chef ! » Le sergent s'était matérialisé à ses côtés.

« On a le feu vert pour agir à notre guise, annonça-t-il à son sous-officier.

— Super, commandant Chavez. Qu'est-ce que vous proposez, *Sir* ? »

La situation devait être défavorable, nota Ding, pour qu'il lui serve à nouveau du *Sir*.

« Ma foi, voyons voir ce qu'on a comme atouts dans notre jeu, Eddie. »

Klaus Rosenthal était le chef jardinier d'Ostermann, et à soixante et onze ans, le membre le plus âgé de son personnel. Son épouse l'attendait à la maison, couchée, une aide-soignante à son chevet, et sans aucun doute était-elle rongée d'inquiétude, une inquiétude qui pouvait lui être fatale. Hilda Rosenthal souffrait depuis trois ans d'une insuffisance cardiaque grave qui avait fini par la clouer au lit. Elle avait été prise en charge par la Sécurité sociale, mais Herr Ostermann avait également apporté son soutien en leur adressant un de ses amis personnels, professeur à l'hôpital central de Vienne, qui avait bien voulu s'occuper d'elle et lui avait administré un tout nouveau traitement médicamenteux. Ce dernier avait sans aucun doute amélioré quelque peu son état, toutefois les craintes qu'elle devait désormais éprouver pour son époux n'étaient certainement pas recommandées dans son cas et cette idée mettait Klaus au supplice. Il se trouvait aux cuisines avec le reste du personnel. Il venait en effet de rentrer se chercher un verre d'eau quand les intrus étaient arrivés — s'il avait été dehors, peut-être qu'il aurait pu s'échapper pour donner l'alarme et ainsi contribuer à aider son patron, un homme si prévenant avec tout son personnel, et surtout avec Hilda ! Mais la chance avait été contre lui quand ces porcs avaient envahi les cuisines, en brandissant leurs armes. Des jeunes, la trentaine ; le plus proche — Rosenthal ignorait son nom — était soit berlinois, soit originaire de Prusse orientale, à en juger par son accent, et ce devait être un ex-skinhead, comme l'indiquait le fin duvet couvrant son crâne nu. Un pur produit de la défunte RDA. Un de ces néo-nazis nés dans cet ancien pays communiste. Enfant, Rosenthal avait fait connaissance avec leurs modèles historiques, au camp de Belzec, et bien qu'il ait réussi à en réchapper, la seule idée de connaître à nouveau la terreur de savoir sa vie aux mains d'un fou aux petits yeux porcins et cruels... Rosenthal ferma les paupières. Il en avait encore des cauchemars, aussi indélébiles que les cinq chiffres tatoués sur son avant-bras. Une fois par mois, il s'éveillait dans ses draps trempés de sueur, après avoir revécu le spectacle de ces malheureux pénétrant dans un bâtiment dont nul jamais n'était ressorti vivant... et chaque fois, dans son cauchemar, un homme au visage cruel de jeune SS l'invite à les suivre, prétextant qu'il a besoin d'une douche. Alors il proteste :

Oh, non, le Hauptsturmführer Brandt a besoin de moi à l'atelier de ferronnerie. Mais le jeune sous-officier SS lui répond avec ce sourire blême : *Nicht heute, Jude, komm jetzt zu dem Bräuserbad* — pas aujourd'hui, juif, file donc à la douche désinfectante. Et comme chaque fois, il obtempère — car que peuvent-ils faire d'autre ? — et il marche vers la porte, et comme chaque fois, il se réveille, trempé de sueur, certain qu'autrement il ne se serait jamais réveillé, à l'instar de tous ceux qu'il a vus prendre le même chemin...

La terreur revêt bien des aspects et Klaus Rosenthal connaissait le pire. La sienne tenait à la certitude de mourir des mains de l'un de ces hommes, les mauvais Allemands, ceux qui refusaient tout bonnement de reconnaître l'humanité de leur prochain, et c'était une certitude qui n'avait rien de réconfortant.

D'autant que cette espèce était bien loin d'être éteinte. Un spécimen se tenait devant ses yeux, le contemplant, la mitraillette à la main, toisant avec dédain Rosenthal et ses compagnons, comme de vulgaires objets. Contrairement à lui, les autres membres du personnel, tous chrétiens, n'avaient jamais connu ce genre d'expérience : il savait, lui, à quoi s'attendre — et savait que c'était inévitable. Son cauchemar s'était réalisé, jailli du passé pour que s'accomplisse son destin, tuant en même temps sa malheureuse épouse, car son cœur n'y survivrait pas — et que pouvait-il y faire ? Avant, la première fois, il était un jeune orphelin apprenti joaillier, et son expérience dans le travail des métaux fins lui avait sauvé la vie. Mais c'était une activité qu'il n'avait jamais pu reprendre par la suite, si horribles étaient les souvenirs qui s'y associaient. À la place, il avait trouvé la paix dans le travail de la terre, à faire pousser de belles plantes saines et vigoureuses. Il avait la main verte. Ostermann avait reconnu ce don et lui avait offert un emploi à vie à son château. Mais ce don importait peu pour ce nazi aux cheveux ras, qui les tenait en respect, mitraillette au poing.

Ding supervisa la mise en place des projecteurs, accompagné du capitaine Altmark. Ils indiquèrent à chaque conducteur de camion à quel point exactement se rendre. Quand les camions-lumière furent en place et leurs mâts d'éclairage dressés, Chavez revint auprès de ses hommes et leur brossa les grandes lignes du plan. Il était vingt-trois heures passées, maintenant. Incroyable comme le temps filait quand vous en manquiez.

Les pilotes de l'hélico étaient là aussi. Ils patientaient, assis en silence, buvant du café comme tout bon aviateur qui se respecte, en se demandant ce qui allait suivre. Il se trouva que le copilote avait un faux air d'Eddie Price. Ding décida d'en tirer parti pour la touche finale de son plan.

À vingt-trois heures vingt, il ordonna l'allumage des projecteurs. La façade et les deux flancs du château furent baignés de lumière, mais pas l'arrière, où se projetait l'ombre triangulaire du bâtiment jusqu'à l'hélicoptère et, au-delà, dans les arbres.

« Oso, dit Chavez, rejoins Dieter et installe-toi à côté de lui.

— Roger, *'mano* ! » Le sergent-chef Vega passa sa M-60 à l'épaule et s'enfonça dans le sous-bois.

Louis Loiselle et George Tomlinson avaient la partie la plus délicate. Ils étaient en camouflage de nuit : la combinaison passée au-dessus de leur « tenue de Ninja » noire ressemblait à du papier millimétré — des croisillons vert foncé sur fond vert clair, délimitant des carrés de trois millimètres, dont certains, répartis au hasard, étaient remplis du même vert sombre. L'idée était reprise de la chasse allemande durant la Seconde Guerre mondiale : les responsables de la Luftwaffe avaient estimé que la nuit n'était pas si sombre que ça, et que des appareils peints en noir étaient aisément repérables parce qu'ils finissaient par être plus foncés que le ciel. Ces combinaisons étaient censées être efficaces, en théorie, et au cours des exercices. Ils allaient pouvoir à présent les tester pour de vrai. Les projecteurs éblouissants y aideraient : braqués sur et au-dessus du château, ils serviraient à créer une muraille de ténèbres artificielles au sein de laquelle les tenues vertes devraient se fondre. Ils s'étaient souvent entraînés à Hereford, mais jamais avec des vies humaines en jeu. Toujours est-il que Loiselle et Tomlinson convergeaient à présent de deux directions différentes en prenant soin de se maintenir à l'intérieur du cône d'ombre. Cela leur prit vingt minutes de reptation.

« Alors, Altmark, dit Hans Fürchtner, à vingt-trois heures quarante-cinq, les dispositions sont-elles prises, ou bien va-t-il nous falloir abattre un de nos otages d'ici quelques minutes ?

— Je vous en conjure, ne faites pas ça, Herr Wolfgang. L'équipage de l'hélicoptère est en route maintenant, et nous sommes en discussion avec la compagnie aérienne pour qu'on nous fournisse un appareil qui soit prêt à décoller. Mais organiser tout ça, c'est plus difficile que vous n'imaginez.

— Dans un quart d'heure, on jugera de la difficulté de la chose, Herr Altmark. » Et la communication fut coupée.

Bellow n'avait pas besoin d'interprète. Le ton était éloquent. « Il le fera, confia le psychiatre à Altmark et Chavez. L'ultimatum n'est pas bidon.

— Amenez l'équipage », ordonna aussitôt Ding. Trois minutes plus tard, une voiture de police approchait de l'hélicoptère. Deux hommes en descendirent et montèrent à bord du Sikorsky tandis que la voiture redémarrait. Deux minutes après, le rotor se mit à tourner. Chavez enclencha alors son micro.

« Équipe, ici Leader. Tenez-vous prêts. Je répète : tenez-vous prêts. »

« Excellent », dit Fürchtner. Il distinguait à peine les pales en rotation, mais l'allumage des feux clignotants était révélateur. « Bien, c'est parti. Herr Ostermann, debout ! »

Petra Dortmund descendit la première, devant les otages importants. Renfrognée, elle se demandait s'ils ne regretteraient pas de ne pas avoir abattu ce Dengler pour montrer leur résolution. Ils pourraient toujours y remédier quand ils passeraient à l'interrogatoire sérieux, à bord de l'avion. Et peut-être que Dengler en savait autant que son patron. Si oui, le tuer aurait peut-être constitué une erreur tactique. Elle activa sa radio et appela le reste de sa troupe. Lorsqu'elle parvint au bas des marches, ils se retrouvaient dans le hall, avec les six otages des cuisines.

Non, décida-t-elle en parvenant à la porte, mieux vaudrait tuer une des femmes. Cela aurait un plus grand impact sur les forces de police rassemblées à l'extérieur, surtout si elle était abattue par une autre femme...

« Êtes-vous prêts ? » demanda Petra. Les quatre autres membres du commando acquiescèrent. « Nous allons procéder comme convenu », leur annonça-t-elle. Question idéologie, ces types étaient décevants, bien qu'élevés et éduqués dans un pays socialiste — trois avaient même une formation militaire, avec l'endoctrinement politique qui allait avec. Mais ils connaissaient leur boulot, et l'avaient jusqu'ici accompli sans faille. Elle pouvait leur en demander un peu plus.

L'un des cuisiniers avait du mal à marcher, et cela parut irriter le salaud au crâne rasé, nota Klaus Rosenthal. Il savait qu'ils allaient l'emmener, l'emmener vers la mort, et comme dans son cauchemar, il restait là à ne rien faire ! Il en prit conscience avec une soudaineté qui le paralysa comme une migraine fulgurante. Son corps pivota sur la gauche, et il avisa la paillasse sur laquelle traînait un petit couteau à désosser. Il tourna la tête, vit les terroristes regarder Maria, puis le cuisinier. En un instant, sa décision fut prise : il subtilisa le couteau, le fourra dans sa manche droite. Peut-être que le destin allait lui offrir une chance. Si oui, se promit-il, cette fois, il la saisirait.

« Équipe Deux, ici Leader, dit Chavez dans la radio. Ils ne devraient pas tarder à sortir. Signalez-vous. »

Il entendit d'abord deux doubles déclics, en provenance de Loiselle et Tomlinson, à proximité du château, suivis de leurs noms.

« Fusil Deux-Un », annonça Homer Johnston. Dans son viseur télescopique à présent couplé à l'amplificateur de lumière, la porte arrière du château était parfaitement centrée. Il se força à respirer avec régularité.

« Fusil Deux-Deux, annonça Weber une seconde plus tard.

— Oso », dit Vega. Il s'humecta les lèvres tout en épaulant son arme. Son visage était recouvert de peinture camouflage.

« Connolly.

— Lincoln.

— McTyler.

— Patterson.

— Pierce. » Chacun était à sa place sur la pelouse.

« Price, annonça le sergent-chef, installé dans le siège avant gauche de l'hélicoptère.

— OK, Équipe, autorisation de tir. Règles normales d'engagement en vigueur. Les gars, tâchez d'avoir l'œil ! » ajouta-t-il, comme si cela n'allait pas de soi. Il était toujours difficile pour un chef de rester laconique en de telles circonstances. Il était en position à quatre-vingts mètres de l'hélicoptère, portée limite pour son MP-10, et fixait le bâtiment avec ses lunettes infrarouges.

« La porte s'ouvre, annonça Weber, une fraction de seconde avant Johnston.

— Je détecte un mouvement, confirma le second tireur.

— De Chavez au capitaine Altmark, faites couper la retransmission télé. Maintenant ! ordonna Ding sur sa seconde liaison radio.

— *Ja*, bien compris », répondit le policier. Il se retourna pour lancer un ordre au réalisateur de télévision. Les caméras continueraient de tourner mais sans émettre, et à partir de cet instant, les enregistrements étaient classés secret-défense. Le signal diffusé à l'antenne ne montrait plus désormais que des commentateurs en studio.

« La porte s'ouvre à présent, indiqua Johnston du haut de son perchoir. Je vois un otage, on dirait un cuisinier, et un des sujets, une femme, cheveux foncés, un pistolet à la main. » Le sergent Johnston se força à se relaxer, ôtant le doigt de la double détente. Pas question de tirer sans un ordre exprès de son supérieur, un ordre qui était exclu dans une telle situation. « Deuxième otage en vue... c'est Petit Chef. » Alias Dengler. Ostermann était Grand Chef, tandis que les deux secrétaires étaient Blondie et Brunette — en fonction de leur couleur de cheveux. N'ayant pas de photos des domestiques, ils ne leur avaient pas attribué de surnoms. Les terroristes identifiés étaient les « sujets ».

Johnston vit qu'ils hésitaient à la porte. Pour eux, la situation devait être épineuse, même s'ils ne se doutaient pas encore à quel point. Pas de veine, se dit-il en centrant le visage féminin dans son réticule à deux cents mètres de distance — mais pour le tireur d'élite, c'était l'équivalent de trois mètres. « Avance donc, chérie, souffla-t-il. On a une jolie

280

surprise pour toi et tes potes ! ajouta-t-il en activant sa radio.

— Cible acquise, Homer, répondit Fusil Deux-Deux. Je crois qu'on connaît ce visage... Je n'arrive pas à retrouver le nom. Leader, Fusil Deux-Deux...

— Fusil Deux-Deux pour Leader.

— Le sujet féminin, on a vu ses traits récemment. Elle a vieilli, mais je reconnais ce visage. Bande à Baader, Fraction armée rouge, je crois, toujours avec un complice masculin. Marxiste, terroriste chevronnée, meurtrière... il me semble qu'ils avaient tué un soldat américain... » Ce n'était pas vraiment un scoop, mais un visage connu était un visage connu.

Price intervint, se rappelant ce programme de morphing qu'ils avaient testé au début de la semaine. « Petra Dortmund, peut-être ?

— *Ja !* C'est bien elle ! répondit Weber. Et son compagnon est Hans Fürchtner ! *Komm 'raus, Petra !* poursuivit-il dans sa langue maternelle. *Komm zu mir, Liebchen !* Approche-toi, ma chérie ! »

Un truc la tracassait. Il n'était pas si évident que ça de traverser la pelouse à l'arrière du château pour rejoindre l'hélicoptère, même si elle distinguait sans peine ses feux clignotants et son rotor en rotation. Elle voulut faire un pas, mais son pied hésita avant de s'aventurer sur les degrés de granit, tant ses yeux bleus étaient distraits par l'éclairage éblouissant du rideau d'arbres de part et d'autre du château, tandis que l'ombre s'étendait comme un doigt noir jusqu'à l'hélicoptère... à moins qu'elle ne fût gênée par ce présage de mort étalé devant elle. Puis elle secoua la tête, évacuant cette idée comme une superstition ridicule. Elle tira ses deux otages et descendit les six marches pour gagner l'herbe et s'éloigner vers l'appareil prêt à décoller.

« T'es certain de l'avoir identifiée, Dieter ? demanda Chavez.

— *Ja*, affirmatif, chef. Petra Dortmund. »

À côté de Chavez, le Dr Bellow lança une recherche sur son portable. « Âge : quarante-quatre ans. Ancienne du groupe Baader-Meinhof, idéologue convaincue, a la réputation d'être impitoyable. Ces infos datent de dix ans. Apparemment, elles sont toujours d'actualité. Son partenaire était un certain Hans Fürchtner. Ils seraient mariés, ou amants, deux personnalités très compatibles, en tout cas. Ce sont des tueurs, Ding.

— Pour le moment, c'est le cas, répondit Chavez en observant la progression des trois silhouettes sur la pelouse.

— Elle a une grenade dans une main... à fragmentation, on dirait, indiqua bientôt Homer Johnston.

— Confirmé, annonça Weber. Je vois la grenade à main. La goupille est dessus. Je répète : la goupille est dessus.

— De mieux en mieux ! » grommela Eddie Price dans son micro. *Fürsten Feldbrück, le retour*, songeat-il, harnaché dans l'hélicoptère qui n'allait pas tarder à accueillir la grenade et l'autre folle susceptible à tout moment de la dégoupiller. « Price en fréquence. Une seule grenade ?

— Je n'en vois qu'une, répondit Johnston. Pas

de bosse suspecte dans ses poches ou quoi que ce soit, Eddie. Le pistolet dans la main droite, la grenade dans la gauche.

— Je confirme, intervint Weber.

— Elle est droitière, précisa Bellow, après avoir vérifié la fiche signalétique de Petra Dortmund. Le sujet Dortmund est droitier. »

Ce qui explique pourquoi elle tient le pistolet dans cette main et la grenade dans l'autre, se dit Price. Et donc, si elle devait la lancer convenablement, elle serait obligée de changer de main... Enfin, une bonne nouvelle. Et peut-être qu'elle n'avait plus manipulé ce genre de joujou depuis un bout de temps. Peut-être même qu'elle redoute tous ces trucs qui font *boum*..., imagina-t-il, plein d'espoir. Certains se munissaient de ce genre de saloperie uniquement pour l'effet visuel. Il l'apercevait maintenant, s'approchant d'un pas régulier de l'hélicoptère.

« Sujet masculin en vue... Fürchtner, annonça Johnston à la radio. Il a Grand Chef avec lui... et Brunette aussi, je crois.

— Je confirme, dit Weber qui les observait dans son viseur à grossissement dix. Le sujet Fürchtner, Grand Chef et Brunette sont en vue. Fürchtner paraît n'être armé que d'un pistolet. Il descend les marches. Autre sujet à la porte, armé d'une mitraillette, deux otages avec lui.

— Ils sont pas cons, observa Chavez. Ils évoluent par petits groupes. Notre ami ne s'est mis à descendre que dès que sa copine s'est trouvée à mi-chemin... on va voir si les autres font pareil... » Parfait, pensa Ding. Quatre, voire cinq groupes traversant à découvert. Malins, les salauds, mais peut-être pas si malins que ça, en définitive.

Comme ils approchaient de l'hélico, Price descendit pour ouvrir les deux portières latérales. Il avait déjà planqué son pistolet dans le vide-poches de la portière gauche. Il adressa un regard au pilote, assis dans le siège de droite : « Faites comme si de rien n'était. On maîtrise la situation.

— Si vous le dites, l'Anglais, répondit le pilote, d'une voix rauque, tendue.

— L'appareil ne doit quitter le sol sous aucun prétexte. Est-ce bien compris ? » Ils avaient déjà abordé la question, mais c'était en répétant les instructions qu'on survivait en de telles circonstances.

« Affirmatif. Et s'ils me forcent, je roule de votre côté en hurlant qu'il y a une panne. »

Pas mal du tout, pensa Price. Le gars portait une chemise bleu ciel avec des ailes agrafées sur la poche de poitrine au-dessus d'une plaque indiquant qu'il s'appelait Tony. Une oreillette le reliait par radio au reste de l'équipe, couplée à un micro planqué dans son col.

« Ils ne sont plus qu'à soixante mètres, une nana plutôt pas terrible, c'est ça ? demanda Price pour confirmation à ses équipiers.

— Passe-toi la main dans les cheveux si tu m'entends », demanda Chavez depuis sa planque. Un instant après, il vit la main gauche de Price se lever pour repousser nerveusement une mèche devant ses yeux. « OK, Eddie. Reste calme, mec.

— Sujet armé à la porte avec trois otages, lança Weber. Non, non, deux sujets armés avec trois otages. L'otage Blondie est du lot. Plus un vieillard et une femme d'âge mûr, habits de domestique.

— Ça fait encore au moins un méchant, souffla Ding, plus trois autres otages. Jamais l'hélico pourra

284

les emmener tous... » Qu'est-ce qu'ils comptaient faire des derniers ? Les tuer ?

« Je distingue deux autres sujets armés et trois otages sur le seuil de la porte de derrière, annonça Johnston.

— On est au complet pour les otages, indiqua Noonan. Ça nous fait donc six sujets au total. Comment sont-ils armés, Fusil Deux-Un ?

— Des mitraillettes, apparemment des Uzi ou leur copie tchèque. Ils sont en train de s'approcher de la porte.

— OK, je les ai, intervint Chavez, les yeux collés aux jumelles. Tireurs, visez le sujet Dortmund.

— Cible acquise », répondit le premier Weber. Johnston pivota pour viser une fraction de seconde plus tard, puis soudain il se figea.

La nuit, l'œil humain est particulièrement sensible au mouvement. Quand Johnston pivota dans le sens des aiguilles d'une montre pour ajuster son tir, Petra Dortmund crut avoir vu quelque chose. Elle s'immobilisa sur place, sans trop savoir pourquoi, et se mit à regarder droit dans la direction de Johnston, mais son camouflage lui donnait l'aspect d'un vulgaire tas de feuillages, d'herbe ou de détritus — difficile à dire dans la semi-obscurité sous l'ombre verte des pins. En tout cas, cela n'avait pas forme humaine, et dans cet amas, à plus de cent mètres de distance, il n'était pas question de distinguer le contour d'un fusil. Malgré tout, elle continuait de regarder, sans lever son revolver, un air de curiosité sur le visage, pas vraiment inquiète. Derrière sa lunette de visée, le sergent Johnston apercevait, de son œil gauche ouvert, les flashes rouges clignotants des feux de position de l'hélicoptère posé non loin de là, tandis que son œil droit voyait la croix du réticule parfaitement centrée sur le front de Petra Dortmund, entre les deux yeux. Son doigt effleurait à présent la détente, la touchant à peine, tant elle était sensible. L'instant s'éternisa quelques secondes, tandis que de sa vision périphérique il surveillait l'arme et le bras de la femme. Si jamais il bougeait un peu trop...

Mais non. Au grand soulagement de Johnston, elle repartit vers l'hélicoptère, sans se douter que deux fusils restaient en permanence braqués sur sa tête. La phase la plus cruciale intervint quand elle arriva au pied de l'appareil. Si elle passait à droite, Johnston allait la perdre, la laissant au seul Weber. Si elle passait à gauche, c'était à Dieter de la perdre et à lui de jouer. Il lui sembla que... oui, Petra Dortmund se dirigeait vers la gauche de l'hélico.

« Fusil Deux-Deux, cible perdue, annonça aussitôt Weber. Pas de tir possible.

— Cible en vue, Fusil Deux-Un tient la cible », assura Johnston. *Hmm, laisse d'abord monter Petit Chef, chérie*, pensa-t-il le plus fort possible.

C'est exactement ce que fit Petra Dortmund : elle poussa Dengler vers la gauche, dans l'idée sans doute de s'installer pour sa part au milieu, afin d'être moins vulnérable à un coup de feu tiré de l'extérieur. Excellent réflexe, en théorie, estima Homer Johnston, mais mal venu en l'occurrence. *Pas de pot, salope.*

Pour l'heure, Gerhardt Dengler n'était guère en état de redécouvrir l'environnement familier de la cabine. Il se harnacha, sous la menace du pistolet de Petra, se forçant à se relaxer et à rester brave. Puis un coup d'œil à l'avant de l'habitacle lui rendit espoir. Le pilote était le même que d'habitude, mais son second lui était inconnu. Il s'affairait aux instruments comme le copilote habituel, mais ce n'était pas lui, même s'il lui ressemblait un peu, avec la même coupe de cheveux, et portait la chemise blanche aux épaulettes bleues, uniforme traditionnel de beaucoup de pilotes privés. Leurs regards se croisèrent, et Dengler s'empressa de détourner les yeux vers l'extérieur, craignant de trahir un secret.

Un type bien, songea Eddie Price. Son pistolet se trouvait dans le vide-poches à cartes, dans la portière gauche de l'appareil, bien planqué sous une pile de cartes aériennes, mais à portée de main. Le moment venu, il n'aurait qu'à le saisir, pivoter rapidement, lever l'arme et faire feu. Dissimulé dans son oreille gauche et ressemblant de loin à un appareil acoustique, l'écouteur de la radio le tenait au courant de la situation, même s'il avait du mal à couvrir le fracas du moteur et du rotor du Sikorsky. Le pistolet de Petra les visait maintenant alternativement, lui et le pilote.

« Tireurs, vous tenez vos cibles ? demanda Chavez.

— Fusil Deux-Un, affirmatif, cible en vue.

— Fusil Deux-Deux, négatif, j'ai un obstacle devant. Suggère basculer sur sujet Fürchtner.

— OK, Fusil Deux-Deux, basculez sur Fürchtner. Fusil Deux-Un, vous avez Dortmund.

— Bien compris, Leader, confirma Johnston. Fusil Deux-Un a le sujet Dortmund en point de mire. » Le sergent refit un pointage au laser : cent quarante-quatre mètres. À cette distance, sa balle ne devrait dévier que de deux centimètres vers le bas, et son réglage « position de combat » à deux cent cinquante mètres était un peu haut. Il repointa la croisée du réticule juste au-dessous de l'œil gauche de la cible. Les lois de la physique se chargeraient du reste. Son arme était dotée d'une double détente réglable. Une fois pressée la seconde, le recul sur la première était réduit à un souffle... et il n'allait pas tarder à en profiter. Il n'était pas question de laisser décoller l'hélicoptère. Mais d'abord et avant tout, il ne fallait surtout pas laisser les sujets refermer la portière gauche. La vitre en composite de carbone serait sans aucun doute transpercée sans peine par sa balle de 7 mm, mais elle serait certainement déviée au passage, avec le risque de tuer ou de blesser un otage. Impensable.

Chavez était désormais en dehors de l'action : commander au lieu de mener ses hommes, même s'il l'avait déjà fait, il n'appréciait pas trop. Il était plus facile d'être sur place, l'arme à la main, que de se tenir en retrait et d'agir par procuration. Mais il n'avait pas le choix. Très bien, songea-t-il. Le sujet numéro un est dans l'hélico, avec une arme sur lui. Le sujet numéro deux était à découvert, aux deux tiers de la distance, une arme sur lui également. Deux nouveaux méchants approchaient, avec Mike Pierce et Steve Lincoln à moins de quarante mètres d'eux, et les deux derniers sujets étaient encore dans la maison, surveillés par Louis Loiselle et George Tomlinson dans les fourrés, de chaque côté. À moins que les terroristes n'aient renforcé la surveillance dans la maison, ce qui laisserait encore au moins un sujet à l'intérieur quand les autres auraient rejoint l'hélicoptère — hypothèse peu probable, décida Chavez, et n'importe comment, tous les otages étaient sortis ou ne tarderaient pas à l'être, or leur mission était de les sauver, pas forcément de tuer les méchants. Ne pas l'oublier. Ce n'était ni un jeu ni un sport, et jusqu'ici son plan, déjà exposé aux membres du groupe Deux, tenait le coup. Le point crucial désormais restait le dernier groupe de sujets.

Rosenthal avisa les tireurs embusqués. C'était prévisible, même si personne ne semblait l'avoir envisagé. Il était le jardinier en chef. La pelouse était son domaine et les deux tas de détritus, à gauche et à droite de l'hélicoptère, avaient tout de suite éveillé sa curiosité. Il avait vu des films et des séries télévisées. Ils étaient victimes d'une agression terroriste et la police allait réagir d'une manière ou d'une autre. Des hommes armés devaient être postés à l'extérieur, or ces deux trucs sur sa pelouse n'étaient pas là ce matin. Ses yeux s'attardèrent sur la position de Weber. C'est là que résidait désormais ou sa perte ou son salut. Impossible de dire pour l'instant, et cette incertitude lui noua l'estomac.

« Les voilà », annonça George Tomlinson quand, l'œil toujours collé au viseur, il vit deux jambes apparaître en haut des marches, des jambes de femme, suivies par celles d'un homme... puis deux autres paires de jambes féminines... et enfin celles d'un autre homme. « Un sujet et deux otages sortis. Deux autres otages suivent... »

Fürchtner était presque arrivé. Il se dirigea vers le côté droit de l'hélicoptère, au grand soulagement de Dieter Weber. Et puis il s'arrêta devant la portière ouverte, regarda à l'intérieur, vers l'emplacement où Gerhardt Dengler était déjà installé, et décida de passer de l'autre côté.

« OK, l'Équipe, attendez », ordonna Chavez, cherchant à garder synchrones ses quatre groupes, tout en balayant le secteur aux jumelles. Dès que les derniers seraient apparus...

« Toi, tu montes et tu t'installes à contresens. » Fürchtner poussa Brunette vers la cabine.

« Sujet perdu pour Fusil Deux-Deux, je répète : sujet perdu, s'écria Weber dans le circuit radio.

— Repassez sur le groupe suivant, ordonna Chavez.

— C'est fait. Je suis sur le sujet de tête, groupe numéro trois.

— Fusil Deux-Un, rapport !

— Fusil Deux-Un sur sujet Dortmund, répondit aussitôt Homer Johnston.

— Prêt ici ! annonça ensuite Loiselle, depuis sa planque dans les bosquets derrière la maison. Nous avons maintenant le quatrième groupe. »

Chavez inspira profondément. Tous les méchants étaient désormais à découvert, le moment était venu : « OK, de Leader à l'Équipe, *exécution, exécution, exécution !* »

Loiselle et Tomlinson étaient déjà prêts à se redresser, et tous deux se levèrent quasiment d'un bond, invisibles à sept mètres derrière leurs cibles ; celles-ci regardaient dans la direction opposée et ne devaient jamais savoir ce qui se passait dans leur dos. Les deux soldats alignèrent leur viseur éclairé au tritium sur les cibles qui étaient en train de pousser ou tirer deux femmes... L'une et l'autre étaient plus grandes que leurs otages, ce qui facilitait la tâche. Les deux sergents avaient réglé leur mitraillette MP-10 sur des salves de trois coups, et ils tirèrent en même temps. Il n'y eut aucun bruit : l'intégration du silencieux au canon rendait les détonations parfaitement inaudibles, et à cette distance, il était impossible de manquer son objectif. Deux têtes furent pulvérisées par l'impact des balles à charge creuse et les deux corps s'affalèrent dans l'herbe épaisse presque aussi vite que les douilles étaient éjectées des armes qui venaient de les tuer.

« George en fréquence. Deux sujets morts ! » annonça Tomlinson dans la radio, tout en se précipitant vers les otages qui avaient continué d'avancer vers l'hélicoptère.

Homer Johnston faillit avoir un mouvement de recul quand il vit une forme entrer dans son champ visuel. Apparemment une femme, d'après le corsage de soie claire, mais elle ne bouchait pas encore la vue sur sa cible et, tout en maintenant la croisée du réticule juste sous l'œil gauche de Petra Dortmund, il pressa délicatement l'index droit sur la détente préréglée. Le fusil rugit, une flamme d'un mètre de long jaillit de la gueule du canon et transperça la nuit... elle avait tout juste eu le temps d'apercevoir deux pâles éclairs dans la direction de la maison, mais n'eut pas le temps de réagir quand la balle frappa l'orbite juste au-dessus de son œil gauche. Le projectile traversa le crâne à l'endroit le plus épais. Il parcourut encore quelques centimètres avant de se fragmenter en plus de cent minuscules éléments, réduisant en bouillie le tissu cérébral, avant de ressortir par l'occiput et d'exploser dans un nuage rouge rosé qui éclaboussa le visage de Gerhardt Dengler... Johnston réarma, tout en allant chercher une nouvelle cible ; il avait vu la balle régler son compte à la première.

Eddie Price aperçut l'éclair mais ses mains avaient déjà réagi à l'ordre d'exécution reçu moins d'une demi-seconde plus tôt. Il récupéra le pistolet dans le vide-poches et plongea par la portière hors de la cabine, tout en visant d'une seule main la tête de Fürchtner, juste sous l'œil gauche. Il tira une seule balle qui se fragmenta avant de ressortir par le haut du crâne. Un second projectile suivit, un peu plus haut... plutôt mal visé, mais Fürchtner était déjà mort : il s'effondra au sol, la main encore serrée autour du bras d'Erwin Ostermann, l'entraînant vers le bas jusqu'à ce que ses doigts finissent par lâcher prise.

Ça en laissait deux. Steve Lincoln visa posément, agenouillé, puis suspendit son geste en voyant soudain s'interposer devant sa cible la tête d'un homme âgé portant gilet. « Merde », souffla Lincoln.

Weber réussit à choper l'autre : sa tête explosa comme une pastèque sous l'impact de la balle de fusil.

Rosenthal avait assisté à ce spectacle digne d'un film d'horreur mais le type au crâne rasé était toujours là, les yeux soudain agrandis, les mains crispées sur la mitraillette... et personne ne semblait vouloir tirer sur son voisin. À cet instant, le regard du skin croisa le sien, et Rosenthal lut dans ces yeux un mélange de choc, de haine et de peur... il sentit son estomac se glacer, le temps s'arrêter brusquement. Le couteau à découper jaillit de sa manche et tomba dans sa main qu'il lança vivement, poinçonnant le dos de la main gauche du skin. Les yeux de ce dernier s'agrandirent tandis que le vieillard bondissait de côté, et sa main, inerte, lâcha la crosse avant du pistolet-mitrailleur.

Désormais, la visée était dégagée pour Steve Lincoln qui tira une seconde salve de trois balles. Elles arrivèrent en même temps que la seconde balle tirée par le fusil semi-automatique de Weber... et la tête parut se volatiliser.

« Dégagé ! lança Price. Hélico dégagé !

— Maison dégagée ! annonça Tomlinson.

— Pelouse dégagée ! » conclut Lincoln.

Au pied de la maison, Loiselle et Tomlinson foncèrent vers leur groupe d'otages et les traînèrent vers l'est, à l'écart, de peur qu'il reste encore des terroristes à l'intérieur.

Mike Pierce fit de même, avec la couverture et l'assistance de Steve Lincoln.

La tâche était plus aisée pour Eddie Price : celui-ci s'était empressé, du pied, de faire sauter le pistolet de la main inerte de Fürchtner, avant de constater les dégâts sur sa tête. Puis il bondit dans la cabine de l'hélicoptère pour s'assurer que la première balle de Johnston avait été aussi efficace que la sienne. Il lui suffit d'entrevoir l'énorme flaque rouge contre la cloison arrière pour comprendre que Petra Dortmund avait rejoint l'ultime séjour des terroristes. Alors, il ôta avec précaution la grenade de sa main gauche rigide et, après s'être assuré que la goupille était en place, il la mit dans sa poche. Enfin, il retira le pistolet de sa main droite, remit le cran de sûreté, et le jeta.

« *Mein Gott !* » marmonna le pilote de l'hélicoptère en se retournant.

Gerhardt Dengler semblait aussi mort que ses ravisseurs, avec tout le côté gauche de son visage dégoulinant de sang et les yeux grands ouverts, ronds comme des billes. Price en fut un instant saisi, jusqu'à ce qu'il voie ses yeux ciller, mais l'homme restait bouche bée, comme suffoqué. Price se précipita pour déboucler son harnais, et l'extraire de l'habitacle. Petit Chef réussit à faire un pas avant de s'effondrer à genoux. Johnston prit sa gourde pour lui rincer le visage. Puis il déchargea son fusil et le déposa à terre. Enfin, il se tourna vers Price : « Beau boulot, Eddie.

— Et c'était un coup superbe, Homer. »

Le sergent Johnston haussa les épaules. « J'avais peur que la fille vienne se mettre devant. À deux secondes près, j'aurais rien pu faire... En tout cas, c'était drôlement bien joué de sauter de la cabine et de le flinguer avant que je puisse éliminer le numéro deux.

— Tu étais prêt à l'aligner ? demanda Price tout en rangeant son pistolet après avoir remis le cran de sûreté.

— Inutile : j'ai vu sa cervelle jaillir dès que tu lui as tiré dessus. »

Les flics convergeaient sur eux à présent, suivis par une armada d'ambulances, gyrophares allumés. Le capitaine Altmark arriva près de l'hélico, flanqué de Chavez. Malgré son expérience de flic, le spectacle à l'intérieur de la cabine de l'hélico provoqua chez lui un mouvement de recul.

« C'est jamais beau à voir », commenta Homer Johnston. Il avait déjà repris son air habituel. Le fusil et la balle avaient rempli leur office. À part ça, cela faisait le quatrième terroriste à son tableau de chasse, et si certains s'obstinaient à enfreindre la loi et à s'en prendre aux innocents, c'était leur problème, pas le sien. Encore un trophée qu'il pourrait accrocher à son mur, entre les têtes de caribous collectionnées au fil des ans.

Price se dirigea vers le groupe central, tout en sortant de sa poche sa vieille pipe de bruyère. Il approcha du fourneau une allumette de cuisine, un rituel immuable après chaque mission réussie.

Mike Pierce était en train de s'occuper des otages, pour l'instant assis en rond, sous la protection de Steve Lincoln, prêt à cueillir une autre cible avec son MP-10. Mais un détachement de la police autrichienne surgit bientôt par la porte de derrière, et lui annonça qu'il ne restait plus de terroristes dans le bâtiment. À cette nouvelle, Lincoln remit le cran de sûreté et replaça l'arme à son épaule. Puis il se dirigea vers le type âgé.

« Bien joué, monsieur, dit-il à Klaus Rosenthal.

— Quoi donc ?

— Le coup de couteau sur sa main... Bien joué.

— Ouais », renchérit Mike Pierce en contemplant le cadavre au sol. Il portait une profonde entaille à la main gauche. « C'est vous qui lui avez fait ça ?

— *Ja* », fut tout ce que put répondre Klaus Rosenthal, et encore, après avoir repris trois fois son souffle.

« Eh bien, je vous félicite. » Pierce se pencha pour lui serrer la main. En fait, cela n'avait pas eu une importance fondamentale, mais voir résister un otage était un fait suffisamment rare, et ça montrait que ce vieux bonhomme avait du cran.

« *Amerikaner ?* s'enquit le vieillard.

— Chut ! » Le sergent Pierce porta un doigt à ses lèvres. « S'il vous plaît, n'en parlez à personne ! »

Price arriva sur ces entrefaites, en tirant sur sa pipe. Entre le fusil de Weber et la salve de MP-10, la tête du sujet avait quasiment disparu. « Sacrebleu ! s'exclama le sergent-chef.

— La proie de Steve, annonça Price. Je n'avais pas le champ libre à ce moment-là. Joli coup, Steve !

— Merci, Mike, répondit le sergent Lincoln, tout en parcourant du regard la zone. Six au total ?

— Correct, répondit Eddie avant de se diriger vers la maison. Attendez-moi ici.

— Des cibles faciles, ces deux-là, ajouta Tomlinson, à son tour, aux policiers autrichiens qui l'entouraient.

— Ils étaient trop grands pour se planquer »,

confirma Loiselle. Il aurait bien fumé une clope, même s'il avait arrêté depuis deux ans. On était en train de raccompagner les otages, laissant les cadavres des deux terroristes dans l'herbe grasse que leur sang ne manquerait pas de fertiliser. C'était un bon engrais, non ? Chouette maison, songea-t-il. Dommage qu'ils n'aient pas l'occasion de la visiter.

Vingt minutes plus tard, le groupe Deux était de retour au point de ralliement et les hommes quittaient leur tenue tactique, rangeaient leurs armes et leur barda avant de rejoindre l'aéroport. Au loin, avec leurs projecteurs, les caméras de télé continuaient de tourner. Les hommes se relaxaient à présent, évacuant le stress après le succès de leur mission. Price tira une dernière fois sur sa pipe au pied de la camionnette, puis il la vida contre la semelle de sa botte avant de monter.

8

Reportages

Le reportage télévisé était sur le petit écran avant que le groupe Deux ait touché la piste d'Heathrow. Par chance, la qualité des images de l'intervention était médiocre, à cause de la masse imposante du domaine, de l'éloignement des caméras imposé par la Staatspolizei et de leur disposition du mauvais côté du bâtiment. La seule vue à peu près potable montrait un des membres du groupe d'intervention allumant sa pipe, suivie d'un résumé des événements par le capitaine Wilhelm Altmark à l'intention des journalistes. Celui-ci expliquait qu'une force spéciale de la police fédérale autrichienne, jusqu'ici tenue secrète, avait réussi à régler avec succès l'incident au Schloss Ostermann, en sauvant tous les otages ; en revanche, non, malheureusement, aucun terroriste n'avait pu être arrêté.

L'équipe de Bill Tawney enregistra ces images diffusées par l'ORF, la télévision nationale autrichienne, ainsi que par Sky News et les autres chaînes d'infos européennes, afin de pouvoir les étudier ultérieurement à tête reposée. Bien que les Britanniques de Sky News aient réussi à dépêcher sur place leur propre équipe, leurs images ne différaient de celles de l'ORF que par l'angle de prise de vues. Jusqu'aux commentaires des divers spécialistes qui étaient en gros les mêmes : on évoquait des unités de police spécialement entraînées et équipées, avec le renfort probable d'éléments de l'armée autrichienne ; leur action décisive pour régler l'incident sans le moindre dommage pour les victimes innocentes ; un point de plus pour les bons... mais ça, personne n'osa le dire. L'identité des terroristes n'avait pas été dévoilée dans les premiers bulletins. Les identifier serait la tâche de la police, et les résultats de l'enquête seraient transmis à la cellule renseignements de Tawney, avec le compte rendu de la déposition des victimes.

La journée avait été longue pour les membres du groupe Deux. Tous allèrent se coucher sitôt rentrés à Hereford, après que Chavez les eut informés qu'ils étaient dispensés de l'entraînement matinal du lendemain. Les hommes ne prirent même pas le temps de fêter leur succès autour d'une bière au mess des sous-offs... qui du reste était déjà fermé à l'heure de leur arrivée.

Durant le vol de retour, Chavez confia au Dr Bellow que malgré leur bonne condition physique, ses hommes avaient donné des signes de fatigue — plus encore que lors de leurs quelques séances d'exercices nocturnes. Bellow lui fit remarquer que le stress demeurait le principal facteur d'épuisement, et ce, quelle que soit la qualité de leur entraînement ou de leur forme physique. Bellow ne se plaçait manifestement pas au-dessus du lot, car sitôt après avoir émis ce commentaire, il se retourna et sombra rapidement dans le sommeil. Le temps de déguster un verre de vin d'Espagne, Chavez l'imitait bientôt.

L'affaire faisait la une en Autriche, bien entendu. Popov en eut les premiers échos en direct dans une auberge, puis une fois de retour dans sa chambre d'hôtel. Tout en dégustant un schnaps à l'orange, il analysa le reportage de son œil acéré d'expert. Tous ces groupes antiterroristes se ressemblaient bougrement, mais cela n'avait rien de surprenant, puisque tous s'entraînaient de manière identique et suivaient les mêmes directives — édictées à l'origine par les Anglais avec leurs commandos SAS, bientôt suivis par les Allemands du GSG-9 et le reste des unités européennes, et enfin par les Américains. Jusqu'au moindre détail — y compris la tenue noire, que Popov trouvait un rien théâtrale, mais enfin, il fallait bien se mettre quelque chose sur le dos, et dans ces circonstances, mieux valait choisir du noir que du blanc...

D'un intérêt plus immédiat pour lui, il avait dans sa chambre la mallette remplie de deutsche marks. Il comptait dès le lendemain faire un crochet par Berne pour les déposer sur son compte avant de reprendre l'avion pour New York. Remarquable, vraiment, songea-t-il en éteignant la télé et en défaisant le lit : deux boulots tout simples, et il se retrouvait à la tête d'un peu plus d'un million de dollars placés sur un compte numéroté anonyme. Même s'il ignorait toujours ce que voulaient de lui ses employeurs, le dédommagement en valait la peine, d'autant qu'ils ne semblaient pas franchement regarder à la dépense. Et par-dessus le marché, cet argent lui paraissait servir une juste cause.

« Dieu merci, nota George Winston. Bon sang, je connais ce bonhomme. Erwin est un type bien, ajouta le ministre des Finances en quittant la Maison-Blanche où le conseil de cabinet s'était prolongé plus que de coutume.

— Qui s'est chargé de l'intervention ?

— Ma foi... » La question le prit de court. Il n'était pas censé le révéler, et n'était d'ailleurs pas censé le savoir. « Qu'est-ce qu'ils ont dit, aux infos ?

— Ils ont parlé de flics autrichiens. Un groupe d'intervention de la police de Vienne, je crois.

— Eh bien, faut croire qu'ils ont bien appris leur leçon, conclut le ministre des Finances avant de regagner sa voiture, entouré de ses gardes du corps.

— Les *Autrichiens* ? Et qui leur aurait donné des cours ?

— Quelqu'un qui connaît la question, je suppose, répondit Winston en montant en voiture.

— Alors, pourquoi en faire tout ce plat ? »
s'étonna Carol Brightling en s'adressant cette fois à
la ministre de l'Intérieur. Pour elle, c'était encore
une de ces histoires de grands enfants avec leurs
jouets de guerre.

« Pour rien, à vrai dire, répondit la ministre tandis
que ses gorilles ouvraient la portière de sa voiture de
fonction. D'après ce qu'ils ont montré à la télé, on
voyait simplement que ces types ont fait du bon
boulot. Or, j'ai déjà eu l'occasion de me rendre en
Autriche et les flics ne m'avaient pas paru si formi-
dables. Enfin, peut-être que je me serai trompée.
Mais George m'a l'air d'en savoir plus qu'il ne veut
bien en dire.

— Ça, c'est vrai, Jean... Mais il est du "premier
cercle" », observa le Dr Brightling. Ça faisait toujours tiquer ceux qui n'en étaient pas. Bien sûr, d'un
strict point de vue officiel, Carol Brightling ne faisait
pas partie de l'exécutif ministériel. Elle n'avait droit
qu'à un siège contre le mur, pas autour de la table,
et encore, uniquement si le sujet débattu au conseil
requérait un avis scientifique, ce qui n'avait pas été
le cas aujourd'hui. C'était un avantage et un inconvénient. Elle était ainsi amenée à tout entendre et
elle ne manquait pas de prendre des notes sur tout
ce qui se passait dans cette salle mal aérée et trop
décorée donnant sur la roseraie, tandis que le président dirigeait l'ordre du jour — plutôt mal aujour-
d'hui, selon elle. La politique fiscale avait pris plus
d'une heure, et ils n'avaient jamais eu le temps de
parler des forêts domaniales, qui étaient du ressort
du ministère de l'Intérieur : résultat, la question
avait été reportée à la réunion suivante, dans une
semaine.

Elle n'avait pas non plus droit à des gardes du corps, pas même à un bureau à la Maison-Blanche. L'ancien conseiller scientifique du président avait été installé dans l'aile ouest, mais elle, on l'avait déménagée dans l'ancien bâtiment de l'exécutif. Le bureau était certes plus vaste et plus confortable, avec une fenêtre — contrairement à son prédécesseur, qui était en sous-sol —, mais si du point de vue de l'administration et de la sécurité, l'ancien bâtiment de l'exécutif faisait partie de la Maison-Blanche, il n'en avait pas le prestige, or c'était cela qui importait quand on faisait partie du gouvernement. Même avec l'actuel président, qui semblait faire de gros efforts pour traiter chacun sur un pied d'égalité et ne se souciait guère des questions de hiérarchie, ce genre de détail était incontournable à cet échelon du pouvoir. Voilà pourquoi Carol Brightling s'accrochait à son privilège de partager la cantine ministérielle avec ses aînés du gouvernement, et qu'elle s'irritait, lorsqu'elle désirait voir le président, d'avoir à passer par le secrétaire général de la Maison-Blanche et son secrétariat pour distraire quelques précieuses secondes à Son Excellence... Comme s'il lui était déjà arrivé de lui faire perdre son temps.

Un agent du Service secret lui ouvrit la porte avec une inclinaison de tête respectueuse et un sourire, et elle pénétra dans cette bâtisse d'une laideur insigne pour gagner son bureau, sur la droite. Au moins avait-il vue sur la Maison-Blanche. Elle tendit ses notes à son secrétaire (eh oui, c'était un homme, comme de juste), pour qu'il les retranscrive, puis elle s'assit derrière son bureau sur lequel l'attendait déjà une pile de documents à lire et étudier. Elle ouvrit un tiroir et prit une dragée mentholée pour se donner du courage. Puis, réflexion faite, elle attrapa la télécommande et mit CNN pour voir un peu ce qui se passait sur la planète. C'était le journal de l'heure et le gros titre était l'affaire de Vienne.

Bon Dieu, quelle baraque ! ne put-elle s'empêcher de remarquer aussitôt. Un vrai palais, quel gâchis pour un seul homme ! Qu'avait dit Winston, au sujet de son propriétaire ? Un type bien ? Sans aucun doute. Tous les types bien vivaient comme des pachas en dilapidant des fortunes. Encore un de ces satanés ploutocrates, boursicoteur et spéculateur ; comment avoir les moyens autrement de se payer un tel château... et voilà que des terroristes lui étaient tombés sur le poil. Franchement, quelle surprise. Comme s'ils allaient viser un paysan ou un camionneur. Les terroristes s'en prenaient toujours aux gens friqués, ou aux personnages censés être influents. S'attaquer aux petites gens, ça la fichait mal d'un point de vue politique. Pourtant ils n'avaient pas été aussi malins qu'ils l'auraient dû. À moins que... celui qui les avait sélectionnés les ait choisis exprès pour qu'ils échouent ? Non, ce n'était pas possible... Et pourtant. C'était bien un acte politique, après tout, et ce genre d'action pouvait avoir tout un tas de motifs cachés. Elle ne put retenir un sourire en entendant le reporter décrire l'intervention effectuée par une unité des forces spéciales de la police autrichienne (sans images, malheureusement, les flics n'ayant pas voulu être entravés par la présence de caméras et de journalistes), puis la libération des otages ; ces derniers étaient en revanche montrés en gros plan, afin que le public puisse mieux partager leur expérience. Ils avaient frôlé la mort et n'avaient dû leur salut qu'à la police locale, laquelle n'avait fait au fond que différer l'heure de leur mort, puisque tel était le lot de chacun, tôt ou tard. C'était dans l'ordre naturel des choses, et l'on ne pouvait pas aller contre la nature... même si on pouvait parfois lui donner un petit coup de pouce... Le reporter poursuivait en expliquant que c'était le second incident terroriste en Europe au cours des deux derniers mois, l'un comme l'autre mis en échec grâce à l'efficacité de l'action policière. Carol se souvint de la tentative de braquage d'une banque de Berne... encore un beau gâchis... créatif, celui-ci ? Il faudrait qu'elle tâche d'en savoir plus, même si dans ce cas particulier, l'échec était aussi — sinon plus — utile qu'un succès, pour les commanditaires de l'opération, en tout cas. Cette pensée fit naître un nouveau sourire. Oui, assurément plus utile qu'un succès. Et sur cette dernière réflexion, elle baissa les yeux sur le fax des Amis de la Terre : ils avaient son numéro personnel et lui transmettaient régulièrement les informations qu'ils jugeaient cruciales.

Elle se cala confortablement dans son fauteuil pour le relire avec attention. Des gens bien, pleins de bonnes idées, même si on les écoutait rarement.

« Dr Brightling ? » Son secrétaire passa la tête par la porte.

« Oui, Roy ?

— Vous voulez toujours que je vous garde ces fax — comme celui que vous lisez, je veux dire ? s'enquit Roy Gibbons.

— Oui, oui, bien sûr.

— Ce n'est pourtant qu'un ramassis de doux dingues.

— Non, pas vraiment. Certaines de leurs initiatives ne manquent pas de pertinence », répondit

Carol en jetant le fax à la corbeille. Elle comptait bien mettre leur suggestion de côté pour plus tard.

« C'est vrai, docteur. » La tête disparut dans l'embrasure.

Le document suivant dans sa pile était d'une tout autre importance : c'était un rapport sur les procédures d'arrêt des réacteurs nucléaires civils et sur les mesures de sécurité afférentes ; sur le délai prévisible avant que la corrosion n'attaque les éléments internes, avec les dégâts qui pouvaient en résulter pour l'environnement. Oui, ça, c'était un document essentiel et, par chance, y étaient jointes les données correspondant à chacun des réacteurs en service dans le pays. Elle prit une autre dragée mentholée et se pencha, étalant les feuillets bien à plat sur son bureau pour mieux pouvoir les étudier.

« Ça a l'air de marcher, dit tranquillement Steve.

— Combien de particules peuvent tenir à l'intérieur ? demanda Maggie.

— De trois à dix.

— Et quel est le diamètre extérieur de l'enveloppe ?

— Six microns, pas plus. Incroyable, non ? L'enveloppe est blanche, ce qui fait qu'elle reflète parfaitement la lumière, en particulier les UV, autant dire qu'en suspension dans des gouttelettes d'eau, elle est quasiment indétectable. » Les capsules n'étaient absolument pas visibles à l'œil nu, et tout juste au microscope optique. Mieux encore, leur poids était tel qu'elles flottaient dans l'air comme des grains de poussière, prêtes à être inhalées comme les particules de goudron dans un bar enfumé... Une fois dans l'organisme, l'enrobage se dissolvait, libérant les particules virales de Shiva dans les poumons ou les voies aériennes supérieures, selon les cas.

« Hydrosolubles ? demanda Maggie.

— Lentement, mais la solubilité est accrue si l'eau contient un élément biologiquement actif, comme les traces d'acide chlorhydrique de la salive... Waouh ! On aurait vraiment pu soutirer du fric aux Irakiens avec celui-ci, ma petite... aux Irakiens ou à quiconque a envie de jouer pour de bon à la guerre biologique... »

Leur société avait inventé la technologie, en bénéficiant d'une subvention de l'Institut national de la santé publique destinée à l'étude d'une technique d'administration des vaccins moins lourde que l'injection. Les seringues requéraient en effet un minimum de savoir-faire. La nouvelle méthode utilisait la technique d'électrophorèse pour entourer d'une infime pellicule de gel protecteur de minuscules sphérules d'agents aériens bioactifs. Cela permettrait d'obtenir des vaccins administrables par voie orale avec un simple verre d'eau, au lieu de recourir à la pratique classique de l'inoculation. Si l'on parvenait un jour à mettre au point un vaccin efficace contre le sida, ce serait une méthode idéale pour l'Afrique, où de nombreux pays étaient quasiment dépourvus d'infrastructures médicales. La même technologie pouvait être appliquée à la dissémination de virus actifs, avec le même degré de sûreté et de fiabilité : Steve venait d'en faire la preuve. Ou presque.

« Comment va-t-on le tester en grandeur réelle ? demanda Maggie.

— Sur des singes. On en a prévu suffisamment au labo ?

— Des tas », lui assura-t-elle. Ce serait une étape importante. Ils administreraient le nébulisat à un petit nombre de témoins, puis verraient comment le virus se répandait dans le reste de la population du laboratoire. Ils utiliseraient des singes rhésus. Leur sang était tellement proche du sang humain.

Le sujet numéro quatre était le premier, comme prévu. Il avait cinquante-trois ans, et sa fonction hépatique était bien trop délabrée pour lui permettre d'être sélectionné comme donneur au centre de greffes de foie de Pittsburgh. Il arborait un magnifique teint bilieux mais cela ne l'empêchait pas de boire encore plus sec que tous leurs autres cobayes. Il disait s'appeler Chester quelque chose, se souvint le Dr John Killgore. Chester était également dans le groupe l'un de ceux qui avaient les fonctions cérébrales les moins développées. Il regardait énormément la télé, ne parlait quasiment à personne, ne lisait jamais rien, même pas les BD si prisées des autres, comme du reste les dessins animés : Cartoon Network était l'une de leurs chaînes favorites.

Tous étaient sur un petit nuage, avait noté John Killgore. Logés et chauffés, avec bouffe et gnôle à volonté, certains avaient même appris à se servir des douches. De temps à autre, quelques-uns faisaient bien mine de s'interroger sur leur présence ici, mais leur curiosité se satisfaisait des réponses à l'emporte-pièce des médecins ou des vigiles.

Avec Chester, en revanche, des mesures immédiates s'imposaient. Killgore entra dans la salle et appela son nom. Le sujet quatre se leva de sa couchette et s'approcha. Il n'était manifestement pas bien.

« Alors, Chester, ce n'est pas la forme ? demanda Killgore, derrière son masque.

— C'est l'estomac. Rien ne passe. J'me sens tout barbouillé.

— Eh bien, tu vas venir avec moi, et on va voir ce qu'on peut faire, d'accord ?

— C'est vous qui voyez, doc », répondit le numéro quatre, soulignant son accord d'un rot tonitruant.

Une fois sortis, ils l'installèrent dans un fauteuil roulant. Le bloc médical n'était qu'à cinquante mètres. Deux infirmiers le déposèrent sur un lit où ils le maintinrent avec des sangles en Velcro. Puis l'un d'eux lui fit une prise de sang. Dix minutes plus tard, Killgore effectua une recherche d'anticorps de Shiva et l'échantillon vira au bleu, comme prévu. Chester, le sujet numéro quatre, avait moins d'une semaine à vivre — même pas les six à dix mois que lui laissait espérer sa cirrhose, mais après tout, ça ne changeait pas grand-chose, n'est-ce pas ? Killgore retourna lui placer une perfusion dans le bras et, pour l'apaiser, il installa un goutte-à-goutte de morphine : bientôt, l'homme sombra dans l'inconscience, le sourire aux lèvres. Parfait. Pour le numéro quatre, la mort serait bientôt au rendez-vous, mais ce serait un trépas relativement paisible. Plus que tout, le Dr Killgore voulait faire les choses bien.

Il vérifia l'heure à sa montre une fois qu'il eut réintégré le bureau qui lui servait également de salle d'observation. Ses journées étaient longues. Presque autant que lorsqu'il exerçait. Il n'avait plus pratiqué la médecine clinique depuis son internat, mais il s'était tenu au courant par les revues médicales et il connaissait les techniques ; du reste, sa clientèle actuelle (fallait-il dire ses victimes ?) ne risquait guère de faire la différence. Dur pour ce pauvre Chester, mais après tout, la vie aussi était dure, se dit Steve en reprenant ses notes. La réponse initiale de Chester au virus avait été quelque peu déroutante — avec un délai moitié moindre que celui programmé — mais elle tenait à la sérieuse altération de sa fonction hépatique. C'était inévitable. Certains individus seraient frappés plus vite que d'autres, en fonction de la sensibilité propre à chacun. Le déclenchement de l'épidémie serait ainsi échelonné. Cela ne devrait pas influer sur les effets ultimes, même si la population risquait d'être alertée plus tôt qu'il ne l'aurait espéré. Cela entraînerait une ruée sur les vaccins que Steve Berg mettait au point avec son labo. Le vaccin A serait largement distribué, sitôt lancée sa fabrication à grande échelle. La variante B aurait une diffusion bien plus confidentielle, à supposer qu'avec son équipe ils réussissent à l'obtenir. Le vaccin A serait administré à tout le monde, alors que le B serait exclusivement réservé aux individus censés survivre, ceux qui comprenaient de quoi il retournait, ou seraient prêts à survivre et à partager l'existence du reste du groupe.

Killgore hocha la tête. Ils avaient encore du boulot à abattre et, comme souvent, pas assez de temps pour le faire.

Clark et Stanley récapitulèrent l'opération dès le lendemain matin, en compagnie de Peter Covington, encore trempé de sueur après sa séance d'entraînement avec le groupe Un. Chavez et ses hommes se réveillaient à peine après leur longue journée sur le continent.

« C'était une situation tactique franchement épouvantable. Et Chavez a tout à fait raison, poursuivit le commandant Covington. Il nous faut nos propres équipages d'hélicoptère. Pour la mission d'hier, c'était flagrant : or, on n'a pas pu obtenir le nécessaire. C'est ce qui nous a contraints à exécuter un plan boiteux en comptant sur la chance pour qu'il réussisse.

— On aurait pu demander un coup de main à l'armée, observa Stanley.

— Monsieur, vous savez comme moi qu'on n'effectue pas un mouvement tactique délicat avec un équipage d'hélico qu'on ne connaît pas et avec lequel on n'a pas déjà travaillé, observa Covington, dans son anglais châtié. Non, nous devons examiner cette question toutes affaires cessantes.

— Entendu, approuva Stanley qui se tourna vers Clark.

— Ce n'était pas prévu à l'origine, mais j'admets que c'est un point à revoir », concéda Rainbow Six. Comment avaient-ils pu négliger cet aspect ? « Parfait, on va commencer par lister tous les types d'appareils qu'on est susceptibles de rencontrer sur le terrain, et voir si on peut trouver des pilotes accoutumés à ces machines.

— Dans l'idéal, j'aimerais bien qu'on dispose d'un Night Stalker... mais il faudrait l'emmener chaque fois avec nous, ce qui nous obligerait à disposer en permanence d'un gros-porteur — C5 ou C17, j'imagine », nota Stanley.

Clark acquiesça. La version Night Stalker, « Rôdeur nocturne », du McDonnell Douglas AH-6 Loach avait été mise au point pour la force d'intervention 160, désormais rebaptisée 160e SOAR — régiment aéroporté d'opérations spéciales —, basé à Fort Campbell dans le Kentucky. C'était sans nul doute le groupe d'aviateurs les plus allumés de la planète, travaillant au coude à coude avec leurs collègues d'un certain nombre de pays — Israéliens et Britanniques étant les plus souvent conviés sur la base de Fort Campbell. À vrai dire, la mise à disposition pour Rainbow des machines et de leurs équipages serait la partie la plus facile. Le plus dur serait d'obtenir l'avion gros-porteur nécessaire au transport de l'hélico sur le lieu d'intervention. Là, ce serait sans doute à peu près aussi coton que de planquer un éléphant dans une cour d'école. Mais avec un Night Stalker, ils disposeraient de toute une panoplie d'équipements de surveillance, d'un appareil à rotor modifié silencieux... autant rêver de se voir livrer le traîneau du Père Noël avec ses huit rennes, songea Clark, désabusé. Non, il ne fallait pas y compter, malgré tout le poids de ses relations à Londres et à Washington.

« D'accord, j'appellerai Washington pour essayer de faire intégrer des pilotes à notre équipe. Pas de problème pour leur obtenir des machines pour se faire la main ?

— Non, ça ne devrait pas », répondit Stanley.

John consulta sa montre. Il allait devoir attendre neuf heures du matin, heure de Washington — quatorze heures en Angleterre —, pour entamer ses démarches, via le directeur de la CIA, puisque c'était par ce service que transitait le financement américain de Rainbow. Il se demanda comment allait réagir

Ed Foley, mais il espérait surtout qu'il saurait plaider leur cause. De ce côté, ce ne devrait pas être trop difficile : Ed connaissait le travail de terrain, et il était fidèle à ses hommes placés à l'épreuve du feu. Avantage supplémentaire, la requête de Clark arrivait à l'issue d'un beau succès, et en général, ce genre de requête avait plus de chances d'aboutir qu'une demande d'aide au lendemain d'un échec.

« Très bien, on va enchaîner avec le compte rendu de mission. » Clark se leva pour gagner son bureau. Helen Montgomery avait devant elle la pile habituelle de papiers, un peu plus haute même que les autres jours, puisqu'il fallait y inclure les inévitables télégrammes de félicitations des Autrichiens. Celui du ministre de la Justice était particulièrement louangeur.

« Eh bien, merci, monsieur », murmura John en le mettant de côté.

Le plus incroyable dans son boulot, c'était ce monceau de paperasses. Au titre de commandant de Rainbow, Clark devait suivre en détail l'évolution et la répartition du budget de fonctionnement, au point de devoir justifier jusqu'au nombre de balles tirées chaque semaine par ses hommes. Il essayait de s'en décharger le plus possible sur Alistair Stanley et Mme Montgomery ; malgré tout, une bonne partie réussissait quand même à atterrir sur son bureau. Il avait déjà une longue expérience de fonctionnaire gouvernemental et lorsqu'il était à la CIA, il avait déjà dû, pour satisfaire les ronds-de-cuir de la hiérarchie, rendre compte de toutes les opérations qu'il avait menées. Mais cette fois, la mesure était comble, et cela justifiait le temps qu'il passait au stand de tir : il avait en effet découvert que c'était un bon moyen de se libérer du stress — surtout quand il imaginait ses bourreaux de ronds-de-cuir à la place des cibles qu'il transperçait à coups de calibre 45. Justifier un budget était pour lui une expérience inédite et incongrue. S'il n'était pas important, pourquoi le financer, et s'il l'était, pourquoi venir ensuite chicaner pour quelques malheureuses cartouches ? Mais c'était la mentalité bureaucratique, bien sûr, tous ces types assis derrière leur bureau, convaincus que le monde allait s'effondrer autour d'eux si toute leur paperasse n'était pas signée, tamponnée, paraphée, estampillée puis classée, et tant pis si ça devait gêner les autres. Et c'est ainsi que lui, John Terence Clark, agent actif de la CIA pendant plus de trente ans, une légende discrète dans son service, se retrouvait coincé dans ce bureau luxueux, derrière une porte fermée, à éplucher des papiers que n'importe quel aide-comptable aurait négligés avec dédain, avant de devoir superviser et juger les affaires concrètes, ce qui était à la fois plus intéressant et plus utile.

Et ce n'était pas comme si le budget était son seul souci. Moins de cinquante personnes au total, trois malheureux millions de dollars en masse salariale, puisque tout le monde était payé au tarif de l'armée, sans oublier que l'hébergement de Rainbow était partagé par les divers pays participants. Une iniquité toutefois : les soldats américains étaient mieux payés que leurs homologues européens. Cela chagrinait un peu John mais il n'y pouvait rien, et comme ils étaient logés gratis — sans être luxueuses, leurs conditions de logement à Hereford étaient confortables —, ils s'en sortaient tous sans trop de mal. Le moral des troupes était au beau fixe. Il s'y attendait : c'étaient des soldats d'élite, et comme tels, ils avaient un état d'esprit excellent, surtout depuis qu'ils s'entraînaient presque chaque jour, et, c'est bien connu, les soldats aiment l'exercice presque autant que l'action pour laquelle ils s'exercent.

Il y aurait peu de discorde. Le groupe Deux de Chavez avait eu droit aux deux missions sur le terrain, ce qui ne manquait pas de susciter la jalousie du groupe Un de Peter Covington, lequel avait en revanche pris une légère avance en ce qui concernait l'entraînement physique et le tir. L'écart entre les deux unités était infime, mais quand on était comme eux soumis à la même pression que des athlètes de haut niveau, on se démenait pour gagner ce malheureux pour-cent, jusqu'à s'enquérir de ce que l'autre avait pris au petit déjeuner ou de ce qu'il avait pu rêver pendant la nuit précédant la compétition. Enfin, ce genre de rivalité était sain pour chaque équipe. Et malsain pour ceux contre qui ces hommes se battaient.

Bill Tawney était lui aussi à son bureau pour examiner les informations recueillies sur les terroristes de la veille. Les Autrichiens avaient débuté leur enquête en coopération avec la police fédérale allemande — le BKA ou Bundeskriminalamt — avant même l'intervention du commando. Les identités d'Hans Fürchtner et Petra Dortmund avaient été confirmées par les empreintes digitales. Les enquêteurs du BKA allaient désormais s'y mettre à fond. Pour commencer, ils relèveraient l'identité des personnes qui leur avaient loué le véhicule utilisé pour se rendre chez Ostermann, puis ils rechercheraient l'endroit — qui avait de grandes chances d'être situé en Allemagne — où le couple avait vécu. Pour les quatre autres terroristes, ce serait sans doute plus délicat. On avait déjà relevé leurs empreintes pour les comparer grâce aux scanners informatisés dont disposaient à présent tous les services de police. Tawney partageait l'hypothèse des Autrichiens selon laquelle les quatre hommes de main devaient être originaires de l'ex-RDA, qui semblait être un véritable vivier pour toutes sortes de déviants politiques : ex-communistes récemment convertis aux joies du nazisme, nostalgiques de l'ancien régime politique, sans oublier les simples malfrats qui faisaient passer des nuits blanches aux forces de police.

Mais cette affaire devait avoir des bases politiques. Fürchtner et Dortmund étaient — avaient été, se corrigea Bill Tawney —, toute leur vie durant, des communistes convaincus. Issus des classes moyennes de l'ancienne RFA, à l'instar de toute une génération de terroristes, ils avaient consacré l'essentiel de leur vie active à la quête de l'idéal socialiste ou d'une utopie équivalente. Et c'est ainsi qu'ils en étaient venus à attaquer la résidence d'un capitaliste bon teint... pour y chercher quoi ?

Tawney saisit une liasse de télécopies transmises par Vienne. Hans Ostermann avait expliqué à la police, durant ses trois heures d'interrogatoire, que les terroristes cherchaient ses « codes d'accès personnel » au réseau financier international. De tels codes existaient-ils ? Tawney en doutait... mais pourquoi ne pas s'en assurer ? Il décrocha son téléphone et composa le numéro d'un vieil ami, Martin Cooper, un ancien agent du MI6 qui travaillait aujourd'hui au siège de la Lloyd's, dans ce monument de laideur situé en plein quartier des affaires de Londres.

« Cooper, dit la voix au bout du fil.

— Martin ? C'est Bill Tawney... Comment vas-tu par ce temps pourri ?

— Pas mal, Bill, et toi ? Tu fais quoi, maintenant ?

— Je bosse toujours aux frais de la Couronne, vieille branche... Un nouveau boulot, ultra-confidentiel, j'en ai peur.

— Que puis-je faire pour toi, vieux ?

— Oh, je me posais une question un peu idiote, en fait. Existe-t-il en matière de finance internationale des moyens d'accès réservés aux initiés ? Des codes spéciaux, ce genre de truc ?

— Merde, j'aimerais bien que ce soit le cas, Bill. Ça nous faciliterait bougrement la tâche », répondit l'ancien chef de poste à Mexico, entre autres fonctions assumées au sein du renseignement britannique. « Qu'entends-tu précisément par là ?

— Je ne sais pas trop... la question vient de se poser.

— Ma foi, les gens qui travaillent à cet échelon ont bien évidemment des relations personnelles et il leur arrive souvent d'échanger des informations, mais j'imagine que tu pensais à quelque chose d'un peu plus structuré, une sorte de réseau accessible aux seuls initiés en matière boursière ?

— Oui, en gros, c'était ça.

— Eh bien, si tel était le cas, ils me l'ont caché comme ils l'ont caché aux gens avec qui je travaille, vieille branche. Je vois déjà pointer la théorie du complot international ! ricana Cooper. En fait, tu sais, ce serait plutôt un vrai ramassis de pipelettes... Tout le monde a tendance à fourrer le nez dans les affaires de son voisin.

— Bref, ça n'existe pas ?

— Pas que je sache, Bill. C'est le genre de truc que vont s'imaginer les gens mal informés, évidemment, mais non, un tel réseau n'existe pas. À moins qu'il soit dirigé par la fameuse bande qui a assassiné Kennedy, ajouta Cooper en étouffant un rire.

— Je m'en doutais un peu, Martin, mais je voulais avoir une confirmation. Merci, vieux.

— Au fait, Bill, est-ce que tu saurais par hasard qui a pu attaquer l'ami Ostermann, à Vienne ?

— Pas vraiment. Pourquoi, tu le connais ?

— Mon patron, oui. Je l'ai croisé une fois. Il m'a paru sympa, et plutôt doué.

— Tout ce que j'en sais, à vrai dire, c'est ce que j'ai vu à la télé ce matin. » Ce n'était pas entièrement faux, et de toute façon, Martin comprendrait sa discrétion, il le savait.

« En tout cas, quelle que soit l'identité de ses sauveteurs, je leur tire mon chapeau. J'ai dans l'idée qu'il y a du SAS là-dessous.

— Vraiment ? Ma foi, ça n'aurait rien de surprenant, non ?

— Non, j'imagine. Enfin, ça m'a fait plaisir de t'entendre, Bill. On dîne ensemble, un de ces quatre ?

— Volontiers ! Je te rappelle dès que je repasse à Londres.

— Excellent. Salut ! »

Tawney raccrocha. Apparemment, Martin avait réussi à faire son trou après avoir quitté le MI6, suite à la réduction d'effectifs due à la fin de la guerre froide. Il repensa à sa réponse. Enfin, c'était prévisible. *Le genre de truc que vont s'imaginer les gens mal informés.* Oui, ça collait impec. Fürchtner et

Dortmund étaient des communistes, et ils ne pouvaient pas croire ou se fier à un marché libre. Dans leur univers, les gens ne pouvaient faire fortune qu'en trichant, en exploitant ou en conspirant avec leurs semblables. Que pouvait-on en conclure ?

Pourquoi avoir attaqué le domicile d'Erwin Ostermann ? Il était exclu de braquer un tel personnage. Sa fortune, il ne la planquait pas chez lui en billets ou en lingots d'or. Ce n'était que de l'argent électronique, virtuel, qui n'existait en fait que dans les mémoires d'ordinateur et transitait par les lignes téléphoniques... et ce genre d'argent était difficile à voler, n'est-ce pas ?

Non, ce que détenait un homme comme Ostermann, c'était *de l'information,* la source ultime de pouvoir, si éthéré soit-il.

Dortmund et Fürchtner étaient-ils prêts à tuer pour cela ? Apparemment oui, mais les deux terroristes abattus étaient-ils à même d'exploiter ce genre d'information ? Non, impossible, car dans ce cas ils auraient su que ce qu'ils recherchaient n'existait pas.

C'est donc que quelqu'un a loué leurs services. Quelqu'un avait commandité leur mission. Mais qui ?

Et dans quel but ? Ce qui était une question encore plus intéressante, et qui lui permettrait peut-être de répondre à la première.

Récapitulons. Leur éventuel commanditaire ne peut être que lié à l'internationale terroriste des années soixante-dix, un individu qui savait où les trouver, et qu'ils connaissaient suffisamment pour lui faire confiance, assez en tout cas pour être prêts à risquer leur vie.

Or Fürchtner et Dortmund étaient des communistes purs et durs. Leurs relations devaient partager leur idéologie. Il était impensable qu'ils acceptent de se fier ou de travailler pour qui ne serait pas de leur bord. Sinon, comment cet hypothétique commanditaire aurait-il pu savoir où et par quel moyen les contacter, puis gagner leur confiance pour les envoyer dans une mission suicide, à la recherche d'un secret qui en réalité n'existait pas ?

Un officier supérieur ? Tawney se creusait la cervelle pour extrapoler à partir des maigres renseignements à sa disposition. Un individu de leur bord politique, à même de leur donner des ordres, ou à tout le moins de les motiver pour se lancer dans une action dangereuse.

Il avait besoin d'en savoir plus, et il comptait jouer de ses contacts dans la police et le SAS pour récupérer le maximum d'informations sur l'enquête austro-allemande. Déjà, il appela les Affaires étrangères pour obtenir la traduction intégrale de la déposition des otages. Tawney avait longtemps servi dans le renseignement, et il savait quelles sonnettes tirer.

« Ding, je n'ai pas trop apprécié ton plan d'intervention, commença Clark, dès qu'ils furent réunis dans la grande salle de conférences.

— Moi non plus, monsieur C., mais faute d'hélico, je n'avais guère le choix, non ? répondit Chavez, avec un rien d'autosatisfaction. Mais ce n'est pas ce qui m'effraie le plus, en fait.

— Ah bon, c'est quoi ? s'enquit John.

— Noonan a soulevé le problème... Chaque fois qu'on intervient quelque part, il y a foule... les badauds, des journalistes, des équipes de télé, et ainsi de suite. Imaginez un peu que l'un d'eux ait dans sa poche un téléphone mobile et s'en serve pour raconter tout ce qui se passe aux méchants à l'intérieur ? Pas bien compliqué, n'est-ce pas ? Résultat, on est baisés, et une partie des otages avec nous.

— On devrait être à même de régler ce problème, leur confia Tim Noonan. En tirant parti du mode de fonctionnement des téléphones cellulaires. Chaque portable émet un signal pour indiquer à la station locale qu'il est là et qu'il est en veille, ce qui permet à l'ordinateur de gestion du réseau de lui transmettre un appel. Pas de problème, on doit pouvoir disposer d'appareils pour lire ces informations, voire bloquer l'acheminement du signal... et peut-être même cloner le téléphone des méchants, afin d'intercepter l'appel entrant et de piéger les complices à l'extérieur, ce qui devrait permettre de les localiser et de les pincer par la même occasion... Mais pour ça, il me faut ce logiciel, et il me le faut tout de suite.

— David ? » Clark se tourna vers David Peled, leur ingénieur miracle israélien.

« C'est faisable. J'imagine que la technologie existe déjà à la NSA ou ailleurs.

— Pas au Mossad ? insista Noonan.

— Ma foi... oui, nous avons ce genre de chose.

— Il nous le faut, ordonna Clark. Vous voulez que j'appelle Avi personnellement ?

— Ça aiderait.

— Parfait. Il me faut le nom et les caractéristiques précises du matériel. Ce ne sera pas trop dur de former les opérateurs ?

— Pas trop, non, concéda Peled. Tim devrait s'en acquitter sans peine. »

Merci pour ce vote de confiance, songea l'agent spécial Noonan, sans sourire.

« Revenons à l'intervention d'hier, commanda Clark. Ding, ton opinion ? »

Chavez s'avança sur son siège. Il ne faisait pas que se défendre lui-même ; il défendait son équipe. « En gros, je ne voulais pas perdre un seul otage, John. Le toubib nous a dit qu'il fallait prendre ces deux-là au sérieux, or nous étions pris par le temps. Et d'après ce que j'ai cru comprendre, notre mission impérative est de ne jamais perdre un otage. Alors, dès qu'il fut clair qu'ils tenaient à prendre l'hélico pour filer, j'ai aussitôt décidé d'accéder à leur demande, avec juste un petit bonus. Homer et Dieter ont travaillé comme des chefs. Idem pour Eddie et le reste des tireurs. La partie la plus risquée a été de placer Louis et George au plus près de la maison afin de neutraliser le dernier groupe. Ils ont fait un vrai boulot de Ninjas pour s'infiltrer sans être vus », poursuivit Chavez, en saluant du geste Loiselle et Tomlinson, avant de répéter que c'était la phase la plus délicate. « On leur avait créé un contre-jour avec les projecteurs et leur camouflage a marché impec. Si les adversaires avaient utilisé des lunettes infrarouges, on aurait pu avoir un problème, mais l'illumination des arbres par les projos de la police aurait parasité leur vision. Ces lunettes amplifiées saturent un max si on les éclaire violemment. C'était un coup à tenter, admit Ding, mais qui m'a paru plus valable que de voir un otage se faire descendre pendant qu'on serait restés au point de ralliement à rien branler. Telle était la mission, monsieur C., et c'était moi le responsable sur le terrain. J'ai pris ma décision. » Il s'abstint d'ajouter que c'était la bonne.

« Je vois. Eh bien, bravo à tout le monde pour la précision de tir ; Loiselle et Tomlinson ont parfaitement réussi à s'approcher sans être vus, renchérit Alistair Stanley depuis sa place, en face de Clark. Malgré tout...

— Malgré tout, on a besoin d'hélicoptères pour des situations analogues. Merde, comment a-t-on pu négliger un tel équipement ? insista Chavez.

— C'est de ma faute, Domingo, fit Clark. Je m'en vais rectifier le tir dès aujourd'hui.

— Ouais, autant qu'on soit fixés, vieux. » Ding s'étira sur son siège. « Mes gars ont fait leur boulot, John. C'était un plan merdique, mais on s'en est sortis. J'admets que le prochain coup, on fera mieux, si on a moins la pression... Mais quand le psy vous annonce que les méchants sont bien partis pour tuer quelqu'un, ça vous incite à prendre des décisions radicales, non ?

— Compte tenu de la situation, oui..., crut bon d'objecter Stanley.

— Merde, Al, ça veut dire quoi, ça ? » Chavez était à cran. « Va falloir mieux définir notre ligne de conduite. Je veux des directives écrites noir sur blanc. Quand pourrai-je me permettre de laisser tuer un otage ? Son âge ou son sexe entrent-ils en ligne de compte ? Et si un détraqué s'empare d'un jardin d'enfants ou d'une maternité ? On ne peut pas nous demander de négliger ce genre de facteur. D'accord, j'admets que vous ne pouvez pas envisager toutes les éventualités, et en tant que commandants sur le terrain, nous devons, Peter et moi, exercer notre jugement, mais pour ma part, ma position de principe est d'empêcher par tous les moyens la mort d'un otage. Si cela se traduit par une prise de risque, eh bien, il s'agit de choisir une probabilité contre une certitude, pas vrai ? Dans un tel cas, on tente le coup, non ?

— Dr Bellow, demanda Clark, considérez-vous comme fiable votre évaluation de l'état d'esprit des terroristes ?

— Tout à fait. Ils avaient de l'expérience. Ils avaient mûrement réfléchi leur attaque et, pour moi, il ne faisait aucun doute qu'ils étaient prêts à tuer des otages pour montrer leur résolution, confirma le psychiatre.

— Sur le coup, ou *a posteriori* ?

— Les deux, répondit Bellow avec confiance. Ces deux individus étaient des idéologues sociopathes. La vie humaine n'a guère de sens pour ce genre de personnalité. Guère plus qu'un jeton qu'on lance sur la table.

— D'accord, mais s'ils avaient découvert l'approche de Loiselle et Tomlinson ?

— Ils auraient sans doute tué un otage, ce qui aurait figé la situation durant quelques minutes.

— Et mon plan de secours dans ce cas-là était d'investir le bâtiment par l'est et d'y pénétrer de force le plus vite possible, poursuivit Chavez. La meilleure façon, c'est de descendre au filin depuis des hélicos et de foncer dans le tas. C'est également dangereux, bien sûr, mais les types qu'on a en face de nous ne sont pas non plus des agneaux. »

Les anciens du groupe n'appréciaient pas trop ce genre de débat car il leur rappelait une évidence : si bons soient-ils, les membres de Rainbow n'étaient ni des dieux ni des surhommes. Ils avaient désormais à leur actif deux incidents, tous deux réglés sans perte civile de leur fait. Du côté du commandement, cela incitait quelque peu à l'autosatisfaction, autosatisfaction renforcée encore par le fait que le groupe Deux avait quasiment réussi un sans-faute malgré des conditions tactiques difficiles. Ces hommes étaient entraînés pour avoir la forme olympique, pour être des as dans le maniement des armes à feu comme des explosifs, mais d'abord et avant tout pour être mentalement prêts à détruire sans hésiter des vies humaines.

Les membres du groupe Deux assis autour de la table regardèrent Clark sans broncher, prenant la chose avec sérénité car ils avaient été conscients la veille que leur plan avait des failles, qu'il était risqué, et pourtant ils l'avaient mené à bien, en surmontant les difficultés et en sauvant les otages. Leur fierté était compréhensible. Mais Clark était en train de mettre en doute les capacités de leur chef, et ça non plus, ils n'aimaient pas trop. Pour les anciens membres du SAS dans leurs rangs, la réponse, toute simple, reprenait la vieille maxime de toutes les armées : la fortune sourit aux audacieux. Ils venaient encore une fois de le démontrer. Et la marque désormais était Chrétiens dix, Lions un, si l'on comptait le malheureux otage dessoudé, ce qui était loin d'être un mauvais score. Le seul dans l'équipe à ne pas trop pavoiser était le sergent Julio Vega : Oso était en charge de la mitrailleuse, qui n'avait pas encore eu l'occasion de se faire entendre. Vega constata que les deux tireurs d'élite semblaient à leur avantage, de même que les porteurs d'armes légères. Mais c'était le hasard des circonstances. Lui s'était trouvé posté à quelques mètres de Weber, prêt à le couvrir si jamais un méchant avait eu l'occasion de s'échapper et de faire feu. Il l'aurait alors haché menu avec sa

324

M-60 — au stand de tir, il était dans les meilleurs. Il s'agissait de tuer des gens, il n'était pas là pour rigoler. Son côté religieux lui reprochait de penser de la sorte, ce qui ne manquait pas de susciter chez lui quelques grognements et ricanements dès qu'il était seul.

« Bon, alors où en est-on en définitive ? demanda Chavez. Quelle est notre ligne de conduite dans l'hypothèse où un otage risque de se faire tuer par les méchants ?

— La mission demeure de sauver les otages, autant que possible, répondit Clark, après quelques secondes de réflexion.

— Et c'est au leader sur le terrain de décider de ce qui est possible ou non ?

— Exact, confirma Rainbow Six.

— Bref, nous voilà revenus à notre point de départ, John, fit remarquer Ding. Ce qui veut dire que Peter et moi, nous endossons toute la responsabilité, et l'ensemble des critiques si jamais quelqu'un venait à ne pas apprécier notre boulot. » Il marqua un temps. « Je veux bien accepter la responsabilité associée au commandement sur le terrain, mais ça serait quand même chouette de sentir qu'on a un minimum de soutien en cas de coup dur, tu vois ? Des erreurs, on en commettra tôt ou tard. On le sait. Ça ne nous plaît pas, mais on le sait. Alors, que les choses soient bien claires une fois pour toutes, John : j'estime que notre mission est de préserver la vie des innocents, et c'est bien l'optique que je compte défendre.

— Je suis d'accord avec Chavez, renchérit Peter Covington. Ce doit être notre position de principe.

— Je n'ai jamais dit le contraire. » Clark

commençait à se fâcher. Le problème était qu'il pouvait fort bien se présenter des situations où sauver une vie n'était pas possible — mais se préparer à de telles situations se situait quelque part entre bougrement difficile et quasiment impossible, parce que l'éventail des actes terroristes qu'ils seraient amenés à rencontrer sur le terrain était aussi varié que les terroristes et les lieux qu'ils choisissaient pour agir. Par conséquent, il était bien obligé de se fier à Chavez et Covington. Cela dit, il pouvait élaborer des scénarios d'entraînement qui les forceraient à réfléchir avant d'agir, avec l'espoir que cela porterait ses fruits sur le terrain. Sa tâche était autrement plus simple quand il bossait pour la CIA. Là, il avait toujours eu l'initiative et presque toujours choisi le lieu et l'heure qui lui convenaient pour agir. Mais avec Rainbow, il ne s'agissait pas d'agir mais de réagir à des initiatives déclenchées par d'autres. Ce simple fait justifiait la dureté de l'entraînement qu'il imposait à ses hommes : afin que leur expertise puisse compenser le désavantage tactique. Et cela avait réussi par deux fois. Mais est-ce que cela continuerait à réussir ?

C'est pourquoi John décida pour commencer qu'un haut responsable de Rainbow accompagnerait dorénavant les équipes à chacune de leurs interventions sur le terrain, pour apporter soutien et conseils ; il faudrait quelqu'un sur qui le chef de groupe puisse se reposer. Évidemment, ils n'apprécieraient pas trop d'être ainsi chaperonnés, mais ça, on n'y pouvait rien. Sur quoi, il leva la séance et convoqua Al Stanley dans son bureau pour lui exposer son idée.

« Personnellement, je n'y vois pas d'inconvénient,

John. Mais qui sont les hauts responsables qui s'y colleront ?

— Toi et moi, au début.

— Parfait. Ça se tient... vu l'entraînement physique et les séances de tir auxquelles on s'astreint tous les deux. N'empêche que Domingo et Peter risquent de trouver que ça frôle l'abus de pouvoir...

— Ils savent l'un et l'autre obéir aux ordres... et ils ne viendront nous consulter pour avis que si nécessaire. Tout le monde fait ça. Moi-même, je n'ai pas hésité à le faire, chaque fois que j'en ai eu l'occasion. » Ce qui ne s'était pas présenté très souvent, même si John se souvenait de l'avoir regretté.

« Je suis d'accord avec ta proposition, John. Tu veux qu'on la consigne par écrit ? »

Clark acquiesça. « Dès aujourd'hui. »

9

Traques

« Je peux te faire ça, John, dit le directeur de la CIA. Mais ça implique d'en discuter avec le Pentagone.

— Aujourd'hui, si possible, Ed. On en a vraiment besoin. C'est une négligence de ma part de ne pas l'avoir envisagé plus tôt. Une sérieuse négligence, ajouta Clark, humblement.

— C'est des choses qui arrivent, observa le directeur Foley. OK, tu me laisses passer quelques coups de fil et je te rappelle. » Il coupa la communication et réfléchit quelques secondes, puis il feuilleta son agenda pour y trouver le numéro du CINC-SNAKE, le commandant en chef du commandement des opérations spéciales, à la base aérienne de MacDill, non loin de Tampa, Floride. Cet officier chapeautait tous les « bouffeurs de serpents », les agents des services spéciaux dont étaient issus tous les membres américains de Rainbow. Le général Sam Wilson officiait derrière un bureau, un poste où il n'était pas particulièrement à son aise. Engagé comme simple soldat dans les paras, il était passé dans les forces spéciales, qu'il avait quittées pour décrocher son diplôme d'histoire à l'université d'État de Caroline du Nord, avant de réintégrer l'armée comme aspirant et de monter rapidement en grade. Ce vigoureux quinquagénaire arborait désormais quatre étoiles sur ses épaulettes, et il était à la tête d'un commandement unifié chapeautant plusieurs services composés de membres des différentes armes, qui tous étaient capables de vous rôtir du serpent sur un feu de camp.

« Salut, Ed, dit le général en prenant la communication sur sa ligne cryptée. Quoi de neuf à Langley ? » Le milieu des opérations spéciales avait toujours eu des contacts étroits avec la CIA : ils lui refilaient souvent des tuyaux, ou lui donnaient même un coup de main pour mener une opération délicate sur le terrain.

« J'ai une demande de Rainbow, lui expliqua le directeur du renseignement.

— Encore ? Dis donc, ils ont déjà fait la razzia dans mes unités...

— Ils en ont fait bon usage. L'intervention d'hiver en Autriche, c'étaient eux.

— Ça paraissait pas mal, à la télé, admit Sam Wilson. Aurai-je droit à des informations complémentaires ? » Entendez par là : sur l'identité des terroristes.

« La totale, dès que ce sera disponible, Sam, promit Foley.

— OK. Bon, qu'est-ce qu'il veut, ton gars ?

— Des aviateurs : des pilotes d'hélico.

— Tu sais le temps qu'il faut pour former ces types, Ed ? Merde, et je te parle pas du coût pour les maintenir à niveau.

— Je sais, Sam. Les Rosbifs mettront la main à la poche, eux aussi. Mais tu connais Clark. Il n'aurait pas demandé ça si ce n'était pas indispensable. »

Wilson dut bien admettre que c'était vrai : il connaissait John Clark, qui avait jadis sauvé une mission perdue, et par la même occasion, un paquet de soldats... Tout cela remontait à un bail et quelques présidents [1]. Un ancien SEAL, les commandos de la marine, disait son dossier à l'Agence, avec une belle brochette de médailles et pas mal de succès à son actif. Et ce groupe Rainbow avait déjà deux opérations réussies dans son escarcelle.

« D'accord, Ed. Combien ?

— Un bon équipage suffira, pour l'instant. »

C'était ce « pour l'instant » qui chagrinait quelque peu Wilson. Mais enfin. « OK. Je te rappelle dans la journée.

— Merci, Sam. » Le truc bien avec Wilson, Foley

---

1. Cf. *Sans aucun remords*, Albin Michel, 1994, Le Livre de Poche n° 7682.

le savait, c'est qu'il ne plaisantait pas avec les délais. Pour lui, tout de suite, ça voulait dire tout de suite.

Chester ne tiendrait même pas aussi longtemps que l'avait pensé Killgore. Les paramètres de sa fonction hépatique dégringolaient à une vitesse jamais vue — ou même constatée dans la littérature médicale. Le sujet avait à présent le teint jaune citron, la peau flasque. En outre, son rythme respiratoire commençait à être préoccupant, en partie à cause des doses massives de morphine destinées à le maintenir inconscient ou à tout le moins hébété. En accord avec Barbara Archer, le Dr Killgore avait voulu lui administrer le traitement le plus draconien, afin de vérifier s'il y avait un moyen de traiter efficacement Shiva, mais il ne fallait pas se cacher que le délabrement physique de Chester était tel qu'aucun traitement n'aurait pu venir à bout à la fois de ses problèmes et de Shiva.

« Deux jours, pronostiqua Killgore. Peut-être moins.

— J'ai bien peur que t'aies raison », admit le Dr Archer. Elle avait toutes sortes d'idées pour traiter le problème, du recours traditionnel (et presque certainement inutile) aux antibiotiques à l'interleukine-2, dont on pensait qu'elle pouvait avoir des indications cliniques dans un tel cas. Certes, la médecine moderne n'était pas encore venue à bout de toutes les affections virales, mais d'aucuns estimaient que renforcer les défenses immunitaires de l'organisme dans une direction contribuait à les soutenir dans une autre, et puis, on disposait désormais de toute une gamme de nouveaux antibiotiques de synthèse très puissants. Tôt ou tard, un chercheur trouverait la potion magique contre les maladies virales. Mais ce n'était pas encore le cas. « Potassium ? » demanda-t-elle après avoir envisagé les perspectives de survie du patient et le faible intérêt qu'il y aurait à lui prescrire le moindre traitement. Killgore acquiesça.

« Je pense, oui. Tu peux t'en charger si tu veux. » D'un signe, il lui indiqua l'armoire à médicaments dans l'angle.

Le Dr Archer alla chercher une seringue jetable de quarante centimètres cubes. Elle ouvrit le sachet protecteur, puis introduisit l'aiguille dans un flacon contenant une solution hydrique de potassium et remplit la seringue en remontant le piston. Puis elle retourna près du lit et planta l'aiguille dans le tube de perfusion, avant d'appuyer sur le piston pour injecter au patient une bonne dose de la substance létale. Cela prit quelques secondes, plus longtemps que si elle l'avait directement injectée dans une grosse veine, mais Archer préférait le toucher le moins possible, même avec des gants. Peu importait, du reste. Sous le masque à oxygène de plastique transparent, la respiration de Chester parut hésiter, redémarrer, hésiter à nouveau, avant de devenir rauque, irrégulière. Et puis, très vite, elle cessa. Le thorax s'affaissa et ne se releva plus. Ses yeux mi-clos, comme ceux d'un homme somnolent ou en état de choc, la regardaient sans la voir. Ils se fermèrent pour la dernière fois. Le Dr Archer prit son stéthoscope et le plaqua contre le torse de l'alcoolique. Aucun pouls. Archer se redressa, rangea le stéthoscope.

Adieu, Chester, pensa Killgore.

« Très bien, fit-elle, sans se démonter. Des symptômes chez les autres ?

— Pas encore. Mais les tests de présence d'anticorps sont positifs, répondit Killgore. À mon avis, on devrait voir apparaître des symptômes manifestes d'ici une petite dizaine de jours.

— Il nous faut un lot de sujets sains pour les tests, nota Barbara Archer. Ces gens sont trop... trop mal en point pour constituer des étalons valables pour Shiva.

— Ça signifie un certain nombre de risques.

— J'en suis consciente. Et tu sais qu'on a besoin de cobayes de meilleure qualité.

— D'accord, mais les risques demeurent sérieux.

— Ça aussi, j'en suis consciente.

— D'accord, Barb, fais remonter le message. Je ne soulèverai pas d'objection. Tu veux bien t'occuper de Chester ? Il faut que j'aille voir Steve.

— Très bien. » Elle se dirigea vers le mur, décrocha le téléphone et composa les trois chiffres du service de nettoyage.

De son côté, Killgore regagna les vestiaires. Il passa d'abord par la chambre de décontamination, pressa la grosse touche carrée rouge et attendit que la machinerie l'ait arrosé de tous côtés de son nébuliseur d'antibiotiques dont l'efficacité totale et immédiate contre le virus Shiva avait été prouvée. Puis il franchit la porte de la chambre de déshabillage proprement dite où il ôta la combinaison de plastique bleue, la jeta dans la corbeille en vue d'une seconde décontamination, plus radicale, celle-ci (elle n'était pas vraiment indispensable mais ça rassurait le personnel du labo), avant de repasser sa tenue de chirurgien. En sortant, il revêtit une blouse blanche de laboratoire. Puis il fit une étape à l'atelier de Steve Berg. Ni lui ni Barb Archer n'en avaient encore parlé ouvertement, mais il était indéniable que chacun se sentirait rassuré de savoir qu'il existait un vaccin efficace contre Shiva.

« Eh, John ! lança Berg à l'entrée de son collègue.

— Salut, Steve. Comment ça se présente pour les vaccins ?

— Eh bien, on a mis en test le A et le B. » Berg indiqua les cages des singes, de l'autre côté de la vitre. « Le lot A a les étiquettes jaunes, le B, les bleues, et le groupe de contrôle les rouges. »

Killgore regarda. Vingt singes rhésus par série, soixante au total. D'adorables petits diables. « Quel dommage...

— Moi aussi, ça me fend le cœur, reconnut-il, mais il faut bien en passer par là. » Aucun des deux hommes n'aurait songé à porter de fourrure.

« Tu comptes avoir des résultats quand ?

— Oh, d'ici cinq à six jours pour le groupe A. De neuf à quatorze pour le groupe de contrôle. Quant au B... ma foi, on est assez optimistes pour eux, bien entendu. Et toi, comment ça se passe, de ton côté ?

— On vient d'en perdre un.

— Déjà ? s'étonna Berg, dérouté.

— Il faut dire qu'à son arrivée, il avait le foie en sale état. C'est un point qu'on a trop négligé. Il y aura fatalement des gens plus vulnérables que d'autres à notre petit copain.

— Bref, ils pourraient bien jouer le rôle de canaris, s'inquiéta Berg, en songeant aux oiseaux qui servaient jadis à avertir les mineurs des dangers du grisou. Mais souviens-toi, on a appris à régler ce problème, il y a deux ans [1]...

— Je sais. » En fait, c'était même de là qu'était venue l'idée de toute cette opération. Mais eux sauraient mieux se débrouiller que les étrangers. « Quel est le différentiel de temps entre les humains et nos petits amis à fourrure ?

— Euh, n'oublie pas qu'il n'y a pas eu diffusion en aérosol. Il s'agit ici de tester un vaccin, pas un mode de dissémination.

— D'accord, d'accord. Je pense justement que tu devrais mettre au point un test de contrôle en aérosol. J'ai cru comprendre que tu avais encore amélioré la méthode d'enrobage.

— Maggie veut aussi que je m'y mette. Bon, d'accord. Ce ne sont pas les singes qui manquent. Je peux arranger ça d'ici deux jours, un test en grandeur réelle de l'éventuel système de dissémination.

— Avec et sans vaccins ?

— Ça peut se faire », acquiesça Berg. *T'aurais déjà dû t'y mettre, crétin*, s'abstint de dire Killgore. Son collègue était intelligent, mais il ne fallait pas lui demander de regarder plus loin que le bout de son microscope. Enfin, personne n'était parfait, même ici. « Je ne vais pas me mettre à tuer par plaisir, John, crut-il bon de souligner à son collègue médecin.

— Je comprends, Steve, mais pour chaque mort lors des tests de Shiva, ce sont des centaines de milliers de spécimens sauvages qui sont préservés, souviens-toi. Et en attendant, avec toi, ils sont bien soignés. » Leurs cobayes vivaient ici une existence

---

1. Cf. *Sur ordre, op.cit.*

idyllique, dans des cages confortables, voire de larges zones communes où la nourriture était abondante et l'eau limpide. Les singes disposaient d'un vaste espace vital, doté de pseudo-arbres à escalader, d'un climat analogue à celui de leur jungle africaine, et sans la menace de prédateurs. Comme dans les prisons humaines, les condamnés avaient droit à des repas abondants en accord avec leurs droits constitutionnels. Mais tout cela chiffonnait néanmoins les gens comme Steve Berg, même si c'était fondamental pour la réussite du plan d'ensemble. Killgore se demandait parfois si son ami ne pleurait pas la nuit les gentilles petites créatures aux yeux bruns. Il était sans aucun doute bien moins préoccupé par le sort d'un Chester — en dehors du fait qu'il pouvait représenter un canari, bien sûr : voilà qui risquait en effet de tout foutre en l'air. C'était d'ailleurs pour cela que Berg mettait au point le vaccin A.

« Ouais, admit Steve, j'avoue que tout ça me met mal à l'aise...

— Alors, essaie un peu de te mettre à ma place, observa Killgore.

— Mouais... », répondit Steve Berg, pas convaincu.

Le vol de nuit avait décollé de l'aéroport international de Raleigh-Durham, en Caroline du Nord, à une heure en voiture de Fort Bragg. Le Boeing 757 atterrit dans le crachin sous un ciel couvert, pour entamer une procédure de roulage presque aussi longue que le vol proprement dit — c'était en tout cas l'impression des passagers —, avant de s'immobiliser enfin devant la porte d'US Airways, au terminal trois de Londres-Heathrow.

Chavez et Clark s'étaient déplacés ensemble pour l'accueillir. Ils étaient en civil et Domingo exhibait un carton avec MALLOY inscrit dessus. Le quatrième homme à sortir de l'avion portait l'uniforme des Marines, ceinture blanche, épaulettes dorées, et quatre barrettes de décorations épinglées à sa vareuse vert olive. Ses yeux gris-bleu avisèrent le carton et il s'approcha, traînant derrière lui son barda dans un sac de toile.

« Sympa d'être venus me chercher, observa le lieutenant-colonel Daniel Malloy. À qui ai-je l'honneur ?

— John Clark.

— Domingo Chavez. » On échangea des poignées de main. « D'autres bagages ? s'enquit Ding.

— C'est tout ce que j'ai eu le temps de prendre. Allez, les gars, je vous suis, répondit le colonel Malloy.

— Vous voulez un coup de main ? demanda Chavez à un type à qui il devait rendre quinze centimètres et une bonne vingtaine de kilos.

— Ça ira, lui assura l'autre. On va où ?

— Un hélico nous attend. La voiture est par ici. » Clark le précéda, sortit par une porte latérale et descendit quelques marches pour rejoindre un véhicule garé là. Le chauffeur prit le sac de Malloy et le rangea dans le coffre, avant de les conduire à un Puma de l'armée britannique qui attendait, huit cents mètres plus loin, prêt à décoller.

Malloy regarda alentour. Sale temps pour voler, avec un plafond réduit à quinze cents pieds et ce crachin qui redoublait, mais il n'était pas un pilote qui avait froid aux yeux. Ils embarquèrent à l'arrière de la cabine. Il observa d'un œil professionnel l'équipage effectuer, tout comme lui, la procédure de démarrage, à partir de leur checklist imprimée. Dès que le rotor se mit à tourner, ils demandèrent par radio l'autorisation de décoller. Cela prit plusieurs minutes. À cette heure-ci, le trafic était dense sur Heathrow, avec une arrivée massive de vols d'affaires. Finalement, le Puma réussit à prendre l'air, gagnant rapidement de l'altitude avant de mettre le cap sur une direction non précisée. Malloy décida à cet instant de se manifester à l'interphone.

« Est-ce que quelqu'un pourrait m'expliquer de quoi il retourne ?

— Qu'est-ce qu'ils vous ont dit ?

— De prendre de quoi me changer pour une semaine, répondit Malloy, l'œil pétillant.

— Il y a une chouette grande surface à quelques kilomètres de la base.

— Hereford ?

— Bien vu, admit Chavez. Déjà venu ?

— Plein de fois. J'ai reconnu d'en haut certains carrefours. Bon, alors, c'est quoi, cette histoire ?

— Vous allez sans doute bosser avec nous, intervint Clark.

— Qui ça, nous ?

— Nous, c'est Rainbow, et nous n'existons pas.

— Vienne ? » demanda Malloy par l'interphone. Leur plissement de paupières fut une réponse suffisante. « OK, ça paraissait trop bien goupillé pour des flics. C'est quoi, les effectifs ?

— En majorité des soldats de l'OTAN, américains et britanniques, plus quelques autres, dont un Israélien.

— Et vous avez monté tout ça sans un seul pilote d'hélico ?

— OK, merde, j'ai fait le con. Bon, d'accord, grommela Clark. Mais je débarque dans le commandement.

— C'est quoi, ça, sur votre avant-bras, Clark ? Et au fait, c'est quoi, votre grade ? »

John remonta sa manche, révélant le tatouage rouge des SEAL. « Je suis pseudo-général de division. Ding, quant à lui, est un pseudo-commandant. »

Le Marine examina fugitivement le tatouage. « J'en avais entendu parler mais c'est la première fois que je le vois. Le 3e groupe d'intervention spéciale, c'est ça ? J'ai connu un gars qui a bossé avec eux.

— Qui ça ?

— Dutch Voort, il a pris sa retraite il y a cinq-six ans, avec son bâton de maréchal.

— Dutch Voort ! Merde, ça faisait un bail que j'avais plus entendu parler de lui, remarqua aussitôt Clark. On a été abattus ensemble, dans le temps.

— Vous avez pas été les seuls... Super-pilote, mais il avait pas vraiment la baraka.

— Et vous, colonel ? s'enquit Chavez.

— Pas à me plaindre, fiston, pas à me plaindre, lui assura Malloy. Et tu peux m'appeler l'Ours. »

L'Ours : les deux hommes décidèrent que le sobriquet lui allait à merveille. Il avait la taille de Clark, un mètre quatre-vingt-trois, avec une carrure d'haltérophile porté sur la bière après ses exercices. Chavez songea à son ami Julio Vega, autre grand pousseur de fonte. Clark examina la barrette de décorations. La médaille de l'air portait deux palmes, tout comme l'étoile d'argent. Un autre insigne révélait qu'il était un tireur d'élite. Tous les Marines aimaient pratiquer le tir et montrer qu'ils savaient manier les armes. Dans le cas de Malloy, il s'agissait de l'insigne de tireur émérite, la distinction la plus haute. En revanche, nota Clark, aucune médaille du Viêt-nam. Trop jeune, bien sûr... ce qui était une autre façon pour lui de se rendre compte qu'il avait bien vieilli. Il constata également que Malloy avait à peu près l'âge correspondant à son grade, alors qu'avec une telle brochette de décorations, il aurait déjà dû être colonel... C'était parfois l'inconvénient lorsqu'on servait dans les commandos : ce n'était pas l'idéal pour l'avancement. Il fallait souvent veiller à ce que de tels soldats obtiennent les promotions qu'ils méritaient — ce n'était pas un problème pour les hommes de troupe, mais ça en devenait fréquemment un pour les officiers.

« J'ai débuté dans la recherche-récupération, puis je suis passé aux missions de reconnaissance... le genre infiltration, exfiltration... Il faut du doigté. Je pense en avoir.

— Vous volez sur quoi, en ce moment ?

— H-60, Huey, évidemment, et H-53. Je parie que vous n'en avez pas encore, pas vrai ?

— J'ai bien peur que non, admit Chavez, visiblement désappointé.

— La 24ᵉ escadrille aérienne d'opérations spéciales de la RAF à Mildenhall est dotée de MH-60K et de MH-53. Je peux vous les piloter sans problème si vous arrivez à leur en emprunter. Ils sont intégrés à la 1ʳᵉ escadre aérienne d'opérations spéciales. Ils sont basés à la fois ici et en Allemagne, si ma mémoire est bonne.

— Sans blague ?

— Sans blague, pseudo-général. Je connais le chef d'escadre : le lieutenant-colonel Stanislas Dubrovnik, Stan pour les intimes. Un as de l'hélico. Le jour où vous avez besoin d'un coup de main urgent, il a quelques dizaines de missions à son actif.

— Je tâcherai de m'en souvenir. Qu'est-ce que vous savez piloter d'autre ?

— Le Night Stalker, bien sûr, mais on n'en voit pas des masses. Aucun n'est basé dans le secteur, que je sache. » Le Puma se mit à décrire des cercles avant de descendre vers l'aire d'atterrissage d'Hereford. Malloy observa le travail du pilote et il l'estima compétent, du moins pour un vol tranquille en palier. « Techniquement, je ne suis pas homologué sur le MH-47 Chinook — officiellement, on n'a droit à l'homologation que sur trois types d'appareils ; idem pour les Huey, mais je suis quasiment né avec un Huey dans les mains, si vous voyez ce que je veux dire, général... Et je suis capable de piloter le MH-47, s'il le faut.

— Appelez-moi John, Ours », dit Clark avec un sourire. Il savait reconnaître un pro quand il en voyait un.

« Moi, c'est Ding. J'ai été 11-Bravo, dans le temps, et puis je me suis fait choper par l'Agence... C'est de sa faute, expliqua Chavez. John et moi, ça fait un bout de temps qu'on bosse ensemble.

— Alors, j'imagine que vous ne pouvez pas tout me raconter. Ça me surprend quand même qu'on n'ait pas encore eu l'occasion de se croiser. J'ai déjà fait pas mal de nettoyage, de temps en temps, si vous voyez ce que je veux dire...

— Vous avez pris votre dossier ? » demanda Clark. Il faisait allusion à ses états de service.

Malloy tapota son sac. « Oui, m'sieur, et c'est un document qui parle de lui-même, si je peux me permettre. » L'hélico s'était posé. Le copilote descendit pour déployer les portes coulissantes. Malloy prit son barda, descendit et se dirigea vers la Rover garée un peu à l'écart. Aussitôt, le chauffeur, un caporal, s'empara de son sac pour le jeter derrière. Malloy put constater que l'hospitalité britannique n'avait guère changé. Il rendit au sous-officier son salut et monta à l'arrière. La pluie redoublait. La météo anglaise n'avait guère changé non plus. Un coin pourri pour piloter des hélicoptères mais pas si mal si on voulait se rapprocher sans être vu, et ça, c'était plutôt un bon point, non ? La Rover les conduisit à ce qui ressemblait plus à un QG qu'à sa résidence. Qui que soient ses hôtes, ils étaient visiblement pressés.

« Chouettes bureaux, John, constata-t-il en découvrant l'intérieur. J'imagine que vous êtes vraiment pseudo-général de brigade.

— En tout cas, je suis le patron, admit Clark, et ça me suffit. Asseyez-vous. Du café ?

— Toujours. Merci. »

Clark lui apporta une tasse avant de lui demander combien il avait d'heures de vol.

« En tout ? Six mille sept cent quarante-deux à mon dernier décompte. Dont trois mille cent en opérations spéciales. Et... oh, dans les cinq cents au combat.

— Tant que ça ?

— La Grenade, le Liban, la Somalie, deux-trois autres coins... plus la guerre du Golfe. Lors de cette dernière crise, j'ai réussi à repêcher quatre pilotes de chasse et les ramener indemnes au bercail. Pour l'un d'eux, ça n'a pas été tout seul, admit Malloy, mais j'ai pu avoir un coup de main d'en haut pour aplanir les difficultés. Vous comprenez, le turbin finit par devenir lassant si on le pratique dans les règles.

— Il faut que je vous paie un demi, Ours, dit Clark. J'ai toujours eu de bons rapports avec les gars du SAS.

— Et je refuse jamais une tournée. Les Britanniques dans votre groupe, ce sont d'ex-SAS ?

— Presque tous. Z'avez déjà bossé avec eux ?

— Des exercices... soit ici, soit chez nous, à Fort Bragg. Ils sont au top, largement au niveau de mes potes à Bragg. » C'était censé être flatteur, Clark le savait, même si les Rosbifs risquaient de prendre ombrage qu'on ose ainsi les comparer à qui que ce soit. « Bref, j'imagine que vous avez besoin d'un garçon livreur, pas vrai ?

— Quelque chose dans ces eaux-là. Ding, récapitule donc pour notre ami Ours notre dernière opération sur le terrain.

— Tout de suite, monsieur C. » Chavez déroula sur la table de conférence la grande photo aérienne du Schloss Ostermann et commença son compte rendu, alors que Stanley et Covington venaient les rejoindre.

« Ouais, dit Malloy à l'issue de l'explication. Il vous aurait vraiment fallu un type comme moi pour ce coup-ci, les gars. » Il marqua un temps. « Le mieux aurait été d'utiliser un treuil pour déployer trois ou quatre hommes sur le toit... à peu près... ici. » Il tapota la photo. « Une chouette terrasse pour faciliter la tâche.

— C'est en gros ce que je pensais. Pas aussi facile

qu'une descente au filin, mais sans doute plus sûr, approuva Chavez.

— Ouais, c'est plus facile, à condition de savoir ce qu'on fait. Vos gars vont devoir apprendre à se poser sans bruit, bien sûr, mais c'est toujours sympa d'avoir trois ou quatre hommes dans la place, si nécessaire. Vu la façon dont s'est conclue l'opération, j'imagine que vos gars connaissent le maniement des armes.

— Assez bien, oui », laissa entendre Covington, d'une voix neutre.

Pendant que Chavez continuait la présentation de sa mission réussie, Clark feuilleta le dossier personnel de Malloy. Marié à Frances Malloy, née Hutchins, deux filles, huit et dix ans. Son épouse était une infirmière civile travaillant pour la marine. Bon, ce n'était pas un problème. Sandy pouvait aisément régler ça avec l'administration de son hôpital. Avec le lieutenant-colonel Malloy, USMC, ils avaient incontestablement tiré le bon numéro.

De son côté, Malloy restait perplexe. Qui que soient ces gens, ils avaient un sacré répondant. Son ordre de rallier l'Angleterre était venu directement du CINC-SNAKE, le patron en personne, « Big Sam » Wilson, et tous ceux qu'il avait pu rencontrer jusqu'ici n'avaient pas l'air de rigoler. Le petit, ce Chavez, avait l'air rudement compétent, vu sa façon de se tirer du guêpier autrichien, et d'après la photo aérienne, son équipe devait être, elle aussi, bien rodée, surtout les deux types qui avaient rampé jusqu'à la maison pour régler leur sort aux deux derniers malfrats en les prenant par-derrière. L'invisibilité était un truc extra si vous saviez en tirer parti, mais ça pouvait être un désastre de première si jamais vous merdiez. Le point positif dans cette histoire, c'est que l'adversaire n'avait pas l'air tellement à la hauteur. Sûrement pas aussi bien entraîné que ses Marines. Cette déficience annulait presque leur cruauté — mais pas entièrement. Comme la plupart des gens en uniforme, Malloy n'avait que mépris pour les terroristes, des brutes couardes et dépourvues de toute humanité, ne méritant qu'une mort violente, expéditive.

Chavez lui fit visiter ensuite le bâtiment qui abritait son équipe. Malloy y rencontra ses troupes, serra des mains, évalua les hommes. Ouais, c'étaient des types sérieux, tout comme les gars du groupe Un de Covington, dans le bâtiment voisin. Certains avaient ce fameux regard, cette acuité détendue qui leur permettait de juger tous ceux qu'ils croisaient, et de décider aussitôt si un individu était une menace. Il ne s'agissait pas de tuer ou d'estropier par plaisir, mais simplement d'accomplir leur tâche, et cette tâche déteignait sur leur vision du monde. C'est ainsi qu'à leurs yeux Malloy était un ami potentiel, un homme digne de confiance et de respect, et ce jugement réchauffa le cœur du pilote des Marines. Il serait celui sur qui ils devraient compter pour les mener à leur destination, rapidement, discrètement, et en toute sécurité — puis les rapatrier dans les mêmes conditions. Le reste de la visite de la base était un vrai régal pour un spécialiste du domaine. Les bâtiments habituels, les maquettes en grandeur réelle de carlingue d'avion, les trois voitures de chemins de fer constituant les divers environnements qu'ils s'entraînaient à investir ; le stand de tir avec ses cibles rétractables (il faudrait qu'il aille y faire un tour pour leur prouver qu'il était digne de tenir son rang ici, puisque tout membre des commandos devait être un tireur d'élite, de même que tout fusilier marin devait savoir manier un fusil). Ils étaient de retour pour midi au quartier général de Clark.

« Eh bien, monsieur l'Ours, qu'est-ce que vous en dites ? » demanda Rainbow Six.

Malloy sourit en s'asseyant. « J'en dis que j'ai un sérieux décalage horaire à rattraper. Et je pense que vous avez formé une sacrée bonne équipe. Alors comme ça, vous voulez me prendre avec vous ? »

Clark acquiesça. « Je crois bien qu'oui. Vous commencez demain matin ?

— Je vole sur quoi ?

— J'ai appelé ces gars de l'Air Force dont vous nous avez parlé. Ils vont nous prêter un MH-60 pour que vous puissiez faire joujou avec.

— Sympa de leur part. » Pour Malloy, ça voulait dire qu'il allait devoir prouver ses capacités de pilote émérite. La perspective ne le troubla que modérément. « Et ma famille ? C'est un détachement temporaire ou quoi ?

— Négatif. C'est une affectation permanente. Elle vous rejoindra sur le vol officiel régulier.

— Parfait. On a du boulot en perspective ?

— Jusqu'ici, on s'est tapé deux interventions sur le terrain, Berne et l'Autriche. Impossible de dire si on doit en avoir beaucoup dans le genre, mais vous verrez qu'avec le rythme des entraînements, ici, on ne chôme pas.

— Ça me convient impec, John.

— Alors, vous voulez travailler avec nous ? »

La question surprit Malloy. « Pourquoi ? C'est une unité de volontaires ? »

Clark acquiesça. « On l'est tous.

— Ma foi, si je m'y attendais... D'accord, dit Malloy. Je suis partant. »

« Puis-je poser une question ? demanda Popov à New York.

— Bien sûr, répondit le patron, devinant laquelle.

— Quel est le but de tout ceci ?

— Vous n'avez franchement pas besoin de le savoir pour l'instant. » À question prévisible, réponse non moins prévisible.

Popov eut un hochement de tête mi-approbateur, mi-résigné. « Comme il vous plaira, monsieur, mais vous m'avez l'air de dépenser une jolie quantité d'argent en pure perte. » Popov avait délibérément soulevé la question financière pour voir comment réagirait son employeur.

Il manifesta un ennui sincère : « L'argent n'a pas d'importance. »

Et même si la réponse n'était pas totalement inattendue, elle n'en surprit pas moins Popov. Tout au long de sa carrière au KGB, il avait payé une misère les gens qui risquaient leur vie et leur liberté pour le service, et qui espéraient souvent bien plus que ce qu'ils pouvaient recevoir car le matériel et l'information fournis valaient infiniment plus que ce qu'on leur octroyait. Or cet homme lui avait déjà versé bien davantage que ce que Popov avait pu distribuer en plus de quinze ans de carrière d'agent sur le terrain — et tout ça pour des prunes : deux échecs lamentables. Et pourtant, Dimitri Arkadeïevitch ne lisait pas la moindre déception sur le visage de son interlocuteur. Merde, qu'est-ce que ça voulait dire ?

346

« Qu'est-ce qui a cloché, ce coup-ci ? » s'enquit le patron.

Popov haussa les épaules. « Ils étaient de bonne volonté, mais ils ont commis l'erreur de sous-estimer l'efficacité de la réaction policière. Ces flics étaient doués. Plus encore que je ne l'avais escompté, mais ce n'était pas si surprenant. Bon nombre de services de police ont désormais des unités antiterroristes parfaitement entraînées.

— C'était la police autrichienne... ?

— C'est ce qu'ils ont raconté aux infos. Je n'ai pas été chercher plus loin. J'aurais dû ? »

Signe de dénégation. « Non. Simple curiosité de ma part. »

Alors comme ça, tu te fous de savoir si ces actions réussissent ou ratent. Merde, dans ce cas, pourquoi diable les financer ? Tout cela ne tenait pas debout. Absolument pas. Ça aurait pu — ça aurait même dû — préoccuper Popov, et pourtant non, pas vraiment. Ces échecs faisaient sa fortune. Il savait qui finançait les actions, il détenait toutes les preuves — l'argent liquide — nécessaires pour le prouver. Donc, ce type ne pouvait pas le balancer. Au contraire, il aurait dû même craindre son employé : Popov avait des contacts dans les milieux terroristes et il aurait pu sans trop de peine les lancer contre celui qui le finançait, non ? C'est ce que son interlocuteur aurait dû tout naturellement redouter, en fin de compte.

Était-ce le cas ? Ce type redoutait-il quoi que ce soit, en définitive ? Il finançait des meurtres — enfin, une tentative de meurtre, dans le dernier cas. Il était immensément riche et puissant, or c'était cela que des hommes comme lui redoutaient le plus de perdre, avant même de perdre la vie. L'ancien agent du KGB en revenait toujours à la même question : pourquoi diantre concoctait-il la mort d'individus, en demandant à Popov de s'en charger... avait-il l'intention de liquider la planète de ses derniers terroristes ? Franchement, est-ce que ça tenait debout ? Lui faire jouer le rôle d'*agent provocateur*[1], pour les amener à sortir de l'ombre et se faire liquider par les unités d'élite antiterroristes de leurs pays d'origine ? Dimitri jugea opportun de s'informer un peu plus sur son employeur. Ce ne devrait pas être trop difficile, et la bibliothèque municipale de New York n'était jamais qu'à deux kilomètres de la Cinquième Avenue.

« Quel genre de personnages était-ce ?

— Qui ça ? demanda Popov.

— Dortmund et Fürchtner.

— Des idiots. Ils croyaient encore au marxisme-léninisme. Habiles dans leur genre, de l'intelligence pratique, mais un jugement politique défaillant. Incapables de changer alors que leur monde changeait. C'est dangereux. Ils n'ont pas réussi à évoluer, et c'est ce qui a causé leur mort. » Guère flatteur comme épitaphe, Popov en était conscient. Ils avaient grandi nourris des écrits de Marx, Engels et les autres... ces mêmes auteurs que lui-même avait étudiés dans sa jeunesse, mais même tout jeune, Popov n'avait jamais été dupe, et parcourir le monde pour servir le KGB n'avait fait que renforcer sa méfiance envers les écrits de tous ces intellectuels du XIXe siècle. Il l'avait appris dès son premier vol à bord d'un avion de ligne de fabrication américaine, en

---

1. En français dans le texte *(N.d.T.)*.

devisant amicalement avec ses voisins de cabine. Mais Hans et Petra avaient grandi au sein du système capitaliste, ils avaient pu en goûter tous les biens matériels et les avantages, or ils avaient malgré tout jugé ce système incapable de leur fournir ce qu'ils recherchaient. Peut-être qu'en un sens ils avaient été un peu comme lui : d'éternels insatisfaits, en quête d'un monde meilleur — mais non, lui, s'il avait voulu quelque chose de meilleur, c'était uniquement pour lui-même, alors qu'eux désiraient imposer le paradis à leurs semblables, les guider et les diriger en bons communistes. Et pour réaliser cette utopie, ils avaient été prêts à patauger dans le sang des innocents. Les fous.

Il constata que son employeur acceptait sans tiquer sa version pour le moins abrégée de leur triste biographie avant de poursuivre : « Restez quelques jours en ville. Je vous rappelle dès que j'ai besoin de vous.

— Comme vous voudrez, monsieur. » Popov se leva, quitta le bureau, et redescendit en ascenseur jusqu'au rez-de-chaussée. Une fois dans la rue, il décida de gagner à pied la bibliothèque. L'exercice lui éclaircirait peut-être les idées, et puis, il fallait qu'il réfléchisse. « Dès que j'ai besoin de vous », ça pouvait signifier une nouvelle mission, et sous peu.

« Erwin ? George. Comment allez-vous, mon ami ?

— La semaine s'est plutôt bien passée », admit Ostermann. Son médecin personnel l'avait mis sous tranquillisants, avec, estimait-il, des résultats mitigés. Il ne s'était toujours pas remis de sa frayeur. Par bonheur, Ursel était revenue en catastrophe, avant même la mission de sauvetage, et cette nuit-là — il s'était couché un peu après quatre heures du matin —, elle était venue le rejoindre au lit, juste pour le serrer contre elle, et dans ses bras il avait tremblé, pleuré, évacuant la terreur absolue qu'il avait réussi à maîtriser jusqu'au moment où ce Fürchtner était mort, à moins d'un mètre de lui. Ses vêtements étaient maculés de sang et de bouts de cervelle. Il avait fallu les envoyer au pressing. Mais c'était Dengler qui avait passé le plus mauvais moment : il était en arrêt de travail pour au moins une semaine. Pour sa part, Ostermann savait qu'il allait au plus vite rappeler l'Anglais qui lui avait proposé ce contrat de protection, et ce d'autant plus qu'il avait pu entendre la voix de ses sauveteurs.

« Eh bien, vous ne savez pas à quel point je suis ravi d'apprendre que vous vous en êtes tiré sans dommage, Erwin.

— Merci, George, répondit-il au ministre américain des Finances. Je parie que vous devez désormais apprécier un peu plus vos gardes du corps !

— Sans aucun doute. Ça ne m'étonnerait pas du reste qu'on assiste à un boom dans ce secteur d'activité.

— Des opportunités de placement ? ironisa Ostermann avec un petit rire désabusé.

— Ça, c'est vous qui le dites », répondit Winston, riant presque. C'était bon de plaisanter de choses pareilles, non ?

« George ?

— Ouais ?

— Ce n'étaient pas des Autrichiens, contrairement à ce qu'ont pu dire la télé et les journaux...

eux-mêmes m'ont dit de ne pas le révéler, mais vous devez déjà être au courant. C'étaient des Américains et des Britanniques.

— Je sais, Erwin, je sais qui ils sont, mais je n'ai pas le droit d'en dire plus.

— Je leur dois la vie. Comment pourrai-je m'acquitter d'une telle dette ?

— On les paie pour ça, mon ami. C'est leur boulot.

— *Vielleicht*, peut-être, mais c'est ma vie à moi qu'ils ont sauvée, et celle de mes employés. J'ai une dette personnelle à leur endroit. Est-ce que je pourrais faire quelque chose pour eux ?

— Je n'en sais rien, répondit George Winston.

— Vous pouvez essayer de savoir ? Si vous êtes, disons, au courant de leur existence, pouvez-vous vous en charger pour moi ? Ils doivent bien avoir des enfants ? Je pourrais financer leur éducation, créer peut-être une fondation, je ne sais pas, moi...

— Je doute que ce soit faisable, Erwin, mais je peux m'informer », répondit le ministre, en inscrivant une note sur son agenda. Cela risquait d'être un vrai casse-tête pour les gens de la sécurité, mais il devait bien y avoir un moyen, sans doute par le truchement d'un cabinet juridique de la capitale. Winston appréciait ce geste d'Erwin. L'esprit chevaleresque n'était pas encore mort. « En tout cas, vous êtes sûr d'être remis, vieux ?

— Grâce à eux, oui, George, tout va bien.

— Parfait. Merci. Ça m'a fait plaisir de vous entendre. On se voit à mon prochain voyage en Europe ?

— Avec grand plaisir, George. Passez une bonne journée.

— Vous aussi. Au revoir. » Winston bascula sur une autre ligne. Autant en avoir tout de suite le cœur net. « Mary, pourriez-vous me passer Ed Foley, à la CIA ? »

10

Mineurs

Popov n'avait pas fait ça depuis une éternité, mais il n'avait pas oublié. On avait plus écrit sur son employeur que sur bien des politiciens — et ce n'était que justice selon lui, car ce qu'il accomplissait était autrement plus intéressant et fondamental pour le monde et pour son pays. Mais il s'agissait surtout d'articles parus dans la presse économique, ce qui ne le renseignait guère — cela lui donnait juste une indication de la fortune et de l'influence de l'individu. On en savait peu sur sa vie privée, sinon qu'il était divorcé. C'était presque dommage : son ex-épouse était à la fois séduisante et intelligente, à en juger par les photos et les entrefilets la concernant. Peut-être que deux êtres aussi brillants avaient du mal à rester ensemble. Si oui, ce n'était pas de veine pour la femme. Mais rares étaient peut-être les Américains prêts à supporter d'avoir pour épouse une intellectuelle. C'était par trop intimidant pour les plus faibles — et seul un homme faible pouvait se laisser troubler par ça, estima le Russe.

En revanche, il ne trouva rien qui puisse relier

l'homme au terrorisme ou aux terroristes. Il n'avait jamais été victime de tentatives d'attentat, pas même d'une banale agression, à en croire le *New York Times*. Ce genre de fait divers ne s'ébruite pas toujours, bien sûr. Peut-être l'incident n'avait-il jamais été porté à la connaissance du public. Mais s'il avait eu un impact propre à changer le cours de son existence, il n'aurait pas pu passer inaperçu.

Sans doute. Presque à coup sûr. Sauf qu'un espion professionnel se satisfait rarement d'un *presque*. Ce type était un homme d'exception : à la fois un scientifique génial dans sa branche, et un patron génial dans ses affaires. Puisque telles étaient, semblait-il, ses deux grandes passions. Il y avait beaucoup de photos de lui en compagnie de femmes, rarement deux fois la même, à l'occasion de soirées officielles ou de bienfaisance. Toutes assurément très jolies, nota Popov, mais elles étaient un peu comme des trophées qu'on exhibe au mur pour remplir un emplacement vide, en attendant d'accrocher la suivante à son tableau de chasse. Alors, pour quel genre d'homme travaillait-il en fait ?

Popov dut bien admettre qu'il n'en savait rien, ce qui était plus que déroutant. Il était désormais comme un pion entre les mains d'un homme dont il n'arrivait pas à cerner les motivations. Les ignorant, il ne pouvait évaluer les risques opérationnels qu'il encourait en travaillant pour lui. Que d'autres réussissent à voir clair dans son jeu, que son employeur soit découvert et interpellé, et lui, Popov, risquait à son tour une inculpation pour de lourdes charges. Mais ça, se dit l'ancien agent du KGB en rendant le dernier magazine au bibliothécaire, on pouvait y remédier aisément. Il avait toujours une valise prête et deux jeux de faux papiers prêts à servir. Alors, au premier signe inquiétant, il n'aurait qu'à filer vers un aéroport international et s'envoler pour l'Europe au plus vite, afin d'y disparaître après avoir récupéré l'argent mis à la banque. Il en avait déjà suffisamment pour lui garantir une existence confortable durant plusieurs années, voire plus, s'il parvenait à dénicher un bon conseiller financier. Disparaître de la surface de la terre n'était pas vraiment une difficulté pour qui avait de l'entraînement, songea-t-il en retournant sur la Cinquième Avenue. Il suffisait qu'on vous laisse un quart d'heure, vingt minutes de battement... Bien, mais comment être sûr de pouvoir compter sur un tel délai ?

Bill Tawney put constater que la police fédérale allemande était toujours aussi efficace. En quarante-huit heures, les six terroristes avaient été identifiés et leurs relations en partie repérées. Tous ces renseignements avaient été déjà fournis aux Autrichiens, puis transmis à l'ambassade britannique à Vienne, et de là, répercutés sur Hereford. Les documents comprenaient une photo et les plans de la maison que possédaient Fürchtner et Dortmund. Tawney constata que l'un des deux avait été un peintre relativement talentueux. Le rapport précisait qu'ils vendaient des toiles par l'intermédiaire d'une galerie locale — sous pseudonyme, bien sûr. Peut-être que leur cote allait monter, songea négligemment l'ancien membre du MI6, en tournant la page. Le couple avait un ordinateur, mais les documents trouvés sur le disque dur n'avaient guère d'intérêt. L'un des deux — sans doute Fürchtner, pensaient les enquêteurs germaniques — avait rédigé de longues diatribes politiques. Elles étaient jointes en annexe, mais pas encore traduites. Le Dr Bellow voudrait probablement y jeter un œil. À part ça, la perquisition n'avait pas donné grand-chose. Des livres, politiques pour l'essentiel, en grande partie imprimés et achetés dans l'ex-RDA. Un chouette ensemble télé-hifi, avec des tas de vinyles et de CD de musique classique. Une voiture de cadre moyen, plutôt bien entretenue, assurée par une petite compagnie locale, sous leurs noms d'emprunt : Siegfried et Hanna Kolb. Vivant pour l'essentiel repliés sur eux-mêmes, ils n'avaient pas vraiment d'amis intimes dans le voisinage, et tous les aspects publics de leur existence avaient toujours été *in Ordnung*, ne suscitant pas le moindre commentaire. Et pourtant, songea Tawney, ils étaient restés là faussement tranquilles, tendus comme des ressorts bandés... attendant quoi ?

Quel avait été le signal déclencheur ? La police allemande n'avait pas d'explication. Un voisin avait signalé qu'une voiture s'était rendue chez eux quelques semaines auparavant — mais qui était ce visiteur et quel était le but de sa visite, nul ne le savait. Personne n'avait relevé le numéro du véhicule ou noté sa marque, même si le compte rendu de la déposition précisait que c'était une voiture allemande, sans doute blanche ou en tout cas de teinte claire. Tawney ne pouvait juger de l'importance de ce renseignement... Il aurait pu s'agir d'un acheteur de tableau, d'un courtier d'assurances... ou bien de la personne chargée de les activer et leur faire retrouver leur existence passée de terroristes d'extrême gauche.

Pour un officier de renseignements de carrière

comme lui, ce n'était pas le moindre des paradoxes que de devoir déduire qu'il était dans l'incapacité à conclure au vu des éléments en sa possession. Il dit à sa secrétaire de passer les écrits de Fürchtner à un traducteur, pour qu'il puisse les analyser ultérieurement avec le Dr Bellow, mais il ne voyait guère quoi faire de plus. Quelque chose avait tiré les deux terroristes allemands de leur sommeil professionnel, mais il ignorait quoi. Il restait toujours possible que la police fédérale découvre fortuitement la réponse, mais Tawney en doutait fort. Fürchtner et Dortmund avaient réussi à vivre incognito dans un pays où la police s'y entendait pour retrouver les personnes recherchées. Quelqu'un les avait contactés et persuadés de monter une opération. Qui que soit cet homme, ce devait être une connaissance en qui ils avaient toute confiance, et qui avait su par quelle filière les contacter. Ce qui voulait dire qu'une forme quelconque de réseau terroriste était encore en activité. Les Allemands étaient déjà parvenus à cette conclusion : une annotation sur le rapport préliminaire recommandait qu'on poursuive l'enquête en payant des informateurs... Ça pouvait marcher, mais rien n'était moins sûr. Tawney avait consacré plusieurs années de son existence à infiltrer des groupes terroristes irlandais, et il avait rencontré quelques succès mineurs, grossis à l'époque à cause même de leur rareté. Mais la sélection darwinienne avait depuis longtemps fait son œuvre dans le monde terroriste. Les idiots étaient morts, les plus malins avaient survécu, et après presque trente ans de traque par des services de police de plus en plus rodés, les survivants étaient parmi les plus rusés qui soient... et les meilleurs du lot avaient été formés à

Moscou par des agents du KGB… était-ce une direction de recherche pour l'enquête ? Tawney se posa la question. Les nouveaux Russes avaient déjà plus ou moins coopéré… mais pas vraiment dans le domaine du terrorisme, peut-être parce qu'ils avaient du mal à justifier leur implication antérieure avec de tels individus… ou peut-être parce que les archives avaient été détruites. Les Russes le prétendaient souvent et Tawney n'y avait jamais vraiment cru. Ces gens-là ne détruisaient rien. Les Soviétiques avaient développé la bureaucratie la plus puissante de la planète, et des bureaucrates étaient purement et simplement incapables de détruire des archives. De toute façon, requérir la coopération des Russes dans un tel cadre dépassait de loin son niveau de responsabilité. Même s'il pouvait rédiger une requête, il était bien possible qu'elle mijote encore un ou deux échelons au-dessus de lui dans la chaîne de commandement avant de se voir annulée par quelque haut fonctionnaire du Foreign Office. Il décida de tenter le coup malgré tout. Ça lui donnait quelque chose à faire, et ça aurait au moins la vertu de rappeler aux occupants de Century House, à deux pas du palais de Westminster de l'autre côté de la Tamise, qu'il était toujours vivant et en activité.

Tawney remit l'ensemble des papiers, y compris ses notes, dans l'épaisse chemise avant de rédiger sa requête vouée à l'échec. Tout ce qu'il pouvait conclure pour l'instant, c'est qu'il existait encore un réseau terroriste, et qu'un individu connu de ses membres semblait toujours détenir les clés de ce méprisable petit royaume. Enfin, peut-être que les Allemands en sauraient plus, et peut-être que les résultats de leurs investigations finiraient par atterrir sur son bureau. Si c'était le cas, Tawney se demanda si John Clark et Alistair Stanley seraient à même d'organiser une opération contre ces terroristes. Non, il était plus probable que ce serait une tâche dévolue aux forces de police du pays ou de la ville concernée, sans aller chercher plus loin. On n'avait pas toujours besoin d'une mobilisation générale pour réussir un beau coup. Après tout, les Français en avaient apporté la preuve avec l'arrestation de Carlos.

Ilitch Ramirez Sanchez n'était pas un homme heureux, mais sa cellule à la prison de la Santé n'était pas faite pour ça. Celui qui avait été l'un des terroristes internationaux les plus redoutés était un homme qui n'avait pas hésité à tuer, de sang-froid, de ses propres mains. Il avait eu à ses trousses tous les services de police et de renseignements de la planète et les avait ridiculisés depuis l'abri de ses multiples planques de l'autre côté du rideau de fer. Il y avait lu les spéculations de la presse sur sa véritable identité et ses véritables commanditaires, en même temps que les documents du KGB sur les mesures entreprises par les services étrangers pour le capturer... jusqu'à ce que le rideau de fer tombe et, avec lui, le soutien d'État à ses activités révolutionnaires. Il avait alors trouvé refuge au Soudan, où il avait décidé de prendre en main sa destinée pour de bon. Un minimum de remodelage esthétique semblant à l'ordre du jour, il avait contacté un chirurgien de confiance et il était passé sur le billard...

... pour sortir de l'anesthésie à bord d'un avion d'affaires, ligoté sur une civière, et accueilli par ces mots prononcés en français : *Bonjour, monsieur le Chacal*, avec le sourire radieux du chasseur qui vient de prendre au collet le plus dangereux des tigres. Jugé en fin de compte pour le meurtre d'un informateur et de deux agents du contre-espionnage français en 1975, il s'était défendu selon lui avec panache, même si cela n'avait eu d'importance en définitive que pour son moi hypertrophié. Au cours du procès, il s'était proclamé « révolutionnaire professionnel » devant un pays qui avait connu sa propre révolution deux siècles plus tôt et n'éprouvait pas le besoin d'en vivre une autre.

Mais le plus intolérable était de se voir juger comme un simple criminel, comme si l'on déniait à ses actes toute portée politique. Il s'était efforcé de n'y plus penser, mais le procureur avait retourné le couteau dans la plaie durant son réquisitoire énoncé d'une voix pleine de morgue — le pire ayant peut-être été le ton détaché avec lequel il avait récapitulé les faits, comme s'il réservait son mépris pour plus tard. Sanchez estimait s'être montré digne de bout en bout, mais intérieurement, il avait ressenti la douleur de la bête prise au piège, et il avait dû mobiliser tout son courage pour garder un air neutre tout au long du procès. Dont l'issue n'avait du reste guère été une surprise.

La prison était déjà vieille d'un siècle au jour de sa naissance et son tracé évoquait les cachots médiévaux. Sa cellule exiguë n'avait qu'une seule fenêtre, placée trop haut pour qu'il puisse voir dehors. Les gardiens en revanche pouvaient l'espionner vingt-quatre heures sur vingt-quatre grâce à une caméra, comme une bête curieuse au fond d'une cage très spéciale. Il était plus seul que jamais, sans le moindre contact avec les autres détenus, n'ayant droit de sortir qu'une fois par jour pour une heure d'« exercice » dans une cour sordide. Il n'avait rien d'autre à espérer jusqu'à la fin de ses jours, et cela entamait son courage. Mais le plus dur était l'ennui. Il avait de la lecture, mais pas d'autre perspective que les quelques mètres carrés de sa cage. Pis que tout, le monde entier savait que le Chacal était à jamais derrière des barreaux, et qu'on pouvait désormais l'oublier.

L'oublier ? Naguère encore, son seul nom avait fait trembler le monde entier. Et c'était bien cela le plus douloureux.

Il se promit d'en parler à son avocat. Il avait encore le droit de s'entretenir avec lui en privé et l'homme avait gardé un certain nombre de contacts.

« C'est parti ! » annonça Malloy. Les deux turbo-propulseurs vrombirent et bientôt le rotor quadripale se mit à tourner.

« Sale journée, observa le lieutenant Harrison dans l'interphone.

— T'es là depuis longtemps ? demanda Malloy.

— Juste quelques semaines, colonel.

— Eh bien, fiston, tu sais maintenant pourquoi les Rosbifs ont gagné la bataille d'Angleterre. Il n'y a qu'eux pour savoir voler dans cette merde. » Le Marine regarda autour de lui. Tout était bouché aujourd'hui. Le plafond était de moins de mille pieds, la pluie tombait à verse. Malloy consulta de nouveau les instruments. Tous les systèmes de vol étaient au vert.

« Bien compris, colonel. Combien d'heures de vol avez-vous sur le Night Hawk ?

— Oh, dans les sept cents. J'aurais tendance à préférer les capacités du Pave Low, mais celui-ci est agréable à manier. D'ailleurs, il est temps de voir ça, fiston. » Malloy tira sur le pas collectif et le Night Hawk décolla, quelque peu secoué par les rafales de vent à trente nœuds. « Tout le monde suit, derrière ?

— J'ai prévu mon sac pour dégueuler, répondit Clark, au grand amusement de Ding. Vous connaissez un certain Paul Johns ?

— Colonel de l'Air Force, à la base d'Eglin ? Il a pris sa retraite il y a quatre ou cinq ans.

— C'est bien lui. Qu'est-ce qu'il vaut ? demanda Clark, histoire surtout de tester Malloy.

— Y avait pas meilleur pilote d'hélico, surtout sur Pave Low. Comme s'il n'avait qu'à lui parler pour qu'il obéisse au doigt et à l'œil. Vous le connaissez, Harrison ?

— Seulement de réputation, colonel, répondit le copilote, assis dans le siège de gauche.

— Un petit bonhomme, également bon golfeur. Il travaille à présent comme consultant et collabore de manière officieuse avec Sikorsky. On le voit régulièrement à Bragg. Bon, ma belle, on va voir à présent ce que t'as dans le ventre. » Malloy bascula l'appareil dans un virage serré à gauche. « Hmmph... rien n'est plus maniable qu'un MH-60... Merde, j'adore ces zincs. Bon, Clark, c'est quoi la mission ?

— Le bâtiment du stand de tir, simulation d'un déploiement au filin.

— Arrivée discrète ou assaut ?

— Assaut, précisa John.

— Fastoche. Un point d'accroche particulier ?

— L'angle sud-est, si c'est possible.

— OK, c'est parti ! » Malloy poussa la

commande de pas cyclique vers la gauche et l'avant ; l'appareil dégringola comme un ascenseur rapide, plongeant vers le bâtiment tel un faucon fondant sur sa proie — et tel un faucon, effectuant un brusque rétablissement à la dernière seconde, passant en vol stationnaire si sèchement que le copilote se tourna dans son siège, éberlué. « Qu'est-ce que vous en dites, Clark ?

— Pas si mal », commenta Rainbow Six.

Malloy remit ensuite les gaz pour repartir au plus vite — presque, mais pas tout à fait, comme s'il ne s'était même pas arrêté au-dessus du bâtiment. « Je peux encore peaufiner ça, une fois que je me serai habitué à vos gars, à leur vitesse de réaction et tout ça, mais une descente au treuil est en général préférable, je ne vous l'apprends pas.

— Tant que tu te goures pas dans ton estimation de la profondeur en nous envoyant emplafonner le mur », observa Chavez. Cette remarque lui valut un coup d'œil peiné.

« Mon garçon, c'est ce qu'on essaie à tout prix d'éviter. Et personne mieux que moi ne sait réaliser la manœuvre du rocking-chair.

— Elle est délicate à maîtriser, observa Clark.

— Absolument, confirma Malloy, mais moi aussi, je connais la musique. »

Visiblement, le bonhomme ne manquait pas d'assurance. Même le lieutenant assis dans le siège de gauche finissait par trouver qu'il en faisait un peu trop, mais il l'admit néanmoins, surtout en voyant comment Malloy jouait du pas collectif pour contrôler à la fois puissance et sustentation. Vingt minutes plus tard, ils étaient revenus au sol.

« Et voilà en gros comment on procède, les gars,

conclut Malloy quand le rotor eut cessé de tourner. À présent, quand est-ce qu'on commence l'entraînement pour de bon ?

— Demain, c'est pas trop tard ? demanda Clark.

— Pas de problème pour moi, général. Autre question : est-ce qu'on s'entraîne sur le Night Hawk ou est-ce que je dois m'accoutumer à piloter autre chose ?

— On n'a pas encore tranché la question, dit John.

— C'est que ça a une influence, vous voyez. Chaque hélico a un toucher différent, et ça joue sur ma façon d'effectuer la livraison, fit remarquer Malloy. Je suis le plus à l'aise sur une de ces bêtes. Je suis presque aussi bon avec un Huey, mais il est trop bruyant en approche... pas facile avec d'être discret. Quant aux autres, ma foi, faudra que je m'y habitue. Que je m'amuse avec quelques heures pour bien les avoir en main. » Sans parler d'apprendre la disposition de toutes les commandes, s'abstint-il d'ajouter, puisqu'il n'y avait pas deux appareils au monde à adopter la même disposition des cadrans, jauges et manettes, ce qui faisait râler tous les aviateurs depuis l'époque des frères Wright. « Si on se déploie, je risque des vies — la mienne et celle de mes passagers, chaque fois que je prends l'air. Alors, j'aime autant minimiser ce genre de risque. Je suis d'un naturel prudent, vous comprenez.

— J'étudie la question dès aujourd'hui, promit Clark.

— Je compte sur vous », acquiesça Malloy avant de s'éloigner vers les vestiaires.

Popov s'offrit un bon dîner dans un restaurant italien à deux pas de chez lui, avant de revenir à pied, goûtant le froid vif sur la ville tout en savourant un Montecristo. Il avait encore du pain sur la planche. Il avait obtenu les cassettes vidéo des reportages télévisés sur les deux actions terroristes dont il était l'instigateur et il désirait les étudier. Dans les deux cas, les journalistes parlaient allemand — avec l'accent suisse, pas autrichien —, une langue qu'il maniait comme s'il était né en Allemagne. Il s'installa dans une chauffeuse, la télécommande à la main, rembobinant parfois la bande pour revoir un passage intéressant, étudiant le document de près, son esprit entraîné mémorisant le moindre détail. Les passages les plus intéressants, bien entendu, étaient ceux qui montraient les unités d'intervention qui avaient réussi à régler les incidents avec brio. La qualité des images était médiocre. La télé ne permettait pas de haute définition, surtout dans de mauvaises conditions d'éclairage et à deux cents mètres de distance. Avec la première bande, celle de Berne, il n'y avait guère plus de quatre-vingt-dix secondes d'images des membres de l'unité avant son intervention — une séquence qui n'avait pas été diffusée en direct mais seulement par la suite. Ils évoluaient d'une manière très professionnelle : le Russe avait un peu l'impression d'assister à un ballet, si étrangement délicats et stylisés étaient les mouvements de ces hommes vêtus de noir, alors qu'ils progressaient en rampant de chaque côté... et puis, c'était l'intervention, rapide comme l'éclair, ponctuée de mouvements de caméra saccadés au moment des explosions — elles faisaient toujours sursauter les cadreurs. Aucune détonation d'arme à feu. Donc, ils étaient équipés de silencieux. Il s'agissait d'empêcher les victimes de déceler d'où venaient les tirs — de toute manière, en l'occurrence, les terroristes étaient morts avant que cette information ait pu leur être d'une quelconque utilité. Mais c'était la procédure. Tout cela répondait à des règles aussi strictes qu'un sport professionnel, à la différence que toute faute était sanctionnée par la mort. La mission achevée en quelques secondes, les forces d'assaut étaient ressorties, laissant la police bernoise nettoyer les dégâts. Il nota que les hommes en noir s'étaient comportés avec réserve, en soldats disciplinés. Pas de congratulations déplacées, pas de grandes tapes dans le dos. Non, ils étaient trop bien entraînés pour ça. Même pas une cigarette... ah, si, l'un d'eux lui sembla allumer une pipe. Suivaient les habituels commentaires frivoles des journalistes locaux, évoquant cette unité d'élite de la police, son prodigieux travail pour sauver la vie des otages, *und so weiter*... Popov se leva pour passer l'autre cassette.

Il y avait encore moins d'images télévisées de la mission en Autriche, par suite des conditions de tournage plus difficiles aux abords de la maison du type. Une chouette baraque, du reste. Genre résidence d'été des Romanov. Cette fois, la police avait impitoyablement filtré les images retransmises par la télé. C'était parfaitement logique, mais ça n'aidait pas beaucoup Popov. Le reportage enregistré présentait la façade du château avec une régularité désespérante, ponctuée par la voix monotone du journaliste répétant à l'infini le même commentaire pour expliquer aux téléspectateurs qu'il ne pouvait pas dire grand-chose à cause de la présence de la police sur les lieux. La bande montrait en revanche les mouvements de véhicules, ainsi que l'arrivée de ce qui devait être l'unité d'assaut autrichienne. Détail intéressant, les hommes semblaient être arrivés en tenue civile, pour les troquer peu après contre des tenues de combat... apparemment vertes, ce coup-ci... non, rectifia-t-il, il s'agissait de camouflages verts passés sur la combinaison noire habituelle. Est-ce que ça indiquait quelque chose ? Chez les Autrichiens, il y avait deux tireurs d'élite armés de fusils à lunette, qui disparaissaient rapidement dans des voitures, sans doute pour aller se poster derrière le château. On voyait le chef du groupe d'intervention, un type pas très grand, assez semblable, estima Popov, à celui qui avait dû diriger les opérations à Berne. Il apparaissait, vu d'assez loin, penché sur des papiers — sans doute les plans du bâtiment et du domaine. Et puis, peu avant minuit, tout ce petit monde avait disparu, ne laissant à l'écran que l'image de la résidence illuminée par d'imposantes batteries de projecteurs, sur fond de spéculations toujours plus stupides d'un journaliste singulièrement mal informé... jusqu'à ce que, à minuit une, retentisse le claquement sourd caractéristique d'un fusil, suivi de deux autres détonations sèches, puis du silence, et enfin d'une grande agitation des policiers en tenue visibles dans le champ de la caméra. Une bonne vingtaine s'étaient précipités vers l'entrée principale, armés de pistolets-mitrailleurs. Le reporter avait alors évoqué un brusque regain d'activité, ce que le plus obtus des téléspectateurs aurait pu constater tout seul, avant d'embrayer sur de nouvelles spéculations oiseuses et de conclure par l'annonce que tous les otages étaient en vie et tous les criminels décédés. Nouvel interlude puis réapparition des troupes d'assaut en vert et noir. Pas plus qu'à Berne, aucun signe visible d'autocongratulations. Il crut voir un des membres du groupe tirer sur une pipe alors qu'il regagnait le fourgon qui les avait amenés sur place pour y ranger ses armes, tandis qu'un autre avait un bref dialogue avec un policier en civil, sans doute le capitaine Altmark, responsable sur place de l'opération. Les deux hommes devaient déjà se connaître, tant fut bref leur échange avant que le groupe paramilitaire ne quitte les lieux, exactement comme à Berne. Pas de doute, les deux unités antiterroristes suivaient exactement la même procédure, se répéta Popov.

Les commentaires ultérieurs évoquaient là aussi le talent de cette unité spécialisée de la police. Comme à Berne, mais ce n'était pas plus étonnant, puisque les journalistes débitaient le même genre de sornettes, quelle que soit leur langue ou leur nationalité. Toujours est-il que ces deux groupes avaient dû être formés par quelqu'un, qui sait, par le même service. Peut-être le fameux GSG-9 allemand qui, avec l'aide des Britanniques, avait organisé l'attaque contre l'avion de Mogadiscio, plus de vingt ans auparavant, s'était-il chargé d'entraîner les forces de police d'autres pays de langue allemande. Il ne faisait en tout cas aucun doute pour Popov que la perfection de l'entraînement et le sang-froid des acteurs avaient quelque chose de très germanique. Ils s'étaient comportés comme des machines aussi bien avant qu'après les attaques, arrivant et repartant comme des fantômes, pour ne laisser derrière eux que les cadavres des terroristes. Des types efficaces, ces Allemands, tout comme les policiers qu'ils entraînaient. Popov, qui était de sang et de culture russes, ne portait guère dans son cœur un pays qui avait naguère tué tant de ses compatriotes, mais il savait respecter ces gens et leur travail. Du reste, nul ne regretterait vraiment ceux qu'ils avaient tués. Même quand il avait participé à leur formation, lorsqu'il était officier de renseignements, il ne les avait jamais vraiment eus en estime, pas plus d'ailleurs que ses collègues du KGB. Sans être exactement les idiots savants jadis évoqués par Lénine, c'étaient des fauves bien dressés qu'on pouvait lâcher si nécessaire, mais auxquels on ne pouvait jamais totalement se fier. Et ils ne s'étaient jamais vraiment révélés si efficaces. Leur seul fait d'armes en définitive avait été d'amener les autorités aéroportuaires à installer des détecteurs de métaux et irriter ainsi tous les voyageurs de la planète. Ils en avaient certes fait voir de toutes les couleurs aux Israéliens mais enfin, quel poids avait leur pays sur la scène internationale ? Et pour quelles conséquences, au bout du compte ? Placés au pied du mur, les pays attaqués réagissaient avec promptitude. Résultat, El Al était désormais la compagnie aérienne la plus sûre du monde, tandis que tous les policiers de la planète savaient dorénavant qui surveiller et examiner de près... Et si jamais toutes les autres mesures échouaient, chaque police avait instauré des brigades antiterroristes analogues à celles qui avaient réglé les crises en Suisse et en Autriche. Entraînées par des Allemands pour tuer comme des Allemands. Les autres groupes terroristes soumis à ses ordres auraient à affronter ce genre d'adversaires. Pas de veine, songea Popov, en repassant sur une chaîne câblée pendant le rembobinage de la dernière cassette. Visionner ces bandes ne lui avait pas appris grand-chose, mais il était un agent de renseignements entraîné et donc scrupuleux. Il se servit une vodka Absolut — faute de pouvoir déguster la Starka qu'il avait en Russie — et se mit à récapituler les informations obtenues tout en regardant distraitement un téléfilm.

« Oui, mon général, je sais », dit Clark au téléphone, le lendemain, tout en maudissant le décalage horaire. Il était treize heures cinq.

« Ça aussi, c'est pris sur mon budget », fit remarquer le général Wilson. *Ils commencent par réclamer un homme, puis ils réclament du matériel, et maintenant ils réclament le financement.*

« Je peux toujours essayer de voir ça avec Ed Foley, mais le fond du problème, c'est qu'on a besoin des moyens matériels pour assurer notre entraînement. C'est que vous nous avez envoyé un type formidable », crut bon d'ajouter Clark, en espérant ainsi calmer son interlocuteur.

Sans grand succès. « Ouais, je le sais, qu'il est bon. Merde, c'est même pour ça qu'il bossait pour moi, je vous ferai remarquer. »

Ce gars devient œcuménique en vieillissant, nota John. Voilà qu'il se met à louer un Marine — plutôt inhabituel pour un rampant de l'armée de terre, ancien commandant du 18e parachutistes.

« Mon général... vous savez qu'on a déjà rempli deux missions et, sans vantardise de ma part, mes gars s'en sont bougrement bien tirés. Il faut bien que je défende mes hommes, non ? »

Cette dernière remarque en revanche eut le don d'apaiser Wilson. L'un et l'autre avaient des responsabilités, une tâche à accomplir, des hommes à commander... et à défendre.

« Clark, je comprends votre position. Vraiment. Mais je ne peux pas entraîner mes hommes sur des matériels que vous nous aurez subtilisés.

— Et si on coupait la poire en deux ? proposa John, en guise de branche d'olivier.

— En attendant, vous m'usez un excellent Night Hawk !

— En compensation, on vous forme un équipage. Au bout du compte, vous avez une chance d'hériter d'un super-équipage d'hélicoptère pour former à leur tour vos gars à Bragg... quant au coût de formation pour votre service, il est quasiment nul, mon général... » Ça, estima John, c'était plutôt finement joué.

Dans son bureau de la base de MacDill, Wilson se dit qu'il jouait perdant. Rainbow était un service intouchable, tout le monde le savait. Ce Clark avait réussi à en fourguer l'idée d'abord à la CIA, puis au président en personne — et il ne faisait pas de doute qu'ils avaient effectué deux déploiements, chaque fois réussis, même si le second avait été tangent. Mais Clark, malgré son indéniable valeur et ses apparentes qualités de chef, n'avait pas encore appris à diriger une unité dans le monde militaire moderne où l'on consacrait la moitié du temps à gérer l'argent comme un vulgaire comptable au lieu de mener ses troupes et s'entraîner avec elles. C'était surtout pour ça que Sam Wilson en avait gros sur la patate : bien jeune pour un général d'armée, il était avant tout un soldat de métier qui voulait se comporter en soldat, même si c'était quasiment exclu par l'état-major, malgré son désir et son aptitude physique. Encore plus ennuyeux, cette unité Rainbow menaçait de lui bouffer une bonne partie de son activité. Le commandement des opérations spéciales avait des engagements à travers toute la planète, mais la nature internationale de Rainbow impliquait qu'il avait désormais en lice un concurrent dont la nature politiquement neutre était censée le rendre plus facile à digérer pour les pays susceptibles d'exiger des services spéciaux. Clark risquait fort de le mettre pour de bon au chômage, une perspective que Wilson n'appréciait pas du tout.

Mais à vrai dire, il n'avait pas vraiment le choix...

« D'accord, Clark, vous pourrez utiliser l'appareil, à condition toutefois que l'unité titulaire soit en mesure de s'en séparer, et que cet emploi ne nuise pas à l'entraînement et à la capacité d'intervention de ladite unité. C'est clair ?

— Affirmatif, mon général. Tout à fait clair, répondit l'intéressé.

— Il faudra quand même que je fasse un saut voir votre petit cirque, enchaîna Wilson.

— Ce serait avec plaisir, mon général.

— C'est ce qu'on verra, grommela Wilson en coupant la communication.

— Pas commode, le fils de pute, murmura John.

— C'est bien vrai, renchérit Stanley. Mais faut dire qu'on marche sur ses plates-bandes, après tout.

— C'est autant les siennes que les nôtres, Al.

— Certes, mais il ne faut pas lui demander de nous en remercier.

— Et il est plus jeune et plus coriace que moi, c'est ça ?

— De quelques années, et c'est vrai, j'aimerais mieux ne pas avoir à croiser le fer avec lui, sourit

Stanley. Enfin, il semblerait que la guerre soit terminée, John, et que t'aies remporté la victoire. »

Clark réussit à sourire à son tour. « Ouais, rit-il, mais c'est malgré tout plus facile d'aller descendre des types sur le champ de bataille.

— C'est bien vrai.

— Au fait, où en est le groupe de Peter ?

— Il s'entraîne au filin.

— Allons voir ce que ça donne », dit John, ravi d'avoir une excuse pour quitter son bureau.

« Je veux partir d'ici, lança-t-il à son avocat.

— Je vous comprends tout à fait, mon ami », répondit celui-ci, en avisant la cellule. Contrairement à la loi américaine, la législation française autorisait les conversations privées entre avocats et clients. Elles ne pouvaient en aucun cas être exploitées par l'État, même si aucun des deux hommes ne se faisait d'illusion sur la volonté des autorités françaises de suivre à la lettre les textes, d'autant que la DGSE, la Direction générale de la surveillance du territoire, avait eu un rôle essentiel dans l'arrestation de Carlos. La DGSE n'était pas spécialement réputée pour son légalisme excessif, comme plusieurs organisations terroristes, mais aussi Greenpeace, l'avaient appris à leurs dépens.

Enfin, ils n'étaient pas seuls au parloir, aucun micro-canon n'était apparemment visible, et les deux hommes avaient pris soin d'éviter l'emplacement proposé par les gardiens pour choisir une place plus près des fenêtres, sous prétexte de profiter de la lumière du jour. Évidemment, chaque cabine pouvait avoir été placée sur écoute.

« Je dois vous dire que les motifs de votre condamnation ne laissent guère espérer de recours », indiqua l'avocat. Ce qui n'était pas vraiment une nouvelle pour son client.

« J'en suis bien conscient. J'aurais besoin de passer un coup de téléphone.

— À qui ? »

Le Chacal donna un nom et un numéro. « Dites-lui simplement que j'aimerais être libre.

— Je ne peux pas être complice d'une entreprise criminelle.

— J'en suis également conscient, observa Sanchez, glacial. Vous n'aurez qu'à ajouter qu'il y trouvera largement son compte. »

On soupçonnait, même si ce n'était pas de notoriété publique, qu'Ilitch Ramirez Sanchez avait mis de côté un confortable butin durant son activité terroriste. L'essentiel provenait de son attentat contre les ministres de l'OPEP, en Autriche, près de vingt ans auparavant. C'est ce qui expliquait pourquoi son groupe et lui avaient pris soin de ne tuer aucun personnage important, malgré l'impact politique qu'ils auraient pu en tirer. L'intérêt pour lui à l'époque était alors de gagner l'attention et la sympathie de certains. Les affaires restaient les affaires, même pour ce genre d'individus. En tout cas, il y avait bien eu quelqu'un pour lui régler ses honoraires, songea l'avocat.

« Quel autre message voulez-vous que je lui fasse parvenir ?

— Ce sera tout. S'il a une réponse immédiate, vous me la transmettrez. » Toujours cette même intensité dans le regard du Chacal sur son interlocuteur, une sorte de froideur distante — mais impérieuse.

De son côté, l'avocat se demanda de nouveau pourquoi il avait accepté de défendre un tel client. Il avait certes une réputation bien établie de champion des causes extrêmes, une notoriété qui lui avait attiré une vaste et lucrative clientèle dans le milieu criminel. Bien entendu, ce n'était pas sans risque. Il venait de perdre les trois importantes affaires de drogue qu'il avait plaidées, et ses clients avaient peu apprécié la perspective d'avoir à passer vingt ans ou plus derrière les barreaux et ils lui avaient récemment signifié leur mécontentement. Pouvaient-ils commanditer son assassinat ? Ça s'était déjà vu, en Amérique ou ailleurs. C'était moins probable ici, estima l'avocat, même s'il n'avait rien promis à ces clients, hormis de faire de son mieux. Idem avec le Chacal. Après sa condamnation, l'avocat avait décortiqué l'affaire pour examiner les possibilités d'un pourvoi en cassation, pourvoi qui avait été finalement rejeté. Et voilà que son client avait changé d'avis et décidé en maugréant qu'il goûtait peu la vie carcérale. L'avocat savait qu'il n'avait guère d'autre choix que de faire passer le message, mais cela ne ferait-il pas de lui un complice ?

Non, estima-t-il. Confier à une relation de son client que ce dernier aimerait mieux être dehors... franchement, qui ne souhaiterait être libre ? Et le message était équivoque, on pouvait l'entendre de diverses façons : appel à une révision du procès, suggestion de nouveaux éléments permettant de disculper le condamné. Du reste, et jusqu'à plus ample informé, la demande de Sanchez demeurait confidentielle.

« Je transmettrai votre message, promit-il à son client.

— Merci. »

C'était un spectacle magnifique, même dans le noir. Le MH-60K Night Hawk approchait à environ quarante-cinq kilomètres-heure, à près de deux cents pieds du sol — une soixantaine de mètres d'altitude. Il approcha du bâtiment abritant le stand de tir par le sud, face au vent, progressant en douceur, pas du tout comme lors d'une manœuvre de déploiement tactique. Mais sous la coque du Sikorsky pendait une corde de nylon noir et au bout de ces quarante-cinq mètres de filin, à peine visibles dans les meilleures lunettes infrarouges, se balançaient Peter Covington, Mike Chin et un autre membre du groupe Un, tous en combinaison noire de Ninjas. L'appareil progressait avec une telle régularité qu'on l'aurait cru posé sur des rails, jusqu'au moment où son nez dépassa la verticale du mur du bâtiment. Aussitôt, le nez se releva, et l'hélico remonta tout en ralentissant d'un coup. Sous l'appareil, les hommes suspendus au filin furent projetés vers l'avant, comme des gamins dans une balançoire ; puis, parvenus à l'extrémité de leur arc, ils repartirent vers l'arrière. Ce mouvement, qui compensait presque exactement la vélocité résiduelle de l'hélicoptère, les immobilisa dans les airs et ils se retrouvèrent sur le toit, presque comme s'ils étaient descendus d'un support immobile. Aussitôt, Covington et ses hommes dégrafèrent leur mousqueton pour se larguer. À peine l'avaient-ils touché que l'hélico piquait du nez pour reprendre sa progression : un éventuel témoin au sol aurait pu jurer que l'appareil n'avait fait que survoler lentement le toit. Et de nuit, l'opération était quasiment invisible, même avec des lunettes amplificatrices.

« Vraiment impec, fit Al Stanley dans un souffle. Merde, pas le moindre bruit...

— Il est aussi bon qu'il le prétend », observa Clark.

Comme s'il avait entendu ces remarques, Malloy revint les survoler, passant une main, le pouce levé, par la fenêtre, à l'adresse des hommes au sol, avant de reprendre son circuit autour de la zone pour la fin de la simulation. En conditions réelles, cette manœuvre était réservée à une évacuation d'urgence — et plus encore, à habituer les témoins au sol à la présence d'un hélicoptère au-dessus d'eux, à rendre sa présence aussi familière que celle des arbres dans le paysage, jusqu'à ce qu'il se fonde dans l'arrière-plan habituel de la nuit et devienne aussi anodin que le chant des rossignols, malgré le danger inhérent à sa présence. Les béotiens pouvaient s'en étonner, et même les spécialistes, pourtant ce n'était que l'application d'un trait de la nature humaine à l'univers des opérations spéciales. Faites venir se garer un char d'assaut dans un parking, au bout de deux jours c'est une bagnole comme les autres. Le trio de tireurs de Covington se promena sur le toit durant quelques minutes avant de disparaître par des échelles à l'intérieur du bâtiment pour en émerger quelques secondes plus tard par l'entrée principale.

« OK, Ours, de Six, exercice terminé. Retour au bercail, colonel, à vous.

— Bien compris, Six, Ours en RAB. Terminé. »

376

Le Night Hawk cessa de cercler pour redescendre vers son aire d'atterrissage.

« Qu'est-ce que vous en pensez ? demanda Stanley au commandant Covington.

— Tout bon. Simple comme de descendre du train sur le quai. Ce Malloy connaît son affaire. Sergent ?

— Engagez-le, colonel, confirma le premier maître Chin. C'est un type avec qui on peut bosser. »

« Cette machine est réglée au petit poil », annonça Malloy vingt minutes plus tard, au mess. Il avait gardé sa combinaison de vol en Nomex vert, un foulard jaune autour du cou, en bon aviateur, même si Clark trouvait ça un peu bizarre.

« C'est quoi, c'te cravate ?

— Oh, ça ? C'est le foulard des A-10. Cadeau d'un des gars que j'ai récupérés au Koweït. Disons qu'on a eu du bol, et puis comme zinc, j'ai toujours bien aimé le Phacochère[1]. Alors, je le porte toujours en mission.

— Pas trop dure, la manœuvre de transition ? demanda Covington.

— Faut avoir un minutage impec, et faut savoir flairer le vent. Vous savez ce qui m'aide à la préparer ?

— Non, dis toujours.

— Jouer du piano. » Malloy sirota sa pinte de

---

1. *Warthog*, en anglais : Surnom donné par les pilotes américains à cet appareil réputé increvable mais affligé d'un look particulièrement ingrat *(N.d.T.)*.

bière et sourit. « Me demandez pas pourquoi, mais je vole toujours mieux après avoir fait quelques gammes... question peut-être de se délier les doigts. En tout cas, cet hélico qu'ils nous ont prêté est réglé impec. Les câbles de contrôle ont la tension idéale, idem pour les commandes de gaz. Ces mécanos de la RAF... merde, faudra que je les rencontre pour leur payer une tournée. Ils savent vraiment préparer un zinc. Une sacrée bonne équipe.

— Ça, aucun doute », renchérit le sous-lieutenant Harrison. Appartenant à la 1re escadre aérienne d'opérations spéciales, il était donc techniquement responsable de la machine, même s'il était ravi désormais d'avoir un prof de la trempe de Malloy.

« Dans le pilotage d'un hélico, la moitié du boulot tient au bon réglage de la machine, poursuivit Malloy. Celle-ci, suffit de lui parler doucement à l'oreille pour qu'elle obéisse au doigt et à l'œil.

— Comme un bon fusil, observa Chin.

— Affirmatif, chef. » Malloy le salua en levant sa chope. « Alors, les gars, qu'est-ce que vous avez à me raconter sur vos deux premières missions ?

— Chrétiens dix, Lions un, répondit Stanley.

— Vous avez perdu qui ?

— Ça s'est passé lors de l'intervention à Berne. Un otage tué avant qu'on entre en scène.

— Manque de sang-froid, en face ?

— Il y a de ça, reconnut Clark. Mais fallait pas être malin pour oser ainsi sauter le pas. Je les avais pris en gros pour de banals braqueurs de banque, toutefois l'enquête a révélé des liens avec le milieu terroriste. Bien sûr, il se peut toujours qu'ils aient juste eu besoin de liquide. Le Dr Bellow n'a pas vraiment pu définir leur motivation réelle.

— Quelle que soit la façon de regarder la chose, ça reste des malfrats, des assassins, tout ce que vous voudrez, rétorqua Malloy. J'ai participé à la formation des pilotes d'hélico du FBI ; j'ai passé plusieurs semaines à Quantico avec le HRT, leur unité de récupération d'otages. Ils m'ont plus ou moins affranchi sur l'aspect psychologique de la question. Ça peut se révéler intéressant. Ce Dr Bellow, c'est Paul Bellow, l'auteur des trois livres ?

— Lui-même.

— C'est un bon.

— C'est le principe, colonel Malloy, observa Stanley, en faisant signe qu'on les resserve.

— Ouais, n'empêche que l'essentiel avec ces types, c'est qu'on a besoin d'un seul truc, reprit Malloy, retrouvant là son identité de colonel du corps des Marines des États-Unis.

— Savoir comment les dérouiller », répondit pour lui le premier maître Chin.

Le salon-bar Turtle Inn était quelque chose comme une institution sur Columbus Avenue, entre les 68e et 69e Rues, une adresse bien connue et fort fréquentée aussi bien par les gens du coin que par les touristes. La musique était forte, mais pas trop, et la salle éclairée, mais pas trop non plus. L'alcool y était un peu plus cher qu'ailleurs, mais le supplément c'était pour l'atmosphère, et ça, vous aurait dit le patron, ça n'avait pas de prix.

« Alors comme ça, vous habitez le quartier ? dit l'homme en sirotant son rhum Coca.

— Je viens juste d'emménager, répondit-elle en buvant à son tour. Je cherche du boulot.

— Vous faites quoi ?

— Secrétaire juridique. »

Il rit. « C'est pas les postes qui manquent, par ici. On a plus d'avocats que de chauffeurs de taxi. Vous venez d'où, déjà ?

— Des Moines, dans l'Iowa. Vous connaissez ?

— Non, je suis un gars du coin », mentit l'homme. Il était né à Los Angeles, trente ans plus tôt. « Je suis comptable chez Peat Marwick. » Autre mensonge.

Mais un bar pour célibataires était un repaire de menteurs, chacun savait ça. La femme avait dans les vingt-trois ans, elle sortait de son école de secrétariat, cheveux bruns, yeux noisette, et sept-huit kilos en trop, même si elle était plutôt séduisante, si on les aimait petites. Les trois verres qu'elle avait déjà descendus pour prouver qu'elle était une aspirante affranchie de la Grosse Pomme l'avaient rendue joviale.

« Déjà venue ici ?

— Non, c'est la première fois. Et vous ?

— Ça fait deux-trois mois. Un coin sympa pour se faire des relations. » Encore un mensonge, mais l'endroit s'y prêtait.

« La sono est un peu forte.

— Vous savez, c'est encore pire ailleurs. Vous habitez près d'ici ?

— Trois rues plus haut. Un petit studio en sous-location. Mes affaires arrivent la semaine prochaine.

— Donc, vous êtes pas complètement installée.

— C'est exact.

— Eh bien, bienvenue à New York, mademoiselle... ?

— Anne Pretloe.

— Kirk Maclean. » Ils échangèrent une poignée de main et il retint la sienne un peu plus longtemps que nécessaire, qu'elle puisse sentir le contact de sa peau, condition essentielle pour susciter l'affection superficielle indispensable à ses projets. Au bout de quelques minutes, ils dansaient, ce qui revenait en gros à se cogner aux voisins dans le noir. Il lui faisait son numéro de charme et elle levait la tête en souriant à son mètre quatre-vingts. En d'autres circonstances, ça aurait pu déboucher sur quelque chose, songea Kirk. Mais pas ce soir.

Le bar fermait après deux heures du matin et il la raccompagna. Elle était à présent bien partie après ses sept verres à peine dilués par quelques amuse-gueule. Pour sa part, il avait pris soin de faire durer ses trois rhums, et mangé quantité de cacahuètes. « Bon, fit-il une fois sur le trottoir, je vous raccompagne, d'accord ?

— Ce n'est qu'à trois rues.

— Anne, il est tard, et on est à New York, vu ? Vous avez encore à apprendre où vous pouvez aller et où il ne vaut mieux pas. Suivez-moi », conclut-il en la tirant par la main au coin de la rue. Sa BMW était garée à mi-distance de Broadway. Il lui tint galamment la portière, la referma sur elle, puis contourna la voiture pour s'installer à son tour.

« Ça doit bien marcher pour vous, nota Anne Pretloe en jaugeant la voiture.

— Ouais, pas mal, mine de rien, des tas de gens aiment bien gruger le fisc. » Il démarra et s'engagea dans une rue latérale, en fait dans la mauvaise direction, même si elle était trop pompette pour s'en apercevoir. Il prit à gauche dans Broadway et avisa bientôt le fourgon bleu, garé dans un coin tranquille. Une rue avant, il fit des appels de phares avant de ralentir en pressant les boutons pour descendre les deux vitres avant.

« Eh, fit-il, je connais ce type !

— Hein ? » répondit Pretloe, un rien larguée. De toute façon, il était trop tard pour qu'elle puisse faire grand-chose.

« Oh, Kirk ! dit l'homme en combinaison qui s'était penché par la vitre ouverte, côté passager.

— Salut, vieux », répondit Maclean, le pouce levé.

L'homme en combinaison sortit alors de sa manche une petite bombe aérosol qu'il dirigea vers Anne Pretloe. Puis il pressa l'embout de plastique rouge et lui expédia une bouffée d'éther en pleine figure. Sous le choc et la surprise, elle écarquilla brusquement les yeux, se tourna pour regarder Kirk pendant une interminable seconde avant de s'affaler, inerte.

« Vas-y mollo, mec, elle a sa dose d'alcool.

— Pas de problème. » L'homme tapa sur la tôle latérale du fourgon et un complice apparut. Ce dernier scruta les deux côtés de la rue, guettant une voiture de patrouille, avant de l'aider à ouvrir la portière, de sortir Anne Pretloe et de la transporter, toujours inerte, à l'intérieur du fourgon, en passant par la porte arrière. Elle s'y retrouva en compagnie d'une autre jeune femme récupérée par un autre employé de la compagnie, un peu plus tôt dans la soirée. Sur quoi, Maclean redémarra, laissant les glaces descendues pour que l'air nocturne chasse les miasmes d'éther, tandis qu'il virait à droite pour s'engager sur la voie sur berge ouest, en direction du nord, vers le pont George-Washington. Bien, ça lui en faisait déjà deux d'embarquées, et à l'heure qu'il était, les autres devaient déjà en avoir ramassé au moins six. Encore trois, et ils pourraient mettre un terme à cette partie fort dangereuse de l'opération.

11

Infrastructure

L'avocat passa le coup de fil et, sans grande surprise, découvrit qu'il débouchait sur un déjeuner dans un restaurant en compagnie d'un homme d'une quarantaine d'années qui lui posa quelques questions simples, puis s'éclipsa avant que le chariot des desserts n'arrive à leur table. Cela conclut son éventuel rapport avec ce qui pouvait arriver. Il régla l'addition en liquide et regagna son cabinet, travaillé par un doute : qu'avait-il fait ? Que pouvait-il avoir mis en branle ? Force lui fut de reconnaître qu'il ignorait la réponse à ces deux questions. C'était l'équivalent intellectuel d'une bonne douche au sortir d'une journée de dur labeur, et même si en définitive c'était loin d'être satisfaisant, il était avocat, après tout, et donc habitué aux vicissitudes de l'existence.

Son interlocuteur quitta le restaurant et s'engouffra dans le métro, changeant à trois reprises avant de prendre la ligne qui passait près de chez lui, à l'orée du bois de Boulogne et de ses péripatéticiennes offrant l'éventail de leurs services aux clients motorisés. Si l'on devait trouver une charge à porter contre le capitalisme, c'était bien là, estima-t-il, même si la tradition datait de bien avant ce système économique. Les femmes étaient gaies comme des tueurs en série, plantées là dans leur tenue sommaire destinée à être ôtée le plus vite possible, pour ne pas perdre de temps. Il regagna son appartement où, avec un peu de chance, d'autres personnes l'attendraient. Et il s'avéra que la chance lui sourit. L'un de ses hôtes avait même pensé à faire du café.

« Il ne doit pas aller plus loin qu'ici, dit Carol Brightling, même si elle savait qu'il n'en serait rien.

— Bien sûr, Carol, dit son invité en buvant une gorgée de café. Mais comment diable comptes-tu le convaincre ? »

La carte était étalée sur la table basse : la baie de Prudhoe, à l'est de l'Alaska, était une étendue de toundra couvrant plus de deux mille cinq cents kilomètres carrés, et les géologues avaient déjà rendu publiques leurs conclusions. Ils travaillaient pour British Petroleum et Atlantic Richfield, les deux compagnies pétrolières qui avaient déjà surexploité le versant nord de l'Alaska, et contribué par là à la catastrophe de l'*Exxon Valdez*. Le champ pétrolifère, baptisé AARM, était au moins deux fois plus vaste que celui déjà exploité. Le rapport, encore semi-confidentiel pour les milieux industriels, était parvenu à la Maison-Blanche la semaine précédente, confirmé par un relevé de l'United States Geological Survey, le Bureau fédéral de recherches géologiques. Ses géologues indiquaient en outre que le gisement s'étendait bien plus loin vers l'est, de l'autre côté de la frontière du Canada — mais on ne pouvait que se livrer à des supputations à ce sujet car de leur côté les Canadiens n'avaient pas encore entamé de campagne de prospection. La conclusion du rapport préliminaire laissait entendre que la nappe était susceptible de rivaliser avec celle d'Arabie Saoudite, en dépit des difficultés de transport du brut... hormis le fait, insistait le document, que l'oléoduc Trans-Alaska était déjà construit et que les nouveaux champs pétrolifères n'exigeraient la prolongation de l'ouvrage existant que sur quelques centaines de kilomètres. Or, ce dernier, concluait avec arrogance le rapport, n'avait eu qu'un impact négligeable sur l'environnement.

« Si on oublie cette putain de marée noire », observa le Dr Brightling en sirotant son café matinal. Une marée noire qui avait tué des milliers d'oiseaux sauvages innocents, des centaines de phoques, et souillé plusieurs centaines de kilomètres carrés de littoral vierge.

« Ce sera une catastrophe si le Congrès laisse faire. Mon Dieu, Carol, les caribous, les oiseaux, tous les prédateurs... Il y a des ours polaires, là-haut, et des ours bruns, des grizzlis... ce milieu est aussi fragile qu'un nouveau-né. Il n'est pas question de laisser les trusts pétroliers y mettre les pieds !

— Je le sais bien, Kevin, répondit la conseillère scientifique du président avec un vigoureux hochement de tête.

— Les dégâts pourraient être irréparables. Le permafrost... il n'y a rien de plus délicat sur la planète, renchérit le président du Sierra Club. C'est une responsabilité vis-à-vis de nous-mêmes, vis-à-vis de nos enfants... de notre planète. Ce projet de loi doit être enterré ! Peu m'importent les moyens, ce projet de loi doit disparaître ! Tu dois à tout prix convaincre le président de ne pas y apporter le moindre soutien. On ne peut pas laisser perpétrer un tel viol de l'écosystème.

— Kevin, il faut jouer cela en finesse. Le président y voit un moyen de redresser notre balance des paiements. Des ressources domestiques nous éviteraient de dépenser notre argent en nous approvisionnant à l'étranger. Mais le pire, c'est qu'il croit les pétroliers quand ils affirment effectuer leurs forages et leurs transports sans nuire à l'environnement, et être à même de réparer d'éventuels dégâts accidentels.

— C'est du pipeau, et tu le sais fort bien, Carol. » Kevin Mayflower cracha son mépris pour les trusts pétroliers. Leur saleté d'oléoduc était une cicatrice qui défigurait l'Alaska, un immonde zigzag d'acier qui zébrait les plus beaux paysages de la planète, un affront à la nature même... et pour quoi ? Pour que les gens puissent conduire leur bagnole, qui accroissait encore la pollution, uniquement parce que ces flemmards refusaient de se déplacer à pied, à vélo ou à cheval (Mayflower omit commodément de mentionner qu'il était venu en avion à Washington plaider sa cause, au lieu de traverser le pays à dos d'un de ses chevaux Appaloosas, et que sa voiture de location était garée en bas dans l'avenue). Les compagnies pétrolières gâchaient et salissaient irrémédiablement tout ce qu'elles touchaient, telle était son opinion. Elles souillaient la terre jusqu'en son tréfonds, la spoliant de ce qu'elles jugeaient être une ressource précieuse, ici, là et partout. Qu'il s'agisse de charbon ou de pétrole, ces inconscients éventraient le sol, le transperçaient, répandant parfois même leur trésor liquide parce qu'ils se moquaient bien du caractère sacré d'une planète qui appartenait pourtant à tout le monde et exigeait d'être mieux entretenue. Bien entendu, cela requérait la formation adéquate, et c'était la tâche du Sierra Club et de groupes analogues : sensibiliser les gens au sort de la planète Terre, leur enseigner comment la respecter et la bien traiter. L'avantage était que la femme au poste de conseiller scientifique du président le comprenait, elle, qu'elle faisait un travail efficace au sein du gouvernement, et surtout qu'elle pouvait parler au chef de l'exécutif.

« Carol, je veux que tu traverses la rue, que tu entres au Bureau Ovale et que tu lui dises ce qu'il faut faire.

— Kevin, ce n'est pas si facile.

— Merde, et pourquoi cela ? Il n'est quand même pas si cancre, non ?

— Il lui arrive d'émettre des vues personnelles, et les compagnies pétrolières y font très attention : regarde plutôt leur proposition, fit-elle en tapotant le rapport posé sur la table. Elles promettent d'assumer les coûts éventuels d'indemnisation, d'avancer *un milliard de dollars* en fonds de garantie au cas où quelque chose tournerait mal... merde, Kevin, elles proposent même au Sierra Club d'entrer au conseil d'administration du projet afin de superviser leurs programmes de protection de l'environnement !

— Pour qu'on se retrouve mis en minorité par leurs potes ! Il ferait beau voir qu'on se laisse coopter de cette manière ! cracha Mayflower. Pas question qu'un seul de mes collaborateurs soit complice de cette mascarade. C'est sans appel !

— Et si tu vas crier ça sur les toits, les compagnies pétrolières te traiteront d'extrémiste et auront beau jeu de marginaliser l'ensemble du mouvement écologiste... tu ne peux pas laisser faire une chose pareille, Kevin !

— Merde, c'est ce qu'on va voir. Il faut savoir se dresser pour résister, Carol. Eh bien, voilà l'occasion. Merde, on va quand même pas laisser ces pollueurs extraire du pétrole dans la baie de Prudhoe sans rien faire !

— Et que va en dire le reste de ton comité directeur ?

— Ils auront bougrement intérêt à dire ce que je leur dirai !

— Non, Kevin, ils ne te suivront pas. » Carol se rassit et se massa les paupières. Elle avait passé la nuit précédente à lire l'intégralité du dossier pour aboutir au triste constat que les compagnies pétrolières avaient fort habilement su traiter les problèmes d'environnement. La catastrophe de l'*Exxon Valdez* leur avait coûté une fortune, sans parler des dégâts en termes d'image. Trois pages du rapport étaient consacrées aux modifications des procédures de sécurité pour les pétroliers. Désormais, tous ceux qui quittaient l'immense terminal pétrolier de Valdez, Alaska, étaient escortés par des remorqueurs jusqu'en haute mer. Vingt bâtiments d'analyse de la pollution étaient en alerte permanente, avec un nombre équivalent en réserve. Les systèmes de navigation embarqués sur les bâtiments avaient été améliorés et dépassaient ceux des sous-marins nucléaires ; les officiers de bord devaient confirmer leurs capacités tous les six mois sur simulateur. Ça coûtait très cher, mais infiniment moins qu'une autre grande marée noire. Une campagne de spots publicitaires décortiquait tout cela à la télévision — mais le plus grave, c'est que les chaînes pour intellos branchés, par câble ou par satellite, du genre History, Learning ou Discovery Channel, sur lesquelles les compagnies pétrolières patronnaient les documentaires traitant de la vie sauvage dans l'Arctique, ne touchaient jamais aux intérêts desdites compagnies : elles montraient au contraire avec complaisance des troupeaux de rennes et autres animaux empruntant docilement les passages aménagés sous l'oléoduc. Pas à dire, ils s'y entendaient pour faire passer leur message, et même les membres du comité directeur du Sierra Club se laissaient avoir, songea Brightling.

Ce qu'ils oubliaient de dire, et qu'elle savait aussi bien que Mayflower, c'est que ce pétrole extrait sans incident du sol, transporté sans incident par l'oléoduc géant, et embarqué sans incident à bord des nouveaux pétroliers à coque doublée, finissait bêtement en fumée rejetée par les véhicules ou les cheminées des centrales électriques, aggravant encore la pollution de l'air. De sorte que tout cela n'était qu'une vaste mascarade, qui incluait les vaines protestations de Kevin sur les dégâts infligés au permafrost. Dans le pire des cas, serait-il réellement touché ? Une vingtaine d'hectares, peut-être, et les pétroliers s'empresseraient de fabriquer de nouveaux spots pour expliquer son nettoyage, comme si l'utilisation polluante du pétrole n'était pas le problème de base !

Et tout cela parce que, pour cet ignorant de Monsieur Tout-le-Monde planté devant sa télé avec une bière, à regarder des matches de foot, ce n'était pas un problème, point final ! Il y avait une bonne centaine de millions de véhicules rien qu'aux États-Unis, plus encore dans le reste du monde, et tous sans exception polluaient l'air, et c'était bien là le vrai problème. Comment les empêcher d'empoisonner la planète ?

Il y avait bien une solution, après tout, réfléchit-elle.

« Kevin, je ferai de mon mieux. Je vais conseiller au président de ne pas soutenir ce projet. »

Il s'agissait de la proposition de loi S-1768, soumise et défendue par les deux sénateurs de l'Alaska, depuis longtemps acquis aux intérêts des pétroliers, qui autorisait le ministère de l'Intérieur à ne pas faire jouer son droit de préemption sur la concession de forage dans la zone de l'AARM. Les sommes en jeu étaient énormes, tant pour le gouvernement fédéral que pour l'État d'Alaska. Même les tribus locales d'Américains d'origine seraient incitées à regarder de l'autre côté. Les revenus tirés de l'exploitation pétrolière leur permettraient d'acheter quantités de motoneiges pour aller tirer le caribou, et de canots automobiles pour aller traquer la baleine à bosse, toutes chasses qui faisaient partie de leur héritage ethnique et culturel. La chasse en motoneige n'était pas vraiment indispensable, à l'ère moderne du bœuf de l'Iowa préemballé, mais les Américains d'origine tenaient à conserver le résultat de leurs traditions, s'ils étaient moins regardants en ce qui concernait les méthodes. Il était déprimant de voir que même ces peuplades avaient tourné le dos à leur histoire et à leurs propres dieux pour vénérer les idoles mécaniques d'un âge nouveau : le dieu Pétrole et ses sous-produits. Les deux sénateurs d'Alaska trimbaleraient à Washington les anciens des tribus pour qu'ils déposent en faveur de la proposition S-1768 et ils seraient entendus puisque qui, mieux que les Américains d'origine, savait ce que c'était que de vivre en harmonie avec la nature ? Sauf qu'aujourd'hui, ils le faisaient en motoneige Ski-Do, en hors-bord Johnson et avec des carabines Winchester... Elle soupira en songeant à l'absurdité de la chose.

« Est-ce qu'il écoutera ? » s'enquit Mayflower, revenant à la question essentielle. Même les écologistes devaient vivre dans le monde concret de la politique.

« Tu veux une réponse franche ? Sans doute pas, admit tranquillement Carol Brightling.

— Tu sais, grommela Kevin, il y a des moments où je comprends l'attitude d'un John Wilkes Booth[1].

— Kevin, je n'ai rien entendu, et d'ailleurs tu n'as rien dit. Pas ici. Pas dans ce bâtiment.

— Enfin merde, Carol, tu connais mes sentiments. Et tu sais bien que j'ai raison. Merde, comment veut-on qu'on protège la planète si les idiots qui nous dirigent n'en ont rien à secouer du monde dans lequel on vit ?

— Tu veux dire quoi, là ? Que l'Homo sapiens est une espèce parasite qui détruit la terre et l'écosystème ? Qu'on n'y a pas notre place ?

— J'en sais rien », soupira Mayflower.

Certains parmi nous le savent, songea Carol Brightling en relevant la tête pour plonger son

---

1. Cet acteur shakespearien américain (1838-1865) est hélas moins connu pour ses interprétations que pour avoir tué Abraham Lincoln d'une balle dans la tête, le soir du 14 avril 1865, alors que le président assistait à une représentation dans sa loge du théâtre Ford de Washington (N.d.T.).

regard dans ses yeux tristes. *Mais es-tu prêt pour cette révélation, Kevin ?* Il lui semblait que oui, mais le recrutement restait toujours une étape délicate, même pour de vrais croyants comme Kevin May-flower...

La construction était achevée à près de quatre-vingt-dix pour cent. Le site était divisé en vingt secteurs, couvrant trente-trois mille cinq cents kilomètres carrés de terrain très légèrement vallonné, desservi par une route à quatre voies reliée au nord à l'autoroute 70, et qu'empruntait encore un flot continu de camions. Les trois derniers kilomètres de chaussée étaient dépourvus de séparateur central, avec un revêtement en dalles de béton de soixante-quinze centimètres d'épaisseur, comme si elle avait été prévue pour servir de piste d'atterrissage pour avions, avait noté le chef de chantier, et des gros-porteurs, même. La route débouchait sur une aire de stationnement de proportions tout aussi gigantesques. Cela dit, il n'avait pas estimé que ça méritait d'en parler à ses amis du country-club de Salina.

Les bâtiments étaient de construction assez banale, à l'exception des systèmes de contrôle d'environnement, si perfectionnés que la marine aurait pu les utiliser à bord de ses sous-marins nucléaires. Cela faisait partie de la politique d'image de marque de l'entreprise, lui avait expliqué le directeur lors d'une récente visite de chantier. Ils avaient une tradition d'excellence et de modernisme, et par ailleurs la nature de leurs travaux exigeait de porter une attention extrême aux plus infimes détails. On n'élaborait pas des vaccins en plein air. Le chef de chantier nota cependant que même les bureaux et les logements du personnel étaient dotés de systèmes identiques, ce qui était pour le moins bizarre. Chaque bâtiment avait un sous-sol — sage précaution dans une région sujette aux tornades, même si bien peu s'étaient souciés d'en installer un, soit par négligence, soit parce qu'il n'était pas si évident de creuser le sol, cette célèbre « queue de poêle » du Kansas rabotée pour y cultiver le blé. C'était du reste l'autre détail intéressant : ils avaient laissé en culture l'essentiel de la surface. Le blé d'hiver était déjà semé, et trois kilomètres à l'écart, ils avaient une ferme modèle, desservie par une large route à deux voies et dotée du dernier cri en matière de matériel agricole, même dans cette région où la culture céréalière était quasiment élevée au rang d'un art.

C'est un total de trois cents millions de dollars qui avait été investi dans ce projet. Les bâtiments étaient immenses — on aurait pu les aménager pour y loger cinq à six mille personnes, estima le chef de chantier. Celui des bureaux était équipé de salles de classe. Le site avait sa propre centrale électrique, alimentée par des réservoirs semi-enterrés (précaution vis-à-vis des conditions météorologiques locales) reliés par oléoduc à une station de pompage située au bord de l'I-70, à Kanopolis. Malgré la présence d'un lac sur le terrain, ce n'était pas moins de dix puits artésiens de trente centimètres de diamètre qui avaient été creusés dans — et même sous — la nappe phréatique de Cherokee, utilisée par les cultivateurs de la région pour irriguer leurs champs. Bon sang, il y avait là de quoi alimenter en eau potable une petite ville. Mais c'était la société qui payait les factures et il touchait son pourcentage habituel sur les travaux réalisés dans les délais avec, en cas d'avance, une prime substantielle qu'il était bien décidé à décrocher. Cela faisait maintenant vingt-cinq mois que le chantier était engagé ; plus que deux à tirer. Et il comptait bien y arriver et ramasser cette prime, après quoi il emmènerait sa famille passer quinze jours chez Mickey à Disney World, tandis qu'il s'entraînerait sur les superbes terrains de golf du parc — ce ne serait pas du luxe pour retrouver la forme après deux ans passés à bosser sept jours sur sept.

Mais le bonus signifiait qu'il pourrait ensuite s'offrir deux ans de vacances. Il s'était spécialisé dans les gros chantiers. Il avait construit deux gratte-ciel à New York, une raffinerie de pétrole dans le Delaware, un parc de loisirs dans l'Ohio et deux ensembles de logements ailleurs, s'acquérant la réputation de boucler ses chantiers dans les délais et sans dépasser le budget — ce qui n'était pas mal dans sa branche.

Il gara sa Jeep Cherokee, vérifia sa liste des travaux restants pour l'après-midi. Ah oui, les essais d'étanchéité des fenêtres dans le bâtiment un. Il prit son mobile pour prévenir les gars du chantier, puis redémarra pour traverser la piste d'atterrissage (comme il l'appelait), à la jonction des routes d'accès. Il se remémora son service militaire comme ingénieur dans l'Air Force. Trois kilomètres de long, pas loin d'un mètre d'épaisseur... ouais, on pouvait poser là-dessus un 747 quand on voulait. C'est vrai que la société avait sa propre flotte de jets d'affaires, des Gulfstream, alors tant qu'à faire, pourquoi ne pas les faire atterrir ici plutôt que sur le petit aérodrome miteux d'Ellsworth ? Et puis, ça serait toujours utile le jour où ils s'achèteraient un Jumbo ! Trois minutes plus tard, il se garait au pied du bâtiment un. Celui-ci était achevé, avec trois semaines d'avance, il ne manquait plus que les tests d'étanchéité. Parfait. Il franchit la porte à tambour — un modèle d'une robustesse inhabituelle — qui se reverrouilla automatiquement après son entrée.

« OK, on est prêts, Gil ?

— On l'est, monsieur Hollister.

— Eh bien, allons-y », ordonna Charlie Hollister.

Gil Trains était le responsable de tous les systèmes de climatisation du projet. Cet ancien de la marine, un maniaque de la surveillance, enfonça lui-même les touches du panneau de contrôle mural. Aucun bruit n'accompagna la mise en route de la pressurisation — la centrale était trop éloignée — mais l'effet fut presque immédiat : alors qu'il s'approchait de Gil, Hollister sentit claquer ses tympans, comme lorsqu'on redescend un col et qu'il faut mastiquer pour égaliser la pression, ce qui se traduit par un nouveau claquement.

« Comment ça se présente ?

— Jusqu'ici, tout baigne. 0,5 bar de surpression, ça tient toujours. » Il avait les yeux rivés sur les manomètres. « Tu sais à quoi ça me fait penser, Charlie ?

— Foutre non, dit le chef de chantier.

— Aux tests d'étanchéité à bord d'un submersible. Même méthode, on met en surpression chaque compartiment.

— Vraiment ? Moi, ça me rappelle des trucs qu'on faisait en Europe sur les bases d'avions de chasse.

— Comment ça ?

— Surpressuriser les quartiers des pilotes pour empêcher les gaz extérieurs d'entrer.

— Ah ouais ? Ben, j'imagine que c'est valable dans les deux sens. En tout cas, la pression se maintient sans problème. »

Merde, elle aurait intérêt, songea Hollister, vu le mal de chien qu'on s'est donné à vérifier que chaque putain de fenêtre était équipée de joints en vinyle. Même s'il n'y en avait pas tant que ça, de fenêtres. Ça l'avait même frappé. Alors que le paysage était plutôt chouette. Pourquoi se boucler de la sorte ?

Le bâtiment était prévu pour résister à une surpression de 1,3 bar. Soi-disant pour le protéger des tornades, ce qui était assez logique et justifiait de même l'efficacité des fermetures renforcées qui accompagnaient les joints spéciaux. Mais cela pouvait également entraîner le fameux syndrome des bâtiments hospitaliers. Paradoxalement, une isolation trop bien faite confinait les germes à l'intérieur : résultat, rhumes et grippes se répandaient à la vitesse d'un feu de prairie. Cela dit, l'entreprise travaillait sur les médicaments, les vaccins, ce genre de truc, ce qui voulait dire des conditions de fabrication correspondant à celles d'une guerre biologique... Bref, il était logique d'empêcher quoi que ce soit d'entrer... ou de sortir.

Dix minutes plus tard, ils étaient fixés. Tous les instruments confirmaient que les systèmes de surpression étaient opérationnels — dès le premier essai. Les gars qui avaient monté portes et fenêtres avaient bien mérité leur prime.

« Ça m'a l'air tout bon. Maintenant, Gil, faut que je file à la station de montée satellite. » Le complexe était en effet doté d'un système perfectionné de communications satellitaires.

« Passe par le sas, indiqua Trains.

— À tout à l'heure.

— D'accord, Charlie. »

Ce n'était pas agréable. Ils avaient à présent onze cobayes, tous en bonne santé — huit femmes et trois hommes, isolés par sexe, bien entendu ; et onze, c'était en fait plus que prévu à l'origine, mais une fois que vous les aviez enlevés, il était difficile de les rendre... On leur avait ôté leurs habits — certains, alors qu'ils étaient encore inconscients — pour les remplacer par un ensemble chemise et pantalon évoquant une tenue carcérale, même si le tissu était de meilleure qualité. Aucun sous-vêtement n'était admis — on avait déjà vu des femmes incarcérées se pendre avec leur soutien-gorge et il n'était pas question que ça se reproduise ici. Ils étaient chaussés de pantoufles, et leur alimentation était copieusement truffée de Valium. Ça vous calmait les individus, mais sans les abrutir complètement. Il n'aurait pas été malin de les droguer à l'excès, sous peine de biaiser le test, et ça non plus, il n'en était pas question.

« C'est quoi, tout ce binz ? demanda la femme.

— C'est une expérimentation médicale, répondit Barbara Archer tout en remplissant le dossier. Vous vous êtes portée volontaire, vous vous souvenez ? On vous paie pour ça, et quand tout sera terminé, vous pourrez rentrer chez vous.

— Quand est-ce que j'ai fait ça ?

— La semaine dernière.

— Aucun souvenir...

— Et pourtant, si. On a votre signature sur le formulaire de décharge. Et on s'occupe bien de vous, non ?

— Je me sens abrutie en permanence.

— C'est normal, lui assura le Dr Archer. Pas de quoi s'inquiéter. »

C'était le sujet F4. Secrétaire juridique. Comme deux autres des patientes, ce qui tracassait un peu le Dr Archer. Et si les avocats pour qui elles travaillaient prévenaient la police ? On avait envoyé des lettres de démission assorties de signatures habilement contrefaites, en trouvant des prétextes plausibles pour justifier ces départs imprévus. Peut-être que ça tiendrait la distance. En tout cas, les enlèvements avaient été réalisés avec soin, et personne ici n'allait ébruiter l'affaire.

Le sujet F4 était nu, installé dans un siège confortable recouvert d'une housse. Plutôt séduisante, même si elle avait quatre ou cinq kilos à perdre, estima Archer. L'examen médical ne révéla rien d'inhabituel. La tension artérielle était normale. Le taux de cholestérol était un peu élevé, mais rien de bien méchant. Bref, une femme de vingt-six ans normale et en bonne santé. L'interrogatoire sur ses antécédents médicaux s'avéra tout aussi banal. Elle n'était plus vierge, bien entendu, ayant eu douze amants au cours de ses neuf années d'activité sexuelle. Un avortement pratiqué à l'âge de vingt ans par son gynécologue, après quoi elle avait eu des relations protégées. Elle avait un petit ami, mais il était en déplacement professionnel pour quelques semaines, et de toute façon, elle le soupçonnait d'avoir une autre femme dans sa vie.

« Parfait, ce sera à peu près tout, Mary. » Archer

se leva et sourit. « Merci encore pour votre collaboration.

— Je peux me rhabiller, maintenant ?

— Avant, il y a un truc qu'on veut que vous fassiez. Veuillez passer dans cette cabine, celle à la porte verte. Elle est équipée d'un système de brumisation. Vous verrez, c'est très agréable et rafraîchissant. Vous retrouverez vos habits de l'autre côté.

— OK. »

Le sujet F4 se leva et fit ce qu'on lui avait demandé. Dans la cabine étanche, elle ne découvrit en fait rien de spécial. Elle demeura quelques secondes interdite, notant simplement la chaleur inhabituelle, plus de trente degrés, et puis des buses invisibles encastrées dans les parois diffusèrent une espèce de... brouillard, qui la rafraîchit aussitôt. Au bout d'une dizaine de secondes, la brumisation s'arrêta et la porte opposée s'ouvrit ensuite avec un déclic. Comme promis, elle se retrouva dans un vestiaire où elle repassa sa tenue verte avant de sortir dans le couloir où un vigile lui fit signe de gagner la porte à l'autre bout — il ne s'approchait jamais à moins de trois mètres — afin de réintégrer le dortoir où l'attendait le déjeuner. La bouffe était plutôt bonne ici, et après les repas, elle avait toujours envie de faire la sieste.

« On se sent mal, Pete ? s'enquit le Dr Killgore dans une autre partie du bâtiment.

— Ça doit être la grippe ou je ne sais quoi. Je me sens complètement rompu, et plus rien ne passe. » *Y compris la gnôle*, s'abstint-il de dire, même si c'était ce qui déconcertait le plus cet alcoolique. D'habitude, c'était le seul truc qui arrivait toujours à passer.

« D'accord, on va voir ça. » Killgore se leva, enfila un masque et passa des gants en latex avant de procéder à l'examen. « On va commencer par une petite prise de sang, d'accord ?

— OK, toubib. »

Avec un grand luxe de précautions, Killgore effectua le prélèvement, emplissant quatre tubes à essai de cinq centimètres cubes. Puis il ausculta les yeux, les oreilles, tâta ensuite l'abdomen, ce qui entraîna une réaction du sujet au niveau du foie...

« Ouille, ça fait mal, doc !

— Oh ? Ça m'a pourtant pas l'air si différent d'avant, Pete. C'est douloureux ? » Comme chez la plupart des alcooliques, le foie avait la consistance d'une brique molle.

« Comme si vous m'aviez flanqué un coup de couteau... Non, ça fait vraiment mal.

— Désolé, Pete. Et ici ? demanda le médecin, en tâtant un peu plus bas, avec les deux mains.

— Pas aussi fort, mais c'est un peu douloureux. Un truc que j'aurais mangé ?

— C'est possible. Pas vraiment de quoi s'inquiéter », conclut Killgore. Bien, celui-ci présentait donc déjà les symptômes, avec quelques jours d'avance, toutefois ce genre d'irrégularité était prévisible. Pete était l'un des sujets qui se portait le mieux, mais on ne pouvait jamais vraiment dire qu'un alcoolique soit en bonne santé. Donc, Pete serait le numéro deux. *Pas de veine Pete*. « Je vais vous donner quelque chose pour atténuer la gêne. »

Le docteur se retourna, ouvrit un tiroir de l'armoire à médicaments. Cinq milligrammes, estima-t-il, en emplissant la seringue en plastique jusqu'au trait, avant de planter l'aiguille dans la veine sur le dessus de la main.

« Oooh ! fit Pete quelques secondes après. Oooh... ça va mieux. Nettement mieux, doc. Merci. » Les yeux chassieux s'agrandirent, les traits se détendirent.

L'héroïne était un analgésique de première, et surtout, elle provoquait chez le patient une brusque euphorie dans les toutes premières secondes, avant de le plonger dans une agréable stupeur au cours des heures suivantes. Ainsi, Pete se sentirait mieux pendant quelque temps. Killgore l'aida à se relever et le renvoya au dortoir. Puis il procéda à l'analyse des prélèvements sanguins. Une demi-heure après, il était fixé. Le test de présence d'anticorps se révélait positif et l'examen au microscope confirma que ces anticorps luttaient... et perdaient la partie.

Il y avait tout juste deux ans, certains avaient tenté d'infecter l'Amérique en y répandant la version naturelle de cet agent infectieux[1]... On l'avait quelque peu modifié en labo de génie génétique, pour accroître encore sa résistance. Mais le plus intéressant, c'est que dans l'opération, on avait plus que triplé la période de latence du virus. Évaluée à l'origine entre quatre et dix jours, elle avoisinait désormais le mois. Maggie connaissait vraiment son boulot. Elle avait même trouvé le nom idéal. Ce Shiva était une véritable saloperie. Il avait déjà tué Chester — enfin, c'était l'injection de potassium qui l'avait tué, mais il était de toute façon condamné — et il s'en était déjà pris à Pete. Mais pour lui, pas de

_____

1. Cf. *Sur ordre, op. cit.*

délivrance. Pete allait vivre jusqu'à ce que la maladie prenne son tribut. Sa condition physique était suffisamment proche de la normale pour leur permettre de tester sur lui les soins palliatifs applicables pour lutter contre les effets de Shiva-Ébola. Sans grand résultat, vraisemblablement, mais ils devaient s'en assurer. Il ne restait plus que neuf sujets du groupe initial, onze autres attendaient dans l'autre aile du bâtiment. Le vrai test se passerait avec eux. Tous étaient en bonne santé, c'est en tout cas ce qu'avaient estimé ses employeurs. Ils testeraient donc sur eux à la fois la méthode de transmission primaire et la viabilité de Shiva comme agent infectieux, mais également l'utilité des vaccins isolés par Steve Berg la semaine précédente.

Pour Killgore, la journée de travail était terminée. Il ressortit du labo. L'air du soir était frais, sec et pur — enfin, autant qu'on pouvait l'espérer dans cette partie du monde. Il y avait cent millions de véhicules dans ce pays, qui répandaient joyeusement dans l'atmosphère leurs hydrocarbures complexes. Killgore se demanda s'il pourrait constater une différence d'ici deux ou trois ans, quand tout cela aurait cessé. À la lueur des lumières du bâtiment, il aperçut des chauves-souris. Sympa, on en voyait si rarement. Elles devaient chasser des insectes. Il aurait voulu pouvoir entendre les ultrasons qu'elles émettaient comme un signal radar afin de localiser leurs proies pour les intercepter.

Il devait y avoir aussi plein d'oiseaux, tout là-haut. Des rapaces nocturnes surtout, volant en silence, s'introduisant dans les granges pour y traquer les souris, qu'ils mangeaient et digéraient avant d'en régurgiter les os sous forme de petites pelotes compactes. Killgore se sentait plus proche des grands prédateurs que de leurs proies. Mais c'était prévisible, somme toute. Il avait effectivement des points communs avec eux, avec ces superbes créatures sauvages qui tuaient inconsciemment parce que Dame Nature n'avait pas de conscience. Elle donnait la vie d'une main et la reprenait de l'autre. Tel était le processus immémorial de la vie qui avait fait de la terre ce qu'elle était. Depuis toujours, l'homme avait de toutes ses forces cherché à le modifier, mais d'autres hommes s'apprêtaient à remettre les choses en l'état, au plus vite, de manière radicale, et il serait là pour y assister. Il ne verrait pas s'effacer les dernières cicatrices, et c'était bien dommage, mais il estimait pouvoir vivre assez longtemps pour au moins constater les premiers changements d'envergure. La pollution cesserait presque aussitôt. Les animaux cesseraient d'être traqués et empoisonnés. Le ciel redeviendrait limpide, la vie sauvage grouillerait de nouveau sur terre, selon les voies de la nature, et lui et ses collègues seraient là pour assister à cette transformation magnifique. Même si le prix en était élevé, la récompense serait à sa mesure. La terre appartenait à ceux qui savaient l'apprécier et la comprendre. D'ailleurs, il recourait à l'une des méthodes naturelles pour en prendre possession — bien qu'avec un léger coup de pouce. Si l'homme pouvait utiliser sa science et ses techniques pour abîmer le monde, d'autres pouvaient s'en servir pour le réparer. Chester et Pete n'auraient pas compris cela, mais après tout, ils n'avaient jamais compris grand-chose, n'est-ce pas ?

« Il y aura là-bas des milliers de Français, dit Juan. Et la moitié sera des enfants. Si nous voulons libérer nos collègues, l'impact doit être fort. Ce devrait être le cas.

— Et où irons-nous ensuite ? s'inquiéta René.

— Il reste toujours la vallée de la Bekaa, et de là, on a le choix. J'ai encore de bons contacts en Syrie, et ce n'est pas la seule option.

— Ça fait quand même quatre heures de vol, et il y a toujours un porte-avions américain qui croise en Méditerranée.

— Ils n'attaqueront pas un avion rempli de gosses, fit observer Esteban. Ils pourraient même au contraire nous fournir une escorte, ajouta-t-il avec un sourire.

— Et l'aéroport n'est qu'à douze kilomètres, lui rappela André, desservi par une superbe autoroute à quatre voies.

— Bien, nous devons planifier la mission dans le moindre détail. Esteban, tu vas tâcher de te faire engager sur place. Toi aussi, André. Nous devons sélectionner le lieu, puis l'heure et le jour.

— Il nous faudra plus d'hommes. Au moins dix.

— C'est un problème. Où peut-on trouver dix hommes de confiance ? demanda Juan.

— On peut toujours engager des mercenaires. On n'aura qu'à leur promettre une grosse somme, observa Esteban.

— Ils doivent être loyaux, insista René.

— Oh, pas de problème de ce côté, les rassura le Basque. Je sais où en trouver. »

Tous portaient la barbe. C'était le déguisement le plus simple. Même si les polices de leurs pays respectifs avaient leurs photos, c'étaient celles de jeunes hommes imberbes. À leur dégaine, un passant aurait pu les prendre pour des artistes : penchés autour d'une table de bistrot à discuter avec des airs de conspirateurs. Ils étaient vêtus convenablement, sans ostentation. Peut-être étaient-ils lancés dans quelque débat politique, songea le garçon depuis son poste, à dix mètres de là, ou bien alors discutaient-ils d'affaires confidentielles. Il n'aurait pu imaginer qu'il avait raison sur les deux points. Quelques minutes plus tard, il les vit se quitter en se serrant la main, puis s'éloigner dans des directions différentes. Ils avaient laissé de l'argent sur la table pour régler l'addition et, constata le garçon, un bien maigre pourboire. Des artistes, pas de doute. Il n'y avait pas plus rapiat.

« Mais c'est un désastre écologique en perspective ! insista Carol Brightling.

— Carol, répondit le secrétaire de la Maison-Blanche, c'est une question de balance des paiements. Ces quelque cinquante milliards de dollars nous permettront d'économiser, et l'Amérique en a besoin. Sur le plan écologique, je connais vos préoccupations, mais le président d'Atlantic Richfield m'a promis personnellement que cette opération serait propre. Ils ont fait de grands progrès ces dernières années, au niveau technique, mais surtout, ils sont convaincus de l'intérêt qu'il y a pour eux, en termes d'image, à procéder à un nettoyage efficace. Vous n'êtes pas d'accord ?

— Vous êtes déjà allé faire un tour là-haut ? demanda la conseillère scientifique du président.

— Ma foi non. J'ai survolé l'Alaska, c'est tout.

— Vous auriez un avis différent si vous connaissiez la région, croyez-moi.

— On extrait bien le charbon à ciel ouvert dans l'Ohio. Ça je l'ai vu. Et j'ai vu comment ils rebouchent le tout avant de replanter de l'herbe et des arbres. Bon sang, l'un de ces sites va même accueillir d'ici deux ans le championnat PGA de golf, sur le terrain qu'ils ont installé dessus ! Le coin est parfaitement nettoyé, Carol. Ils savent y faire, et ils savent aussi que c'est dans leur intérêt économique et politique. Alors non, Carol, le président ne retirera pas son soutien à ce projet de forage. C'est dans l'intérêt économique de la nation. » *Et puis, franchement, qui s'intéresse à une région que seules quelques centaines de personnes ont eu l'occasion de visiter ?* se garda-t-il d'ajouter.

« Il faut que je lui en parle personnellement, insista la conseillère scientifique.

— Non. » Le refus était catégorique. « C'est hors de question. Pas sur ce sujet. Tout ce que vous réussiriez à faire, ce serait miner votre position, et ça, c'est franchement pas malin, Carol.

— Mais enfin, j'ai *promis* !

— Promis à qui ?

— Au Sierra Club.

— Carol, le Sierra Club n'est pas membre du gouvernement. Et on reçoit leur prose. Je l'ai lue. Sur ce genre de problème, ils sont en train de virer à l'organisation extrémiste. N'importe qui peut clamer "Ne faites rien !" et c'est à peu près leur seul mot d'ordre depuis que ce Mayflower a pris leur tête.

— Kevin est un type bien, et très intelligent.

— Venez pas me raconter ça à moi, Carol, ricana le secrétaire de la Maison-Blanche. C'est un luddite.

406

— Bon sang, Arnie, tous ceux qui sont en désaccord avec vous ne sont pas pour autant des extrémistes !

— Celui-là, si. Le Sierra Club va finir par couler s'il garde ce type à la barre. Enfin... » Il consulta son planning. « J'ai du boulot. Votre position sur la question, Dr Brightling, est le soutien au gouvernement. Cela signifie que vous apportez votre soutien *personnel* à la proposition de loi sur l'AARM. Il n'y a qu'une seule voix dans ce bâtiment, et c'est celle que fait entendre le président. C'est le prix à payer pour garder votre poste de conseiller, Carol. Vous avez le moyen d'influer sur la politique, mais une fois celle-ci établie, vous devez la soutenir, que vous y croyiez ou non. Vous annoncerez publiquement que vous estimez ces forages pétroliers utiles à l'Amérique et à son environnement. C'est bien compris ?

— Non, Arnie, pas question !

— Carol, vous le ferez. Et vous tâcherez d'être convaincante, afin d'amener les groupes écologistes plus modérés à saisir la logique de la situation. Si, bien entendu, vous tenez à continuer de travailler ici.

— Est-ce une menace ?

— Non, Carol, je ne vous menace pas. Je vous explique simplement les règles en vigueur ici. Parce que vous devez les suivre, comme moi, comme tout le monde. Quand on travaille ici, on doit être loyal envers le président. Sinon, on n'y a plus sa place. Vous connaissiez les règles au départ, vous saviez que vous deviez y conformer. Eh bien, le moment de vérité est venu. Carol, êtes-vous prête à accepter ces règles, oui ou non ? »

Sous le maquillage, son visage était cramoisi. Elle n'avait pas appris à dissimuler sa colère, nota le secrétaire de la Maison-Blanche, et c'était dommage. On ne pouvait pas se permettre des sautes d'humeur pour des vétilles, pas à ce niveau de pouvoir. Car il s'agissait bien de vétilles. Quand vous trouviez l'équivalent de plusieurs millions de barils de brut sur un terrain qui vous appartenait, vous creusiez le sol pour l'extraire. C'était aussi simple que ça — et encore plus quand les compagnies pétrolières vous garantissaient de le faire sans aucun dégât. Et ça le resterait aussi longtemps que les électeurs conduiraient des voitures. « Eh bien, Carol ?

— Oui, Arnie, je connais les règles, et je les accepte, finit-elle par concéder.

— Bien. Je veux que vous prépariez cet après-midi un communiqué qui sera rendu public la semaine prochaine. Je veux le voir aujourd'hui. Le laïus habituel, l'aspect scientifique, la sûreté des procédures techniques, vous voyez le topo. Merci encore de vous être dérangée, Carol », ajouta-t-il en guise de conclusion.

Le Dr Brightling se leva et se dirigea vers la porte. Elle hésita sur le seuil, brûlant de se retourner et de dire à Arnie où il pouvait se mettre son communiqué... mais elle continua, gagna le corridor de l'aile ouest, prit à gauche et descendit l'escalier menant à la rue. Deux agents du Service secret remarquèrent sa mine et se demandèrent ce qui lui était tombé sur la tête ce matin... Elle traversa la rue d'un pas inhabituellement raide, puis remonta les degrés de l'annexe ouest. Une fois installée à son bureau, elle alluma son ordinateur et chargea son traitement de texte. Mais elle avait moins envie de taper sur le clavier que de marteler du poing le moniteur.

Se faire donner des ordres par ce type ! Qui ne connaissait rien aux sciences et se foutait de la protection de l'environnement. Tout ce qui intéressait Arnie, c'était la politique, or la politique était bien le truc le plus artificiel qui soit !

Mais elle finit par se calmer, prit une profonde inspiration et se mit à taper le premier jet de sa plaidoirie pour un projet qui, après tout, ne se réaliserait jamais, pas vrai ?

Non, il ne se réaliserait jamais.

12

Jokers

Le parc de loisirs avait su tirer la leçon de son illustre modèle. Les responsables avaient pris soin d'engager une douzaine de cadres dirigeants — leurs salaires confortables étant pris en charge par les hommes d'affaires du golfe Persique qui finançaient l'entreprise : ils avaient déjà dépassé leurs objectifs et escomptaient rentabiliser leur investissement en moins de six ans au lieu des huit et demi prévus à l'origine.

Des investissements considérables, car l'objectif était non seulement de rivaliser avec Disney mais de le surpasser en tout point. Dans leur parc, le château était en pierre, pas en fibre de verre. La rue principale était en fait divisée en trois, chaque section correspondant à un thème national particulier. La voie ferrée circulaire était à écartement normal et exploitée avec deux authentiques locos à vapeur, et l'on parlait de la prolonger jusqu'à l'aéroport international, que les autorités espagnoles avaient eu la courtoisie de moderniser pour absorber le surcroît de trafic généré par ce complexe. C'était bien la moindre des choses : le parc avait en effet créé vingt-huit mille emplois à temps complet et dix mille emplois saisonniers ou à temps partiel. Les manèges étaient spectaculaires, la plupart avaient été spécialement conçus et fabriqués en Suisse, et certaines attractions auraient eu de quoi faire pâlir un pilote de chasse. De surcroît, le parc présentait une section scientifique, avec une reproduction du sol lunaire qui avait impressionné la NASA, un aquarium géant avec promenade sous-marine, et des pavillons construits par les grandes firmes industrielles d'Europe — celui d'Airbus Industries était particulièrement impressionnant, avec ses simulateurs permettant aux enfants (et aux adultes) de piloter les divers appareils de sa gamme.

Il y avait bien sûr des personnages en costumes — gnomes, lutins et toutes sortes de créatures mythiques de l'histoire européenne, sans oublier des légionnaires romains pour lutter contre les barbares — et les zones commerciales traditionnelles où les visiteurs pouvaient acquérir des répliques de tout ce qu'ils avaient vu.

L'une des meilleures idées des investisseurs avait été d'installer leur parc thématique en Espagne plutôt qu'en France. Le climat, bien que plus chaud, y était en général plus sec et ensoleillé, ce qui permettait d'avoir une fréquentation régulière toute l'année. Les visiteurs arrivaient de toute l'Europe en avion, en TGV ou en car de tourisme et descendaient dans les vastes hôtels répartis en trois catégories de prix et de confort — du palace luxueux que n'aurait pas renié un César Ritz à des établissements plus spartiates. Mais tous les clients bénéficiaient du même climat chaud et sec, et pouvaient prendre le temps de se relaxer au bord des innombrables piscines entourées de plages de sable blanc, à moins qu'ils ne préfèrent jeter leur dévolu sur un des deux terrains de golf en service — trois autres étaient en construction, dont l'un devait être bientôt inscrit au calendrier du tournoi professionnel européen. Il y avait également un casino, une première dans un parc d'attractions.

En définitive, *Worldpark* — ainsi l'avait-on baptisé — s'était révélé un succès immédiat, sensationnel, avec rarement moins de dix mille visiteurs quotidiens et souvent plus de cinquante mille.

Ultramoderne, il était géré par six postes de contrôle décentralisés et un poste central de commande, tandis que chaque attraction, manège, pavillon, stand de restauration ou buvette était surveillé par des ordinateurs et des caméras de télévision.

Mike Dennis était le directeur du complexe. Débauché d'Orlando, il regrettait l'atmosphère conviviale du parc américain, mais l'édification et la gestion de Worldpark avaient été le défi de sa vie. Il avait beau avoir trois enfants, ce parc était son bébé, se dit-il en contemplant le site du haut des créneaux. Son bureau était installé, comme le poste de commandement, dans le donjon qui dominait la reproduction d'un château fort du XIIᵉ. Peut-être que le duc d'Aquitaine avait goûté la vie dans un site analogue, mais à l'époque, il n'avait que des épées et des boucliers, pas d'ordinateurs ni d'hélicoptères, et si riche qu'il ait pu être, il n'avait jamais manié de telles quantités d'argent : Worldpark voyait passer, les bons jours, dix millions de dollars en liquide ; et bien plus, si l'on comptait les paiements par carte bancaire. Chaque jour, un fourgon blindé quittait le complexe pour rallier la banque, entouré d'une solide escorte policière.

Comme son modèle de Floride, Worldpark était une structure à plusieurs niveaux. Sous les allées principales se déployait une cité souterraine abritant les services techniques, où les figurants se changeaient et prenaient leurs repas, et qui permettait de faire transiter matériel et personnel à l'insu des visiteurs évoluant au-dessus, à l'air libre. Gérer ce complexe équivalait à être maire d'une ville de bonne taille — c'était même plus dur, en fait, puisqu'il devait s'assurer que tout fonctionnait en permanence, et à un prix de revient toujours inférieur aux rentrées financières. S'étant convenablement acquitté de sa tâche — en fait, ses résultats étaient de 2,1 % supérieurs aux projections initiales —, il pouvait compter sur un salaire confortable, avec même une prime d'un million de dollars versée cinq semaines auparavant. Si seulement ses enfants parvenaient à se faire aux écoles espagnoles...

Même s'il symbolisait tout ce qu'il détestait le plus, le parc était à couper le souffle. Une vraie ville, constata André, dont l'édification avait coûté des milliards. Il avait dû se taper le processus d'endoctrinement à la « Worldpark University » locale, étudier l'éthique absurde des lieux, apprendre à sourire à tout le monde en toute circonstance. Le hasard avait voulu qu'il se retrouve affecté au service de sécurité, la très théorique Policia de Worldpark, ce qui signifiait qu'il portait une chemise bleu ciel et un pantalon bleu roi à parement rouge, qu'il était équipé d'un sifflet et d'une radio portative, et passait le plus clair de son temps à indiquer les toilettes aux visiteurs, parce que Worldpark avait à peu près autant besoin d'une police qu'un bateau à roulettes. Il avait décroché ce poste grâce à sa maîtrise du français, de l'espagnol et de l'anglais, ce qui lui permettait d'informer la majorité des visiteurs de cette nouvelle ville espagnole (les *hôtes*, selon la terminologie officielle), qui tous avaient besoin d'uriner de temps en temps, et dont la plupart semblaient dépourvus du minimum de jugeote nécessaire pour déchiffrer les centaines de pictogrammes leur indiquant où se rendre quand ledit besoin devenait par trop pressant.

André constata qu'Esteban était à son emplacement habituel de vendeur de ballons. *Du pain et des jeux*, c'est ce que pensaient les deux hommes. Tout comme ils pensaient aux sommes gigantesques dilapidées pour bâtir cet endroit... et dans quel but ? Donner aux enfants des classes pauvres et laborieuses quelques brèves heures de distraction avant le retour dans leur taudis ? Inciter leurs parents à dépenser leur argent en loisirs futiles ? En fait, le véritable but de l'opération était d'enrichir un peu plus les investisseurs arabes qu'on avait persuadés d'investir ici leurs pétrodollars pour construire cette ville d'opérette. À couper le souffle, peut-être, mais néanmoins objet de mépris, symbole de la futilité, de l'irréel, opium pour des masses ouvrières trop abêties pour s'en rendre compte. Enfin, c'était là justement la tâche de l'élite révolutionnaire.

André reprit sa déambulation, apparemment au hasard, en fait selon un plan précis — à la fois le sien et celui du parc. On le payait à surveiller les lieux et régler les problèmes, tandis qu'il expliquait avec le sourire aux parents à quel endroit leurs petits chéris pouvaient aller se soulager.

« Ça devrait faire l'affaire, dit Noonan en entrant pour la réunion matinale.

— Quoi donc ? » demanda Clark.

Noonan exhiba une disquette. « Ça ne fait qu'une centaine de lignes de code, non compris le programme d'installation. Toutes les cellules de routage des communications mobiles exploitent le même logiciel informatique pour fonctionner. Dès qu'on débarque quelque part, je n'ai qu'à charger mon programme sur leur bécane. À moins de composer le préfixe idoine avant de passer un appel — en l'occurrence le 777 —, la cellule répondra que le numéro appelé est occupé. Ça nous permettra aussi bien de bloquer tous les appels de mobiles adressés à nos sujets par quelque âme charitable, que de les empêcher de contacter l'extérieur.

— Il y en a combien de copies ? demanda Stanley.

— Trente. On peut demander aux flics du coin de les installer. J'ai fait taper le mode d'emploi en six langues. » *Pas mal, hein ?* avait envie de dire Noonan. Pour l'obtenir, il avait dû passer par un contact de la NSA à Fort Meade, dans le Maryland. Un exploit pour à peine plus d'une semaine de boulot. « Le programme s'appelle Cellcop et fonctionne partout dans le monde.

— Bien joué, Tim. » Clark en prit bonne note. « Et nos équipes, comment vont-elles ?

— Sam Houston est HS avec une entorse au genou, lui indiqua Covington. Il s'est blessé au cours d'une descente au filin. On peut encore le déployer, mais il restera incapable de courir pendant quelques jours.

— Le groupe Deux est à cent pour cent opérationnel, John, annonça Chavez. George Tomlinson est un peu handicapé par son tendon d'Achille, mais rien de grave. »

Clark grommela, hocha la tête, rajouta une note sur son calepin. Leur entraînement était si dur qu'une blessure de temps à autre était inévitable — et John n'avait toujours pas oublié la maxime selon laquelle l'exercice était censé être un combat sans effusion de sang, et le combat un exercice sanglant. C'était en définitive très bon signe que ses troupes se démènent aussi bien à l'entraînement qu'en situation réelle — les voir prendre avec le même sérieux tous les aspects de la vie au sein du groupe prouvait leur force morale, en même temps que leur conscience professionnelle. Comme Sam Houston était tireur à distance, il devait être à soixante-dix pour cent de ses capacités ; quant à George Tomlinson, tendinite ou pas, il continuait de courir tous les matins et de se défoncer en vrai soldat d'élite qu'il était.

John se tourna vers Bill Tawney : « Des infos ?

— Rien de spécial, répondit l'agent de renseignements. Nous savons qu'il reste des terroristes en vie, et les diverses forces de police enquêtent toujours pour les faire sortir de leur tanière, mais ce n'est pas une tâche facile, et rien ne s'annonce pour l'instant, cela dit... » Cela dit, on ne pouvait jamais rien prévoir dans ce genre d'affaire. Chacun autour de cette table en était conscient. À tout moment, un terroriste de l'envergure de Carlos pouvait fort bien se faire pincer et reconnaître par un contractuel après avoir brûlé un stop, mais on ne pouvait pas compter sur de tels hasards. Il restait sans doute en Europe un peu plus d'une centaine de terroristes qui vivaient planqués, comme Ernst Model ou Hans Fürchtner, mais ils n'avaient pas eu de mal à apprendre à se faire discrets, à adopter un déguisement banal, et à éviter les ennuis. Il faudrait qu'ils commettent une erreur quelconque pour se faire repérer, et ceux qui commettaient des erreurs étaient depuis longtemps morts ou sous les verrous.

« Comment se passe la coopération avec les forces de police locales ? demanda Alistair Stanley.

— Les contacts sont permanents, et nos missions en Suisse et en Autriche constituent d'excellentes cartes de visite. Dès qu'il se passe quelque chose, on peut s'attendre à être prévenus de suite.

— Mobilité ? s'enquit John.

— Ça, c'est pour moi, je suppose, répondit le lieutenant-colonel Malloy. Ça se passe bien avec la 1re escadre d'opérations spéciales. Ils me laissent pour l'instant leur Night Hawk et j'ai suffisamment d'heures de vol sur le Puma pour l'avoir bien en main. S'il faut qu'on y aille, je suis prêt. Je peux nous obtenir un MC-130 de ravitaillement en vol si on doit se déployer loin, mais en pratique, je peux être à peu près n'importe où en Europe en huit heures avec mon Sikorsky, avec ou sans ravitailleur. Du point de vue opérationnel, tout baigne : j'ai rarement vu des troupes aussi bien préparées et la collaboration est parfaite. Non, le seul truc qui me tracasse, c'est le manque d'antenne médicale.

— On y a réfléchi. Le Dr Bellow est notre toubib, et vous êtes au niveau, question traumatologie, doc ? demanda Clark.

— À peu près, même si je ne vaux pas un vrai chirurgien spécialisé. Par ailleurs, dès qu'on se déploie, on peut demander un coup de main aux services médicaux de la police et des pompiers sur place.

— On a fait mieux à Fort Bragg, observa Malloy. Je sais que tous nos tireurs ont une formation de secouriste, mais avoir sous la main un véritable aide-soignant bien formé, c'est toujours mieux. Le Dr Bellow n'a jamais que deux mains, nota le pilote. Et il n'a pas le don d'ubiquité.

— À chaque déploiement, répondit Stanley, on prévient systématiquement le centre hospitalier le plus proche. Jusqu'ici, on n'a pas eu à se plaindre de leur coopération.

— D'accord, d'accord, les gars, mais c'est sur moi que retombera l'éventuelle évacuation des blessés. Je la pratique depuis un bout de temps, et j'estime qu'on devrait pouvoir faire encore mieux. Je recommande déjà qu'on effectue des exercices réguliers. »

Ce n'était pas une mauvaise idée, estima Clark. « Bien noté, Malloy. Al, on organise ça pour les jours qui viennent.

— À vos ordres, répondit Stanley.

— Le problème, c'est de simuler les blessures, prévint le Dr Bellow. Rien ne remplace la situation réelle, mais on ne va pas non plus organiser pour nos gars une visite des urgences. Ça prendrait trop de temps, et de toute façon ils n'y verraient pas le genre de traumatismes qu'ils sont appelés à rencontrer.

— On se heurte à ce problème depuis des années, admit Peter Covington. On peut toujours enseigner les procédures, mais pour l'expérience pratique, ce n'est pas si évident...

— Ouais, ou alors faut qu'on aille s'installer à Detroit, blagua Chavez. Bon, écoutez, les mecs, on a tous une formation de secouriste, et le Dr Bellow est un vrai toubib. Notre temps d'entraînement n'est pas élastique et la mission initiale passe avant tout, non ? On intervient, on fait le boulot, et ça devrait minimiser le nombre de blessés, non ? » Sauf du côté des malfrats, s'abstint-il de préciser, mais ce n'était pas leur souci premier, et du reste, on traitait difficilement trois balles de 10 mm en pleine tête, même dans un service spécialisé. « J'aime assez cette idée d'exercice d'évacuation sanitaire. Pas de problème, on peut le faire, compléter avec des exercices de secourisme, mais d'un point de vue pratique, je vois mal comment on pourrait aller plus loin.

— Des remarques ? » Clark partageait son avis.

« Chavez a raison... mais on n'est jamais préparé et entraîné à cent pour cent, remarqua Malloy. Vous aurez beau en faire un max, les méchants trouveront toujours moyen de vous concocter un nouveau coup en vache. En tout cas, dans la Force Delta, on déploie une antenne médicale complète, avec des aides-soignants spécialisés en traumatologie. On n'a peut-être pas les moyens ici, en tout cas c'est ainsi qu'on procédait à Fort Bragg.

— Non, on sera de toute façon obligés de compter sur les structures locales, répondit Clark, mettant fin au débat. On ne peut pas se permettre d'enfler cette structure à l'infini. Je n'ai pas le budget pour ça. »

Or, c'est le sésame en ce domaine, n'eut pas besoin d'ajouter Malloy. La réunion s'acheva peu après, et avec elle, leur journée de travail. Dan Malloy s'était vite fait à la tradition de conclure la journée au mess, où la bière était bonne et la compagnie agréable. Dix minutes plus tard, il trinquait avec Chavez. Ce petit moricaud en avait dans la culotte.

« Cette intervention en Autriche, c'était du sacré bon boulot, Ding.

— Merci, Dan. » Chavez but une lampée. « Mais faut dire qu'on n'avait pas trop le choix... Y a des fois, faut faire avec ce qu'on a sous la main.

— Ouaip, c'est pas faux, admit le Marine.

— Alors tu penses comme ça qu'on est limite côté médical... moi aussi, mais jusqu'ici, ça ne nous a pas posé problème.

— Jusqu'ici, vous avez eu du bol, mon p'tit gars.

— Ouais, je sais. On ne s'est pas encore carré de vrais cinglés.

— Ils sont à l'affût quelque part, les vrais sociopathes, ceux qui n'ont aucun frein moral. Enfin, pour être franc, je n'en ai jamais vu qu'à la télé. Je n'arrête pas de repenser à cette histoire de Ma'alot, en Israël, il y a plus de vingt ans. Ces salauds avaient massacré des petits enfants, juste pour prouver leur détermination... et souviens-toi de ce qui est arrivé plus récemment avec la gamine du président[1]. Elle a eu une sacrée veine qu'un gars du FBI soit là. Je lui paierais volontiers la tournée, à ce mec.

— Une fine gâchette, admit Chavez. Mais surtout, le minutage était parfait. J'ai lu en détail comment il a procédé... discuter avec les types, se montrer patient, attendre le moment propice pour intervenir, et à ce moment agir sans hésiter.

— Il a fait une conférence à Bragg, mais j'étais en déplacement ce jour-là. J'ai revu la cassette. Les gars disaient qu'il tire aussi bien que les autres dans son équipe... mais surtout, qu'il est malin.

— C'est ce qui compte, renchérit Chavez en finissant sa bière. Bon, ce soir, c'est moi qui suis de cuisine.

— Pardon ?

— Ma femme est toubib, elle rentre d'ici une heure, et c'est mon tour de préparer le dîner. »

Malloy haussa le sourcil. « Ravi de vous voir aussi bien entraîné, Chavez.

— J'ai pas de problème avec ma virilité », lui assura Domingo, en se dirigeant vers la porte.

André travailla tard cette nuit-là. Worldpark restait ouvert jusqu'à vingt-trois heures, et les boutiques encore plus tard, parce qu'une entreprise de cette taille ne pouvait laisser échapper l'occasion de vider un peu plus les poches des masses avec des jouets et souvenirs de pacotille destinés aux mains avides de gamins bien souvent à moitié endormis dans les bras de leurs parents épuisés. Il regardait ce

---

1. Cf. *Sur ordre, op. cit.*

cirque d'un œil impassible, les queues de touristes attendant l'ultime tour de manège ; il fallait que les employés leur aient fait signe d'évacuer après avoir remis les chaînes en place pour qu'ils se décident enfin à regagner la sortie, d'un pas traînant, s'arrêtant au moindre prétexte devant les boutiques où des vendeurs les accueillaient avec un sourire las tout en restant serviables comme on le leur avait enseigné à la Worldpark University. Et puis enfin, quand tous s'étaient décidés à partir, les commerces fermaient, on faisait les caisses et, sous les yeux d'André et de ses collègues de la sécurité, l'argent était rapatrié à la caisse centrale. Même si cela ne faisait pas officiellement partie de ses attributions, il accompagna les trois employés de l'une des boutiques, jusque dans la rue principale puis dans une allée latérale, pour franchir une porte discrète donnant sur un escalier d'accès au sous-sol, avec ses coursives en béton envahies de chariots électriques et d'employés durant la journée. Mais à présent, elles étaient presque vides, hormis les personnels regagnant les vestiaires pour se changer. La caisse centrale était située au cœur même du complexe, quasiment sous le donjon. C'est là qu'on ouvrait les sacs, portant chacun l'étiquette de son point d'origine. Les pièces étaient vidées dans une corbeille métallique où elles étaient classées par valeur, dénombrées, puis regroupées en rouleaux, à leur tour emballés et étiquetés avant d'être transportés à la banque. Les billets, qui avaient été déjà classés par devises et par valeurs au niveau de chaque caisse enregistreuse, étaient tout bonnement... pesés. La première fois, ça l'avait sidéré, mais ils étaient effectivement pesés sur des balances de précision — là, 1,0605 kilos de billets de cent marks. Là,

2,6370 kilos de billets de cinq livres... Aussitôt, la somme correspondante s'affichait sur un écran électronique, et les billets repartaient pour être regroupés en liasses. Ici, les vigiles étaient armés, car la recette totale de la journée s'élevait à l'équivalent de... 11 567 309,35 euros, avait converti l'afficheur de la caisse centrale, le tout en billets usagés et monnaies diverses. L'ensemble tenait dans six gros sacs de toile placés sur un chariot à quatre roues pour rejoindre le bout du sous-sol où attendait le fourgon blindé chargé, sous bonne escorte policière, d'emmener le tout à l'agence centrale de la banque locale, encore ouverte à cette heure tardive pour accueillir un dépôt de cette envergure. Onze millions en liquide... c'étaient chaque année des milliards qui passaient ici, rien qu'en espèces, songea André, avec lassitude.

Il s'approcha du chef de la sécurité : « Pardon... Est-ce que j'aurais enfreint le règlement en m'aventurant ici ? »

L'autre étouffa un rire. « Non pas. Tout le monde descend jeter un œil ici, un jour ou l'autre. C'est même pour ça qu'on a installé des panneaux vitrés...

— Il n'y a pas de risque ?

— Je ne pense pas. Les glaces sont épaisses, comme tu peux le constater, et la sécurité à l'intérieur de la salle de comptabilité est très stricte.

— *Mon Dieu !* s'exclama André. Tout cet argent ! Et si jamais quelqu'un se risquait à le piquer ?

— Le fourgon est blindé, sans parler de l'escorte policière, deux voitures, quatre hommes dans chaque, puissamment armés. » Et ce ne devait être que la partie émergée de l'iceberg, estima André. Il devait y en avoir d'autres, moins proches, moins visibles, mais aussi bien équipés. « Au début, on redoutait effectivement que les terroristes basques cherchent à voler l'argent — ils auraient de quoi financer leurs opérations pendant plusieurs années — mais la menace ne s'est jamais concrétisée... Du reste, tu sais ce que devient tout ce fric ?

— Pourquoi ne pas le transporter à la banque en hélico ? » s'étonna André.

Le responsable de la sécurité étouffa un bâillement. « Trop cher.

— Alors, qu'est-ce qu'il devient, ce fric ?

— La majeure partie nous revient tôt ou tard, c'te idée. »

— Oh. » André resta quelques instants songeur. « Bien sûr, c'est forcé. »

Même si les responsables du parc étaient ravis d'accepter les cartes bancaires et engageaient d'ailleurs les visiteurs à recourir à ce mode de règlement universel, l'essentiel des transactions à Worldpark s'effectuait en espèces, vu la modicité des sommes impliquées.

« Je serais pas étonné qu'on voie repasser le même billet une bonne quinzaine de fois avant qu'il soit trop usé et finisse au pilon.

— Je vois. » André hocha la tête. « Donc, on dépose l'argent et on le ressort aussitôt de notre propre compte pour avoir juste de quoi rendre la monnaie. On garde à peu près combien, en roulement ?

— Pour faire l'appoint ? » L'autre haussa les épaules. « Oh, l'équivalent de deux ou trois millions d'euros, au minimum. En livres ou en pesetas. Pour avoir un chiffre précis, faudrait voir avec ces ordinateurs... » Il indiqua les machines.

« Incroyable... », commenta André, parfaitement sincère. Il salua le chef vigile d'un signe de tête, et s'éloigna pour passer sa carte à la pointeuse et se changer. La journée avait été fructueuse. Ses déambulations lui avaient confirmé ses observations précédentes. Il savait à présent comment organiser la mission et comment la réaliser. L'étape suivante serait de faire venir ses collègues et de leur présenter le plan, après quoi ils passeraient à l'exécution. Quarante minutes plus tard, il était de retour dans son appartement, et récapitulait la situation en buvant un verre de bourgogne. Pendant plus de dix ans, il avait été responsable de la planification et de la logistique pour Action directe — en tout, il avait organisé et exécuté onze assassinats. Cette mission serait toutefois de loin la plus imposante, peut-être le couronnement de sa carrière, et il devait y réfléchir dans le moindre détail. Ses yeux ne cessaient de revenir au plan de Worldpark affiché au mur de son appartement. Les voies d'accès possibles pour la police. Les ripostes envisageables. Les points où disposer ses propres forces de sécurité. Où regrouper les otages. Les moyens d'évacuer tout le monde. André ne cessait de récapituler tout cela, inlassablement, traquant les points faibles, les erreurs. C'était la Guardía Civil qu'ils auraient en face d'eux. Il convenait de prendre au sérieux les policiers espagnols, malgré leurs couvre-chefs ridicules. Cela faisait trente ans bientôt qu'ils affrontaient les indépendantistes basques, et aujourd'hui ils étaient rodés. Il ne faisait aucun doute qu'ils avaient déjà élaboré un dispositif de protection avec la direction de Worldpark, car le parc d'attractions constituait un objectif trop attirant pour des terr... des éléments progressistes, se corrigea André. Toujours prendre au sérieux la police. Elle avait déjà failli le tuer ou l'arrêter à deux reprises en France, mais chaque fois c'était parce qu'il avait commis des erreurs manifestes, et il en avait tiré la leçon. Pas question de recommencer. Ce coup-ci, il les tiendrait en respect grâce au choix des otages, et en leur montrant qu'il était prêt à les utiliser pour ses menées politiques, la Guardía Civil, si forte soit-elle, ne pourrait que céder devant cette preuve de sa détermination ; car malgré leur force et leur arsenal, ils demeuraient vulnérables à la sentimentalité bourgeoise, comme le reste de la population. Lui, c'était la pureté de sa résolution qui lui donnait l'avantage, et cet avantage, il comptait bien le conserver pour réaliser son objectif. Dans le cas contraire, il y aurait de nombreux morts et cela, ni le gouvernement espagnol, ni le gouvernement français ne pouvaient se le permettre. Le plan était quasiment achevé. Il décrocha son téléphone et passa un appel international.

Peter revint le voir en début de soirée. Il était livide à présent, encore plus apathique, si c'était possible, mais surtout plus mal, à en juger par sa démarche douloureuse.

« Comment ça va ? demanda le Dr Killgore d'un ton enjoué.

— Mon estomac me fait souffrir le martyre, toubib. Juste là, fit-il en pointant le doigt.

— Il continue de te faire des misères, hein ? Bon, si tu t'allongeais ici, on va voir un peu ça », dit le médecin en passant masque et gants. L'auscultation fut rapide, mais elle n'était pas vraiment nécessaire : Pete, comme Chester avant lui, était en train de mourir, même s'il l'ignorait encore. L'héroïne avait réussi sans mal à résorber l'inconfort et substituer à la douleur un nirvana chimique. Killgore fit avec précaution un autre prélèvement sanguin qu'il examinerait ultérieurement au microscope.

« Eh bien, mon gars, je crois qu'il nous faudra prendre notre mal en patience. Mais je peux te faire une autre piqûre, si tu veux.

— Ça oui, toubib. La dernière était rudement efficace. »

Killgore emplit une nouvelle seringue en plastique et injecta l'héroïne dans la même veine. Il regarda les yeux de Pete s'écarquiller lors de la montée initiale, puis les paupières retomber au moment où la douleur cédait pour faire place à une léthargie si profonde qu'il aurait quasiment pu opérer sur place le pauvre bougre sans qu'il réagisse.

« Comment vont les autres, Pete ?

— Ça va, sauf Charlie qui se plaint de son estomac ; sans doute un truc qu'est mal passé, je suppose.

— Ah bon ? Peut-être que je devrais l'examiner, lui aussi. » *Donc, le numéro trois sera sans doute ici dès demain.* La chronologie était à peu près respectée. Après les symptômes précoces de Chester, le reste du groupe se conformait aux prévisions. Parfait.

Il y eut d'autres coups de fil et, tôt dans la matinée, des voitures louées grâce à de faux papiers franchissaient, isolées ou par groupes de deux, la frontière franco-espagnole, en général sous le sourire bienveillant des rares douaniers. Des agences de voyage avaient procédé aux réservations nécessaires dans plusieurs hôtels du complexe — tous de standing moyen et reliés par train ou monorail au parc d'attractions. Leurs stations étaient situées au pied même des établissements : il ne fallait surtout pas que les touristes se perdent.

Les autoroutes desservant le parc étaient larges et bien aménagées, leurs panneaux indicateurs faciles à suivre, même pour des non-hispanophones. Le seul danger était représenté par les gigantesques cars Pullman qui fonçaient à plus de cent cinquante à l'heure, tels de monstrueux paquebots terrestres, bourrés de touristes collés aux fenêtres, avec leurs hordes de gamins saluant au passage les automobilistes du convoi. Ces derniers leur rendaient leurs saluts, se laissant doubler par ces engins roulant au mépris des limitations de vitesse, comme si c'était leur droit, alors qu'eux-mêmes préféraient ne pas s'y risquer. Ils avaient tout le temps devant eux. La mission avait été prévue en ce sens.

Tomlinson tâta sa jambe gauche et fit la grimace. Chavez ralentit sa course pour s'assurer qu'il allait bien.

« Ça fait toujours mal ?

— Merde, un mal de chien, oui, confirma le sergent Tomlinson.

— Alors, vas-y mollo, bougre d'andouille. Faut pas rigoler avec le tendon d'Achille.

— Je viens de m'en apercevoir, Ding. » Tomlinson ralentit ; sa jambe gauche était encore sensible au bout de trois mille mètres de course. Il respirait plus fort que d'habitude mais la douleur avait toujours un effet néfaste sur l'endurance.

— T'as vu le Dr Bellow ?

— Ouaip, mais il dit qu'on n'y peut pas grand-chose, à part attendre que ça se passe.

— Eh bien, c'est ce que tu vas faire. C'est un ordre, George. Interdiction de courir jusqu'à ce que tu n'aies plus mal. Vu ?

— Oui, chef, concéda le sergent Tomlinson. Mais je suis encore opérationnel, si on a besoin de moi.

— Je le sais, George. On se retrouve au stand de tir.

— D'accord. » Tomlinson regarda son chef presser le pas pour rattraper le reste du groupe Deux. Son incapacité à suivre le rythme le touchait dans son orgueil. Jamais encore il n'avait laissé une blessure le ralentir de la sorte — dans les commandos Delta, il avait poursuivi l'entraînement malgré deux côtes cassées ; il n'en avait même pas parlé aux toubibs de peur que ses compagnons le traitent de mauviette. Mais si l'on pouvait dissimuler et traiter par le mépris des côtes abîmées, avec une tendinite, c'était une autre histoire : pas question de courir, la douleur était si intense que la jambe cessait de fonctionner normalement et qu'on avait même du mal à rester simplement debout. Merde, se dit le soldat, je peux quand même pas laisser tomber mes potes. Jamais encore il n'avait accepté de rester à la traîne, même quand il jouait au base-ball à l'université. Aujourd'hui, il allait bien être forcé d'achever le parcours au pas, en tâchant de garder le rythme réglementaire de cent vingt pas à la minute, et même ainsi, c'était douloureux, mais quand même pas au point de l'immobiliser. Les hommes du groupe Un participaient également à l'exercice : ils le dépassèrent, y compris Sam Houston avec son genou amoché, qui lui adressa un petit signe alors qu'il le doublait en claudiquant. Dans cette unité, l'orgueil, c'était quelque chose. Tomlinson avait passé six ans dans les forces spéciales, et cet ancien Béret vert engagé par Delta était sur le point d'obtenir un doctorat en psycho — c'était, semblait-il, la matière de prédilection des gars dans cette branche — et il étudiait le moyen d'achever ses études en Angleterre, où le système universitaire fonctionnait autrement et où il était assez peu commun de voir de simples soldats décrocher des parchemins. Mais chez les membres de Delta, on discutait souvent ensemble des terroristes qu'ils étaient censés affronter, de leurs motivations, parce que comprendre l'ennemi restait le meilleur moyen de prévoir son comportement et ses faiblesses — pour le tuer d'autant plus aisément, ce qui était leur tâche, après tout. Curieusement, il n'avait encore jamais abattu personne en mission avant d'arriver ici, et plus curieusement encore, l'expérience ne s'était pas révélée si différente des exercices. On jouait de la même façon qu'on s'entraînait, estima le sergent, comme on le leur avait seriné à chaque étape de sa formation, depuis qu'il avait fait ses classes à Fort Knox, onze ans plus tôt.

Merde, il avait le bas de la jambe en feu, ça n'avait pas cessé, c'était juste un peu moins fort que lorsqu'il courait. Enfin, le toubib lui avait dit qu'il en avait pour une bonne semaine, plutôt deux, avant d'être à nouveau pleinement opérationnel... tout ça parce qu'il avait abordé un trottoir du mauvais côté, sans regarder, comme un vrai crétin. Au moins, Houston avait-il une excuse pour son genou. Les séances de descente au filin pouvaient être dangereuses : tout le monde glissait un jour ou l'autre — dans le cas d'Houston, ç'avait été sur un rocher et il avait dû salement déguster... mais Sam n'était pas non plus une mauviette, se répéta Tomlinson en se dirigeant, clopin-clopant, vers le stand de tir.

« OK, il s'agit d'un exercice à balles réelles, annonça Chavez à ses hommes. Le scénario est de cinq méchants, huit otages. Les méchants ont des armes de poing et des SMG. Parmi les otages, il y a deux gamines de sept et neuf ans. Les autres sont des femmes, des mères de famille. Les méchants ont attaqué une garderie et le moment est venu d'intervenir. Noonan nous a localisé l'opposition à ces emplacements. » Chavez les indiqua au tableau noir. « Tim, quelle est la fiabilité de tes données ?

— Soixante-dix pour cent, pas mieux. Ils ne restent pas vraiment en place. En revanche, tous les otages sont regroupés dans ce coin. » Sa règle frappa l'ardoise.

« Parfait. Paddy, tu prends les explosifs. On travaille en binômes, comme d'hab. Louis et George, vous entrez les premiers, vous couvrez le flanc gauche. Eddie et moi, on vous emboîte le pas en prenant le centre. Scotty et Oso, en dernier, vous terminez avec la droite. Des questions ? »

Aucune. Chaque membre de l'unité examina le diagramme au tableau. La salle ne recelait pas de piège apparent.

« Alors, on y va. » Les hommes sortirent enfiler leur tenue de Ninja.

« Ta jambe, George, comment ça va ? demanda Loiselle.

— On va bien voir ce que ça donne, mais pour

les mains, pas de problème, répondit le sergent Tomlinson en brandissant son MP-10.

— *Bien* », fit Loiselle. Les deux hommes composaient un binôme semi-permanent, et travaillaient en étroite collaboration, au point que chacun pouvait presque deviner les pensées de son homologue sur le terrain. L'un comme l'autre avait également le don d'évoluer sans être vu. C'était un talent difficile à enseigner — réservé, semblait-il, aux chasseurs d'instinct — et les meilleurs s'entraînaient en permanence.

Deux minutes plus tard, ils étaient sortis du stand de tir. Connolly disposa les charges de plastic autour de la porte. Cet aspect de l'entraînement ne faisait pas chômer les menuisiers de la base, nota Chavez. Il ne fallut que trente secondes pour que Connolly s'écarte, le pouce levé, afin d'indiquer qu'il avait relié les câbles au détonateur.

« Groupe Deux pour Leader, entendirent-ils tous dans leurs oreillettes. Parés à intervenir. Paddy, trois... deux... un... ZÉRO ! »

Comme toujours, Clark sursauta en entendant détoner les charges. Lui-même ancien expert en démolition, il savait que Connolly lui était supérieur, avec un coup de main presque magique, mais il savait aussi que presque tous les artificiers au monde avaient tendance à forcer un rien la dose. La porte s'envola pour aller s'écraser contre le mur opposé, à une vitesse propre à blesser plus ou moins grièvement ceux qu'elle aurait pu heurter au passage. John plaqua les mains contre ses oreilles et ferma les yeux en prévision de l'explosion des grenades à concussion avec leur détonation assourdissante et leur éclair aveuglant. La chronologie avait été parfaitement respectée, tandis qu'il passait par-derrière pour observer l'entrée des tireurs.

Dédaignant les protestations de sa jambe blessée, Tomlinson fonça derrière Loiselle, l'arme au poing. C'est là que les tireurs eurent droit à leur première surprise ; l'exercice était vicieux : ni otages ni méchants sur la gauche. Les deux hommes gagnèrent le mur opposé, pivotant dans le même temps sur la droite pour couvrir ce côté.

Chavez et Price étaient déjà entrés et balayaient leur zone de responsabilité. Là aussi, la salle était vide. Puis ce fut au tour de Vega et McTyler d'avoir la même désagréable surprise sur le flanc droit. La mission ne se déroulait pas du tout comme prévu. C'étaient des choses qui arrivaient.

Chavez constata l'absence manifeste de méchants ou d'otages, et nota aussi qu'il n'y avait qu'une seule porte, ouverte, donnant sur une autre salle.

« Paddy, les fulgurantes ! » lança-t-il dans son micro, tandis que Clark surveillait la scène depuis le coin, portant sa chemise blanche d'observateur et son gilet pare-balles. Connolly était entré derrière Vega et McTyler, deux grenades phosphorescentes dans les mains. Il les envoya coup sur coup à travers la porte, et une fois encore, les murs tremblèrent. Cette fois-ci, Chavez et Price prirent la tête. Alistair Stanley était déjà posté à l'intérieur, avec sa tenue blanche d'arbitre, tandis que Clark restait dans la pièce de devant. Ce dernier entendit le bruit sourd des armes à silencieux, suivi des cris : « Dégagé ! Dégagé ! Dégagé ! »

En pénétrant dans le stand de tir, John vit toutes les cibles transpercées au niveau de la tête, comme d'habitude. Ding et Eddie étaient avec les otages, faisant rempart de leur corps pour les protéger, leur arme braquée sur les cibles en carton, qui en situation réelle auraient été étendues au sol, pissant le sang par leur crâne défoncé.

« Excellent, décréta Stanley. Bonne improvisation. Toi, Tomlinson, tu étais un peu lent, mais ton tir a été d'une précision remarquable. Toi aussi, Vega.

— Parfait, les gars, on retourne au bureau visionner les bandes », leur annonça John qui ressortit le premier, secouant encore la tête pour retrouver ses esprits. Il faudrait qu'il s'équipe de tampons acoustiques et de lunettes protectrices s'il devait continuer ainsi, à moins de vouloir finir sourd — même s'il estimait de son devoir de vivre les choses en vrai pour être en mesure d'apprécier le bon déroulement des opérations. Il intercepta Stanley au passage.

« C'était assez rapide à ton goût, Al ?

— Oui, acquiesça Al. Les flash-bang nous donnent dans les trois-quatre secondes d'incapacité, plus une quinzaine encore de performance inférieure à la moyenne. Chavez s'est bien adapté. Tous les otages auraient survécu, sans doute. John, nos gars surfent vraiment sur la crête de la vague. Ils ne peuvent pas aller plus haut. Malgré sa patte folle, Tomlinson n'était même pas un demi-pas derrière, quant à notre petit Français, il se déplace avec l'agilité d'une mangouste. Même Vega, malgré sa carrure, n'est pas le moins discret. John, ces gars forment la meilleure équipe que j'aie jamais vue.

— Je suis d'accord avec toi, mais...

— Mais trop d'éléments restent encore aux mains de nos adversaires. Oui, je sais, pourtant, je ne voudrais pas être à leur place quand on leur tombera dessus. »

13

Amusement

Popov essayait toujours d'en savoir plus sur son employeur, mais sans rien trouver qui puisse l'éclairer. Entre la bibliothèque municipale de New York et Internet, ses recherches combinées avaient débouché sur des tombereaux d'informations, mais sans le moindre indice susceptible de justifier pourquoi il avait engagé l'ancien agent du KGB pour déterrer des terroristes et les jeter dans la gueule du loup. C'était aussi improbable que de voir un enfant comploter l'assassinat d'un parent bien-aimé. Ce n'était pas l'aspect moral de la chose qui le troublait. La morale avait peu sa place dans les activités de renseignement. Lors de sa formation à l'académie du KGB dans la banlieue de Moscou, le sujet n'avait jamais été abordé en classe, sinon pour leur faire entendre que l'État avait *toujours* raison. « Il arrivera qu'on vous ordonne d'accomplir des actes auxquels, à titre personnel, vous trouverez à redire, avait expliqué un jour le colonel Romanov. Il n'empêche que vous devrez les accomplir, parce que les raisons, connues de vous ou non, seront toujours les bonnes. Vous avez tout à fait le droit de soulever des objections pour raisons tactiques — en tant qu'agent sur le terrain, le déroulement concret des opérations sera généralement de votre ressort. Mais refuser une mission est inacceptable. » Point final. Ni Popov ni ses camarades de classe n'avaient jugé bon de s'étendre sur le sujet. Les ordres étaient les ordres, c'était une chose entendue. Et c'est pourquoi, une fois accepté son emploi, Popov avait accompli les tâches assignées...

... mais tant qu'il avait servi l'Union soviétique, il avait toujours su quelle était la mission générale, à savoir obtenir des informations vitales pour sa patrie, parce que son pays en avait besoin pour lui ou pour aider ceux dont les actes lui seraient bénéfiques en fin de compte. Même collaborer avec Ilitch Ramirez Sanchez avait servi — du moins l'avait-il cru à l'époque — des intérêts spécifiques. Depuis, il en était revenu, bien sûr. Les terroristes étaient comme des chiens enragés qu'on lançait dans le jardin de son adversaire pour créer une diversion et, oui, peut-être que tout cela avait eu un intérêt stratégique — en tout cas, c'est ce qu'avaient pensé ses maîtres — au service d'un État aujourd'hui disparu. Mais en vérité, non, les missions n'avaient pas été vraiment utiles. Et si bon qu'ait pu être le KGB (il persistait à penser que c'était le meilleur service d'espionnage qui ait existé), il n'en avait pas moins été en définitive un échec. Le Parti, dont le Comité de sécurité de l'État avait été à la fois le glaive et le bouclier, n'existait plus aujourd'hui. Le glaive n'avait pas tué les ennemis du Parti, et le bouclier ne l'avait pas protégé des diverses armes de l'Occident. Alors, ses supérieurs avaient-ils réellement su ce qu'il convenait de faire ?

Sans doute pas, dut bien admettre Popov, et à cause de cela, il était bien possible que toutes les missions qu'on lui avait assignées n'aient en définitive servi à rien. La révélation aurait pu être amère, sauf que sa formation et son expérience lui rapportaient désormais un salaire plus que confortable, sans compter les deux valises qu'il avait réussi à détourner — mais tout ça pour quoi ? Faire tuer des terroristes par des forces de police européennes ? Il aurait pu aussi aisément — quoique avec moins de profit — se contenter de les dénoncer à la police pour qu'ils soient arrêtés, jugés et emprisonnés comme la lie criminelle qu'ils étaient, ce qui aurait été infiniment plus satisfaisant. Un tigre en cage, tournant en rond derrière ses barreaux en attendant sa ration quotidienne de cinq kilos de viande de cheval réfrigérée, était autrement plus distrayant que le même animal empaillé dans un musée, et guère plus dangereux. Dimitri Arkadeïevitch avait l'impression de jouer la chèvre de monsieur Seguin mais qui était le loup dans l'histoire ?

Il ne crachait pas sur l'argent. Encore deux ou trois missions comme les précédentes et il pourrait emporter son magot, ses faux papiers et disparaître de la surface de la planète. Pouvoir lézarder sur une plage, en sirotant des boissons parfumées tout en contemplant des jolies filles en tenue légère ou bien... quoi ? Popov ne savait pas trop quel genre de retraite lui conviendrait, mais il ne se faisait pas de souci : il trouverait bien. Peut-être se reconvertir dans la Bourse, en vrai capitaliste, et ainsi passer son temps à s'enrichir toujours plus. Oui, c'est peut-être ce qu'il choisirait, songea-t-il en sirotant son café matinal derrière sa fenêtre, le regard tourné vers le bas de Manhattan et Wall Street. Mais il n'était pas encore prêt pour ce genre d'existence, et d'ici là, le fait d'ignorer la nature exacte de ses missions demeurait préoccupant. Cette ignorance l'empêchait d'évaluer tous les dangers qu'il courait. Malgré ses talents, son expérience et sa formation professionnelle, il n'avait pas le moindre indice lui permettant de comprendre pourquoi ses employeurs tenaient absolument à le voir libérer les tigres de leurs cages pour mieux les jeter en pâture aux chasseurs aux aguets. Popov regrettait de ne pas pouvoir poser la question. La réponse aurait sans doute été amusante.

L'enregistrement à l'hôtel se déroula avec une précision mécanique. Le comptoir de la réception était immense, et encombré d'ordinateurs chargés de contrôler à la vitesse de l'électronique les réservations des clients, afin de ne pas les retenir plus longtemps d'aller claquer leurs sous dans le parc. Juan prit sa clé magnétique et remercia d'un signe de tête la jolie réceptionniste, puis il souleva ses sacs de voyage et gagna sa chambre, ravi de constater l'absence de détecteurs de métaux. Il n'eut guère à marcher pour gagner la batterie d'ascenseurs d'une dimension peu commune, sans doute pour accueillir les handicapés. Cinq minutes plus tard, il déballait ses affaires dans sa chambre. Il en avait à peu près fini quand on frappa à la porte.

« *Salut !* » C'était René. Le Français entra, s'assit sur le lit et s'étira. « Alors, t'es prêt, mon ami ? demanda-t-il, en espagnol, cette fois.

— *Si !* » répondit le Basque. Il n'avait pas vraiment l'air espagnol, avec ses cheveux blonds tirant sur le roux, ses traits fins, sa barbe bien taillée. Jamais arrêté par la police de son pays, c'était un garçon brillant, prudent, mais parfaitement déterminé, avec déjà deux attentats à la bombe et un meurtre à son actif. La mission qui s'annonçait, René le savait, serait pour Juan la plus audacieuse de toutes, mais il semblait paré, concentré, un rien crispé peut-être, en tout cas tendu comme un ressort et prêt à jouer son rôle. René avait lui aussi réalisé ce genre d'action, le plus souvent des meurtres en pleine rue ; il s'approchait de sa cible, l'abattait d'un coup de pistolet à silencieux, puis s'éloignait comme si de rien n'était, ce qui était encore la meilleure méthode, puisque vous n'étiez presque jamais identifié — jamais on ne remarquait l'arme, et personne ne se retournait sur un passant descendant tranquillement les Champs-Élysées. Ensuite, vous n'aviez plus qu'à vous changer et allumer la télé pour regarder au journal le compte rendu de vos exploits. Le groupe Action directe avait été presque entièrement (mais pas tout à fait) démantelé par la police française. Aucun militant capturé n'avait trahi ses camarades en les balançant aux flics ou aux juges, malgré les pressions et les promesses des autorités — et peut-être certains seraient-ils relâchés à l'issue de cette opération, même si l'objectif principal restait la libération de leur camarade Carlos. Il ne serait pas évident de le faire sortir de la Santé, estima René en se levant pour aller contempler par la fenêtre la station de chemin de fer desservant le parc, mais (il regarda les enfants sur le quai attendant la prochaine rame), il y avait des événements qu'aucun régime, si brutal soit-il, ne pouvait ignorer.

Deux bâtiments plus loin, Jean-Paul observait la même scène de sa fenêtre, tout en ruminant des pensées quasiment identiques. Il était resté célibataire et n'avait jamais connu de véritable histoire d'amour. Il savait désormais qu'à quarante-trois ans cela créait un manque dans sa vie et sa personnalité, un vide anormal qu'il avait tenté de combler par le combat politique et l'idéologie, sa foi dans les principes socialistes et sa vision d'un avenir radieux pour son pays, l'Europe et le reste du monde. Mais quelque chose en lui continuait insidieusement de lui susurrer que tous ces rêves n'étaient qu'illusions, que la réalité était devant lui, deux étages plus bas et cent mètres plus à l'ouest, dans les visages lointains des enfants attendant de monter dans le train à vapeur qui les conduirait au parc et... mais non, de telles pensées étaient aberrantes. Jean-Paul et ses amis savaient bien que leur cause était juste. Ils en avaient discuté en long et en large depuis des années pour conclure que leur voie était bien la bonne. Ils avaient partagé cette frustration que si peu de gens comprenaient... mais un jour, eux aussi ouvriraient les yeux pour voir le chemin de justice que le socialisme offrait au monde entier, eux aussi comprendraient que la route de l'avenir radieux devait être pavée par l'élite révolutionnaire qui seule appréhendait le sens et la force de l'histoire... et cette élite éviterait de rééditer les erreurs jadis commises par les Russes, ces paysans arriérés à la tête de ce pays stupide et trop vaste. Alors, il contempla de nouveau les voyageurs entassés sur le quai tandis que le sifflet de la locomotive annonçait l'imminence du train, et il put voir... bien des choses. Même les enfants n'étaient pas vraiment des individus, ils servaient d'enjeu politique dans une partie menée par d'autres, des gens qui, comme lui, avaient compris comment tournait le monde, ou du moins comment il devrait tourner. Comment, se promit-il, il tournerait un jour. Enfin.

Mike Dennis déjeunait toujours à l'extérieur, une habitude prise en Floride. Ce qu'il aimait bien dans Worldpark, c'est qu'il pouvait s'y désaltérer tranquillement (dans son cas avec un agréable petit vin rouge d'Espagne bu dans un gobelet en plastique) et regarder passer les gens, tout en cherchant toujours à traquer une bévue quelconque. Pour l'instant, il n'avait rien constaté d'anormal. Les cheminements avaient été tracés à la suite d'une réflexion minutieuse, approfondie, à partir de simulations sur ordinateur.

Les attractions et manèges étaient ce qui attirait le plus le public, aussi les allées avaient-elles été dessinées de manière à l'orienter vers les plus spectaculaires. Et les plus coûteuses l'étaient réellement. Ses propres enfants adoraient les fréquenter, en particulier le Bombardier en piqué, une attraction vertigineuse propre à faire dégueuler un pilote de chasse ; tout à côté, c'était la Machine à explorer le temps, un pavillon consacré à la réalité virtuelle qui accueillait quatre-vingt-seize visiteurs par tranches de sept minutes — au-delà, certains risquaient d'être malades, les tests l'avaient prouvé. Ensuite, c'était l'heure de passer aux glaces ou aux boissons fraîches ; du reste, les stands avaient été disposés au pied des attractions pour répondre à cette attente. Un peu plus loin, on trouvait Chez Pepe, un excellent restaurant classique de spécialités catalanes — ne jamais installer un restaurant trop près des manèges : les deux types d'attractions n'étaient pas compatibles. La contemplation du Bombardier en piqué n'aiguisait pas franchement l'appétit et, pour les adultes, sa fréquentation encore moins. Construire et gérer un parc à thèmes tel que celui-ci, c'était un art et même une science. Mike Dennis était l'un des rares spécialistes au monde à en connaître les arcanes, ce qui justifiait son salaire énorme et le sourire tranquille avec lequel il contemplait le plaisir de *ses* hôtes tout en dégustant son vin. Si on appelait ça du travail, alors c'était le meilleur qui soit au monde. Même les pilotes de la navette spatiale n'éprouvaient pas ce genre de satisfaction. Lui, il pouvait s'amuser avec son jouet tous les jours. Eux, ils pouvaient s'estimer heureux s'ils volaient deux fois dans l'année.

Son repas terminé, Dennis se leva pour regagner son bureau sur la Strada España, l'une des artères principales rayonnant à partir du centre. C'était encore un jour de beau temps à Worldpark, ciel dégagé, température de vingt et un degrés, air sec et pur. D'après son expérience, et contrairement à la chanson, la pluie en Espagne ne s'attardait pas spécialement dans les vallées [1]. Le climat local évoquait plutôt celui régnant en Californie.

En chemin, il croisa l'un des vigiles du parc. *André*, indiquait son badge, et l'autre étiquette fixée à sa chemise précisait qu'il parlait espagnol, français et anglais. Excellent, songea Dennis. Ils n'avaient pas assez d'employés comme ce garçon.

Le lieu de réunion avait été convenu à l'avance. Le manège du Bombardier en piqué avait pris pour

---

1. Celle que serine le Pr Higgins dans *My Fair Lady*, l'adaptation cinématographique par George Cukor du *Pygmalion* de George Bernard Shaw : « *The rain in Spain stays mainly in the plains.* » C'est en effet la phrase qu'il fait répéter à la malheureuse Eliza Doolittle pour l'entraîner à se défaire de son accent cockney. Précisons pour l'anecdote que, dans les dialogues en VF, la phrase devient : « Un ciel serein en Espagne est sans embruns. » *(N.d.T.)*

symbole le Junkers-87 Stuka de la Luftwaffe. L'appareil arborait même l'insigne à la croix de fer sur les ailes et le fuselage, bien que l'on n'ait quand même pas osé apposer sur l'empennage une croix gammée. Un tel choix aurait dû choquer bien des sensibilités, estima André. Les Espagnols avaient-ils donc oublié Guernica, la première expression violente de la *Schreklichkeit* nazie, barbarie qui avait entraîné le massacre de milliers de citoyens espagnols ? La conscience historique était-elle si peu développée dans ce pays ? Apparemment. Les enfants comme les adultes qui faisaient la queue tendaient souvent la main pour effleurer la reproduction en deux fois plus petit du bombardier nazi qui avait si souvent plongé sur des soldats ou des civils dans le hurlement de ses « Trompettes de Jéricho », les sirènes montées sur ses jambes de train pour renforcer l'impact psychologique des attaques. On avait même reproduit les sirènes sur le manège, même si tout au long des cent cinquante mètres de descente, les hurlements des utilisateurs noyaient bien souvent leur bruit, sans oublier l'explosion d'air comprimé et le déferlement de fontaines liquides quand les nacelles arrivaient en bas de la première bosse pour traverser un simulacre de tir de DCA, avant de remonter la seconde rampe après avoir largué leur bombe sur une maquette de bateau. Était-il le seul individu en Europe à trouver cette symbolique aussi horrible que bestiale ?

Apparemment oui. À peine descendus du manège, les gens se précipitaient pour reprendre la queue, à l'exception de ceux qui étaient trop ébranlés pour retrouver leur équilibre ; beaucoup étaient en nage, et il en avait même vu deux vomir.

Un employé équipé d'un seau et d'une serpillière était préposé à cette tâche peu ragoûtante de nettoyage. D'ailleurs, l'infirmerie était située à deux pas, pour les plus patraques. André hocha la tête. Bien fait pour ces salauds qui avaient choisi ce hideux symbole du fascisme pour se distraire.

Jean-Paul, René et Juan se pointèrent en groupe aux abords de la Machine à explorer le temps, un gobelet de Coca à la main. Tout comme leurs cinq autres compagnons, ils étaient reconnaissables aux chapeaux qu'ils avaient achetés au kiosque d'accueil. André leur adressa un signe de tête tout en se massant le nez : c'était le signal convenu. René s'approcha.

« Où sont les toilettes ? demanda-t-il en anglais.

— Vous n'avez qu'à suivre les pancartes, répondit André. Je quitte à dix-huit heures. Le dîner est à l'heure prévue ?

— Oui.

— Tout est prêt ?

— Absolument prêt, mon ami.

— Alors, on se voit au dîner. » André s'éloigna pour poursuivre sa patrouille réglementaire, tandis que ses camarades déambulaient dans le parc, certains n'hésitant sans doute pas à essayer les diverses attractions. Il devait y avoir encore plus d'animation le lendemain, leur avait-on dit le matin lors de la prise de service. On s'attendait à l'arrivée de plus de neuf mille touristes supplémentaires dans les hôtels du site, à l'occasion du week-end de Pâques. Le parc s'apprêtait à recevoir des hordes de visiteurs, et ses collègues de la sécurité lui avaient raconté toutes sortes d'anecdotes croustillantes sur ce qui se passait dans ces moments-là. Quatre mois plus tôt, une femme avait accouché de jumeaux à l'infirmerie vingt minutes après avoir fait un tour sur le Bombardier en piqué, au grand étonnement de son mari et pour le plus grand plaisir du Dr Weiler — les enfants s'étaient vu illico attribuer des entrées à vie, ce qui avait fait les titres de la chaîne de télé locale, en partie d'ailleurs grâce au génie du parc pour les relations publiques. Et qui sait, la mère avait peut-être baptisé son marmot Troll, renifla, méprisant, André : il venait justement d'en aviser un spécimen devant lui. Les trolls étaient des personnages à grosse tête et jambes courtes — joués en général par des femmes de petit gabarit, avait-il pu noter dès son arrivée. Ça se remarquait à leurs cannes fluettes par rapport aux gros godillots. Le costume était même doté d'une réserve d'eau permettant de faire baver les lèvres monstrueuses... un peu plus loin, c'était un légionnaire romain qui se battait comiquement en duel avec un barbare germanique. Ils se couraient mutuellement après, en général sous les applaudissements ravis du public assis pour assister au spectacle. Il tourna pour s'engager dans la *Strasse* du secteur allemand, et fut bientôt accueilli par les flonflons d'une fanfare — pourquoi ne jouaient-ils pas le *Horst Wessel Lied* ? s'étonna André. Cela aurait fait la paire avec leur bon Dieu de Stuka vert camouflage. Et tant qu'on y était, pourquoi ne pas habiller les musiciens en SS, et instaurer des douches obligatoires pour certains visiteurs ? Après tout, ça aussi, ça faisait partie de l'histoire de l'Europe. Cet endroit était à gerber. Toute cette symbolique aurait dû faire bondir quiconque avait des rudiments de conscience politique. Mais non, les masses apathiques n'avaient pas de mémoire ; pas plus que de compréhension de l'histoire politico-économique. Il n'était pas mécontent qu'ils aient choisi cet endroit pour affirmer leur position idéologique. Peut-être que leur action réussirait à amener tous ces idiots à réfléchir, ne serait-ce qu'une seconde, au triste sort du monde. Et, au spectacle de ces foules enjouées sous le soleil radieux, il se permit un froncement de sourcils pas du tout dans la note Worldpark.

Bon sang, mais bien sûr. Le voilà, le site idéal. Les gosses l'adoraient. Ils étaient déjà là, agglutinés, se bousculant, tirant leurs parents par la manche, tous en short et baskets, certains avec des chapeaux, des ballons attachés à leurs menottes. André nota dans le groupe plusieurs jeunes malades. Son regard fut attiré par une gamine en fauteuil roulant ; elle portait le badge spécial lui permettant d'accéder aux attractions sans faire la queue. Sans doute était-elle ici grâce à quelque œuvre charitable, invitée avec ses parents afin d'avoir l'occasion de voir pour la première et dernière fois les trolls et les personnages de dessins animés dont le complexe avait acheté les droits d'exploitation. Comme leurs petits yeux fiévreux semblaient briller, nota André, et comme le personnel semblait attentionné pour ces jeunes infirmes ; comme si cela avait la moindre importance, tout ce sentimentalisme bourgeois dans lequel l'ensemble du parc baignait. Enfin, André et ses compagnons veilleraient à remettre les pendules à l'heure. S'il y avait bien un endroit où lancer une action politique, attirer l'attention de l'Europe et du monde sur les vrais enjeux, c'était bien ici.

Ding termina sa première pinte de bière. Il s'arrêterait à la seconde. C'était une règle non écrite que du reste personne n'avait eu à faire valoir, mais d'un commun accord, personne ici ne dépassait cette dose quand les groupes étaient de service, ce qui était presque toujours le cas — du reste, deux pintes de bière anglaise, c'était déjà une sacrée dose. D'ailleurs, tous les membres du groupe Deux étaient rentrés chez eux dîner en famille. Sous cet aspect, Rainbow était une institution atypique. Tous les soldats sans exception étaient mariés, avec au moins un enfant. Des mariages qui, en plus, paraissaient stables. John ignorait si c'était un signe distinctif des commandos spéciaux, mais tous les tigres féroces qu'il avait sous ses ordres s'avéraient, une fois rentrés chez eux, de gentils matous, et cette dichotomie ne laissait pas de le surprendre et de l'amuser.

Sandy apporta le plat principal, un succulent rosbif. John se leva pour découper le rôti. Patsy regarda cette masse de chair morte en songeant un bref instant à la maladie de la vache folle, puis elle estima que sa mère avait suffisamment cuit la viande. De toute façon, elle adorait le rosbif, cholestérol ou pas, et puis pour préparer les sauces, maman était une championne.

« Comment ça se passe à l'hôpital ? demanda Sandy.

— La routine. On n'a pas eu une seule urgence en obstétrique depuis au moins quinze jours. J'avais presque espéré avoir, je ne sais pas, moi, une rupture de placenta pour voir si on était à la hauteur, mais...

— Ne va pas souhaiter des choses pareilles, Patsy, coupa sa mère. J'y ai eu droit aux urgences. La panique totale... et le médecin accoucheur a intérêt

446

à garder son sang-froid, sinon ça peut très vite virer à la catastrophe. On perd la mère et l'enfant.

— Ça t'est déjà arrivé, m'man ?

— Non, mais on n'est pas passé loin, deux fois, à Williamsburg. Tu te souviens du Dr O'Connor ?

— Un grand maigre, c'est ça ?

— Ouais. Dieu merci, c'est lui qui était de garde la deuxième fois. L'interne était largué, mais Jimmy est arrivé pour reprendre les choses en main. Sinon, je suis sûre qu'on aurait perdu la mère...

— Enfin, si on sait ce qu'il faut faire...

— Même dans ce cas, c'est toujours limite. Non, moi, je n'ai rien contre la routine. Les urgences, j'en ai eu ma dose, poursuivit Sandy Clark. J'apprécie une bonne soirée tranquille où j'ai le temps de bouquiner.

— La voix de l'expérience, observa John Clark en se servant de viande.

— Moi, ça me paraît celle de la raison, renchérit Domingo Chavez en caressant le bras de son épouse. Comment va le petit bonhomme ?

— Une vraie séance de tirs au but », rit Patsy en faisant descendre vers son ventre la main de son mari. Ça ne ratait pas : ce changement immédiat dans son regard. Toujours ardent et passionné, Ding fondait littéralement quand il sentait le petit bouger dans son ventre.

« Mon bébé..., fit-il doucement.

— Ouais. » Elle sourit.

« En tout cas, pas de mauvaises surprises le moment venu, d'accord ? Moi, je tiens à ce que ce soit de la routine. C'est bien assez excitant comme ça. J'ai pas envie de tomber dans les pommes ou je ne sais quoi...

— Manquerait plus que ça ! rit Patsy. Toi, t'évanouir ? Mon légionnaire ?

— Eh, on ne sait jamais, chou, observa son père en se rasseyant. J'en ai déjà vu craquer de plus durs.

— Pas chez nous, monsieur C. ! nota Domingo en haussant le sourcil.

— Vous me faites vraiment penser à des pompiers, observa Sandy. Cette façon d'être en permanence sur le qui-vive.

— Pas faux, admit Domingo. Et s'il n'y a jamais d'incendie, tant mieux.

— Vraiment ? s'étonna Patsy.

— Oui, mon chou, confirma son mari. Partir en mission, ce n'est jamais une partie de plaisir. Jusqu'ici, on a eu de la veine. On n'a pas perdu d'otages.

— Mais ça ne durera pas, observa Rainbow Six en regardant son subordonné.

— Pas si j'ai mon mot à dire, John. »

Patsy leva soudain le nez de son assiette. « Ding... As-tu... enfin, je veux dire, as-tu déjà vraiment... »

Le regard de son mari était éloquent, même si sa réponse fut : « J'aimerais mieux ne pas en parler.

— On ne fait pas d'encoches sur la crosse de nos armes, Patsy, nota John. Ça la ficherait mal, vois-tu...

— Noonan est passé nous voir aujourd'hui, reprit Chavez. Il dit qu'il nous a trouvé un nouveau joujou.

— À quel prix ? s'enquit aussitôt John.

— Pas cher, d'après lui, pas cher du tout. Delta commence tout juste à le tester.

— Et il fait quoi ?

— Il retrouve les gens.

— Hein ? C'est secret-défense ?

— Pas du tout, c'est même commercialisé. Mais ça repère effectivement les individus.

— Mais enfin, comment ?

— Le truc détecte les battements cardiaques d'un homme jusqu'à cinq cents mètres de distance.

— Hein ? sursauta Patsy. Et par quelle méthode ?

— Je ne sais pas trop, mais d'après Noonan, il paraît que les gars de Fort Bragg sont vraiment enthousiasmés par ce truc... Ça s'appelle *Lifeguard*, "Sauveteur", ou quelque chose comme ça. Toujours est-il qu'il a demandé aux spécialistes du Q.G de nous envoyer une équipe de démonstration.

— Eh bien, on verra, dit John en beurrant sa tartine. Dis donc, super, ton pain, Sandy !

— Il vient de la petite boulangerie sur la route de Millstone. Ils ont un pain formidable, ici, tu ne trouves pas ?

— Alors que tout le monde tape sur la bouffe britannique, observa John. Quels idiots !

— Quand même, toute cette viande rouge, râla Patsy.

— J'ai moins d'un gramme sept de cholestérol, chou, lui rappela Ding. Moins que toi. J'imagine que c'est tout ce bon exercice...

— Attends de voir d'ici quelques années », maugréa John. Il flirtait avec les deux grammes pour la première fois de son existence, exercice ou pas.

« Y a pas le feu, gloussa Ding. Sandy, vous êtes quand même une des meilleures cuisinières que je connaisse.

— Merci, Ding.

— Pour nous éviter d'avoir la cervelle pourrie par la vache britannique... » (Sourire en coin.) « Enfin, c'est toujours moins risqué que de se faire larguer par notre hélico. George et Sam s'en souviennent encore. On aurait peut-être intérêt à changer de gants.

— C'est les mêmes que ceux utilisés par les SAS. J'ai vérifié.

— Ouais, je sais. J'en causais avec Eddie, pas plus tard qu'avant-hier. À son avis, on doit s'attendre à des accidents à l'entraînement. Homer ajoute même que les Delta ont perdu un gars l'an dernier, lors d'exercices.

— Quoi ? s'inquiéta Patsy.

— Et Noonan a renchéri en disant que le FBI avait déjà perdu un homme au cours d'un largage par un Huey. Sa main a glissé du filin. Et hop ! » Le chef du groupe Deux haussa les épaules.

« La seule parade, c'est de s'entraîner encore et toujours, renchérit John.

— De ce côté, mes gars sont super-affûtés. Mon seul problème, maintenant, c'est de savoir comment les maintenir ainsi sans les émousser.

— C'est le plus dur, Domingo.

— J'm'en doute. » Chavez sauça son assiette.

Patsy revint à la charge : « Comment ça, affûtés ?

— Chérie, ce que je veux dire, c'est que le groupe Deux est en top condition. On l'a toujours été, mais je vois mal comment on pourrait faire mieux. Idem pour Peter et sa bande. En dehors des deux blessés, je vois pas comment on pourrait s'améliorer encore... surtout maintenant avec Malloy en renfort. Merde, ce gars sait manier un hélico. »

Mais Patsy restait dubitative : « En condition pour tuer des gens ? » Pour elle, médecin attachée à sauver des vies, ce n'était toujours pas évident d'être mariée à un homme dont le but semblait souvent de les supprimer — et Ding avait certainement déjà dû tuer, sinon il n'aurait pas dévié la conversation. Comment pouvait-il agir de la sorte et continuer à fondre en sentant la présence du bébé dans son ventre ? Elle en avait encore à apprendre de ce petit mari au teint basané et au sourire étincelant.

« Non, chérie, en condition pour sauver des gens, rectifia-t-il. C'est ça, notre boulot. »

« Mais enfin, comment peut-on être sûr qu'ils vont les libérer ? demanda Esteban.

— Auront-ils le choix ? rétorqua Jean-Paul en versant le vin de la carafe.

— Je partage ton avis, soutint André. On peut les déshonorer devant la planète entière. Et ce sont des pleutres, non ? Avec tout leur sentimentalisme bourgeois. Aucune vigueur... pas comme nous.

— D'autres ont fait l'erreur de le croire », observa Esteban. Il cherchait moins à jouer l'avocat du diable qu'à exprimer l'inquiétude qui les taraudait tous, à un degré ou à un autre. Et Esteban avait toujours été un inquiet.

« On se trouve devant une première. La Guardía Civil est efficace, mais pas formée à gérer ce genre de situation. De vulgaires policiers, jeta André. Sans plus. Je doute qu'ils réussissent à nous arrêter, pas vous ? » La remarque lui valut quelques petits sourires. C'était vrai. Ce n'étaient que de vulgaires flics, tout juste bons à arrêter de petits voleurs : ils ne faisaient pas le poids face à des militants politiques convaincus, parfaitement armés et entraînés. Il fixa Esteban : « Aurais-tu changé d'avis ? »

L'autre s'empourpra. « Bien sûr que non, camarade. Je préconise simplement de rester objectifs dans l'évaluation des risques de la mission. Un soldat révolutionnaire ne doit pas se laisser aveugler par son enthousiasme. » Ce qui était un bon prétexte pour masquer ses craintes, estimèrent les autres. Même si tous partageaient son sentiment — à preuve, leur ardeur à le nier.

« On fera sortir Ilitch, annonça René. À moins que Paris soit prêt à laisser tuer une centaine d'enfants. Et ça, ils ne pourront pas. Résultat, certains d'entre eux auront droit à un aller-retour au Liban. De ce côté, nous sommes tous d'accord, n'est-ce pas ? » Du regard, il fit le tour de la table et vit ses neuf compagnons acquiescer. « *Bien*. Dans cette affaire, seuls les enfants auront à mouiller leur froc, mes amis. Pas nous. » La remarque mua les acquiescements en sourires. Il y eut même deux rires discrets, tandis que les garçons passaient entre eux pour servir. René leur fit signe de rapporter du vin. La cave était excellente, meilleure que ce qu'il pouvait espérer rencontrer sous peu dans un pays islamique, quand il devrait passer quelques années à échapper aux agents de la DGSE, avec, l'espérait-il, plus de succès que ce pauvre Carlos. Il faut dire que leurs identités resteraient cachées. Son exemple avait enseigné une leçon essentielle aux milieux terroristes : la vantardise ne payait pas. Il se gratta la barbe. Cette démangeaison était le garant de sa sécurité personnelle au cours des prochaines années. « Alors, André, quel est le programme de demain ?

— Thomson-CSF envoie ici six cents employés avec leur famille, à l'occasion d'une sortie de groupe de l'un de ses services. On ne pouvait rêver mieux », leur expliqua le vrai-faux vigile. Thomson était une des principales entreprises françaises dans le domaine de l'armement. Certains de ces cadres, et par conséquent leurs enfants, devaient être connus des autorités de leur pays. Des Français, politiquement importants : oui, on ne pouvait rêver mieux. « Ils doivent se déplacer en groupe. J'ai leur itinéraire. Ils viennent à midi au château pour le déjeuner et le spectacle. C'est à ce moment que nous interviendrons. » Avec en plus une petite surprise qu'André avait décidée un peu plus tôt dans la journée. Ils traînaient toujours dans les parages, surtout au moment des spectacles.

« *D'accord ?* » demanda-t-il à ses compagnons. Une fois encore, tous les convives acquiescèrent. Les regards étaient désormais plus assurés. Le doute se dissipait. La mission les attendait. L'entreprise était décidée de longue date. Le garçon arriva avec deux nouvelles carafes et tout le monde se resservit. Les dix hommes dégustèrent le vin, conscients que ce pouvait bien être la dernière fois avant bien longtemps, et puis l'alcool leur redonnait du cœur au ventre.

« Franchement, tu trouves pas ça super ? demanda Chavez. C'est tout Hollywood. Ils tiennent leur flingue comme si c'était un couteau ou je ne sais quoi, et l'instant d'après, ils te dégomment un écureuil d'une balle dans les roustons à vingt mètres de distance. Merde, j'aimerais bien avoir cette dextérité !

— L'entraînement, Domingo ! » suggéra John, narquois. Sur l'écran de télé, le méchant fut bien propulsé d'un mètre cinquante en arrière, comme s'il avait reçu une roquette antichar et pas une vulgaire balle de 9 mm. « Je me demande où t'arrives à acheter des trucs pareils...

— Ça dépasserait notre enveloppe budgétaire, ô grand manitou comptable ! »

John faillit en renverser son reste de bière. Le film se termina peu après. Le héros épousait la fille. Tous les méchants étaient morts. Le héros quittait l'agence familiale, dégoûté par la corruption et la bêtise de ses parents pour s'éloigner au soleil couchant, ravi de se retrouver au chômage. Ouais, songea Clark, c'est tout Hollywood. Sur cette réconfortante réflexion, la soirée se termina. Ding et Patsy rentrèrent chez eux se coucher, bientôt imités par John et son épouse.

C'était comme un grand décor de cinéma, se dit André, en pénétrant dans le parc une heure avant l'ouverture au public, pourtant déjà massé devant l'entrée principale. Très américain, malgré tous les efforts visant à donner à l'ensemble une touche européenne. Mais bien sûr, le concept même restait américain, hérité de ce crétin de Walt Disney avec ses souris parlantes et ses contes de fées qui lui avaient permis de se remplir les poches aux dépens des masses. La religion n'était plus l'opium du peuple : c'était désormais l'évasion, loin de cette morne réalité quotidienne que tous vivaient et détestaient, mais dont ils étaient incapables de prendre conscience, avec leur petite cervelle de bourgeois. Qui les avait amenés ici ? Leurs gosses, piaillant pour venir voir les trolls et les personnages de dessins animés japonais, ou pour piloter l'immonde Stuka des nazis. Même les Russes, enfin ceux qui avaient soutiré assez de fric de leur économie exsangue pour venir le dilapider ici, oui, des *Russes* pilotaient le Stuka ! André secoua la tête, éberlué. Les enfants n'avaient peut-être pas le niveau d'éducation ou de conscience pour goûter l'obscénité de la chose, mais leurs parents, quand même ! Pourtant, ils venaient.

« André ? »

Le vigile du parc se retourna pour découvrir Mike Dennis, le grand manitou de Worldpark, qui l'observait.

« Oui, m'sieur Dennis ?

— Appelez-moi Mike, je vous l'ai déjà dit. » Le chef tapota son badge. Eh oui, la règle ici était que tout le monde s'appelle par son prénom — encore une manie américaine, sans aucun doute.

« Bien sûr, Mike, excusez-moi.

— Vous vous sentez bien, André ? Vous m'avez l'air tout chose.

— Moi ? Non monsi... Mike, non, pas du tout, tout baigne. Juste que la nuit a été longue.

— D'accord. » Mike lui flanqua une tape sur l'épaule. « C'est qu'on a une journée chargée en perspective. Ça fait combien de temps que vous êtes chez nous ?

— Quinze jours.

— Vous vous plaisez ici ?

— C'est un endroit unique pour bosser.

— C'est ce qu'on cherche, André. Allez, bon courage !

— Merci, Mike. » Il regarda le patron américain s'éloigner d'un pas vif, pour regagner sa tour et son bureau. Saletés d'Amerloques, toujours à vouloir que tout le monde soit heureux tout le temps, sinon c'est qu'un truc clochait, et dans ce cas, fallait le régler tout de suite. Eh bien, se dit André, il y avait effectivement un truc qui clochait, et ça ne serait sûrement pas réglé dans la minute. Mais ça, il était douteux que Mike l'apprécie.

Un kilomètre plus loin, Jean-Paul sortit les armes de sa valise et les mit dans son sac à dos. Il avait demandé qu'on lui serve le petit déjeuner dans sa chambre. Complet, à l'américaine : c'est qu'il risquait de devoir l'aider à tenir toute la journée, voire une bonne partie de la suivante. Ailleurs, dans ce même hôtel comme dans d'autres établissements du complexe, les autres devaient l'imiter. Il avait dix chargeurs pour son Uzi, plus six pour son pistolet 9 mm et trois grenades à fragmentation en plus de la radio. Ça pesait lourd dans le sac, mais il n'aurait pas à le porter toute la journée. Jean-Paul vérifia l'heure et regarda une dernière fois la chambre. Tous les articles de toilette avaient été achetés depuis peu. Il les avait tous essuyés avec un linge humide pour être sûr de ne laisser aucune empreinte derrière lui. Puis il avait fait de même avec la table et la console, avant de terminer avec les plats et l'argenterie du petit déjeuner. Il ignorait si la police française avait fiché ses empreintes, mais si c'était le cas, il n'avait pas envie de leur en laisser un nouveau jeu, et sinon, pourquoi leur faciliter la tâche ? Il portait un pantalon kaki et une chemisette, plus ce stupide bob blanc acheté la veille. Histoire de se fondre parmi les visiteurs de cette mascarade, un crétin insignifiant parmi d'autres... Ces préparatifs achevés, il prit son sac à dos et se dirigea vers la porte, non sans en avoir une dernière fois essuyé le bouton de chaque côté avant de se diriger vers la batterie d'ascenseurs. Il pressa le bouton d'appel avec une phalange plutôt que le bout du doigt, et quelques secondes plus tard, il était sorti de l'hôtel et rejoignait la gare. La carte magnétique de sa chambre servait également de billet d'accès au réseau ferré de Worldpark. Il se défit du sac à dos pour s'asseoir, bientôt rejoint dans son compartiment par un Allemand, lui aussi avec sac à dos, accompagné de sa femme et de deux enfants. Le sac fit un bruit sourd quand l'homme le déposa sur le siège voisin.

« Mon caméscope, expliqua l'autre — assez curieusement, en anglais.

— Ah, moi aussi. Ça en fait du barda, hein ?

— Ben oui, mais comme ça, on aura un souvenir de notre visite au parc, pas vrai ?

— Ça, sans aucun doute », répondit Jean-Paul. La loco siffla et le train s'ébranla. Le Français vérifia dans sa poche qu'il avait bien son billet d'entrée. Il disposait encore de trois jours d'accès au parc à thèmes. En fait, pour lui comme pour les autres, c'était deux de trop.

« Merde, c'est quoi ce truc ? grommela John en lisant le premier fax de la pile. Une donation pour une bourse ? » Et d'abord, qui avait enfreint la sécurité ? George Winston, le ministre des Finances ? Sacré nom d'une pipe ! « Alice !

— Oui, monsieur Clark ! » Mme Foorgate se précipita dans le bureau. « Je me disais bien que ça ferait du grabuge. Il semble que ce M. Ostermann ait cru utile de récompenser l'équipe qui lui a sauvé la vie.

— Que dit la loi à ce sujet ?

— Je n'en ai pas la moindre idée, monsieur.

— Comment peut-on le savoir ?

— Auprès d'un conseiller juridique, j'imagine.

— A-t-on un avocat attitré ?

— Pas que je sache. Et vous aurez sans doute besoin d'en prendre un, et même deux... un Anglais et un Américain.

— Super, grommela Rainbow Six. Vous pouvez demander à Alistair de venir ?

— Tout de suite, monsieur. »

14

Le glaive de la légion

La sortie des cadres de Thomson-CSF était planifiée depuis plusieurs mois. Les trois cents gamins avaient dû travailler en plus pour s'avancer d'une semaine dans leur emploi du temps scolaire, mais il faut dire que l'événement avait des répercussions commerciales. Thomson équipait le parc de loisirs de systèmes de contrôle informatisés, dans le cadre d'une stratégie de diversification de l'entreprise hors du secteur de l'électronique militaire, et d'ailleurs son expérience dans ce domaine lui donnait un avantage. Les nouveaux systèmes de contrôle grâce auxquels la direction de Worldpark pouvait surveiller l'ensemble du complexe étaient dérivés en droite ligne des systèmes de transmission de données mis au point pour les forces terrestres de l'OTAN. C'étaient des gadgets multilingues et conviviaux qui transmettaient leurs données par radio et non par câble, d'où une économie de plusieurs millions de francs. Thomson avait réussi à livrer l'équipement dans les délais et sans dépasser le budget, un talent que, à l'instar de bon nombre d'autres fournisseurs militaires de par le monde, la firme s'efforçait d'apprendre.

Pour récompenser la réussite de ce contrat avec un gros client, la direction de l'entreprise s'était arrangée avec Worldpark pour offrir à ses cadres cette sortie pique-nique. Tous les participants, enfants compris, portaient des T-shirts rouges arborant le sigle de la société. Pour l'instant, ils restaient à peu près groupés pour gagner le centre du complexe, escortés par six des trolls du parc qui se dirigeaient vers le château en dansant sous leur déguisement ridicule avec leurs grands pieds et leur grosse tête velue. Bientôt, ils furent relayés par des légionnaires, deux *signiferi* vêtus de peaux de loup et portant les étendards de la cohorte, et un *aquilifer* en peau de lion, portant l'aigle d'or, l'emblème redouté de la *VIᵉ Legio Victrix*, désormais basée à Worldpark, Espagne, comme jadis son ancêtre l'avait été sous le règne de l'empereur Tibère, en 20 avant Jésus-Christ. Les employés du parc assignés à cette légion permanente avaient fini par développer un esprit de corps, et ils prenaient à cœur leur numéro de soldats romains, avec sous la main droite, le glaive ou *spatha* placé dans son fourreau porté très haut (c'était curieux mais historiquement exact), et fixé au bras gauche, le bouclier. Ils progressaient en groupe avec l'orgueil de leur homonyme, la légion victorieuse, vingt siècles plus tôt — celle-ci avait constitué la seule et unique ligne de défense dotant la colonie romaine qu'était alors cette région d'Espagne.

La seule chose à peu près à laquelle avaient échappé les visiteurs était un groupe de porteurs d'oriflammes, mais il faut dire que c'était plutôt réservé aux Japonais. Après les cérémonies du premier jour, les invités de Thomson auraient quartier libre et pourraient enfin profiter de leurs quatre jours de visite comme de simples touristes.

Mike Dennis regarda la procession sur les moniteurs de son bureau tout en rassemblant ses notes. Les soldats romains étaient une image de marque de son parc de loisirs, et pour une raison ou pour une autre, ils étaient devenus immensément populaires, au point qu'il avait dû depuis peu accroître leurs effectifs : ils étaient passés de cinquante à plus de cent, avec à leur tête trois centurions, ces derniers reconnaissables à leur panache porté de biais, et non dans l'axe du casque comme pour les simples légionnaires. Ces soldats costumés s'étaient mis pour de bon à l'escrime, et le bruit courait que certains de ces glaives étaient réellement aiguisés — Dennis n'avait pas pris la peine de le vérifier et il devrait y mettre bon ordre si jamais c'était le cas. Néanmoins, tout ce qui était bon pour le moral du personnel était bon pour le parc, et il avait toujours eu pour habitude de laisser à ses subalternes la bride sur le cou. À l'aide de sa souris, il zooma sur l'image du groupe qui approchait. Ils avaient une vingtaine de minutes d'avance et c'était... oui, c'était bien Francisco de la Cruz en tête de la parade. Francisco était un ancien sergent-parachutiste de l'armée espagnole et le bonhomme s'éclatait manifestement à mener les défilés. Après tout, pourquoi pas ? Un vrai dur à cuire, la cinquantaine bien tassée, d'énormes biceps et le poil si dru qu'il devait se raser la barbe deux fois par jour. C'est qu'à Worldpark, les employés avaient seulement le droit de porter la moustache. Les tout-petits le trouvaient intimidant mais Francisco avait le chic pour les prendre dans ses bras comme un gros nounours de grand-père et les mettre aussitôt à l'aise. Les gamins adoraient en particulier jouer avec son panache rouge en crin de cheval. Dennis se promit de l'inviter à déjeuner un de ces quatre. Le bonhomme savait gérer sa petite affaire et méritait des encouragements d'en haut.

Dennis prit dans la corbeille la chemise contenant le dossier Thomson. Il devait accueillir ses invités par une petite allocution, suivie d'une aubade donnée par l'une des fanfares, puis d'un défilé des trolls, avant le dîner au restaurant du château. Il regarda sa montre et se leva. Il gagna le corridor et se dirigea vers la cour du donjon et un passage dissimulé par une porte marquée « secret ». Les architectes qui l'avaient édifié avaient eu les coudées franches, et ils avaient intelligemment dépensé l'argent du Golfe, même si la reproduction n'était pas vraiment authentique : le bâtiment était doté d'issues de secours, de diffuseurs anti-incendie et il était construit autour d'une charpente en acier, et non simplement bâti avec des blocs de pierre assemblés au mortier.

« Mike ? » appela une voix. Le directeur du parc se retourna.

« Oui, Pete ?

— Le téléphone. C'est le patron. »

Le directeur fit demi-tour pour regagner en hâte son bureau, son laïus toujours sous le bras.

Francisco (Pancho pour les intimes) de la Cruz n'était pas grand, moins d'un mètre soixante-six, mais il avait le torse large et ses cuisses grosses comme des poteaux ébranlaient le sol quand il marchait, les jambes raides car, lui avait dit un historien, c'était ainsi dans la légion. Son casque de fer était pesant, et il sentait le panache onduler à son sommet. Son bras gauche tenait l'imposant *scutum*, le bouclier des légionnaires qui allait presque du cou aux chevilles. Celui-ci était formé d'une plaque de contre-plaqué mais il était doté au centre d'un lourd motif décoratif en fer reproduisant une tête de Méduse et cerné de bordures en métal. Il l'avait appris depuis longtemps, les Romains étaient de rudes gaillards, capables de marcher au combat avec ce pesant barda — près de vingt-cinq kilos en comptant la gamelle et les vivres, à peu près autant que ce qu'il trimbalait en campagne du temps où lui-même servait dans les paras. Le parc avait respecté la vérité historique à la lettre, même si le métal utilisé devait sans aucun doute être d'une qualité supérieure à celui que produisaient les forgerons de l'Empire romain. Six gamins lui avaient emboîté le pas en singeant sa démarche pesante. Ça lui plaisait bien. Ses propres enfants étaient désormais dans l'armée espagnole, marchant sur les brisées de leur père, tout comme ces petits Français. Bref, pour de la Cruz, l'univers était en bon ordre.

À quelques mètres à peine, il en allait de même pour Jean-Paul, René et Esteban, ce dernier encombré d'une nuée de ballons fixés à son poignet. Il était justement en train d'en vendre un. Les autres avaient tous coiffé leur béret blanc de Worldpark, et tous prenaient position autour du groupe. Aucun des terroristes ne portait le T-shirt rouge Thomson, même si ça n'aurait pas été bien difficile. Ils avaient toutefois préféré adopter la chemise noire de World-park et, à l'exception d'Esteban et d'André, tous avaient des sacs à dos, comme du reste tant d'autres visiteurs ici.

Ils constatèrent que les trolls avaient déjà installé tout le monde avec quelques minutes d'avance. Les adultes plaisantaient entre eux et les enfants riaient en pointant le doigt, le visage illuminé d'une joie qui n'allait pas durer. Certains couraient entre les sièges, jouant à cache-cache dans la foule... deux des gamins étaient en fauteuil roulant. Non, rectifia Esteban, ceux-là ne faisaient pas partie du groupe d'invités de Thomson. Ils portaient des badges d'accès libre mais n'avaient pas de T-shirt rouge.

André remarqua ces invités, lui aussi. Il reconnut la jeune Néerlandaise déjà entrevue la veille. La seconde devait être anglaise, à voir l'allure de son père qui la poussait sur la rampe parmi la foule. Pas de problème, elles feraient également partie du lot. Après tout, c'était encore mieux qu'elles ne soient pas françaises...

Dennis s'était assis derrière son bureau. Le coup de fil de la direction lui demandait certains renseignements détaillés qu'il devait chercher sur son ordinateur. Oui... les bénéfices trimestriels du parc dépassaient de 4,1 % les projections... Oui, la saison creuse s'était en définitive révélée moins mauvaise que prévu. Cela pouvait s'expliquer par une météo inhabituellement favorable, et l'on ne pouvait pas toujours tabler là-dessus, mais dans l'ensemble, tout se déroulait à la perfection, à l'exception de quelques problèmes informatiques sur deux des attractions. Oui, les ingénieurs-systèmes étaient sur place et travaillaient dessus en ce moment même... Et oui, c'était couvert par la garantie du fournisseur, d'ailleurs ses représentants se montraient tout à fait coopératifs... du reste, ils avaient tout intérêt, puisqu'ils soumissionnaient pour deux nouvelles attractions qui allaient couper le souffle à la planète entière, promit Dennis à son président qui n'avait pas encore vu les devis et les examinerait à son prochain déplacement en Espagne, d'ici trois semaines. Dennis lui promit également des reportages télévisés sur leur conception et leur réalisation, visant tout spécialement le marché des réseaux câblés américains... ne serait-ce pas formidable s'ils augmentaient leur pourcentage de clientèle américaine et piochaient au passage dans celle de l'empire Disney, l'instigateur des parcs de loisirs thématiques ? Le président saoudien — qui avait décidé d'investir dans Worldpark surtout parce que ses enfants adoraient batifoler sur des trucs dont la seule vue lui flanquait le tournis —, se montra enthousiasmé par la proposition, à tel point qu'il ne voulut pas en savoir plus, préférant avoir la surprise, le moment venu.

« Allons bon ! » fit Dennis, sursautant au téléphone en entendant le bruit.

Tout le monde avait sursauté au staccato assourdissant de la mitraillette de Jean-Paul, quand celui-ci tira en l'air une longue rafale. Dans la cour du château, les gens se retournèrent tout en rentrant machinalement les épaules, pour découvrir le premier barbu en train d'arroser le ciel avec son arme dont la culasse éjectait une pluie de douilles de laiton. N'étant que des civils non entraînés, ils restèrent plusieurs secondes interdits, éberlués, sans même avoir eu le temps de manifester vraiment de la peur...

... et puis ils se retournèrent à nouveau pour découvrir le tireur parmi eux — ses voisins s'écartant instinctivement de lui au lieu d'essayer de le maîtriser —, tandis que les autres sortaient des armes de leurs sacs à dos, se contentant tout d'abord de les exhiber sans tirer... attendant peut-être une fraction de seconde...

Pancho de la Cruz se trouvait juste derrière l'un des membres du commando et vit l'arme sortir avant même que le premier type ait tiré. Son cerveau reconnut automatiquement la forme inamicale mais pourtant familière d'une Uzi 9 mm de fabrication israélienne, ses yeux calculant la direction et la distance, tout en réalisant que l'objet n'avait pas sa place ici. Le choc ne dura qu'un instant, et puis ses vingt et quelques années de service sous les drapeaux reprirent le dessus, et deux mètres derrière le criminel barbu, il s'ébranla.

Claude aperçut le mouvement du coin de l'œil, pivota pour mieux voir et découvrit, éberlué, un type déguisé en soldat romain et coiffé d'un casque ridicule qui s'avançait vers lui. Il se retourna pour affronter la menace...

... Le centurion de la Cruz agit comme inspiré par un instinct de soldat issu du temps et du lieu d'où provenait la tenue qu'il portait ce midi... Sa main droite dégaina la *spatha* du fourreau en même temps que le bras gauche élevait le bouclier, son bossage central en fer braqué vers le canon de l'Uzi, tandis que le glaive jaillissait dans les airs. Il l'avait fait fabriquer sur mesure par un lointain cousin de Tolède. Sa lame était en acier au carbone, comme celle qu'avait jadis utilisée le Cid, elle était affûtée comme un rasoir. Il était soudain redevenu un soldat et, pour la première fois de sa carrière, il avait devant lui un ennemi armé, il avait une arme à la main, la distance les séparant était désormais inférieure à deux mètres, et arme à feu ou pas, il comptait bien...

... Claude tira une brève rafale, comme il l'avait appris tant de fois, en visant le centre de masse de l'adversaire, mais il se trouva qu'il correspondait aux trois centimètres d'acier du bossage ornant le *scutum* et les balles ricochèrent dessus en se fragmentant...

... De la Cruz sentit l'impact des éclats lui lacérant le bras gauche, mais ce n'était pour lui que piqûres d'insecte alors qu'il fondait sur son ennemi, que son bras droit armé se fendait en oblique, un mouvement pour lequel la *spatha* n'avait pas été conçue, mais les vingt derniers centimètres de fil vers la pointe firent le reste, cueillant au biceps le *cabron*, le lacérant juste sous la manche de sa chemisette... et pour la première fois de sa vie, le centurion Francisco de la Cruz versa le sang par colère...

... Claude ressentit la douleur. Son bras droit eut un spasme, son doigt pressa la détente et la longue rafale transperça le bouclier, en bas à droite du bossage métallique. Trois balles touchèrent de la Cruz à la jambe gauche, juste sous le genou, traversant les jambières métalliques ; la première lui brisa le tibia.

L'ancien parachutiste poussa un cri de douleur en s'effondrant, tandis que son second coup d'épée, qui devait être le coup de grâce, ne ratait la gorge de l'autre que d'un cheveu. Son cerveau ordonna à ses jambes de fonctionner, mais il n'en avait plus qu'une en état, l'autre refusait obstinément d'obéir, se dérobant sous lui et le faisant basculer en avant sur la gauche...

Mike Dennis se rua vers la fenêtre plutôt que de rester collé devant ses moniteurs. D'autres s'en chargeaient, sans compter que les images prises par les diverses caméras de surveillance étaient enregistrées automatiquement par une batterie de magnétoscopes situés ailleurs dans le parc. Ses yeux virent et même si son cerveau refusait de croire, c'était bien là, si impossible que cela puisse paraître, c'était bel et bien la réalité. Tout un groupe d'individus armés encerclait la mer de chemises rouges, et ils étaient en train de les mener, comme des chiens de berger, vers la cour intérieure du château. Dennis se retourna.

« Bouclage de sécurité, bouclage de sécurité *immédiat* ! » hurla-t-il à l'adresse de l'homme assis à la console principale et, d'un simple clic de souris, toutes les portes du château furent verrouillées.

« Prévenez la police ! » ordonna-t-il ensuite. Cette procédure aussi était déjà programmée. Le système d'alarme déclenchait un signal dans la caserne de gendarmerie la plus proche. Le signal était celui d'un cambriolage, mais cela suffirait pour le moment. Dennis décrocha ensuite le téléphone de son bureau et pressa la touche mémoire de la Guardía Civil. Le seul plan d'urgence prévu envisageait un braquage dans la salle des coffres et, comme il s'agirait nécessairement d'une opération d'envergure menée par des criminels armés, la réaction des services intérieurs du parc était également programmée : tous les manèges devaient être immobilisés aussitôt, toutes les attractions fermées, puis les visiteurs devaient être conviés à se rendre au parking dans les plus brefs délais ou à regagner leur hôtel, car le parc devait fermer pour cause d'alerte imprévue... le bruit des rafales de mitraillette avait dû porter loin, estima Dennis, et les visiteurs comprendraient sans mal l'urgence de la situation.

C'était la partie rigolote, estima André. Il coiffa le béret supplémentaire apporté par un de ses camarades, saisit l'arme que Jean-Paul avait prise pour lui. Quelques mètres plus loin, Esteban libéra les ballons attachés à sa main et ils s'envolèrent dans les airs tandis qu'il empoignait également son arme.

Les enfants n'étaient pas aussi terrifiés que leurs parents, sans doute n'était-ce encore pour eux qu'un nouveau tour de magie du parc, même si le bruit avait été douloureux pour leurs tympans fragiles et les avait fait sursauter. Mais la peur était contagieuse et les petits eurent tôt fait de reconnaître l'inquiétude dans le regard de leurs parents et, l'un après l'autre, ils s'agrippèrent à leurs bras ou à leurs jambes, regardant, un peu affolés, tous ces grands messieurs qui s'agitaient maintenant autour de la foule en chemise rouge, tenant des objets qui ressemblaient à des... fusils — les garçons avaient reconnu la forme, analogue à celle de leurs jouets, même si manifestement ce n'en était pas.

René menait les opérations. Il se dirigea vers l'entrée du château, laissant les neuf autres tenir la foule en respect. Un regard circulaire lui permit d'apercevoir les autres à l'extérieur du périmètre de son groupe : ils le surveillaient, la plupart accroupis, planqués comme ils pouvaient. Un bon nombre photographiaient ou filmaient la scène et certains parmi eux n'allaient pas manquer de le mitrailler en gros plan mais il n'y pouvait pas grand-chose.

« Deux ! lança-t-il. Tu sélectionnes nos hôtes ! »

Deux, c'était Jean-Paul. Il s'approcha d'un petit groupe et, sans ménagement, saisit par le bras une petite gamine de quatre ans.

« Non ! » s'écria sa mère. Jean-Paul lui mit son arme sous le nez et elle se tut mais elle résista, agrippant la petite par les deux épaules.

« Très bien, lui dit Deux, en abaissant son arme. C'est elle que je vais flinguer. » En moins d'une seconde, le canon de l'Uzi fut plaqué contre les cheveux auburn de la petite fille. La mère se remit à hurler de plus belle, mais elle lâcha son enfant.

« Toi, tu vas par là », dit Jean-Paul à la petite d'une voix ferme, en lui indiquant Juan. La gamine obéit, se retournant pour regarder bouche bée sa mère effarée, tandis que le terroriste armé choisissait d'autres otages.

André faisait de même de l'autre côté du groupe. Il se dirigea tout d'abord vers la jeune handicapée hollandaise. *Anna*, indiquait son badge d'accès. Sans un mot, il écarta du fauteuil roulant son père et le poussa vers le château.

« Mon enfant est malade..., protesta l'autre en anglais.

— Oui, ça se voit », répondit André dans la même langue, en s'éloignant pour sélectionner un autre petit malade en chaise roulante. Quels superbes otages ils allaient faire, ces deux-là !

« Espèce de brute assoiffée de sang ! » lui lança la mère de ce dernier. Pour sa peine, André lui expédia un coup de crosse et lui fractura le nez. Aussitôt, son visage fut inondé de sang.

« Maman ! » glapit le petit garçon, tandis que d'une main André poussait son fauteuil sur la rampe. Le gamin se retourna et vit sa mère s'effondrer. Un employé du parc lâcha son balai pour s'agenouiller auprès d'elle et lui porter secours, mais elle continuait de hurler tant et plus, réclamant son fils : « Tommy ! »

À ses cris se joignirent bientôt ceux de quarante couples de parents, tous habillés du T-shirt rouge de Thomson. Le petit groupe battit en retraite vers le château, laissant les autres dans la cour, abasourdis et figés durant plusieurs secondes avant de se résoudre à redescendre, d'un pas lent et hésitant, vers la Strada España.

« Merde, ils arrivent par ici, dit Mike Dennis, toujours en conversation avec le capitaine qui commandait le peloton local de la Guardía Civil.

— Évacuez, lui conseilla aussitôt l'officier. Si vous avez un moyen quelconque de quitter les lieux, faites-le tant qu'il est encore temps ! On aura besoin de vous et de vos employés pour nous donner un coup de main. Filez maintenant !

— Mais nom de Dieu, ces gens sont sous ma responsabilité !

— Absolument, et vous pouvez très bien l'assumer de l'extérieur. Filez ! répéta le capitaine. Tout de suite ! »

Dennis raccrocha le combiné et se retourna pour

considérer les quinze employés de permanence au poste de commandement. « Bien, vous tous, suivez-moi. On se replie sur le poste annexe. *Immédiatement.* »

Malgré les apparences, le château n'avait rien d'un monument historique : il avait été doté de tous les équipements modernes, tels qu'ascenseurs ou escaliers d'incendie. Emprunter les premiers était sans doute compromis, estima Dennis, mais l'un des escaliers de secours rejoignait directement les sous-sols. Il se dirigea vers la porte coupe-feu et l'ouvrit, puis il fit signe à ses employés de le suivre. Ils obéirent, la plupart pas mécontents d'échapper à ce guêpier. Le dernier lui lança les clés au passage, et quand Dennis sortit bon dernier, il verrouilla la porte derrière lui avant de dévaler les quatre étages. Une minute plus tard, il était au premier sous-sol, envahi d'employés mais aussi de visiteurs évacués par des trolls, des légionnaires et autres personnels de service en uniforme. Une escouade de vigiles du parc était là également, mais aucun n'arborait d'arme plus dangereuse qu'un talkie-walkie. Il y avait bien des fusils dans la salle des coffres, mais ils étaient sous clé, et seuls une minorité d'employés de Worldpark étaient formés et autorisés à s'en servir : Dennis ne voulait pas qu'on tire dans tous les sens. D'ailleurs, il avait autre chose à faire. Le poste de commandement annexe était en fait situé à l'extérieur du complexe, tout au bout des souterrains. Il y courut, suivant ses autres cadres dirigeants vers la sortie nord menant au parking du personnel. Cela leur prit près de cinq minutes et, quand Dennis franchit la porte du poste annexe, il découvrit qu'il était déjà occupé par deux hommes. Son autre bureau l'attendait, le téléphone déjà connecté à la Guardía Civil.

« Vous êtes sain et sauf ? demanda le capitaine.

— Pour l'instant, j'imagine », répondit Dennis. Il afficha son bureau du donjon sur le moniteur.

« Par ici », leur dit André. Seulement, la porte était verrouillée. Il recula, tira au pistolet sur le bouton, qui se tordit sous l'impact mais résista, faisant mentir les films. René décida d'employer l'Uzi : la rafale emporta la serrure et lui permit d'ouvrir le battant. Il mena ses hommes à l'étage et ouvrit d'un coup de pied la porte du poste de commandement... désert. Il jura comme un charretier.

« Je les vois ! dit Dennis au téléphone. Un homme... Deux... six en tout, armés... Bon Dieu, ils ont des gosses avec eux ! » L'un des terroristes s'approcha d'une caméra de surveillance, braqua dessus son pistolet et l'image disparut.

« Combien sont armés ? demanda le capitaine.

— Au moins six... peut-être dix, voire plus. Ils ont pris des enfants en otage. Vous avez bien entendu ? Ils ont des enfants en otage.

— Bien compris, Señor Dennis. Je dois vous laisser maintenant pour coordonner la réplique. Restez en ligne, je vous prie.

— D'accord. » Dennis manipula la télécommande d'autres caméras pour voir ce qui se passait dans le reste de son parc. « Merde ! » jura-t-il. L'état de choc avait laissé place à la rage. Il appela aussitôt le président pour lui faire un rapport, en se demandant ce qu'il allait bien pouvoir répondre quand le prince saoudien s'étonnerait de la situation : une attaque terroriste dans un parc de loisirs ?

De son bureau, le capitaine Dario Gassman appela Madrid pour faire un premier compte rendu de l'incident. Il avait un plan de crise sous la main et c'était celui qu'étaient en train d'appliquer ses gendarmes. Dix véhicules avec seize hommes détachés de plusieurs patrouilles convergeaient en ce moment même vers la route à quatre voies, avec pour consigne de mettre en œuvre le plan W. Leur première mission était d'établir un périmètre de sécurité avec ordre de ne laisser personne y entrer ou en sortir — cette dernière instruction allait bientôt s'avérer impossible à appliquer.

À Madrid, on ne restait pas non plus inactif pendant que le capitaine Gassman se dirigeait vers sa voiture pour se rendre à Worldpark. Il avait trente-cinq minutes de trajet devant lui, même avec sirène et gyrophare, et cela lui laissait le temps de réfléchir dans un calme relatif, malgré le vrombissement du moteur. Il avait envoyé un détachement de seize hommes mais s'il y avait dix terroristes armés à Worldpark, cela ne suffirait pas, même simplement pour établir un périmètre de sécurité. Quel supplément d'effectifs devait-il envisager ? Allait-il devoir faire appel au groupe antiterroriste formé depuis quelques années par la Guardía Civil ? Sans doute que oui. Quels genres d'agresseurs pouvaient bien s'attaquer à Worldpark à pareille heure de la journée ? Le moment idéal pour un braquage, c'était à l'heure de la fermeture, même si c'était l'hypothèse qu'ils avaient envisagée, lui et ses hommes, et pour laquelle ils s'étaient entraînés — parce que c'était à ce moment que l'argent était regroupé, trié et mis en sacs pour son transfert à la banque, sous la garde du personnel du parc et parfois de certains de ses hommes... c'était la période de vulnérabilité maximale. Mais non, ces étranges agresseurs avaient choisi le milieu de la journée, et ils avaient pris des otages... des enfants, en plus. Il y avait donc peu de chances qu'il s'agisse de simples braqueurs... Et s'il s'agissait plutôt de terroristes ? Des Basques ? Merde, ça s'annonçait mal.

Mais la situation était déjà en train d'échapper à Gassman. Le cadre responsable de Thomson était en liaison sur son mobile avec sa direction générale, et son appel bientôt répercuté sur le PDG du groupe, en train de déjeuner tranquillement à une terrasse de café. Celui-ci appela aussitôt le ministre de la Défense et dès lors, tout s'enchaîna très vite. Le compte rendu du responsable de Thomson sur place avait été concis et sans équivoque. Le ministre de la Défense le rappela directement et fit noter par son secrétaire tous les renseignements voulus. Ceux-ci furent consignés par écrit et faxés à la fois au Premier ministre et au ministre des Affaires étrangères, ce dernier contactant son homologue espagnol pour lui demander de toute urgence une confirmation. C'était devenu une affaire politique et, dans le cabinet du ministre de la Défense, on passait déjà un autre coup de fil.

« Oui, John Clark à l'appareil, dit Rainbow Six. Oui, monsieur. Où ça, au juste ?... Je vois. Combien, dites-vous ? D'accord. Je vous demanderai de nous transmettre toutes les autres informations que vous pourrez recevoir... Non, monsieur, nous ne pouvons pas intervenir tant que le gouvernement du pays impliqué n'en a pas émis la demande. Merci, monsieur le ministre. » Clark pressa sur une autre touche de son téléphone. « Al ? Viens tout de suite. On a une nouvelle affaire sur le feu. » Puis il convoqua de même Bill Tawney, Bellow, Chavez et Covington.

Le responsable de Thomson resté à Worldpark regroupa ses employés dans une buvette pour les compter. Ancien officier de cavalerie dans l'armée française, il s'y entendait pour remettre prestement les choses en ordre. Il mit à part les employés qui avaient encore leurs enfants avec eux. Puis il compta ceux qui se retrouvaient seuls et put en conclure que trente-trois enfants manquaient à l'appel, plus un, voire deux jeunes malades en fauteuil roulant. Les parents étaient bien entendu fous d'inquiétude mais il parvint à les calmer ; puis il rappela son patron pour compléter son compte rendu initial de la situation. Ensuite, il prit du papier pour établir une liste des otages, par nom et par âge, tâchant du mieux possible de maîtriser ses émotions et remerciant le ciel que ses propres enfants eussent passé l'âge d'être invités. Cela fait, il fit sortir ses collaborateurs du château, trouva un employé du parc et lui demanda où il pourrait disposer de téléphones et de télécopieurs. On les escorta jusqu'à une porte battante en bois ouvrant sur un bâtiment de service bien caché. De là, ils gagnèrent les sous-sols pour rejoindre le poste de commandement annexe où ils retrouvèrent un Mike Dennis qui n'avait toujours pas lâché sa chemise contenant son discours d'accueil pour les employés de Thomson et qui essayait de saisir la situation.

Gassman arriva au même moment, juste à temps pour voir le fax transmettre à Paris la liste des otages connus. Moins d'une minute plus tard, le ministre français de la Défense appelait. Il s'avéra qu'il connaissait personnellement le cadre responsable de Thomson, le colonel Robert Gamelin. Quelques années plus tôt, celui-ci avait été responsable du développement du système de contrôle de tir de seconde génération pour le char Leclerc.

« Combien d'otages ?

— Trente-trois de chez nous, peut-être un ou deux de plus, mais les terroristes semblent avoir choisi les enfants tout à fait délibérément, monsieur le ministre. C'est un boulot pour le REP », insista le colonel Gamelin, faisant allusion au régiment étranger parachutiste, qui était traditionnellement la force d'intervention extérieure de la Légion étrangère.

« On verra, colonel. » La communication fut coupée.

« Permettez-moi de me présenter, dit le type coiffé d'un drôle de tricorne. Je suis le capitaine Gassman. »

« Sacré nom de Dieu, j'y avais emmené ma famille l'an dernier, dit Peter Covington. Il faudrait pas loin d'un putain de bataillon pour reconquérir un tel complexe. Un vrai cauchemar : des bâtiments dans tous les coins, un espace immense, plein de niveaux... je crois bien même qu'il y a tout un plateau technique en sous-sol.

— On a des plans, des élévations ? demanda Clark en se tournant vers Mme Foorgate.

— Je vais voir, répondit sa secrétaire en quittant la salle de conférences.

— Que sait-on au juste ? s'enquit Chavez.

— Pas grand-chose, mais les Français m'ont l'air bougrement remontés, ils exigent que les Espagnols nous laissent intervenir et...

— Ça vient de tomber, annonça Alice Foorgate en tendant un fax avant de s'éclipser de nouveau.

— La liste des otages... Bon Dieu, rien que des gosses, entre quatre et onze ans... trente-trois en tout... Putain de merde, grommela Clark en parcourant le document avant de le tendre à Alistair Stanley.

— Faudra les deux groupes, si on se déploie, répondit aussitôt l'Écossais.

— Ouais, approuva Clark. Ça m'en a tout l'air. » Puis le téléphone retentit.

« Un appel pour M. Tawney, annonça dans le haut-parleur une voix féminine.

— Tawney à l'appareil, dit le chef du renseignement en décrochant le combiné. Oui, Roger... oui, on est au courant, on a reçu un coup de fil de... oh, je vois. Très bien. Laissez-moi juste le temps de me retourner, Roger. Merci... » Tawney raccrocha. « Le gouvernement espagnol a demandé, par le truchement de l'ambassade britannique à Madrid, notre déploiement immédiat.

— D'accord, les gars, dit John en se levant. Tout le monde en selle. Bon Dieu, cette fois, il y a urgence. »

Chavez et Covington s'éclipsèrent pour rejoindre au galop les bâtiments logeant leurs équipes. Puis le téléphone de Clark sonna de nouveau. « Ouais ? » Il resta plusieurs minutes à l'écoute. « D'accord. Ça marche pour moi. Merci, monsieur.

— C'était quoi, John ?

— Le ministère de la Défense vient de nous allouer un MC-130 de la 1re escadre aérienne d'opérations spéciales. Pour nous transférer sur place, Malloy nous rejoindra avec l'hélico. Apparemment, il doit y avoir un aérodrome militaire à une vingtaine de kilomètres de notre destination, et Whitehall tâche de le faire mettre à notre disposition. » Et mieux encore, n'eut-il pas besoin d'ajouter, le gros-porteur Hercules permettait de les emmener directement depuis Hereford. « Dans combien de temps peut-on être opérationnels ?

— Moins d'une heure, répondit Stanley après une seconde de réflexion.

— Parfait, pars'que le Herky sera là dans une quarantaine de minutes maxi. L'équipage s'apprête à embarquer.

— Bon, écoutez, les gars, expliquait Chavez, cinq cents mètres plus loin, en pénétrant dans les quartiers de son équipe. On a du pain sur la planche. Tout le monde en selle. Et au trot. »

Ils filaient déjà vers les vestiaires quand le sergent Patterson souleva l'objection attendue : « Ding, normalement, c'est au tour du groupe Un. Qu'est-ce qui se passe ?

— Semblerait qu'ils aient besoin des deux ce coup-ci, Hank. Tout le monde s'y colle, aujour-d'hui.

— Ça marche pour moi. » Patterson ouvrit son vestiaire.

Comme toujours, leur équipement était déjà emballé, prêt au départ. Les conteneurs en plastique de qualité militaire étaient roulés jusqu'à la porte, avant même que le camion soit là pour les embarquer.

Le colonel Gamelin fut prévenu avant le capitaine Gassman. Le ministre français de la Défense l'appela directement pour lui annoncer qu'un groupe d'intervention spécial arrivait par avion, à la requête du gouvernement espagnol ; il serait là dans moins de trois heures. Le Français relaya l'information à ses compatriotes, au grand dam du capitaine espagnol qui n'eut d'autre choix que de téléphoner à son ministre de tutelle pour l'informer de la tournure prise par les événements. Il s'avéra que ce dernier venait tout juste d'être averti par son collègue des Affaires étrangères. Des renforts de police étaient en route avec l'ordre de ne pas intervenir avant que ne soit établi un périmètre de sécurité. La réaction de Gassman qui se voyait ainsi court-circuité fut une perplexité bien compréhensible, mais enfin, il devait obéir aux ordres. Maintenant qu'il avait trente hommes sur place ou sur le point d'arriver, il ordonna à dix d'entre eux de faire mouvement, avec lenteur et précaution en direction du château en passant par la surface, tandis que deux autres faisaient de même par les sous-sols. Chacun devait garder l'arme dans son étui ou le cran de sûreté mis et avait pour instruction de ne tirer sous aucun prétexte, un ordre plus facile à donner qu'à suivre.

Tout s'était bien passé jusqu'ici, estima René, et le poste de commandement du centre dépassait toutes ses attentes. Il était en train de se familiariser avec le système informatique pour sélectionner les caméras de surveillance qui lui semblaient le mieux couvrir l'intégralité du complexe, depuis les parkings jusqu'aux files d'attente des diverses attractions. Les images étaient en noir et blanc, et une fois le site choisi, il pouvait zoomer et panoramiquer à sa guise. Vingt moniteurs étaient disposés aux murs de la salle. Chacun d'eux était relié à un terminal pilotant au moins cinq caméras. Personne ne pourrait s'approcher du château à son insu. Excellent.

Dans le bureau des secrétaires, juste de l'autre côté de la porte, André avait fait asseoir les enfants par terre, en cercle serré, à l'exception des deux en fauteuil roulant, qu'il avait placés contre le mur. Tous les gamins avaient les yeux écarquillés de terreur, ce qui était bien normal, et pour le moment, ils étaient silencieux, ce qui lui convenait à merveille. Il avait remis sa mitraillette à l'épaule. Il n'en avait pas besoin pour l'instant, pas vrai ?

« Vous allez rester tranquilles, leur dit-il avant de repasser la porte du poste de commandement. Un ? appela-t-il.

— Oui, Neuf ? répondit René.

— Tout baigne de mon côté. C'est peut-être le moment de téléphoner ?

— T'as raison. » Un s'assit, décrocha le téléphone, examina les touches, crut trouver la bonne, la pressa.

« Oui ?

— Qui est là ?

— Mike Dennis. Je suis le directeur-gérant de ce parc.

— Bien, répondit Un en français. Je suis Un, et je viens de prendre les commandes de votre Worldpark.

— Très bien, monsieur Un. Que voulez-vous ?

— Vous avez la police près de vous ?

— Oui, ils sont ici.

— Parfait. Je vais alors m'adresser à leur commandement.

— Capitaine ? » Dennis fit signe à Gassman d'approcher.

« Ici le capitaine Dario Gassman de la Guardía Civil.

— Je suis Un. J'ai pris le commandement. Vous savez que j'ai capturé plus de trente otages, n'est-ce pas ?

— *Sí*, j'en suis bien conscient », répondit le capitaine, en tâchant du mieux possible de maîtriser sa voix, compte tenu des circonstances. Il avait lu des manuels et reçu une formation au dialogue avec des terroristes détenant des otages. Il aurait souhaité en savoir bien plus. « Avez-vous une revendication précise ?

— Je ne suis pas du genre à avoir des revendications. Je vais vous donner des ordres à exécuter de suite, et vous serez chargé de les transmettre à

481

d'autres. Est-ce que vous comprenez ? » Il s'exprimait à présent en anglais.

« *Sí. Comprendo.*

— Tous nos otages sont français. Vous allez établir une ligne de communication directe avec l'ambassade de France à Madrid. Mes ordres leur sont destinés. Veuillez garder à l'esprit qu'aucun de nos otages n'est ressortissant de votre pays. C'est une affaire entre les Français et nous. Est-ce bien clair ?

— *Señor Uno*, je suis responsable de la sécurité de ces enfants. Ils sont en terre espagnole.

— Quoi qu'il en soit, vous allez établir une ligne téléphonique avec l'ambassade de France à Madrid, et tout de suite. Prévenez-moi dès que c'est fait.

— Je dois auparavant répercuter votre demande auprès de mes supérieurs. Je vous recontacte dès que j'aurai reçu leurs instructions.

— Alors, vite », avertit René avant de raccrocher.

Il y avait du boucan à l'arrière. Les quatre moteurs Allison vrombirent pour lancer le MC-130 sur la piste d'envol, puis l'appareil s'inclina brutalement, s'élançant dans les cieux pour son vol vers l'Espagne. Installés dans le compartiment de communications, à l'avant, le lourd casque isolant sur les oreilles, Clark et Stanley essayaient de décrypter du mieux possible les informations qui leur parvenaient, des informations éparses et fragmentaires, comme toujours. La voix leur promit cartes et plans dès leur arrivée, mais on n'en savait pas plus sur le nombre et l'identité des terroristes — on y travaillait, leur promit la voix. Au même instant, un fax leur arriva de Paris, retransmis du QG de la 1re escadre aérienne d'opérations spéciales qui avait établi une ligne de transmissions sécurisée avec Hereford. Ce n'était qu'une nouvelle liste d'otages et, cette fois, Clark prit le temps de lire les noms, tandis qu'une partie de son esprit essayait de mettre des visages sur ces noms, tout en sachant qu'il se tromperait à tous les coups. Trente-trois gosses enfermés dans le donjon d'un parc de loisirs, tenus en respect par des hommes armés, au moins six hommes, dix peut-être, voire plus ; on essayait toujours de préciser cette information. Et merde... John savait qu'on ne pouvait pas précipiter certaines choses, mais dans ce métier, rien n'allait jamais trop vite, même quand on faisait tout soi-même.

À l'arrière, les hommes détachèrent leur ceinture et se mirent à passer leurs combinaisons de Nomex noir, sans échanger trop de paroles, tandis que les deux chefs de groupe se dirigeaient vers la cabine avant, pour tenter de glaner des nouvelles. De retour dix minutes plus tard pour s'habiller, Chavez et Covington secouèrent la tête avec cette mimique désabusée indiquant à l'évidence que les nouvelles étaient tout sauf bonnes. Les deux officiers expliquèrent à leurs hommes le peu qu'ils savaient. Ce fut au tour des tireurs d'élite de faire grise mine... Des gamins en otages... Au moins trente, peut-être plus, détenus par un nombre indéterminé de terroristes, dont on ignorait encore la nationalité et les motifs. De fait, ils ne savaient toujours pas quel rôle on allait leur faire jouer, sinon qu'ils allaient quelque part faire quelque chose, et qu'ils le sauraient une fois sur place. Les hommes se calèrent de nouveau dans leur siège, rebouclèrent leur ceinture, toujours aussi peu loquaces. La plupart avaient fermé les yeux et faisaient mine de dormir, mais ce n'était qu'une façade : ils étaient simplement assis, les yeux clos, essayant avec plus ou moins de succès de trouver une heure de calme dans le vrombissement strident des turbopropulseurs.

« Je veux votre numéro de fax, dit Un à l'ambassadeur de France.

— Très bien. » Le diplomate le lui indiqua. « Nous allons vous fournir une liste de prisonniers politiques dont nous exigeons la libération. Ils seront libérés immédiatement et amenés ici par un vol d'Air France. Ensuite, mes compagnons, nos hôtes et moi, nous monterons à bord de cet appareil pour rallier une destination que j'indiquerai au pilote une fois que nous aurons embarqué. Je vous conseille d'accéder à notre demande sans tarder. Notre patience a des limites, et si nos revendications ne sont pas satisfaites, nous serons forcés de tuer plusieurs de nos otages.

— Je vais transmettre votre requête à Paris.

— Bien, et veillez à leur dire que nous ne sommes pas d'humeur patiente.

— Oui, c'est entendu », promit le diplomate. La communication fut coupée et il considéra ses proches collaborateurs, le sous-chef de mission, son attaché militaire, et le chef de poste de la DGSE. L'ambassadeur était un homme d'affaires qui avait obtenu ce poste par piston politique, la proximité entre les deux capitales n'exigeant pas le métier d'un diplomate de carrière. « Eh bien ?

— Nous allons examiner la liste », répondit l'officier de la DGSE. Presque aussitôt, le fax se mit à ronronner et quelques secondes après, une feuille de papier en émergea. L'agent de renseignements la prit, la parcourut, la tendit à l'ambassadeur. « Pas bon, commenta-t-il à l'intention des autres.

— Le Chacal ? demanda le sous-chef de mission. Ils n'accepteront jamais...

— "Jamais", c'est très long, mon ami », indiqua-t-il au diplomate. Puis l'agent de la DGSE nota : « J'espère que ces commandos connaissent leur affaire.

— Que savez-vous d'eux ?

— Rien, rien de rien. »

« Ce sera long ? demanda Esteban.

— Ils vont prendre leur temps, répondit René. Une partie sera justifiée, une autre pure stratégie de leur part. Souviens-toi que leur intérêt est de laisser le plus possible traîner les choses, de nous lasser, nous user, d'affaiblir notre résolution. Comme parade, on peut toujours leur forcer la main en tuant un otage. Mais ce n'est pas une mesure à prendre à la légère. Nous avons choisi nos otages pour leur impact psychologique, et il conviendra de les utiliser avec précaution. Nous devons avant tout rester maîtres du rythme des événements. En attendant, laissons-les prendre leur temps, pendant qu'on consolide notre position. » René se dirigea vers l'angle de la pièce, pour voir comment allait Claude. À cause de cet imbécile de soldat romain, il avait une méchante estafilade au biceps gauche, le seul pépin jusqu'ici. Il était assis par terre, tenant un pansement plaqué sur sa blessure, mais celle-ci saignait toujours. Il allait falloir le recoudre. Pas de pot, mais rien de grave, sinon pour Claude, qui souffrait toujours le martyre.

Hector Weiler était le médecin du parc. Ce chirurgien formé à l'université de Barcelone passait le plus clair de son temps à poser des sparadraps sur les genoux et les coudes écorchés, même s'il avait accroché à son mur la photo des jumeaux qu'il avait accouchés après que leur mère eut été assez inconsciente, dans son état, pour faire un tour de Bombardier en piqué... Un panneau interdisait désormais avec fermeté l'attraction aux femmes enceintes. Cela mis à part, c'était un jeune praticien de talent qui n'avait pas oublié ses années d'internat aux urgences, aussi n'était-ce pas sa première victime d'une arme à feu. Francisco pouvait s'estimer chanceux. On lui avait tiré au moins six fois dessus, et même si les premières rafales n'avaient entraîné qu'une grêle d'éclats au bras gauche, l'un des projectiles de la dernière rafale lui avait sérieusement abîmé la jambe. Une fracture du tibia, c'était toujours long à réparer chez un homme de son âge, mais au moins s'était-elle produite assez haut. Plus bas, cela pouvait prendre six mois, si la réduction voulait bien se faire...

« J'aurais pu le tuer, marmonna le centurion, engourdi par l'anesthésie. J'aurais pu le décapiter, mais j'ai raté mon coup !

— Pas le premier, observa Weiler, en notant la croûte rouge sur le fil de la lame posée sur le *scutum* dans un coin de la salle d'examen.

— Décrivez-le-moi, ordonna le capitaine Gassman.

— La petite quarantaine, répondit de la Cruz. Dix ou douze centimètres de plus que moi, plutôt malingre. Cheveux bruns, barbe poivre et sel. Yeux noisette. Armé d'une Uzi. Béret blanc », ajouta l'ex-sergent en se mordant les lèvres. La dose d'anesthésique n'était pas suffisante pour éliminer totalement la douleur mais il devait dire ce qu'il savait et prit son mal en patience tandis que le chirurgien réduisait la fracture. « Il y en a d'autres. Au moins quatre, ceux que j'ai vus, peut-être plus...

— On estime le chiffre à une dizaine, confirma Gassman. A-t-il dit quelque chose ?

— Rien entendu.

— Qui sont-ils ? demanda le chirurgien sans relever la tête.

— On pense que ce sont des Français, mais on n'a aucune certitude », avoua le capitaine de la Guardía Civil.

Ce n'était pas une sinécure pour le colonel Malloy. Une fois traversée la Manche, il mit cap au sud-sud-ouest, à une vitesse de croisière de cent cinquante nœuds. Il devait faire escale sur un terrain militaire français à proximité de Bordeaux pour ravitailler. Son Night Hawk n'était en effet pas équipé de réservoirs supplémentaires. Comme presque tous les hélicos, l'appareil était dépourvu de pilotage automatique, contraignant Malloy et le lieutenant Harrison à tenir les commandes de bout en bout. D'où pas mal de courbatures, car un hélico était loin d'être l'engin volant le plus confortable qui soit, mais les deux pilotes y étaient habitués et ils ne manquaient pas de s'en plaindre chaque fois qu'ils se relayaient aux commandes, toutes les vingt minutes environ. Trois heures de vol pour rallier leur destination. Derrière eux, il y avait leur chef d'équipe, le sergent Jack Nance, le nez au hublot pour voir arriver la côte française, alors qu'ils survolaient à deux mille pieds d'altitude un port de pêche empli de petits bateaux.

« Ça s'est monté plutôt précipitamment, remarqua Harrison dans l'interphone.

— Ouais, enfin, j'imagine que Rainbow n'aime pas laisser traîner les choses...

— Z'avez une idée de ce qui se passe ?

— Pas la moindre, fils. Tu sais, je suis pas retourné en Espagne depuis mon déploiement sur le *Tarawa*... ça doit bien remonter à 1955. Je me souviens quand même d'un chouette resto à Cadix... je me demande s'il existe toujours... » Sur quoi, le silence retomba dans la cabine, l'hélico piqua du nez et fila vers le sud, propulsé par son rotor quadripale tandis que Malloy surveillait à intervalles rapprochés l'indicateur de cap.

« Les nouvelles se raréfient », observa Clark en jetant un coup d'œil au dernier fax. Rien de nouveau, toujours les mêmes renseignements réarrangés par quelque gratte-papier anonyme. Il laissa Alistair Stanley s'en occuper et passa à l'arrière rejoindre ses hommes.

Presque tous faisaient mine de dormir mais il n'était pas dupe, lui qui avait agi de la même façon avec le 3e SOG, presque trente ans plus tôt : faire semblant de dormir, les yeux fermés, le corps et l'esprit au ralenti, parce qu'il était inutile de ressasser des trucs dont on ne savait rien, et que la tension vous bouffait votre énergie même quand les muscles étaient au repos. Alors, la meilleure défense était encore de déconnecter son corps. Ces gars étaient assez intelligents et professionnels pour savoir que le stress arriverait bien assez tôt et qu'il était inutile d'en précipiter la venue.

En cet instant, l'ancien officier commando de la marine américaine qu'il avait été jadis ressentit soudain avec force l'insigne honneur de diriger des hommes de cette trempe. Voilà qu'ils s'apprêtaient à effectuer une tâche dont ils ne savaient rien, mais ce devait être sérieux puisque jamais encore les deux équipes — la Un et la Deux — n'étaient sorties ensemble. Or ils agissaient comme si ce n'était qu'un banal exercice de routine. Non, on n'en faisait pas de meilleurs, et leurs deux chefs, Chavez et Covington, les avaient entraînés à la perfection.

Et quelque part devant eux, les attendaient des terroristes détenant des enfants en otages. Bon, la tâche ne serait pas facile, et il était encore beaucoup trop tôt pour spéculer sur son issue, mais en tout état de cause, John savait qu'il était mieux ici dans la carlingue bruyante de cet Hercules que tout à l'heure dans ce parc de loisirs ; dans moins d'une heure et demie maintenant, ses hommes allaient rouvrir les yeux, se lever et sortir à pas lents, lestés de leur équipement de combat. En les contemplant, John Clark vit devant ses yeux la Faucheuse : son rôle désormais était de la mettre au pas.

Assis à l'angle avant droit de la soute, Tim Noonan faisait joujou avec son ordinateur, David Peled à ses côtés. Clark s'approcha d'eux pour leur demander ce qu'ils fabriquaient.

« La dépêche n'est pas encore tombée, lui indiqua Noonan. Je me demande bien pourquoi...

— Ça ne va pas tarder, prédit Clark.

— D'ici dix minutes maxi, répondit l'Israélien. Qui doit nous réceptionner ?

— L'armée espagnole et la police locale, d'après ce que j'ai entendu. On a reçu l'autorisation de se poser... dans vingt-cinq minutes, confirma-t-il en consultant sa montre.

— Là, ça y est, un flash de l'Agence France-Presse ! » Noonan le parcourut pour voir s'il contenait du nouveau. « Une trentaine de jeunes Français pris en otages par des terroristes d'origine inconnue... non, rien de plus que ce qu'on a. Ça va pas être de la tarte, John, observa l'ancien agent du FBI. Plus de trente otages au milieu de la foule. Quand je travaillais là-dessus, notre unité a sué sur ce genre de scénario-catastrophe. Dix terroristes ?

— C'est en gros ce qu'ils pensent, mais le chiffre n'est pas encore confirmé.

— Sale combine, patron. » Noonan hocha la tête, inquiet. Il portait la même tenue que les tireurs : Nomex noir et gilet pare-balles, le Beretta dans l'étui contre la hanche droite, parce qu'il persistait à se considérer comme un tireur plutôt que comme un sorcier de la technique et qu'à force de s'entraîner avec les autres à Hereford, il était parfaitement à niveau... En outre, des gosses étaient en danger, songea Clark, et ce genre de motivation était peut-être la plus forte qui existe, renforcée encore par le passage de Noonan au FBI, un service qui considérait les crimes d'enfants comme les plus crapuleux. David Peled avait une attitude plus distante : il était encore en pékin et fixait l'écran de l'ordinateur comme un comptable examine une feuille de tableur.

« John ! lança Stanley, arrivant avec un nouveau fax. La liste de ceux dont ils exigent la libération !

— Il y a des noms connus ?

— Ilitch Ramirez Sanchez est en tête de liste.

— Carlos ? » Peled leva les yeux. « Quelqu'un veut vraiment récupérer ce salaud ?

— Chacun a ses amis... » Le Dr Bellow s'assit et prit le fax pour l'examiner avant de le tendre à Clark.

« OK, doc, votre avis ?

— On a de nouveau affaire à des idéologues, exactement comme en Autriche, mais cette fois, ils ont un objectif bien précis, quant à ces prétendus prisonniers politiques... je connais ces deux-là... ce sont des anciens d'Action directe... les autres, leur nom ne me dit rien...

— Ça y est, je les ai », annonça Noonan, qui avait affiché sa liste de terroristes connus pour la comparer aux noms indiqués sur le fax. « Bien. Six anciens d'Action directe, huit Basques, un membre du FPLP, tous actuellement détenus en France. La liste n'est pas longue.

— Mais explicite, nota Bellow. Ces gars savent ce qu'ils veulent, et s'ils ont pris des gosses en otages, c'est qu'ils tiennent à les voir sortir. Le choix des otages vise à accentuer la pression politique sur le gouvernement français. » Ce n'était pas vraiment un scoop et le psychiatre en était conscient. « La question est de savoir si les autorités françaises sont prêtes à négocier.

— Elles ont déjà marchandé discrètement, par le passé, loin des projecteurs, leur indiqua Peled. Nos amis doivent le savoir...

— Quand même, des enfants..., souffla Clark.

— Le scénario cauchemar, acquiesça Noonan. Mais qui peut donc avoir un cœur de pierre au point de martyriser des gosses ?

— Il faudra discuter avec eux pour voir », répondit Bellow. Il regarda sa montre, bougonna : « La prochaine fois, faudra un zinc plus rapide.

— Du calme, toubib », répondit Clark, conscient que Paul Bellow n'aurait pas la tâche facile dès l'instant où ils se seraient posés et auraient rejoint l'objectif. Il devrait déchiffrer les pensées des terroristes, évaluer leur résolution et, plus délicat encore, prédire leurs actions, alors que, à l'instar de ses collègues de Rainbow, il ne disposait que d'un minimum de renseignements. Comme eux, il était pareil à un sprinter dans les starting-blocks, prêt à s'élancer mais obligé d'attendre le signal du départ. La différence, toutefois, c'est qu'il n'était pas tireur. Il ne pouvait pas compter sur le phénomène de décompression qui survenait quand on passait à l'action, ce pour quoi il enviait en silence les soldats. Des enfants, songea Paul Bellow. Il devait trouver le moyen de ramener à la raison des inconnus, afin de sauver la vie d'enfants. Quelle marge de manœuvre allaient lui laisser les gouvernements français et espagnol ? Il savait qu'il aurait besoin d'un minimum de latitude, même si tout dépendait de l'état mental des terroristes. Ils avaient délibérément choisi des gamins, des Français qui plus est, pour exercer le maximum de pression sur le gouvernement à Paris... et l'acte avait été mûrement réfléchi... ce qui l'amenait à croire qu'ils étaient prêts à tuer un enfant, malgré tous les tabous associés à ce genre de crime chez tout être civilisé. Paul Bellow avait écrit des pages entières, donné des conférences dans le monde entier sur ce type d'individus, mais dans son for intérieur, il continuait à se demander s'il appréhendait vraiment la mentalité des terroristes, tant elle était éloignée de sa vision supérieurement rationnelle de la réalité. Certes, il pouvait simuler leur mode de réflexion, peut-être, mais le comprenait-il réellement ? Il aimait mieux ne pas trop se poser la question pour l'instant, enfermé qu'il était dans le cocon de silence des tampons acoustiques protégeant ses tympans et son équilibre du fracas des moteurs du MC-130. Et c'est pourquoi, comme les autres, il se cala dans son fauteuil, les yeux clos, se forçant à faire le vide dans son esprit et à trouver un répit en attendant le stress qui n'allait pas manquer de l'assaillir dans moins d'une heure.

Clark vit le manège de Bellow et le reconnut, mais cette option était interdite à Rainbow Six : c'est à lui qu'était échue la responsabilité ultime du commandement, et ce qui hantait son regard, c'étaient tous ces visages qu'il avait imaginés pour les associer aux noms inscrits sur le fax qu'il avait dans la main. Lesquels allaient s'en sortir ? Lesquels, non ? Cette responsabilité reposait sur des épaules bien moins solides qu'elles le laissaient paraître.

Des gosses.

« Ils ne m'ont pas encore recontacté, indiqua au téléphone le capitaine Gassman qui avait pris l'initiative de rappeler les terroristes.

— Je ne vous ai pas encore indiqué d'échéance, répondit Un. J'aime à penser que Paris appréciera cette marque de bonne volonté. Si tel n'était pas le cas, on aura tôt fait de leur apprendre à respecter notre résolution. Tâchez de le leur faire comprendre », conclut René en coupant brusquement la communication.

Tant pis pour mes tentatives de dialogue, se dit Gassman. Cela faisait partie de ce qu'il devait tenter, à en croire en tout cas tous ses manuels et cours de formation. Établir une forme quelconque de dialogue et de rapport avec les criminels, instaurer un minimum de confiance qu'on pouvait ensuite exploiter à son profit, réussir à faire libérer certains otages en échange de vivres ou d'autres choses... user la résolution des terroristes, dans le but ultime de régler l'affaire sans coûter la vie aux innocents — ni aux criminels, d'ailleurs. Pour lui, une vraie victoire consistait à les traîner devant un tribunal où ils seraient jugés coupables et condamnés à une longue peine dans les geôles espagnoles pour y pourrir comme les ordures qu'ils étaient... Mais la première étape était de les amener à entamer le dialogue, ce à quoi ce monsieur Un semblait peu enclin. L'individu était manifestement ravi de diriger les opérations... il avait beau jeu, se dit le capitaine. Face à des gamins impuissants. Et puis un autre téléphone sonna.

« Ils ont atterri. Ils sont en train de décharger.
— Combien de temps encore ?
— Une demi-heure. »

« Une demi-heure », dit à Clark le colonel Tomas Nuncio, alors que la voiture s'ébranlait. Nuncio était venu de Madrid en hélicoptère. Derrière lui, trois camions de l'armée espagnole chargeaient l'équipement débarqué de l'avion avant de prendre la même route avec ses hommes.

« Que savons-nous ?

— Trente-cinq otages. Trente-trois sont de jeunes Français...

— J'ai vu la liste. Qui sont les deux autres ? »

Nuncio baissa les yeux, écœuré. « Il semble qu'il s'agisse d'enfants handicapés, invités par le parc dans le cadre d'un programme caritatif... Une jeune Hollandaise et un petit Anglais, l'un comme l'autre en fauteuil roulant, et signalés comme très malades. C'est du reste assez étrange : tous les autres gosses sont des enfants de cadres de Thomson-CSF, le fabricant d'électronique militaire. Le responsable de ce groupe a pris sur lui de prévenir son siège et, de là, la nouvelle est parvenue au sommet du gouvernement français, ce qui explique la promptitude de la réponse. J'ai ordre de vous fournir toute l'assistance possible.

— Merci, colonel Nuncio. Combien d'hommes avez-vous sur place, à l'heure actuelle ?

— Trente-huit, et des renforts arrivent. Nous avons instauré un périmètre de sécurité et établi des barrages routiers.

— Que faites-vous avec la presse ?

— Nous les interceptons à l'entrée principale du parc. Je ne veux pas donner à ces hyènes une tribune pour s'exprimer en public », lui promit le colonel Nuncio. L'officier était déjà largement à la hauteur de ce qu'il attendait de la Guardía Civil espagnole. Le couvre-chef venait peut-être d'un autre siècle, mais les yeux bleus du flic, durs et froids, révélaient qu'il était prêt à l'action, tandis qu'il fonçait dans sa voiture de commandement sur la route à chaussée séparée. Une pancarte indiquait qu'ils n'étaient plus qu'à quinze kilomètres de Worldpark et ils roulaient maintenant à toute vitesse.

Julio Vega chargea la dernière caisse du groupe Deux à bord du camion et se hissa à son tour. Tous ses compagnons étaient déjà montés à l'arrière, tandis que Ding Chavez prenait le siège avant droit, à côté du chauffeur, une tendance propre à tous les chefs. À présent, tout le monde avait l'œil aux aguets et la tête droite, et chacun observait les alentours, même si ce n'était pas fondamental au déroulement de la mission. Après tout, même les commandos pouvaient jouer les touristes.

« Colonel, quel genre de dispositif de surveillance allons-nous avoir contre nous ?

— Comment cela ?

— Le parc, il doit bien être équipé de caméras de surveillance, expliqua Clark. Je voudrais qu'on puisse les éviter.

— Je vais voir ce qu'on peut faire. »

« Eh bien ? demanda Mike Dennis à son chef technicien.

— L'entrée de service... il n'y a pas de caméra jusqu'à proximité du parking réservé au personnel. Et je peux la déconnecter d'ici.

— Faites-le. » Dennis contacta par radio le capitaine Gassman pour lui indiquer l'itinéraire à suivre par les véhicules qui approchaient. En même temps, il consulta sa montre. Les premiers coups de feu avaient été tirés trois heures et demie plus tôt. Une éternité. Sans cesser de donner des ordres, il se dirigea vers la machine à café, découvrit qu'elle était vide, poussa un juron.

Le colonel Nuncio prit la dernière bretelle de sortie avant celle du parc, et se retrouva sur une route à deux voies. Il ralentit. Bientôt, ils arrivèrent à la hauteur d'une voiture de police dont le chauffeur, debout à côté, leur fit signe de passer. Deux minutes encore et ils se garaient devant ce qui ressemblait à la bouche d'un tunnel au portail d'acier entrouvert. Nuncio descendit de voiture, imité par Clark, et se hâta vers l'entrée.

« Votre espagnol est très pur, Señor Clark. Mais je n'arrive pas à situer votre accent.

— Indianapolis », sourit John. Ce serait sans doute leur dernier moment de détente de la journée. « Comment s'établit le dialogue avec les sales gueules ?

— Dans quelle langue, vous voulez dire ? En anglais, jusqu'ici. »

Et ça, c'était la première bonne nouvelle du jour. Car malgré son talent, le Dr Bellow n'était pas doué pour les langues. Nul doute qu'il serait ravi de l'apprendre quand sa voiture arriverait, d'ici cinq minutes.

Le centre de commande annexe du parc était situé à vingt mètres à peine de l'entrée du tunnel. À la porte, il y avait un autre garde civil qui leur ouvrit et salua le colonel Nuncio.

« Señor Clark, je vous présente le capitaine Gassman. » On échangea des poignées de main.

« Enchanté. Je suis John Clark. Mes hommes me suivent à quelques minutes près. Pouvez-vous me mettre au fait de la situation ? »

Gassman l'invita à prendre place à la table de conférence au milieu de la salle. Les murs étaient couverts d'écrans de télévision et de tout un attirail électronique dont la nature n'était pas évidente. Un plan à grande échelle du complexe était déjà étalé sur la table.

« Les criminels sont tous ici, expliqua Gassman en posant le doigt sur le château, au beau milieu du plan. Nous pensons qu'ils sont dix, avec trente-cinq otages, tous des enfants. Je leur ai parlé à plusieurs reprises. Mon contact est un homme, très probablement de nationalité française, qui se fait appeler "Un". Les dialogues n'ont jusqu'ici rien donné mais nous avons une copie de leur revendication : qu'on libère une douzaine de terroristes emprisonnés, la majorité en France mais quelques-uns également en Espagne. »

Clark hocha la tête. Ça, ils l'avaient déjà, mais le plan du parc, c'était nouveau. Il examina tout d'abord les diverses perspectives, les points de vue et les angles morts. « Est-ce qu'on a le plan de l'endroit précis où ils se trouvent ? Je parle d'un plan de construction...

— Tenez, indiqua un des ingénieurs du parc en étalant sur la table un rouleau de plans du château. Il y a des ouvertures là, là et là. Les cages d'escalier et d'ascenseur sont indiquées. » Clark reporta les indications sur le plan-masse. « Un escalier leur donne accès au toit, qui est situé à quarante mètres

au-dessus du sol. De là-haut, ils ont une vue impre-
nable sur toutes les voies d'accès.

— Si je voulais surveiller l'ensemble du
complexe, quel serait l'endroit idéal ?

— Facile. Le manège du Bombardier en piqué,
en haut de la première bosse. Pas loin de cent cinquante mètres de haut.

— Cent cinquante mètres ! répéta Clark, avec
une touche d'incrédulité.

— C'est le grand huit le plus haut du monde,
monsieur, confirma l'ingénieur. On vient de partout
pour l'essayer. La base du manège est installée dans
une légère dépression, d'une dizaine de mètres, mais
le reste de la structure est bougrement élevé. Si vous
cherchez à jucher quelqu'un sur un perchoir, c'est
l'idéal.

— Bien. Peut-on s'y rendre d'ici sans être vu ?

— Par le souterrain, mais il y a des caméras dans
les tunnels... » Sa main indiqua les emplacements sur
la carte. « Là, là, et encore là. Mieux vaut encore y
aller à pied en surface, mais éviter les caméras risque
d'être coton.

— Vous ne pouvez pas les couper ?

— On peut d'ici reprendre la main au poste de
contrôle central, effectivement... merde, s'il le faut,
je peux même demander à mes gars d'aller débran-
cher les câbles.

— Mais si on le fait, on risque d'énerver nos amis
dans le donjon, observa John. D'accord, il va falloir
bien réfléchir à la question avant de faire quoi que
ce soit. Pour le moment, poursuivit-il en se tournant
vers Nuncio et Gassman, je veux qu'on les main-
tienne dans le brouillard sur notre présence et notre

rôle ici. On ne leur livre rien contre rien, d'accord ? »

Les deux policiers acquiescèrent, et John lut dans leurs yeux comme un respect éperdu. Malgré leur orgueil et leur professionnalisme, ils devaient ressentir un certain soulagement à le savoir sur place avec ses hommes pour prendre en main la situation, mais aussi assumer la responsabilité afférente. Ils pourraient toujours recueillir les lauriers de leur collaboration à une opération de sauvetage réussie, comme ils pourraient faire le gros dos et expliquer en cas d'échec que tout était de sa faute. La mentalité bureaucratique semblait inséparable de tout fonctionnaire gouvernemental.

« Hé, John ! »

Clark se retourna. C'était Chavez, Covington sur ses talons. Les deux chefs de groupe entrèrent d'un pas décidé, portant leur tenue de combat noire qui leur donnait l'aspect d'anges de la mort. Ils s'approchèrent de la table de conférence et commencèrent à examiner les plans.

« Domingo, je te présente le colonel Nuncio et le capitaine Gassman.

— Bonjour », répondit Chavez dans son espagnol de Los Angeles, en leur serrant la main. Covington l'imita, en anglais.

« On perche un tireur là-haut ? dit aussitôt Chavez en indiquant le manège du Bombardier en piqué. J'ai aperçu le truc depuis le parking. Sacrées montagnes russes. Je peux y faire monter Homer discrètement ?

— On était en train d'examiner la question. »

Noonan arriva sur ces entrefaites, avec son sac bourré de gadgets électroniques. « Parfait, tout ça m'a l'air de se goupiller pas trop mal, observa-t-il en avisant la batterie de moniteurs de surveillance.

— Nos amis ont dédoublé ici leur installation.

— Oups, fit Noonan. Parfait, pour commencer, on coupe tous les nœuds de communication de téléphones cellulaires.

— Hein ? fit Nuncio. Pourquoi ?

— Au cas où nos amis auraient un copain à l'extérieur avec un mobile pour leur commenter nos faits et gestes, monsieur, répondit Clark.

— Ah. Je peux vous aider ? »

Noonan se chargea de la réponse. « Envoyez vos hommes à tous les centres nodaux et dites aux techniciens de charger ces disquettes sur leurs machines. Des instructions écrites sont fournies avec.

— Felipe ! » Nuncio se retourna et claqua des doigts. Peu après, un de ses hommes partait avec les disquettes et leur mode d'emploi.

« À quelle profondeur sommes-nous ? demanda Noonan.

— Pas plus de cinq mètres.

— Le plafond est en dalles de béton armé ?

— Exact, répondit l'ingénieur du parc.

— Bien. John, nos radios portatives devraient passer. » Sur ces entrefaites, les hommes des groupes Un et Deux venaient d'entrer. Ils s'agglutinèrent autour de la table de conférence.

« Les méchants et les otages sont ici, leur dit John.

— Combien en tout ? demanda Eddie Price.

— Trente-cinq otages, tous des gosses, dont deux handicapés en fauteuil roulant. Les deux qui ne sont pas français.

— Qui leur a parlé ? » C'était le Dr Bellow.

« Moi », répondit le capitaine Gassman. Bellow le

prit par l'épaule et l'attira dans un coin de la pièce pour discuter à voix basse.

« D'abord et avant tout, les surveiller d'en haut, dit Chavez. Il faut qu'on place Homer au sommet de ce manège... discrètement... mais comment on procède ?

— Sur les écrans, je vois des gens qui se baladent, observa Johnston qui s'était retourné vers les moniteurs. Qui est-ce ?

— Des employés du parc, répondit Mike Dennis. On les a envoyés s'assurer que tous nos visiteurs étaient sortis. » C'était la procédure classique lors de la fermeture, sauf que celle-ci.était intervenue avec plusieurs heures d'avance.

« Filez-moi une de leurs tenues... mais faudra encore que j'emballe mon flingue... Vous avez des ouvriers mécaniciens sur le parc ?

— Pas plus d'un petit millier, sourit le directeur du complexe.

— Parfait, alors c'est ce que je vais être, caisse à outils et tout le.toutim. Vos manèges tournent ?

— Non, on les a tous arrêtés.

— Plus on en aura en route, plus ça leur fera de trucs à surveiller, indiqua le sergent Johnston.

— Ça me plaît bien, renchérit Ding en regardant Clark.

— Moi aussi. Monsieur Dennis, remettez en route tous les manèges, je vous prie.

— Il faut les réenclencher un par un. On peut les arrêter d'ici en coupant le courant, mais on ne peut pas les remettre en route par télécommande.

— Alors, envoyez vos employés s'en charger. Le sergent Johnston accompagnera votre technicien au grand huit. Homer, tu t'installeras là-haut. Ta mission sera de recueillir de l'information et de nous la répercuter. Prends ton flingue et file t'équiper.

— Ça fait quelle hauteur à peu près ?

— Environ cent quarante mètres au-dessus du sol. »

Le tireur d'élite sortit de sa poche une calculette et vérifia son bon fonctionnement. « D'accord. Je me change où ?

— Par ici. » L'ingénieur l'accompagna jusqu'aux vestiaires du personnel, de l'autre côté du couloir.

« Qu'est-ce qu'on a comme perchoir, en vis-à-vis ? demanda Covington.

— Voilà qui pourrait faire l'affaire, indiqua Dennis. Le pavillon de la réalité virtuelle. Nettement moins élevé, mais avec une vue directe sur le château.

— Je vais y placer Houston, dit Covington. Sa jambe le fait toujours souffrir.

— Parfait. Deux tireurs-observateurs, plus les caméras de surveillance, ça nous donne une bonne couverture visuelle du château, commenta Clark.

— J'aurai quand même besoin d'effectuer une reconnaissance pour tâter le terrain, nota Chavez. Il me faut un plan du site avec l'emplacement des caméras indiqué dessus. Idem pour Peter.

— Quand est-ce que Malloy doit arriver ?

— D'ici une petite heure. Il faudra qu'il ravitaille dès qu'il aura atterri. Ensuite, l'autonomie de l'hélico est d'environ quatre heures, en comptant des relais au sol de trente minutes.

— Jusqu'où portent vos caméras, monsieur Dennis ?

— Elles couvrent assez loin la zone des parkings,

mais pas l'autre côté. La vue est meilleure depuis le sommet du château.

— Que sait-on de l'équipement des terroristes ?

— Ils n'ont que des armes à feu. On l'a sur bande.

— Je veux les voir, intervint Noonan. Tout de suite, si possible. »

Désormais, la machine était en branle. Chavez et Covington obtinrent leurs plans du complexe — les mêmes que ceux vendus aux visiteurs — avec l'emplacement des caméras marqué à la main avec des gommettes noires piquées à une secrétaire. Une voiturette électrique — en fait, un caddie de golf — les attendait dans le couloir et les conduisit à l'extérieur puis réintégra le complexe par une route de surface. Covington s'aidait du plan pour éviter les caméras tandis qu'ils progressaient par les voies de service.

Noonan visionna les trois cassettes montrant les terroristes en train d'effectuer leur prise d'otages. « Ils sont bien dix, tous des hommes, en majorité barbus, tous coiffés de bérets blancs au moment de l'attaque. Deux ressemblent à des employés du parc. On a des informations sur eux ?

— On y travaille, répondit Dennis.

— Vous avez leurs empreintes ? s'enquit Noonan, qui obtint pour toute réponse un signe de dénégation. Et leur photo ?

— Oui, on porte tous des badges d'accès avec photo. » Dennis exhiba le sien.

« C'est déjà ça. On va transmettre ça au sommier de la police française.

— Mark ! » Dennis héla son directeur du personnel.

« On aurait dû prendre des uniformes, observa Covington.

— Ouaip, faut pas confondre vitesse et précipitation, pas vrai, Peter ? » Chavez surveillait les abords, planqué à l'angle d'un bâtiment. L'odeur d'un stand de sandwiches le faisait saliver. « Ça va pas être de la tarte pour entrer...

— Exact. »

Vu d'ici, le donjon n'avait certainement pas l'air en carton-pâte, avec ses cinquante mètres de base et presque autant en hauteur. Les plans leur avaient révélé que l'essentiel de ce volume était vide, mais un escalier et un ascenseur permettaient d'accéder au toit en terrasse, et tôt ou tard, les terroristes allaient y placer quelqu'un, s'ils avaient un minimum de cervelle. Enfin, ça serait le problème des tireurs d'élite. Des cibles relativement faciles pour Homer Johnston et Sam Houston, bien dégagées, à quatre cents mètres de distance d'un côté et à peine cent soixante de l'autre.

« Qu'est-ce que tu penses de la taille de ces fenêtres ?

— Ça devrait passer, Ding.

— Ouais, c'est ce que je pense, moi aussi. » Déjà, un plan se formait dans leur esprit. « J'espère que Malloy a bien récupéré. »

Le sergent Homer Johnston, une combinaison de mécanicien du parc passée au-dessus de sa tenue de Ninja, émergea du sol à cinquante mètres du Bombardier en piqué. L'attraction était encore plus intimidante vue de près. Il s'en approcha, escorté par un employé du parc qui était également responsable technique du manège. « Je peux vous amener au sommet et immobiliser là-haut la nacelle.

— Impeccable. » Ça paraissait effectivement un peu long à escalader par ses propres moyens, même s'il y avait un escalier de service. Ils se dirigèrent vers le porche d'accès, franchirent les tourniquets de contrôle et Johnston alla s'installer dans le siège avant droit de la nacelle suspendue, son étui de fusil posé à côté de lui. « Allez-y ! » dit-il au technicien. L'ascension de la première montagne russe s'effectuait au ralenti — c'était voulu pour flanquer la trouille aux passagers... Comme un avant-goût de l'esprit tordu des terroristes, songea Johnston avec un sourire désabusé. Le convoi de dix nacelles triplaces s'immobilisa au sommet de la rampe. Johnston se faufila à l'extérieur en prenant son étui de fusil avec lui. Il le déposa sur une armoire à équipements et l'ouvrit pour en extraire un matelas de mousse et une couverture de camouflage. Puis il sortit son arme et ses jumelles. Il prit son temps pour bien disposer le matelas sur le caillebotis métallique : rester couché ici n'allait pas tarder à être inconfortable. Il s'accroupit et déploya la couverture pour se couvrir avec. Il s'agissait en fait d'un mince filet de pêche couvert de feuilles de plastique vert, destiné à masquer sa silhouette. Puis il installa le fusil sur le bipied et sortit de leur étui les jumelles au revêtement caoutchouté. Le micro de son émetteur radio pendait devant ses lèvres.

« Commandement pour Fusil Deux-Un.

— Six en fréquence, répondit Clark.

— Fusil Deux-Un en place, Six. J'ai une position excellente : j'aperçois le toit du château et les portes de la cage d'escalier et de l'ascenseur. Bonne vue également sur l'arrière. Pas mal du tout, chef.

— Bien. Tu nous tiens au courant.

506

— Bien reçu, chef. Terminé. » Le sergent Johnston se releva sur les coudes et observa la zone avec ses jumelles 7x50. Le soleil tapait dur. Il allait devoir s'y faire. Il réfléchit quelques instants et saisit sa gourde. Au même instant, la nacelle qu'il venait d'emprunter s'ébranla et disparut de sa vue. Il entendit les galets métalliques résonner dans le tube de guidage suspendu et se demanda quel effet ça faisait d'embarquer dans ce foutu machin. Sans doute guère différent de la chute libre, une discipline qu'il connaissait, même s'il l'appréciait modérément, malgré sa formation de parachutiste. Il y avait quelque chose de jouissif à sentir ses pieds fouler le plancher des vaches, et puis, on pouvait toujours se brosser pour tirer au fusil quand on dégringolait à deux cents à l'heure, pas vrai ? Il dirigea ses jumelles vers une des fenêtres... Ogivales, comme dans les vrais châteaux, elles étaient garnies de vitraux transparents. Ça risquait d'être coton de viser au travers, sans compter que tirer sous cet angle ne serait pas évident... non, s'il devait faire usage de son arme contre quelqu'un, il faudrait qu'il soit dehors. Là, pas de problème. Il colla l'œil à la lunette et pressa la touche du viseur laser, en pointant le milieu de la cour du donjon. Puis il entra des chiffres sur sa calculette pour tenir compte de la différence de hauteur, obtint une valeur rectificative qu'il entra en faisant tourner le bouton d'élévation du nombre de déclics correspondant. La distance en ligne directe était de trois cent quatre-vingt-neuf mètres. Pas trop mal s'il devait tirer.

« Oui, monsieur le ministre », dit le Dr Bellow. Installé dans un fauteuil confortable (celui de Mike Dennis), le psychiatre fixait le mur. Il avait à présent deux photos à contempler... celles de deux inconnus, car ils n'étaient ni référencés dans l'ordinateur de Tim Noonan, ni fichés par les polices française et espagnole. Les deux individus logeaient dans des appartements à quelques kilomètres du complexe, qu'on était en ce moment même en train d'éplucher méticuleusement, tout comme leurs quittances téléphoniques, pour voir qui ils avaient appelé.

« Ils exigent la libération de Carlos, n'est-ce pas ? demanda le ministre français de la Justice.

— Lui et quelques autres, mais il semble effectivement qu'il soit en tête de liste, oui.

— Jamais mon gouvernement n'acceptera de négocier avec ces individus !

— Bien sûr, monsieur le ministre, je comprends parfaitement. Livrer les prisonniers est en général exclu, mais chaque situation est différente, et j'ai besoin de savoir quelle marge de manœuvre, si tant est qu'il y en ait une, vous seriez prêt à m'accorder pour négocier. Cela pourrait inclure de sortir ce Carlos de prison et de l'amener ici, histoire... eh bien, de servir d'appât aux terroristes que nous avons maintenant encerclés.

— C'est ce que vous préconiseriez ?

— Je n'ai encore aucune certitude. Je n'ai pas eu l'occasion de leur parler, de sorte que je n'ai aucun indice sur la fermeté de leurs intentions. Pour l'instant, la seule chose que je peux affirmer, c'est que nous avons affaire à des individus motivés, prêts à tuer des otages.

— Des enfants ?

508

— Oui, monsieur, nous devons prendre tout à fait au sérieux cette menace. » La réponse du médecin engendra un silence qui se prolongea dix bonnes secondes, comme il put le constater à l'horloge murale qu'il fixait.

« Je dois y réfléchir. Je vous rappelle.

— Merci, monsieur le ministre. » Bellow raccrocha, regarda Clark.

« Alors ?

— Alors, ils ne savent pas quoi faire. Moi non plus, pour le moment. Écoutez, John, nous sommes confrontés à un paquet d'inconnues. Nous ne savons pas grand-chose des terroristes. Pas de motif religieux, ce ne sont pas des intégristes islamistes. Donc, je ne peux pas faire jouer contre eux les notions de Dieu, de morale ou d'éthique. S'il s'agit de marxistes purs et durs, ils risquent de ne pas se laisser fléchir. Jusqu'ici, ils ne se sont guère montrés communicatifs. Si je ne peux pas leur parler, je me retrouve le bec dans l'eau.

— Bien, dans ce cas, qu'est-ce qu'on fait ?

— Déjà, on les flanque dans le noir. »

Clark se tourna. « Monsieur Dennis ?

— Oui ?

— Pouvons-nous couper l'électricité au château ?

— Oui, répondit l'ingénieur, pour son patron.

— On le fait, doc ? » Bellow acquiesça. « OK, débranchez la prise.

— Pas de problème. » L'ingénieur s'installa devant une console et prit la souris pour ouvrir le programme de gestion d'énergie. En quelques clics, il avait sélectionné le château et cliqua pour couper son alimentation électrique.

« On va voir combien de temps ça prend », observa tranquillement Bellow.

Cela prit cinq secondes. Le téléphone de Dennis sonna.

« Oui », dit le directeur du parc. Il avait mis l'ampli.

« Pourquoi avez-vous fait ça ?

— Que voulez-vous dire ?

— Vous savez très bien ce que je veux dire. L'éclairage s'est coupé. »

Le Dr Bellow se pencha au-dessus du micro et se présenta. « À qui ai-je l'honneur ?

— Je suis Un. J'ai pris le contrôle de Worldpark. Et vous, qui êtes-vous ?

— Mon nom est Paul Bellow et on m'a demandé de parlementer avec vous.

— Ah, c'est donc vous, le négociateur. Excellent. Remettez-nous la lumière immédiatement.

— Au préalable, répondit Bellow sans se démonter, j'aimerais savoir qui vous êtes. Vous avez mon nom. Je n'ai pas le vôtre.

— Je vous l'ai dit. Je suis Un. Vous n'aurez qu'à m'appeler monsieur Un, répondit la voix, sans excitation ni colère.

— D'accord, monsieur Un, si vous insistez... vous pouvez m'appeler Paul.

— Remettez-nous l'électricité, Paul.

— En échange de quoi, monsieur Un ?

— En échange de quoi, je m'abstiendrai de tuer un enfant... pour le moment, ajouta la voix, glaciale.

— À vous entendre, vous ne m'avez pas l'air d'un barbare, monsieur Un, or ôter la vie d'un enfant est un acte barbare... sans compter que ça va rendre votre situation un peu plus compliquée...

— Paul, je vous ai dit ce que je voulais. Obéissez. Immédiatement. » Et la ligne fut coupée.

« Et merde, fit Bellow dans un souffle. Il connaît la chanson.

— C'est mauvais ? »

Bellow acquiesça. « Très. Il sait ce qu'on va tenter de faire... de mon côté, s'entend. »

« André ! lança René de son bureau. Choisis un gamin. »

Il n'avait pas attendu l'ordre pour montrer du doigt la jeune infirme néerlandaise dans son fauteuil roulant. René acquiesça en silence. Donc, l'autre camp lui avait désigné comme interlocuteur un toubib. Ce nom de Paul Bellow ne lui disait rien, il devait s'agir d'un psychiatre, un homme d'expérience ou tout du moins rompu à la négociation. Sa tâche serait de faire fléchir leur détermination, jusqu'à les amener à se rendre et ainsi se condamner eux-mêmes à finir leurs jours derrière des barreaux. Eh bien, ce n'était pas encore gagné. René regarda sa montre et décida de patienter dix minutes.

Malloy ralentit le pas cyclique pour redresser son hélicoptère et atterrir à proximité du camion-citerne. Il avisa cinq soldats dont un qui maniait des baguettes de plastique orange fluo. En quelques secondes, le Night Hawk s'était posé. Malloy coupa les moteurs et regarda les pales ralentir tandis que le sergent Nance ouvrait la portière latérale et sautait à terre.

« Alors, c'est l'heure de la pause pipi ? demanda le lieutenant Harrison dans l'interphone.

— Tout juste », ricana Malloy en ouvrant sa portière pour descendre. Il se dirigea vers l'officier responsable et répondit à son salut avant de serrer les mains alentour. Malloy avait une requête urgente.

« Le truc, ce sera de s'approcher suffisamment, dit Covington.

— Ouais », acquiesça Chavez. Progressant avec précaution, ils avaient à présent réussi à passer de l'autre côté du château. Ils entendaient les nacelles du Bombardier en piqué rouler derrière eux. Il y avait une bonne quarantaine de mètres de terrain dégagé tout autour du donjon — sans doute, dans l'esprit de l'architecte du parc, pour accentuer l'aspect imposant de la structure. De ce côté, c'était réussi, mais cela ne facilitait pas la tâche des deux hommes. Ils prirent leur temps pour inspecter les alentours, du plus infime ruisseau artificiel aux passerelles les franchissant. Ils apercevaient les fenêtres du poste de commandement où les terroristes s'étaient réfugiés. De là-haut, on pouvait les tirer comme des lapins, constatèrent-ils avant même de songer à foncer vers l'escalier d'accès, qui devait du reste être gardé par des sentinelles.

« Eh bien, ils ne nous facilitent pas la tâche, hein ? observa Covington.

— Ma foi, c'est pas leur boulot, pas vrai ?

— Comment se passe la reconnaissance ? s'enquit Clark par le circuit radio crypté.

— On a quasiment fini, monsieur C., répondit Chavez. Malloy est arrivé ?

— Il vient de se poser.

— À la bonne heure, parce qu'on va avoir besoin de lui si on veut entrer.

— Deux groupes, par le haut et le bas, ajouta Covington. Mais avant, il faut qu'on en sache plus sur cette salle. »

L'officier espagnol, commandant de l'armée de terre, acquiesça aussitôt et, d'un geste, appela des soldats postés dans le hangar de l'hélicoptère. Ils s'approchèrent au trot et, une fois les ordres reçus, regagnèrent le hangar. Malloy les y suivit bientôt, à la recherche des toilettes pour hommes. Il remarqua que le sergent Nance revenait avec deux thermos. Brave gars, songea le Marine, il savait l'importance du café en des moments pareils.

« Cette caméra est morte. Ils ont tiré dessus, dit Dennis. On a la cassette.

— Passez-la-moi », commanda Noonan.

La disposition de la salle était assez similaire à celle-ci, nota Noonan après avoir visionné les cinquante secondes de bande. Les enfants avaient été regroupés dans le coin opposé à la caméra. Peut-être n'avaient-ils pas bougé. Ce n'était pas grand-chose mais c'était mieux que rien. « Rien d'autre ? Pas de micro, de système d'interphone, d'amplification... ?

— Non, répondit Dennis. On se sert simplement du téléphone...

— Mouais, bougonna l'agent du FBI, résigné. Va falloir trouver un moyen de les espionner. » Juste à cet instant, le téléphone sonna.

Bellow décrocha aussitôt : « Ouais, ici Paul.

513

« — Allô, Paul, ici Un. On n'a toujours pas de lumière. Je vous ai dit de nous remettre le courant. Ça n'a pas été fait. J'attends...

— On y travaille, mais la police ici patauge un peu...

— Et il n'y a personne dans le personnel du parc pour vous donner un coup de main ? Je ne suis pas un imbécile, Paul. Je vous le répète une dernière fois : rétablissez le courant immédiatement !

— Monsieur Un, nous y travaillons. Soyez un peu patient avec nous, d'accord ? » Bellow avait le visage en sueur. C'était venu d'un coup et, même s'il savait très bien pourquoi, il espérait se tromper.

« André », appela René par mégarde, avant d'avoir coupé la communication.

L'ancien vigile du parc se dirigea vers l'angle de la pièce. « Salut, Anna. Je pense qu'il est temps maintenant de rejoindre ta mère.

— Oh ? » fit l'enfant. Elle avait des yeux bleu porcelaine et des cheveux châtain clair, presque blonds, mais sa peau avait l'aspect pâle et délicat du parchemin. Un spectacle bien triste. André passa derrière le fauteuil, saisit les poignées et poussa la petite malade vers la porte. « *Sortons, mon petit chou* », lui dit-il en français.

Dehors, l'ascenseur avait une commande de sécurité. Même en l'absence de courant, il pouvait redescendre grâce à une batterie de secours. André poussa le fauteuil dans la cabine, bascula le bouton rouge d'arrêt d'urgence, puis appuya sur la touche « RdC ». Les portes se refermèrent lentement et la cabine descendit. Une minute plus tard, les portes se rouvraient. Le château était traversé d'une vaste galerie couverte permettant aux visiteurs de se rendre d'un côté à l'autre de Worldpark. Ses parois incurvées étaient recouvertes de mosaïque. Il y régnait une agréable brise soufflant de l'ouest. Le Français y poussa la petite dans son fauteuil.

« Allons bon, c'est quoi, ça ? lança Noonan en fixant un des écrans vidéo. John, on a quelqu'un qui sort ! »

— Fusil Deux-Un pour PC, je vois un type poussant un siège d'infirme avec une gosse, il est en train de quitter l'aile ouest du château. » Johnston reposa ses jumelles et empoigna son fusil, centrant le réticule sur la tempe du type, les doigts effleurant la détente. « Fusil Deux-Un, cible acquise sur le type, je répète, cible acquise.

— On ne tire pas, répondit Clark. Je répète : on ne tire pas. Bien compris ?

— Bien compris, Six, je ne tire pas. » Le sergent Johnston retira le doigt du pontet. Qu'est-ce qui se passait encore ?

« Le salopard... », gronda Covington. Ils n'étaient qu'à quarante mètres. Ils l'avaient parfaitement en point de mire. Non seulement la gamine semblait terrorisée, mais elle paraissait mal en point : affalée contre l'accoudoir gauche, on aurait dit qu'elle essayait de se retourner pour distinguer l'homme qui la poussait. La quarantaine, moustachu mais sans barbe, taille, carrure et poids normaux, des yeux sombres impénétrables. Le silence était tel, dans le parc désormais désert, qu'ils distinguaient le crissement des roues en caoutchouc sur le pavé de la cour.

« Où est ma maman ? demanda la petite dans son anglais scolaire.

— Tu vas la voir dans un moment », promit Neuf. Il la poussa dans l'allée qui contournait une statue. Pour rejoindre l'entrée du château, elle montait légèrement en tournant avant de redescendre vers la cour. Il s'arrêta à mi-pente. L'allée pavée faisait environ cinq mètres de large.

André regarda alentour. Il devait y avoir des flics dans le secteur, mais rien ne bougeait, en dehors des nacelles du Bombardier en piqué, qu'il n'avait pas besoin de regarder pour le savoir : le bruit familier lui suffisait. C'était vraiment pas de veine... Neuf glissa la main dans sa ceinture, sortit le pistolet et...

« Une arme ! Il vient de sortir une arme ! s'écria Homer Johnston dans son micro. Oh, merde, il va la... »

La balle tirée dans le dos d'Anna lui transperça le cœur. Une gerbe de sang jaillit de sa poitrine maigre et sa tête bascula en avant. Dans le même temps, l'homme repoussa la chaise roulante qui dévala la rampe incurvée, rebondissant sur la margelle de pierre jusqu'à ce qu'elle vienne terminer sa course dans la cour pavée.

Covington dégaina son Beretta et leva le canon. Ça n'allait pas être évident, mais il avait neuf balles dans son chargeur, et ça suffirait bien, mais...

« Pas de coup de feu ! résonna le cri dans son

516

écouteur. Je répète : pas de coup de feu ! ordonna Clark.

— Putain de salaud ! gronda Chavez à côté de Peter Covington.

— Ouais, tu l'as dit ! » renchérit l'Anglais. Il rengaina son pistolet en regardant l'assassin s'en retourner à l'abri du donjon de pierre.

Au même moment, tous entendirent la voix de Johnston annoncer : « Je tiens la cible, Fusil Deux-Un sur la cible !

— On ne tire pas ! C'est Six qui vous parle, je répète, personne ne tire, bordel ! »

« Bordel ! » grogna Clark au poste de commandement. Il écrasa le poing sur la table. « Bordel ! » Puis le téléphone sonna.

« Oui ? » fit Bellow, assis près du commandant de Rainbow.

C'était Un : « Vous avez eu votre avertissement. Remettez-nous l'électricité ou on en tue un autre », annonça la voix.

15

Bérets blancs

« On ne pouvait rien faire, John. Rien du tout, dit Bellow, formulant ce que les autres n'avaient pas le courage d'énoncer.

— Et maintenant ? fit Clark.

— Maintenant, je pense qu'on rétablit l'électricité. »

Sur les moniteurs de surveillance, ils virent trois hommes se précipiter vers l'enfant. Deux portaient le *tricornio* de la Guardía Civil. Le troisième était le Dr Hector Weiler.

Chavez et Covington étaient aux premières loges pour assister à la même scène. Vêtu d'une blouse de laboratoire, Weiler s'immobilisa et ses épaules s'affaissèrent dès qu'il eut effleuré le corps encore chaud mais inerte de l'enfant. Même à cinquante mètres de distance, son attitude était éloquente. La balle avait transpercé le cœur. Le médecin s'entretint avec les flics. L'un d'eux poussa le fauteuil roulant hors de la cour du château, passant devant les deux membres de Rainbow.

« Une seconde, doc », lança Chavez en s'approchant pour voir. À cet instant, Ding se souvint que son épouse portait une nouvelle vie en son sein, une vie qui en ce moment même devait remuer et taper du pied alors que Sandy était assise au salon à lire ou regarder la télé. Le visage de la petite fille était désormais apaisé, comme si elle était endormie, et il ne put se retenir de caresser ses cheveux soyeux. « Qu'est-ce qui s'est passé, toubib ?

— Elle était gravement malade, sans doute condamnée. Je vérifierai son dossier médical dans mes archives. Quand ces enfants viennent ici, je demande toujours leur fiche médicale au cas où il y aurait une urgence. » Le médecin se mordit les lèvres, leva les yeux. « Elle était sans doute mourante, mais tant qu'on n'est pas mort, il reste toujours une lueur d'espoir... » Weiler était de mère espagnole et de père allemand, émigré en Espagne après la Seconde Guerre mondiale. Il avait travaillé dur pour décrocher son diplôme de médecin et de chirurgien, et cet acte, ce meurtre d'enfant, était la négation de tous ses efforts. Quelqu'un avait décidé de rendre vaines toutes ses études et son expérience. Lui qui n'avait jamais encore connu la rage, elle était bien là, malgré la tristesse des circonstances. « Vous allez les tuer ? »

Chavez leva la tête. Il n'y avait pas de larmes dans ses yeux. Elles viendraient peut-être plus tard, se dit-il, la main toujours posée sur la tête de l'enfant. Ses cheveux n'étaient pas très longs, et encore, il ignorait qu'ils avaient repoussé après sa dernière séance de chimiothérapie. Mais ce qu'il savait, c'est qu'elle aurait dû être vivante, et qu'en étant témoin de sa mort, il avait échoué dans la mission à laquelle il avait consacré toute sa vie. « *Si*, répondit-il au docteur. On va les tuer. Peter ? » Il héla son collègue et tous deux raccompagnèrent les autres jusqu'au cabinet du médecin. Ils marchaient à pas lents. Ils n'avaient plus aucune raison de se presser.

« Ça fera l'affaire », estima Malloy en contemplant l'inscription encore fraîche peinte sur la carlingue du Night Hawk. POLICÍA, pouvait-on lire. « Prêt, Harry ?

— Oui, colonel. Sergent Nance, en route !

— Oui, mon lieutenant. » Le sous-off sauta dans la cabine, boucla sa ceinture et regarda le pilote entreprendre la séquence de démarrage. « La voie est libre à l'arrière, annonça-t-il dans l'interphone après s'être penché dehors pour vérifier. Le rotor de queue est dégagé, colonel.

— Alors, je pense qu'il est temps de filer. » Malloy mit les gaz pour élever le Night Hawk dans le ciel. Puis il enclencha sa radio tactique. « Rainbow pour Ours, à vous.

— Ours, de Rainbow Six, je vous reçois cinq sur cinq, à vous.

— Ours dans les airs, général. On est là dans cinq minutes.

— Bien reçu, tournez autour de la zone en attendant mes instructions.

— Bien reçu, général. Je vous signale dès que nous commençons à cercler. Terminé. » Rien ne pressait. Malloy fit plonger le nez et s'enfonça dans l'obscurité grandissante. Le soleil avait disparu sous l'horizon et, dans le lointain, les lumières du parc s'allumaient déjà.

« Qui est-ce ? demanda Chavez.

— Francisco de la Cruz », répondit l'homme. Il avait la jambe bandée et paraissait souffrir.

« Ah oui, on vous a vu sur la vidéo », nota Covington. Il avisa le glaive et le bouclier posés dans un coin de l'infirmerie et se retourna pour saluer d'un signe de tête le blessé assis. Puis il soupesa brièvement la *spatha*. En combat rapproché, ce devait être une arme formidable, peut-être pas équivalente à son MP-10 mais certainement redoutable.

« Un enfant ? Ils ont tué un enfant ? » s'écria de la Cruz.

Le Dr Weiler avait ouvert son classeur et consultait ses archives. « Anna Grot, dix ans et demi, dit-il en lisant la fiche qui avait accompagné la petite. Ostéosarcome métastatique en phase terminale... il lui restait six semaines à vivre, indique ici son médecin traitant. Ce genre de cancer des os... ça ne pardonne pas. » Contre le mur, les deux flics espagnols soulevèrent le petit corps et le déposèrent avec délicatesse sur la table d'examen avant de le recouvrir d'un drap. L'un des hommes semblait au bord des larmes, et seule la rage qui faisait trembler ses mains l'empêchait d'éclater en sanglots.

« John doit être dans tous ses états, commenta Chavez.

— Il n'avait guère le choix de la décision, Ding. Le moment n'était pas encore venu d'agir.

— Je le sais bien, Peter ! Mais enfin merde, comment vas-tu lui raconter ça, à elle... ? » Il marqua un temps. « Toubib, vous auriez pas du café, dans le coin ?

— Là-bas. » Weiler indiqua la machine.

Chavez alla se servir. « Par le haut et le bas... on les prend en sandwich, c'est ça ? »

Covington acquiesça. « C'est ce que je pense, oui. »

Chavez vida le gobelet en plastique et le jeta dans une corbeille. « OK, on s'y met. » Sans un mot de plus, ils quittèrent le cabinet médical et redescendirent dans l'obscurité des souterrains pour rallier le poste de commandement annexe.

« Fusil Deux-Un, du nouveau ? demandait Clark alors qu'ils entraient.

— Négatif, Six, rien, à part des ombres derrière les fenêtres. Ils n'ont pas encore posté de type sur le toit. C'est un peu étrange.

— Ils doivent avoir une confiance aveugle dans leurs moniteurs vidéo », commenta Noonan. Il avait étalé devant lui les plans du donjon. « OK, on va supposer que nos copains sont tous réunis ici... mais il reste une douzaine d'autres pièces réparties sur trois niveaux.

— Ours en fréquence, annonça une voix dans le haut-parleur que Noonan avait installé. J'ai commencé à tourner. Qu'est-ce que je dois savoir ? À vous.

— Ours pour Six, répondit Clark. Les sujets sont tous au château, dans le donjon. Un PC est installé au premier étage. Il semblerait que tous y soient réunis en ce moment. Je vous signale en outre qu'ils ont tué un otage... une petite fille », ajouta John.

Dans l'hélico, Malloy ne broncha pas en entendant la nouvelle. « Bien reçu, OK, Six, on tourne et on observe. Je vous signale que tout notre matériel de déploiement est à bord, à vous.

— Bien reçu. Terminé. » Clark retira le doigt du bouton de transmission.

Les hommes étaient silencieux mais leur regard était éloquent, nota Chavez. Trop professionnels pour en faire des tonnes — personne ne jouait avec son arme, ça, c'était bon pour Hollywood —, ils gardaient le visage fermé, impassible ; seuls leurs yeux bougeaient, passant alternativement des plans aux moniteurs de surveillance. Le plus dur, ça avait dû être pour Homer Johnston, estima Ding. Il avait dans son viseur le salopard qui avait descendu la petite. Homer avait des enfants, et il aurait pu expédier en un clin d'œil cet enculé dans une autre dimension... Mais non, ça n'aurait pas été malin, et on les payait pour l'être. Les hommes n'avaient pas été préparés pour un assaut improvisé et tout ce qui ressemblait à de l'improvisation risquait d'aboutir à un carnage. Et ce n'était pas non plus leur mission. Et puis un téléphone sonna et Bellow décrocha, tout en mettant l'ampli.

« Oui ? dit le psychiatre.

— Nous regrettons l'incident avec l'enfant, mais elle était condamnée, de toute manière. À présent, quand nos amis seront-ils relâchés ?

— Paris ne nous a pas encore recontactés.

— Alors, je suis au regret de vous dire qu'il y aura sous peu un autre incident.

— Écoutez, monsieur Un, je ne peux pas forcer la main au gouvernement français. Nous discutons, nous négocions avec ses représentants et ils prennent leur temps pour parvenir à une décision. Les gouvernements ne se pressent jamais, n'est-ce pas ?

— Alors, je m'en vais les aider. Dites à Paris que si l'avion amenant nos amis n'est pas prêt à décoller dans soixante minutes, nous tuerons un otage, et ensuite un toutes les heures jusqu'à ce que notre revendication soit satisfaite, dit la voix, sans la moindre émotion.

— Ce n'est pas raisonnable. Écoutez-moi : même s'ils libéraient maintenant tous les prisonniers, il faudrait au moins deux heures pour les amener ici. Il ne suffit pas de le vouloir pour faire voler un avion plus vite, n'est-ce pas ? »

La réponse fut suivie d'un temps de réflexion. « Effectivement, vous avez raison. Très bien, nous commencerons à abattre les otages dans trois heures d'ici... non, je vais faire débuter le compte à rebours à l'heure pile. Ça vous laisse vingt minutes de plus. Je suis généreux... Vous avez compris ?

— Oui, vous dites que vous tuerez un autre enfant à vingt-deux heures, et un toutes les heures par la suite.

— Correct. Assurez-vous que Paris ait également compris. » Et l'on raccrocha.

« Eh bien ? fit Clark.

— John, vous n'avez pas besoin de moi pour décoder le message : il est évident qu'ils n'hésiteront pas. Ils ont déjà tué pour nous montrer qui menait le jeu. Ils ont l'intention de réussir, et peu leur importe les moyens pour y parvenir. La concession qu'ils viennent de faire pourrait bien être la dernière qu'on obtiendra d'eux. »

« Qu'est-ce que c'est que ça ? demanda Esteban en s'approchant de la fenêtre pour mieux voir. Un hélicoptère !

— Oh ? » René le rejoignit. Les fenêtres étaient si étroites qu'il dut écarter le Basque. « Oui, je vois que la police est équipée... Et c'est un gros, ajouta-t-il avec un haussement d'épaules. Ce n'est pas une surprise... Malgré tout... José, grimpe sur le toit avec une radio et tiens-nous au courant. »

L'un des autres Basques acquiesça et se précipita vers l'escalier de secours. L'ascenseur aurait pu faire l'affaire mais il n'avait pas envie de risquer d'être bloqué par une nouvelle panne électrique.

« PC pour Fusil Deux-Un, appela Johnston, une minute plus tard.

— Fusil Deux-Un, ici Six.

— J'ai un gars au sommet du donjon, seul, armé

semble-t-il d'une Uzi. Il tient également un truc dans l'autre main. Je répète : il est seul, personne ne fait mine pour l'instant de le rejoindre.

— Bien reçu, Fusil Deux-Un.

— Ce n'est pas le mec qui a descendu la petite, ajouta le sergent.

— OK, bien, merci.

— Fusil Trois, je l'ai aussi... il vient de passer de mon côté. Il fait le tour des remparts... ouais, il se penche pour regarder par-dessus les mâchicoulis.

— John ? (C'était le commandant Covington.)

— Oui, Peter ?

— On ne leur en donne pas assez.

— Comment ça ?

— Faut leur donner du spectacle. Des flics, un périmètre de sécurité dans le parc... s'ils ne voient rien, ils vont se demander ce qui se trame dans leur dos.

— Bonne idée », dit Noonan.

Clark était également d'accord. « Colonel ?

— Oui », répondit Nuncio. Il se pencha au-dessus de la table. « Je propose deux hommes ici, deux autres là, là et là...

— D'accord, prenez immédiatement vos dispositions. »

« René ! » lança André, toujours assis devant les moniteurs. Il pointa le doigt vers un écran. « Regarde. »

Deux flics de la Guardía Civil progressaient à pas lents, essayant de remonter discrètement la Strada España pour prendre position à cinquante mètres du château. René acquiesça et sortit sa radio. « Trois !

— Oui, Un ?

— La police approche du donjon. Tiens-les à l'œil.

— Ce sera fait, Un », promit Esteban.

« Parfait, ils se servent de radios, déclara Noonan, l'œil sur son scanner. De banales CB portatives, réglées sur le canal 16. C'est du nanan.

— Toujours pas de noms ? Juste des numéros ? s'enquit Chavez.

— Jusqu'ici, oui. Notre point de contact se fait appeler Un, et ce type est Trois. Bien, ça nous indique quelque chose ?

— Ils jouent aux radioamateurs, dit le Dr Bellow, c'est le jeu. Ils tentent de nous dissimuler leur identité, mais ça aussi, c'est le jeu. » Les deux photos d'identité avaient été depuis longtemps transmises en France pour identification, mais jusqu'ici, police et renseignement étaient restés bredouilles.

« Bien, les Français vont-ils négocier ?

— Je pense que non. Quand j'ai parlé au ministre de la jeune Néerlandaise, il s'est contenté de répondre en bougonnant que Carlos resterait au trou quoi qu'il advienne... et il compte sur nous pour résoudre la crise avec succès, sinon, son pays est prêt à envoyer ici sa propre équipe.

— Bref, nous devons mettre en place un plan d'action au plus vite... avant vingt-deux heures.

— Si on ne veut pas voir mourir un autre otage, oui. Ils m'empêchent d'orienter leur comportement. Ils connaissent la musique.

— Des pros ? »

Bellow haussa les épaules. « Ça se pourrait bien.

526

Ils savent ce que je veux faire et le sachant, ils jouent sur du velours.

— Bref, pas moyen de les amadouer ? insista Clark, voulant que les choses soient claires.

— Je peux toujours essayer, mais c'est sans garantie. Les idéologues, ceux qui savent parfaitement ce qu'ils veulent... eh bien, ce sont les plus durs à raisonner. Ils n'ont aucune base éthique, aucune morale telle que nous l'entendons, rien sur quoi faire levier... Aucune conscience.

— Ouais, c'est ce qu'on a pu constater. Très bien. » John se redressa et se retourna pour contempler ses deux chefs de groupe : « Vous avez deux heures pour planifier votre action, et une de plus pour la mettre en œuvre. On intervient à vingt-deux heures.

— Faudrait qu'on en sache plus sur ce qui se passe à l'intérieur, remarqua Covington.

— Noonan, qu'est-ce qu'on peut faire ? »

L'agent du FBI examina les plans, puis les écrans de surveillance : « Il faut que je me change. » Et, filant vers sa caisse d'équipement, il en ressortit son camouflage de nuit vert sur vert. La meilleure nouvelle jusqu'à présent était que les fenêtres du donjon laissaient deux angles morts. Mieux encore, ils pouvaient contrôler l'éclairage environnant. Il s'approcha de l'ingénieur du parc. « Pouvez-vous couper ces lampadaires, là, le long du chemin ?

— Bien sûr. À quel moment ?

— Dès que le gars sur le toit regardera de l'autre côté. Et j'aurai besoin de quelqu'un pour me couvrir, ajouta Noonan.

— Je m'en charge », dit le sergent-chef Vega en s'avançant.

Les enfants pleurnichaient. Ça avait débuté deux heures plus tôt et ça ne faisait qu'empirer. Ils voulaient manger — le genre de chose que des adultes n'auraient sans doute pas demandé, la frayeur leur coupant l'appétit, mais les enfants devaient être différents. Ils avaient également souvent besoin d'aller aux cabinets, et par chance, il y avait deux toilettes adjacentes au poste de contrôle, des pièces sans fenêtre ni téléphone, ni aucun moyen susceptible de faciliter une évasion, alors autant éviter l'inconvénient supplémentaire de les voir faire dans leur culotte... Les gosses ne parlaient pas aux membres du commando, mais leurs pleurnicheries étaient bien réelles et de plus en plus insistantes. Enfin, ils étaient bien élevés, sinon ça aurait été pire, se dit René avec un sourire ironique. Il regarda la pendule murale.

« Trois, c'est Un.

— Oui, Un.

— Qu'est-ce que tu vois ?

— Huit flics, deux par deux, en train de nous observer, mais sans rien faire d'autre.

— Bien. » Et René reposa la radio.

« Bien noté », dit Noonan. Il avait lui aussi consulté la pendule : cela faisait à peu près un quart d'heure depuis la dernière conversation radio. Il avait à présent passé sa tenue de nuit, le camouflage vert sur vert déjà utilisé en Autriche. Son calibre 45 Beretta automatique avec silencieux était glissé dans l'ample étui spécial enfilé au-dessus de son gilet pare-balles, et il avait passé un sac à dos sur son épaule. « Vega, t'es prêt pour une petite balade ?

— Je veux, mon neveu », répondit Oso, ravi de faire enfin quelque chose lors d'un déploiement. Bien que flatté d'être responsable de la mitrailleuse lourde du groupe, il n'avait encore jamais eu l'occasion de l'utiliser, et il avait l'impression que ça ne se ferait jamais. De loin le plus imposant de l'équipe, il se distrayait en poussant de la fonte et il avait un torse large comme une barrique. Il suivit Noonan hors du PC.

Une fois dehors, il demanda : « On ne prend pas d'échelle ?

— Il y a un atelier de peinture qui fait office de remise à outils à cinquante mètres de notre destination. J'ai demandé. Ils ont tout ce qu'il nous faut.

— À la bonne heure. »

Ils eurent tôt fait de parcourir la distance, en esquivant les quelques secteurs situés dans le champ des caméras fixes ; la remise vers laquelle ils se dirigeaient n'arborait aucun signe distinctif. Noonan fit coulisser le loquet et entra. Aucun des placards à outils n'était verrouillé. Vega décrocha de son berceau mural une échelle coulissante de dix mètres. « Ça devrait faire l'affaire.

— Ouais. » Ils ressortirent. Leur progression serait maintenant plus délicate. « PC pour Noonan.

— Six en fréquence.

— Commencez à bidouiller les caméras, John. »

Au poste de commandement, Clark fit signe à l'ingénieur du parc. L'opération pouvait être risquée... Comme celui-ci, le poste de commandement du donjon n'avait que huit moniteurs de surveillance, reliés à plus de quarante caméras. L'ordinateur pouvait basculer de l'une à l'autre en séquence automatique, mais on pouvait aussi les sélectionner manuellement. D'un clic de souris, on déconnectait une caméra. Si les terroristes avaient laissé le balayage automatique, comme c'était vraisemblable, ils ne remarqueraient sans doute pas l'absence d'une d'entre elles lors du balayage. Les deux hommes devaient passer dans le champ de deux caméras et l'ingénieur était prêt à les couper et les remettre à la demande. Dès qu'une main apparut dans le champ de la vingt-trois, l'ingénieur l'éteignit.

« OK, la vingt-trois est coupée, Noonan.

— On y va », répondit l'intéressé. Ils franchirent vingt mètres et s'arrêtèrent à l'abri d'un stand. « OK, on est derrière le stand de pop-corn. »

L'ingénieur remit en service la vingt-trois, puis éteignit la vingt et une.

« Vingt et une coupée, annonça Clark. Fusil Deux-Un, où est le gars sur le toit ?

— Côté ouest, il vient d'allumer une clope, il ne regarde plus en dessous. Pour le moment, il se tient peinard, indiqua le sergent Johnston.

— Noonan, la voie est libre.

— On y va », répondit l'agent du FBI. Les deux hommes traversèrent au pas de charge la cour dallée, sans bruit grâce à leurs semelles caoutchoutées. Au pied du donjon, il y avait une bande de terre d'environ deux mètres de large et une haie de buis. Précautionneusement, Noonan et Vega dressèrent l'échelle, calée derrière un buisson. Vega tira sur la corde pour faire coulisser la moitié supérieure, l'immobilisant juste sous la fenêtre. Puis il se glissa entre le mur et l'échelle, agrippa fermement les montants pour la plaquer contre les blocs de pierre.

« Fais gaffe, Tim, murmura Oso.

— Toujours. » Noonan grimpa rapidement les

trois premiers mètres, puis il ralentit et se mit à ramper, plaqué aux barreaux. *Patience, mon petit vieux, t'as tout ton temps.* C'était le genre de mensonge qu'on se raconte toujours.

« OK, entendit Clark. Il est en train de gravir l'échelle. Le gars sur le toit est de l'autre côté, tranquille comme Baptiste.

— Ours de Six, à vous, dit John, qui venait d'avoir une autre idée.

— Ours copie, Six.

— Faites un petit tour sur le flanc ouest du donjon, histoire de détourner un peu leur attention.

— Bien reçu. »

Malloy interrompit son manège pour mettre le cap sur le château. Pour un hélicoptère, le Night Hawk était relativement silencieux ; malgré tout, le gars sur le toit se retourna pour mieux l'observer, nota le colonel dans ses lunettes à amplification nocturne. Il interrompit son approche à environ deux cents mètres, juste pour attirer leur attention, sans les inquiéter. La cigarette de la sentinelle juchée sur le toit étincelait dans les lunettes infrarouges. Elle s'approcha de ses lèvres, s'éloigna, revint, resta là.

« Dis bonjour, ma belle, murmura Malloy dans l'interphone. Bon Dieu, si j'étais avec un Night Stalker, je t'aurais déjà farci le cul...

— Tu pilotes le Stalker ? C'est comment ?

— Un petit bijou, il ne lui manque que la parole. Le plus chouette hélico que je connaisse, dit le colonel en vol stationnaire. Six d'Ours, j'ai attiré l'attention de ce salaud. »

« Noonan pour Six, on vous a accaparé la sentinelle sur le toit. Il reste planté du côté opposé où vous êtes. »

Parfait, répondit en silence Noonan. Il ôta son casque en Kevlar et s'approcha doucement de la fenêtre. Elle était formée de vitraux irréguliers maintenus par des baguettes en plomb, comme dans les châteaux de jadis. Le verre était bosselé mais transparent toutefois. OK. Il glissa la main dans son sac à dos et en retira un tronçon de câble à fibre optique équipé du même embout que celui qu'il avait utilisé à Berne.

« PC pour Noonan, vous recevez ?

— Affirmatif. » C'était la voix de David Peled. L'image qu'il obtenait était déformée, mais on s'y faisait vite. Elle montrait quatre adultes, mais plus important, elle révélait une foule de gamins assis par terre dans un coin, près de deux portes portant des plaques... les toilettes, réalisa Peled. Ça marchait. Ça marchait même rudement bien. « Ça m'a l'air pas mal, Timothy. Pas mal du tout.

— Très bien. » Noonan fixa en place l'embout minuscule puis redescendit l'échelle. Son cœur battait encore plus vite que lors de ses cinq kilomètres de course matinale. En bas, Vega et lui se plaquèrent au mur.

Le mégot dégringola du toit et Johnston vit que la sentinelle se lassait de contempler l'hélico.

« Notre ami se dirige vers le côté est du donjon. Noonan, il arrive de votre côté. »

Malloy envisagea une manœuvre pour attirer de nouveau l'attention, mais c'était trop risqué. Il obliqua donc et reprit ses cercles, mais plus près, cette fois, gardant les yeux fixés sur le donjon. Il n'avait guère d'autre choix, hormis dégainer son arme de service et tirer, mais à cette distance, ce ne serait pas évident d'atteindre le toit. Et puis tuer les gens, c'était pas son boulot. Malheureusement. Il lui arrivait parfois de trouver l'idée attrayante.

« Cet hélico m'emmerde, dit la voix au téléphone.

— Pas de veine, répondit le Dr Bellow, en se demandant quelle serait la réaction, mais la police est bien obligée de faire son travail.

— Pas de nouvelles de Paris ?

— Hélas non, toujours pas, mais on espère en avoir sous peu. Il reste du temps. » Bellow avait pris un ton pressant qu'il espérait faire passer pour de l'inquiétude.

« Le temps comme la marée n'attendent pas, rétorqua Un en raccrochant.

— Ce qui veut dire ? demanda John.

— Qu'il suit la règle du jeu : il n'a pas non plus soulevé d'objection à la présence des flics qu'il peut voir sur ses écrans. Il sait quels éléments il est bien obligé de supporter. » Le psy but une gorgée de café. « Il est très confiant. Il s'imagine en sécurité, il croit détenir les cartes maîtresses, et il pense que s'il doit encore tuer d'autres gamins, ce ne sera pas un problème, puisqu'il obtiendra ce qu'il veut.

— Tuer des gosses. » Clark hocha la tête. « Je ne pensais pas... merde, j'aurais dû me douter, non ?

— C'est un tabou très fort, peut-être le plus fort, reconnut le Dr Bellow. Et pourtant, quand on voit comment ils ont assassiné cette petite... sans la moindre hésitation, comme s'ils faisaient un carton. Des idéologues, poursuivit le psychiatre. Tout est subordonné à leur système de valeurs. Cela les rend rationnels, mais uniquement dans le cadre de ce système. Notre ami Un a choisi son objectif, et il va s'y tenir. »

Ce système d'espionnage vidéo était vraiment quelque chose, constata l'ingénieur du parc. La lentille de l'objectif désormais plaqué à la fenêtre du donjon faisait moins de deux millimètres de diamètre, et même si on la remarquait, on la confondrait avec une goutte de peinture ou un défaut dans la glace. L'image n'était pas d'excellente qualité, mais elle révélait la position des individus dans la pièce, et plus on la regardait, plus on déchiffrait ce qui de prime abord ressemblait à un vague fouillis en noir et blanc. Il pouvait maintenant dénombrer six adultes, et avec le septième sur le toit, il n'en restait que trois non repérés... et est-ce que tous les enfants étaient bien là ? Difficile à dire : tous portaient le même maillot et le rouge se traduisait en valeurs de gris terne sur l'image en noir et blanc. On distinguait le petit malade en fauteuil roulant, mais le reste du groupe se fondait dans le flou de l'image.

Voilà qui risquait de gêner l'intervention des commandos.

« Il retourne de l'autre côté, rapporta Johnston. OK, il est de nouveau flanc ouest.

— Allons-y ! fit Noonan.

— Et l'échelle ? » demanda Vega. Ils l'avaient redescendue et déposée dans l'herbe contre le mur.

« Laisse-la. » Noonan fila, le dos voûté, parvint à l'abri du stand de pop-corn en quelques secondes. « PC pour Noonan, c'est le moment de nous refaire le coup des caméras.

— On l'a coupée, annonça l'ingénieur à Clark.

— La caméra vingt et une est coupée. Continuez, Tim. »

Noonan tapa sur l'épaule de Vega et fit un nouveau bond de trente mètres. « OK, au tour de la vingt-trois.

— C'est fait.

— Allez-y ! » ordonna Clark.

Quinze secondes plus tard, ils étaient en sécurité. Noonan s'adossa au mur d'un bâtiment et prit une profonde inspiration. « Merci, Julio.

— À ton service, mec. En espérant que ce gadget vidéo marche.

— Il marchera », promit l'agent du FBI. Ils rejoignirent bientôt le poste de commandement.

« Faire sauter les fenêtres ? C'est possible, Paddy ? » demandait Chavez quand ils entrèrent.

Connolly avait envie d'une cigarette. Il avait cessé de fumer depuis des années — cela nuisait par trop aux entraînements quotidiens — mais dans des moments pareils, il lui semblait que ça favorisait la concentration. « Six fenêtres... trois ou quatre minutes chacune... non, je ne pense pas, chef. Je peux vous en promettre deux... et encore, si on a le temps.

— Elles sont solides ? demanda Clark. Dennis ?

— Armature métallique scellée dans la pierre, indiqua le directeur du parc avec un haussement d'épaules.

— Attendez... » C'était l'ingénieur, en train de feuilleter la liasse de plans. Son doigt descendit le long d'une colonne dans le cartouche à droite. « Voilà les caractéristiques... elles sont simplement fixées par des pattes. Vous devriez pouvoir les défoncer à coup de pied, je pense. »

Le « je pense » n'était pas aussi rassurant que l'aurait voulu Ding, mais quelle résistance offrait un cadre de fenêtre en face d'un bonhomme de cent kilos qui arrive dessus pour le défoncer à coups de bottes ?

« Et si on utilisait les flash-bang, Paddy ?

— C'est jouable, admit Connolly. Sûr que ça n'arrangera pas les encadrements.

— Très bien. » Chavez se pencha sur les plans. « Tu auras le temps de faire sauter deux fenêtres... ces deux-ci. » Il indiqua lesquelles. « On se servira de grenades pour les quatre autres et on se balance à l'intérieur une seconde après. Eddie ici, moi là, Louis là. George, comment va cette jambe ?

— Moyen », répondit honnêtement le sergent Tomlinson, déconfit. Il allait devoir défoncer une fenêtre à coups de pied, se balancer à l'intérieur, se laisser tomber sur le sol de béton, puis se relever pour tirer... alors que c'étaient des vies d'enfants qui étaient en jeu. Non, pas question de prendre un tel risque. « Mieux vaudrait en choisir un autre, Ding.

— Oso, tu penses que t'es à la hauteur ? demanda Chavez.

— Oh, ça ouais, répondit Vega en tâchant de ne pas sourire. Quand tu veux, Ding.

— OK. Scotty, tu prends celle-ci, et Mike les deux autres. Quelle est la distance exacte du toit ? »

Elle était indiquée sur les plans. « Seize mètres très précisément depuis le niveau de la terrasse. Plus soixante-dix centimètres en comptant la hauteur des créneaux.

— Les cordes ont largement la longueur suffisante », jugea Eddie Price. Le plan était d'agir de concert. Ding et lui auraient pour mission première de s'interposer entre les gosses et les terroristes, en faisant parler la poudre. Vega, Loiselle, McTyler et Pierce devaient de leur côté d'abord neutraliser les sujets dans le poste de commandement du donjon, mais la décision finale ne serait prise qu'une fois qu'ils y auraient pénétré. Pendant ce temps, le groupe Un de Covington monterait du sous-sol par l'escalier, afin d'intercepter les sujets qui s'aviseraient de filer par là, et d'épauler le groupe Deux si jamais il rencontrait des difficultés durant l'assaut.

Le sergent-chef Price et Chavez examinèrent encore une fois les plans, mesurant les distances à couvrir et le temps nécessaire. Ça paraissait jouable. Ding leva les yeux : « Des commentaires ? »

Noonan se retourna pour scruter l'image donnée par le mouchard à fibre optique qu'il avait installé. « Ils semblent être regroupés près des tableaux de commande. Deux gars surveillent les enfants, mais sans grande conviction : logique, c'cst jamais que des gosses, pas des adultes susceptibles d'opposer une vraie résistance... mais... il suffit qu'un seul de ces salopards s'avise de les truffer de plomb...

— Ouais, je sais bien », fit Ding. Il était inutile de se cacher la vérité. « Eh bien, faudra qu'on dégaine vite, les mecs. On a moyen de les faire encore mariner ? »

Bellow réfléchit un instant. « Si je leur dis que l'avion a décollé... c'est un risque à courir. Si jamais ils pensent qu'on les mène en bateau, ils pourraient commencer à s'en prendre aux otages, mais d'un autre côté, s'ils croient qu'il est bientôt temps de filer à l'aéroport, il est probable que monsieur Un enverra deux de ses hommes en éclaireurs au sous-sol... c'est leur itinéraire de fuite le plus logique, me semble-t-il. À ce moment, si on reprend notre bidouille avec les caméras de surveillance pour rapprocher suffisamment un de nos hommes...

— Ouaip, et les dégommer vite fait, termina Clark. Peter ?

— Amenez-nous à moins de vingt mètres et c'est réglé comme du papier à musique. En plus, on coupe la lumière juste avant qu'on frappe. Pour désorienter ces salopards, ajouta Covington.

— Il y a des caissons lumineux de secours dans les cages d'escalier, observa Mike Dennis. Ils s'allument automatiquement en cas de coupure... Merde, il y en a deux aussi dans le PC.

— Où ça ? demanda Chavez.

— À gauche... je veux dire à l'angle nord-est, et à l'angle sud-ouest. Le modèle standard, deux ampoules douze volts, alimentées par batterie.

— Bien, donc, pas de lunettes infrarouges pour

nous, mais on coupe quand même la lumière, histoire de les distraire. Autre chose ? Peter ? »

Le commandant Covington hocha la tête. « Non. Ça devrait marcher. »

Clark se contentait d'observer et d'écouter, forcé qu'il était de laisser ses principaux subordonnés discuter et tout arranger. S'il avait un mot à dire, c'était pour commenter une éventuelle erreur et jusqu'ici, ils n'en avaient commis aucune. Pourtant, ce qu'il aurait voulu par-dessus tout, c'est prendre un MP-10 et accompagner les tireurs, mais bien sûr, c'était impossible et ça le faisait pester intérieurement. Commander des hommes était infiniment moins gratifiant que les mener au combat.

« On aura besoin de secours médicaux si jamais les méchants s'en tirent bien, indiqua John au colonel Nuncio.

— Des véhicules du SAMU sont arrivés à l'entrée...

— Le Dr Weiler connaît son affaire, intervint Mike Dennis. Il a une formation de traumatologiste. C'était indispensable en cas d'accident dans le parc.

— Bien. Qu'il se tienne en alerte le moment venu. Dr Bellow, dites à ce monsieur Un que les Français ont cédé, et que leurs amis seront ici à... quelle heure, d'après vous ?

— Dans les dix heures vingt. S'ils sont d'accord, ce sera une concession, mais propice à les calmer... enfin, j'espère.

— Appelez-les, doc », ordonna Clark.

« Oui ? fit René.

— Carlos quitte la Santé dans une vingtaine de

minutes. Six des autres avec lui, mais il y a un problème pour les trois derniers. Je ne sais pas trop lequel. Ils doivent être conduits à Roissy-Charles-de-Gaulle et amenés ici à bord d'un Airbus A-340 d'Air France. Nous pensons qu'ils devraient être là aux alentours de vingt-deux heures quarante. Est-ce acceptable ? Comment allons-nous vous transférer, vous et les otages, jusqu'à votre avion pour repartir ? demanda Bellow.

— En autobus, je pense. Vous l'amènerez au pied du château. Nous prendrons une dizaine d'enfants avec nous, et laisserons les autres sur place en signe de bonne volonté. Dites à la police que nous avons le moyen de transférer les enfants sans leur laisser la moindre chance de faire une bêtise, et que toute traîtrise aura de graves conséquences...

— Nous ne voulons plus voir souffrir d'enfants, lui assura Bellow.

— Si vous faites ce qu'on vous dit, ce ne sera pas nécessaire, mais, poursuivit René d'une voix ferme, soyez bien sûr qu'à la moindre incartade, la cour du château sera rouge de sang. Est-ce bien compris ?

— Oui, Un, tout à fait », répondit la voix.

René reposa le téléphone et se leva. « Les amis, Carlos arrive. Les Français ont accédé à nos revendications. »

« Il a l'air heureux comme un pou », commenta Noonan, les yeux rivés sur l'image en noir et blanc. Celui qui devait être monsieur Un s'était levé pour se diriger vers un autre sujet et il crut discerner qu'ils se serreraient la main.

« Ils ne vont sûrement pas se reposer sur leurs lauriers, avertit Bellow. Tout au contraire, ils vont être encore plus vigilants.

— Ouais, je sais », le rassura Chavez. *Mais si on fait convenablement notre boulot, ce ne sera pas un problème.*

Malloy regagna le terrain militaire pour ravitailler, ce qui prit une demi-heure. C'est là qu'il entendit ce qui était prévu d'ici une heure. À l'arrière du Night Hawk, le sergent Nance préparait les filins, réglés précisément à une longueur de quinze mètres, et les arrimait aux œillets scellés dans le plancher de l'hélicoptère. Comme les pilotes, Nance avait son pistolet dans un étui au flanc gauche. Il ne comptait pas l'utiliser, il était du reste médiocre tireur, mais cela lui donnait l'impression de faire partie de l'équipe, et pour lui, c'était important. Il supervisa le ravitaillement, remit le bouchon du réservoir et dit au colonel Malloy que le zinc était prêt.

Malloy tira sur la manette de pas collectif et fit décoller le Night Hawk, puis il poussa en avant la commande de pas cyclique pour regagner World-park. Désormais, leurs consignes de vol avaient changé : en arrivant au-dessus du parc, l'hélico ne devait plus décrire de cercles mais au contraire passer à intervalles réguliers juste au-dessus du château, puis s'éloigner de nouveau, comme s'il survolait le parc au hasard, feux anticollision allumés, lassé de tourner en rond.

« OK, les gars on y va ! » lança Chavez à ses hommes. Ceux qui participaient à l'opération de sauvetage proprement dite filèrent par les couloirs souterrains rejoindre l'endroit où stationnait un camion militaire espagnol. Ils y montèrent et le véhicule s'ébranla en contournant l'immense parking réservé aux visiteurs.

Pour tirer, Dieter Weber se choisit un perchoir à l'opposé du sergent Johnston, sur la terrasse d'un cinéma diffusant des dessins animés, à cent vingt mètres à l'est du château. Une fois sur place, il déroula son matelas de mousse, installa le fusil sur son bipied et se mit à balayer les fenêtres du château dans sa lunette de visée, grossissement dix.

« Fusil Deux-Deux en position, annonça-t-il à Clark.

— Très bien. Tu nous signales s'il y a du nouveau. Al ? » Clark leva la tête vers Stanley qui semblait préoccupé. « Un putain d'arsenal, et tout un tas de mioches.

— Ouais, je sais. Tu vois une autre solution ? » Stanley fit non de la tête. « C'est un bon plan. Si on essaie de les coincer dehors, on leur laisse trop de marge de manœuvre ; en outre, ils se croiront plus en sécurité à l'intérieur du donjon. Non, Peter et Ding ont un bon plan, mais la perfection en ce monde n'existe pas.

— Ouais... J'aimerais être avec eux. Rester derrière à donner des ordres, c'est vraiment la tasse. »

Alistair Stanley grommela. « Bien d'accord. »

L'éclairage du parking s'éteignit d'un coup. Le camion, tous feux éteints, s'immobilisa au pied d'un pylône. Chavez et ses hommes descendirent. Dix secondes plus tard, le Night Hawk arriva et se posa, sans arrêter son rotor. Les portes latérales coulissèrent et les tireurs grimpèrent et s'assirent sur le plancher. Le sergent Nance referma une porte, puis l'autre.

« Tout le monde à bord, colonel. »

Sans un mot, Malloy remonta vers le ciel, veillant à éviter les pylônes d'éclairage, l'accident stupide qui aurait pu bêtement ruiner toute la mission. Il ne fallut que quatre secondes pour que la voie soit dégagée et que l'hélico puisse virer pour rejoindre le centre du parc.

« Extinction des feux anticollision, ordonna Malloy au lieutenant Harrison.

— Feux A/C coupés », confirma le copilote.

Ding se tourna vers ses hommes : « Tout le monde est prêt ?

— Merde, un peu, oui », répondit Mike Pierce. *Salopards d'assassins*, s'abstint-il d'ajouter. Mais tous les hommes à bord pensaient la même chose. Ils tenaient leur fusil plaqué contre le torse, ils avaient enfilé leurs gants pour la descente au filin. Trois des hommes les enfonçaient machinalement entre les phalanges, signe de tension extrême qui allait de pair avec leur visage résolu.

« Où en est l'avion ? demanda Un.

— Il devrait arriver dans une heure dix, répondit le Dr Bellow. Quand voulez-vous votre bus ?

— Quarante minutes précises avant que l'avion se pose. Il ravitaillera pendant que nous embarquerons.

— Où comptez-vous aller ?

— On le dira au pilote une fois à bord.

— D'accord, on vous amène l'autobus. Il devrait être là d'ici un quart d'heure. Où voulez-vous qu'il se gare ?

— Juste au pied du donjon, du côté du Bombardier en piqué.

— OK, je préviens le chauffeur, promit Bellow.

— *Merci*, répondit l'autre en français avant de couper.

— Pas con, observa Noonan. Ils auront deux caméras de surveillance pour suivre l'arrivée du bus, ce qui exclut la possibilité de planquer à bord un groupe d'intervention. Et ils envisagent sans doute de recourir à la technique des alpinistes pour faire monter les otages à bord. » *Ça risquait d'être sacrément coton.*

« Ours, de Six, dit Clark au micro.

— Ours, je vous copie, Six, à vous.

— Exécution dans cinq minutes.

— Bien reçu, la fête commence dans cinq. »

Malloy se retourna dans son siège. Chavez avait entendu le dialogue et il hocha la tête, la main levée, les cinq doigts tendus.

« Rainbow pour Six. Tenez-vous prêts, je répète, tenez-vous prêts. Nous commençons l'opération dans cinq minutes. »

Dans les sous-sols, Peter Covington menait trois de ses hommes vers l'est, en direction de l'escalier d'accès au donjon, en même temps que l'ingénieur du parc neutralisait tour à tour les caméras de surveillance. Parvenu au pied de la cage d'escalier, son spécialiste des explosifs posa une petite charge de plastic sur la porte coupe-feu, puis fit signe qu'il était prêt.

« Groupe Un, prêt !

— Fusil Deux-Un, prêt et sur la cible, dit Johnston.

— Fusil Deux-Deux, prêt, mais zéro cible pour l'instant, dit Weber.

— Trois ! Un en fréquence ! crachota le scanner dans le poste de commandement.

— Oui, Un, je t'écoute, répondit l'homme au sommet du donjon.

— Il se passe quelque chose ?

— Négatif, Un, les flics n'ont toujours pas bougé. Et j'entends toujours voler l'hélico, mais il ne fait rien de spécial.

— Le bus devrait être là dans un quart d'heure. Ouvre l'œil !

— Entendu », promit Trois.

« OK », dit Noonan en écoutant leur dialogue. Ça leur donnait un repère : « Monsieur Un appelle monsieur Trois toutes les quinze minutes à peu près. Jamais au-delà de dix-huit, jamais moins de douze. Donc...

— Ouais, coupa Clark. On se lance ?

— Pourquoi pas ? fit Stanley.

— Rainbow pour Six. En avant et exécution ! Je répète, exécution immédiate ! »

À bord du Night Hawk, le sergent Nance se déplaça pour faire coulisser les portes gauche et droite. Il leva le pouce vers les tireurs qui répondirent de même, chaque homme accrochant ensuite son filin aux mousquetons fixés à sa ceinture. Puis tous se retournèrent vers l'intérieur de la carlingue, en se maintenant sur la pointe des pieds, le dos dans le vide, à l'extérieur de l'hélicoptère.

« Sergent Nance, je vous envoie un signal dès que je suis en position.

— Bien compris, colonel », répondit le chef de peloton, accroupi dans l'espace maintenant dégagé au milieu de la soute, les bras tendus vers les hommes de chaque côté.

« André, descends jeter un œil dans la cour », ordonna René. Son acolyte obéit aussitôt, tenant son Uzi à deux mains.

« Quelqu'un vient de quitter la salle, annonça Noonan.

— Rainbow pour Six, un sujet a quitté le poste de commandement. »

Huit, songea Chavez. Huit sujets à abattre. Les deux autres, ils étaient pour les tireurs d'élite.

Les deux cents derniers mètres étaient les plus durs, estima Malloy. Il avait des picotements dans les mains en tenant le manche ; il avait beau avoir effectué cette manœuvre cent fois, ce n'était pas une répétition. *Très bien...* Il abaissa le nez, piquant vers le donjon ; ses feux anticollision éteints, l'appareil ne serait qu'une ombre, à peine plus sombre que la nuit... avantage supplémentaire, le bruit du rotor quadripale était non directionnel : on pouvait l'entendre mais en localiser la source était difficile et il lui suffisait d'en tirer parti encore quelques secondes.

« Fusil Deux-Un, prêt ?

— Fusil Deux-Un sur la cible, Six », annonça Johnston. Sa respiration devint régulière, il bougea légèrement les épaules de sorte que seul l'os du bras, à l'exception de tout muscle, soit en contact avec le matelas. Le simple passage du sang artériel pouvait suffire à dévier son tir. La croisée du réticule était placée juste devant l'oreille de la sentinelle. « Sur la cible, répéta-t-il.

— Feu ! » entendit-il dans son écouteur.

Dis bonne nuit, Gracie, murmura une petite voix dans sa tête. Son doigt pressa doucement sur la queue de détente, qui se rabattit avec un cliquetis sec, et une gerbe de flammes blanches jaillit de la gueule du fusil. L'éclair aveugla brièvement le viseur nocturne, puis l'image se rétablit à temps pour lui révéler l'impact du projectile : il y eut une brève bouffée de vapeur grise derrière la tête, puis le corps disparut, s'affalant sur place comme une marion-nette aux ficelles coupées. Personne à l'intérieur n'avait pu percevoir la détonation, pas avec ces vitraux et l'épaisseur des murs de pierre à plus de trois cents mètres de là.

« Fusil ! Deux-Un. Cible éliminée. Cible élimi-née. En pleine tête », annonça Johnston.

« Ça, c'est un coup au but », souffla le lieutenant Harrison dans l'interphone. Vue d'hélicoptère, l'ex-plosion de la tête de la sentinelle avait été pour le moins spectaculaire. C'était la première mort à laquelle il assistait, et on aurait dit un film, pas quelque chose de réel. La cible n'avait jamais été pour lui un être humain, et ça ne risquait plus maintenant.

« Ouaip, confirma Malloy, en réduisant le pas cyclique. Sergent Nance... *top !* »

À l'arrière, Nance poussa des deux bras. L'hélico ralentissait toujours, le nez relevé maintenant, tandis que son pilote effectuait à la perfection la manœuvre du rocking-chair.

Chavez s'écarta en poussant des pieds et descendit le long du filin. Il s'écoula moins de deux secondes de quasi-chute libre avant qu'il ne tire sur le filin pour ralentir sa descente, juste avant que ses bottes noires à semelles caoutchoutées ne touchent en douceur la terrasse du donjon. Il se libéra aussitôt et se retourna pour voir ses hommes faire de même. Eddie Price se précipita vers le corps de la sentinelle, repoussa la tête de la pointe de sa botte, se retourna vers son chef, le pouce levé.

« Six pour Leader groupe Deux. Sur le toit. La sentinelle est morte, annonça-t-il dans son micro. On se met en position. » Sur quoi, Chavez se tourna vers ses hommes et, des deux bras, indiqua le bord du toit. L'hélicoptère s'était déjà évanoui dans l'obscurité, poursuivant sa route comme s'il ne s'était jamais arrêté.

Comme toutes les fortifications médiévales, le toit du château était bordé d'un parapet crénelé. Chaque homme se vit assigner un merlon, désigné précisément en le comptant sur les doigts, afin que chacun soit à sa place précise. Puis ils se passèrent autour de la taille leur corde de rappel et montèrent sur le créneau surmontant le vide. Quand tous furent en place, ils levèrent la main. Chavez fit de même, puis il la rabattit, au moment où il s'écartait du toit d'un appel du pied, pour se laisser descendre jusqu'à un point situé un mètre sur la droite d'une fenêtre, en s'aidant des jambes pour se maintenir écarté du mur. Descendu de l'autre côté, Paddy Connolly tendit le bras pour fixer le cordon de plastic autour de l'encadrement, avant d'introduire dans un angle un détonateur radiocommandé. Puis il s'écarta sur la gauche, se balançant au bout de sa corde comme si c'était une liane dans la jungle, pour répéter l'opération à la fenêtre voisine. Les autres membres du peloton avaient sorti leurs grenades fulgurantes et les tenaient dans la main.

« Six pour Leader Deux : coupez tout ! »

Au poste de commandement, l'ingénieur coupa de nouveau la lumière dans le donjon.

De l'extérieur, le commando vit les fenêtres s'obscurcir et puis, une ou deux secondes plus tard, les caissons lumineux de secours s'allumèrent, pareils à des lanternes de voiture, incapables d'éclairer convenablement la pièce. Les moniteurs de surveillance s'étaient éteints en même temps que l'éclairage.

« *Merde !* » s'exclama René qui s'assit et prit un téléphone. S'ils voulaient encore jouer, ils seraient deux... à cet instant, il crut voir un mouvement derrière la fenêtre et regarda avec plus d'attention...

« Groupe Deux pour Leader. Cinq secondes... cinq... quatre... trois... » À « trois », les hommes armés des grenades les dégoupillèrent et les lancèrent juste devant les fenêtres avant de se détourner. « ... Deux... un... *feu !* »

Le sergent Connolly pressa le bouton de sa télécommande et deux fenêtres furent descellées du mur par les explosifs. Une fraction de seconde plus tard, trois autres ouvertures étaient soufflées vers l'intérieur par une explosion de bruit et de lumière aveuglante. Elles volèrent à travers la salle dans une pluie d'éclats de verre et de fragments de plomb qui passèrent à moins de trois mètres des enfants réfugiés dans un angle.

À côté de Chavez, le sergent-chef Price lança une autre grenade fulgurante qui explosa à l'instant où elle toucha le sol. Chavez s'écarta alors du mur pour se balancer à l'intérieur par la fenêtre, le MP-10 tenu à bout de bras. Il rata sa réception, basculant en arrière, incapable de retenir son équilibre, puis sentit les pieds de Price atterrir sur son bras gauche. Chavez boula et se releva d'un bond, puis il se précipita vers les mioches. Tous hurlaient de panique, les mains plaquées sur le visage et les oreilles après la déflagration. Mais il n'avait pas encore le temps de s'inquiéter de leur sort.

Price réussit mieux son atterrissage, fonça également sur la droite mais se retourna pour scruter la pièce. Là... C'était un barbu tenant une Uzi. Price tendit son MP-10 au maximum d'extension de sa courroie et lui lâcha une rafale de trois balles en plein visage à trois mètres de distance. La force de l'impact démentit le chuintement assourdi dû au silencieux.

Oso Vega avait défoncé sa fenêtre par la seule force de ses jambes et atterri sur le dos d'un sujet, à la surprise des deux hommes, mais Vega était prêt à tout, pas le terroriste. Sa main gauche jaillit, comme dotée d'une vie propre, et le frappa au visage avec assez de force pour le réduire en une bouillie sanglante qu'une rafale de trois balles de dix millimètres fut loin d'améliorer.

René était assis au bureau, le téléphone à la main, et le pistolet posé devant lui. Il allait le saisir quand Pierce lui tira dans la tempe à un mètre vingt de distance.

À l'angle opposé, Chavez et Price s'immobilisèrent en glissade, à mi-distance des terroristes et des otages. Ding mit un genou au sol, l'arme levée en quête d'une cible, tandis qu'il entendait le crépitement assourdi des armes automatiques de ses hommes. La semi-obscurité était parcourue d'ombres dansantes. Loiselle se retrouva derrière un sujet, presque à le toucher du canon de son pistolet-mitrailleur. Celui-là, il le liquida vite fait. Le coup était facile même s'il expédia du sang et des bouts de cervelle à travers toute la pièce.

Un des types dans le coin leva son Uzi, ses doigts pressèrent la détente tandis qu'il arrosait dans la direction des enfants. Chavez et Price se chargèrent de lui régler son compte, rejoints bien vite par Tyler, et le terroriste s'effondra de toute sa masse.

Un autre avait ouvert une porte et fonçait, sous une pluie d'éclats dus à un tir raté ayant frappé le battant. Il se mit à dévaler l'escalier, une volée de marches, puis une autre, avant d'essayer de s'arrêter en avisant une forme noire sur les marches.

C'était Peter Covington qui montait à la tête de son groupe. Covington avait entendu grincer les marches au-dessus de lui et pris le temps de viser, pour tirer dès que le visage ahuri apparut dans son viseur. Puis il reprit son ascension au pas de course, quatre hommes sur ses talons.

Restaient trois terroristes dans la salle. Deux derrière des consoles, dont un leva son Uzi pour tirer à l'aveuglette. Mike Pierce sauta par-dessus le bureau tout en pivotant sur lui-même, et le cueillit de trois balles dans le flanc et le dos. Puis il se réceptionna et lui en tira une dernière dans la nuque. L'autre, planqué sous le bureau, fut abattu d'une balle dans le dos par Paddy Connolly. Le dernier était debout et tirait dans tous les sens, et ce n'est pas moins de quatre membres du groupe qui le réduisirent au silence.

C'est alors que la porte s'ouvrit, livrant passage à Peter Covington. Vega circulait entre les cadavres, écartant les armes des corps à coups de pied, et au bout de cinq secondes, il annonça : « *Dégagé !*

— Dégagé ! » confirma Pierce.

André était dehors, à découvert, et seul. Il se retourna pour contempler le donjon.

« Dieter ! lança Homer Johnston.

— Oui ?

— Peux-tu lui dégommer son arme ? »

L'Allemand avait dû lire dans les pensées de l'Américain. La réponse fut un tir parfaitement ajusté qui frappa la mitraillette d'André juste au-dessus du pontet de la détente. L'impact de la balle de Winchester Magnum transperça le métal estampé et coupa quasiment l'arme en deux. Depuis son perchoir à quatre cents mètres de là, Johnston visa avec soin pour tirer son second projectile depuis le début de l'engagement, qui devait à jamais être considéré comme un très mauvais tir. En une demi-seconde, la balle de 7 mm frappait le sujet quinze centimètres en dessous du sternum.

Pour André, ce fut comme un monstrueux coup de poing dans l'abdomen. Mais déjà, la balle à fragmentation avait explosé, déchiquetant au passage le foie et la rate avant de ressortir par le rein gauche. Puis, suivant le choc de l'impact initial, vint une onde de douleur. Un instant après, un hurlement strident déchirait les cinquante hectares de Worldpark.

« Non mais, regardez-moi ça ! » dit Chavez dans le centre de commandement. Son gilet pare-balles avait deux trous au niveau du torse. Les blessures n'auraient pas été fatales, mais sûrement douloureuses. « Je peux remercier DuPont de Nemours, pas vrai ?

— C'est l'heure d'une bière ! claironna Vega avec un large sourire.

— Chavez pour PC. Mission accomplie. Les gamins... euh... oh, on en a un de blessé, apparemment une éraflure au bras, pour les autres, pas de problème. Tous les sujets ont eu leur compte, monsieur C. Vous pouvez remettre la lumière. »

Sous les yeux de Ding, Oso Vega se pencha pour prendre dans ses bras une petite fille. « Bonjour, *querida*. Si on allait chercher ta *mamacita*, d'accord ?

— Rainbow ! exulta Mike Pierce. Vous pouvez leur dire qu'il y a un nouveau shérif en ville !

— C'est bougrement vrai, Mike ! » Eddie Price plongea la main dans sa poche et en sortit sa pipe et sa blague de tabac Cavendish.

Il restait des choses à faire. Vega, Pierce et Loiselle récupérèrent les armes et les empilèrent sur un bureau après avoir remis leur cran de sûreté.

McTyler et Connolly allèrent fouiller les toilettes et les autres pièces adjacentes, à la recherche d'autres terroristes, mais n'en trouvèrent aucun. Scotty les appela à la porte.

« OK, on évacue les mioches, ordonna Ding. Peter, tu ouvres la marche ! »

Covington envoya son équipe ouvrir la porte coupe-feu et prendre possession de la cage d'escalier, un homme par palier. Vega prit la tête, tenant dans la main gauche la gamine de cinq ans, gardant toujours son MP-10 dans la droite. Une minute après, ils étaient dehors.

Chavez demeura en retrait, contemplant le mur avec Eddie Price. Il y avait sept impacts de balles dans l'angle où s'étaient tenus les gosses, mais les trous étaient tous en hauteur, dans les carreaux de plâtre. « Une veine, dit Chavez.

— Si l'on veut..., reconnut le sergent-chef Price. C'est celui avec lequel on a eu l'engagement, Ding. Il tirait juste sans viser... et peut-être même vers nous, pas vers eux, j'ai l'impression...

— En tout cas, bon boulot, Eddie.

— Ouaip. » Puis ils sortirent tous les deux, laissant les corps derrière eux. La police les ramasserait.

« PC pour Ours, que se passe-t-il ? À vous.

— Mission accomplie, zéro perte dans nos rangs. Bien joué, l'Ours.

— Bien reçu et merci, général. Ours décroche. Terminé. J'ai une sacrée envie de pisser », confia Malloy à son copilote tandis qu'il remettait le cap vers l'ouest et le terrain militaire.

Homer Johnston dévala quasiment les marches du Bombardier en piqué, le fusil à la main, manquant par trois fois s'étaler pendant la descente. Puis il franchit au pas de course les quelques centaines de mètres le séparant du château. Un médecin en blouse blanche était déjà sur place, examinant l'individu abattu par Johnston.

« Comment va-t-il ? » demanda le sergent en arrivant. C'était assez éloquent : le type se tenait le ventre à deux mains, et elles étaient couvertes d'un sang étrangement noir sous l'éclairage de la cour.

« Il ne survivra pas », lâcha le Dr Weiler. Peut-être que s'ils avaient été en ce moment même dans une salle d'opération, il aurait eu une chance infime, mais il se vidait de son sang par sa rate éclatée et son foie ne devait pas être en meilleur état... De sorte qu'en l'absence de transplantation d'organe, il n'avait pas la moindre chance, et tout ce que Weiler pouvait faire pour lui, c'était lui administrer de la morphine pour atténuer la douleur. Il chercha dans son sac une seringue.

« C'est celui qui a abattu la petite, lui dit alors Johnston. J'ai l'impression que j'ai visé un peu à côté », poursuivit-il en scrutant les yeux grands ouverts et la bouche tordue par un rictus qui laissa échapper un nouveau cri gémissant. S'il s'était agi d'un daim ou d'un élan, Johnston l'aurait achevé d'une balle dans la tête, mais on n'était pas censé agir ainsi avec des cibles humaines. *Meurs lentement, enculé*, jura-t-il en silence. Il fut déçu de voir Weiler lui administrer le calmant mais les médecins avaient leur devoir à accomplir, tout comme lui.

« T'as visé drôlement bas..., commenta Chavez,

qui venait d'arriver devant le dernier terroriste encore en vie.

« — C'est mon doigt qu'a dû trop se crisper sur la détente », répondit le tireur d'élite.

Chavez le fixa droit dans les yeux. « Ouais, c'est ça... Va récupérer ton barda.

— Dans une minute. » Le regard de la cible devint vague quand la morphine pénétra dans sa circulation, mais les mains restaient crispées contre la blessure, et l'on voyait une mare de sang se former sous son dos. Finalement, les yeux se levèrent vers Johnston une dernière fois.

« Bonne nuit, Gracie », dit tranquillement le tireur. Dix secondes plus tard, il pouvait se détourner et remonter au sommet du manège récupérer le reste de son matériel.

Il y avait pas mal de petites culottes souillées empilées dans l'infirmerie et des tas de gamins encore ahuris par le choc d'avoir vécu un cauchemar que tous revivraient dans les années à venir. Les hommes de Rainbow s'affairaient. L'un d'eux pansait l'unique blessure, en fait une simple égratignure, sur un garçonnet.

Le centurion de la Cruz était toujours là, ayant refusé qu'on l'évacue. Les troupes en noir se débarrassèrent de leurs gilets pare-balles et les déposèrent contre le mur et il découvrit alors sur leur vareuse d'uniforme les ailes de parachutistes américains, anglais et allemands, en même temps qu'il voyait chez eux le regard satisfait de soldats qui avaient rempli leur mission.

« Qui êtes-vous ? demanda-t-il en espagnol.

— Désolé, je ne peux rien dire, répondit Chavez.

Mais j'ai vu sur la cassette ce que vous avez fait. Bon boulot, sergent.

— Vous de même, euh...

— Chavez. Domingo Chavez.

— Américain ?

— *Sí*.

— Les enfants ? Aucun n'est blessé ?

— Juste celui-ci.

— Et les... criminels ?

— Ils n'enfreindront plus la loi, *amigo*. Plus aucune, lui dit sans broncher le leader du groupe Deux.

— *Bueno.* » De la Cruz se redressa pour lui prendre la main.

« C'était dur ?

— Ça l'est toujours, mais on s'entraîne pour ça, et mes hommes sont...

— Ils ont la carrure, reconnut de la Cruz...

— Vous aussi, renvoya Chavez. Eh, les gars, j'vous présente celui qui les a repoussés de la pointe de l'épée !

— Ah ouais ? » Mike Pierce s'approcha. « Je me suis chargé de l'achever pour vous. Sacré geste, mec. » Pierce lui prit la main et la serra. Les autres firent de même.

« Il faut que je... il faut que je... » De la Cruz se leva et sortit en titubant. Il était de retour cinq minutes plus tard, derrière John Clark, et tenant devant lui...

« Bon Dieu, c'est quoi ce truc-là ? s'écria Chavez.

— L'aigle de la légion, la *VIᵉ Legio Victrix*, leur dit le centurion en brandissant l'emblème d'une main. La légion victorieuse. *Señor Dennis, con permiso ?*

« — Bien sûr, Francisco, acquiesça le directeur du parc, l'air grave.

— Avec le respect de ma légion, *señor Chavez*. Gardez-le à la place d'honneur. »

Ding le prit. Le satané machin devait bien faire ses dix kilos, entièrement plaqués or. Cela ferait un trophée superbe pour le club à Hereford. « Ce sera fait, mon ami », promit-il à l'ancien sergent, tout en jetant un regard à John Clark.

Ils commençaient à évacuer le stress, et ressentiraient bientôt un mélange de fatigue et de soulagement. Les soldats contemplaient les gamins qu'ils avaient sauvés, encore silencieux et tout intimidés, mais qui n'allaient pas tarder à retrouver leurs familles. Ils entendirent le moteur d'un bus à l'extérieur. Steve Lincoln ouvrit la porte et regarda les adultes en descendre. Il leur fit signe d'entrer et, bientôt, des cris de joie emplirent la pièce.

« Il est temps de décoller », dit John. Lui aussi s'approcha pour serrer la main de Francisco de la Cruz pendant que ses hommes s'éclipsaient un par un.

Dehors, au grand air, Eddie Price avait son rituel personnel à parachever. Le fourneau de sa pipe désormais rempli, il sortit de sa poche une allumette de cuisine qu'il craqua contre le mur de pierre de l'infirmerie, pour allumer sa pipe de bruyère incurvée et tirer enfin une longue bouffée victorieuse, tandis que les parents se bousculaient pour entrer ou sortir, serrant contre eux leurs enfants, beaucoup les larmes aux yeux de les voir libérés.

Le colonel Gamelin se tenait près du bus. Il s'avança : « Vous êtes de la légion ? »

Louis Loiselle se chargea de lui répondre, en français. « On pourrait dire ça, monsieur. » Il leva les yeux vers une caméra de surveillance braquée droit sur la porte, sans doute pour immortaliser l'événement, les parents qui ressortaient avec leurs gosses, beaucoup s'arrêtant pour serrer la main aux hommes de Rainbow. Puis Clark les ramena au donjon et vers les souterrains. En chemin, les policiers de la Guardía Civil les saluèrent et les membres du commando spécial leur rendirent leur salut.

16

Découverte

L'heureux dénouement de l'intervention à Worldpark se révéla un problème pour certains, dont le colonel Tomas Nuncio, le plus haut gradé sur place de la Guardía Civil. Les médias ayant déclaré qu'il avait été l'officier responsable de l'opération, il fut aussitôt assailli de questions sur les détails de son déroulement, et pressé par les chaînes de télévision de leur fournir des enregistrements vidéo. Il avait tellement bien réussi à protéger le parc de loisirs des assauts de la presse que même ses supérieurs à Madrid étaient eux aussi dans le brouillard, et c'est ce qui motiva en partie sa décision : celle de faire diffuser les images vidéo prises par les caméras de Worldpark, estimant que c'était encore le moindre mal, car elles montraient fort peu de chose. La partie la plus spectaculaire avait été la descente d'hélicoptère du commando de tireurs sur le toit du donjon, et de là, par les murs, jusqu'aux fenêtres de la salle de contrôle. Nuncio estima que cette séquence était un morceau d'anthologie, quatre minutes tout au plus, le temps nécessaire pour que Paddy Connolly place ses cordons de plastic sur l'encadrement des fenêtres et s'écarte avant de les faire sauter. On n'avait aucune image de la fusillade à l'intérieur, car les terroristes avaient eux-mêmes détruit les caméras de surveillance équipant la salle. L'élimination de la sentinelle sur le toit avait été enregistrée mais ne fut pas diffusée, compte tenu de son caractère macabre. Il en fut de même de la fin du dernier terroriste, le dénommé André, celui qui avait tué la jeune Néerlandaise — la scène, qui avait été également enregistrée, étant censurée pour les mêmes raisons. Pour le reste, pas de problème : l'éloignement des caméras interdisait de reconnaître les acteurs, voire même d'apercevoir leur visage. Tout au plus remarquait-on la démarche pleine d'assurance des sauveteurs évacuant les enfants libérés... ça, estima-t-il, ça ne pouvait faire de mal à personne, surtout pas aux membres du commando spécial venu d'Angleterre, qui étaient repartis avec un des tricornes de la Guardía Civil pour accompagner l'aigle de l'imaginaire VIe légion de Worldpark en guise de souvenir de leur succès.

Et c'est ainsi que la vidéo en noir et blanc fut diffusée sur CNN, Sky News et les autres chaînes d'infos internationales, afin d'illustrer les commentaires des nombreux reporters qui s'étaient agglutinés à la porte principale de Worldpark et leur donner matière à spéculer sur « l'héroïsme du groupe spécial d'intervention de la Guardía Civil, dépêché de Madrid pour régler ce terrible incident survenu dans l'un des plus grands parcs de loisirs de la planète »...

Il était vingt heures quand Dimitri Arkadeïevitch Popov vit le reportage dans son luxueux appartement new-yorkais, un cigare à la main, un verre de vodka dans l'autre, tandis que son magnétoscope l'enregistrait afin de lui permettre de l'examiner plus tard à tête reposée. Mais il nota d'emblée que la phase de l'assaut avait été étudiée dans le moindre détail et exécutée par des pros. Les éclairs lumineux des explosifs utilisés étaient aussi spectaculaires que singulièrement inutiles pour révéler quoi que ce soit, et la parade des sauveteurs parfaitement téléguidée : démarche pleine d'allant, fusil crânement porté en bandoulière, sourire de circonstance et petits enfants plein les bras. Enfin, ce genre d'hommes ne pouvait que se sentir soulagés de l'heureux dénouement d'une telle mission. Les dernières images les montraient sortant d'un bâtiment où un médecin avait dû soigner le seul petit blessé lors de l'assaut, touché fort légèrement du reste, précisaient les reporters. Puis on avait vu sortir en dernier les responsables de l'intervention et l'un d'eux avait passé le bras contre le mur de pierre du bâtiment pour craquer une allumette dont il s'était servi pour...

... allumer une pipe...

Allumer une pipe... Popov fut surpris par sa propre réaction devant cette image. Il plissa les paupières s'avança dans son siège. La caméra n'avait pas fait de zoom mais il était manifeste que le soldat-policier en question fumait une pipe incurvée, tirant dessus avec régularité tout en s'entretenant avec ses camarades... rien de bien spectaculaire, il parlait tranquil-

561

lement et discrètement, comme le font toujours de tels hommes à l'issue d'une mission réussie, discutant du rôle de chacun et de ce qui s'était ou non déroulé conformément aux plans. La scène aurait pu aussi bien se passer dans un mess ou un bar, car les hommes de métier s'exprimaient toujours de manière identique en de telles circonstances, qu'il s'agisse de soldats, de médecins ou de footballeurs, une fois le stress du boulot évacué, et le temps venu d'en tirer la leçon. C'était la marque de fabrique des professionnels, Popov le savait.

Puis l'image changea pour revenir cadrer le visage d'un vague journaliste américain qui continua de jacasser jusqu'à la coupure publicitaire qui devait être suivie, indiqua le présentateur, d'une analyse politique sur tel ou tel rebondissement à Washington. Popov arrêta alors la bande, la rembobina, l'éjecta et la remplaça par une autre. Il alla se caler en accéléré sur la fin de l'incident de Berne, après l'assaut, après la sortie des héros où... oui, aucun doute, un homme avait allumé une pipe. Il se souvenait d'avoir noté le détail depuis le trottoir d'en face.

Alors, il alla chercher la cassette du reportage télévisé de l'incident en Autriche et... oui, à la fin, là aussi, un homme avait allumé une pipe. Dans chaque cas, c'était un individu d'environ un mètre quatre-vingts, le tic avec l'allumette était identique, tout comme la façon de tenir la pipe, de s'en servir pour accompagner ses gestes dans la discussion, comme le font tous les fumeurs de pipe du monde...

« ... Ah, *nitchevo* », se dit l'officier de renseignements. Il passa encore une demi-heure à visionner la même séquence sur les trois cassettes. Chaque fois, les vêtements étaient identiques. L'homme avait la même taille, les mêmes gestes, le même langage corporel, la même arme portée de la même façon... tout était pareil, constata l'ancien agent du KGB. Et cela voulait dire le même homme... dans trois pays différents.

Or cet homme n'était ni suisse, ni autrichien, ni espagnol. Popov revint alors sur ses déductions, traquant d'autres indices dans les informations visuelles à sa disposition. D'autres personnages étaient visibles sur toutes les cassettes. Le fumeur de pipe était souvent assisté d'un autre homme, plus petit que lui, et à qui il semblait s'adresser avec une certaine familiarité respectueuse. Il y en avait un troisième, un grand type baraqué qui, dans deux séquences sur trois, portait une mitrailleuse, mais qui dans la troisième avait dans ses bras, tenez-vous bien, une petite fille. Donc, il avait là deux, voire trois hommes sur les bandes, qui étaient apparus successivement en Suisse, en Autriche et en Espagne. Chaque fois, les journalistes avaient attribué le sauvetage à la police nationale mais non, c'était alors faux. Dans ce cas, qui étaient ces gens qui étaient arrivés avec la vitesse et la précision de l'éclair, dans trois pays différents... par deux fois pour conclure des opérations qu'il avait lui-même initiées et, la dernière fois, pour en régler une organisée par d'autres... qui ça, il l'ignorait et, du reste, ce n'était pas vraiment son problème. Les reporters précisaient que ces terroristes avaient exigé la libération de leur vieil ami Carlos. Les imbéciles. Les Français seraient plus enclins à jeter des Invalides les cendres de Napoléon qu'à livrer le terroriste Ilitch Ramirez Sanchez, ainsi baptisé par son communiste de père en hommage à Lénine. Mais peu importait, car il venait de découvrir un point essentiel : quelque part en Europe existait un groupe spécial d'intervention qui se jouait des frontières comme un homme d'affaires à bord d'un avion de ligne, qui avait toute latitude d'opérer dans divers pays, qui se déplaçait pour se substituer à la police locale... et qui le faisait avec un talent manifeste... et cette dernière opération ne ferait que renforcer cette image... le prestige du groupe sortirait grandi du sauvetage de ces enfants à Worldpark.

« *Nitchevo* », répéta-t-il dans un murmure. Il avait appris ce soir un point d'une importance fondamentale, et pour fêter ça, il se resservit une vodka. À présent, il s'agissait d'approfondir la question. Mais comment ? Il allait devoir y réfléchir. La nuit portait conseil, et il faisait confiance à son cerveau exercé pour lui sortir une idée lumineuse.

Ils étaient déjà presque chez eux. Le MC-130 les avait récupérés et avait rapatrié le groupe vers sa base d'Hereford. Les armes avaient réintégré les conteneurs en plastique et les hommes étaient enfin détendus. Certains récupéraient. D'autres racontaient leur intervention à leurs camarades qui n'avaient pas eu la chance d'y participer directement. Clark nota que Mike Pierce n'était pas le moins excité. Il était désormais en tête au tableau de chasse de Rainbow. Homer Johnston bavardait avec Weber — ils étaient parvenus à une manière d'arrangement, sans doute d'un commun accord : Weber avait effectué un tir superbe, quoique non réglementaire, pour désarmer le terroriste, permettant ainsi à Johnston de... non, rectifia John, il ne voulait pas simplement tuer le salopard qui avait assassiné la petite fille. Il avait envie de *faire souffrir* cet enculé, envie de l'expédier en enfer porteur d'un petit message personnel de sa part. Il faudrait qu'il ait un tête-à-tête avec le sergent Johnston. C'était une sérieuse entorse à l'éthique de Rainbow. Un manque de professionnalisme. Tuer cette brute suffisait amplement. On pouvait toujours compter sur Dieu pour lui appliquer un traitement spécial. Mais enfin, John se dit qu'il pouvait le comprendre, non ? Après tout, il y avait bien eu jadis un certain Billy, une belle crapule qu'il avait soumise à un interrogatoire très particulier dans une chambre de décompression... et même s'il en gardait un souvenir honteux et douloureux, à l'époque, le châtiment lui avait paru justifié[1]... et puis, il était parvenu ainsi à obtenir les informations dont il avait besoin, non ? Malgré tout, il faudrait qu'il parle avec Homer, qu'il lui conseille de ne plus jamais recommencer. Et Homer l'écouterait, il n'en doutait pas. Il avait sans doute exorcisé ses démons une bonne fois pour toutes. Ça n'avait pas dû être évident pour lui de rester sans rien faire, l'œil collé à son fusil, et d'assister à l'assassinat d'une enfant, sachant qu'il tenait dans ses mains le pouvoir de la venger instantanément, sans l'exercer. *Et toi, John, aurais-tu pu faire ça ?* se demanda Clark, sans vraiment savoir quelle était la réponse dans son état actuel d'hébétude et d'épuisement. Puis il sentit les roues du train toucher la piste d'Hereford, et les hélices gronder sous l'inversion de poussée pour ralentir la course de l'appareil.

---

1. Cf. *Sans aucun remords, op. cit.*

Enfin, se dit John, son idée, son concept de Rainbow était en train de faire ses preuves. Trois déploiements, trois succès. On déplorait certes la mort de deux otages, l'un avant le déploiement de son équipe à Berne, l'autre juste après leur arrivée, mais dans les deux cas sans qu'on puisse l'imputer à une négligence ou à une erreur de la part de ses hommes. Il estimait que la réalisation avait frôlé la perfection. Même ses compagnons du 3e groupe d'opérations spéciales au Viêt-nam n'avaient jamais été aussi bons, et ça, jamais il n'aurait imaginé un jour devoir l'admettre. Il en prit soudain conscience et, aussitôt, fut surpris d'être presque ému aux larmes à l'idée d'avoir l'honneur de commander de tels guerriers, de les envoyer se battre et de les ramener tels qu'ils étaient maintenant : tout sourires, alors qu'ils se levaient, passaient leur barda à l'épaule et gagnaient la porte de la soute arrière derrière laquelle les attendaient leurs camions. Ses petits gars.

« Le bar est ouvert ! leur lança Clark en se levant à son tour.

— Un peu tard, John, observa Alistair.

— Si les portes sont fermées, on demandera à Paddy de les faire sauter », insista Clark avec un sourire vicieux.

Stanley considéra la suggestion et acquiesça. « C'est vrai que les gars ont bien mérité une pinte ou deux chacun. » De toute façon, il savait crocheter les serrures.

Ils entrèrent dans le club encore vêtus de leurs tenues de Ninja et découvrirent le barman derrière son comptoir. Il y avait encore quelques attardés, pour l'essentiel des soldats du SAS éclusant leur dernière pinte. Plusieurs applaudirent quand les gars de

Rainbow entrèrent, ce qui réchauffa l'atmosphère. John se dirigea vers le bar, menant ses hommes et commandant une tournée générale.

« J'adore », observa Mike Pierce une minute plus tard, en levant sa Guinness pour déguster la première gorgée sous la fine couche de mousse.

« Alors, deux, Mike ? demanda Clark.

— Ouais. » Il secoua la tête. « Celui derrière le bureau, il était au téléphone. Pan-pan ! » Et Pierce porta deux doigts à sa tempe. « Puis l'autre, il était en train de nous canarder, planqué derrière une console. J'ai sauté par-dessus et je lui en ai balancé trois, à la volée. Je me suis réceptionné, j'ai roulé et je lui en ai refilé trois de mieux dans la nuque. Salut, Charlie ! Et puis un troisième, enfin, celui-là, je l'ai partagé avec Ding et Eddie. Je sais bien qu'on n'est pas censés prendre plaisir à cette partie du boulot... N'empêche, ça a fait du bien d'éliminer cette racaille. Tuer des gosses, merde... C'est nul. Enfin, ils recommenceront pas de sitôt, chef. Pas maintenant que le nouveau shérif fait la loi en ville.

— Ouaip, rudement bien joué, shérif adjoint », répondit John en levant son verre. Il n'y aurait pas de cauchemar ce coup-ci, songea-t-il en goûtant à son tour la bière brune. Il regarda autour de lui. Au coin de la salle, Weber et Johnston étaient en pleine discussion, le dernier la main posée sur l'épaule du premier, sans aucun doute pour le remercier du joli coup de fusil qui avait désarmé le meurtrier. Clark décida de se rapprocher des deux sergents.

« Je sais, chef, dit Homer, sans qu'on lui ait dit quoi que ce soit. Plus jamais, mais putain, c'était bon.

— Comme tu dis, Homer, plus jamais.

— Oui, chef. J'ai été un peu sec sur la détente, intervint Johnston, histoire de sauver son matricule, au sens propre.

— Mon cul, oui, observa Rainbow Six. Mais je veux bien passer l'éponge... juste pour cette fois. Quant à vous, Dieter, joli coup de feu, mais...

— *Nie wieder, Herr General*[1], je sais, chef. » L'Allemand acquiesça, l'air soumis. « N'empêche, Homer, *Junge*, t'aurais vu sa tête quand tu l'as touché. *Ach*, ça valait le coup d'œil, vieux. Et je ne parle pas de l'autre, sur la terrasse du château.

— Bof, fastoche, rétorqua Johnston, faussement modeste. Il bougeait pas d'un pouce. Et hop ! Pas plus compliqué que de balancer des fléchettes, vieux. »

Clark les gratifia tous deux d'une tape sur l'épaule avant de se diriger vers Chavez et Price.

« Fallait vraiment que tu m'atterrisses sur le bras ? était en train de se plaindre Ding, rigolard.

— Ouais, ben la prochaine fois, t'as qu'à traverser la fenêtre en gardant ta ligne, pas de biais.

— Bon, d'accord. » Chavez but une grande lampée de Guinness.

« Comment ça s'est passé, de votre côté ? s'enquit John.

— À part de m'être pris deux pruneaux, pas mal, répondit Chavez. Mais faudra que je change de gilet pare-balles. » Une fois touchés, ils étaient jugés inutilisables. Celui-ci retournerait chez le fabricant pour qu'il analyse comment il avait résisté. « À ton avis, ça venait duquel, Eddie ?

---

1. « Plus jamais, mon général » *(N.d.T.)*.

— Du dernier, je pense, celui qui restait debout dans son coin pour arroser les mioches.

— Ouais, c'était le plan prévu : on devait arrêter ces balles, et faut dire qu'on lui a fait sa fête : toi, moi, Mike et Oso, je crois bien, pour le mettre en pièces. » Le flic chargé d'embarquer le corps allait devoir utiliser une pelle et une serpillière pour récupérer les bouts de cervelle.

« Ça, c'était notre boulot, admit Price alors que Julio les rejoignait.

— Eh, c'était vraiment super, les gars ! » renchérit le sergent-chef Vega, ravi d'avoir enfin participé à une opération sur le terrain.

« Depuis quand on tabasse nos cibles ? » s'enquit Chavez.

Léger embarras de Vega. « L'instinct, il était si près... Tu sais, j'aurais sans doute pu l'avoir vivant, mais... enfin, personne m'avait donné l'ordre de le faire, tu vois ?

— T'inquiète, Oso. C'était pas prévu dans la mission, surtout avec des gosses plein la pièce. »

Vega secoua la tête. « C'est bien ce que je me suis dit, du reste, le coup est parti presque machinalement, là aussi, comme si on était à l'exercice, mec. Toujours est-il qu'on l'a descendu pour de bon, *jefe*.

— Pas de problème avec la fenêtre ? » voulut savoir Price.

Signe de dénégation de Vega. « Nân. Un bon coup de pied, et l'affaire était entendue. Je me suis esquinté l'épaule contre l'encadrement, mais c'est pas grave. J'étais gonflé à bloc. Mais tu sais, t'aurais dû me demander de protéger les mômes. Je suis plus gros, j'aurais arrêté plus de balles. »

Chavez s'abstint d'avouer qu'il avait eu des doutes

quant à l'agilité de Vega — à tort, comme les événements l'avaient démontré. La leçon était d'importance : si massif que paraisse Oso, il évoluait avec une légèreté bien supérieure à ce que Ding avait imaginé. Oso était capable de danser comme une ballerine, même si, avec ses cent dix kilos, il était un peu large pour enfiler un tutu.

« Beau boulot, dit Bill Tawney en se joignant au groupe.

— Des résultats ?

— On a une identification possible de l'un des sujets, celui qui a tué la petite. Les Français ont fait circuler la photo parmi des indics de la police, et ils pensent qu'il pourrait s'agir d'un certain André Herr, né à Paris, considéré comme ayant été lié à Action directe, mais aucune certitude pour l'instant. De nouveaux détails devraient suivre, promettent-ils. L'ensemble des photos et des empreintes relevées en Espagne devrait arriver sous peu à Paris pour complément d'enquête. Mais je me suis laissé dire que tous les clichés ne seront pas exploitables.

— Ouaip, une giclée de charges creuses, ça vous réarrange bien la tronche, observa Chavez en étouffant un rire. Enfin, on peut pas y faire grand-chose, pas vrai ?

— Alors, qui serait l'instigateur de l'opération ? » demanda Clark.

Tawney haussa les épaules. « Jusqu'ici, on n'en sait rien. C'est à la police française d'enquêter.

— Ça serait sympa de savoir. On a eu trois incidents depuis notre arrivée. Ça fait pas un peu beaucoup ? nota Chavez, redevenant brusquement sérieux.

— Certes, admit l'agent de renseignements. Ça

570

ne l'aurait pas été, il y a dix ou quinze ans, mais la situation s'est bien tassée depuis. » Nouvel haussement d'épaules. « Il pourrait s'agir d'une simple coïncidence, voire de banals imitateurs...

— Des imitateurs ? Je ne pense pas, chef, observa Eddie Price. On peut pas dire qu'on ait franchement encouragé les terroristes dans leurs projets, et l'opération d'aujourd'hui devrait encore contribuer un peu plus à les calmer...

— Je suis assez d'accord, intervint Ding. Pour reprendre l'expression de Mike Pierce, on a un nouveau shérif en ville, et dans le milieu, le mot d'ordre doit déjà être de pas déconner avec lui, même si tout le monde continue à croire qu'il s'agit simplement de flics locaux qui ont pris la grosse tête. Faut passer à la vitesse supérieure, monsieur C.

— Quoi ? Annoncer publiquement notre existence ? » Clark hocha la tête. « Ça n'a jamais fait partie du plan, Domingo.

— Eh bien, si la mission est d'aller descendre les salopards sur le terrain, c'est une chose. Si elle est de les amener à réfléchir à deux fois avant de foutre le bordel — bref, de mettre un coup d'arrêt aux actes terroristes —, alors, c'est une tout autre affaire. L'annonce de l'arrivée d'un nouveau shérif en ville pourrait bien être le déclic susceptible de refroidir leur ardeur et de les renvoyer à leurs chères études, si tant est qu'ils en aient fait un jour. La dissuasion, c'est le terme qu'on utilise lorsqu'il s'agit de conflits entre États. Est-ce que le concept s'applique à la mentalité terroriste ? Voilà un sujet à débattre avec le Dr Bellow, John », conclut Chavez.

Une fois encore, Chavez le surprenait, nota Clark. Trois succès coup sur coup, tous largement répercutés par la télévision, pouvaient effectivement avoir un effet sur les derniers terroristes d'Europe ou d'ailleurs à nourrir des restes d'ambitions. Sans aucun doute. Et ça, c'était effectivement un sujet à discuter avec Paul Bellow. Mais il était encore trop tôt pour que l'un ou l'autre dans l'équipe fît montre d'un tel optimisme... sans doute, estima John, songeur, en sirotant sa bière. La soirée tirait à sa fin. La journée avait été longue pour les hommes de Rainbow, et un par un, ils reposèrent leur verre sur le comptoir du bar qui aurait dû fermer depuis belle lurette, pour se diriger vers la porte et regagner leurs quartiers. Encore un jour, encore une mission de terminés. Mais déjà, un autre jour avait commencé, et d'ici quelques heures à peine, ils seraient réveillés pour entamer une nouvelle série d'exercices et pratiquer leur entraînement quotidien.

« Alors comme ça, t'avais l'intention de nous quitter ? » demanda le geôlier au détenu Sanchez. Le ton était lourd d'ironie.

« Comment cela ? rétorqua Carlos.

— Certains de tes petits copains en ont fait de belles, hier, expliqua le maton en lui glissant sous la porte un exemplaire du *Figaro*. Ils ne recommenceront pas. »

La photo à la une était extraite de l'enregistrement vidéo de Worldpark, sa qualité était médiocre mais suffisante pour montrer un soldat vêtu de noir portant dans ses bras un enfant, et le premier paragraphe de l'article était explicite. Carlos le parcourut, puis s'assit sur son bat-flanc pour le lire en détail, avant de sombrer bientôt dans les ténèbres d'un désespoir qu'il n'aurait jamais imaginé aussi profond. Il comprit que quelqu'un avait entendu sa requête, mais que cela n'avait débouché sur rien. Sa seule perspective désormais était de passer toute sa vie dans cette cage de pierre, comprit-il en levant les yeux vers le soleil qui filtrait par l'unique fenêtre de sa cellule. Toute sa vie. Une vie longue, saine et certainement sordide. Ses mains froissèrent le journal quand il eut fini l'article. Maudite soit la police espagnole. Maudite soit la terre entière.

« Oui, je l'ai vu aux infos hier soir, dit-il au téléphone tout en se rasant.

— J'ai besoin de vous voir. J'ai quelque chose à vous montrer, monsieur », dit la voix de Popov. Il était sept heures du matin.

L'homme réfléchit un instant. Popov était un petit malin qui avait toujours accompli sa tâche sans jamais trop se poser de questions... et il n'y avait quasiment rien comme traces écrites, en tout cas rien que ne puissent expliquer ses avocats si jamais on devait en arriver là, et c'était exclu. Et puis, il y avait également moyen de régler le sort de Popov, si l'on devait aussi en arriver là.

« Entendu, soyez là à huit heures quinze.

— Bien, monsieur », répondit le Russe et il raccrocha.

Peter souffrait réellement le martyre à présent, constata Killgore. Il était temps de le transférer. Ce qu'il ordonna sur-le-champ ; deux infirmiers arrivèrent, vêtus d'une tenue protectrice renforcée, pour

573

charger l'ivrogne sur un brancard et le transporter à l'antenne chirurgicale. Killgore les suivit avec son patient. L'antenne chirurgicale était pour l'essentiel la copie conforme de la salle où les clodos avaient vécu en sirotant leur gnôle, attendant sans le savoir le déclenchement des symptômes. Tous avaient désormais atteint ce stade, au point que l'alcool et les doses modérées de morphine ne réussissaient plus à contenir la douleur. Les infirmiers déposèrent Pete sur un lit, près duquel était installé l'« arbre de Noël » d'une perche de perfusion à contrôle électronique. Killgore introduisit l'aiguille dans une veine du bras du patient. Puis il pianota sur le boîtier électronique et, quelques secondes plus tard, ce dernier se relaxa sous l'effet d'une large dose de tranquillisant. Ses yeux devinrent vitreux et ses muscles se détendirent tandis que le virus Shiva continuait à le dévorer de l'intérieur. Une autre perfusion fut installée pour l'alimenter et lui injecter dans le même temps divers médicaments et ainsi détecter un éventuel effet bénéfique imprévu sur l'évolution de la maladie. Ils en avaient des placards entiers : des antibiotiques, réputés inefficaces pour ce type d'infection virale, à l'interleukine-2 et à la toute nouvelle 3a qui, d'après certains, pourrait avoir un effet, en passant par des anticorps de Shiva récupérés sur des animaux de laboratoire. Aucun de ces remèdes n'était censé agir, mais tous devaient être testés par mesure de sûreté, afin de ne pas avoir de surprise quand la pandémie se répandrait. C'était le vaccin B qui devait agir, et il était actuellement en cours d'évaluation sur le nouveau groupe témoin de sujets enlevés dans des bars de Manhattan, en même temps que le vrai-faux vaccin A, dont le rôle était tout différent. Les nanocapsules développées dans l'autre partie du bâtiment allaient incontestablement se révéler bien pratiques.

Exactement comme l'avait prévu le médecin en contemplant le corps agonisant de Pete, le sujet F4, Mary Bannister, se sentit l'estomac lourd, juste un vague malaise à ce stade, mais sans trop s'en inquiéter. Ça lui était déjà arrivé, et elle ne se sentait quand même pas si mal. Un cachet anti-acidité réglerait sans doute ça et elle en trouva dans son armoire à pharmacie qui était abondamment pourvue en médicaments de confort. À part ça, elle se sentait un rien pompette, et elle sourit à l'image que lui renvoyait le miroir : celle d'une femme séduisante, encore jeune, le cheveu brillant, vêtue d'un pyjama de soie rose. Sur quoi, elle sortit de sa chambre d'un pas léger. Chip était sur le divan du salon à feuilleter négligemment un magazine, et elle fila droit s'asseoir près de lui.

« Salut, Chip.

— Salut, Mary. » Il lui rendit son sourire en lui effleurant la main.

Dans le poste de contrôle, Barbara Archer fit un zoom avant. « J'ai augmenté la dose de Valium dans son petit déjeuner, indiqua-t-elle. Pareil pour l'autre. » L'*autre*, c'était un réducteur d'inhibitions.

« T'es drôlement belle, aujourd'hui », lui confia Chip, mais ses paroles étaient déformées par le micro-canon dissimulé.

— Merci. » Nouveau sourire.

« T'as l'air plutôt rêveuse.

— Tu m'étonnes, observa Barbara, froidement.

Elle s'est pris une dose à vous défroquer une car-
mélite.

— Et lui ?

— Oh ouais... j'lui ai pas donné de stéroïdes. »
Le Dr Archer étouffa un petit rire.

Comme pour le démontrer, Chip se pencha pour
embrasser Mary sur les lèvres. Ils étaient seuls tous
deux au salon.

« Que disent ses analyses sanguines, Barb ?

— Elle est bourrée d'anticorps et commence à
développer des particules virales. Les symptômes
devraient apparaître d'ici deux jours.

— Mangez, buvez et amusez-vous, bonnes gens,
car la semaine prochaine, vous serez morts, dit
l'autre médecin en contemplant le moniteur.

— Dommage », conclut le Dr Archer. Sans plus
d'émotion qu'en remarquant un chien écrasé sur le
bord de la route.

« Chouette nana, commenta l'homme alors que le
haut de pyjama s'envolait. Ça fait un bail que je n'ai
plus vu de film X, Barb... » Une cassette tournait
dans le magnétoscope, bien entendu. Le protocole
expérimental était parfaitement défini : tout devait
être enregistré sur bande pour permettre au personnel d'analyser l'intégralité du programme de tests.
Jolies loloches, se dit-il à peu près en même temps
que Chip, juste avant que celui-ci se mette à les
caresser à l'écran.

« Elle était plutôt coincée à son arrivée ici. Les
tranquillisants ont été sacrément efficaces pour faire
tomber ses inhibitions. » Encore une observation clinique. Les choses commencèrent à se précipiter. Les
deux médecins continuaient d'observer tout en sirotant leur café. Tranquillisants ou pas, les instincts

fondamentaux reprirent le dessus et, en moins de cinq minutes, Chip et Mary s'envoyaient en l'air avec entrain, avec les bruits habituels, même si l'image, heureusement, n'était pas aussi nette. Peu après, ils gisaient étendus côte à côte sur l'épais tapis, échangeant des baisers las et repus, Chip caressant les seins de Mary, les yeux clos, la respiration profonde et régulière, avant de rouler sur le dos.

« Ma foi, Barb, faute de mieux, on a toujours un gentil nid d'amoureux pour week-ends coquins, observa son collègue avec un sourire désabusé. À ton avis, quand son bilan sanguin va-t-il s'altérer ?

— Trois ou quatre jours encore avant qu'il ne commence à présenter des anticorps et révéler des fragments d'acide aminé d'origine virale, je pense. » Chip n'avait pas eu droit à la douche comme Mary.

« Qu'en est-il des testeurs de vaccin ?

— Cinq ont le A. On en a trois qui servent de témoins non contaminés pour tester la version B.

— Oh ? Et qui laisse-t-on vivre ?

— M2, M3 et F9, répondit le Dr Archer. Ils semblent témoigner d'une attitude saine. Je te le donne en mille, l'un d'eux est même membre du Sierra Club ! Quant aux autres, ils aiment bien la vie au grand air et ne devraient pas voir d'objection à notre action.

— Appliquer des critères politiques à une expérience scientifique... mais où va-t-on ? s'étonna l'homme en étouffant un nouveau rire.

— Ma foi, s'ils doivent survivre, autant que ce soit des gens avec qui on puisse s'entendre, observa Archer.

— Tout à fait... T'as confiance dans les résultats du B ?

— Absolument. Je m'attends à une efficacité d'environ quatre-vingt-dix-sept pour cent, si ce n'est plus, ajouta-t-elle prudemment.

— Mais quand même pas cent pour cent ?

— Non, Shiva est un peu trop vicieux pour ça, confia Archer. Les tests sur les animaux sont un tantinet grossiers, je l'admets, mais les résultats suivent le modèle informatique presque à la perfection, bien en deçà des critères d'erreur de mesure. De ce côté, Steve a fait un excellent boulot.

— Berg est un type doué », admit l'autre médecin. Puis il se trémoussa sur son siège. « Tu sais, Barb, ce que nous faisons ici n'est pas précisément...

— Je le sais. Mais on savait tous à quoi s'en tenir.

— C'est vrai », dut-il reconnaître, soudain gêné par ces scrupules tardifs. Enfin, les siens au moins survivraient, et tous partageaient son amour du monde avec sa diversité humaine. Et pourtant, ces deux personnes sur l'écran, c'étaient également des êtres humains, tout comme lui, et il venait de les mater comme une espèce de vieux pervers. D'accord, ils s'étaient envoyés en l'air parce qu'ils étaient bourrés de drogues — en comprimés ou mêlée à leur alimentation — mais ils étaient néanmoins condamnés à mort et...

« Calme-toi, veux-tu ? dit Archer, scrutant son visage et déchiffrant ses pensées. Au moins, ça leur fait toujours un peu d'amour, pas vrai ? C'est déjà sacrément plus que ce à quoi aura droit le reste de la planète...

— Eux, je n'aurai pas à les regarder. » Il ne tirait aucun plaisir à jouer les voyeurs, et il s'était dit bien assez souvent qu'il n'aurait pas besoin d'être le témoin de ce qu'il avait contribué à déclencher.

« Non, mais on sera forcément au courant. Ça passera au journal télévisé, non ? Mais à ce moment, il sera trop tard, et même s'ils découvrent la vérité, leur dernier acte conscient sera de se retourner contre nous. Et c'est cela qui me préoccupe.

— L'enclave du Projet au Kansas est parfaitement sûre, Barb, crut-il bon de la rassurer. Et celle du Brésil encore plus. » Du reste, c'est là-bas qu'il devait se rendre en fin de compte. La forêt équatoriale l'avait toujours fasciné.

« On pourrait espérer mieux, observa Barbara Archer.

— Le monde n'est pas un laboratoire, au cas où tu l'aurais oublié... » N'était-ce pas en fin de compte tout l'intérêt du projet Shiva, bon Dieu ?... Dieu ? Il haussa les épaules. Encore une notion qu'il conviendrait d'écarter. Il n'était pas cynique au point d'attacher le nom de Dieu à leur projet. La nature, peut-être... ce qui n'était pas tout à fait la même chose.

« Bonjour, Dimitri, dit-il, en arrivant au bureau en avance.

— Bonjour, monsieur », répondit l'agent de renseignements, en se levant comme son employeur pénétrait dans l'antichambre. C'était une coutume européenne, remontant à l'Ancien Régime, et qui avait réussi à survivre à l'État marxiste qui avait nourri et formé ce Russe désormais installé à New York.

« Eh bien, qu'avez-vous à m'offrir ? demanda le patron tout en déverrouillant la porte de son bureau pour entrer.

— J'ai relevé un détail fort intéressant, dit Popov. Quant à son importance... vous êtes meilleur juge que moi en la matière.

— D'accord, voyons voir ça. » Il s'assit, puis fit pivoter son fauteuil tournant pour allumer sa machine à café.

Popov s'approcha du mur du fond et fit coulisser le panneau qui masquait l'équipement électronique. Il saisit la télécommande et alluma le rétroprojecteur et la VHS. Puis il introduisit une cassette.

« C'est le reportage sur l'incident de Berne », expliqua-t-il à son employeur. Il ne fit défiler la bande que trente secondes avant de l'arrêter, l'éjecter et la remplacer par une autre cassette. « L'Autriche », dit-il simplement, en pressant la touche lecture. Nouvelle séquence, de moins d'une minute. Nouvelle éjection. Puis troisième cassette : « Hier soir, dans le parc de loisirs espagnol. » Il la fit défiler. Un peu plus d'une minute avant de l'arrêter.

« Eh bien ? fit l'homme à l'issue de la démonstration.

— Qu'avez-vous vu, monsieur ?

— Des types qui fument... toujours le même, c'est ce que vous voulez dire ?

— Correct. Pour les trois incidents, le même homme, ou ça en a tout l'air.

— Poursuivez.

— Le même groupe spécial d'intervention s'est chargé des trois incidents. Intéressant, non ?

— Pourquoi ? »

Popov inspira, patiemment. Le bonhomme était peut-être un génie dans sa branche, mais dans d'autres, c'était un vrai béotien. « Monsieur, le même groupe est intervenu pour trois incidents dans

580

trois pays différents, dotés chacun de leur force de police nationale, or dans les trois cas, ce groupe spécial d'intervention s'est substitué aux forces de police locales pour régler la crise. En d'autres termes, on se trouve devant une nouvelle entité à compétence internationale, formée de commandos d'élite — je pencherais pour des militaires plutôt que des policiers — exerçant leur action sur le théâtre européen. L'existence d'un tel groupe n'a jamais été reconnue publiquement. Il s'agit par conséquent d'un groupe "noir", hautement clandestin. Je peux supposer qu'il dépend plus ou moins de l'OTAN, mais c'est pure spéculation de ma part. À présent, poursuivit Popov, j'aurais quelques questions à vous poser.

— D'accord. » L'autre dodelina de la tête.

« Étiez-vous au courant de l'existence de ce groupe ? »

Signe de dénégation. « Non. » Puis l'homme se retourna pour se verser une tasse de café.

« Vous est-il possible d'en savoir plus sur eux ? »

Haussement d'épaules. « Peut-être. Pourquoi est-ce si important ?

— Cela va dépendre d'une autre question... Pourquoi me payez-vous à inciter des terroristes à passer à l'action ?

— Ça, vous n'avez pas besoin de le savoir, Dimitri.

— Si, monsieur, j'en ai besoin. On ne peut mettre sur pied des opérations contre une opposition fortement structurée sans avoir au moins une vague idée de l'objectif général. C'est tout bonnement impossible, monsieur. Qui plus est, vous avez investi des sommes conséquentes dans ces opérations. Il doit y avoir une bonne raison. J'ai besoin de savoir laquelle. » Ce qu'il s'abstint de dire, mais qui transparaissait derrière les mots, c'est qu'il voulait la connaître, et que le moment venu, il pourrait bien la découvrir tout seul, qu'on daigne ou non la lui révéler.

Son employeur se rendit également compte que son existence était plus ou moins à la merci de cet ex-espion soviétique. Certes, il pouvait nier tout ce que l'homme serait capable de raconter en public, et il lui était toujours possible de le faire disparaître — option moins séduisante qu'il n'y paraît en dehors des scénarios de cinéma, car Popov pouvait s'être confié à d'autres, ou même avoir laissé un témoignage écrit.

L'argent des comptes d'où Popov avait tiré les fonds qu'il avait distribués avait été scrupuleusement blanchi, bien sûr, mais il demeurait toujours une trace quelconque qu'un enquêteur habile et patient aurait toujours la possibilité de remonter jusqu'assez près de lui pour lui causer quelques menus tracas. Le problème avec les transactions électroniques, c'est qu'elles laissaient toujours un sillage d'électrons ; les archives bancaires précisaient à la fois le moment et le montant de la transaction, laissant ainsi la possibilité d'établir un lien quelconque. Cela pourrait s'avérer gênant. Pis, il ne s'agirait plus désormais d'un aléa mineur facile à régler, mais d'un obstacle au bon accomplissement de l'ensemble du projet déjà en route sur des sites aussi variés que New York, le Kansas et le Brésil. Sans oublier l'Australie, bien sûr, qui était la raison essentielle de tous leurs efforts.

« Dimitri, voulez-vous me laisser le temps d'y réfléchir ?

— Bien sûr, monsieur. Je me contente de vous

signaler que si vous tenez à me voir faire mon boulot correctement, j'aurai besoin d'en savoir plus. Vous avez certainement d'autres hommes de confiance. Montrez-leur ces cassettes et voyez s'ils estiment l'information pertinente. » Popov se leva. « Faites-moi signe quand vous aurez besoin de moi.

— Merci encore pour l'information. » Il attendit que la porte se referme puis, de mémoire, composa un numéro de téléphone. La sonnerie retentit quatre fois avant qu'on ne décroche. « Salut ! dit une voix dans l'écouteur. Vous êtes bien chez Bill Henriksen. Désolé, je ne puis vous répondre pour le moment. Si vous essayiez plutôt à mon bureau ? »

« Merde. » Puis une idée lui vint, et il saisit la télécommande. CBS, non, NBC, non...

« Mais tuer une enfant malade..., disait le présentateur de *Bonjour l'Amérique* sur ABC.

— Charlie, il y a bien longtemps, un type du nom de Lénine a dit que le but des terroristes était de terroriser. C'est ce qu'ils sont, et c'est ce qu'ils font. Le monde continue d'être un endroit dangereux, et peut-être encore plus aujourd'hui qu'ont disparu ces États qui traditionnellement apportaient leur soutien aux mouvements terroristes tout en imposant des restrictions bien réelles à leurs actions. Ces restrictions aujourd'hui n'existent plus, expliquait Henriksen. On dit que ce groupe désirait voir libérer leur vieil ami Carlos le Chacal. Bien, cette revendication n'a pas abouti, mais il est intéressant de noter qu'ils ont pris la peine d'organiser une opération terroriste classique pour obtenir la libération de l'un des leurs. Fort heureusement, cette opération a échoué, grâce à la police espagnole.

« — Comment évalueriez-vous l'action de ces forces ?

— Ma foi, excellente. Toutes ces unités suivent la même forme d'entraînement, bien sûr, et les meilleures d'entre elles font des exercices conjoints à Fort Bragg ou à Hereford, en Angleterre, ainsi que dans d'autres camps situés en Allemagne ou en Israël, par exemple.

— Il n'empêche qu'un otage a été assassiné.

— Charlie, on ne pourra jamais les arrêter tous, admit l'expert avec regret. Vous pouvez vous trouver à trois mètres, une arme chargée entre vos mains, sans pouvoir intervenir, car cela pourrait ne déboucher que sur la mort d'autres otages. Je suis aussi écœuré que vous par ce lâche assassinat, mon ami, mais ces individus n'auront plus l'occasion de rééditer de tels forfaits.

— Eh bien, Bill, merci encore d'être venu nous voir. » C'était Bill Henriksen, président de Global Security, Inc., et consultant pour ABC en matière de terrorisme. « Il est huit heures quarante-six. » Pause publicitaire.

Sur son bureau, il avait le numéro de bip de Bill. Il l'appela, indiquant le numéro de sa ligne privée. Quatre minutes plus tard, le téléphone sonna.

« Ouais, John, qu'y a-t-il ? » On entendait le bruit de la circulation en fond sonore. Henriksen devait être au pied des studios d'ABC, à deux pas de la lisière ouest de Central Park, sans doute en train de rejoindre sa voiture.

« Bill, j'aurais besoin de te voir à mon bureau au plus vite. Peux-tu passer tout de suite ?

— Bien sûr. Laisse-moi vingt minutes. »

Henriksen avait une télécommande pour accéder

au garage de l'immeuble et un emplacement réservé. Dix-huit minutes après le coup de fil, il entrait dans le bureau.

« Que se passe-t-il ?

— Je t'ai vu à la télé, tout à l'heure.

— Ils m'appellent toujours pour ce genre d'affaire, dit Henriksen. Ces types ont fait un boulot extra, du moins d'après le peu qu'en a montré la télé. Je me charge d'obtenir le reste de la bande.

— Oh ?

— Ouais, j'ai les bons contacts. La vidéo qu'ils ont diffusée a été quelque peu caviardée. Mes gars vont se charger de récupérer toutes les cassettes auprès des Espagnols afin de les analyser — d'ailleurs, elles n'ont rien de secret.

— Allez, regarde plutôt ça », lui dit John en commutant la télé du bureau sur le magnétoscope afin de visionner le reportage sur Worldpark. Puis il dut se lever pour passer à la place la cassette d'Autriche. Trente secondes plus tard, il la troquait contre celle de Berne. « Alors, qu'est-ce que t'en penses ?

— La même équipe sur les trois coups ? réfléchit tout haut Henriksen. Sûr que ça en a l'air... mais bon Dieu, qui sont ces gars ?

— Tu sais qui est Popov, n'est-ce pas ? »

Bill acquiesça. « Ouais, le gars du KGB que tu as déniché. C'est lui qui a goupillé tout ça ?

— Ouaip. Il n'y a pas une heure, il était ici pour me montrer ces bandes. Ça le turlupine. Et toi ? »

L'ancien agent du FBI grimaça. « Je ne sais pas trop. J'aimerais tout d'abord en savoir un peu plus sur eux.

— Tu crois que tu pourras ? »

Cette fois, il haussa les épaules. « Je peux parler avec certains contacts, flairer quelques pistes. Le problème, c'est que s'il s'agissait bel et bien d'une unité clandestine, j'aurais déjà dû être au courant. Je veux dire, j'ai des relations dans tout le milieu. Et toi, de ton côté ?

— Je peux éventuellement tenter quelques coups de sonde discrets. En faisant passer ça pour de la banale curiosité.

— D'accord, j'essaie de me renseigner. Qu'est-ce que Popov t'a raconté d'autre ?

— Il veut savoir pourquoi je lui donne ces trucs à faire.

— C'est tout le problème avec les espions. Ils aiment bien savoir. Il faut le comprendre ; il doit être en train de se dire : si jamais je lance une mission et qu'un des sujets est pris vivant... Bien souvent, ils se mettent à chanter comme des canaris dès qu'ils se retrouvent en taule, John. Si jamais l'un d'eux le désigne, il sera dans la merde. Peu probable, je te l'accorde mais ça reste possible, et les espions sont entraînés à être prudents.

— Et si je le fais éliminer ? »

Nouvelle grimace. « T'as intérêt à faire gaffe, au cas où il aurait laissé un paquet chez un pote quelque part. Je dis pas qu'il l'a fait, mais il vaut mieux faire comme si. Cette opération n'est pas sans danger, John. On le savait dès le début. Où en est-on de la maîtrise technique du...

— Tout près. Le programme de tests se déroule sans anicroche. Encore quatre ou cinq semaines et on saura tout ce qu'on a besoin de savoir.

— Eh bien, de mon côté, il ne me reste plus qu'à décrocher le contrat pour Sydney. J'y descends en avion demain. Ces incidents vont me donner un gentil coup de pouce.

— Avec qui vas-tu travailler ?

— Les Australiens ont leur propre SAS. Le groupe est paraît-il réduit, parfaitement entraîné, mais un peu court côté technologie. C'est l'appât que je compte bien exploiter. J'ai ce qu'il leur faut... s'ils y mettent le prix, souligna Henriksen. Repasse-moi cette bande, celle de l'opération en Espagne. »

John se leva de son bureau, introduisit la cassette, la rembobina jusqu'au début du reportage télévisé. Celui-ci montrait le peloton d'assaut descendant au filin d'un hélicoptère.

« Merde, j'avais pas remarqué ça ! fit l'expert.

— Quoi donc ?

— Il faudra repasser la bande à la loupe électronique, mais ce zinc ne ressemble pas à un hélico de la police. C'est un Sikorsky H-60.

— Et alors ?

— Alors, le H-60 n'a jamais été certifié pour les applications civiles. Tu vois l'inscription POLICÍA peinte sur le flanc ? La police, cela rentre dans les applications civiles. Non, ce n'est pas un hélico de la police, John. C'est un engin militaire... et ce truc-là (son doigt pointa vers l'écran), c'est une sonde de ravitaillement en vol, ce qui indique un engin appartenant aux commandos. Donc, ça veut dire l'aviation américaine, mec. Et ça nous dit aussi où sont basés ces gens...

— Où ça ?

— En Angleterre. Notre armée de l'air a une escadre d'opérations spéciales basée en Europe, pour partie en Allemagne, pour partie en Angleterre... Le MH-60K, je crois que c'est la désignation précise du modèle, spécialisé dans la recherche-récupération au combat, et le dropage dans des endroits délicats pour des missions délicates. Eh, ton ami Popov a raison... Il existe une unité très spéciale qui s'occupe de ces affaires, qui dispose au moins d'un soutien logistique américain, voire bien plus. La question demeure : qui sont ces types ?

— Est-ce important ?

— Potentiellement, oui. Imagine un instant que les Australiens fassent appel à eux pour les aider dans le boulot que j'essaie de décrocher, John ? Ça pourrait tout foutre en l'air.

— Exact. »

17

Pistes

Peter avait désormais six compagnons pour lui tenir compagnie au centre de soins intensifs. Il ne restait plus que deux sujets à se sentir encore assez vaillants pour rester du côté maison de repos, à profiter du whisky et des dessins animés télévisés, mais Killgore estimait qu'ils auraient rejoint les six autres d'ici la fin de la semaine, tant leur sang était gorgé d'anticorps de Shiva. Il était curieux de voir comment la maladie attaquait différemment selon les individus. Mais chacun avait un système immunitaire différent. Raison pour laquelle certains souffraient d'un cancer, quand d'autres y échappaient alors qu'ils fumaient ou se livraient à d'autres pratiques nocives.

Ces questions mises à part, tout se déroulait plutôt mieux que prévu. Il supposa que c'était dû aux doses élevées de morphine qui les avaient tous pas mal assommés. La médecine avait découvert depuis relativement peu de temps qu'il n'existait pas vraiment de dose maximale en matière de calmants. Tant que le patient ressentait la douleur, on pouvait augmenter la dose jusqu'à ce qu'elle disparaisse. Des dosages qui auraient provoqué un arrêt respiratoire ou cardiaque chez des individus en pleine santé étaient parfaitement tolérés par des patients en grande détresse, et cela lui simplifiait considérablement la tâche. Chaque appareil à perfusion était doté d'un bouton que les sujets pouvaient presser à la demande pour leur dispenser la drogue. Une automédication qui leur permettait de sombrer dans un oubli paisible tout en renforçant la sécurité du personnel infirmier : il leur suffisait d'accrocher aux perches les flacons de solution nutritive et de s'assurer de la bonne fixation de la perfusion, ce qui leur évitait au maximum d'entrer en contact avec les sujets. Un peu plus tard dans la journée, tous allaient recevoir le vaccin B, qui était censé les protéger de Shiva avec un taux élevé de fiabilité — Steve Berg avançait le chiffre de quatre-vingt-dix-huit ou quatre-vingt-dix-neuf pour cent. Chacun savait toutefois que ce n'était pas la même chose que cent pour cent, et c'est pourquoi les mesures de protection seraient maintenues.

Point appréciable, ces cobayes n'attiraient pas franchement la sympathie. Ramasser des ivrognes dans la rue s'était en définitive révélé un bon choix.

La prochaine cohorte de sujets risquait de susciter plus de compassion, mais chacun dans cette aile du bâtiment savait parfaitement à quoi s'en tenir : ils devaient faire pas mal de choses peu ragoûtantes, mais c'était indispensable.

« Tu sais, j'en viens parfois à me dire que les militants des Amis de la Terre ont raison, dit Kevin Mayflower.

— Oh, comment ça ? » demanda Carol Brightling.

Le président du Sierra Club qui avait invité au restaurant la conseillère scientifique du chef de l'État contempla son verre de vin. « Nous détruisons tout ce que nous touchons. Les rivages, les mangroves, les marais côtiers, les forêts... regarde plutôt ce qu'en a fait la prétendue civilisation... Oh, bien sûr, on préserve certaines zones, mais ça représente quoi ? Trois petits pour cent du territoire, peut-être ? La belle affaire ! On empoisonne tout, nous compris. Le problème du trou dans la couche d'ozone ne fait qu'empirer, d'après les dernières études de la NASA.

— D'accord, mais est-ce que t'es au courant de la solution proposée ?

— Une solution ? Laquelle ? »

Grimace de la conseillère du président. « Eh bien, tu prends une escadrille d'avions gros-porteurs, tu les remplis d'ozone, tu les envoies au-dessus de l'Australie et tu leur fais larguer leur cargaison à haute altitude pour boucher le trou... J'ai cette proposition écrite noir sur blanc sur mon bureau.

— Et ?

— Et c'est aussi délirant que de pratiquer des

avortements durant la mi-temps d'un match de foot, avec rediffusion au ralenti et commentaire illustré. Impossible que ça marche. Il faut qu'on laisse à la planète le temps de se guérir toute seule. Mais on n'en fera rien, bien entendu...

— T'as d'autres bonnes nouvelles du même genre ?

— Oh, ouais, le problème du CO_2. Il y a un gars, à Harvard, qui affirme qu'il suffirait d'immerger de la grenaille de fer dans l'océan Indien pour stimuler la croissance du phytoplancton, ce qui réglerait le problème de l'excès de CO_2 presque du jour au lendemain... Les chiffres paraissent convaincants. Tous ces petits génies qui affirment pouvoir soigner la planète, comme si elle en avait besoin... alors qu'il vaudrait mieux lui fiche la paix une bonne fois pour toutes...

— Et le président en dit quoi ? s'enquit Mayflower.

— Il me dit de lui dire ce qui peut ou non marcher, et si ça semble efficace, qu'on le teste pour s'en assurer, avant de passer à des essais en vraie grandeur. Il n'y connaît rien de rien et il ne veut rien entendre. » Elle s'abstint d'ajouter qu'elle devait suivre ses ordres, que ça lui plaise ou non.

« Eh bien, peut-être que les Amis de la Terre ont raison, Carol. Peut-être que nous sommes une espèce parasite et que nous allons finir par détruire l'ensemble de cette foutue planète avant de disparaître nous aussi.

— Rachel Carson, le retour, c'est ça [1] ?

---

1. Rachel Louise Carson : cette spécialiste américaine de la biologie marine a écrit de nombreux ouvrages de vulgarisation sur l'environnement. Née à Springdale, Pennsylvanie, en 1907, elle a enseigné la

— Écoute, tu connais l'aspect scientifique aussi bien que moi — et même mieux peut-être. Nous sommes partis pour faire des trucs comme... comme la catastrophe naturelle qui a mis fin aux dinosaures, sauf que nous le faisons délibérément. Il a fallu combien de temps à la planète pour s'en remettre ?

— De la disparition des dinosaures ? Elle ne s'en est jamais remise, Kevin, remarqua Carol Brightling. C'est même ça qui a déclenché l'expansion des mammifères... la nôtre, au cas où tu aurais oublié. L'ordre écologique préexistant n'a jamais été rétabli. Un ordre nouveau est apparu, qui a pris dans les deux millions d'années rien que pour se stabiliser. » Un sacré spectacle ! En tant qu'individu et que scientifique, elle aurait bien voulu être là pour assister à ce formidable événement... mais il n'y aurait sans doute eu personne à l'époque pour l'apprécier. Contrairement à aujourd'hui.

« Ma foi, encore quelques années, et on pourra voir s'enclencher le processus, pas vrai ? Combien d'espèces allons-nous encore faire disparaître, cette année... et si le trou d'ozone continue de s'agrandir... mon Dieu, Carol, pourquoi les gens ne comprennent-ils pas ? Sont-ils à ce point aveugles pour ne pas voir ce qui est en train de se passer ? Ou est-ce qu'ils s'en foutent ?

— Kevin, non, ils ne voient pas, et oui, ils s'en foutent. Regarde autour de toi... » Le restaurant était rempli de gens importants vêtus comme des gens

zoologie et travaillé au Service américain des pêches et de la vie maritime. Son succès international, *Le Printemps silencieux*, publié en 1962, deux ans avant sa disparition, a été l'un des premiers livres à sonner l'alarme sur l'usage irresponsable des pesticides et leurs dégâts sur l'environnement *(N.d.T.)*.

importants, discutant sans aucun doute de sujets importants au cours d'importants dîners, et aucun d'eux n'avait la moindre responsabilité dans la crise planétaire qui était littéralement suspendue au-dessus de leurs têtes. Si réellement la couche d'ozone devait s'évaporer, comme ça en prenait le chemin, eh bien, ils mettraient de l'écran total pour traverser la rue et peut-être que cela suffirait à les protéger... mais qu'en serait-il des espèces naturelles, les oiseaux, les lézards, toutes ces créatures qui n'avaient pas un tel choix ? Les études suggéraient qu'elles auraient les yeux brûlés par les ultraviolets qui ne seraient plus bloqués, ce qui provoquerait leur mort et donc un bouleversement rapide de tout l'écosystème planétaire. « Tu crois vraiment que tous ces gens sont au courant ? Et s'ils le sont, que ça les préoccupe ?

— Je crois bien que non », admit-il. Il but une nouvelle gorgée de vin blanc. « Enfin, on continue malgré tout d'enfoncer le clou, pas vrai ?

— C'est marrant, quand même... Il n'y a pas si longtemps, on se livrait à des guerres, qui contribuaient à maintenir le niveau de la population suffisamment bas pour nous empêcher de trop bousiller la planète... mais maintenant que la paix est en train de s'établir partout et que notre capacité industrielle continue de progresser, elle finit par nous détruire bien plus efficacement que la guerre ne l'a jamais fait. Quelle dérision, tu ne trouves pas ?

— Et les progrès de la médecine ! Le moustique anophèle était un excellent vecteur pour réguler la démographie — tu sais que Washington était jadis une zone marécageuse infestée par la malaria, au point d'être considérée comme un poste à risque par le corps diplomatique ! Et puis, on a inventé le DDT. Parfait pour contrôler les moustiques, mais pas idéal pour le faucon pèlerin. On ne s'y prend jamais comme il faut. Jamais, conclut Mayflower.

— Et si... ? lança-t-elle, songeuse.

— Si quoi, Carol ?

— Si la nature inventait quelque chose pour faire descendre le chiffre de la population humaine ?

— L'hypothèse Gaïa ? » Ça le fit sourire. L'idée était de considérer la Terre comme un organisme pensant, autocorrecteur, capable d'assurer la régulation démographique des innombrables espèces vivantes peuplant la planète. « Même si l'hypothèse est juste — et je l'espère sincèrement —, j'ai bien peur que nous autres humains allions trop vite pour que cette pauvre Gaïa parvienne à nous régler notre sort. Non, Carol, nous avons signé un pacte suicidaire, et nous nous apprêtons à entraîner dans notre perte le reste des êtres vivants... D'ici un siècle, quand la population terrestre sera réduite à un petit million d'individus, ils sauront ce qui a cloché, ils liront les livres et regarderont les cassettes du paradis que nous avions jadis, et ils maudiront notre nom... et peut-être, avec de la chance, apprendront-ils ainsi la leçon le jour où ils ramperont à nouveau pour sortir de la boue. Peut-être... Mais j'en doute. Même s'ils essaient d'apprendre, ils chercheront surtout à rebâtir des centrales nucléaires pour faire fonctionner leurs brosses à dents électriques. Rachel avait raison. Un de ces jours, on connaîtra un printemps silencieux, mais ce jour-là, il sera trop tard. » Il pignocha dans sa salade, en se demandant quelles substances chimiques contenaient la laitue et les tomates. Il y en avait dedans, aucun doute. À cette

594

époque de l'année, la laitue venait du Mexique, où les fermiers ajoutaient tout un tas de saloperies à leurs récoltes, et peut-être que l'aide-cuistot les avait bien lavées, ces salades, mais peut-être pas, et c'est ainsi qu'il se retrouvait à manger dans un restaurant luxueux pour s'empoisonner aussi sûrement qu'il assistait à l'empoisonnement programmé de la terre entière. Son regard désabusé était éloquent.

Il était mûr pour être recruté, estima Carol Bright-ling. Le moment était venu. Il amènerait avec lui quelques recrues de choix et ils avaient la place de les accueillir au Kansas et au Brésil. Une demi-heure plus tard, elle prit congé et rejoignit la Maison-Blanche pour le conseil de cabinet hebdomadaire.

« Eh, Bill, dit Gus Werner depuis son bureau de l'immeuble Hoover. Qu'est-ce qui se passe ?

— T'as regardé la télé, ce matin ? demanda Hen-riksen.

— Tu veux parler de l'incident en Espagne ?

— Ouaip.

— Bien sûr que j'ai regardé. J't'ai même vu dans la boîte.

— Mon numéro de petit génie. » Il étouffa un rire. « Ma foi, c'est toujours bon pour les affaires, sais-tu ?

— Ouais, je suppose. Bref, que veux-tu savoir ?

— Ce n'étaient pas les flics espagnols, Gus. Je sais comment ils s'entraînent. Ce n'est pas leur style, mec. Alors, qui était-ce, la Force Delta, le SAS, le HRT ? »

Gus Werner fronça les sourcils. Aujourd'hui directeur adjoint du FBI, il avait été naguère responsable du Hostage Rescue Team, une unité d'élite de l'agence chargée des récupérations d'otages. Au fil des mutations, il s'était retrouvé inspecteur principal chargé du secteur d'Atlanta avant de se voir désormais responsable de la nouvelle division terrorisme. Bill Henriksen avait déjà travaillé pour lui avant de quitter l'agence pour lancer sa propre société de conseil, mais un ancien du FBI gardait toujours l'esprit maison et c'est pourquoi Bill essayait de lui soutirer des renseignements.

« Je peux vraiment pas trop t'en dire, vieux.

— Oh-oh ?

— Oh ? Ben oui. Interdit d'en discuter, répondit Werner, crispé.

— Le domaine est sensible ?

— Quelque chose comme ça », concéda Werner.

Petit ricanement : « Eh bien, c'est déjà une indication, pas vrai ?

— Non, Bill, ça ne t'indique rien du tout. Eh, mec, tu sais bien que je ne peux pas enfreindre le règlement.

— T'as toujours été réglo, c'est vrai, reconnut Henriksen. Enfin, j'ignore qui sont ces types mais je suis ravi qu'ils soient dans notre camp. L'assaut avait une sacrée gueule, vu à la télé.

— Ça, c'est sûr. » Werner avait récupéré le jeu complet de cassettes, transmises par liaison satellite cryptée entre l'ambassade américaine à Madrid et l'Agence pour la sécurité nationale et de là, au QG du FBI. Il avait vu l'intégralité de l'opération et comptait bien obtenir un complément d'information dans le courant de l'après-midi.

« Dis-leur quand même un truc, si jamais t'as l'occasion.

— Quoi donc, Bill ? fit l'autre, un rien méfiant.

— S'ils tiennent à ressembler aux flics locaux, qu'ils évitent d'utiliser un hélico de l'US Air Force. Je suis pas con, Gus. Les journalistes auront peut-être pas remarqué, mais c'était évident pour quiconque a une once de cervelle, d'accord ? »

Oups, songea Werner. Il avait effectivement laissé passer ce détail, mais Bill était tout sauf un imbécile, et il se demanda comment cela avait pu échapper à l'œil exercé des médias.

« Oh ?

— Ne me la fais pas à moi, Gus. C'était un Sikorsky modèle 60. On volait dessus à l'entraînement à Fort Bragg, souviens-toi. On le préférait aux Huey qu'ils nous avaient fournis, mais comme il n'était pas certifié par l'aviation civile, ils n'ont jamais voulu nous en attribuer un, rappela-t-il à son ancien patron.

— Je transmettrai le message, promit Werner. Quelqu'un d'autre a remarqué ?

— Pas que je sache, et je n'en ai pas dit un mot sur ABC ce matin, tu as noté ?

— C'est vrai. Merci.

— Alors, tu peux me toucher un mot de ces types ?

— Désolé, vieux, mais non. C'est secret-défense, et la vérité, mentit Werner, c'est que je n'en sais moi-même guère plus que toi. » *Mon cul, oui*, crut-il entendre à l'autre bout du fil. L'argument était faiblard. S'il existait bien une unité spéciale antiterroriste, et si les États-Unis y prenaient part, fatalement, le meilleur expert du FBI en la matière ne pouvait pas ne pas être au courant. Henriksen n'avait pas besoin qu'on le lui dise pour le savoir.

Mais, merde, le règlement c'était le règlement, et il était hors de question de laisser le patron d'une entreprise privée fourrer son nez dans le programme baptisé Rainbow, et Bill connaissait les règles aussi bien que lui.

« Ouais, Gus, c'est cela, oui, railla Bill. Toujours est-il que ce sont des bons, mais l'espagnol n'est pas leur langue maternelle, et ils peuvent disposer d'appareils américains. Alors, dis-leur la prochaine fois d'être un peu plus prudents.

— Ce sera fait », promit Werner, en le notant sur son calepin.

Un projet noir, réfléchit Henriksen, après avoir raccroché. Je me demande d'où vient le financement... Qui que soient ces types, ils étaient en relation avec le FBI, en plus du ministère de la Défense. Que pouvait-il déduire d'autre ? La base d'où ils opéraient ?... Oui, c'était tout à fait possible... Tout ce dont il avait besoin, c'était d'une date de départ pour les trois incidents ; ensuite, il s'agissait de définir le moment où les cow-boys intervenaient, et de là, il pourrait déduire sans trop de peine leur point d'origine. Les avions de ligne croisaient aux environs de huit cents kilomètres-heure, ce qui donnait un parcours moyen de...

... *l'Angleterre. Obligé*, décida Henriksen. C'était le seul point de départ logique. Les Rosbifs possédaient déjà toute l'infrastructure nécessaire, et la sécurité à Hereford était excellente — il y avait séjourné pour s'entraîner avec les SAS quand il appartenait au HRT et travaillait pour Gus. Bien, il pourrait le confirmer à partir des comptes rendus écrits des incidents à Berne et en Autriche. Dans les attributions normales de ses collaborateurs, il y avait l'analyse détaillée de toutes les opérations antiterroristes... et il pouvait toujours appeler ses contacts en Suisse et en Autriche pour compléter ses informations. Ça ne devrait pas être trop difficile. Il regarda sa montre. Mieux valait téléphoner tout de suite, avec les six heures de décalage horaire. Il feuilleta son Rolodex et appela sur sa ligne privée.

Un projet noir, hein ? C'est ce qu'on verrait.

Le conseil de cabinet s'acheva en avance. L'ordre du jour présidentiel se déroulait sans anicroche, ce qui facilitait la tâche de tout le monde. Jusqu'à présent, il n'y avait eu que deux votes — assimilables, à vrai dire, plus à des sondages auprès des ministres, puisque le président était le seul à avoir le dernier mot, comme il l'avait déjà laissé entendre à plusieurs reprises, se souvint Carol. La réunion se termina et chacun regagna la sortie du bâtiment.

« Salut, George ! dit le Dr Brightling au ministre des Finances.

— Eh, Carol, toujours pendue au cou des arbres ? demanda-t-il avec un sourire.

— Toujours ! rit-elle, pour répondre à ce ploutocrate ignare. Vous avez vu la télé, ce matin ?

— À propos ?

— Cette histoire, en Espagne...

— Ah, ouais, Worldpark. Eh bien, quoi ?

— Qui étaient ces types masqués ?

— Carol, si vous devez poser la question, c'est que vous n'êtes pas dans le secret.

— Je ne cherche pas leur numéro de téléphone, George, répondit-elle en le laissant s'effacer pour lui tenir la porte. Et je suis quasiment dans tous les secrets, au cas où vous l'auriez oublié. »

Le ministre des Finances dut admettre que c'était vrai. La conseillère scientifique du président avait accès à toutes sortes de programmes confidentiels, y compris les programmes militaires, nucléaires ou autres, et parmi ses tâches de routine, il y avait la supervision des joyaux de la Couronne en matière de secrets, à savoir les protocoles de sécurité des communications ! Bref, elle était tout à fait habilitée à en savoir plus si elle insistait. Il regrettait simplement qu'elle l'ait fait. Trop de gens étaient déjà au courant de l'existence de Rainbow. Il soupira.

« Le projet a été monté depuis quelques mois. Entièrement noir, d'accord ? Un groupe spécial d'intervention, multinational, basé quelque part en Angleterre, formé pour l'essentiel d'Américains et de Britanniques, mais pas exclusivement. L'idée est venue d'un gars de l'Agence apprécié du grand patron... et jusqu'ici, ils semblent avoir fait des étincelles, pas vrai ?

— Ma foi, sauver ces mioches était un exploit. J'espère qu'ils auront droit à une gentille tape sur la tête. »

L'autre rigola. « Vous pouvez compter dessus : le patron leur a adressé personnellement un message ce matin.

— Le nom de ce groupe ?

— Vous êtes sûre que vous voulez le savoir ? insista George.

— Quel est son nom ?

— D'accord. Il s'appelle Rainbow... Arc-en-ciel, à cause de son caractère multinational.

— Eh bien, qui que soient ces types, ils ont

marqué pas mal de points hier soir. Vous savez, il faudrait vraiment que je sois informée de trucs dans ce genre. Je peux vous filer un coup de main, mine de rien.

— Eh bien, dites au patron que vous voulez en être.

— Je suis comme qui dirait sur sa liste noire, au cas où vous auriez oublié...

— Ouais, ben, z'avez qu'à mettre la pédale douce sur les questions d'écologie, vu ? Merde, on aime tous la verdure et les petits oiseaux. Mais on va pas non plus demander à Titi de nous indiquer comment diriger le pays, pas vrai ?

— George, je suis confrontée à des problèmes scientifiques essentiels, fit remarquer Carol Brightling.

— Je n'en doute pas, doc. Mais le jour où vous en ferez un peu moins dans le registre de la rhétorique, peut-être que les gens commenceront à vous prêter une oreille attentive... Juste un conseil en passant, suggéra le ministre des Finances en ouvrant la porte de sa voiture pour regagner ses bureaux, deux rues plus loin.

— Merci, George, j'y penserai », promit-elle. Il la salua de la main tandis que son chauffeur démarrait.

« Rainbow... », se répéta Brightling en traversant l'avenue. Est-ce que ça valait le coup d'approfondir ? Le plus drôle, avec les dossiers confidentiels, c'était qu'une fois initié, vous l'étiez pour de bon... Parvenue à son bureau, elle introduisit sa clé en plastique dans le téléphone crypté STU-4 et appela le directeur de la CIA, sur sa ligne privée.

« Ouais ? fit une voix masculine.

— Ed, c'est Carol Brightling.

— Salut ! Comment s'est passé le conseil de cabinet ?

— Tranquille, comme d'hab. J'ai une question à vous poser.

— Laquelle, Carol ? demanda le grand patron du renseignement.

— C'est au sujet de Rainbow. Ils ont fait un sacré boulot, hier soir en Espagne...

— Vous êtes dans le coup ? s'enquit son interlocuteur.

— Sinon, comment saurais-je leur nom, Ed ? Comme je sais que c'est quelqu'un de chez vous qui a lancé le truc... J'ai oublié son nom, vous savez, le gars que le président aime tant...

— Ouais, John Clark. Il a été mon officier instructeur, il y a bien longtemps. Un sérieux client. Il a roulé sa bosse et il a dû en faire encore plus que Mary Pat et moi. Cela dit, en quoi cela vous concerne ?

— Le nouveau système de cryptage des communications tactiques que la NSA est en train de tester, est-ce qu'ils en disposent déjà ?

— Je n'en sais trop rien, répondit le directeur. Pourquoi ? Ils sont prêts à le lancer ?

— Ça devrait se faire d'ici un mois. C'est E-Systems qui doit le fabriquer, et j'ai pensé qu'il faudrait le livrer toutes affaires cessantes à Rainbow. Je veux dire, ils sont à la pointe du combat. Ils méritent d'être servis les premiers. »

À l'autre bout du fil, le directeur en chef du renseignement se remémora qu'il devrait prêter plus d'attention au travail effectué par l'Agence pour la sécurité nationale. Et surtout, il s'était permis d'oublier que Carol Brightling possédait le visa « carte noire » qui lui permettait d'accéder au saint des saints de Fort Meade.

« Pas une mauvaise idée. À qui dois-je m'adresser ?

— À l'amiral McConnell, je suppose. C'est son agence. Mais enfin, ce n'était qu'une suggestion amicale. Si ce groupe Rainbow est aussi formidable, il mérite de bénéficier des meilleurs jouets.

— D'accord, je vais voir ce que je peux faire. Merci, Carol.

— À votre service, Ed, et peut-être qu'un de ces quatre, vous pourrez m'affranchir complètement sur ce programme, d'accord ?

— Ouais, ça pourrait se faire. Je vous enverrai un gars pour vous communiquer les informations nécessaires.

— D'accord. Quand ça vous arrange. À plus !

— Au revoir, Carol. » La ligne cryptée fut coupée. Carol regarda le téléphone en souriant. Jamais Ed n'irait mettre en doute l'origine de ses informations... Elle connaissait le nom du groupe, elle avait eu un mot sympa pour ses membres, elle avait proposé son aide, en loyale fonctionnaire du gouvernement. Et en échange, elle détenait même à présent le nom du responsable de cette unité : John Clark. L'instructeur d'Ed, dans le temps... Il était tellement facile d'obtenir les renseignements voulus quand on employait les mots qu'il fallait. Après tout, c'était pour cela qu'elle avait tant voulu ce poste, nonobstant les obstacles et les frustrations.

L'un de ses subordonnés fit les calculs et les estimations de temps de vol : comme il l'avait suspecté, la réponse était l'Angleterre. La triangulation effectuée à partir de Berne et de Vienne localisait le point de départ à Londres ou ses environs. Logique, estima Henriksen. British Airways desservait le monde entier, et la compagnie aérienne avait toujours entretenu des relations cordiales avec le gouvernement britannique. Donc, quel que soit le groupe, il devait être basé à... Hereford, presque à coup sûr. Sans doute était-il multinational... Politiquement, cela le rendrait plus acceptable à l'étranger. Donc, des Américains et des Britanniques, peut-être d'autres nationalités, la mise à disposition de matériel américain, comme cet hélicoptère Sikorsky. Gus Werner était au courant... le groupe comprendrait-il des membres du FBI ? Sans doute. Le HRT était pour l'essentiel une unité de la police, mais comme sa mission était la lutte antiterroriste, elle s'entraînait et travaillait avec des organisations similaires de par le monde, alors même que celles-ci étaient en majorité militaires. La mission était en gros la même et, par conséquent, les éléments engagés dans celles-ci étaient quasiment interchangeables... Or, les membres du HRT/FBI étaient largement aussi bons que leurs homologues dans les autres pays. Donc, sans aucun doute, quelqu'un du HRT, voire même une de ses connaissances, était dans le coup. Il aurait été utile de savoir qui mais, pour l'heure, c'était trop demander.

Pour l'heure, l'important, c'était que cette unité antiterroriste nationale représentait un danger potentiel. Et si jamais elle se déployait à Melbourne, est-ce que ça poserait un problème ? Sûr que ça n'aiderait pas, surtout avec un agent du FBI dans le groupe. Henriksen avait passé quinze ans dans le service, et il ne se faisait aucune illusion sur ses membres : ils savaient se servir de leurs yeux et de leur cerveau, et ils fouinaient absolument partout. Et donc, sa stratégie visant à sensibiliser l'opinion internationale sur la menace terroriste et à faciliter ainsi son obtention du contrat de Melbourne, cette stratégie pouvait bien avoir franchi une nouvelle étape imprévue. Bigre. Mais enfin, nul n'était à l'abri de la loi des conséquences non intentionnelles. C'est bien pour cela qu'il était sur la brèche, parce que son boulot était justement de s'occuper de l'imprévu. Voilà pourquoi il se retrouvait de nouveau lancé dans la collecte de renseignements. Il avait besoin d'en savoir plus. Non, la vraie tuile, c'était qu'il devait filer en Australie dans moins de vingt-quatre heures, et qu'il ne serait plus en mesure d'agir lui-même. Enfin... Il devait dîner ce soir avec son patron pour lui transmettre ce qu'il savait, et peut-être que de son côté, cet ancien agent du KGB parviendrait à creuser la question. Il fallait bien admettre qu'il ne s'était pas trop mal débrouillé jusqu'ici... Un fumeur de pipe. Henriksen ne laissait pas d'être surpris de voir comment de si infimes détails pouvaient être révélateurs. Il suffisait souvent de garder la tête levée et les yeux ouverts.

« L'interleukine n'a aucun effet », annonça John Killgore, en quittant des yeux le moniteur. L'image du microscope électronique était éloquente : les particules virales de Shiva se reproduisaient allègrement, dévorant au passage les tissus sains.

« Alors ? demanda le Dr Archer.

— Alors, c'était la seule possibilité de traitement

qui me préoccupait : l'interleukine-3a s'annonce en effet prometteuse, mais Shiva s'en moque comme d'une guigne. C'est une belle petite saloperie qu'on tient là, Barb.

— Et les sujets ?

— J'en viens. Peter est foutu, les autres aussi. Shiva les bouffe sur pied. Tous souffrent de graves hémorragies internes et plus rien ne peut entraver la dégénérescence tissulaire. J'ai essayé toutes les pratiques recommandées. Ces pauvres bougres ne recevraient pas de meilleur traitement à Johns-Hopkins, Harvard ou la clinique Mayo, or tous vont mourir. Cela dit, certains auront à coup sûr un système immunitaire capable de résister, mais cela risque d'être bigrement rare.

— Rare à quel point ? demanda-t-elle à l'épidémiologiste.

— Moins d'un cas sur mille, sans doute, peut-être un sur dix mille. Même la variante pneumonique de la peste ne tue pas tout le monde », lui rappela-t-il. Et c'était quasiment la maladie la plus létale qui existe, avec un taux de survie inférieur à un sur dix mille. Certains individus, elle le savait, possédaient un système immunitaire capable de détruire tout agent extérieur. Ceux-là finissaient centenaires. Cela n'avait rien à voir avec l'habitude ou non de fumer, le petit verre de porto matinal et autres billevesées qu'on pouvait lire dans les articles sur le secret de la vie éternelle. Tout était écrit dans les gènes. Certains étaient meilleurs que d'autres. Pas plus compliqué que ça.

« Bref, il n'y a pas vraiment de quoi s'inquiéter ?

— La population mondiale est aujourd'hui d'environ six milliards de personnes. Soit six fois dix puissance neuf individus. Enlève à ce chiffre quatre ordres de grandeur : tu te retrouves avec quelque chose comme six fois dix puissance cinq survivants. Cinq ou six cent mille personnes qui risquent de ne pas nous porter dans leur cœur...

— Essaimés sur toute la planète, lui fit remarquer Barbara. Inorganisés, en manque cruel de direction et d'information scientifique pour les aider à survivre... Comment pourraient-ils même simplement entrer en relation ? Les huit cents derniers survivants de la ville de New York ? Et songe aux maladies qui vont accompagner tous ces décès... Le plus robuste des systèmes immunitaires n'y résistera pas.

— Certes », admit Killgore. Puis il sourit : « On est même en train d'améliorer la souche, pas vrai ? »

Le Dr Archer vit l'humour de la remarque. « Pour ça oui, John. Tout à fait. Donc, le vaccin B est prêt ? »

Il acquiesça. « Oui, j'ai reçu mon injection il y a quelques heures. T'es prête pour la tienne ?

— Et le A ?

— Au congélateur, prêt pour une production de masse dès que les gens en auront besoin. Nous devrions être à même de livrer des lots de mille litres par semaine quand il le faudra. De quoi inonder la planète. Steve Berg et moi avons réglé cela hier.

— Une autre firme pourrait-elle... ?

— Impossible. Même Merck ne peut réagir aussi vite... et même si c'était le cas, ils devraient utiliser notre formule, pas vrai ? »

C'était l'ultime appât. Si le plan visant à répandre Shiva sur toute la planète ne marchait pas aussi bien que prévu, alors le monde entier recevrait le vaccin A sur lequel les laboratoires Antigen, une filiale d'Horizon Corp, se trouvaient (par hasard) en train de travailler dans le cadre d'un programme d'aide au tiers monde où prospéraient toutes sortes de fièvres hémorragiques. Hasard fortuit, quoique pas inédit dans la littérature médicale. Mais John Killgore et Steve Berg avaient publié des articles sur ces maladies, devenues d'une actualité brûlante depuis la grande terreur que l'Amérique et le monde avaient connue il n'y avait pas si longtemps[1]. Le monde médical savait donc qu'Horizon/Antigen travaillait dans ce sens, et ne serait par conséquent pas surpris d'apprendre qu'un vaccin était en cours d'élaboration. Il ne manquerait pas de le tester dans ses laboratoires et découvrirait qu'effectivement le produit contenait toutes sortes d'anticorps. Sauf que ce ne seraient pas les bons et que le vaccin élaboré à partir de virus vivants signerait l'arrêt de mort de tous ceux qui l'introduiraient dans leur organisme. Le délai entre l'injection et l'apparition des premiers symptômes était programmé entre quatre et six semaines : là encore, les seuls survivants seraient les oiseaux rares bien pourvus à la loterie des gènes. Un sur dix mille y survivrait. Moins peut-être. Shiva-Ébola était une vraie saloperie de virus. Trois ans d'élaboration et malgré tout, songea Killgore, si facile à construire. Mais la manipulation génétique était encore une science en gestation, et ce genre de résultat demeurait imprévisible. Le plus attristant, peut-être, c'était que les mêmes chercheurs dans les mêmes labos étaient en train de frayer une nouvelle voie inédite et prometteuse — la longévité humaine — avec, semblait-il, des progrès notables. Eh bien, tant

—————

1. Cf. *Sur ordre, op. cit.*

mieux : une vie prolongée pour mieux apprécier le nouveau monde que Shiva allait engendrer.

Et les percées n'allaient pas s'arrêter là. Bon nombre des élus appelés à recevoir le vaccin B étaient des scientifiques. Certains n'apprécieraient pas la nouvelle quand ils l'apprendraient, mais ils n'auraient guère le choix, et étant des scientifiques, ils se remettraient bien vite au boulot.

L'unanimité ne régnait pas au sein du Projet. Certains parmi les plus radicaux allaient jusqu'à soutenir que garder des médecins était contraire à la nature de la mission — parce que la médecine ne laissait pas la nature suivre son cours. Ben tiens, ricana Killgore. Laissons ces crétins pondre leurs bébés en pleine nature après avoir passé la matinée à la cueillette ou à la chasse et tous ces idéologues auront vite fait de s'éteindre. Il avait l'intention d'étudier et d'apprécier le milieu naturel, mais il comptait bien le faire avec des chaussures et un blouson pour se protéger du froid. Il tenait à rester un homme cultivé, pas à régresser au stade du singe nu. Son esprit vagabonda... Il y aurait une division du travail, bien entendu. Des fermiers pour faire croître les récoltes et soigner le bétail qu'ils mangeraient... ou des chasseurs pour tirer le bison dont la viande était plus saine, moins riche en cholestérol. Les bisons devraient revenir assez vite. Le blé sauvage continuerait d'envahir la région des Grandes Plaines, et les bovidés ne tarderaient pas à engraisser — d'autant plus que leurs prédateurs naturels avaient été tellement chassés que leur population croissait moins vite. Le bétail domestique allait prospérer également, mais il finirait par être évincé peu à peu par le bison, une espèce bien mieux adaptée à la vie sauvage. Killgore tenait à voir tout cela, à admirer les vastes troupeaux qui avaient jadis couvert le Far West. Il voulait voir l'Afrique, également.

Cela voulait dire que le Projet avait besoin d'avions et de pilotes. Horizon avait déjà sa propre flotte de Gulfstream-V, des jets d'affaires capables de desservir presque toute la planète ; ils auraient donc également besoin de petites équipes de rampants pour gérer et entretenir un certain nombre d'aéroports — en Zambie, par exemple. Il voulait voir l'Afrique sauvage et libre, il estima que cela prendrait peut-être une dizaine d'années, peu de chose en définitive. Le sida décimait déjà la région à un rythme terrifiant et Shiva n'allait qu'amplifier le processus. Bientôt le continent noir serait à nouveau libéré de l'homme, et il aurait tout loisir de le visiter pour y observer la nature dans toute sa gloire... et peut-être tirer un lion pour se faire une descente de lit à ramener au Kansas ? Certains participants du Projet en seraient malades, mais qu'est-ce que c'était qu'un lion de plus ou de moins ? Le Projet allait en sauver des centaines de milliers, voire des millions, prêts à rôder de nouveau et chasser leurs proies. Quel magnifique Nouveau Monde, une fois éliminée l'espèce parasite qui s'échinait tant à le détruire !

Un signal d'alarme retentit. Il se retourna pour examiner le panneau de contrôle. « C'est Ernie, le M5... on dirait un arrêt cardiaque.

— Qu'est-ce que tu vas faire ? » demanda Barbara Archer.

Killgore se leva. « M'assurer qu'il est mort. » Il se pencha pour sélectionner l'image d'une caméra sur l'imposant moniteur de son bureau. « Tiens, tu pourras regarder. »

Deux minutes plus tard, il apparut à l'écran. Une infirmière était déjà là mais elle ne put guère que constater les faits. Elle vit Killgore vérifier le pouls de l'homme, puis regarder ses yeux. Bien que protégé par le vaccin B, Killgore portait des gants et un masque. Enfin, c'était logique. Puis il s'écarta et éteignit les équipements de surveillance. L'aide-soignante débrancha les perfusions et recouvrit le corps d'un drap. Killgore indiqua la porte et bientôt, l'infirmière poussait le lit roulant vers le couloir, direction l'incinérateur. Killgore prit le temps d'examiner les autres sujets et parut même s'entretenir avec l'un d'eux avant de sortir pour de bon de l'écran.

« Je m'en doutais, dit-il dès son retour dans la salle de contrôle, débarrassé de sa tenue protectrice. Le cœur d'Ernie n'était pas si bon et Shiva s'est jeté dessus. Wendell devrait être le prochain — c'est le sujet M2. Demain dans la matinée, sans doute. La fonction hépatique s'est détériorée et s'accompagne d'une sérieuse hémorragie duodénale.

— Et comment se porte le groupe de contrôle ?

— Il reste encore deux jours à Mary, le sujet F4, avant d'être franchement symptomatique.

— Donc, le système d'administration fonctionne ?

— À merveille, acquiesça Killgore en allant se servir du café avant de se rasseoir. Tout va marcher, Barb, et les projections numériques semblent dépasser les paramètres requis. Six mois après le lancement du Projet, le monde risque d'être bien différent, lui promit-il.

— Ce délai de six mois me tracasse quand même,

John. Si jamais l'un d'eux découvrait ce qui s'est passé... leur dernier acte conscient pourrait bien être de chercher à nous massacrer tous.

— C'est pour ça que nous avons des armes, Barb. »

« Le nom est "Rainbow", leur annonça-t-il, après avoir obtenu le renseignement le plus fructueux de la journée. L'unité est basée en Angleterre. Elle a été montée par un type de la CIA du nom de John Clark, qui en est manifestement le patron.

— Ça se tient, commenta Henriksen. Effectif multinational, pas vrai ?

— Je pense, oui, confirma John Brightling.

— Oui, renchérit Dimitri Popov, en goûtant à sa salade César. C'est parfaitement logique... une sorte d'unité de l'OTAN, j'imagine, basée à Hereford ?

— Correct, dit Henriksen. Au fait, bravo pour l'esprit de déduction. »

Popov haussa les épaules. « C'était simple, vraiment. J'aurais dû deviner plus tôt. Question : vous envisagez quelle riposte de ma part ?

— Je pense qu'il nous faut d'abord en savoir plus, suggéra Henriksen en lançant un regard à son patron. Beaucoup plus.

— Comment comptez-vous procéder ? s'enquit Brightling.

— Facile, lui assura Popov. Une fois qu'on sait où chercher, le plus gros est fait. Il suffit d'aller y jeter un œil. Et j'ai déjà un nom, n'est-ce pas ?

— Vous voulez l'éliminer ? demanda John au Russe.

— Bien sûr. » *Si vous me payez pour le faire.* « Il y a des risques, mais...

— Quel genre de risques ?

— J'ai déjà opéré en Angleterre. Il y a une possibilité qu'ils aient une photo de moi, sous un autre nom, quoique ça me semble improbable.

— Pouvez-vous simuler l'accent ? demanda Henriksen.

— Assurément, répondit Popov avec un sourire. Vous avez appartenu au FBI ?

— Ouaip.

— Alors, vous connaissez la méthode. J'en ai pour une semaine, je pense.

— Parfait, dit Brightling. Vous prenez l'avion demain.

— Les papiers ? s'enquit Henriksen.

— J'en ai plusieurs jeux, tous en cours de validité, et tous parfaits », lui assura l'ancien espion.

C'était chouette d'avoir engagé un pro, se félicita Henriksen. « Bon, les gars, moi j'ai un avion à prendre demain matin, et je n'ai pas encore fait mes bagages. Alors, à la semaine prochaine, à mon retour.

— Vas-y mollo... avec le décalage horaire, Bill », conseilla John.

L'ancien agent du FBI rigola. « Tu connais un remède contre ça ? »

18

Allures

Popov prit le Concorde du matin. C'était la première fois qu'il montait à bord du supersonique et il trouva la cabine exiguë, même s'il avait de la place pour les jambes. Il prit place dans le fauteuil 4-C. Pendant ce temps, à un autre terminal, Bill Henriksen s'installait en première dans un DC-10 d'American Airlines, direction Los Angeles.

William Henriksen, songea Dimitri Arkadeïevitch Popov. Ancien membre du HRT/FBI, expert en lutte antiterroriste, président d'un cabinet de conseil international, en route maintenant pour l'Australie afin d'y décrocher un contrat de consultant pour les prochains jeux Olympiques... Comment cet élément se raccordait-il à ce que Popov avait accompli jusqu'ici pour le compte d'Horizon Corp, la société de John Brightling ? Que faisait-il au juste ? Plus précisément, quel idéal servait-il ? Quelle tâche ? Il était sans aucun doute grassement payé — il n'avait pas soulevé le problème financier au cours du dîner, car il était certain d'obtenir tout ce qu'il demanderait. Il envisageait quelque chose comme deux cent cinquante mille dollars pour ce seul boulot, même s'il impliquait pas mal de risques, outre celui de conduire une voiture avec le volant à droite. Deux cent cinquante mille ? Peut-être plus... Après tout, la mission semblait primordiale à leurs yeux.

Comment un expert ès actions terroristes et un expert dans le domaine opposé se retrouvaient-ils embarqués dans le même bateau ? Pourquoi avaient-ils réagi si vite à la découverte d'une nouvelle organisation de lutte antiterroriste ? C'était important pour eux... mais pour quelle raison ? Que diable mijotaient-ils ? Popov hocha la tête. Il avait beau être malin, il n'avait pas le moindre indice. Et il voulait savoir, plus que jamais.

Encore une fois, c'était cette ignorance qui le préoccupait. Qui l'inquiétait, même. Le KGB n'avait jamais encouragé la curiosité, mais même ses anciens patrons savaient qu'il fallait bien dire quelque chose aux agents, et c'est pourquoi les ordres de mission étaient en général accompagnés d'un minimum de justificatifs — à tout le moins, il avait toujours su qu'il servait les intérêts de son pays. Quels que soient le type d'information recueillie, la personnalité de l'élément recruté sur place, l'objectif avait toujours été de rendre son pays plus sûr, mieux informé, plus fort. Si tous ces efforts avaient échoué, ce n'était pas de sa faute. Jamais le KGB n'avait trahi l'État. C'était l'État qui avait trahi le KGB. Il avait appartenu à l'un des meilleurs services de renseignements de la planète, et il restait fier de ses capacités comme des siennes propres.

Pourtant, il ne savait plus à quoi s'en tenir. Il était censé recueillir des informations : rien de bien compliqué pour lui, mais il ignorait toujours pourquoi. Les éléments appris lors du dîner de la veille n'avaient fait qu'ouvrir une porte sur un nouveau mystère. Il se serait cru dans quelque film d'espionnage hollywoodien, ou dans un roman policier dont il serait encore incapable de deviner la fin. Il prendrait l'argent et ferait le boulot, mais pour la première fois de sa vie, il se sentait mal à l'aise, un sentiment qui n'avait rien d'agréable, alors que l'appareil filait sur la piste et s'envolait au soleil levant pour rallier l'aéroport de Londres.

« Des progrès, Bill ? »

Tawney se carra dans son siège. « Guère. Les Espagnols ont identifié deux des terroristes — des séparatistes basques ; quant aux Français, ils pensent avoir une piste sur un de leurs ressortissants présent dans le parc, mais c'est tout. Je suppose qu'on pourrait cuisiner Carlos, mais il est douteux qu'il coopère... et qui peut dire, même, s'il connaît ces salauds ?

— Effectivement. » Clark prit un siège. « Tu sais, Ding a raison. L'un des incidents était sans doute prévisible, mais trois coup sur coup depuis notre arrivée, ça me semble beaucoup. Et si quelqu'un s'arrangeait pour les déclencher ?

— C'est possible, j'imagine, mais qui irait faire une chose pareille... et surtout pourquoi ?

— Attends... Arrête-toi à la première question : qui en aurait les moyens ?

— Un individu en relation avec les milieux terroristes au cours des années soixante-dix et quatre-vingt... et donc qui aurait appartenu au mouvement, ou l'aurait contrôlé, voire influencé de l'extérieur. Ce pourrait être un agent du KGB. Cet agent hypothétique devrait être connu d'eux, aurait les moyens de les contacter et donc la possibilité de les activer.

— Les trois groupes étaient formés d'idéologues convaincus...

— C'est pour cela que le contact pourrait avoir été un ancien agent du KGB — voire un agent encore actif... qui aurait leur confiance et surtout, le genre d'autorité qu'ils reconnaissent et respectent. » Tawney but une gorgée de thé. « Ce qui implique un officier de grade assez élevé, et pour qui ils auraient éventuellement travaillé dans le temps, qui aurait été en relation avec eux pour leur entraînement et leur soutien logistique dans l'ancien bloc soviétique...

— Allemand, Tchèque, Russe ?

— Russe. N'oublie pas que le KGB a toujours surveillé de près la façon dont les autres pays du bloc assuraient ce genre de mission. Leur marge de manœuvre était infime, John. Il s'agissait avant tout de servir les intérêts du Grand Frère... sous couvert de discours sur les "éléments progressistes" et autres foutaises. En général, ces hommes étaient formés aux environs de Moscou, puis mis en attente dans des planques en Europe orientale, la plupart en RDA. On a récupéré pas mal d'infos de l'ancienne Stasi, après la chute du Mur. J'ai déjà demandé à des collègues du siège d'examiner ces dossiers. Ça va prendre du temps. Ils n'ont, hélas, jamais été informatisés ou même archivés de manière convenable. Question de pénurie budgétaire...

— Pourquoi ne pas s'adresser directement au KGB ? Merde, je connais Golovko. »

Tawney ignorait ce détail. « Tu rigoles ?

— À ton avis, comment Ding et moi avons-nous pu si aisément nous introduire en Iran sous une fausse identité russe[1] ? Tu crois la CIA capable de

1. Cf. *Sur ordre, op. cit.*

617

monter une telle opération aussi vite ? J'aimerais bien, Bill. Mais non, Golovko a organisé le coup, et Ding et moi étions passés dans son bureau juste avant d'être largués là-bas.

— Ma foi, si tu peux, pourquoi ne pas tenter le coup ?

— Il faut que je demande l'autorisation à Langley.

— Est-ce que Sergueï va réellement coopérer ?

— Pas évident, admit John. Mais avant toute chose, je dois avoir une idée claire de ce que je vais lui demander. Pas question d'aller à la pêche au petit bonheur. Il faut des questions précises.

— Je peux voir ce qu'il y a dans nos dossiers sur l'identité d'un agent russe qui aurait travaillé avec nos types... le problème, c'est que ce sera sans doute sous un faux nom.

— Probablement. Tu sais, il faudrait absolument qu'on arrive à en avoir un vivant. Pas facile d'interroger un cadavre...

— L'occasion ne s'est jamais encore présentée, fit remarquer Tawney.

— Peut-être... » Et même s'ils en avaient un vivant, qui sait s'il détiendrait les informations voulues ? Mais il fallait bien commencer quelque part.

« Le coup de Berne était une attaque de banque. En Autriche, c'était une tentative d'enlèvement, et d'après la déposition d'Herr Ostermann, les sujets cherchaient à lui soutirer un secret inexistant — d'hypothétiques codes confidentiels pour accéder au réseau boursier international. Quant au dernier incident, il sortait tout droit des années soixante-dix.

— D'accord, deux opérations sur trois avaient un

mobile vénal. Or, dans les deux cas, les terroristes étaient réputés être des idéologues. Exact ?

— Exact.

— Pourquoi s'intéresser à l'argent ? La première agression, d'accord, il pouvait s'agir d'un banal braquage. Mais la seconde ? Elle était plus raffinée... enfin, à la fois raffinée et stupide, puisqu'ils étaient en quête d'un truc inexistant, mais en tant qu'idéologues, ils pouvaient fort bien ne pas le savoir. Bill, c'est donc bien que quelqu'un les a téléguidés. Ils ne se sont pas lancés là-dedans tout seuls, pas vrai ?

— J'admets que ta supposition se tient.

— Auquel cas, nous avons deux opérateurs idéologiques, techniquement d'une bonne compétence, mais en quête d'un truc qui n'existe pas. Cette combinaison de maîtrise sur le terrain et de stupidité foncière me semble abracadabrante, tu ne trouves pas ?

— Et l'opération de Worldpark, dans tout ça ? » Clark haussa les épaules. « Peut-être que Carlos détient un trésor de guerre, dont ils ont besoin... à moins que ce soit une info, le numéro d'un contact, voire de l'argent liquide... qui peut le dire ?

— Et je persiste à douter qu'on puisse le convaincre de coopérer avec nous.

— C'est épineux, je l'avoue, grommela Clark.

— Ce que je peux faire, en revanche, c'est voir avec les gars du MI5. Peut-être que ce Russe mystérieux a collaboré avec l'IRA provisoire. Laisse-moi le temps de mener ma petite enquête...

— D'accord, Bill. Moi, de mon côté, je me charge de contacter Langley. » Clark se leva, quitta le bureau pour rejoindre le sien, toujours en quête d'une idée valable pour avancer utilement.

Ça s'annonçait plutôt mal, et Popov faillit en rire. Au moment de prendre sa voiture de location, il ouvrit la portière gauche au lieu de la droite. Le temps toutefois de mettre ses bagages dans le coffre (la malle, comme on disait ici), et il avait fait le point. Avant de démarrer, il consulta le plan acheté à l'aérogare et trouva l'itinéraire pour sortir du terminal quatre d'Heathrow et prendre l'autoroute qui devait le mener à Hereford.

« Alors, ça marche comment, ce truc, Tim ? »

Noonan écarta la main, mais le pointeur resta braqué sur Chavez. « C'est super-bien pensé ! L'appareil est censé repérer le champ électromagnétique généré par le cœur humain. La signature est un signal à basse fréquence tout à fait caractéristique... impossible de le confondre avec celui d'un animal, même un gorille... »

Le gadget ressemblait à un fulgurant tout droit sorti d'un film de science-fiction des années trente, avec sa mince antenne hélicoïdale à l'avant et sa grosse crosse de pistolet en dessous. L'ensemble pivotait sur des roulements sans friction, dans la direction du signal reçu. Noonan s'écarta de Chavez et Covington pour s'approcher d'une secrétaire assise près du mur. Aussitôt, l'appareil se verrouilla sur elle. Et comme elle se levait pour sortir, il resta calé dessus, la suivant même à travers la cloison.

« Merde, on dirait un bâton de sourcier ! observa Peter, visiblement impressionné.

— N'est-ce pas ? Bon sang, pas étonnant que l'armée veuille mettre le grappin dessus. Terminées les embuscades : ce truc est réputé débusquer les gens sous terre, derrière des arbres, sous la pluie — où qu'ils soient, il peut les retrouver. »

Chavez resta pensif. Il songeait en particulier à cette opération en Colombie, bien des années plus tôt... alors qu'il rampait dans les hautes herbes, l'oreille aux aguets, à l'affût d'une mauvaise rencontre pour les dix hommes de son peloton [1]. Désormais, ce genre de bidule pourrait remplacer les compétences durement acquises sous l'uniforme. Comme arme défensive, il allait mettre tous les Ninjas au chômage. Comme arme offensive, il pouvait localiser l'adversaire bien avant qu'il ne soit audible ou visible, et permettait de s'en approcher suffisamment pour...

« Quelle est l'utilisation envisagée... d'après le fabricant, je veux dire... ?

— Les opérations de sauvetage... les pompiers dans un immeuble en flammes, les victimes d'avalanche... les applications sont innombrables, Ding. Et côté alarme anti-intrusion, ce joujou risque de s'avérer imbattable. Cela fait déjà quinze jours qu'ils s'amusent avec à Fort Bragg. Les gars de la Force Delta ont eu le coup de foudre. Il est encore délicat d'emploi, et le prototype actuel ne permet pas d'estimer la distance, mais c'est juste l'affaire d'une modification de l'antenne pour améliorer le gain ; ensuite, il suffira de coupler deux de ces détecteurs avec des balises GPS, puis d'effectuer une triangulation... La portée maximale que peut atteindre cet appareil n'a pas encore été déterminée avec précision. D'après eux, il peut se verrouiller sur un individu dans un rayon de cinq cents mètres.

---

1. Cf. *Danger immédiat*, Albin Michel, 1990, Le Livre de Poche n° 7597.

— Sacré nom de Dieu », s'exclama Covington. Mais l'instrument n'en ressemblait pas moins à un jouet de luxe.

Chavez semblait moins convaincu. « N'empêche, qu'est-ce qu'on peut bien faire d'un truc pareil ? Il ne saura pas distinguer un otage d'un terroriste.

— Ding, on ne sait jamais, non, et puis, il peut déjà t'indiquer où ne pas chercher les terroristes », rétorqua Noonan. Il avait passé la journée à tester le bidule, à essayer de trouver le meilleur moyen de l'utiliser. Cela faisait un bail qu'il ne s'était plus pris pour un gosse avec un nouveau jouet, mais ce gadget était si incroyable, si inédit qu'il aurait mérité de trôner sous les guirlandes d'un sapin de Noël.

L'Étalon brun, telle était l'enseigne du bar jouxtant le motel. Il n'était situé qu'à cinq cents mètres de l'entrée principale d'Hereford, et ça semblait l'endroit idéal pour entamer son enquête, et surtout boire une bière. Popov commanda une pinte de Guinness et se mit à la siroter tout en examinant la salle. La télé diffusait un match de foot — un direct ou une rediffusion, impossible de savoir pour le moment — entre Manchester United et les Glasgow Rangers, qui mobilisait l'attention des clients ; du barman aussi, d'ailleurs. Popov regardait lui aussi, buvant à petites gorgées tout en tendant l'oreille aux conversations dans la salle. Il avait appris à être patient, et savait d'expérience que dans le travail de renseignement, la patience était souvent récompensée, surtout dans ce genre de pays où les gens avaient coutume de se retrouver chaque soir au bistrot pour bavarder entre amis, et ces bavardages ne tombaient pas dans l'oreille d'un sourd...

La partie s'acheva sur un match nul, un partout, au moment où Popov commandait une deuxième bière.

« Merde, putain de match nul, commenta un type assis près de lui au comptoir.

— C'est la loi du sport, Tommy, nota son voisin. En revanche, les gars là-bas, au bout de la route, ils ne font jamais match nul, et eux, c'est pas le genre à perdre.

— Comment ça se passe avec les Yanks, Frank ?

— Oh, c'est pas des mauvais bougres, toujours très polis. Je suis allé réparer l'évier dans une de leurs baraques, aujourd'hui. La bonne femme était tout à fait charmante, elle a même voulu me refiler un pourboire. Sont incroyables, ces Amerloques. S'imaginent qu'ils doivent toujours vous payer pour tout. » Le plombier finit son demi de blonde, demanda qu'on lui remette ça.

« Vous travaillez à la base ? s'enquit Popov.

— Ouais, depuis douze ans. La plomberie, ce genre de truc.

— Sacrés bonshommes, ces SAS. J'ai bien aimé comment ils ont étrillé ces salopes de l'IRA, hasarda le Russe, avec son plus pur accent d'ouvrier britannique.

— Ça, on peut le dire, acquiesça le plombier.

— Alors comme ça, il y a des Américains là-bas avec eux ?

— Ouais, une petite dizaine. Avec leurs familles. » Il rit. « L'une des bonnes femmes a bien failli me tuer avec sa voiture, la semaine dernière... elle conduisait du mauvais côté de la chaussée. Z'avez intérêt à faire gaffe, dans le secteur, surtout quand vous êtes au volant.

— Je me demande si je ne connais pas un de ces gars... un nom comme Clark, je crois, lança Popov, tentant un coup un rien risqué.

— Oh ? C'est le patron. Sa femme est infirmière à l'hôpital de la ville. J'l'ai pas rencontré, mais on dit que c'est un client sérieux... obligé, si on veut commander c'te base. Les types les plus intimidants que je connaisse, le genre de gars qu'on préfère ne pas croiser dans une ruelle sombre... oh, très polis, bien sûr, mais suffit de les mater pour piger. Toujours à courir, faire de l'exercice, maintenir la forme, s'entraîner au tir... ouaip, m'ont l'air féroces comme des lions.

— Ils étaient dans le coup, l'autre semaine, en Espagne ?

— Ma foi, ils sont pas trop causants à ce propos, mais... (l'homme sourit), j'ai vu un gros-porteur Hercules décoller de l'aérodrome le jour même où ça s'est produit, et d'après Andy, ils étaient de retour à leur mess tard dans la soirée, et ils avaient l'air plutôt fiers d'eux, qu'il m'a dit... En tout cas, moi, j'leur tire mon chapeau d'avoir réglé leur compte à ces salopards.

— Ça, oui. Faut vraiment être tordu pour aller tuer une gosse malade ! Quels enculés, poursuivit Popov.

— Ouaip. J'aurai bien aimé les voir intervenir. Le menuisier avec qui je bosse, George Wilton, il dit que de temps en temps, il les voit s'entraîner au tir... D'après George, on se croirait au cinéma... de vrais magiciens, qu'il dit...

— T'as fait ton service ?

— Ça remonte à un bail. Régiment de la Reine. Je suis sorti caporal. C'est d'ailleurs comme ça qu'j'ai décroché c'boulot. » Il but une gorgée de bière tandis que la télé diffusait à présent un match de cricket, un jeu qui restait totalement hermétique pour Popov. « Et toi ? »

Le Russe secoua la tête. « Moi, non, jamais. J'y ai bien pensé, puis finalement, j'ai décidé que non.

— C'est pas la mauvaise vie, non, vraiment... Enfin, pendant quelques années, en tout cas », commenta le plombier en tendant la main vers le distributeur de cacahuètes.

Popov vida son verre, régla la note. La nuit avait été plutôt fructueuse, et il ne voulait pas gâcher ses chances. Ainsi donc, l'épouse de John Clark était infirmière à l'hôpital de la ville, hein ? Il allait falloir qu'il vérifie ça.

« Ouais, Patsy, je l'ai fait », confirma Ding en lisant le journal du matin avec quelques heures de retard. Le compte rendu de l'intervention à Worldpark faisait encore la une, même si c'était désormais en bas de page. Une chance, put-il constater, personne encore dans les médias ne se doutait de l'existence de Rainbow. Les reporters avaient gobé l'histoire du groupe d'intervention spécial monté par la Guardía Civil espagnole.

« Ding, je... enfin, tu vois, je...

— Ouais, bébé, je sais. T'es toubib, et ton boulot c'est de sauver des vies humaines. Eh bien, le mien idem. Au cas où t'aurais oublié, il y avait une bonne trentaine de mioches, là-bas, et ils en avaient assassiné une... Je ne te l'ai pas dit. Mais j'étais à moins de trente mètres quand ils l'ont fait. J'ai vu mourir la gamine, Patsy. Le truc le plus dégueulasse que j'aie vu, et merde, j'y pouvais rien », ajouta-t-il, sombrement. Chavez savait qu'il en aurait des cauchemars pendant encore plusieurs semaines.

Patsy tourna la tête : « Oh ? Mais pourquoi ?

— Pars'que... on n'a pas... plutôt, on ne *pouvait* pas, vu qu'il restait encore tout un tas de terroristes à l'intérieur qui les tenaient en joue, qu'on venait d'arriver et qu'on n'était pas encore prêts à frapper ces salauds, et qu'eux, de leur côté, ils voulaient nous prouver leur force et leur détermination — et j'imagine que c'est leur manière, à ces types, de manifester leur résolution. Ils tuent un otage, pour qu'on sache qu'ils ne rigolent pas. » Ding reposa le journal, réfléchit à la question. On l'avait élevé dans le respect d'un certain code de l'honneur, avant même que l'armée de son pays ne lui enseigne le code des armes : ne jamais, jamais faire de mal à un innocent. Sinon, vous vous retrouviez marqué du sceau infamant des assassins irrécupérables, indignes de porter l'uniforme ou de mériter un salut. Or, ces terroristes semblaient se complaire dans ce rôle. Qu'est-ce qui ne tournait pas rond chez eux ? Il avait eu beau lire tous les bouquins de Paul Bellow, le message n'était pas parvenu à passer. Si intelligent soit-il, il était incapable de faire ce saut conceptuel. Enfin, peut-être que la seule chose à connaître à leur égard, c'était de savoir viser juste. Ça, ça marchait toujours, pas vrai ?

« Comment t'expliques ça ?

— Bon sang, chou, je l'explique pas. Le Dr Bellow dit que leurs idées prennent une telle importance qu'elles peuvent effacer chez eux tout sentiment humain... enfin, je ne sais pas, mais moi, ça me dépasse. Je ne m'imagine pas faire la même chose. Bon, d'accord, j'ai déjà flingué des gens, mais jamais par plaisir, et jamais pour des idées abstraites. Il faut qu'il y ait une raison valable, une notion que ma société juge importante, il faut que quelqu'un ait enfreint la loi que nous sommes tous censés suivre. C'est pas joli, c'est pas drôle, mais c'est essentiel, et c'est pour ça qu'on le fait. Ton père est comme moi.

— Tu l'aimes bien, hein ? observa le Dr Patsy Chavez.

— C'est un type bien. Il a fait beaucoup pour moi, et on a partagé de sacrés moments sur le terrain. Il est intelligent, plus intelligent que tous ceux que j'ai pu connaître à la CIA — enfin, sauf peut-être Mary Pat... Elle aussi, elle a pigé le truc, malgré son côté un peu plouc.

— Qui ça ? Mary qui ?

— Mary Patricia Foley, la directrice des opérations. C'est elle qui chapeaute tous les agents sur le terrain. Une fille super, dans les quarante-cinq ans. Elle connaît son boulot sur le bout des doigts. Chouette patronne. Toujours aux petits soins pour ses employés...

— Tu appartiens toujours à la CIA, Ding ? s'enquit Patsy Clark Chavez.

— Techniquement, oui. Je ne connais pas les détails administratifs, mais tant que les chèques continuent de tomber (il sourit), je vais pas me poser de questions... Et de ton côté, comment ça se passe, à l'hosto ?

— Ma foi, maman s'intègre bien. En ce moment,

elle est de garde aux urgences. D'ailleurs, moi aussi, je vais passer aux urgences, la semaine prochaine.

— T'as eu ton compte d'accouchements ?

— Plus qu'un d'ici la fin de l'année, Domingo, répondit Patsy en tapotant son ventre. Au fait, il va falloir bientôt commencer les cours, à condition que tu sois là.

— Chérie, je te promets que j'y serai. T'auras pas ton petit sans mon aide.

— P'pa n'était jamais là. D'ailleurs, je crois pas qu'on les laissait entrer en salle de travail, à l'époque. Ce n'était pas encore la mode.

— Franchement, qui a envie de lire des magazines en des moments pareils ? » Chavez hocha la tête. « Enfin, je suppose que les temps changent, pas vrai ? Bébé, je tiens à être auprès de toi, véridique, à moins qu'un connard de terroriste nous en empêche, et il aura intérêt à numéroter ses abattis, vu qu'il risque d'avoir de gros ennuis si jamais ça se produit.

— Je sais bien que je pourrai te faire confiance. » Elle s'assit près de lui, et comme chaque fois, il lui prit la main et l'embrassa. Puis, la regardant : « Garçon ou fille ?

— On avait dit pas d'échographie, tu te souviens ? Si c'est un garçon...

— Il sera espion, comme son père et son grand-père, observa Ding avec un clin d'œil. On le mettra aux langues étrangères sans perdre de temps.

— Et s'il veut faire autre chose ?

— Hors de question, l'assura Domingo Chavez. Quand il aura constaté la qualité de ses géniteurs, il n'aura qu'une envie : les imiter. C'est très latino, tout ça, bébé... (il l'embrassa avec un sourire) : marcher sur les pas de son père. » Il s'abstint de dire qu'il n'en avait pas eu l'occasion pour sa part. Son vieux était mort trop tôt pour marquer son fils de son empreinte. C'était aussi bien. Le père de Domingo, Esteban Chavez, était chauffeur-livreur. Trop ennuyeux aux yeux du fils.

« Et le côté irlandais de la famille ? Je pensais que c'était leur chasse gardée...

— Tout à fait approuva Chavez, hilare. C'est pour ça qu'on en compte autant au FBI. »

« Tu te souviens de Bill Henriksen ? demanda Augustus Werner.

— Il a bossé pour toi au HRT... un type un peu cinglé, c'est ça ? répondit Dan Murray.

— Ma foi, il était à fond dans l'écologie, genre défense des arbres et toutes ces conneries, mais il touchait sa bille à Quantico. Mine de rien, il m'en a appris une belle, au sujet de Rainbow.

— Oh ? » Le directeur leva les yeux. Cette mention du nom de code l'avait fait immédiatement tiquer.

« En Espagne, ils ont utilisé un hélico de l'Air Force. Les médias n'ont pas relevé, mais c'est parfaitement visible sur toutes les cassettes, pour qui veut bien le remarquer. Bill a trouvé que c'était pas fute-fute. Je peux pas le contredire.

— Peut-être, concéda le patron du FBI. Mais dans la pratique...

— Je sais, Dan, il y a toujours des considérations pratiques. Il n'empêche que c'est un vrai problème.

— Ouais, toujours est-il que Clark envisage de lever éventuellement un coin du voile sur Rainbow.

Un de ses gars a soulevé la question, m'a-t-il dit. D'après lui, si on veut éliminer le terrorisme par la dissuasion, on a peut-être intérêt à faire savoir qu'un nouveau shérif est arrivé. Cela dit, il ne s'est pas encore décidé à transmettre officiellement la recommandation à l'Agence, mais il est évident que l'idée est dans l'air.

— Intéressant, dit Gus Werner. Cela dit, c'est compréhensible, surtout après trois opérations couronnées de succès. Et si j'étais un de ces crétins, j'avoue que j'y réfléchirais à deux fois avant de déclencher l'ire divine. Mais enfin, ces types ne pensent pas comme le commun des mortels...

— Pas vraiment, certes, mais la dissuasion reste la dissuasion et j'avoue que la remarque de John m'a donné à réfléchir. On pourrait organiser un certain nombre de fuites, laisser entendre qu'on a mis sur pied une nouvelle unité antiterroriste multinationale. » Murray marqua une pause. « Sans dire les choses noir sur blanc, disons, soulever un coin du voile...

— Que dira l'Agence ? s'enquit Werner.

— Sans doute un non ferme et définitif, fit le directeur. Mais je te l'ai dit, John m'a donné à réfléchir.

— Je comprends son argument, Dan. Si le monde connaît son existence, peut-être que les terroristes y réfléchiront à deux fois, mais d'un autre côté, les gens commenceront à se poser des questions, la presse voudra s'en mêler, et sous peu, tu auras la photo de tes gars à la une d'*USA Today*, avec des éditos critiquant leur méthode, écrits par des pisse-copie qui seraient pas foutus d'enfiler dans le bon sens un chargeur dans une culasse.

— En Angleterre, ils peuvent interdire de publication ce genre d'article, lui rappela Murray. Ça ne fera pas les gros titres au Royaume-Uni.

— Parfait, comme ça, ils sortiront dans le *Washington Post*, que personne ne lit, bien entendu, c'est ça ? » ricana Werner. Il connaissait fort bien les problèmes rencontrés par le HRT après ses interventions à Waco et Ruby Ridge alors qu'il commandait cette unité. Les deux fois, les médias avaient raconté n'importe quoi, mais enfin, venant de la presse, il ne fallait pas s'attendre à autre chose. « Combien de personnes sont impliquées dans Rainbow ?

— Une petite centaine... ce qui commence à chiffrer pour un service réputé confidentiel. Bref, le secret n'a pas encore été éventé, que je sache, mais...

— Mais comme l'a remarqué Bill Henriksen, quiconque sait faire la différence entre un Huey et un Black Hawk aura deviné qu'il y a quelque chose de pas clair dans l'intervention à Worldpark. Pas facile de garder les secrets, hein ?

— Je suis bien d'accord avec toi, Gus. Quoi qu'il en soit, réfléchis quand même à cette suggestion, veux-tu ?

— Sans problème. Autre chose ?

— Ouais, encore une remarque de Clark : quelqu'un s'est-il avisé que trois attentats depuis l'installation de Rainbow, ça faisait un peu beaucoup ? Un inconnu pourrait-il délibérément activer des cellules terroristes et les lâcher dans la nature ? Si oui, qui, et dans quel but ?

— Bon Dieu, Dan, au cas où tu l'aurais oublié, c'est eux qui peuvent nous donner ce genre d'information. Du reste, qui s'occupe pour eux de la collecte de renseignements ?

— C'est Bill Tawney, leur analyste. Un ancien du MI6, un excellent élément, d'ailleurs... J'ai fait sa connaissance quand j'étais l'attaché juridique de l'ambassade à Londres, il y a quelques années. Mais lui non plus, il n'en sait pas plus que nous. Il se demande s'il ne pourrait pas s'agir de quelque ex-agent du KGB chargé de sillonner l'Europe pour réveiller les vieux vampires et leur ordonner de se remettre à sucer le sang... »

Werner remarqua presque aussitôt : « Si tel est le cas, on ne peut pas dire qu'il ait rencontré un succès renversant... Les actions avaient certes une touche de professionnalisme, mais jamais assez pour être déterminantes. Merde, Dan, tu connais la chanson : si les sales gueules s'avisent de traîner plus d'une heure au même endroit, on leur déboule dessus et on les neutralise dès qu'ils commencent à faire les cons. Terroristes professionnels ou pas, ces types ne sont pas des mieux entraînés, leurs moyens matériels sont sans commune mesure avec les nôtres, et tôt ou tard, ils finissent par se faire cueillir. Tout ce qu'il nous suffit de savoir, c'est où ils crèchent, vu ? Ensuite, à nous de jouer.

— Ouaip, et t'en as déjà eu quelques-uns, Gus. C'est bien pour ça qu'on a besoin d'en savoir plus, si on veut s'en débarrasser une fois pour toutes.

— D'accord, mais question renseignement, je peux pas non plus me substituer à nos gars en Europe, nota Werner. Ils sont plus près que nous des sources, et d'ailleurs, je parie qu'ils ne nous refilent pas tout ce qu'ils savent...

— Impossible. T'imagines la masse de fax à échanger...

— Bon, je reconnais que trois incidents graves, ça semble un peu beaucoup, mais pour décider s'il s'agit d'une coïncidence ou d'un plan concerté, encore faudrait-il pouvoir interroger quelqu'un de vivant. Un terroriste en vie, par exemple. Et jusqu'ici, arrête-moi si je me trompe, mais les p'tits gars de Clark n'ont pas encore réussi à faire de prisonnier...

— Certes, admit Murray. Ce n'est pas précisé explicitement dans leur plan de mission.

— Dans ce cas, dis-leur que s'ils veulent obtenir des tuyaux qui se tiennent, ils auraient intérêt à récupérer quelqu'un dont la bouche et la cervelle sont encore en état de fonctionner quand les armes se sont tues. » Mais Werner savait que c'était plus facile à dire qu'à faire. De même que capturer un tigre vivant était autrement plus délicat que de le ramener mort, il était tout sauf évident de maîtriser un individu armé d'une mitraillette chargée et résolu à s'en servir. Même les tireurs d'élite du HRT, entraînés à capturer les terroristes vivants pour qu'ils soient jugés, condamnés et incarcérés, n'avaient pas connu un succès phénoménal. De surcroît, Rainbow était constitué de soldats peu portés sur ces subtilités juridiques. En matière de guerre, les règles définies par la Convention de La Haye étaient plus souples que celles stipulées par la constitution des États-Unis. Il était interdit de tuer des prisonniers, mais encore fallait-il pour ça les avoir *d'abord* capturés vivants, un point sur lequel les armées préféraient ne pas s'étendre.

« Notre ami M. Clark aurait-il besoin d'autres conseils de notre part ? s'enquit Werner.

— Merde, je te signale quand même qu'il est avec nous !

— Certes, c'est un type de valeur. Bon sang. Dan, j'ai fait sa connaissance alors qu'on mettait sur pied Rainbow, je lui ai permis d'utiliser nos meilleurs éléments et je t'accorde que, jusqu'ici, il a fait un excellent boulot : trois succès. Mais il n'est pas du sérail, Dan. Il ne pense pas en flic, mais s'il tient à avoir des renseignements plus précis, c'est pourtant ce qu'il va devoir faire. Dis-le-lui de ma part, veux-tu ?

— Entendu, Gus », promit Murray. Puis il passa à autre chose.

« Alors, qu'est-ce qu'on est censés faire ? demanda Stanley. Viser la main pour les désarmer ? Merde, ces trucs-là, on ne les voit qu'au cinéma, John !

— C'est pourtant précisément ce qu'a réussi Weber, je te signale...

— Oui, et c'était contraire à notre éthique, et il n'est foutrement pas question d'encourager ce genre de comportement, rétorqua Alistair.

— Allons, Al, si on veut recueillir des renseignements un peu plus sérieux, il va bien falloir qu'on en capture quelques-uns vivants, non ?

— D'accord, mais toujours dans la mesure du possible, ce qui risque d'être rarement le cas, John. Très rarement...

— Je sais, concéda Rainbow Six. Mais on peut quand même suggérer la chose à nos gars ?

— Volontiers. Il n'empêche que prendre ce genre

de décision à la volée est toujours délicat, pour dire le moins.

— On a besoin d'en savoir plus, Al, insista Clark.

— Tout à fait d'accord, mais pas si un de nos hommes doit être blessé ou y perdre la vie.

— La vie n'est qu'une suite de compromis, observa le patron de Rainbow. Ça ne te plairait pas d'obtenir des infos concrètes sur ces types ?

— Certes, malgré tout...

— Malgré tout, mon cul ! Si on a besoin de recueillir ces infos, on trouvera bien un moyen, s'entêta Clark.

— On n'a pas à jouer les agents de police, John. Ça n'est absolument pas dans nos attributions.

— Eh bien, on va les changer. Si jamais il est possible de capturer un sujet vivant, alors, il faudra tenter le coup. Dans le cas contraire, on pourra toujours leur loger une balle dans la tête. Ce type qu'Homer a descendu d'une balle dans le bide... on aurait tout à fait pu l'avoir vivant, Al. Il n'était une menace directe pour personne. D'accord, il l'avait mérité, il se trimballait en liberté avec une arme et on nous a formés à tuer, et j'admets qu'après s'être fait canarder, Johnston avait envie de montrer qui avait le dessus. Il n'empêche qu'il aurait aussi bien pu lui péter une rotule, auquel cas on aurait à l'heure qu'il est quelqu'un à qui parler ; peut-être qu'il se serait mis à table, comme tant d'autres, et qu'on détiendrait enfin ces renseignements dont on a bougrement besoin aujourd'hui, tu n'es pas d'accord ?

— Tout à fait, John », concéda Stanley. Argumenter avec Clark n'était jamais évident. Il avait intégré Rainbow accompagné de la réputation d'être une tête brûlée de la CIA, mais cela ne correspondait absolument pas à sa personnalité, se remémora le Britannique.

« On n'en sait pas assez, point final, et je déteste être ainsi dans le brouillard. Je pense que Ding a raison. Quelqu'un téléguide ces salopards. Si on parvenait à en savoir un peu plus, peut-être qu'on serait en mesure de localiser le type et de le faire coffrer par la police du coin, où qu'il crèche, quitte à avoir ensuite une petite conversation amicale avec lui... Avec, à la clé, peut-être un peu moins d'incidents sur lesquels intervenir et d'autant moins de prises de risques. » Après tout, l'objectif ultime de Rainbow était contradictoire : s'entraîner pour des missions qui se présentaient rarement — et pour ainsi dire jamais —, bref jouer les pompiers dans une ville sans incendies...

« Très bien, John. J'estime qu'on devrait déjà commencer par en parler avec Peter et Domingo.

— Eh bien, dès demain matin. » Clark se leva de derrière son bureau. « Qu'est-ce que tu dirais d'une bière au club ? »

« Dimitri Arkadeïevitch, dis donc, cela fait un sacré bail..., nota l'homme.

— Quatre ans », confirma Popov. Ils étaient à Londres, dans un pub situé à quelques rues de l'ambassade de Russie. Il s'y était rendu en train, au cas hypothétique où l'un de ses anciens collègues se pointerait, et c'était précisément ce qui s'était produit, en la personne d'Ivan Petrovitch Kirilenko. Ivan Petrovitch était à l'époque une étoile montante ; de quelques années son cadet, c'était un agent de terrain fort doué qui s'était retrouvé colonel à

636

l'âge de trente-huit ans. À présent, il devait sans doute être...

— Tu es le *rezident* du poste de Londres, maintenant ?

— Je ne suis pas habilité à parler de ce genre de chose, Dimitri », sourit Kirilenko tout en acquiesçant d'un signe de tête. Il avait vite fait de grimper les échelons dans un service désormais réduit à la portion congrue, et il n'y avait aucun doute qu'il devait poursuivre son activité de renseignement politique et autre, ou plutôt, qu'il avait une équipe d'agents dévoués pour faire le travail à sa place. La Russie s'inquiétait de l'extension de l'OTAN ; l'alliance naguère si menaçante pour l'Union soviétique progressait vers l'est, aux frontières de son pays, et d'aucuns à Moscou redoutaient (ils étaient payés pour) que ce mouvement ne présage une attaque contre la mère patrie. Kirilenko savait que c'était de la daube, tout comme Popov. Mais enfin, son boulot était de s'en assurer et le nouveau résident s'acquittait de sa tâche selon les instructions. « Alors, qu'est-ce que tu deviens ?

— Je n'ai pas l'autorisation d'en parler. » Ce qui était la réponse évidente. On pouvait l'entendre à sa guise, mais dans le contexte de leur ancienne organisation, cela voulait dire que Popov avait encore un rôle actif. Lequel, Kirilenko l'ignorait, même s'il avait entendu dire que Dimitri Arkadeïevitch avait été mis à la retraite anticipée. Cela avait été une surprise pour lui : Popov jouissait toujours d'une excellente réputation d'agent de terrain dans le service. « Disons que je vis aujourd'hui entre deux mondes, Vania. Je travaille pour une entreprise commerciale, mais j'accomplis également d'autres tâches », laissa-t-il filtrer. La vérité était si souvent un instrument bien utile au service du mensonge.

« Tu n'es pas apparu ici par accident, souligna Kirilenko.

— Certes. J'espérais voir un collègue. » Le pub était trop proche de l'ambassade, sise à Palace Green, Kensington, pour un travail sérieux, mais c'était un endroit confortable pour deviser tranquillement et, de surcroît, Kirilenko était convaincu que son statut de résident demeurait parfaitement secret. Apparaître dans un tel lieu venait à l'appui de cette thèse. Chacun savait qu'aucun véritable espion ne prendrait un tel risque. « J'aurais besoin d'un coup de main.

— De quel genre ? s'enquit l'officier de renseignements, en sirotant sa bière.

— Un rapport sur un agent de la CIA qui n'est sans doute pas inconnu de nos services.

— Son nom ?

— John Clark.

— Pourquoi ?

— Il semblerait qu'il dirige désormais une unité clandestine implantée ici même en Angleterre. Je suis prêt à fournir les renseignements que je détiens sur cet homme, en échange des informations éventuelles que vous pourriez me procurer. Je pense pouvoir compléter utilement son dossier. Je crois disposer d'éléments non dénués d'intérêt... », conclut Popov, d'un ton dégagé. Vu le contexte, c'était une promesse alléchante.

« John Clark, répéta Kirilenko. Je vais voir ce que je peux faire pour toi. T'as mon numéro ? »

Popov lui glissa discrètement un bout de papier. « Tiens, voilà le mien. Non. Tu as une carte ?

— Bien sûr. » Le Russe mit le papier dans sa poche puis sortit son portefeuille et tendit sa carte de visite :

I.P. Kirilenko
Troisième Secrétaire
Ambassade de Russie, Londres
Tél : 0181-567-9008. Fax : -9009.

Popov empocha le bristol. « Bon, faut que j'y aille. Ça m'a fait plaisir de te revoir, Dimitri. » Le résident reposa son verre et quitta l'établissement.

« T'as réussi à l'avoir ? demanda l'homme du "Cinq" en se dirigeant vers la porte avec son collègue, une quarantaine de secondes derrière l'objet de leur surveillance.

— Ma foi, peut-être pas de quoi publier un reportage, mais enfin... » Le problème avec ces appareils-espions était leur objectif trop petit pour permettre des clichés de bonne qualité. Ils suffisaient toutefois à une identification, et l'agent avait réussi à prendre onze photos qui, une fois traitées par ordinateur, devraient pouvoir faire l'affaire. Ils savaient que Kirilenko jugeait sa couverture excellente. Il ne pouvait pas deviner que le « Cinq », jadis connu sous le nom de MI5 et désormais baptisé officiellement Service de sécurité, disposait d'une source au sein même de l'ambassade de Russie. Le grand jeu continuait de se dérouler à Londres comme ailleurs, nouvel ordre mondial ou pas. Ils n'avaient pas encore réussi à coincer Kirilenko dans une situation compromettante, mais après tout, il était désormais résident, et donc trop haut placé pour se compromettre sur le terrain. Il n'empêche qu'on continuait de filer ce genre d'individus, parce qu'ils étaient connus et repérés, et que tôt ou tard, on finissait par avoir quelque chose sur eux, ou grâce à eux. Par exemple, le type avec qui il venait de boire un demi. Pas un habitué de ce pub : ceux-là, ils les connaissaient. Aucun nom. Juste quelques clichés qui seraient comparés avec ceux de leur banque de photos, au nouveau siège du « Cinq », sis à Thames House, au bord de la Tamise, près du pont de Lambeth.

Popov sortit du bar, prit à gauche et passa devant le palais de Kensington pour prendre un taxi et se rendre à la gare. Si seulement Kirilenko lui dénichait quelque chose d'utile. Ce devrait être possible : en échange, il lui avait fait une proposition alléchante.

19

Recherches

Trois des ivrognes devaient décéder ce jour-là, tous d'hémorragies internes du tractus digestif supérieur. Killgore descendit les examiner. Deux étaient morts à quelques minutes d'intervalle, le troisième cinq heures après, mais chaque fois, la morphine leur avait permis de sombrer dans l'inconscience ou dans un état de stupeur miséricordieuse. Ils n'avaient pas souffert. Cela laissait cinq sujets sur les dix du départ, et aucun ne verrait la fin de la semaine. Shiva se révélait en tout point aussi meurtrier qu'ils l'avaient espéré et, semblait-il, aussi contagieux que l'avait promis Maggie. Finalement, le vecteur de dissémination marchait, comme venait de le prouver Marie Bannister, le sujet F4, qu'on venait de transférer au centre de traitement à l'apparition des premiers symptômes manifestes. Bref, le projet Shiva s'avérait jusqu'ici une pleine réussite. Tous les éléments répondaient aux paramètres du test et aux prévisions expérimentales.

« Comment va la douleur ? demanda-t-il à sa patiente condamnée.

— Je suis percluse de crampes... On dirait la grippe, en pire.

— Ma foi, vous avez en effet une légère fièvre... Aucune idée de l'endroit où vous auriez pu l'attraper ? Voyez-vous, on a effectivement noté l'apparition d'une nouvelle souche de la grippe de Hong-Kong, et il semble bien que c'est ce que vous avez.

— Au boulot, peut-être... avant mon arrivée ici. Impossible de me souvenir. Mais je vais me remettre, n'est-ce pas ? » L'inquiétude transparaissait malgré les repas quotidiens bourrés de Valium.

« Je pense, oui. » Killgore sourit derrière son masque de chirurgien. « Cette forme de grippe n'est dangereuse que pour les nourrissons ou les personnes âgées, et manifestement, vous n'entrez dans aucune de ces deux catégories, n'est-ce pas ?

— J'imagine que non. » Elle sourit à son tour, devant cette assurance du médecin, toujours propre à vous réconforter.

« Bien, ce qu'on va faire, c'est commencer par vous mettre sous perfusion pour que vous restiez convenablement hydratée. Ensuite, on va régler ce petit inconfort avec une légère dose de morphine, d'accord ?

— C'est vous le toubib, répondit le sujet F4.

— Parfait. Ne bougez pas le bras. Je vais vous faire une piqûre, ça risque d'être un petit peu douloureux... là, voilà... Eh bien ?

— C'était pas si terrible.

— Très bien. » Killgore composa le code d'activation sur le boîtier de la perche. La perfusion de morphine commença aussitôt. Une dizaine de secondes plus tard, la drogue pénétrait dans le sang de la patiente.

« Oooooh, oh oui ! » dit-elle en fermant les yeux lorsque l'atteignit la première vague euphorisante. Killgore n'en avait jamais tâté personnellement, mais il imaginait que ce devait être de l'ordre d'une expérience sexuelle, vu l'effet apaisant du narcotique sur l'ensemble de l'organisme : tout tonus musculaire disparut d'un seul coup. Le corps se relaxa à l'œil nu. C'était manifeste avec la bouche, qui passa d'un rictus de douleur au relâchement du sommeil. C'était vraiment dommage. F4 n'était pas précisément belle, mais elle était jolie dans son genre, et à en juger par ce qu'il avait pu observer sur le moniteur de la salle de contrôle, c'était un sacré coup pour ses partenaires, même si ce relâchement des inhibitions était dû aux tranquillisants. Mais, bon coup ou pas, elle serait morte d'ici cinq à sept jours, malgré tous les efforts qu'il pourrait entreprendre avec son personnel soignant. Sur la perche de perfusion était accrochée une petite poche d'interleukine-3, récemment mise au point par l'excellente équipe de chercheurs des laboratoires Smith-Kline. La prescription initiale était le traitement des cancers, mais fait unique dans les annales médicales, la substance s'était également montrée prometteuse dans les affections virales. Il semblait qu'elle stimulait le système immunitaire, même si son mécanisme d'action n'était pas encore pleinement élucidé. Ce serait en tout cas le traitement le plus probable prescrit aux victimes de Shiva, une fois déclenchée la pandémie, et il devait en confirmer l'inefficacité. Elle s'était avérée avec les ivrognes, mais il était indispensable de procéder également au test sur des sujets foncièrement sains, des deux sexes, pour avoir une certitude. Pas de chance pour elle, songea-t-il, car elle avait un visage et un nom à associer à son matricule. Ce serait aussi le lot de millions d'autres, en fait des milliards... Mais avec eux, ce serait plus facile : il entreverrait peut-être leur visage à la télé, mais la télé, ce n'était pas la réalité, n'est-ce pas ? Juste des points de phosphore sur un écran...

L'idée était d'une simplicité biblique : un rat était l'équivalent d'un porc, qui était l'équivalent d'un chien, qui était l'équivalent d'un homme... d'une femme en l'occurrence. Tous avaient le même droit à la vie. Ils avaient procédé à des tests à grande échelle sur des singes, qui avaient démontré une létalité de cent pour cent, et il avait assisté à tous ces tests, il avait partagé la souffrance de ces animaux presque doués de sensations, et qui éprouvaient en tout cas une souffrance tout aussi réelle que le sujet F4, même si dans leur cas, le recours à la morphine n'avait pas été possible — et cela lui avait fait horreur : il détestait faire souffrir d'innocentes créatures auxquelles il ne pouvait expliquer les choses. Et même si cela se justifiait d'un point de vue global — ils allaient sauver des millions, des milliards d'animaux des déprédations de l'espèce humaine —, voir souffrir un animal était un calvaire pour lui comme pour ses collègues, car tous éprouvaient de l'empathie pour toutes les créatures, grandes ou petites, et certainement plus pour ces petites bêtes innocentes et sans défense que pour tous ces grands bipèdes qui n'en avaient rien à cirer. Pas plus que le sujet F4, sans doute, même s'il n'avait jamais pris la peine de l'interroger. Pourquoi compliquer inutilement les données du problème ? Il baissa de nouveau les yeux vers F4. La morphine l'avait déjà plongée dans l'hébétude. Elle au moins, contrairement aux singes du protocole expérimental, elle ne souffrait pas. Ils étaient quand même compatissants, non ?

« Quelle unité clandestine ? demanda l'officier de permanence, à l'autre bout de la ligne sécurisée.

— Je n'en ai pas la moindre idée, mais c'est un type sérieux, tu ne le remets pas ? Colonel à l'*Innostranoïe Oupravleniye*[1]... tu devrais te souvenir de lui. Division Quatre, direction S.

— Ah oui, maintenant, ça me revient. Il avait passé pas mal de temps à Fensterwalde et à Karlovy Vary. Il a été dans la charrette des mises à la retraite anticipée. Qu'est-ce qu'il fait aujourd'hui ?

— Je n'en sais rien, mais il nous propose des informations sur ce Clark en échange de certains de nos renseignements. Je recommande qu'on procède à la transaction, Vassili Borissovitch.

---

1. « Direction de l'étranger » : section du KGB chargée du renseignement extérieur. Équivalent du SDECE français ou du MI6 britannique *(N.d.T.)*.

— Clark n'est pas un nom inconnu de nos services. Il a rencontré personnellement Sergueï Nikolaïevitch, confia l'officier de permanence. C'est un agent traitant de haut niveau, de type paramilitaire, mais il est également instructeur à l'académie de la CIA, en Virginie. On le sait proche de Mary Patricia Foleïeva et de son époux. On dit également qu'il aurait l'oreille du président des États-Unis. Effectivement, je pense que ses activités actuelles pourraient présenter un intérêt pour nous... »

Le téléphone grâce auquel ils conversaient était la version russe du STU-3 américain — la technologie en avait été dérobée trois ans plus tôt par une équipe travaillant pour la direction T de la direction principale. Les microprocesseurs (qui avaient été servilement copiés) brouillaient les signaux émis et reçus avec un algorithme sur cent vingt-huit bits dont la clé variait toutes les heures. Un changement supplémentaire était apporté selon l'utilisateur, en fonction de son code personnel inscrit sur la clé en plastique qu'il devait introduire dans l'appareil. Le STU avait résisté à toutes les tentatives de déchiffrage des Russes, même après qu'ils eurent mis la main sur la configuration matérielle exacte du système... Et ils imaginaient qu'il devait en aller de même pour les Américains... après tout, pendant des siècles, la Russie avait engendré les meilleurs mathématiciens de la planète, pourtant les plus brillants d'entre eux n'avaient pas réussi à élaborer un modèle théorique capable de percer ce système de brouillage.

Mais les Américains avaient réussi, eux, grâce à l'application révolutionnaire de la théorie des quanta à la sécurité des communications : le système de décryptage était si complexe que seule une poignée de gens à la « direction Z » de la NSA, l'Agence américaine pour la sécurité nationale, parvenaient à le comprendre. Cependant, ce n'était pas nécessaire : ils disposaient, pour leur mâcher le travail, des plus puissants ordinateurs de la planète, installés dans les vastes sous-sols du siège de l'agence. L'endroit avait des allures de cachot avec son plafond formé de poutres métalliques nues, car il avait été creusé tout exprès pour accueillir ces machines, dont la vedette était le Super-Connector, un modèle fabriqué par une entreprise qui, depuis, avait fait faillite, Thinking Machine, Inc., établie à Cambridge, Massachusetts. Fruit d'une commande spéciale de la NSA, ce super-calculateur était resté largement sous-utilisé pendant six ans, personne n'ayant réussi à trouver comment le programmer de manière efficace, mais là aussi, l'application de la physique quantique avait changé la donne : désormais, la monstrueuse machine moulinait joyeusement ses algorithmes, tandis que ses opérateurs se demandaient déjà qui ils allaient pouvoir trouver pour leur concevoir la prochaine génération de ces engins complexes.

Toutes sortes de signaux parvenaient à Fort Meade, en provenance du monde entier, et dans le lot, il y avait le GCHQ, le General Communications Headquarters, ou Direction générale des communications, sis à Cheltenham, qui était le pendant de la NSA au Royaume-Uni. Les Britanniques savaient à qui correspondait chaque téléphone utilisé à l'ambassade de Russie — ils n'avaient pas pris la peine de modifier les numéros, même après la disparition de l'URSS — et cet appareil-ci était posé sur le bureau du *resident*. La qualité sonore n'était pas suffisante pour une identification par empreinte vocale — la version russe du STU numérisait les signaux avec moins d'efficacité que l'original américain —, mais une fois le code percé à jour, la parole était aisément reconnaissable. Le signal décrypté était ensuite rerouté sur un autre ordinateur qui traduisait la conversation de russe en anglais avec une fiabilité correcte. Comme le signal émanait du résident en poste à Londres et qu'il était adressé à Moscou, il fut placé au sommet de la pile électronique et se retrouva décrypté, traduit et imprimé moins d'une heure après son émission. Cela fait, il fut aussitôt renvoyé à Cheltenham, tandis qu'à Fort Meade, on le confiait à un spécialiste du chiffre dont la tâche était de répartir les messages interceptés sur les personnes éventuellement intéressées par leur contenu. En l'occurrence, il alla directement chez le directeur de la CIA, et comme il évoquait l'identité d'un agent actif, chez le directeur adjoint responsable des opérations, puisque tous les agents travaillaient sous ses ordres. Le premier était plus occupé que la dernière, mais c'était sans grande importance, puisque la dernière était l'épouse du premier.

« Ed ? dit Mary Patricia Foley.

— Ouais, chérie ? répondit son mari.

— Quelqu'un essaie d'identifier John Clark, là-bas en Angleterre. »

Ed Foley écarquilla aussitôt les yeux en entendant la nouvelle. « Vraiment ? Qui ça ?

— Le chef de poste à Londres a discuté avec l'agent de permanence à Moscou, et on a intercepté leur conversation. Le message devrait être dans ta corbeille ARRIVÉE, Eddie.

— D'accord. » Foley prit la pile de documents et la feuilleta rapidement. « Ça y est, je l'ai... hmmm, entendit Patricia au téléphone. Le gars qui veut cette information est un certain Dimitri Arkadeïevitch Popov, ancien colonel du... un spécialiste de l'action terroriste, hein ? Je croyais qu'ils les avaient tous mis à la retraite anticipée... En tout cas, ça a été le cas pour lui.

— Ouais, Eddie, un spécialiste de l'action terroriste qui s'intéresse à Rainbow Six. N'est-ce pas intéressant ?

— Je suis bien d'accord. On transmet tout ça à John ?

— Je veux, mon neveu, répondit aussitôt madame la directrice.

— Du nouveau sur Popov ?

— J'ai introduit le nom dans notre banque de données : *nada*, répondit son épouse. Je vais ouvrir un nouveau dossier à ce nom. Peut-être que les Anglais auront quelque chose.

— Tu veux que je me renseigne auprès de Basil ?

— Voyons déjà ce qu'on trouve de notre côté. Mais envoie quand même tout de suite le fax à John.

— Il part dès que j'ai fini de rédiger la page de garde, répondit Mary Pat Foley.

— T'as un match de hockey, ce soir... » Les Washington Capitals jouaient les barrages et, ce soir, ils avaient une revanche à prendre sur les Flyers.

« T'inquiète, je l'ai pas oublié. À plus tard, mon lapin en sucre. »

Quarante minutes plus tard, John appelait Bill depuis le téléphone de son bureau. « Tu veux passer me voir ?

— Tout de suite, John. » Deux minutes après, il était là. « Quoi de neuf ?

— Jette un œil là-dessus, mec. » Clark lui tendit les quatre feuillets de la télécopie.

« Nom de Dieu, s'exclama l'officier de renseignements, parvenu à la page deux de la transcription. Popov, Dimitri Arkadeïevitch... Ça ne me dit rien... Oh, pigé, à Langley non plus, ils ne connaissent pas sa véritable identité. Ma foi, on ne peut pas tout savoir. On prévient Century House ?

— Je pense qu'on pourrait comparer nos fichiers avec les tiens, mais ça ne peut pas faire de mal. Il semblerait bien que Ding ait vu juste. Combien es-tu prêt à parier qu'il s'agit de notre gars ? Quel est ton meilleur ami au Service de sécurité ?

— Cyril Holt, répondit aussitôt Tawney. Le directeur adjoint. Je le connais depuis nos études à Rugby. Il y est entré une année après moi. Un type extra. » Il n'avait pas besoin d'expliquer à Clark que les liens entre anciens des grandes écoles formaient une part essentielle de la culture britannique.

« Tu veux le mettre dans le coup ?

— Fichtre oui, John.

— D'accord, on va l'appeler. Si nous décidons de rendre publique notre existence, je veux que ce soit nous qui prenions la décision, pas ces putains de Russes.

— Donc, ils connaissent ton identité ?

— Plus que ça. J'ai déjà rencontré le président Golovko. C'est le gars qui nous a permis, à Ding et moi, d'entrer à Téhéran, l'an dernier. J'ai déjà réalisé deux opérations en collaboration avec eux, Bill. Ils savent tout sur moi, jusqu'à la longueur de mon zob. »

Tawney ne broncha pas. Il commençait à s'habituer à la façon de parler des Américains, qui était parfois fort réjouissante. « Tu sais, John, tu ne devrais pas non plus t'exciter là-dessus...

— Bill, tu es dans le métier depuis aussi longtemps que moi, peut-être plus, même. Si cette histoire ne te met pas la puce à l'oreille, alors va t'acheter des Coton-Tige, d'accord ? » Clark marqua une légère pause. « Voilà un type qui me connaît par mon nom et qui laisse entendre qu'il pourrait balancer aux Russes des renseignements sur mes activités actuelles. Il faut qu'il soit au parfum. Il a choisi le résident de Londres pour ses confidences, pas celui de Caracas. Un spécialiste de l'action terroriste, sans doute doté d'un carnet d'adresses bien garni ; dans le même temps on écope de trois incidents depuis notre arrivée, et on est tous d'accord pour trouver que ça fait un peu beaucoup dans un si bref délai ; et là-dessus, ce type fait son apparition, en demandant de mes nouvelles. Bill, j'estime qu'on pourrait être excité à moins, non ?

— Tout à fait, John. Je vais téléphoner à Cyril. » Tawney quitta le bureau.

« Et merde », grommela John, quand la porte se fut refermée. C'était le problème avec les opérations noires. Tôt ou tard, un petit malin braquait dessus le projecteur, et c'était en général un empêcheur de tourner en rond. Comment diable une telle fuite avait-elle pu se produire ? Il contempla son bureau, le visage sombre. Ses traits avaient pris une expression que tous ses proches savaient n'annoncer rien qui vaille.

« Quel merdier, s'exclama le directeur Murray, derrière son bureau au siège du FBI.

— Ouais, Dan, ça résume assez bien la situation, admit Ed Foley, installé dans son bureau du sixième étage à Langley. Bon Dieu, comment une telle fuite a-t-elle pu se produire ?

— Franchement, j'en sais foutre rien, vieux. T'as des renseignements sur ce Popov que je ne posséderais pas ?

— Je peux toujours me rencarder auprès des sections renseignement et terrorisme, mais on t'a déjà refilé tout ce qu'on sait. Et du côté des Rosbifs ?

— Comme je connais John, il doit déjà être au téléphone avec le "Cinq" et le "Six". Son spécialiste du renseignement est Bill Tawney, et Bill a ses entrées dans les deux services. Tu le connais ?

— Le nom me dit vaguement quelque chose, mais sans que je puisse mettre un visage dessus. Qu'est-ce qu'en pense Basil ?

— Pour lui, c'est un de ses meilleurs analystes, et il y a quelques années encore, c'était un fantastique agent traitant. Il a le nez creux...

— Comment peut-on évaluer la menace ?

— Impossible de le dire pour l'instant. Les Russes savent fort bien qui est John, après les opérations de Tokyo et Téhéran. Golovko le connaît personnellement — il m'a même appelé après Téhéran pour me féliciter de la qualité du boulot accompli par Chavez et lui. J'ai cru comprendre qu'ils accusaient le coup, mais c'était une question de relation professionnelle, rien de personnel, évidemment...

— Bien reçu, Don Corleone. Bon, alors qu'est-ce que tu me suggères de faire ?

— Une fuite s'est produite quelque part. Je n'ai pas encore la moindre idée de son origine. À ma connaissance, les seules personnes à avoir abordé la question de Rainbow disposent de l'habilitation secret-défense. Ce sont des gens censés savoir tenir leur langue.

— C'est ça, oui », ricana Murray. Les seuls capables de laisser échapper ce genre de secret étaient ceux justement en qui on pouvait se fier, qui étaient passés au crible des sévères enquêtes de fond réalisées par des agents spéciaux du FBI. Seule une personne dûment accréditée et contrôlée était réellement en mesure de trahir son pays, et malheureusement, le FBI n'avait pas encore découvert la méthode pour sonder les cerveaux et les cœurs. Et s'il s'était agi d'une fuite involontaire ? On pouvait fort bien interroger son auteur sans qu'il ou elle se rende compte qu'elle s'était produite. La sécurité et le contre-espionnage restaient deux des tâches les plus complexes qui puissent exister. Encore heureux pour les cryptographes de la NSA — comme toujours, le service le plus efficace du pays en matière de renseignement.

« Bill, nous avons une équipe de deux hommes pour suivre Kirilenko, quasiment en continu. Ils l'ont photographié hier soir, dans son bistrot habituel, alors qu'il buvait une bière avec un copain, confia Cyril Holt à son collègue de l'ex-MI6.

— Ça pourrait être notre homme, répondit Tawney.

— Tout à fait possible. Il faut que je te montre nos interceptions. Tu veux que je passe te voir ?

— Oui, dès que tu pourras.

— D'accord. Tu me donnes deux heures, vieux ? J'ai encore deux-trois bricoles à régler.

— Parfait. »

La bonne nouvelle était qu'ils savaient que ce téléphone était doublement sécurisé. Le système de cryptage STU-4 pouvait être décodé, mais uniquement par une technologie que seuls les Américains possédaient — du moins, c'est ce qu'ils pensaient. Mieux encore, les lignes téléphoniques transitaient par des centraux électroniques. Un avantage du fait que le réseau téléphonique britannique soit pour l'essentiel nationalisé était que les ordinateurs pilotant les centraux pouvaient dispatcher de manière aléatoire les communications, ce qui interdisait toute possibilité d'interception, sauf à poser une bretelle au point d'origine ou d'arrivée de l'appel. De ce côté, ils faisaient confiance aux techniciens qui vérifiaient les lignes chaque mois — à moins que l'un d'eux ne travaille également pour quelqu'un d'autre, se remémora Tawney. On ne pouvait tout contrôler, et si le maintien du silence téléphonique permettait d'éviter toute fuite vers un ennemi potentiel, il empêchait également toute circulation de l'information au sein du gouvernement, avec pour conséquence un blocage immédiat et spectaculaire des institutions.

« Allez, vas-y, reconnais-le, lança Clark en regardant Chavez.

— Du calme, monsieur C., ce n'est quand même pas comme si j'avais prédit le résultat de la prochaine finale du championnat. Ça m'a paru plutôt évident.

— Peut-être, Domingo, n'empêche que tu as été le premier à le dire. »

Chavez acquiesça. « Le problème reste : qu'est-ce qu'on fait de ce putain de renseignement ? John, s'il connaît ton nom, c'est qu'il est capable, à plus ou moins brève échéance, de te localiser — et avec toi, nous tous. Merde, il lui suffit d'avoir un pote à la compagnie du téléphone, et il peut commencer à nous pister. Sans doute a-t-il déjà une photo de toi, ou un signalement. Il n'a plus qu'à y coller un numéro pour entamer sa filature.

— On peut toujours espérer. Je m'y connais quand même en mesures de contre-surveillance, et je me trimbale partout avec un mobile. Il ferait beau voir qu'un petit malin s'amuse à l'intercepter... J'aurais vite fait de t'expédier chez lui avec tes petits gars, avec ordre de me le récupérer et le ramener, qu'on ait une petite discussion sympa entre quat'z'yeux... » La remarque était assortie d'un léger sourire. John Clark s'y entendait pour vous tirer les vers du nez, même si ses techniques ne respectaient pas franchement le manuel de bonne conduite du policier moyen.

« Je veux bien te croire, John. Mais pour l'heure, on ne peut guère faire plus que rester aux aguets et attendre qu'un tiers nous balance un complément d'information.

— Jamais encore je ne me suis senti visé à ce point. Ça me plaît pas du tout.

— J'entends bien, vieux, mais ce monde est imparfait... Qu'est-ce qu'en dit Bill Tawney ?

— Il doit mettre sur l'affaire un gars de l'ex-MI5.

— Bon, ces types sont de vrais pros. Laissons-les

faire leur boulot », suggéra Ding. Il était convaincu que c'était le bon conseil — le seul possible, du reste — et savait très bien que John en était conscient. Et que c'était loin de le ravir. Son patron aimait bien se débrouiller seul, il détestait que d'autres fassent le boulot à sa place. Si monsieur C. avait une faiblesse, c'était bien celle-ci. Quand c'était lui qui travaillait, il savait être patient ; en revanche, il était incapable d'attendre quand les choses se passaient loin de son regard. Enfin, nul n'était parfait.

« Ouais, je sais, bougonna John. Comment sont les troupes ?

— Les gars surfent sur la crête de la vague, prêts à plonger dans le tube. Je ne les ai jamais vus avec un tel moral, John. La mission à Worldpark les a littéralement galvanisés. Je crois bien qu'on serait capables de conquérir la planète si les sales gueules nous en donnaient l'occasion.

— Bref, l'aigle a trouvé une aire à sa mesure, c'est ça ?

— Tout à fait. Et sans états d'âme. Sauf bien sûr l'histoire de la petite. C'était pas joli-joli, même si de toute façon elle était condamnée. Mais on les a quand même eus, ces salauds, et ce M. Carlos est toujours dans sa cage. J'ai pas l'impression qu'on va chercher à l'en tirer de sitôt.

— Et il en est tout ce qu'il y a de plus conscient, m'ont confié les Français. »

Chavez se leva. « Parfait. Faut que j'y retourne. Tu continues à me tenir au courant, d'accord ?

— Sans problème, Domingo », promit Rainbow Six.

« Alors, c'est quoi au juste, ton boulot ? s'enquit le plombier.

— Je vends de l'outillage de plomberie, répondit Popov. Pour les grossistes et les installateurs.

— Pas possible. T'as des articles intéressants ?

— On vend les clés Rigid, des clés à molette de fabrication américaine. Les meilleures du monde, garanties à vie. En cas de rupture, on te la remplace gratis, même dans vingt ans. On a quantité d'autres trucs, mais la Rigid, c'est mon meilleur produit.

— Vraiment ? J'en ai entendu parler, mais je n'ai jamais eu l'occasion de m'en servir.

— Le mécanisme de réglage est un peu plus précis que sur la clé anglaise Stilson. Mais à part ça, le seul avantage concret reste la garantie de remplacement. Tu sais, je représente cette marque depuis... oh, ça doit bien faire quatorze ans. Eh bien, j'ai eu un seul bris sur les milliers de clés à molette que j'ai vendues...

— Hmmph. Dire que j'en ai encore pété une l'an dernier...

— Le boulot à la base, rien de spécial ?

— Non, pas vraiment. La plomberie, c'est toujours la plomberie. Cela dit, une partie de l'installation est plutôt vétuste... leurs distributeurs d'eau réfrigérée, par exemple. Trouver des pièces détachées pour ces antiquités, c'est parfois la galère, et ils ne se décident toujours pas à les remplacer. C'est bien les fonctionnaires, ça. Ils doivent dépenser des millions à renouveler les stocks de chargeurs pour leurs putains de mitraillettes, mais acheter des fontaines à eau dont on se sert tous les jours ? Peau de balle ! »
L'homme rit de bon cœur en sirotant sa bière.

« Ils sont comment, ces types ?

— Les gars du SAS ? Des mecs sympas, toujours très polis. Aucun problème avec eux.

— Et les Américains ? demanda Popov. Je les connais pas trop, mais il paraît qu'ils auraient des habitudes un peu spéciales et...

— Pas à ma connaissance. Bien sûr, ils n'ont pas débarqué depuis longtemps, mais les deux ou trois pour qui j'ai bossé sont comme les gens de chez nous... et rappelle-toi ce que je t'ai dit, ils nous refilent même des pourliches ! Sacrés Amerloques ! Enfin, ils sont sympas. La plupart ont des gosses, et ces mioches sont adorables. Certains sont en train de se mettre au foot, au vrai. Mais toi, qu'est-ce qui t'amène dans le secteur ?

— Je fais la tournée des quincailliers du coin, histoire de les convaincre de vendre mes outils, sans oublier le grossiste local.

— Lee & Dolphin ? » Le plombier hocha la tête. « Deux têtes de mule. Ils changeront jamais, ces vieux bougres. Non, je crois bien que t'auras plus de chance avec les petits installateurs, j'en ai peur.

— Au fait, et toi ? Ça te dirait, de prendre ma panoplie d'outillage ?

— C'est pas que j'aie un gros budget... m'enfin, je veux bien jeter un œil à tes fameuses clés à molette...

— Quand est-ce que je peux venir sur ton chantier ?

— C'est qu'ils sont plutôt à cheval sur la sécurité, là-bas. Je doute qu'ils m'autorisent à te laisser entrer dans la base... mais enfin, je peux toujours essayer de te faire passer... disons, demain après-midi ?

— Impec. On se retrouve où ?

— Je passe te prendre ici ?

— D'accord. J'y serai.

— Excellent. On grignotera un morceau, et puis, je te conduirai là-bas.

— Alors, rendez-vous demain midi. Je serai là avec mes outils. »

Cyril Holt avait la cinquantaine passée et cet air las d'un haut fonctionnaire britannique. Sa mise était impeccable, complet sur mesure et cravate de soie — Clark avait pu noter que les vêtements ici étaient d'excellente qualité, quoique pas spécialement donnés. Après avoir serré les mains à la ronde, il s'assit en face de John.

« Bien, commença-t-il, j'ai cru comprendre que nous avions un problème.

— Vous avez lu la transcription de la conversation interceptée ?

— Oui. Bon boulot de vos collègues de la NSA. » Il n'eut pas besoin d'ajouter que ses propres collègues ne s'étaient pas mal débrouillés non plus, en identifiant la ligne téléphonique utilisée par le résident.

« Parlez-moi de Kirilenko.

— Un type compétent. Il dirige une équipe de onze officiers traitants — plus, sûrement, un certain nombre d'extras pour les bricoles, genre relever les boîtes aux lettres. Ce sont là les agents "déclarés" qui jouissent de l'immunité diplomatique. Il en a bien sûr également d'autres qui travaillent clandestinement pour lui. On en connaît déjà deux, l'un et l'autre sous la couverture d'honorables hommes d'affaires qui poursuivent leur activité normale en sus de l'espionnage. Cela fait déjà un bout de temps qu'on est sur le coup. Ce Vania est un excellent élément. Il est officiellement troisième secrétaire de l'ambassade, il s'acquitte de sa tâche en bon diplomate, et il est très apprécié de tous ceux avec qui il est amené à collaborer. Un type vif, brillant, cordial, aimant bien lever le coude. Assez bizarrement, plus porté sur la bière que sur la vodka. Il semble se plaire à Londres. Marié, deux enfants, pas de vices notables. Sa femme ne travaille pas, mais de son côté, on n'a décelé aucune activité clandestine. C'est une simple femme au foyer, pour autant qu'on puisse en juger. Très appréciée, elle aussi, dans le microcosme diplomatique. » Holt fit circuler des photos du couple, avant de poursuivre : « Tenez, pas plus tard qu'hier, notre ami buvait amicalement un verre dans son bistrot habituel. Il est situé à quelques rues de l'ambassade, à Kensington, pas loin du palais... le bâtiment est occupé depuis l'époque des tsars, exactement comme le vôtre, à Washington, et ce pub est plutôt huppé. Tenez, voici un agrandissement du type avec qui il a bu sa bière. » Tawney fit circuler un autre cliché.

Le visage, notèrent Clark et Tawney, était d'une grande banalité. Brun, les yeux noisette, des traits réguliers, l'homme était aussi anonyme qu'une poubelle sur un trottoir. Sur la photo, il était en costume-cravate. Son expression était indéchiffrable. Ils auraient aussi bien pu discuter de football, du temps qu'il fait, ou du meilleur moyen de liquider un gêneur — impossible de dire.

« J'imagine qu'il n'a pas de siège attitré ? demanda Tawney.

— Non, confirma Holt. En général, il s'installe au bar, parfois dans une stalle, et il est rare qu'il choisisse deux fois de suite la même place. On avait envisagé de dissimuler un micro, mais c'est techniquement difficile, et le patron du pub risquerait de se méfier. Du reste, il est peu probable que ça nous donne quelque chose. Au fait, il parle un anglais impeccable. Le patron est persuadé d'avoir affaire à un Britannique pure souche, originaire des comtés du Nord.

— Se doute-t-il qu'il est suivi ? » s'enquit Tawney, devançant Clark.

Holt secoua la tête. « Difficile à dire, mais nous ne pensons pas. Les équipes de surveillance se relaient, et ces hommes sont parmi nos meilleurs éléments. Ils fréquentent le pub régulièrement, même en l'absence du sujet, au cas où il aurait un complice chargé de surveiller ses arrières. Les bâtiments du quartier nous permettent de le suivre relativement aisément par vidéo. On a bien cru le voir transmettre subrepticement des documents, mais enfin, vous comme moi, vous connaissez la musique, n'est-ce pas ? On bouscule toujours des gens quand le trottoir est encombré, et ce n'est pas pour autant qu'on leur passe des enveloppes... C'est même pour ça qu'on entraîne nos agents à cet exercice. Surtout quand les rues sont bondées, vous pourriez avoir une douzaine de caméras braquées sur le sujet et n'y voir que du feu. »

Clark et Tawney étaient parfaitement d'accord. Cette technique était sans doute aussi vieille que l'espionnage. Vous vous promeniez dans la rue et vous faisiez tout au plus mine de bousculer un passant. Ce dernier en profite alors pour vous transmettre un objet ou le glisser dans votre poche. Avec un minimum d'entraînement, le geste est pratiquement invisible, même pour ceux qui le guettent. Pour que la manœuvre réussisse, il suffit qu'une seule des deux parties arbore un signe de reconnaissance, et ce peut être un œillet à la boutonnière, une cravate d'une teinte particulière, une façon de tenir un journal, des lunettes de soleil... ou n'importe quel autre indice connu des seuls participants à cette mini-opération. C'était le b-a-ba de l'action sur le terrain, la technique la plus simple à mettre en œuvre, et pour cette raison, la bête noire de tous les services de contre-espionnage.

Mais si l'autre avait effectivement transmis quelque chose à ce Popov, ils avaient de toute façon sa photo. Cela dit, se rappela Clark, rien ne garantissait que le type avec qui il avait bu un coup la veille était leur bonhomme. Peut-être que Kirilenko était assez roublard pour entrer dans un pub et lier conversation avec le premier venu dans le seul but de brouiller les gars du « Cinq » en leur donnant un nouveau lièvre à courir. Ce genre de procédure exigeait du temps et des effectifs, deux éléments dont le Service de sécurité ne disposait pas en quantités infinies. Le jeu de l'espionnage et du contre-espionnage demeurait toujours le plus subtil qui soit, et les joueurs eux-mêmes ne savaient pas vraiment qui menait à la marque.

« Donc, vous comptez resserrer votre surveillance sur Kirilenko ? demanda Bill Tawney.

— Oui, confirma Holt. Mais souvenez-vous que nous avons en face de nous un adversaire de haut niveau. On ne peut rien garantir.

— Je le sais, monsieur Holt... J'ai moi-même déjà travaillé sur le terrain, et la 2e direction principale n'a jamais réussi à me mettre la main dessus, avoua Clark à son visiteur de la Sécurité britannique. Alors, vous avez quelque chose sur Popov ? »

Signe de dénégation. « Le nom n'est même pas dans nos fichiers. Cela dit, il est possible qu'il soit fiché sous une autre identité. Peut-être a-t-il été en contact avec nos amis de l'IRA provisoire... ça semblerait probable, s'il est bien spécialisé dans l'action terroriste. Ce genre de contact a été fréquent. Nous avons des informateurs infiltrés à l'IRA, et j'envisage de montrer sa photo à certains. Mais il va falloir agir avec précaution. Plusieurs de nos indics sont des agents doubles. C'est que nos amis irlandais ont eux aussi leurs services de contre-espionnage...

— Je n'ai jamais travaillé directement contre eux, nota John. Ils sont bons ?

— Je veux ! » lui garantit Holt, recueillant un signe d'assentiment de Bill Tawney. « Ils sont totalement dévoués à leur cause, superbement organisés, même si l'organisation s'est quelque peu fragmentée de nos jours. De toute évidence, un certain nombre penche pour un règlement pacifique. Cela nous a quelque peu aidés dans notre opération de recrutement, mais il reste à l'IRA des éléments plus militants que jamais. C'est un de nos soucis.

— C'est pareil au Moyen-Orient », reconnut Clark. Quelle était la conduite à tenir quand le Satan d'hier venait au-devant de Jésus ? Certains ne pouvaient se résoudre à cesser de lutter contre le péché, quitte à y tomber eux-mêmes mais, après tout, on ne faisait pas d'omelettes sans casser des œufs. « Certains ne veulent pas décrocher.

— C'est effectivement un problème. Et inutile de vous dire que l'une des cibles principales de ces gars se trouve ici. Le SAS n'a pas franchement la cote auprès de l'IRA... »

Ce n'était pas vraiment un scoop. Les commandos du Special Air Service britannique s'étaient illustrés plus d'une fois en « éliminant » les membres de l'IRA qui avaient commis les deux lourdes fautes d'enfreindre la loi et de se faire repérer. John estimait que c'était une erreur de confier à des militaires des tâches qui relevaient foncièrement du travail de la police... Mais il devait bien admettre que c'était précisément le genre de mission qu'on avait pour ainsi dire assigné à Rainbow. D'un autre côté, le SAS avait commis certaines actions qui, remises dans leur contexte, pouvaient être qualifiées de meurtres prémédités. Malgré ses nombreuses ressemblances superficielles avec l'Amérique, la Grande-Bretagne avait ses spécificités, ses lois et surtout ses règles, parfois bien différentes de celles des États-Unis. Et voilà pourquoi les mesures de sécurité à Hereford étaient si draconiennes : un jour ou l'autre, ces types pouvaient se pointer à une dizaine, armés et bien décidés, or ses hommes, comme une bonne partie des soldats du SAS, avaient une famille, et les terroristes ne respectaient pas toujours les règles de la guerre... Presque jamais, en fait.

Au 2, place Djerzinski, la décision avait été prise avec une promptitude inhabituelle et un courrier était déjà en route. Kirilenko fut surpris quand il l'apprit par un message codé. Le porteur devait arriver à Heathrow sur un vol Aeroflot, chargé d'une valise diplomatique, laquelle demeurait inviolable aussi longtemps qu'il la gardait en sa possession — on avait déjà vu certains pays les dérober pour s'emparer de leur contenu, qui était rarement codé, mais les porteurs étaient avertis et suivaient la règle à la lettre : s'ils devaient aller aux toilettes, la valise les accompagnait. Et donc, munis de leur passeport diplomatique, ils franchissaient comme une fleur les contrôles de douane pour gagner la voiture qui les attendait immanquablement devant l'aérogare, lestés de leur sempiternel sac en toile souvent bourré de secrets d'État, tout cela au nez et à la barbe de gens qui auraient vendu leur propre fille pour pouvoir y jeter un œil.

Et c'est exactement ce qui se produisit. Le courrier arriva de Moscou par le vol du soir, passa la douane les doigts dans le nez et sauta dans la voiture qui l'attendait, conduite par un chauffeur de l'ambassade. Il ne lui fallut qu'une quarantaine de minutes dans les embouteillages pour rallier Kensington et, parvenu à l'ambassade, gagner le bureau de Kirilenko. L'enveloppe en kraft était scellée à la cire pour garantir sa confidentialité. Le résident remercia le courrier et se mit au travail. Il était déjà tard et il devrait se passer de son demi de bière vespéral. Un désagrément pour lui. Il appréciait réellement l'atmosphère de son pub préféré. Il n'y avait rien de comparable à Moscou, ni du reste dans les autres pays où il avait servi. Et voilà pourquoi ses mains caressaient maintenant le dossier complet sur Clark, John T., officier supérieur et agent de renseignements à la CIA. Il courait sur vingt pages tapées en simple interligne, accompagnées de trois photos. Kirilenko prit le temps d'étudier tout cela en détail. L'ensemble était impressionnant. D'après ce document, lors de sa première et unique rencontre avec le président Golovko, il aurait reconnu avoir fait sortir du pays l'épouse et la fille de Gerasimov, l'ancien patron du KGB... à bord d'un sous-marin ! Ainsi donc, le récit qu'il avait lu dans les médias occidentaux était vrai ? C'était un scénario digne d'Hollywood. Par la suite, il aurait opéré en Roumanie à peu près à l'époque de la chute de Nicolae Ceaucescu, puis, en coopération avec le poste de Tokyo, il aurait sauvé le Premier ministre nippon, et — une fois encore avec l'aide de la Russie — participé à l'élimination de Mahmoud Hadji Daryaei[1]. « On dit qu'il a l'oreille du président américain », croyait bon d'indiquer la page d'analyse. Eh bien, le contraire eût été malheureux, estima Kirilenko. Sergueï Nikolaïevitch Golovko en personne avait ajouté au dossier son commentaire : officier de renseignements d'une compétence extrême, esprit indépendant, connu pour son sens de l'initiative en opérations, et qui n'aurait jamais commis de mauvais pas... nommé instructeur à l'académie de la CIA à Yorktown, Virginie. Aurait formé aussi bien

---

1. Cf., entre autres, chez le même éditeur : *Octobre rouge* (1986), *La Somme de toutes les peurs* (1991), *Dette d'honneur* (1995), *Sur ordre* (1997)...

Edward que Mary Patricia Foley, devenus respectivement directeur de la CIA et directeur adjoint chargé des opérations. Pas de doute, c'était un agent formidable. Il avait même réussi à impressionner Golovko, et cela, peu de Russes pouvaient s'en vanter.

Ainsi donc, songea Kirilenko, ce fameux Clark se trouvait en ce moment même quelque part en Angleterre, dans le cadre d'une mission clandestine, et son agence de tutelle voulait en savoir plus, car on avait tout intérêt à suivre à la trace ce genre d'individu. Le résident sortit de son portefeuille le bout de papier. Apparemment, un numéro de téléphone mobile. Il en avait déjà plusieurs dans son tiroir de bureau, tous clonés sur des abonnements existants : ça occupait ses spécialistes des transmissions, ça ne coûtait rien à l'ambassade, et c'était un mode de communication très sûr. Intercepter une liaison par téléphone mobile était toujours délicat, et faute des codes adéquats, ce n'était qu'un signal comme un autre dans une ville saturée de signaux électroniques.

Dimitri Arkadeïevitch usait d'un dispositif identique. Dans toutes les villes du monde, on trouvait des gens qui clonaient les numéros de téléphone mobile et les fourguaient illégalement. Londres ne faisait pas exception à la règle.

« Oui ? fit une voix lointaine.

— Dimitri ? Vania à l'appareil.

— Oui ?

— J'ai votre paquet. J'exige en échange d'être payé selon les termes convenus.

— Ce sera fait, promit Popov. Où peut-on procéder à l'échange ? »

Sans problème. Kirilenko proposa l'heure, le lieu, la méthode.

« D'accord. » Et la communication fut coupée au bout d'une petite cinquantaine de secondes. Popov avait peut-être été mis à la retraite anticipée, mais il n'avait pas oublié la discipline en matière de transmissions.

Composition réalisée par NORD COMPO

Imprimé en France sur Presse Offset par

BRODARD & TAUPIN

GROUPE CPI

La Flèche (Sarthe).
N° d'imprimeur : 12024 – Dépôt légal Édit. 21373-05/2002
LIBRAIRIE GÉNÉRALE FRANÇAISE - 43, quai de Grenelle - 75015 Paris.
ISBN : 2 - 253 - 17185 - 9

31/7185/7